HEYNE BÜCHER

Von Dean R. Koontz sind
als Heyne-Taschenbücher erschienen:

Unheil über der Stadt · Band 01/6667
Die Maske · Band 01/6951
Die Augen der Dunkelheit · Band 01/7707
Schattenfeuer · Band 01/7810
Schwarzer Mond · Band 01/7903
Tür ins Dunkel · Band 01/7992
Mitternacht · Band 41/21
Brandzeichen · Band 01/8063

DEAN R. KOONTZ

DAS HAUS DER ANGST
WENN DIE DUNKELHEIT KOMMT

Zwei Romane

WILHELM HEYNE VERLAG
MÜNCHEN

HEYNE TOP TEN
Nr. 01/8519

DAS HAUS DER ANGST / The House of Thunder

Aus dem Amerikanischen übersetzt von Edgar Müller-Frantz
(Der Titel erschien bereits in der Allgemeinen Reihe
mit der Band-Nr. 01/6913 und liegt dort
in der 5. Auflage vor.)

WENN DIE DUNKELHEIT KOMMT / Darkfall

Aus dem Amerikanischen übersetzt von Irene Holicki
(Der Titel erschien bereits in der Allgemeinen Reihe
mit der Band-Nr. 01/6833 und liegt dort
in der 5. Auflage vor.)

Printed in Germany 1991
Umschlagfoto: Gerd Weissing, Nürnberg
Autorenfoto: Gerda Ann Koontz
Umschlaggestaltung: Atelier Ingrid Schütz, München
Gesamtherstellung: Elsnerdruck, Berlin

ISBN 3-453-05056-8

DAS HAUS DER ANGST

I. Teil

ANGST AUF LEISEN SOHLEN

1.

Als sie erwachte, dachte sie, sie sei blind. Sie hatte ihre Augen geöffnet, aber was sie sehen konnte, war nur purpurrotes Dunkel und formlose Schatten. Bevor sie in Panik geraten konnte, wich das Dunkel einem bleichen Nebel; dieser Nebel löste sich schließlich auf, und aus ihm wuchs eine in weiße Quadrate eingeteilte Zimmerdecke.

Es roch nach frischer Bettwäsche. Nach Desinfektionsmitteln. Nach Krankenhaus.

Sie bewegte ihren Kopf, und ein scharfer Schmerz durchzuckte ihre Stirn wie ein elektrischer Schlag. Was sie sah, verschwamm wieder vor ihren Augen. Erst dann sah sie das Krankenhauszimmer, in dem sie sich befand.

Sie hatte keine Erinnerung daran, in eine Klinik gebracht worden zu sein. Wo war sie? Nicht einmal der Name der Stadt,in der sie sich aufhielt, fiel ihr ein.

Was war los mit ihr?

Sie hob ihren Arm, was ihr ziemliche Mühe bereitete. Sie tastete ihre Augenbrauen ab und stellte fest, daß ihre halbe Stirn von einem dicken Verband bedeckt war. Ihr Haar war so merkwürdig kurz. Waren ihre Haare nicht lang bis über ihre Schultern gefallen?

Sie war nicht stark genug, den Arm länger zu heben. Sie ließ ihn auf die Decke zurückfallen.

Den linken Arm konnte sie überhaupt nicht heben. Er war mit einem Pflaster an einer Holzleiste befestigt. Jetzt sah sie die Nadel, die in ihrer Vene steckte. An einem Chromgestell hing die Flasche mit Glukose. Offensichtlich wurde sie intravenös ernährt.

Sie schloß die Augen; dachte – oder hoffte –, sie würde bloß träumen. Aber als sie wieder aufblickte, hatte sich nichts geändert. Derselbe Raum, weiße Decke, weißgetünchte Wände, mit Fliesen belegter Fußboden, maisgelbe Vorhänge an den Seiten des großen Fensters. Durch das Glas konnte sie

Baumwipfel sehen und ein Stück blauen Himmels. An ihrer Seite stand ein zweites Bett; es war unbenützt. Sie hatte keine Stubengenossin.

Das Seitengitter an ihrem Bett war hochgezogen, damit sie nicht hinausfallen konnte. Sie fühlte sich hilflos wie ein Baby in der Wiege.

Sie zermarterte ihr Hirn. Aber beim besten Willen konnte sie sich nicht entsinnen, wie sie hieß. Wie alt war sie eigentlich? Sie wußte es nicht. Nichts, was mit ihrer Person zusammenhing, kam ihr in den Sinn.

Ihr Gedächtnis war wie eine Mauer, die sie bei aller Anstrengung nicht durchbrechen konnte. Angst überkam sie in schnellen Wellen, die sich wie zu einer Brandung verdichteten. Alle ihre Bemühungen, einen Schimmer von Erinnerung heraufzubeschwören, waren zum Scheitern verurteilt.

Amnesie!? Gedächtnisschwund?

Hatte sie einen Hirnschaden erlitten?

Es gab keine andere Erklärung für ihren Zustand. Diese Erkenntnis ließ ihr Herz schneller schlagen. Sie mußte einen Unfall erlitten haben. Hatte sie eine schwere Kopfverletzung, einen Dauerschaden davongetragen?

Jetzt geriet sie in Panik.

Als ob der Angstzustand verborgene Sperren geöffnet hätte, fiel ihr plötzlich ihr Name ein. Susan Thorton.

Und sie war 32 Jahre alt.

Doch keine Flut der Erinnerung brach über sie herein. Name und Alter, das war alles. Ein dünnes Rinnsal. Darüber hinaus wußte sie nichts über sich. Wo hatte sie gelebt? Von welchem Geld? Hatte sie einen Beruf ausgeübt? War sie verheiratet? Hatte sie Kinder?

Nach diesen essentiellen Fragen versuchte sie es mit banalen Dingen. Welche Schulen hatte sie besucht? Was waren ihre Lieblingsgerichte? Liebte sie klassische Musik oder Jazz?

Nichts. Keine Frage ließ sich beantworten. Ein dichter Nebelschleier hing über allem, was sie mit ihrem früheren Leben verband.

Amnesie. Gedächtnisschwund.

Bevor sie neuerlich von Panik ergriffen wurde, entsann sie

sich, auf einer Ferienreise in Oregon gewesen zu sein. Sie wußte nicht, woher sie gekommen war und wohin und zu welcher Arbeit sie zurückkehren mußte, wenn die Ferien zu Ende gingen. Aber sie hatte zumindest einen Anhaltspunkt. Sie mußte sich in Oregon befinden.

Dann kam eine bildliche Erinnerung zurück, und sie sah vor ihrem geistigen Auge eine Autostraße. Eine wunderschöne Bergstraße mit Bäumen und Felsen auf beiden Seiten. Sie schloß die Augen, aber die Erinnerung verschwand nicht. Ein heller Morgen, sie fuhr durch einen Fichtenwald. Sie saß am Steuer, lauschte der Musik, die aus dem Autoradio kam. Jetzt durchquerte sie ein verschlafenes Städchen. Deutlich sah sie die Schindeldächer vor sich. Eine Reihe von Lastwagen. Sie wich aus, ohne Schwierigkeiten. Die Landstraße vor ihr war jetzt leer. Sie gab Gas und dann... und dann...

Die Erinnerung brach ab, als wäre ein Film gerissen. Nichts. Dunkelheit. Und dann war sie erwacht, verwirrt und hilflos, in einem Krankenhausbett.

»Hallo, meine Liebe! Ich sehe, Sie sind wach und munter. Fein!«

Susan wandte ihren Kopf. Wer hatte zu ihr gesprochen?

Der Kopfschmerz war zurückgekehrt, hielt ihren Schädel wie mit einer Zange umklammert.

»Wie fühlen Sie sich? Sie sehen ein bißchen blaß aus, aber das war zu erwarten. Nach allem, was Sie durchgemacht haben.«

Die Stimme gehörte zu einer Krankenschwester, die von der geöffneten Türe auf das Bett zukam. Eine ziemlich dicke, grauhaarige Frau mit gewinnendem Lächeln und fröhlichem Blick. Sie trug einen gestärkten, weißen Kittel, um ihren Hals hing eine Metallkette, an der ihre breitgeränderte Brille hing.

Susan versuchte zu sprechen. Konnte nicht. Sogar der schwache Versuch, einige Worte hervorzubringen, schwächte sie derart, daß sie meinte, ohnmächtig zu werden. Ihr Schwächezustand erschreckte sie.

Die Schwester nickte ihr ermunternd zu. »Ich wußte, Sie

würden darüber hinwegkommen. Ich habe meine Erfahrungen. Manche in der Klinik hatten ihre Zweifel, aber ich nicht. Ich wußte, Sie sind der zähe Typ.«

Wieder versuchte Susan zu sprechen, und diesmal kam ein Ton von ihren Lippen, obwohl es nur eine Art Gurgeln war, das ihrer Kehle entwich. Sie fragte sich, ob sie jemals wieder normal würde reden können. Würde sie für den Rest ihres Lebens nur mehr tierische Laute auszustoßen imstande sein? Manchmal führte ein Hirnschaden zum Verlust der Sprache. Davon hatte sie gelesen...

Plötzlich begann sich das Zimmer rund um sie zu bewegen. Gleichzeitig fühlte sie in ihren Ohren ein Hämmern wie von einer lauten, aber entfernten Trommel. Susan biß sich auf die Lippen. Sie mußte das Zimmer zwingen, still zu stehen, die Trommel zum Schweigen bringen.

Die Krankenschwester mußte die Verzweiflung in Susans Blick gesehen haben, denn sie sagte beschwichtigend: »Immer mit der Ruhe, Kindchen, immer mit der Ruhe! Alles wird in Ordnung kommen, es braucht nur seine Zeit.«

Sie kontrollierte die Infusion, griff nach Susans rechtem Handgelenk, um den Puls zu fühlen.

Mein Gott, durchfuhr es Susan, wenn ich nicht sprechen kann, vielleicht kann ich auch nicht gehen.

Sie versuchte, ihre Beine unter der Decke zu bewegen. Die Muskeln gehorchten nicht. Kein Gefühl. Die Beine waren schwer wie Blei, schlechter beweglich als ihre Arme.

Susan klammerte sich an den Ärmel der Krankenschwester, versuchte verzweifelt, etwas zu sagen.

»Lassen Sie sich Zeit«, sagte die Frau verständnisvoll.

Aber Susan wußte, daß ihr nicht mehr viel Zeit blieb. Sie wußte, daß sie sich am Rand einer Ohnmacht befand. Zu ihrem Kopfschmerz gesellte sich ein stetig größer werdender schwarzer Ring, der ihr die Sicht zu nehmen drohte.

Jetzt trat ein Arzt ins Zimmer und an ihr Bett. Ein älterer Mann mit schütterem, weißen Haar und ernstem Gesicht. »Nun, wie geht es unserer Patientin?«

Susan sah ihn flehend an und fragte: »Sind meine Beine gelähmt?«

Einen Moment lang glaubte sie, sie hätte diese Worte tatsächlich ausgesprochen. Dann wußte sie, daß sie ihre Stimme noch nicht wiedererlangt hatte. Sie wollte es nochmals versuchen, doch der schwarze Ring wurde immer größer und verengte ihre Sicht immer mehr. Schließlich sah sie nur mehr einen kleinen Punkt.

Dunkelheit.

Sie schlief. Sie träumte. Ein schrecklicher Traum. Ein Alptraum.

Wie schon unzählige Male zuvor, träumte sie, daß sie sich wieder in der Donnerhöhle befand und in einer Pfütze von warmem Blut lag.

2.

Als sie erwachte, waren ihre Kopfschmerzen verschwunden. Sie konnte jetzt deutlich sehen, fühlte sich insgesamt besser.

Es war Nacht geworden. Der Raum war durch ein Notlicht schwach beleuchtet. Die Vorhänge waren halb zugezogen; jenseits des Fensters lag tiefe Dunkelheit.

Das Gestell mit der Glukose stand nicht mehr an ihrem Bett, keine Nadel steckte mehr in ihrer Vene. Der linke Arm lag befreit auf dem Laken, rund um die Einstichstelle waren blaue Flecken zu sehen.

Sie war nicht allein im Raum. Der Arzt stand an ihrem Bett und blickte auf sie mit strengem Blick. Sein scharfer Blick schien sie zu durchdringen. Sie hatte den Eindruck, er sah sie nicht einfach an, sondern in sie hinein, als wolle er ihre intimsten Geheimnisse ergründen.

»Was – was ist mit mir – geschehen?« Sie konnte sprechen. Ihre Stimme war rauh und nicht ganz einfach zu verstehen, trotzdem klang sie beruhigend in Susans Ohren. Kein Schlaganfall, kein Hirnschaden zwang sie, wie sie befürchtet hatte, zu einer Existenz ohne Ausdrucksmöglichkeit. Doch sie fühlte sich noch sehr schwach. Es nahm ihre ganze verbleibende Kraft in Anspruch, ein paar Worte zu flüstern.

»Wo – wo bin ich?« Es klang wie ein Röcheln.

Der Arzt antwortete nicht sofort. Er drückte auf einen der Knöpfe, die die Bewegungen des Bettes steuerten. Das obere Ende des Bettes hob sich, und Susan saß jetzt, statt zu liegen wie bisher. Jetzt griff er nach einer Karaffe, die auf dem Nachttisch stand. Er füllte ein Glas und reichte es ihr.

»Trinken Sie langsam, bitte. Schluck für Schluck. Es ist schon eine Weile her, daß Sie Nahrung irgendwelcher Art durch den Mund zu sich genommen haben.«

Susan trank. Das kalte Wasser schmeckte fabelhaft. Das Brennen in der Kehle, das ihre Sprechversuche verursacht hatten, verschwand.

Der Arzt nahm ihr das Glas aus der Hand und stellte es zurück. Dann nahm er eine kleine Stablampe aus seiner Brusttasche, beugte sich zu ihr und leuchtete ihr in die Augen. Sie zwinkerte nicht; und sie konnte nicht erkennen, ob er mit dem Resultat der Untersuchung zufrieden war oder nicht. Wenn sie seinen Blick suchte, wich er zwar nicht aus, aber sie konnte in seinen Augen keinerlei Gefühl erkennen. War dieser Mann freundlich oder gefühllos, warmherzig oder kalt? Das ließ sich nicht erraten.

Sie versuchte, ihre Beine unter der Bettdecke zu bewegen. Sie fühlten sich immer noch bleiern an, aber sie gehorchten ihrem Kommando, ließen sich heben und strecken. Keine Lähmung. Sie atmete auf.

Jetzt hielt ihr der Arzt seine rechte Hand dicht vor die Augen. »Können Sie meine Hand sehen?«

»Aber ja.« Ihre Stimme klang noch tiefer als gewohnt, war aber deutlich zu verstehen.

»Wie viele Finger halte ich jetzt hoch?«

Er hatte einen Akzent, den sie nicht bestimmen konnte. Wenn er Amerikaner war, dann aus keiner Gegend, die sie kannte.

»Drei.«

»Und jetzt?«

»Zwei.«

»Und jetzt?«

»Vier.«

Sie antwortete geduldig, nahm an, daß er Folgen einer Gehirnerschütterung feststellen wollte. Er nickte zustimmend, die tiefen Falten auf seiner Stirn glätteten sich. Aber seine Augen prüften sie mit einer Intensität, die ihr unbehaglich war.

»Wissen Sie, wie Sie heißen?«

»Ja. Ich heiße Susan Thorton.«

»Richtig. Ihr zweiter Vorname?«

»Kathleen.«

»Ausgezeichnet. Ihr Alter?«

»Zweiunddreißig.«

»Prima. Wir haben allen Grund, zufrieden zu sein.«

»Ich weiß nicht recht...« Jetzt kamen ihr die Worte fließend von den Lippen. »Das ist ungefähr alles, woran ich mich erinnern kann.«

Er runzelte die Stirn. »Wie meinen Sie das?«

Sie räusperte sich. »Ich kann mich nicht erinnern, wo – wo ich gelebt habe.« Ihre Stimme klang jetzt klar. Kein Gurgeln, kein falscher Unterton. »Oder – wo und was ich gearbeitet habe.« Und schließlich: »Ob ich verheiratet bin.«

»Wir haben Erkundigungen eingezogen. Sie sind nicht verheiratet und haben keine Kinder.«

»Und wo bin ich zu Hause?«

»Das stand in Ihrem Führerschein. Newport Beach, Kalifornien.«

Sowie er den Namen der Stadt erwähnte, sah sie ihr Haus vor sich: einen Bungalow zwischen Palmen, im Stil einer spanischen Villa, mit hellweißen Wänden und rotem Ziegeldach. Aber so sehr sie sich auch Mühe gab, die Erinnerung an den Straßennamen und die Hausnummer wollte sich nicht einstellen.

»Ich habe doch einen Beruf?« fragte sie zögernd. »Einen Arbeitsplatz?«

Er antwortete nicht gleich, sondern sah sie durchdringend an. »Sie sind bei der Milestone Corporation in Newport angestellt.«

Sie fuhr sich mit der Hand über die Stirn. »Milestone?« In ihrem Kopf leuchtete ein schwacher Funken der Erinnerung auf.

Der Arzt starrte sie an.

»Was ist los? fragte sie irritiert. »Warum schauen Sie mich so an?«

Er nahm ihren Ausbruch mit einem Blinzeln zur Kenntnis dann lächelte er verständnisvoll. Er war sichtlich ein Mann, dem es nicht leichtfiel zu lächeln. »Ich habe mir Ihretwegen Sorgen gemacht, Miß Thorton. Es ist nicht einfach, eine eindeutige Diagnose zu stellen. Vorübergehende Gedächtnisstörungen sind in einem Fall wie dem Ihren zu erwarten und relativ leicht zu behandeln. Aber wenn der erlittene Schaden ernsterer Natur ist, muß die Therapie anders angelegt werden. Sie verstehen – es ist wichtig für mich zu wissen, ob der Name Milestone in Ihnen eine Erinnerung auslöst oder nicht.«

Sie gab sich Mühe, strengte sich an. »Ja, der Name Milestone ist mir geläufig. Zumindest vage geläufig...«

»Sie sind Physikerin. Haben Ihr Doktorat an der Universität von Südkalifornien gemacht, und seither arbeiten Sie für Milestone.«

Sie nickte. Der glimmende Funke der Erinnerung vergrößerte sich zu einer kleinen Flamme.

»Wir bekamen von Milestone einige Auskünfte. Wie gesagt, Sie sind nicht verheiratet, nie gewesen.« Er beobachtete sie scharf. »Rundet sich das Bild ab, das Sie von sich haben?«

»Ja. Gewissermaßen. An einiges kann ich mich jetzt entsinnen – aber nicht an alles. Wie Steine eines Puzzles; vereinzelte Steine...«

»Sie müssen Geduld haben«, beruhigte er sie.« Nach einer solchen Verletzung dürfen Sie nicht erwarten, binnen 24 Stunden wiederhergestellt zu sein.«

Sie hätte noch eine Menge Fragen zu stellen gehabt, aber eine überwältigende Müdigkeit überkam sie. Und Durst. Sie lehnte sich in die Kissen zurück und bat um Wasser.

Er reichte ihr das neu gefüllte Glas bereitwillig. Wieder warnte er sie, nur in kleinen Schlucken zu trinken. Etwas an ihm war ihr aufgefallen, und während sie trank, wußte sie plötzlich, was es war. Er hatte sich nicht, wie üblich, vorgestellt.

»Ich kenne nicht einmal Ihren Namen, Doktor.«

»Oh, tut mir leid, aber... Ich heiße Viteski. Dr. Leon Viteski.«

»Ich habe mir schon Gedanken über Ihren Akzent gemacht. Viteski? Das klingt slawisch.«

»Ja.« Seine Antwort klang etwas unwillig, er wich ihrem Blick aus, aber nur einen Moment. Dann sagte er schnell. »Ich bin eine Kriegswaise. Ich bin 1946 nach Los Angeles gekommen, im Alter von 17. Ein Onkel hat mich aufgezogen.« Er sprach schnell und ohne zu stocken, als würde er eine auswendig gelernte Rede herunterleiern. »Ich habe meinen polnischen Akzent ziemlich verloren, aber ganz werde ich ihn wohl nie loswerden.«

Anscheinend hatte sie einen wunden Punkt berührt, die bloße Erwähnung seines Akzents hatte ihn in die Defensive gedrängt. Er beeilte sich, das Thema zu wechseln. »Ich bin der Oberarzt in diesem Krankenhaus hier. Übrigens – wissen Sie, wo ›hier‹ ist?«

»O ja. Ich erinnere mich, daß ich auf einer Ferienreise in Oregon gewesen bin. Aber wohin ich fahren wollte, weiß ich nicht. Ich schätze, wir sind hier irgendwo in Oregon.«

»Richtig. Unsere Stadt heißt Willawauk. Keine Großstadt. Bloß 8000 Einwohner. Aber es ist eine Kreisstadt und verfügt – wie Sie sehen – über eine moderne Klinik.« Und er führte die Vorzüge der Klinik aus. Doch in seiner Stimme schwang weder Stolz noch Enthusiasmus mit. »Vier Stockwerke, 220 Betten. Wir haben den Ruf eines guten Krankenhauses.

Ich glaube, wir sind besser als die riesigen Gesundheitskasernen in den Großstädten, weil wir in der Lage sind, unseren Patienten mehr persönliche Zuwendung zu bieten. Und das bedeutet das A und O für eine schnelle Genesung.«

Wieder hatte Susan den Eindruck eines Sprechapparats, in dem ein Tonband läuft. War es Dr. Viteskis eintönige Stimme? Oder lag es an ihr? War ihr Wahrnehmungsvermögen abgestumpft?

Trotz ihrer Müdigkeit und der wieder einsetzenden Kopfschmerzen überwog schließlich ihre Neugier. Sie hob den Kopf vom Kissen und fragte: »Warum bin ich eigentlich hier, Doktor? Was ist mir zugestoßen?«

»Haben Sie wirklich keine Erinnerung an den Unfall?«

»Nein. Keine.«

»Die Bremsen Ihres Wagens haben versagt. Es war auf einer kurvenreichen Straße, die zum Viewtop führt.«

»Viewtop?«

»Ja, dahin waren Sie unterwegs. Das Viewtop Hotel. In Ihrer Handtasche fanden wir die Bestätigung Ihrer Zimmerbestellung.«

Langsam wiederholte sie: »Viewtop Hotel?«

Er nickte eifrig. »Ja. Ein beliebter Zufluchtsort für Menschen, die Ruhe suchen. Das Hotel liegt etwas abgelegen. Die üblichen Touristen verirren sich kaum dorthin.«

Während Dr. Viteski sprach, kehrte Susans Erinnerung langsam zurück. Sie entsann sich, in einem Reise-Magazin Farbbilder des Hotels gesehen zu haben. Diese Bilder hatten es ihr angetan. Die altmodische Veranda, der getäfelte Speisesaal, die gepflegten Gärten. Kurz entschlossen hatte sie für den Beginn ihrer Ferien ein Zimmer bestellt.

»Sie verloren die Kontrolle über Ihren Wagen«, fuhr Dr. Viteski fort«, das Auto schoß über eine Böschung und überschlug sich. Der Abhang ist steil. Zum Glück steht dort eine Gruppe von Bäumen, die den Sturz abfingen...«

»Guter Gott!«

»Der Wagen ist ein Schrotthaufen. Aber Sie sind noch glimpflich davongekommen.«

Sie fuhr mit den Fingerspitzen über den Verband, der ihre Stirn zum Teil verdeckte. »Wie schlimm ist es, Doktor?«

Viteski runzelte besorgt die Stirn, und Susan mußte unwillkürlich an einen bestimmten Schauspieler auf einer Provinzbühne denken, der auf diese Weise Besorgnis ausgedrückt hatte.

»Nicht gefährlich, aber schlimm genug. Eine tiefe Wunde. Sie blutete stark und wollte erst nicht richtig zuheilen. Aber die Nähte werden morgen oder übermorgen entfernt werden, und wir hoffen, daß kaum eine Narbe zurückbleiben wird.« Er zwang sich zu einem Lächeln. »Unser Chirurg weiß, was er der Schönheit einer Frau schuldig ist.«

»Gehirnerschütterung?«

»Ja, aber keine schwere. Jedenfalls nicht schwer genug, um zu erklären, warum Sie in ein Koma fielen.«

Susan, die schon im Begriff gewesen war einzuschlafen, war plötzlich hellwach. »Koma? Sagten Sie: Koma?«

Er nickte ernst. »Leider. Es läßt sich nicht beschönigen. Wir haben hier moderne technische Geräte, auch für Untersuchungen des Gehirns. Aber sie ergaben kein klares Bild. Keine Schwellungen, keine Verstopfung der Blutbahn, kein Überdruck. Sicher hat die erlittene Erschütterung etwas mit dem Koma zu tun, aber es fehlt eine eindeutige pathologische Begründung. Das Publikum ist durch Arztfilme verwöhnt, aber in Wahrheit wissen wir Mediziner noch lange nicht die Antwort auf alle Fragen, speziell wenn sie sich auf ein so komplexes Feld wie das menschliche Gehirn beziehen.«

Sie sah ihn fragend an, und er fuhr fort: »Das Wichtigste ist, daß Sie aus dem Koma ohne gravierende Schäden erwacht sind. Die Gedächtnislücken, die wir feststellen konnten, mögen lästig sein, mögen Sie sogar beunruhigen, aber ich kann Ihnen versichern, daß sie sich mit der Zeit schließen werden.«

Seine Worte waren beruhigend, aber wieder hatte Susan das beklemmende Gefühl, er rezitiere einen vorgeschriebenen Text. Sie schalt sich eine Närrin, empfänglich für verrückte Eingebungen. Viteskis Worte ergaben für sie nur einen vagen Zusammenhang. Aber ein bestimmtes Wort verschreckte sie nach wie vor: Koma!

»Wie lange bin ich bewußtlos gewesen?« wollte sie wissen.

»Zweiundzwanzig Tage.«

Sie starrte ihn an. Ungläubig, zweifelnd.

»Ja ja, das ist die Wahrheit.«

Sie schüttelte den Kopf, und ein stechender Schmerz durchzuckte sie.

»Nein, das kann nicht wahr sein.«

Sie hatte ihr Leben stets unter Kontrolle gehabt. Sie war gewohnt zu planen, vorzubereiten und alle Möglichkeiten einzukalkulieren. Ob im Privatleben oder im Beruf, stets pflegte sie Maßstäbe wissenschaftlicher Methodik anzuwenden, sonst hätte sie kaum ein Jahr vor ihren altersgleichen Studienkollegen alle Prüfungen in Atomphysik und Quantentheorie ›cum laude‹ abgelegt. Sie haßte Überraschungen, war es nicht gewohnt, von jemand anderem abhängig zu sein. Das Gefühl ihrer Hilflosigkeit erschreckte sie jetzt. Zweiundzwanzig lange Tage ohne Selbstkontrolle – wehrlos fremden Menschen preisgegeben! Nicht auszudenken!

Was aber, wenn sie aus dem Koma gar nicht erwacht wäre? Oder – schlimmer noch – wenn sie als Krüppel erwacht wäre, gelähmt, ein Leben lang abhängig von Hilfeleistungen anderer?

»Nein«, rief sie, »Sie müssen sich irren. So lange Zeit – unmöglich!«

»Haben Sie nicht gemerkt«, fragte Viteski ernst, »wie mager Sie geworden sind? Sie haben über 15 Pfund verloren.«

Automatisch hob sie die Arme hoch. Zwei fleischlose Stökke. Schon vorher war ihr aufgefallen, wie dünn sie geworden waren, aber sie hatte in ihrer Verwirrung nicht weiter darauf geachtet.

»Wir mußten Sie künstlich ernähren, oder Sie wären schon längst an Flüssigkeitsverlust gestorben«, erklärte Dr. Viteski. »Immerhin haben Sie etwa drei Wochen keine richtige solide Nahrung zu sich genommen.«

Susan war 1.70 groß, und obwohl sie manchmal zur Fülle neigte, hatte sie nie wirkliche Probleme mit ihrem Gewicht gehabt. Sie strich mit ihren Händen über die Bettdecke und konnte fühlen, wie scharf und eckig ihre Hüften geworden waren.

»Zweiundzwanzig Tage«, flüsterte sie. Schließlich blieb ihr nichts anderes übrig, als das Unumstößliche zu akzeptieren. Als sie es aufgab, sich länger gegen die Tatsachen zu sträuben, befiel sie wieder die bleierne Müdigkeit. Sie ließ sich kraftlos in die Kissen zurücksinken.

»Genug für heute«, sagte Dr. Viteski. »Ich fürchte, ich habe Sie überanstrengt. Sie sind müde, Sie müssen ruhen.«

»Ruhen? Mein Gott, ich hatte 22 Tage Zeit, mich auszuruhen.«

»Ein Koma ist keine Erholung«, erwiderte Dr. Viteski. »Sie brauchen eine Menge Schlaf, um Ihre Kräfte wiederzugewinnen.« Und er drückte auf einen der Knöpfe, die die Bewegungen des Bettes regulierten. Mit leisem Surren senkte sich das Oberteil.

»Nein! Warten Sie einen Moment!« Sie schrie beinahe.

Viteski warf ihr einen fragenden Blick zu.

Das Bett hatte sich gesenkt, Susans Kopf ruhte auf dem Kissen, und sie konnte ihn nur mit Mühe etwas heben. Sie klammerte sich an das Gitter des Bettes und versuchte sich hochzuziehen, aber im Moment war sie zu schwach dafür.

»Sie erwarten doch nicht, daß ich jetzt schlafen werde?« fragte sie außer Atem, obwohl sie nicht leugnen konnte, daß sie dringend der Ruhe bedurfte. Ihre Augenlider waren schwer wie Blei.

»Sie brauchen Schlaf. Sie müssen schlafen.«

»Aber ich kann nicht.«

»Aber sicher können Sie, Miß Thorton. Man sieht Ihnen an, daß Sie sehr, sehr müde sind.«

»Ich kann nicht. Ich will nicht. Ich habe Angst einzuschlafen.

Wenn ich nun nicht mehr aufwache...«

»Aber ganz gewiß werden Sie...«

»Und wenn ich wieder in ein Koma verfalle?«

»Das ist nicht zu befürchten.«

Sein mangelndes Einfühlungsvermögen empörte sie. Sie biß die Zähne zusammen und beharrte eigensinnig: »Wenn aber doch...«

Viteski sagte geduldig, als spräche er zu einem Kind: »Hören Sie, Sie können nicht einfach weiterleben und sich vor dem Einschlafen fürchten. Entspannen Sie sich! Das Koma ist vorbei, Ihr Erinnerungsvermögen kehrt zurück, Sie sind in zufriedenstellender Verfassung. Jetzt entschuldigen Sie mich bitte, ich habe noch andere Patienten zu betreuen. Und« – auf seinen Lippen erschien ein merkwürdiges Lächeln – »auch ein Arzt braucht manchmal Schlaf.«

Er versucht nett zu mir zu sein, schoß Susan durch den Kopf. Und gleichzeitig dachte sie, wie er wohl sein mochte, wenn er sich keine Mühe gab.

Er ging zur Tür

Am liebsten hätte sie geschrien: Lassen Sie mich nicht allein! Doch ihr Selbstbewußtsein verbot ihr, sich wie ein Kind zu benehmen, das Angst vor der Dunkelheit hat. Sie mußte wieder lernen, sich selbst zu vertrauen und weder von Dr. Viteski noch von sonst jemandem abhängig zu sein.

»Schlafen Sie sich aus, meine Liebe. Morgen ist ein neuer Tag.«

Und er löschte das Deckenlicht aus.

Plötzlich war der Raum voller Schatten, als ob lebende Kreaturen, die unter den Möbeln gelauert hatten, plötzlich zum Vorschein kämen. Nicht einmal als Kind hatte Susan Angst vor der Dunkelheit gehabt, doch jetzt beschleunigte sich ihr Herzschlag. Dabei kam durch die offene Tür etwas Licht aus dem Krankenhauskorridor, fahles, unpersönliches Licht von Neonlampen.

Viteski stand in der Türfüllung, seine Silhouette zeichnete sich scharf gegen den hellen Hintergrund ab. Sein Gesichtsausdruck war nicht zu erkennen.

Er sagte: »Gute Nacht. Schlafen Sie wohl.«

Er schloß die Tür und damit die Lichtquelle des Korridors. Die kleine Notlampe verbreitete keine Helligkeit, vermochte der Dunkelheit nicht den Schrecken zu nehmen, ließ die Schatten deutlicher hervortreten, als wenn es im Raum völlig finster gewesen wäre.

Susan war jetzt allein.

Sie starrte auf das leere Bett an ihrer Seite. Die Schatten hüllten es ein wie schwarzer Krepp. Susan mußte unwillkürlich an einen Katafalk denken.

Wie schön wäre es, wenn sie eine Zimmergenossin hätte!

Es ist nicht in Ordnung, dachte sie, daß man mich einfach hier liegen läßt, nachdem ich gerade aus einem Koma erwacht bin. Jemand sollte sich um mich kümmern. Ein Pfleger, eine Krankenschwester...

Sie konnte kaum mehr die Augen offen halten.

Nein, sie durfte jetzt nicht einschlafen. Nicht, solange sie fürchten mußte, ein Schlaf könnte wieder in einem zweiundzwanzigtägigen Koma enden.

Einige Minuten lang kämpfte Susan verzweifelt gegen den Schlaf, der sie zu überkommen drohte. Sie zwang sich, die Augen offen zu halten, grub die Fingernägel in die Ballen ihrer Hand. Schließlich versuchte sie, die brennenden Augenlider für eine Minute zu schließen. Das mußte noch nicht bedeuten, daß sie einschlafen würde. Nein, sie konnte trotzdem wach bleiben...

Doch kaum hatte sie die Augen geschlossen, hatte sie das Gefühl, in einen bodenlosen Brunnen zu fallen.

Erst war es ein angenehmes Gleiten, immer tiefer und tiefer...

Doch dann setzte der Traum ein.

Sie träumte, sie lag auf einem harten, feuchten Boden. In einem kalten, riesigen, finsteren Raum ohne Wände. Doch sie war nicht allein. SIE waren bei ihr, umringten sie.

Susan floh.

Sie stolperte blindlings durch den finsteren Raum, durchlief schmale, steinerne Korridore. Sie versuchte, einem Alptraum zu entrinnen, der aber die Erinnerung an einen existierenden Platz, an ein tatsächliches Erlebnis war. Das Grauen, das sie heimgesucht hatte, als sie 19 Jahre alt gewesen war.

3.

Am nächsten Morgen, gleich nachdem Susan aufgewacht war, kam die mollige, grauhaarige Krankenschwester an ihr Bett. Sie prüfte Susans Puls und Temperatur. Dazu mußte sie ihre Brille aufsetzen, die sie um den Hals hängen hatte.

Währenddessen redete sie unaufhörlich. Sie hieß Thelma Baker und hatte nie daran gezweifelt, daß Susan es schaffen würde. Sie arbeitete seit 35 Jahren an diversen Krankenhäusern, erst in San Francisco, dann in Oregon, und hatte sich in der Beurteilung von Genesungschancen noch selten geirrt.

Die Behandlung von Kranken schien ihr angeboren zu sein – sie fragte sich oft, ob sie nicht schon in einem früheren Leben Krankenschwester war. Sie glaubte an Wiedergeburt, und ihr Vorbild war Florence Nightingale.

»Leider tauge ich zu nichts anderem«, verriet sie mit herzhaftem Lachen. »Im Haushalt habe ich zwei linke Hände, und mit Geld verstehe ich nicht umzugehen. Mein Bankkonto ist ständig in Unordnung und meist überzogen.« Sie war zweimal verheiratet gewesen und zweimal geschieden. »Wahrscheinlich koche ich nicht gut genug«, lachte sie, »ich stehe lieber an einem Operationstisch als an einem Herd. Aber ich bin wirklich eine erstklassige Krankenschwester und stolz darauf.« Sie breitete ihre Arme aus, als wolle sie mit dieser Geste unterstreichen, wie sehr sie ihren Beruf liebte.

Susan mochte sie.

Im allgemeinen machten sie Menschen nervös, die zuviel sprachen, aber Mrs. Bakers Geplauder war amüsant und mit ironischer Sebstkritik gewürzt.

»Hungrig?« fragte Mrs. Baker.

Susan nickte eifrig. Zu ihrem Erstaunen war sie mit einem gesunden Appetit aufgewacht.

»Ein gutes Zeichen. Wir werden heute mit kompakter Nahrung beginnen. Diät, natürlich. Aber nahrhaft. Sie müssen zu Kräften kommen.«

Noch während sie sprach, war ein junger, blonder Pfleger mit dem Frühstück ins Zimmer gekommen: Kirschenkompott, Toast ohne Butter mit einem Löffelchen Marmelade und ein Täßchen dünner Haferbrei. Susan stürzte sich auf das Essen, aber beklagte sich über die enttäuschende Größe der Portionen.

»Das ist nur der erste Eindruck«, erklärte ihr Mrs. Baker, »Glauben Sie mir, mein Kind, bevor Sie nur die Hälfte aufgegessen haben, werden Sie satt sein. Vergessen Sie nicht: Sie haben seit drei Wochen keine feste Nahrung zu sich genommen. Der Magen hat sich angepaßt, ist geschrumpft. Es wird noch etwas dauern, bis Sie wieder normal essen können.«

Sie hatte recht. So gut Susan auch das Frühstück schmeckte, sie vermochte nicht mehr als ein paar Bissen hinunterzubringen. Danach betrachtete sie die Reste der kärglichen Mahlzeit beinahe mit Abscheu.

Während sie aß, mußte sie an Dr. Viteski denken. Er hatte sich bemüht, freundlich zu sein, war aber immer sachlich und unpersönlich geblieben. Ihre Angst vor dem Einschlafen hatte er einfach nicht zur Kenntnis genommen. Immer noch hatte sie das Gefühl, man hätte sie nachts nicht unbeaufsichtigt liegen lassen dürfen. Trotz Thelma Bakers Liebenswürdigkeit erschien ihr der Klinikbetrieb kalt und unpersönlich.

Nein, sie konnte keinen Bissen mehr essen. Sie wischte sich den Mund mit der Papierserviette ab und schob den Rolltisch mit dem Tablett beiseite. Plötzlich hatte sie das Gefühl, beobachtet zu werden.

Sie blickte auf.

In der offenen Tür stand ein eleganter, hochgewachsener Mann um die Vierzig. Unter dem weißen Kittel sah sie eine dunkle Hose und schwarze Schuhe. Er trug eine graue Strickkrawatte, in der Hand hielt er einen Schreibblock. Seine Gesichtszüge verrieten Empfindsamkeit, aber sie waren so markant, als ob sie ein begabter Bildhauer aus Stein gemeißelt hätte. Seine hellblauen Augen bildeten einen interessanten Kontrast zu seinem vollen, schwarzen Haar.

»Miß Thorton«, sagte er mit dunkler Stimme, »ich bin erfreut, Sie aufrecht sitzen zu sehen. Hat Ihnen das Frühstück geschmeckt?« Jetzt trat er an ihr Bett und verbeugte sich lächelnd. »Ich bin Ihr behandelnder Arzt, Dr. McGee. Jeffrey McGee.«

Unwillkürlich sagte sie: »Ich dachte, Dr. Viteski...«

»Viteski ist der Oberarzt, der Chef dieser Abteilung. Aber Sie, Miß Thorton, sind *meine* Patientin.«

Seine Stimme, das dunkle, männliche Timbre, hatte eine seltsam beruhigende Wirkung. »Ich war im Notaufnahmeraum, als Sie eingeliefert wurden.«

»Aber gestern nacht...«

»Gestern war mein freier Tag, und da ist Dr. Viteski für mich eingesprungen. Sie haben 22 Tage fest geschlafen, und 22 Tage war ich in Sorge um Sie. Aber Sie mußten ausgerechnet aus dem Koma erwachen, als ich nicht Dienst hatte.« Er schüttelte den Kopf, als wäre er persönlich beleidigt. Vergnügt fuhr er fort: »Wenn es Wunderheilungen gibt, die meine Patienten betreffen, ziehe ich es vor, an Ort und Stelle zu sein, um mich im Ruhm des Erfolgs zu sonnen. Sie verstehen mich doch.« Jetzt lächelte er.

Susan konnte nicht anders, als sein Lächeln zu erwidern. Die Leichtigkeit, mit der er über ihr Koma und ihr Erwachen sprach, überraschte sie. Sie bemühte sich um einen ebenso unbeschwerten Ton. »Betrachten Sie mich als ein medizinisches Wunder, Dr. McGee?«

»Warum nicht?« gab er mit gleicher Münze zurück. »Sind Sie nicht schon immer ein Wunderkind gewesen? Ein Genie in Physik und Mathematik, soweit ich informiert bin...«

»Wenn Sie mich für einen weiblichen Einstein halten, irren Sie sich. Ich habe bloß bei einigen Prüfungen brilliert. Das tun andere auch.«

Er grinste. »Solange Sie hier sind, können Sie den ganzen Formelkram vergessen. Wie fühlen Sie sich heute?«

»Ausgezeichnet.«

»Gut genug für einen vergnügten Abend mit Barbesuch und Tanz?«

»Noch nicht ganz. Vielleicht morgen.«

»Abgemacht.« Jetzt untersuchte er ihr Frühstückstablett.

»Hm, nicht schlecht für den Anfang.« Der leichtfertige Unterton war verschwunden, in Sekundenschnelle hatte er sich in einen ernsten, verantwortungsbewußten Arzt verwandelt. »Sie werden mehrere kleine Mahlzeiten zu sich nehmen, deren Anzahl sich von Tag zu Tag steigern wird. Leichte Kost, kleine Portionen. Aber ich werde dafür sorgen, daß die Portionen unter meiner Kontrolle immer größer werden. Sie müssen etwas Geduld haben. Keine Sorge, Sie werden wieder zu Kräften kommen, nicht schnell, aber stetig. Und was Ihr Gewicht angeht – nun, bald werden Ihre hübschen Arme wieder voll und kräftig werden wie die eines Catchers.«

Sein Ernst war verflogen, er lächelte wieder. So gefiel er ihr besser. »Jawohl, Herr Doktor. Patient ist mit der Therapie einverstanden. Außer was die Größe der Portionen betrifft.«

»Vielleicht lasse ich darüber mit mir reden.« Er zwinkerte ihr zu. »Haben Sie Kopfschmerzen?«

»Nein.«

»Schwindelgefühle?«

»Auch nicht.«

»Und Ihr Puls?« Er griff nach ihrer Hand.

»Mrs. Baker hat ihn schon vor dem Frühstück gemessen und notiert.«

»Ich weiß. Vielleicht ist es nur ein Trick von mir, um Ihre Hand zu halten.«

Susan lachte. »Sie sind nicht wie andere Ärzte...«

»Glauben Sie, ein Arzt muß unbedingt distanziert und humorlos sein?«

»Nein, gewiß nicht. Aber meine Erfahrungen...«

»Soll ich mich bemühen, so zu sein wie Dr. Viteski?«

»Um Gottes willen, nein...«

»Aber er ist ein hervorragender Mediziner.«

»Wahrscheinlich. Aber ich glaube, Sie sind ein besserer Arzt.«

»Danke für das Kompliment. Ich werde es als Diskont von meiner Rechnung abziehen.« Er lachte. »Sowie ich von Rechnung sprach, hat sich Ihr Puls beschleunigt. Sie reagieren also ganz normal.«

»Ich werde also überleben?«

»Sicher. Bis auf weiteres.« Immer noch hielt er ihre Hand in seiner, als er erklärte: »Halten Sie mich nicht für einen Scharlatan, aber ich glaube, ein bißchen Humor im Umgang mit Patienten hat sein Gutes. Der Kranke bekommt eine positive Einstellung, und die ist jedem Heilungsprozeß förderlich. Natürlich gibt es auch Menschen, die einen humorvollen Arzt nicht ganz ernst nehmen. Sie haben bloß Vertrauen zu strengen, älteren Männern mit Brille und langem Bart.«

»Zu denen gehöre ich nicht«, sagte Susan schnell. »Behandeln Sie mich, wie Sie es für richtig halten. Ich brauche Aufmunterung.«

»Sie haben keinen Grund, niedergeschlagen zu sein. Das Schlimmste liegt hinter Ihnen.«

Nach einem letzten, leichten Druck ließ er jetzt ihre Hand

frei. Zu ihrem Erstaunen stellte Susan fest, daß sie es bedauerte.

Er sagte: »Dr. Viteski berichtete mir, Sie hätten Gedächtnislücken.«

»Ja, das ist richtig. Zuerst konnte ich mich an gar nichts erinnern, nicht einmal an meinen Namen. Doch nach und nach kamen viele Erinnerungen zurück. Aber Lücken sind geblieben, das stimmt...«

»Ich werde mit Ihnen noch darüber sprechen. Aber jetzt muß ich meine Runde machen; Sie sind nicht die einzige Patientin in dieser wunderschönen Klinik. Aber ich komme später wieder zu Ihnen und werde versuchen, Ihrem Gedächtnis auf die Sprünge zu helfen. Einverstanden?«

»Aber ja.«

»Inzwischen ruhen Sie sich aus.«

»Was sonst könnte ich tun?«

»Kein Tennis bis auf weiteres.«

»O Gott! Und ich habe mit Mrs. Baker ein Match vereinbart.«

»Ich werde Sie entschuldigen. Bis dann.« Und damit verließ er das Krankenzimmer mit graziöser Selbstsicherheit.

Susan sah ihm lächelnd nach. Ihr Unbehagen war verschwunden. Vielleicht hatte sich Dr. Viteski seltsam verhalten, aber es mußte ihre auf der Kopfverletzung basierende Verwirrung gewesen sein, die darin ein bedrohliches Moment gesehen hatte. Jetzt, nach Dr. McGees Visite, war Viteskis Benehmen bedeutungslos geworden, und die Klinik erschien ihr in einem neuen, freundlicheren Licht.

4.

Als Thelma Baker später in ihr Zimmer kam, bat Susan um einen Spiegel. Schon nach dem ersten Blick wünschte sie, sie hätte es nicht getan. Sie blickte in ein bleiches, verhärmtes Gesicht. Ihre graugrünen Augen waren blutunterlaufen und von dunklen, fleischigen Ringen umgeben. Um ihren Kopf verbinden zu können, hatte man ihr langes, blondes Haar kurz geschnitten, ohne jede Rücksicht auf ihr Aussehen. Und nach 22 Tagen ohne Pflege war ihr Haar strähnig fettig.

»Oh, mein Gott, ich sehe ja schrecklich aus.«

»Aber nein«, beschwichtigte sie die Schwester. »Nur ein bißchen mitgenommen. Keine Sorge; sowie Sie das verlorene Gewicht zurückgewonnen haben, werden Ihre Wangen wieder voll werden und die Augensäcke verschwinden.«

»Ich muß meine Haare waschen.«

»Sie sind noch zu schwach, um ins Badezimmer zu gehen und am Becken zu stehen. Außerdem müssen Sie warten, bis der Verband herunterkommt, und das wird frühestens morgen sein.«

»Nein. Es muß sofort sein. Mein Haar ist fettig, und die Kopfhaut juckt. Ich fühle mich elend.«

»Es ist zwecklos, meine Gute. Es darf nicht sein, also geben Sie sich keine Mühe. Das einzige, was ich für Sie tun kann, ist eine Trockenwäsche.«

»Was ist das?«

»Ihr Haar mit Puder bestreuen, damit das Fett aufgesogen wird. Dann kräftig abbürsten. Wir haben das zweimal wöchentlich gemacht, während Sie im Koma lagen.«

Susan griff nach ihrem Haar. »Und das hilft?«

»Ein wenig.«

»Also gut.«

Mrs. Baker brachte ihr eine Puderdose und einen Kamm.

Jetzt fragte Susan nach ihrem Gepäck. »Ist beim Unfall alles verlorengegangen?«

»Aber nein. Ihre Sachen sind hier im Schrank.«

»Gut. Würden Sie mir bitte meine Kosmetiktasche bringen.«

Mrs. Baker schmunzelte. »Er sieht blendend aus, nicht wahr? Und er versteht es, einen einzuwickeln.« Sie zwinkerte Susan zu. »Und er ist nicht verheiratet.«

Wider Willen errötete sie. »Ich verstehe nicht, was Sie meinen.«

Die Baker lachte und tätschelte Susans Hand. »Kein Grund zur Verlegenheit. Alle weiblichen Patienten von Dr. McGee geben sich alle Mühe, vorteilhaft auszusehen. Junge Mädchen beginnen zu flattern, wenn er an ihr Bett kommt, und selbst ehrenwerte Damen bekommen einen verräterischen Glanz in den Augen. Ja, sogar weißhaarige Großmütter, die von Arthritis halb verkrüppelt sind und 40 Jahre älter als er – auch die schminken sich, wenn er Visite macht. Und ob Sie's glauben oder nicht – wenn sie sich hübsch machen, verbessert sich auch ihr Zustand. Ja, es gibt verschiedene Arten von Therapie.«

Susan fühlte sich tatsächlich besser, als Dr. McGee später in ihr Zimmer kam. Ihr Haar sah einigermaßen aus, und sie hatte Rouge aufgelegt und ihre Lippen angemalt. Sie erkannte an seinem Blick, daß er ihr verändertes Aussehen zur Kenntnis nahm, auch wenn er keine Bemerkung darüber verlor.

»So, da wären wir wieder.« Er schob einen Rollwagen vor sich her, auf dem zwei Tabletts standen. »Ich denke, wir können zusammen essen, während wir über Ihre Gedächtnisprobleme sprechen.«

Erstaunt fragte sie: »Ein Arzt, der mit seinem Patienten ißt?«

»Warum nicht? Wir sind hier weniger formell als in der Großstadt.«

»Wer zahlt für das Essen?«

»Selbstverständlich *Sie*. So originell sind wir auch wieder nicht.« Er lachte, und sie stimmte ein.

»Was gibt es heute zu Mittag?«

»Für mich ein Hühnersandwich und Apfelkuchen. Für Sie Toast ohne Butter und Haferschleim ...«

»Ein bißchen eintönig.«

»O nein. Statt Kirschkompott gibt es Quittengelee.«

»Ich bin platt.«

»Fast wie im Ritz, nicht wahr?« Er zog einen Stuhl zum Bett und regulierte ihre Bettstatt, so daß sie beide bequem essen und sich unterhalten konnten.

Er entfernte die Plastikdeckel von den Töpfen und sagte beiläufig: »Sie sehen blendend aus, Miß Thorton.«

»Ich schaue aus wie der Tod auf Urlaub.«

»Keineswegs. Bitte vergessen Sie nicht, daß Sie der Patient sind und ich der Arzt und daß der Patient seinem Arzt nie, nie widersprechen darf. Wenn ich feststelle, daß Sie blendend aussehen, dann tun Sie's auch. Verstanden?«

»Jawohl, mein Herr.« Jetzt war sie froh, daß sie sich mit Haar und Kosmetik so viel Mühe gegeben hatte. Auch hatte Thelma Baker ihr geholfen, das gräßliche Spitalhemd abzustreifen und in einen blauen Seidenpyjama zu schlüpfen, der sich in ihrem Übernachtungskoffer befand. Sie war sich bewußt, daß sie immer noch kläglich genug aussah, aber zumindest ähnelte sie ein wenig der früheren Susan Thorton.

Während sie aßen, versuchten sie gemeinsam, die Gedächtnislücken zu schließen. Susans Erinnerungsvermögen hatte weniger gelitten, als sie nach ihrem ersten Erwachen befürchtet hatte. Sie wußte fast alles, was ihr noch am vergangenen Tag entglitten gewesen war.

Ihr Geburtshaus in der Vorstadt von Philadelphia. Dort war sie auch aufgewachsen. Ein freundlicher, zweistöckiger Bau mit grünen Jalousien und hellen Gardinen. Eine Ahornallee. Zwischen Birkenstämmen im Garten hing eine Schaukel. Schule, Weihnachtsferien, Spielgefährten.

»Eine beneidenswerte Kindheit«, sagte er.

»So mag es den Anschein haben. Aber offen gesagt, es hat mich nicht glücklich gemacht. Ich fühlte mich immer irgendwie isoliert. Einsam.«

Er räusperte sich. »Gleich nach Ihrer Einlieferung haben wir versucht, mit Ihrer Familie in Kontakt zu kommen. Aber es war kein naher Verwandter aufzutreiben.«

Susan sprach ausführlich über ihre Eltern. Teils wollte sie sich vergewissern, daß ihr Gedächtnis funktionierte, teils war es angenehm, mit McGee zu plaudern. Und nach 22 Tagen in Dunkelheit und Schweigen fühlte sie ein lebhaftes Bedürfnis, zu sprechen und aus sich herauszugehen.

Ihre Mutter war einem Verkehrsunfall zum Opfer gefallen, als sie sieben Jahre alt gewesen war. Ein Fernfahrer hatte eine Herzattacke erlitten; der schwere Laster war in vollem Tempo über ein Rotlicht gefahren und hatte den Chevrolet von Susans Mutter zermalmt. Susan konnte sich kaum noch an die schöne Regina Thorton erinnern. Das hatte aber nichts mit Amnesie zu tun. Sie war noch ein kleines Mädchen gewesen, als ihre Mutter vor einem Vierteljahrhundert aus ihrem Leben verschwand. Ihre Mutter war langsam, aber unausweichlich ihrem Gedächtnis entschwunden – wie ein Bild, das zu lange dem Sonnenlicht ausgesetzt wird und mit der Zeit vergilbt.

Doch ihres Vaters entsann sie sich sehr gut. Frank Thorton war ein großer, kräftiger Mann gewesen, den man hätte stattlich nennen können, wenn er durchtrainiert gewesen wäre, statt Fett anzusetzen. Doch er betrieb nie Sport und verbrachte den größten Teil des Tages in seinem Herrenmodegeschäft. Susan liebte ihn, und sie wußte, daß auch er sie liebte, obwohl er das nie in Worten auszudrücken verstand. Er war wenig gesprächig und fühlte sich am wohlsten, wenn er sich mit seiner Pfeife und seinem Briefmarkenalbum in sein Studio zurückziehen konnte. Vielleicht hätte er zu einem Sohn eine stärkere Beziehung entwickelt als zu einer Tochter; er verstand sich mit Männern besser als mit Frauen, und das Großziehen eines jungen Mädchens war zweifellos eine schwierige Aufgabe für ihn.

Zehn Jahre nach dem Tod seiner Frau starb er an Lungenkrebs. Susan hatte gerade die Highschool absolviert und fühlte sich einsamer als je zuvor.

»Keine Tante, kein Onkel. Großeltern?«

»Meine Großeltern leben schon lange nicht mehr. Ein Bruder meines Vaters lebt in Kanada; ich habe ihn noch nie gesehen. Tante Nelly ist 80 Jahre alt; sie besuchte mich zuletzt nach dem Tod meines Vaters. Sie hat an der französischen Riviera gelebt; jetzt ist sie in einem Altersheim. Man hat mir mitgeteilt, daß sie nicht mehr imstande ist, Briefe zu lesen oder zu beantworten.«

»Und Ihre Jahre an der Universität?«

»Erst Pennsylvania, dann Kalifornien. Dort habe ich auch meinen Doktor gemacht. An diese Zeit erinnere ich mich sehr gut, obwohl...«

Sie stockte.

Er blickte auf. »Was ist los mit Ihnen?«

»Warum?«

»Sie – Sie machten den Eindruck, als hätten Sie einen Geist gesehen.«

Sie hatte sich verraten. Tatsächlich wünschte sie, sie könnte sich an das zweite Universitätsjahr weniger gut erinnern, könnte vergessen, was in Briarstead geschehen war.

»Einen Geist?« fragte sie gedehnt. »Nun, in einem gewissen Sinn stimmt das auch.«

Sie hatte mit einer Art Heißhunger gegessen, jetzt war ihr der Appetit vergangen. Energisch stellte sie ihr Tablett auf den Rolltisch zurück.

»Was meinen Sie – mit dem Geist?«

»Keinen wirklichen, natürlich. Bloß eine böse Erinnerung. Amnesie oder nicht – es gibt etwas, was ich gern für immer vergessen möchte. Aber ich kann nicht.«

Jetzt hörte auch McGee auf zu essen und schob den Rolltisch beiseite. »Erzählen Sie!«

»Ich möchte Sie nicht damit belasten...«

»Belasten Sie mich! Es gehört zu meinem Beruf, die seelischen Lasten meiner Patienten mitzutragen.«

»Es ist eine gräßliche Geschichte...«

»Wenn die Erinnerung Sie quält, befreien Sie sich von ihr, indem Sie über sie sprechen.« Er lächelte schwach. »Oder glauben Sie, Sie könnten mir Angst einjagen?«

Doch Susan lächelte nicht. Nicht einmal Dr. McGees lässiger Ton vermochte die Erinnerung erträglich zu machen.

»In Briarstead hatte ich einen Freund. Jerry Stein. Er war nett, riesig nett. Ich mochte ihn sehr gern. Wir begannen sogar, Heiratspläne zu schmieden. Wenn wir beide das Studium abgeschlossen hätten...« Sie konnte nicht weitersprechen.

»Und dann?« Er sah sie eindringlich an.

Sie biß sich auf die Lippen. Schließlich sagte sie: »Dann wurde er umgebracht.«

»Oh, wie schrecklich! Wie ist es passiert?«

»Er wollte einer Studentenverbindung beitreten. Sie wissen, dabei gibt es ein gewisses Ritual.«

»Ja, man muß gewisse Mißhandlungen über sich ergehen lassen. Eine Art Studentenulk.«

»Damals wurde es Ernst. Tödlicher Ernst.«

Er senkte den Kopf. »Solche Dinge kommen leider vor. Eines Nachts, ich war ein blutjunger Arzt, brachte man einen Burschen von kaum 20 in die Notaufnahme. Mit schweren Brandwunden. Er war bei einem solchen Aufnahmeritual verbrannt worden. Seine Kameraden waren tief betroffen. Bei einer Mutprobe, einer Art Feuertaufe, war etwas schiefgegangen...«

»Es war nicht Feuer, was Jerry getötet hat«, sagte Susan. »Es war Haß.«

Der Gedanke daran machte sie schaudern.

»Haß? Was wollen Sie damit sagen?«

Sie schwieg, ihre Gedanken wirbelten dreizehn Jahre zurück. Obwohl es im Krankenzimmer angenehm warm war, zitterte Susan plötzlich vor Kälte. Als ob es bitter kalt wäre, so kalt wie damals in der Donnerhöhle.

McGee beugte sich erwartungsvoll vor, geduldig, ohne etwas zu sagen.

Doch Susan schüttelte den Kopf. »Verzeihen Sie, aber ich möchte jetzt nicht in Details gehen.«

»Ich verstehe. Sie wurden mit einer ganzen Reihe von Todesfällen konfrontiert, bevor Sie 21 waren.«

»Ja, ich glaubte schon, es laste ein Fluch auf mir. Jeder Mensch, an dem ich hing, mußte sterben.«

»Erst die Mutter, dann der Vater. Schließlich der Bräutigam.«

»Nun, Jerry war nicht wirklich mein Bräutigam.«

»Aber beinahe.«

»Ja. Es fehlte bloß der Ring.«

»Vielleicht sollten Sie doch über seinen Tod sprechen. Es würde Sie erleichtern.«

»Nein. Nein...«

»Lehnen Sie es nicht vorschell ab. Wenn es Sie noch nach so langer Zeit so sehr quält...«

Sie unterbrach ihn. »Ich könnte nie darüber hinwegkommen. Es war zu schrecklich, als daß ich es je vergessen könnte.« Sie machte eine kleine Pause. »Außerdem – sagten Sie nicht, daß eine positive Einstellung den Heilungsprozeß beschleunigen kann?«

»O ja...«

»Dann sollte ich nicht über Begebenheiten sprechen, die mich in Depressionen stürzen.«

Er sah sie lange schweigend an. Aus seinem Blick sprach tiefe Besorgnis. Sie zweifelte nicht, daß ihr Wohlbefinden ihm am Herzen lag.

Schließlich sagte er mit einem kleinen Seufzer: »Also gut. Kehren wir zur Tagesordnung zurück. Ihre Amnesie. Ich habe den Eindruck, Sie erinnern sich jetzt an alles. Wo gibt es noch Lücken?«

Bevor sie antwortete, machte sie sich an der Hydraulik des Bettgestells zu schaffen, zwang sich, aufrechter zu sitzen als bisher. Ihr Rücken schmerzte, die tagelange Bewegungslosigkeit machte sich bemerkbar. Als sie sich schließlich besser fühlte, erklärte sie: »Der Unfall. Ich weiß nur mehr, daß ich mich auf dem Weg zum Viewtop Hotel befand. Mehr nicht. Ich hatte Hunger, freute mich auf das Abendessen, ja, das weiß ich noch. Aber das ist auch alles. Als ob jemand einen Schalter abgedreht hätte...«

»Das ist nicht ungewöhnlich. Es ist häufig so, daß der Patient sich zwar an alles erinnert, bloß nicht an den Unfall selbst, an den Impakt, der die Amnesie ausgelöst hat. Eine Lücke, die unausgefüllt bleibt.«

»Gut, das war zu erwarten, und es beunruhigt mich auch nicht. Aber es gibt noch etwas, woran ich mich nicht erinnern kann, und das macht mich verrückt.« Er sah sie fragend an, und sie fuhr fort: »Meine Arbeit. Mein Job. Es ist wie eine schwarze Wand. Nicht das geringste Detail kommt mir in den Sinn. Ich weiß, ich bin Physikerin, erfolgreich, ausgezeichnet, Magister, Doktor. Ich weiß sehr wohl, daß ich meine Kenntnisse nicht verloren habe. Ich bin sicher, ich könnte morgen meine Arbeit wieder aufnehmen, ohne einen Wiederholungskurs zu absolvieren. Aber –«

Sie stockte, und es bedurfte eines aufmunternden Nickens von Dr. McGee, damit sie fortfuhr: »Aber worin bestand meine spezielle Tätigkeit? Und für *wen* habe ich gearbeitet? Wer war mein Chef, wer waren meine Kollegen? Arbeitete ich in einem Büro, in einem Laboratorium? Es ist doch eine Art Versuchsanstalt gewesen, nicht wahr? Aber ich kann mich nicht entsinnen, wie sie aussah, wie sie eingerichtet war – und vor allem: wo sie sich befand.«

»Ich will Ihrer Erinnerung gern nachhelfen«, sagte McGee. »Sie sind bei der Milestone Corporation angestellt. In Newport Beach in Kalifornien.«

»Das hat mir schon Dr. Viteski gesagt. Aber der Name weckt keine Erinnerung in mir.«

»Keine Sorge, alle Gedächtnislücken werden sich wieder schließen, eine nach der anderen. Es braucht Zeit...«

»Nein«, erwiderte sie heftig und schüttelte den Kopf. »Sehen Sie, Doktor, die Lücke, die meine Arbeit betrifft, ist anders als die anderen. Sonst war alles in einen leichten Nebel gehüllt, der sich langsam auflöste. Ich konnte fühlen, Bilder sehen – es handelte sich um Erinnerungen, die verblaßt waren und die eine nach der anderen schärfere Umrisse bekamen, bis ich sie deutlich vor Augen hatte. Aber wenn ich mich an meinen Job zu erinnern versuche, gibt es nichts, was von einem Nebelschleier verhüllt wird. Nichts, gar nichts. Ein schwarzes Loch, eine absolute Leere, ein Abgrund, der immer tiefer und tiefer wird. Ich bekomme es richtig mit der Angst zu tun.«

»Kein Grund, sich zu fürchten.« Er rückte näher heran, seine Stirn war gefurcht. »Sie hatten eine Milestone-Plakette in Ihrer Börse, als Sie eingeliefert wurden. Vielleicht kann die Ihre Erinnerung auffrischen.«

»Glauben Sie? Ich würde sie gerne sehen.«

Er zog die Schublade ihres Nachttisches auf, holte ihre Börse aus der Lade und reichte sie ihr.

Sie öffnete die Börse und fand die Plakette. Eine dicke Plastikkarte, in die ihr Foto eingestanzt war. Mit blauen Lettern stand auf weißem Grund: MILESTONE CORPORATION. Darunter war ihr Name gedruckt und seitlich eine Personenbeschreibung vermerkt: Geburtsdatum, Größe, Haar- und Augenfarbe. Darunter mit roter Tinte die Identifikationsnummer einer Angestellten. Die Art von Ausweis, wie sie von Unternehmen ausgegeben wird, deren Gelände und Räume nicht von Unbefugten betreten werden sollen.

McGee stand jetzt neben ihr und betrachtete sie prüfend, während sie die Plakette ansah. »Hilft sie Ihnen?«

»Nein.«

»Nicht ein bißchen?«

Beinahe beschämt schüttelte sie den Kopf. »Keine Erinnerung...« Sie drehte und wendete die Plakette in ihrer Hand, versuchte den Strom der Erinnerung einzuschalten. Vergebens! Dieser Personalausweis hätte ihr nicht exotischer erscheinen können, wenn er einem Marsmenschen gehört hätte.

»Es ist richtig unheimlich«, sagte sie. »Ich versuche mich an den Tag zu erinnern, an dem ich zuletzt an meine Arbeit ging, den Tag vor meiner Ferienreise. An einiges kann ich mich entsinnen. Vieles steht glasklar vor mir. Wie ich aufgestanden bin, meine Haare gekämmt, mein Frühstück gegessen habe. Ich sehe mich in die Garage gehen, den Wagen anlassen...« Ihre Stimme wurde unsicher. Sie betastete die Oberfläche der Plakette wie ein Hellseher, der durch Berührung eines Gegenstands geheimnisvolle Kontakte herzustellen vermag. »Ich erinnere mich, wie ich aus der Garage gefahren bin – und das nächste, woran ich mich entsinnen kann, ist, wie ich abends heimkam. Wie ich in die Garage hineinfuhr, aus dem Wagen stieg, die Tür schloß... Dazwischen ist nichts als Finsternis, völlige Leere. Und so geht es mir nicht nur mit diesem einen Tag, sondern mit allen Werktagen. So sehr ich mich auch plage, sie sind wie weggeblasen. Kein Nebelvorhang, nein, nicht die geringste Erinnerung.«

Er stand immer noch an ihrem Bett. Er sagte mit sanfter, ermunternder Stimme: »Alles ist in Ihren Gehirnzellen gespeichert, Susan. Es wird wiederkommen. Wir wollen versuchen, Ihrem Unterbewußtsein ein bißchen nachzuhelfen. Beginnen wir am Morgen Ihres letzten Arbeitstages. Denken Sie daran, wie Sie am Lenkrad gesessen haben.«

»Das habe ich doch schon erzählt.«

»Denken Sie nochmals daran. Schließen Sie Ihre Augen!«

Sie gehorchte wortlos.

»Gut. Ich helfe Ihnen, sich den Morgen in Erinnerung zu rufen. Ein typischer Augusttag in Südkalifornien. Warm, sonnig. Über den Tälern Nebelfetzen, Spuren von Smog...«

»Nein, nein. An diesem Morgen war kein Smog zu sehen. Und keine Wolke. Der Himmel war blau, klar und blau.«

»Ausgezeichnet. Sie fuhren aus der Garage. Nahmen den gewohnten Weg, so wie alle Tage... Nennen Sie mir der Reihe nach alle Straßen, durch die Sie gefahren sind.«

Sie schwieg fast eine volle Minute. Dann antwortete sie tonlos: »Es ist zwecklos. Ich kann mich nicht erinnern.«

Er insistierte geduldig: »Die Straßennamen...«

»Ich weiß sie nicht.«

»Wenigstens den Namen *einer* Straße. Einer einzigen...«

Wieder strengte sie ihr Gedächtnis an, und wieder blieben ihre Bemühungen fruchtlos. Verzweifelt flüsterte sie: »Keine einzige...«

»Sie erinnern sich, daß Sie aus der Garage hinausfuhren. Auf die Straße hinaus. Sind Sie nach rechts oder nach links abgebogen?«

Susan Thorten, die gewohnt gewesen war, mit den kompliziertesten physikalischen und mathematischen Problemen zu ringen, sah sich dieser einfachen Frage nicht gewachsen.

Am liebsten wäre sie in Tränen ausgebrochen.

»Ich weiß es nicht...«

Sie öffnete die Augen und sah Dr. McGee ratlos an.

Statt weiter zu fragen, nannte er jetzt abrupt einen Namen.

»Philip Gomez«, sagte er.

»Wie bitte?«

»Philip Gomez«, wiederholte er.

»Wer ist das? Jemand, den ich kennen sollte?«

»Der Name sagt Ihnen nichts?«

»Nein.«

»Er ist Abteilungsleiter in Milestone. Ihr Vorgesetzter.«

»Tatsächlich?«

Sie versuchte sich diesen Philip Gomez vorzustellen. Sein Aussehen, seine Stimme. Doch keinerlei Erinnerung kam zurück, nichts, was sie mit diesem Menschen verbinden konnte.

»Sie haben unter ihm gearbeitet.«

»Unter Philip Gomez? Sind Sie sicher?«

Er vergrub die Hände in den Taschen seines Kittels. »Nach Ihrer Einlieferung versuchten wir, Ihre Familie zu verständigen. Nachdem das nicht möglich war, riefen wir in Newport Beach an, die Milestone Corporation. Ich habe selbst mit Philip Gomez gesprochen. Er sagte, Sie hätten über vier Jahre für ihn gearbeitet. Zu seiner vollsten Zufriedenheit. Er war sehr besorgt, als er von Ihrem Unfall hörte. Als Sie im Koma lagen, hat er mehrere Male angerufen und sich nach Ihnen erkundigt.«

»Können wir nicht mit ihm telefonieren? Vielleicht, wenn ich seine Stimme höre, würde das eine Erinnerung in mir wachrufen.«

»Leider habe ich seine Privatnummer nicht. Wir können ihn nicht vor morgen anrufen.«

»Warum nicht?«

»Heute ist Sonntag.«

»Ach so...«

Sie hatte nicht mal gewußt, was für ein Wochentag war. Sie wußte nicht recht, warum, aber diese Kleinigkeit verwirrte sie.

»Wir werden morgen vormittag mit ihm telefonieren«, beruhigte sie Dr. McGee.

»Und wenn ich mit ihm spreche – und mich immer noch nicht an meine Arbeit erinnern kann?«

»Das wird nicht der Fall sein.«

»So leicht bin ich nicht zu beruhigen. Schenken Sie mir reinen Wein ein, bitte. Es gibt doch die Möglichkeit, daß ich alle Erinnerung an meinen Job verloren habe? Für immer.«

»Höchst unwahrscheinlich.«

»Aber möglich.«

»Sie wollen unbedingt die Wahrheit wissen. Nun – in Fällen von Amnesie ist praktisch alles möglich.«

Sie ließ sich in die Kissen zurücksinken. Regulierte die

Bettstatt, bis sie beinahe flach dalag. Erschöpft und deprimiert.

»Hören Sie«, sagte McGee sehr ernst. »Selbst wenn Sie sich nicht gleich oder auch nie an Milestone erinnern können, heißt das nicht, daß Sie Ihre Arbeit nicht wieder aufnehmen können. Sie haben doch nichts vergessen, was Ihre Kenntnisse betrifft, Sie sind immer noch eine kompetente Wissenschaftlerin. Bei totaler Amnesie weiß der Patient nichts mehr von seinem Studium, von seinem früheren Leben. Er kann nicht einmal lesen und schreiben. Aber Sie leiden doch nicht an totaler Amnesie, Gott sei Dank! Dafür müssen wir dankbar sein. Sie sind in einem Heilungsprozeß begriffen, der langsam vor sich gehen mag, aber vollen Erfolg verspricht.«

Susan konnte nur hoffen, er würde recht behalten. Ihr sorgfältig aufgebautes Leben hatte sich in ein Chaos verwandelt. Der Gedanke, dieser Zustand könnte von Dauer sein, erschien ihr unerträglich. Stets hatte sie alles, was sie betraf, kühl und überlegen kontrolliert. Sie mußte ihr Leben wieder in den Griff bekommen.

McGee nahm seine Hände aus den Taschen, er blickte auf seine Armbanduhr. »Ich muß an meine Arbeit, Susan. Aber bevor ich später nach Hause gehe, komme ich nochmals vorbei. Versuchen Sie sich inzwischen zu entspannen. Essen Sie, wenn Sie Lust haben, aber zwingen Sie sich zu nichts. Und quälen Sie sich nicht länger. Mit der Zeit wird sich auch die Milestone-Lücke wieder schließen.«

Susan sah ihm betroffen nach. Denn mit einem Mal hatte sie ein beklemmendes Gefühl, dessen Ursprung sie sich nicht erklären konnte. Sie hatte den erschreckenden Eindruck, es wäre besser für sie, wenn sie sich an Milestone *nicht* erinnern würde.

Und gleichzeitig überkam sie eiskalte Angst.

5.

Zwei Stunden lang schlief sie. Traumlos. Zumindest entsann sie sich nicht, geträumt zu haben.

Sie erwachte mit leichten Kopfschmerzen. Ihr Haar war zerzaust, sie griff nach ihrem Kamm.

Als sie den Kamm auf den Nachttisch zurücklegte, kam Thelma Baker ins Zimmer und schob einen Rollstuhl vor sich her. »Wir wollen ein bißchen spazierenfahren, meine Liebe.«

»Wohin?«

»Eine Besichtigungsreise durch den zweiten Stock der romantischen Willawauk-Klinik. Wird in sämtlichen Reiseführern angepriesen.« Sie lachte. »Außerdem möchte der Doktor, daß Sie sich etwas bewegen.«

»Das nennen Sie Bewegung? In einem Rollstuhl?«

»Sie werden überrascht sein. Sich im Rollstuhl festzuhalten und die anderen Patienten zu betrachten, wird fürs erste genug ermüdend sein. Sie haben noch nicht die Kondition für einen Hundertmeterlauf, klar?«

»Ich glaube, ich könnte schon gehen«, sagte Susan. »Wahrscheinlich würde ich Hilfe brauchen, aber wenn ich mich auf Sie stützen dürfte...«

»Vielleicht können wir morgen ein paar Schritte versuchen«, erwiderte Mrs. Baker und ließ das Sicherheitsgitter vom Bett hinunter. »Aber heute werden Sie noch herumgefahren werden, und ich werde Chauffeur spielen.«

»Ich hasse es, wie ein Invalide behandelt zu werden.«

»Um Himmels willen, Sie sind doch kein Invalide. Nur vorübergehend etwas angeschlagen.«

»Trotzdem...«

Mrs. Baker stellte den Rollstuhl neben das Bett. »Jetzt setzen Sie sich erst mal auf die Bettkante und lassen Ihre Beine hin und her baumeln.«

»Warum?«

»Um Ihre Muskeln geschmeidig zu machen.«

Sowie sie sich auf die Bettkante setzte und ihr Rücken keinen Halt mehr hatte, fühlte sich Susan schwach und schwindlig. Sie klammerte sich an die Matratze, um nicht vom Bett zu fallen.

»Wie fühlen Sie sich?«

»Ausgezeichnet.« Sie log und zwang sich zu einem Lächeln.

»Jetzt bewegen Sie Ihre Beine, bitte.«

Susan schwang ihre Beine, so gut sie konnte. Es gelang nicht gleich, sie waren schwer wie Blei.

»Gut, gut so«, kommentierte Mrs. Baker. »Genug jetzt. Es ist genug für den Anfang.«

Die Anstrengung war so groß gewesen, daß ihr der Schweiß ausbrach. Trotzdem sagte sie: »Ich weiß, daß ich gehen kann.«

»Morgen, meine Liebe.«

Es schien Mrs. Bakers Taktik zu sein, Einwände von Patienten einfach zu ignorieren. Sie öffnete den Schrank und holte einen Schlafrock heraus, der zu Susans Pyjama paßte. Während Susan den Schlafrock überstreifte, brachte Mrs. Baker ein Paar Pantoffeln herbei und stellte sie vor Susan hin.

»Jetzt gleiten Sie bitte vom Bett, ganz langsam, und verlagern Sie Ihr Gewicht gegen mich. Genau so. Sehr gut.«

Susan schlüpfte in ihre Pantoffeln und versuchte ohne Mrs. Bakers Hilfe auf eigenen Füßen zu stehen. Sie wollte sich beweisen, daß sie es konnte. Doch sie wußte sofort, daß sie dazu nicht imstande war. Ihre Beine waren nicht mehr bleischwer, sondern schienen aus verfaulten Lumpen zu bestehen. Sie drohten einzuknicken, und Susan wäre ohne Mrs. Bakers Hilfe zusammengesackt. Sie ließ sich willenlos in den Rollstuhl setzen.

Thelma Baker zwinkerte ihr zu. »Glauben Sie immer noch, für einen Hundertmeterlauf fit zu sein?«

Susan beharrte eigensinnig: »Sie werden sehen, Mrs. Baker, morgen werde ich jede Strecke gehen, als ob ich nie bettlägerig gewesen wäre.«

Die Schwester grinste. »Vielleicht sind Sie nicht ganz bei Trost, aber zweifellos haben Sie Courage. Und Courage hab' ich immer bewundert.«

Damit trat sie hinter den Rollstuhl und schob ihn auf den

Korridor hinaus. Die rollende Bewegung hatte eine leichte Übelkeit zur Folge, die aber schnell verflog.

Die Klinik war in Form eines großen T gebaut. Susans Zimmer befand sich am rechten Ende des Querbalkens. Thelma Baker schob sie um die Ecke und dann den langen Flügel entlang bis zum unteren Ende des Ts.

Susan fühlte sich sofort wohler, als sie das Krankenbett und ihr Zimmer verlassen hatte. Die Halle war mit grünen Kacheln ausgelegt, und die Wände waren schulterhoch in einem passenden Grün gestrichen, das in ein mattes Gelb überging. Die Decke war in einem hellen Beige gehalten. Wenn man aufsah, ließ der Farbeffekt den ganzen Korridor höher, geräumiger erscheinen.

Die Gänge waren so sauber, daß man sich in einem keimfreien Raum zu befinden meinte. Sie entsann sich des großen Krankenhauses in Philadelphia, in dem ihr Vater bis zu seinem Tod gelegen hatte, ein Altbau mit staubigen Fensterbrettern und knarrenden Holzdielen. Doch obwohl ihr – zumindest in der Erinnerung – das Philadelphia-Krankenhaus menschlicher und anheimelnder erschien als die makellos saubere Klinik hier, meinte sie doch, froh sein zu müssen, in dieser Willawauk-Klinik gelandet zu sein.

Auch die Ärzte, Schwestern und Pfleger waren anders als im Krankenhaus, in dem ihr Vater gestorben war. Alle lächelten ihr zu. Und alle schienen um das Wohlbefinden der Patienten ehrlich besorgt zu sein. Während Susan durch den Gang gerollt wurde, unterbrachen einige Schwestern ihre Arbeit, um mit ihr ein Wort zu wechseln; sie gaben ihrer Freude Ausdruck, sie wieder wach und munter und auf dem Weg der Besserung zu sehen.

Thelma Baker führte sie bis ans Ende des Korridors, dann drehte sie den Rollstuhl um und rollte sie zurück. Susan fühlte sich zwar matt, doch weit besser als am Tag vorher und am Vormittag. Ihr Zustand besserte sich nicht nur von Tag zu Tag, sondern von Stunde zu Stunde.

Doch das euphorische Gefühl verschwand in Sekundenschnelle. Als sie an den beiden Aufzugtüren vorbeigeschoben wurde, öffnete sich eine dieser Türen, und ein Mann trat auf den Korridor hinaus, direkt vor Susans Rollstuhl. Ein Patient in Krankenhauskleidung; gestreifter Pyjama, brauner Schlafrock, braune Slipper. Mrs. Baker hielt den Rollstuhl an, um ihn vorbeizulassen. Als Susan ihn erkannte, hätte sie um ein Haar aufgeschrien. Sie wollte schreien, aber sie konnte nicht. Furcht verschloß ihr den Kehlkopf wie mit einer Klammer.

Es war Ernest Hatch. Ein großer, schwerer Mann. Alles an ihm war eckig, sein Kopf beinahe würfelförmig. Seine Augen blickten kalt und grau wie schmutziges Eis.

Als sie vor Gericht gegen ihn ausgesagt hatte, hatte er sie mit seinem eisigen Blick angestarrt und keinen Augenblick aus den Augen gelassen. Sie hatte die stumme Botschaft, die sein Blick ihr übermittelte, nur zu gut verstanden. ES WIRD DIR NOCH LEID TUN, DEN ZEUGENSTAND BETRETEN ZU HABEN.

Doch das war vor 13 Jahren gewesen. Sie hatte alle Vorsichtsmaßregeln getroffen, damit er sie nicht finden konnte, wenn er aus dem Gefängnis kam. Lange schon hatte sie nicht mehr an ihn gedacht.

Und jetzt stand er vor ihr.

Er blickte auf sie herunter, wie sie hilflos in ihrem Rollstuhl saß. Einen Moment lang zuckte es verräterisch in seinen Augen, er hatte sie erkannt. Trotz der vergangenen Jahre, trotz ihres abgezehrten Aussehens wußte er, wen er vor sich hatte.

Instinktiv wollte sie aufspringen und davonlaufen. Doch sie konnte sich nicht bewegen.

Es waren nur zwei oder drei Sekunden vergangen, seit sich die Aufzugtür geöffnet hatte, doch ihr schien es, als habe sie sich mindestens eine Viertelstunde Aug in Aug mit Ernest Hatch befunden.

Er lächelte ihr zu. Einem Unbeteiligten mag das Lächeln harmlos, ja freundlich erschienen sein. Aber Susan sah Haß und Drohung in ihm.

Hatch war der Führer der Studentengruppe gewesen, die Jerry Stein für die Aufnahme in die Bruderschaft den üblichen rituellen Mißhandlungen unterworfen hatte. Hatch hatte Jerry getötet. Nicht aus Versehen. Mit Absicht. Kaltblütig. In jener Nacht – in der Donnerhöhle.

Jetzt zwinkerte er ihr zu und hob seine Hand, wie zu einem freundschaftlichen Gruß.

In diesem Moment verschwand die Lähmung, die sie in ihrem Griff gehalten hatte. Sie konnte sich wieder bewegen. Sie fand die Kraft, sich vom Rollstuhl abzustoßen und aufzuspringen. Sie machte einen Schritt, von Hatch abgewandt, versuchte verzweifelt zu fliehen und hörte Mrs. Bakers Überraschungsruf. Beim zweiten Schritt hatte sie das Gefühl, sich unter Wasser zu befinden. Kein Grund unter ihren Beinen, sie knickte zusammen und begann zu fallen. Sie wäre auf dem Boden des Korridors aufgeschlagen, wenn sie nicht jemand aufgefangen hätte. Starke Arme hielten sie fest.

Als alles um sie herum sich zu drehen anfing, sah sie noch, daß Ernest Hatch es war, der sie aufgefangen hatte. Sie lag in seinen Armen. Sein Gesicht, ganz nahe dem ihren, wurde immer größer, wie ein fahler Vollmond.

Dann hatte sie das Bewußtsein verloren.

6.

»Sagten Sie: Gefahr?«

Dr. McGee stand mit Mrs. Baker am Fußende ihres Bettes.

Susan gab sich alle Mühe, kühl zu bleiben und das, was sie zu sagen hatte, mit Überzeugung vorzubringen. Es war ihr klar, daß man hysterische Frauen nie ganz ernst nahm – speziell wenn sie gerade von einer Kopfverletzung genesen waren. Man durfte nicht annehmen, daß sie geistig verwirrt war, an Halluzinationen litt. Vor allem Jeffrey McGee mußte ihr Glauben schenken.

Sie war in ihrem Bett aufgewacht, nur wenige Minuten nach ihrem Ohnmachtsanfall. McGee hatte ihr eine Manschette angelegt, um den Blutdruck zu messen. Sie hatte die Prozedur geduldig über sich ergehen lassen, bevor sie ihm gestand, daß sie in Gefahr war.

»Gefahr? Was für eine Gefahr?« Er hatte sich etwas vorgebeugt, das Stethoskop hing an seinem Hals.

Sie schluckte. »Der Mann...«

»Welcher Mann?«

»...der aus dem Aufzug kam!«

McGee blickte fragend auf Mrs. Baker.

Sie sagte: »Ein Patient. Ich kenne ihn.«

McGee runzelte die Brauen. »Und Sie halten ihn für gefährlich, Susan?«

Sie fingerte nervös an den Knöpfen ihres Pyjamas. »Sie erinnern sich doch, Doktor, was ich Ihnen von meinem Freund Jerry Stein erzählt habe?«

»O ja, sicher. Sie waren so gut wie verlobt mit ihm. Er starb bei der Aufnahme in eine Bruderschaft, bei den Initiationsriten.«

Mrs. Baker rief erschrocken: »O nein! Wie furchtbar!«

Ihr hatte Susan noch nichts über Jerry erzählt.

Susan mußte schlucken, ehe sie erklären konnte: »Es war ein Demütigungsritual. Der Aspirant mußte Demütigungen ertragen – in Anwesenheit seiner Braut oder seiner Freundin –, ohne mit der Wimper zu zucken.

Sie brachten Jerry und mich in eine Kalksteinhöhle, ein paar Meilen außerhalb des Universitätsgeländes. Es war ein beliebter Platz für die Initiationsriten; die Studenten bevorzugten einen dramatischen Hintergrund für ihre dummen Spiele. Ursprünglich wollte ich nicht mitgehen. Nicht, daß mit einem solchen Ritual irgendwelche Drohungen verbunden waren. Es war mehr ein Jux, ein Spiel, und Jerry freute sich sogar darauf. Aber ich hatte – vielleicht im Unterbewußtsein – ein ungutes Gefühl. Ich hatte auch den Verdacht, daß bei solchen Gelegenheiten zuviel getrunken wurde. Sie fuhren in zwei Wagen. Ich wollte in keinen einsteigen, wenn der Fahrer nicht nüchtern war, aber schließlich ließ ich mich überreden. Jerry lag so viel daran, in die Bruderschaft aufgenommen zu werden, und ich wollte kein Spielverderber sein.«

Sie seufzte. Sie blickte durchs Fenster auf den milden Septemberabend. Eine sanfte Brise blies die Blätter von den Bäumen. Susan haßte es, über Jerrys Tod zu sprechen, sie hatte stets versucht, ihn aus ihrem Gedächtnis zu bannen. Aber sie sah sich gezwungen, Dr. McGee und Mrs. Baker alles zu erzählen, damit sie verstanden, daß Ernest Hatch eine tatsächliche Gefahr für sie bedeutete.

»Die Briarstead-Höhle ist ziemlich groß. Es gibt mehrere unterirdische Räume und dazwischen eine riesige Halle. Ein dunkler, feuchter Platz, interessant vielleicht für Höhlenforscher.«

»Ich habe nie von ihr gehört. Meistens sind solche Höhlen eine Touristenattraktion.«

»Nicht Briarstead. Es gibt keine pittoresken Säulen, nur grauen Kalkstein. Die unterirdische Halle ist ungeheuer groß, das ist die ganze Attraktion. Die Shawnee-Indianer tauften sie Donnerhöhle.«

»Warum Donnerhöhle?«

»Das hat seinen Grund. Ein unterirdischer Fluß hat sich seinen Weg durch den Kalkstein gegraben und fällt über einige Felsen wie ein Katarakt. Das Geräusch des stürzenden Wassers erzeugt im Kalkgewölbe ein starkes Echo, das klingt wie andauernder Donner.«

Die Erinnerung war zu lebhaft für sie, sie konnte nicht über die Höhle sprechen, ohne die kalte, feuchte Luft zu spüren. Sie fröstelte und zog die Bettdecke über ihre ausgestreckten Beine.

In McGees Blick las sie Mitleid und Verständnis. Er begriff, wie quälend es für sie war, über Jerry Stein zu sprechen. Auch Mrs. Baker war tief bewegt; es sah aus, als wolle sie um das Bett laufen und Susan an ihren mütterlichen Busen drükken.

Dr. McGee ermunterte sie fortzufahren. »Das Ritual fand in der großen Halle statt?«

»Ja. Es war Nacht, aber die Studenten hatten sich mit Laternen und Fackeln eingedeckt. Dann wurden einige brennende Kerzen im Kreis um uns aufgestellt, auf Felsbrocken. Außer Jerry und mir waren vier Mitglieder der Bruderschaft anwesend. Nie werde ich ihre Gesichter vergessen, nie ihre Namen. Carl Jellicoe, Herbert Parker, Randy Quince – und

Ernest Hatch. In jenem Jahr war Hatch zum Obmann der Bruderschaft gewählt worden. Er gab den Ton an.«

Draußen war es dunkel geworden, und im Krankenzimmer nahmen die Schatten überhand. Der Arzt schaltete die Nachttischlampe an.

»Sowie die Kerzen angezündet waren, brachten Hatch und die anderen Whiskyflaschen zum Vorschein. Sie hatten schon vorher getrunken, aber sie tranken auch während der ganzen Zeremonie. Und je mehr sie tranken, desto grausamer wurde das Spiel. Dabei begann es ursprünglich ganz harmlos, Jerry wurde geneckt, man machte Späße, man lachte – und auch Jerry und ich amüsierten uns. Aber allmählich verlor die Neckerei ihre Harmlosigkeit. Das Spiel wurde gemein, die Worte wurden obszön. Ich war nie prüde, aber bald wurde es mir zuviel. Ich wollte gehen, und auch Jerry wurde verlegen und wollte, daß ich mich entfernte. Aber Hatch und die anderen weigerten sich, mir eine Laterne zu leihen, und ohne Licht hätte ich den Weg aus der Höhle nicht finden können. Ich mußte also bleiben.

Als sie Jerry zu hänseln begannen, weil er Jude war, meinten sie es gar nicht mehr scherzhaft; es wurde bitterernst, und ich fühlte, das Unheil sei nicht mehr abzuwenden. Sie waren unterdes schwer angetrunken, aber es war nicht bloß der Alkohol, der sie anheizte. Antisemitismus sprach aus ihnen, unverblümter Judenhaß.

Briarstead war eine ziemlich konservative Universität. Nur wenige Juden studierten dort, und in der Bruderschaft gab es keinen einzigen, zumindest nicht in der letzten Zeit. Es gab zwar keine Statuten gegen die Aufnahme von Juden, und die meisten Mitglieder hatten für Jerry gestimmt, aber Ernest Hatch und seine Kumpanen, die das große Wort führten, waren gegen ihn. Sie wollten die Initiationsriten für ihn so unerträglich machen, daß er seinen Antrag zurückzog. Diese Nacht in der Donnerhöhle sollte der Anfang der Abschreckung sein. Sie wollten ihn nicht töten, keineswegs, nicht, solange sie nüchtern waren. Sie wollten ihn fühlen lassen, daß er nicht willkommen sei, wollten ihn abschrecken.

Doch bald arteten die Hänseleien und Beschimpfungen in

Tätlichkeiten aus. Sie umringten ihn, zogen den Kreis immer enger, stießen ihn von einem zum anderen. Jerry merkte, daß es sich um kein übliches Ritual handelte, und wollte sich nicht zum Narren machen lassen. Er war keiner, der sich leicht einschüchtern ließ. Wenn man ihn stieß, stieß er zurück, und das machte die Kerle immer aggressiver. Als sie nicht aufhörten, ihn herumzustoßen, schlug er zu. Er traf Hatch auf den Mund, Hatch begann zu bluten...«

»Und das war das auslösende Moment«, sagte McGee.

»Ja. Dann brach die Hölle los.«

»Draußen donnerte es, man sah Wetterleuchten.« Susan fühlte sich plötzlich durch eine überirdische Macht in Raum und Zeit zurückversetzt, in die Dunkelheit der Höhle, zum Donnern des Wasserfalls.

Sie sprach jetzt in etwas abgehackten Sätzen. »Die unheimliche Umgebung – die Höhle, das Kerzenlicht, die feuchte Kälte – bewirkte, daß die vier Studenten sich in Höhlenmenschen verwandelten. Der Whisky tat ein übriges. Sie schlugen wild auf Jerry ein. Und als er zu Boden ging, hörten sie nicht auf, ihn zu mißhandeln.«

Erneutes Wetterleuchten. Das elektrische Licht im Zimmer begann zu flackern, erlosch und flammte wieder auf. Susan erschauerte. Die Erinnerung drohte, ihr die Kehle zuzuschnüren, aber sie zwang sich, weiterzusprechnen.

»Es war, als ob wilde Hunde über einen Eindringling in ihre Herde hergefallen wären. Ich ... ich schrie... schrie aus vollem Hals... Aber ich konnte sie nicht stoppen. Carl Jellicoe war der erste, der merkte, daß sie zu weit gegangen waren, und er ließ von Jerry ab. Dann Quince, dann Parker. Ernest Hatch gewann als letzter die Selbstbeherrschung zurück. Und gleichzeitig war er der erste, der verstand, daß ihre Unbeherrschtheit sie alle ins Gefängnis bringen würde. Er starrte auf Jerry, der regungslos am Boden lag. Bewußtlos...«

Ihre Stimme brach. Ihr war, als wären nicht 13 Jahre vergangen, als wäre es gestern gewesen.

McGee nickte ihr zu. »Weiter«, bat er mit sanfter Stimme.

»Jerry blutete. Aus der Nase, aus dem Mund. Er röchelte,

er mußte schwer verletzt sein. Zuckungen durchliefen seinen Körper. Ich versuchte...«

»Was versuchten sie?«

»Ihm zu helfen. Ich wollte mich über ihn beugen, aber Hatch stieß mich zur Seite, schlug mich zu Boden. Er erklärte den anderen, sie würden alle ins Gefängnis kommen, wenn sie nicht etwas Drastisches unternahmen, um sich zu retten. Ihr Studium, ihre Karriere, ja ihre ganze Zukunft würde zerstört sein, wenn die Geschehnisse ans Tageslicht kämen. Jerry und ich müßten verschwinden, auf immer. Sie sollten unsere Leichen in den tiefen Spalten der Höhlengänge verschwinden lassen. Die anderen waren durch den Schock zwar etwas ernüchtert, aber immer noch betrunken, verwirrt und ängstlich. Erst stritten sie mit Hatch, dann stimmten sie ein, dann weigerten sie sich mitzutun. Sie hatten Angst zu morden, aber genauso viel Angst, es nicht zu tun. Hatch wurde schließlich zornig, beschimpfte sie, nannte sie Weichlinge und Hasenfüße und dann... Er traf eine Entscheidung. Er wollte seine Kumpanen zwingen, ihm zu gehorchen. Ihnen keinen anderen Ausweg lassen. Er trat zu Jerry und...«

Übelkeit stieg in ihr hoch, als sie sich an die Szene erinnerte.

McGee griff nach ihrer Hand.

»Mit dem Stiefelabsatz trat er Jerry in den Kopf. Dreimal. Man hörte, wie die Knochen krachten.«

Thelma Baker schlug die Hände vors Gesicht.

»Er hat ihn getötet?«

»Ja«, sagte Susan.

Es hatte zu regnen begonnen. Schwere Tropfen schlugen gegen die Fensterscheiben.

»Ich packte eine der Laternen und lief davon«, berichtete sie weiter. »Die Kerle waren von der Mordtat so benommen, daß sie meine Flucht nicht gleich bemerkten. Mein Vorsprung war nicht groß, aber er genügte. Sie nahmen an, ich würde zum Ausgang der Höhle laufen, aber ich wußte, daß sie mich bei diesem Versuch einholen würden, und ich nahm meinen Weg ins Innere. Durch einen winkeligen Gang, dann über eine Geröllhalde in einen unterirdischen Korridor und schließlich in ein ganz tiefes Gewölbe. Ich löschte die Laterne aus, damit mich kein Lichtschein verraten konnte. Ich setzte meinen Weg in kompletter Dunkelheit fort, mit den Fingerspitzen an Steinwänden tastend, stolpernd, fallend... Schließlich fand ich eine Nische in der Wand, ein kleines Loch, in dem ich mich gebückt verstecken konnte. Ich schlüpfte hinein, ganz tief hinein, und rührte mich nicht. Ich hörte sie in der Nähe, sah den Schein ihrer Laternen, aber sie fanden mich nicht. Schließlich, nach einer Zeit, die mir endlos erschien, gaben sie die Suche auf. Sie nahmen an, ich hätte in der Zwischenzeit irgendwie den Weg zum Ausgang gefunden.

Ich war vorsichtig. Ich wartete stundenlang, ehe ich mein Versteck verließ. Ich wagte es, die Laterne wieder anzuzünden; trotzdem hatte ich ziemliche Mühe, den Ausgang zu finden. Unterdes war es Tag geworden. Ich lief aufatmend ins Freie, ließ die Höhle hinter mir...«

»Armes Kind«, flüsterte Thelma Baker.

»Dabei war ich gezwungen, noch einmal dorthin zurückzukehren. Zu einem Lokalaugenschein.«

»Die Täter wurden vor Gericht gestellt?«

»Ja. Der Staatsanwalt meinte, er würde mit einer Mordanklage nicht durchkommen. Es gab mildernde Umstände – den Whisky und die Tatsache, daß Jerry den ersten Schlag geführt hatte. Immerhin bekam Ernest Hatch eine Zuchthausstrafe von fünf Jahren.«

»Nur fünf Jahre«, rief Mrs. Baker.

»Ich war sicher, man würde ihn für immer hinter Gitter bringen«, sagte Susan. Immer noch fühlte sie ihre Enttäuschung und Bitterkeit, wie an dem Tag, als der Richter das Urteil verkündet hatte.

»Und die anderen drei?«

»Sie wurden wegen Beihilfe angeklagt und verurteilt, aber sie kamen billig davon. Sie waren nicht vorbestraft und stammten aus angesehenen Familien. Außerdem hatte keiner von ihnen den noch Lebenden getreten und seinen Tod herbeigeführt. Ihre Strafen wurden auf Bewährung ausgesetzt.«

Dr. McGee hielt noch immer Susans Hand in der seinen, und sie war froh, daß er es tat.

»Natürlich wurden alle relegiert und von Briarstead ausgeschlossen. Parker und Jellicoe versuchten ihr Studium an einer anderen Universität zu Ende zu führen, aber keine, die etwas auf sich hielt, wollte Studenten mit Vorstrafen dieser Art in ihren Reihen aufnehmen. Ein Jahr lang verschickten sie vergeblich Bewerbungsschreiben, bevor sie eine obskure Hochschule im äußersten Nordwesten aufnahm. Die beiden feierten das freudige Ereignis mit kräftigem Alkoholgenuß und starben noch in derselben Nacht, als Parker die Kontrolle über seinen Wagen verlor. Ich schäme mich nicht zu sagen, daß ich erfreut und erleichtert war, als ich davon erfuhr. Mir schien, das Schicksal selbst habe die Vergeltung in seine Hand genommen.«

»Das war nur eine ganz natürliche Reaktion von Ihnen«, bemerkte Mrs. Baker.

»Und der dritte im Bunde...«

»Ich weiß nicht, was aus Quince geworden ist«, erwiderte Susan. »Es ist mir auch gleichgültig. Sicher muß er sein Leben lang an den Konsequenzen leiden...«

Ein Blitz, der von einem grollenden Donner gefolgt war, unterbrach sie. Susan und Dr. McGee starrten zum Fenster hinaus.

Doch Mrs. Baker betrachtete ihre Patientin und sagte schließlich: »Eine schreckliche Geschichte. Ich habe noch nie so etwas Entsetzliches gehört. Aber ich verstehe immer noch nicht recht, was sie mit dem Ohnmachtsanfall von Ihnen zu tun hat.«

Bevor Susan noch etwas entgegnen konnte, meinte McGee: »Anscheinend hat Miß Thorton in dem Mann, der aus dem Aufzug trat, einen der Mordgesellen erkannt.«

Susan nickte.

»Parker und Jellicoe sind tot. Also Quince oder Hatch.«

»Es war Ernest Hatch.«

»Ein unglaublicher Zufall«, meinte der Arzt. »Dreizehn Jahre nach dem Mord – und Hunderte von Meilen von dem Ort entfernt, an dem sie einander zum letzten Mal gesehen hatten.«

»Sie müssen sich irren, Kind«, flüsterte Mrs. Baker.

»Aber nein. Ich könnte dieses Gesicht nie vergessen. Nie!«

»Aber dieser Mann heißt nicht Hatch«, sagte Mrs. Baker. »Wie gesagt, ich kenne ihn. Ich war dabei, als er aufgenommen wurde. Er heißt Richmond, Bill Richmond.«

»Dann hat er seinen Namen geändert, als er aus dem Zuchthaus entlassen wurde.«

Mr. Baker schüttelte den Kopf. »Soviel ich weiß, bekommt ein verurteilter Verbrecher nicht die Erlaubnis, seinen Namen zu ändern.«

Die Weigerung der Schwester, die Wahrheit zu akzeptieren, verärgerte Susan. »Es muß ja keine legale Namensänderung gewesen sein. Viele Menschen in unserem Land leben unter falschem Namen.«

Der Arzt wandte sich an die Krankenschwester. »Weswegen ist dieser Mann in der Klinik?«

»Er soll morgen operiert werden. Von Dr. Viteski. Eine Zyste am Rücken. Eine Fettgeschwulst.«

»Bösartig?«

»Nein. Aber groß, und sie sitzt ziemlich tief.«

»Wann ist er aufgenommen worden?«

»Heute morgen.«

»Und er heißt Richmond? Sind Sie sicher?«

»Ja.«

»Aber es ist Ernest Hatch«, bestand Susan.

Mrs. Baker nahm ihre Brille ab und rieb ihren Nasenrükken. Sie überlegte einen Moment, dann fragte sie: »Wie alt war dieser Hatch, als er den Mord beging?«

»Er war einundzwanzig Jahre alt.«

»Vor dreizehn Jahren? Dann müßte er jetzt doch Mitte 30 sein.«

»Und?« McGee sah sie an. »Wie alt ist er?«

»Bill Richmond ist 21.«

»Unmöglich!« rief Susan.

»Es steht in den Eintragungen. Dieser Mann war acht Jahre alt, als Jerry Stein umgebracht wurde.«

»Nein, nein. Er muß jetzt vierunddreißig oder fünfunddreißig sein...«

»Er sieht keinen Tag älter aus als einundzwanzig«, bestand Mrs. Baker. »Eher jünger. Wie ein Schüler. Wenn er gelogen hat, so hat er sich vielleicht älter gemacht, sicher nicht jünger.«

McGee wandte sich an Susan. »Wie alt ist er Ihnen erschienen, als er aus dem Aufzug trat?«

Die Frage verwirrte sie. »Wie alt? Ich weiß nicht... Er sah genau wie Ernest Hatch aus, wie ich ihn in Erinnerung hatte.«

»Wie damals vor Gericht?«

»Genau.«

»Also wie ein Student. Wie ein junger Mann von etwa einundzwanzig?«

Sie nickte zögernd.

McGee ließ nicht nach. »Er machte also keineswegs den Eindruck eines Vierunddreißigjährigen?«

»Nein. Aber manche Menschen bleiben jung. Sie sehen zehn Jahre jünger aus, als sie sind.« Sie war beinahe zornig über den Widerspruch, in den sie sich verfangen hatte, und trotzig rief sie: »Es war Hatch!«

Vielleicht eine große Ähnlichkeit«, warf Thelma Baker ein

»Nein, nein. Er war es. Ohne Zweifel! Ich habe ihn erkannt, und er – er hat mich erkannt. Das konnte ich sehen. Ich fürchte mich vor ihm. Es war meine Zeugenaussage, die ihn ins Zuchthaus gebracht hat. Wenn Sie gesehen hätten, wie er im Gerichtssaal auf mich gestarrt hat – Haß und Mord in seinem Blick...«

Sie unterbrach sich. McGee und die Schwester sahen sie prüfend an, skeptisch, und gaben ihr das Gefühl, als stünde sie jetzt in einem Gerichtssaal, aber als Angeklagte. Sie erwiderte ihre Blicke, aber dann schlug sie die Augen nieder, verzweifelt ob des Mißtrauens der anderen.

»Hören Sie, Susan«, sagte Dr. McGee ernst, »ich werde mir die Unterlagen dieses Burschen ansehen, auch ein paar Worte mit ihm wechseln. Ich werde sehen, ob ich die Sache klären kann.«

Sie nickte niedergeschlagen. Sie wußte, daß sie einen hoffnungslosen Standpunkt vertrat.

»Wenn er wirklich Hatch ist, werde ich dafür sorgen, daß er Ihnen nicht mehr in die Nähe kommen kann. Wenn nicht, dann können Sie ruhig schlafen.«

Verdammt noch mal, er ist es!

Sie war sich dessen sicher, aber sie schwieg.

»Ich komme nachher wieder.«

Sie sagte nichts.

»In Ordnung?«

»O ja, natürlich.«

Sie spürte eine unausgesprochene Verständigung zwischem dem Arzt und der Schwester, aber sie blickte nicht auf. Ihr Magen verkrampfte sich schmerzhaft.

Man glaubte ihr nicht. Man zweifelte an ihrem Verstand. Man nahm an, ihr Verstand hätte Schaden gelitten.

7.

Sturm und Regen hatten aufgehört. Der Herbstnachmittag ging zu Ende, und es wurde frühzeitig dunkel.

Wie versprochen, kam Dr. McGee in ihr Zimmer zurück.

»Er heißt Bill Richmond. Das steht eindeutig fest. Ich habe sogar seine Sozialversicherungskarte gesehen.«

Susan saß aufrecht in ihrem Bett. Steif, ungläubig. Sie waren allein. Mrs. Baker war nach Hause gegangen, und die Nachtschwester hatte noch nicht nach Susan gesehen.

McGee spielte mit seinem Stethoskop, ehe er fortfuhr: »Und er ist zweifellos erst 21 Jahre alt.«

So leicht war Susan nicht zu überzeugen. »Es braucht mehr Zeit, um die Lebensgeschichte eines Menschen zu durchleuchten. Papiere können gefälscht sein. Was beweisen schon die Unterlagen eines Krankenhauses.«

»Da haben Sie ganz recht. Aber dieser Fall liegt anders. Leon – ich meine, Dr. Viteski – kennt die Eltern des jungen Mannes – Grace und Harry Richmond – seit 25 Jahren. Er sagt, er habe bei allen drei Richmond-Babys Geburtshilfe geleistet. Hier, in unserer Klinik.«

Jetzt begann Susan, langsam an sich zu zweifeln. Immerhin hatte sie eine schwere Kopfverletzung hinter sich. Sollte sie an Halluzinationen, an Wachträumen leiden?

»Viteski hat alle Krankheiten der Richmond-Kinder behandelt. Bill Richmond war acht Jahre alt und besuchte die Grundschule in Pine Wells, als Ernest Hatch ins Zuchthaus kam.«

Auf diese Tatsachen wußte Susan nichts zu entgegnen. Sie schöpfte Atem. »Aber der Mann hat genauso ausgesehen wie Hatch. Als er aus dem Aufzug stieg und ich sein Gesicht sah – die grauen Augen mit dem bösartigen Blick...«

Und fast feindselig fügte sie hinzu: »Sie glauben an eine Unfallfolge? Sie glauben, ich bin nicht ganz richtig im Kopf?«

»Davon kann keine Rede sein«, beschwichtigte er sie schnell. »Mit Ihrem Unfall, mit Ihrem Koma hat das nichts zu tun. Aber die schrecklichen Geschehnisse vor dreizehn Jahren haben Ihnen ein Trauma, eine seelische Wunde zugefügt. Darüber müssen Sie sich im klaren sein.«

»Eine Psychose?«

»Sie können es nennen, wie Sie wollen. Alles, was Sie nur im geringsten an damals erinnert, löst bei Ihnen Panik aus. In diesem Fall eine gewisse äußere Ähnlichkeit.«

Obwohl Susan für Dr. McGee eine große Sympathie empfand, wurde sie jetzt ärgerlich. Der Zorn verlieh ihr Kräfte, sie stützte sich auf die Matratze und richtete sich auf. »Von einer Ähnlichkeit kann keine Rede sein, Doktor. Er sah haargenau so aus wie Hatch.«

»Bedenken Sie, daß es schon eine lange Zeit her ist, daß Sie Hatch in natura gesehen haben.«

»Genau dreizehn Jahre.«

»Vielleicht erinnern Sie sich an ihn nicht so gut, wie Sie denken.«

»Oh, ich erinnere mich sogar sehr gut an ihn. Dieser Richmond ist genau so groß wie Hatch, hat dieselbe Figur...«

»Er ist kein außergewöhnlicher Typ.«

»Die scharfe Nase, das blonde Haar...«

»Viele sind blond. Und was die Nase betrifft...«

»Seine kantigen Gesichtszüge sind unverwechselbar. Sein

Gesicht gleicht einem Würfel. Und die Augen... Nicht viele haben solche Augen. Bill Richmond ist ein Duplikat von Ernest Hatch. Das ist keine zufällige Ähnlichkeit, das ist mehr. Unerklärlich, unheimlich...«

»Gut, gut, zugegeben.« Er unterbrach sie sanft. »Sie sehen sich sehr ähnlich, der eine schaut genauso aus wie der andere vor dreizehn Jahren. Und es ist ein kaum faßbarer Zufall, daß Sie, Susan, beiden begegnet sind, wenn auch in einem Intervall von vielen Jahren und an weit auseinanderliegenden Orten. Aber das ist auch alles – ein Zufall! Ein seltsamer Zufall – bitte –, aber doch nur ein Zufall.«

Susan biß sich auf die Lippen. Dann sagte sie langsam: »Philip Marlowe, der Privatdetektiv in den Romanen von Raymond Chandler, behauptet: ›Ich glaube nicht an Zufälle. Wenn ich einen Zufall analysiere, stoße ich immer auf mindestens zwei Personen, die ein Komplott schmieden.‹«

McGee runzelte die Stirn. »Gut formuliert. Aber eine Erkenntnis, die zu einen Romandetektiv paßt. Wir befinden uns aber nicht in einem Roman und auch nicht in einer Fernsehserie, Miß Thorton. Die Wirklichkeit, die reale Welt, ist weit weniger dramatisch, glauben Sie nicht?«

Er hatte recht, und da sie es zugeben mußte, wich ihr Ärger, aber auch ihre Kraft. Sie sank in ihre Kissen zurück und fragte tonlos: »Können sich zwei Menschen wirklich so sehr gleichen?«

»Das ist allgemein bekannt«, erwiderte der Arzt. »Es wird behauptet, daß jeder Mensch irgendwo auf der Welt einen Doppelgänger hat.«

»Davon habe ich auch gehört«, gab sie zu, »aber – dieser Mensch war nicht einfach ein Doppelgänger. Er hat mich erkannt, dessen bin ich sicher. Als er mich sah, begann er zu lächeln. Und hat mir zugewinkt.«

Zum ersten Mal, seit er Susans Zimmer betreten hatte, verlor Dr. McGee seine sorgenvolle Miene, und er entgegnete heiter: »Er hat gelächelt? Er hat Ihnen zugewinkt? Nun, darin kann ich nichts Unheimliches sehen, meine Dame. Sollten Sie nicht wissen, daß Männer häufig attraktiven Frauen zulächeln und zuwinken? Erzählen Sie mir nicht, daß Sie nie derartige Zeichen der Bewunderung empfangen haben. Sie haben bisher weder in einer Wüste noch in einem Kloster gelebt.« Er grinste, und seine blauen Augen funkelten amüsiert.

»Im Moment bin ich in keiner Weise attraktiv«, wandte sie ein.

»Unsinn!«

»Mein Haar braucht dringend Schampoo. Ich bin ausgezehrt, ich habe Ringe unter den Augen. In meinem jetzigen Zustand erwecke ich in keinem Mann romantische Gefühle.«

»Keine falsche Bescheidenheit! Ausgezehrt? Keine Rede. Es gibt Filmstars, die Sie um Ihre Figur beneiden würden.«

Susan widerstand seinem Charme, was nicht leicht war. Sie blieb hartnäckig. »Es war nicht *diese* Art von Winken.«

»Da haben wir's! Sie geben also zu, daß Sie sich auskennen. Männer haben Ihnen also auch schon früher zugewinkt.«

Sie lehnte es ab, über die Begegnung mit dem Mann im Aufzug zu scherzen. Sie ging auf McGees heiteren Ton nicht ein. Ihre Miene verdüsterte sich, und sie schüttelte ernst den Kopf.

»Was für eine Art von Winken war es denn genau?« wollte er wissen, immer noch einen spöttischen Unterton in seiner Stimme.

»Es hatte nichts von Koketterie, nichts von Nettigkeit, nichts von Bewunderung. Er war auch nicht anmaßend oder frech.«

»Sondern?«

»Infam. Drohend. Als ob er sagen wollte: ›Wir rechnen noch miteinander ab.‹« Noch während sie sprach, wurde ihr klar, wie lächerlich es sich anhörte, wenn sie einen einfachen Vorgang wie ein Winken so kompliziert auslegte. »Das alles klingt ziemlich dumm, nicht wahr?«

»Nicht dumm, nur etwas überspannt. Zumal wir genau wissen, daß der junge Mann, von dem die Rede ist, Bill Richmond heißt und 21 Jahre alt ist.«

»Also, das Lächeln war freundlich, das Winken kokett und die Drohung eine Ausgeburt meiner Fantasie?«

»Könnte das nicht tatsächlich der Fall sein?« fragte er diplomatisch.

Sie seufzte. »Vielleicht. Wahrscheinlich. Und ich sollte mich bei Ihnen entschuldigen.«

»Aber ich bitte Sie. Sie sind meine Patientin, bis vor kurzem im Koma gelegen und...«

»...und ich habe Narrenfreiheit, nicht wahr?«

»Davon ist keine Rede.«

»Sie müssen Geduld mit mir haben, Doktor«, bat sie leise. »Ich war nach meinem Erwachen aus dem Koma müde und erschöpft. Mein Wahrnehmungsvermögen ist anscheinend getrübt. Letzte Nacht hatte ich von Ernest Hatch geträumt, und als ich diesen Mann aus dem Aufzug kommen sah, der Hatch in jedem Detail gleicht – da wurde ich von Panik ergriffen und habe den Kopf verloren.«

Dieses Bekenntnis fiel ihr keineswegs leicht. Sie war es nicht gewohnt, klein beizugeben. Sie hatte alle Krisen ihres Lebens kühl und überlegen gemeistert, stets auf sich selbst gestellt, niemandem vertrauend als sich selbst. Auch in der Donnerhöhle, nach dem Mord an Jerry Stein, als von keiner Seite Hilfe zu erwarten war, hatte sie sich retten können. Sie war geflohen, hatte sich versteckt, hatte überlebt. Weil sie ihre Nerven behalten hatte, in einer Situation, in der andere Menschen die ihren verloren hätten. Doch an diesem Tag, im Krankenhauskorridor, war sie in Panik geraten und hatte – schlimmer noch – ihre Umgebung sehen lassen, wie sie ihre Selbstkontrolle verlor. Verlegenheit überkam sie, sie fühlte sich gedemütigt.

»Von jetzt an werde ich eine Musterpatientin sein«, versprach sie. »Ich werde brav essen und meine Medizin nehmen, um so schnell wie möglich zu Kräften zu kommen. Ich werde Gymnastik machen, soviel von mir verlangt wird, aber ohne zu übertreiben. Bis ich von hier entlassen werde, werden Sie meine heutige Überspanntheit längst vergessen haben. Sie werden sich noch wünschen, alle Ihre Patienten wären wie ich.«

»Das wünsche ich mir schon jetzt«, lächelte er. »Sie können mir glauben, daß ich lieber hübsche junge Damen behandle als quengelige Tattergreise.«

Jetzt kam die Nachtschwester herein, und Dr. McGee verließ sie. Sie bat die Schwester um ein Fernseh-Leihgerät, und es wurde unverzüglich in ihrem Zimmer installiert. Sie sah die Wiederholung einer alten DALLAS-Episode und hörte die Abendnachrichten aus Seattle. Mit leichtem Staunen stellte sie fest, daß die Auslandsnachrichten sich nicht allzu sehr von den letzten unterschieden, die sie vor 3 Wochen gesehen hatte. Die Welt war in der Zwischenzeit weder klüger noch toleranter geworden.

Dann brachte ihr die Nachtschwester, eine lustige Blondine namens Marcia Edmonds, ihr Abendessen. Susan aß alles auf, was sie auf dem Tablett fand, und bat sogar um eine Draufgabe. Sie bekam Vanille-Eis mit Pfirsichhälften und verschlang das zweite Dessert mit gutem Appetit.

Sie fühlte sich auf dem Weg der Besserung und war zufrieden.

Sie bemühte sich, nicht an den Doppelgänger von Ernest Hatch zu denken. Auch nicht an die im Koma verlorenen Tage oder an die noch verbliebenen Gedächtnislücken. Sie wollte an nichts denken, was den Heilungsprozeß behindern konnte. Sie wollte eine Musterpatientin sein und die positive Haltung entwickeln, um möglichst bald vollkommen gesund zu werden. Trotzdem konnte sie nicht verhindern, daß sie zeitweilig ein unbehagliches Gefühl überkam, eine diffuse, nicht greifbare Ahnung von Unheil.

Sie versuchte sich davon zu befreien, indem sie an angenehme Dinge dachte. Zum Beispiel an die Fürsorge von Dr. McGee. Die sportliche Energie, mit der er sich bewegte; das beruhigende Timbre seiner Stimme. Sie rief sich auch seine Augen, seine feingliedrigen Hände ins Gedächtnis.

Bevor sie das Licht abdrehte, nahm sie noch das leichte Schlafmittel, das er ihr verschrieben hatte. Draußen herrschte tiefschwarze Nacht, die Baumwipfel waren nicht mehr zu sehen. Man hörte auch keine Regentropfen gegen die Scheiben fallen, doch der Wind ließ nicht nach. Er säuselte, er pfiff in auf- und abschwingenden Skalen. Konstant bewegte er die Fensterläden, wie ein großer Hund, der eifrig einen Zugang zu finden versucht.

Vielleicht war es diese Vorstellung, die Susan veranlaßte, von Hunden zu träumen. Doch es waren keine Haushunde, treue Gefährten des Menschen. Es waren wilde, drohende Bestien mit aufgerissenem Rachen. Erst verwandelten sie sich in Schakale, dann in Wölfe. Werwölfe. Menschenwölfe. Sie nahmen die Gestalt von zähnefletschenden Männern an, wurden dann wieder zu Wölfen, die sie verfolgten, sie ansprangen oder im Dunkeln auf sie lauerten, bereit, über sie herzufallen. Dann verwandelten sie sich wieder in Männer. Susan konnte ihre Gesichter erkennen: Jellicoe, Parker, Quince und Hatch.

Einmal, als sie durch einen dunklen Wald floh, kam sie auf eine mondbeschienene Lichtung. Da sah sie deutlich vier Bestien in Wolfsgestalt über die Leiche von Jerry Stein geduckt und ihr Fleisch von den Knochen reißend. Als Susan näher kam, blickten sie auf und grinsten sie boshaft an. Blut tropfte aus ihren Mäulern, rohes Fleisch hing von ihren Fängen.

Die Lichtung verschwand. Susan lief durch die Gänge der großen Höhle, strauchelnd, stolpernd, und die Werwölfe waren hinter ihr her. Sie jagten sie durch ein Feld von mannshohen schwarzen Blumen, dann durch öde Vorstadtstraßen. Die Straßen waren menschenleer, die Wölfe witterten auf dem Pflaster ihre Spur, fanden sie immer wieder, zwangen sie, nach ihren Fersen schnappend, in ekligen Verstecken Zuflucht zu suchen.

Plötzlich befand sie sich in Sicherheit, im Zimmer des Krankenhauses, in ihrem Bett. Aber gleich darauf stürmte eine der gräßlichen Kreaturen in den Raum. Eine Wolfsgestalt, die sich drohend im Schatten hielt, kaum sichtbar in ihren Umrissen. Sie stand am Fußende ihres Bettes und starrte sie aus einem böse glitzernden Auge an. Dann bewegte sie sich, kam ins Licht der Nachttischlampe, und Susan konnte im schwachen, gelblichen Licht sehen, daß der Wolf sich erneut in einen Menschen verwandelt hatte. Es war Ernest Hatch. Er trug Krankenhauskleidung, einen gestreiften Pyjama, einen braunen Schlafrock... (Aber das ist doch kein Traum mehr, durchzuckte es sie, als eiskalte Ströme von Angst über ihren Rücken liefen.) ... und trat an den Rand ihres Bettes. Er bückte sich, um sie aus der Nähe zu betrachten. Sie wollte schreien, aber konnte nicht. Sie war auch nicht fähig, sich zu rühren. Sein Gesicht, drohend nahe, begann zu verschwimmen, sie konnte es mit ihrem Blick nicht festhalten; es verschwand, ohne daß sie deshalb Erleichterung empfand. Sie fühlte sich in den Traum zurückversetzt, in das Feld der schwarzen Blumen... (Ich muß aus diesem Traum heraus. Muß mich zwingen, aufzuwachen. Ein leichtes Schlafmittel, hat er gesagt. Zum Teufel damit!) ...und zugleich hatte sich auch das Krankenhauszimmer mit dem beruhigenden Nachtlicht in nichts aufgelöst. Die Hetzjagd begann von neuem. Sie suchte zwischen den mannshohen Stengeln Schutz vor der verfolgenden Meute. Über sich konnte sie den Vollmond sehen, aber er verbreitete kein Licht. Sie lief kopflos in das Dunkel, fiel über ein Hindernis und sah entsetzt, daß es Jerry Steins verstümmelte, angefressene Leiche war, über die sie gestolpert war. Ein großer Wolf sprang auf sie, als sie hilflos dalag, knurrte, senkte seine sabbernden Lefzen immer tiefer, bis seine Schnauze ihre Kehle berührte. Die Fratze der scheußlichen Bestie hatte plötzlich nicht mehr die Züge eines Tieres, nein, jetzt sah sie es deutlich, es war Ernest Hatchs Gesicht. Nicht die Schnauze eines Wolfs berührte ihre Kehle, sondern Hatchs plumper Finger. Sie versuchte ihm auszuweichen, und ihr Herz begann so wild zu schlagen, daß sie fürchtete, es könne aus ihrer Brust springen. Hatch zog seine Hand zurück und lächelte. Das Feld mit den schwarzen Blumen war verschwunden. Sie träumte, daß sie wieder in ihrem Krankenhausbett lag... (Bloß, daß es kein Traum war. Es war Wirklichkeit. Hatch stand hier, und würde sie töten.) ...und versuchte mit der Kraft der Verzweiflung, sich aufzusetzen. Aber es gelang ihr nicht. Sie tastete nach der Klingel, um die Nachtschwester zu rufen, aber obwohl der Klingelknopf direkt über ihr hing, vermochte sie ihn nicht zu erreichen. Er schien Lichtjahre weit entfernt zu sein. Doch sie gab nicht auf. Als sie den Arm ausstreckte, sah sie verwundert, daß er immer länger und länger wurde, unendlich lang, ohne daß ihre Hand den nahen Knopf erreichen konnte. Es war wie bei ›Alice im Wunderland‹, nachdem das

Mädchen durch den Spiegel hindurchgegangen war. Die Gesetze der Perspektive galten nicht mehr; klein war groß, und groß war klein; nah war fern, und fern war nah. Es gab keinen Unterschied mehr zwischen auf und ab, zwischen oben und unten. Schwindel erfaßte sie, sie fühlte einen galligen Geschmack im Mund. Das bittere Schlafmittel? Sie fragte sich, ob sie im Traum imstande sein könnte, den Geschmack so genau zu definieren. Sie wünschte von ganzem Herzen, sie könnte endlich wissen, ob sie noch schlief oder schon wach war. ›Lange nicht gesehen‹, bemerkte jetzt Hatch beiläufig. Susan blinzelte, versuchte sein Gesicht im Auge zu behalten, aber es verschwamm immer wieder, um sich gleich darauf aufs neue zu formen. Das Gesicht hatte menschliche Züge, aber Stirn und Augen waren die eines Wolfs. ›Hast du wirklich geglaubt, du könntest dich für immer vor mir verstecken?‹ flüsterte er, während er sich über sie beugte, bis sein Gesicht das ihre beinahe berührte.

Er roch nach Alkohol, und sie fragte sich, ob ihre Fähigkeit, das festzustellen, beweisen mochte, daß sie wach war und Hatch kein Phantom, sondern real.

Er fragte nochmals: ›Hast du wirklich geglaubt, du könntest dich für immer vor mir verstecken?‹ Sie konnte nicht antworten, ein Klumpen steckte in ihrer Kehle, der sie auch am Schlucken oder Spucken hinderte.

›Hure, verfluchte stinkende, geile Hure!‹ Sein Lächeln verzerrte sich zu einem breiten Grinsen. ›Wie fühlst du dich jetzt, he? Tut es dir leid, daß du gegen mich ausgesagt hast? Haha, ich wette, es tut dir jetzt leid.‹ Er lachte leise. Einen Moment lang wurde sein Lachen zum Knurren eines Wolfs. ›Weißt du, was ich mit dir tun werde?‹ Sein Gesicht begann wieder zu verschwimmen. Aber seine Wort waren noch deutlich zu hören. ›Weißt du, was ich mit dir tun werde?‹

Sie war in der Höhle. Aus dem Kalkboden sprossen große schwarze Blumen. Sie lief, und die Wölfe verfolgten sie. Oder waren es Männer? Sie wußte es nicht, wagte nicht, sich umzudrehen. Eine Öffnung der Höhle führte in eine nächtliche Vorstadtstraße. Sie lief auf eine Laterne zu, aber unter der Laterne stand ein großer Wolf und lachte wie ein Mensch.

›Weißt du, was ich mit dir tun werde?‹ Sie vermochte ihren Lauf nicht anzuhalten, lief dem Wolf direkt in die Arme...

Sie erwachte schweißbedeckt und mit klopfendem Herzen. Wie lange hatte sie geschlafen, wie lange die quälenden Träume ertragen müssen? Sie wußte es nicht. Es war Montag, zeitig am Morgen, das erste Licht der Dämmerung drang durch die Fenster.

Sie versuchte sich an die Alpträume zu erinnern, aber es gelang ihr nicht ganz. Wölfe hatten sie verfolgt, Werwölfe, die Menschengestalt annehmen konnten. Und dann war Ernest Hatch bei ihr gewesen...

Jetzt, im Licht des Morgens, schien die Vorstellung, Hatch wäre tatsächlich in ihrem Zimmer gewesen und an ihrem Bett gestanden, absurd. Sie war am Leben, ohne die geringste Spur einer nächtlichen Konfrontation.

Es war bloß ein Alptraum gewesen, sonst nichts.

Nur ein Alptraum...

8.

Nicht lange, nachdem sie erwacht war, kam die Nachtschwester und wusch Susan sorgfältig mit einem nassen Schwamm. Sie zog ihr einen anderen Pyjama an, der sich in ihrem Übernachtungskoffer befand, wusch ihren getragenen blauen Pyjama im Badezimmer aus und hing ihn schließlich zum Trocknen hinter die Tür.

Dann gab es Frühstück. Es war reichlicher als am Tag zuvor, und Susan aß mit gutem Appetit.

Schließlich kam Dr. McGee, der seine Morgenrunde machte, bevor er nach Willawauk in seine Privatpraxis fuhr. Mrs. Baker, die gerade ihren Dienst angetreten hatte, begleitete ihn und half ihm, den Verband um Susans Kopf zu entfernen. Das Entfernen der Fäden tat nicht richtig weh, aber sie fühlte kleine Stiche und ein Prickeln der Haut.

Dr. McGee nahm ihr Kinn in die Hand und drehte den Kopf nach beiden Seiten. »Die Wunde ist gut zugeheilt. Saubere Arbeit, das muß ich anerkennen, obwohl ich selbst genäht habe. Mrs. Baker, wir bitten um den Spiegel.«

Susan nahm ihn zögernd entgegen. Sie war angenehm überrascht, als sie feststellte, daß die Narbe beileibe nicht so schlimm war, wie sie befürchtet hatte. Ein schmaler roter Streifen, nicht länger als 4 Zoll, und nur kleine Unebenheiten, wo die Nähte gewesen waren.

»Die Nahtspuren werden in ein paar Tagen nicht mehr zu sehen sein«, beruhigte sie der Arzt.

Susan senkte den Spiegel. »Und ich dachte, es wäre eine große blutige Wunde.«

»Nun, es hat mehr geblutet, als mir lieb war, als Sie eingeliefert wurden. Und der Heilungsprozeß nahm viel Zeit in Anspruch, wahrscheinlich weil Sie im Koma so oft die Stirn gerunzelt und die Wunde unnötig bewegt haben. Dagegen konnten wir nicht viel machen. Aber das ist jetzt vorbei. Die Narbe wird schrumpfen und die häßliche Röte verblassen. Sie werden aussehen wie neu. Und wenn Ihnen das nicht genügt, können Sie sich immer noch an einen Facharzt für plastische Chirurgie wenden.«

»Oh, das wird nicht nötig sein«, meinte Susan. »Ich bin schon froh, daß ich nicht wie ein Schloßgespenst aussehe.«

Mrs. Baker lachte. »Als ob das möglich wäre – bei Ihrem Aussehen!«

Susan errötete.

McGee amüsierte sich.

Thelma Baker nahm kopfschüttelnd die Schere und die alten Verbände auf und verließ das Zimmer.

McGee lehnte sich im Stuhl zurück. »Nun – sind Sie jetzt so weit, daß Sie mit Ihrem Chef bei Milestone sprechen wollen?«

»Phil Gomez?« sagte sie nachdenklich und wiederholte den Namen, den der Arzt ihr genannt hatte. »Ich erinnere mich überhaupt nicht an ihn.«

»Das wird schon kommen.« McGee warf einen Blick auf seine Armbanduhr. »Es ist schon nach neun. Er dürfte bereits in seinem Büro sein.«

Er hob vom Telefon, das auf dem Nachttisch stand, den Hörer ab. »Zentrale. Hier ist Dr. McGee. Verbinden Sie mich bitte mit der Milestone Corporation in Newport Beach, Kalifornien. Die Nummer habe ich Ihnen gestern gegeben.«

Philip Gomez wurde schnell erreicht, er nahm den Anruf entgegen. McGee sprach mit ihm. Erklärte, daß Susan aus dem Koma erwacht war, aber vorläufig noch Gedächtnislükken hatte. Vorübergehend, wie er betonte. Dann reichte er ihr den Hörer.

Sie ergriff ihn mit einem gewissen Widerwillen, als wäre er eine Schlange. Sie fühlte eine Hemmung, mit Milestone Kontakt aufzunehmen. Einerseits wollte sie nicht mit einer so entscheidenden Lücke in ihrem Gedächtnis weiterleben; sie mußte in Erfahrung bringen, wo und woran sie gearbeitet hatte. Andererseits konnte sie das Gefühl nicht loswerden, daß es für sie besser wäre, nichts über Milestone und ihren Job in Erfahrung zu bringen. Gestern schon hatten sie diesbezügliche Ängste und Zweifel gequält. Jetzt kam die Furcht wieder, sogar in verstärkter Form.

»Hallo.«

»Susan! Sind Sie's?«

»Ja. Ich.«

Gomez sprach schnell, mit etwas übertriebener Freundlichkeit. »Gott sei Dank, daß Sie wieder wohlauf sind. Wie schön, Ihre Stimme zu hören. Wir alle waren in großer Sorge, wirklich, sogar Breckenridge, und wer hätte gedacht, daß er menschliche Züge verraten könnte?« Gomez lachte, dann wurde er gleich wieder ernst. »Wie geht es Ihnen? Wie fühlen Sie sich?«

Der Klang seiner Stimme weckte in Susan keinerlei Erinnerung. Es war die Stimme eines Fremden.

Sie sprachen einige Minuten miteinander, und Gomez gab sich alle Mühe, ihr Arbeit und Arbeitsplatz in Erinnerung zu rufen. Er sagte ihr, daß Milestone ein privates wissenschaftliches Unternehmen sei, das für ITT, IBM und andere Großbetriebe Forschungsaufträge ausführte. All das bedeutete Susan nichts, sie konnte sich an keinen Forschungsauftrag entsinnen. Gomez erklärte ihr, sie hätte an Laser-Vorhaben für die Nachrichtentechnik gearbeitet. Nichts dergleichen kam ihr in Erinnerung.

Gomez beschrieb ihr geduldig und detailliert ihr Büro; für sie ein Platz, an dem sie nie gewesen war. Er sprach von Mitarbeitern, ihren Freunden; er nannte verschiedene Namen: Gilroy, Breckenridge, Kavinsky und Ella Harper. Keiner dieser Namen war ihr geläufig. Schließlich konnte Gomez seine Enttäuschung und seine Besorgnis nicht länger verhehlen. Er bat sie, ihn wieder anzurufen, wann immer sie glaube, er könne ihr von Nutzen sein, und schlug ihr vor, gelegentlich auch mit ihren Kollegen bei Milestone zu telefonieren.

»Und seien Sie sicher, Susan – wie lange Ihre Genesung auch brauchen mag, Ihr Platz bei uns wird für Sie immer frei sein.«

»Danke, danke, Mr. Gomez«, flüsterte sie, gerührt ob seiner Fürsorge.

»Kein Grund zum Danken, aus mir spricht der reine Egoismus«, entgegnete er. »Sie sind meine beste Kraft, und ich möchte Sie nicht verlieren. Wenn Sie nicht so verdammt weit weg wären, würden wir mit Sekt und Blumen in Ihr Krankenzimmer kommen, um Sie aufzumuntern.«

Sie dankte nochmals und ließ den Hörer sinken. McGee nahm ihn ihr aus der Hand. Er sah sie fragend an. »Nun?«

Sie schüttelte niedergeschlagen den Kopf. »Keine Erinnerung. Nichts. Eine schwarze Wand. Aber Philip Gomez scheint ein riesig netter Mensch zu sein.«

Wenn er aber so nett war und so besorgt um sie – wie konnte sie ihn so vollständig vergessen haben? Und sie fragte sich, warum während der angeregten Unterhaltung die alte Furcht wiedergekommen war. Trotz der Freundlichkeit von Gomez bereitete ihr der Gedanke an Milestone Unbehagen.

Nein, mehr als Unbehagen. Angst! Sie hatte Angst vor Milestone.

Aber warum?

Dann mußte McGee gehen, und es wurde Zeit für Gymnastik. Erst setzte sie sich an die Bettkante und bewegte ihre Beine hin und her. Thelma Baker beobachtete sie und war zufrieden. Sie half ihr in den Rollstuhl und sagte: »Heute brauche ich Sie nicht mehr zu schieben. Hier – packen Sie die Räder an den Seiten und drehen Sie, so stark Sie können. Sie müßten zumindest eine Runde um den zweiten Stock schaffen. Wenn die Arme Sie schmerzen sollten, rufen Sie eine Schwester, und die wird Sie zurückbringen.«

»Ich fühle mich gut«, meinte Susan. »Ich werde nicht so schnell müde werden. Ich werde eine doppelte Tour versuchen.«

»Ich habe mir schon gedacht, daß Sie das sagen werden. Aber einmal ist genug! Kein Marathon, meine Liebe! Nach dem Mittagessen und einem Schläfchen können Sie's ja noch mal versuchen.«

»Sie bemuttern mich zu sehr, Mrs. Baker. Ich bin kräftiger, als Sie denken.«

Die Baker schüttelte den Kopf. »Sie sind unbelehrbar.«

Susan entsann sich der demütigenden Szene vom vorigen Tag, als sie darauf bestand, gehen zu können, und ohne Mrs. Bakers Hilfe nicht einmal in den Rollstuhl gelangt war. »Wahrscheinlich haben Sie recht. Ich darf nichts überstürzen. Also jetzt bloß eine Runde, und am Nachmittag werden wir weiter sehen. Aber Sie haben mir versprochen, daß ich heute ein paar Schritte versuchen könne.«

»Eins nach dem andern.«

»Vor allem möchte ich mal richtig aus dem Fenster schauen. Vom Bett aus sehe ich kaum mehr als den Himmel.«

Sie rollte langsam zum Fenster, vorbei an dem anderen Bett, das nicht belegt war. Es machte ihr kaum Mühe, den Rollstuhl zu bewegen, aber der Fenstersims war so hoch, daß sie ihren Hals verrenken mußte, um hinausschauen zu können.

Jetzt sah sie, daß die Klinik auf einer Anhöhe stand, auf einem von mehreren Hügeln, die ein kleines Tal umgaben. Einige Hänge waren bewaldet, sie erkannte Laub- und Nadelbäume. Auf anderen Hängen prangten tiefgrüne Wiesen. Unten im Tal lag eine kleine Stadt, deren Ausläufer sich zwischen den Hügeln hindurchwanden. Die meisten Häuser waren weiß mit roten Dächern, die Straßen schachbrettartig angelegt. Obwohl die Sonne nicht schien und die Wolken tief hingen, machte die Aussicht einen freundlichen, heiteren Eindruck.

»Wie hübsch!«

»Nicht wahr?« fragte Mrs. Baker. »Ich hab' es nie bedauert, die Großstadt verlassen zu haben.« Dann seufzte sie. »Die Arbeit ruft. Wenn sie Ihre Tour beendet haben, bringe ich Sie ins Bett zurück.« Sie drohte Susan mit dem Zeigefinger. »Und versuchen Sie ja nicht, ohne Hilfe aus dem Rollstuhl ins Bett zu kommen. Sie sind immer noch schwach und nicht sicher auf den Beinen. Nicht wahr, Sie werden nach mir rufen?«

»Versprochen«, sagte Susan, obwohl sie hoffte, nach der Runde durch den zweiten Stock stark genug zu sein, um aus eigener Kraft in die Kissen zu gelangen.

Mrs. Baker ließ sie allein, und Susan schaute aus dem Fenster und genoß die Aussicht.

Aber bald wurde ihr klar, daß es nicht die hübsche Aussicht war, die sie im Zimmer zurückhielt. Sie hatte Angst, draußen auf dem Korridor Bill Richmond zu begegnen, dem Doppelgänger von Hatch. Angst, er würde sein böses Lächeln lächeln, seine grauen Augen auf sie richten, ihr drohend zuwinken und sie gar fragen, wie es Jerry Stein ginge.

Verdammt noch mal, das ist doch lächerlich, schalt sie sich, zornig mit sich selbst.

Sie schüttelte sich, wie um die Ängste von sich abzustreifen.

Er ist nicht Hatch, sagte sie sich. Er ist 13 Jahre zu jung. Er ist Bill Richmond aus Pine Wells, und er hat mich nie gekannt. Was ist los mit mir? Warum zum Teufel sitze ich hier wie gelähmt und fürchte mich vor einem Phantom?

Sie schämte sich. Die Scham gab ihr einen unerwarteten Auftrieb. Sie rollte aus dem Zimmer, in den Korridor hinaus.

Draußen war nichts Ungewöhnliches zu sehen. Ärzte, Schwestern, einige Patienten in gestreiften Pyjamas. Aber es erschreckte sie, daß ihre Arme so bald zu ermüden begannen. Noch bevor sie das Ende des langen Ganges erreicht hatte, schmerzten sie ihre Muskeln. Es war wie ein Krampf. Sie hielt inne und begann ihre Arme zu massieren. Ihre Finger erinnerten sie an das, was sie hatte vergessen wollen: daß sie dünn und kraftlos geworden waren und nicht wie die Arme der ehemaligen selbstsicheren Susan Thorton.

Sie biß die Zähne zusammen und machte weiter. Bog um die Ecke, sah den Tisch der diensthabenen Schwester vor sich. Und dort stand der Mann.

Ihr erstes Gefühl war maßloses Erstaunen. Sie stoppte den Rollstuhl. Sie schloß die Augen. Und sie zählte langsam bis drei, ehe sie sie wieder öffnete, in der Hoffnung, es sei eine Sinnestäuschung gewesen und er wäre in der Zwischenzeit verschwunden. Aber nein, er war immer noch da, über den Tisch gebeugt und mit der Schwester plaudernd.

Er war ziemlich groß, hatte braunes Haar und braune Augen. Sein Gesicht war länglich, ungewöhnlich lang, und die kleine, knollige Nase bildete einen merkwürdigen Kontrast zu den länglichen Zügen und dem spitzen Kinn. Er trug die übliche Krankenhauskleidung, als wäre er ein gewöhnlicher Patient. Aber für Susan war er höchst ungewöhnlich.

Sie hatte ängstlich erwartet, im Korridor Bill Richmond zu begegnen, Hatchs Doppelgänger, und hatte sich innerlich darauf vorbereitet. Aber diese erschreckende Begegnung traf sie wie ein Keulenschlag.

Der Mann war Randy Quince.

Quince, der Kumpan von Hatch. Der zweite Überlebende der vier.

Sie blickte in seine Richtung, zitternd, wie unter Schock. Hoffte, er würde sich in Luft auflösen, würde nichts sein als ein Phantom, eine Ausgeburt ihrer überreizten Fantasie. Doch er tat ihr nicht den Gefallen. Er stand da, unverkennbar, ein Mensch aus Fleisch und Blut.

Während Susan noch zögerte, nicht wußte, ob sie fliehen sollte oder ihm gegenübertreten, kam er ihrer Entscheidung zuvor. Er nickte der Schwester zu und ging. Er wandte Susan den Rücken zu, sah sie nicht an. Er ging an den Aufzugtüren vorbei, wandte sich nach links und verschwand durch eine Tür.

Susan hatte unwillkürlich den Atem angehalten. Jetzt atmete sie tief auf. Die Luft, die in ihre Lungen drang, war kalt, eisig kalt, obwohl es im Krankenhaus gut geheizt war.

Noch war sie nicht fähig, sich zu bewegen. Eine Krankenschwester kam vorbei, die Gummisohlen ihrer Schuhe quietschten auf dem blankpolierten Boden.

Das Quietschen erinnerte Susan an das Geräusch von Fledermäusen.

Fledermäuse!

Gänsehaut überlief sie.

In der Höhle hatte es Unmengen von Fledermäusen gegeben. Die Lichter der Laterne und Kerzen hatten sie aufgeschreckt. Sie hatten Jerry und seine Mörder umflattert. Und auch später, als Susan mit der gestohlenen Laterne geflohen war, war sie von unzähligen Fledermäusen umgeben gewesen, die zwar nie an sie anstießen, deren unheimliches Piepsen sie aber im Ohr behalten hatte.

Die Schwester, mit der Quince gesprochen hatte, sah Susan an, als sie heranrollte. Etwas in Susans Zügen erweckte ihre Aufmerksamkeit, denn sie fragte: »Fühlen Sie sich nicht wohl?«

Das Piepsen der Fledermäuse verhallte in einer ungewissen Ferne. Dann hörte sie es nicht mehr.

»Nein, nein, ich bin ganz in Ordnung«, stammelte sie und rollte den Rollstuhl nahe an den Tisch heran. »Mir ist nur etwas durch den Kopf gegangen. Der Mann, der gerade mit Ihnen gesprochen hat...«

»Der Patient von 216?«

»Ja, der.«

»Was ist mit ihm?«

»Ich glaube, ich kenne ihn. Oder *habe* ihn gekannt. Vor einiger Zeit...« Sie blickte nervös zur Tür, hinter der Quince verschwunden war, dann fuhr sie fort: »Aber wenn er nicht der ist, für den ich ihn halte, möchte ich ihn nicht ansprechen und mich lächerlich machen. Er heißt Peter Johnson. Ein netter Junge, aber für meinen Geschmack zu gesprächig. Er kommt immer raus, um mit mir zu plaudern, und ich vernachlässige meine Arbeit.« Sie lächelte entschuldigend.

»Peter Johnson? Sind Sie sicher?«

»Aber ja. Für wen haben Sie ihn denn gehalten?«

»Quince. Randy Quince.«

»Quince? Quince haben wir keinen. Der, den Sie meinen, heißt Peter Johnson, das weiß ich genau.«

»Vor 13 Jahren...« stammelte Susan. »Da habe ich einen Mann gekannt, der genauso aussah wie dieser... dieser Johnson.«

Die Schwester runzelte die Stirn und warf Susan einen etwas mitleidigen Blick zu. »Vor 13 Jahren... Dann kann es doch gar nicht derselbe sein. Johnson ist 19 oder 20. Vor 13 Jahren war er doch ein kleiner Junge.«

Sie hatte natürlich recht. Der Mann, den Susan gesehen hatte, war jung gewesen, ein Schüler oder Student. Er sah genau aus, wie Randy Quince damals ausgesehen hatte, nicht wie er heute aussehen würde. Es bestand nur eine Möglichkeit, wenn es wirklich Randy Quince war: daß man ihn in Tiefkühlschlaf versetzt hatte und er nicht gealtert war.

9.

Das Essen, das man ihr um die Mittagsstunde servierte, war kräftiger und gehaltvoller als die bisherigen Mahlzeiten. Obwohl sie diesmal keinen Appetit hatte, zwang sie sich, alles aufzuessen; sie wollte schnell zu Kräften kommen, um das Krankenhaus so bald wie möglich verlassen zu können. Um Auseinandersetzungen mit Mrs. Baker zu vermeiden, gab sie vor, Siesta zu halten. Doch sie konnte nicht schlafen. Sie mußte immer wieder an Bill Richmond und Peter Johnson denken.

Zwei Doppelgänger! Beide am gleichen Platz, innerhalb von 24 Stunden!

Wie groß war die Wahrscheinlichkeit eines solchen Zufalls? Astronomisch. Es war nicht unwahrscheinlich, es war *umöglich*.

Und doch! Verdammt noch mal, sie waren in der Klinik. Sie hatte beide gesehen.

Oder konnte es sein, daß der wirkliche Hatch und der wirkliche Quince im selben Krankenhaus lagen, in das man sie eingeliefert hatte? Keine Doppelgänger, der wahre Hatch, der wirkliche Quince. Sie mochten neue Namen und neue Identitäten angenommen haben und ihren Bewährungsauflagen entronnen sein. Möglicherweise hatten sie auch während der Zuchthausjahre von Hatch den Kontakt nicht verloren und waren später in die gleiche Stadt in Oregon gezogen. Insofern mußte es kein besonderer Zufall sein; sie waren stets enge Freunde gewesen. Das konnte auch erklären, warum sie – aus verschiedenen Krankheitsursachen – am selben Tag in dieselbe Klinik gekommen waren. Aber auch diese Erklärung ergab keinen Sinn. Das ganze Kartenhaus vager Möglichkeiten stürzte ein, wenn man die rätselhafte jugendliche Erscheinung der beiden in Betracht zog. Einer mochte vielleicht in dreizehn Jahren nicht gealtert sein und wie durch ein Wunder die Gene eines Methusalem besessen haben, aber gewiß nicht beide, zwei Freunde, die in dasselbe Verbrechen verstrickt waren. Nein, eine solche Möglichkeit mußte ausscheiden.

Doch dadurch wurde das Rätsel nicht weniger verwirrend. Also zwei Doppelgänger! Die absurde Doppelgänger-Theorie! Zwei Jugendliche, die zufällig genauso aussahen wie Hatch und Quince vor dreizehn Jahren? Waren sie durch Zufall hier? Oder war ihr Auftauchen geplant, zu einem bestimmten Zweck? Aber zu welchem Zweck? Um sie zu erschrecken, zu ängstigen? Diese Idee war nicht weniger absurd als alle anderen Theorien.

Sie öffnete ihre Augen, blickte über das Nachbarbett zum Fenster, auf den grauen Himmel. Fröstelnd zog sie die Decke über den Kopf.

Sie suchte nach anderen Erklärungen.

Vielleicht ähnelten die beiden Hatch und Quince nicht in dem Maße, wie sie glaubte. McGee hatte zu bedenken gegeben, ihre Erinnerungsbilder mochten im Lauf der Jahre unscharf geworden sein. Vielleicht hatte er recht. Der Abscheu hatte sich tief in sie eingefressen, aber die Erinnerung an die Gesichter und Gestalten konnte mit der Zeit gelitten haben. Wenn man Hatch und Quince neben Richmond und Johnson stellte, mochte die Ähnlichkeit nur vage sein, die Erscheinungen keineswegs identisch. Und Gleichheit der Personen gab es nur in ihrer Vorstellung.

Aber das war nicht der Fall. Sie wußte, daß es nicht der Fall war.

Gab es die Möglichkeit, daß die beiden Männer im Krankenhaus die Söhne von Hatch und Quince waren? Auch diese Theorie hatte weder Hand noch Fuß. Sie waren zu jung, um wirklich Hatch und Quince zu sein, aber wiederum zu alt, um deren Kinder zu sein. Als Richmond und Johnson geboren wurden, waren Hatch und Quince noch in der Pubertät gewesen und konnten keine Söhne gezeugt haben.

Aber die Idee einer Blutsverwandtschaft war nicht von der Hand zu weisen. Nein, keine Söhne der beiden, aber vielleicht Brüder. Susan wußte nicht, ob Hatch einen Bruder hatte. Bei der Gerichtsverhandlung war seine Familie zugegen gewesen, hatte ihm zu helfen versucht. Vater und Mutter und eine Schwester, aber kein Bruder. Doch sie erinnerte sich vage an einen Bruder von Randy Quince im Gerichtssaal. Es fiel ihr schwer, sich genau zu erinnern, aber sie hatte den Eindruck, die Quince-Brüder hatten einander ähnlich gesehen. Doch nicht zum Verwechseln ähnlich! Und jetzt fiel ihr ein, daß der Bruder von Randy Quince älter gewesen war als der Angeklagte. Natürlich konnte es auch einen jüngeren Bruder gegeben haben, einen, der zu Hause geblieben war, ein Kind, zu klein, um bei der Verhandlung zu erscheinen.

Brüder! Das war nicht auszuschließen. Die Brüder von Jerry Steins Mördern.

Doch sie glaubte nicht daran.

Blieb nur noch eine Erklärung: Irrsinn! Vielleicht verlor sie den Verstand. War die Kopfverletzung schuld? Hatte ihr Gehirn Schaden genommen, sah sie Halluzinationen? Wurde sie von paranoiden Fantasien gequält?

Doch auch diese Möglichkeit wies sie zurück.

Man hatte ihr schon vorgeworfen, daß sie alles zu ernst

nahm, daß es ihr an Unbeschwertheit fehlte. Sie hatte sich ständig unter Kontrolle gehabt, hatte manchmal sogar andere beneidet, die imstande waren, sich gehen zu lassen und sich Tollheiten zu leisten. Nie hatte sie spontanen Eingebungen nachgegeben und dadurch viel in ihrem Leben versäumt. Sie war zu ernst, zu nüchtern gewesen. Alles, was sie tat, war wohl überlegt und geplant gewesen. Ja, diesen Vorwurf mußte sie auf sich sitzen lassen. Aber das hatte alles nichts mit einer Geistesstörung zu tun. Nein, sie mochte verwirrt sein, das ja, aber verrückt war sie nicht!

Dem widersprach auch die Klarheit ihrer Überlegungen. Das Geheimnis der beiden Doppelgänger blieb ungelöst. Keine der von ihr aufgestellten Theorien befriedigte sie. Aber auch wenn sie selbst nicht an ihrem Verstand zweifelte, andere mochten es tun. Dieser Gedanke lag nahe. So beschloß sie, die Episode mit Peter Johnson nicht zu erwähnen, weder gegenüber Dr. McGee noch gegenüber Mrs. Baker.

Auf die Hilfe anderer konnte sie nicht zählen. Sie mußte vesuchen, sich selbst zu helfen.

10.

Später am Nachmittag stieg sie aus dem Bett und setzte sich in den Rollstuhl, ohne um Hilfe zu bitten. Ihre Beine drohten sofort wieder einzuknicken. Statt aus Muskeln und Knochen schienen sie aus Kautschuk zu bestehen. Susan wurde schwindlig, und Schweißperlen erschienen auf ihrer Stirn. Doch sie schaffte es.

Als Thelma Baker ins Zimmer kam, runzelte sie die Stirn. »Alleine? Ohne Hilfe?«

»Aber ja«, erwiderte Susan fröhlich. »Ich sagte Ihnen ja, ich bin kräftiger, als Sie glauben.«

»Sie hätten es nicht tun sollen.«

»Warum nicht? Es war ganz einfach.«

»Wirklich?«

»Ja.«

»Warum sind Sie dann schweißüberströmt?«

Susan fühlte sich ertappt. Sie fuhr sich mit dem Taschentuch über die Stirn.

»Mich können Sie nicht täuschen», meinte die Baker ernst. »Ich habe allen Grund, Sie auszuschimpfen. Sie sind eigensinnig.«

»Eigensinnig? Ich?«

»Wie ein Maultier! Wenn Sie ausgerutscht und gefallen wären...«

»Aber ich bin nicht gefallen.«

»Sie hätten sich einen Arm oder sogar die Hüfte brechen können. Das hätte Sie weitere Wochen an Ihr Bett gefesselt. Ich schwöre, wenn Sie 20 Jahre jünger wären, würde ich Sie übers Knie legen und Ihnen eine Tracht Prügel verpassen.«

Susan begann zu lachen.

Einen Moment lang war Mrs. Baker über ihren eigenen Ausbruch betroffen, dann begann auch sie zu lachen. Sie lehnte sich an das Gitter des Betts und lachte aus vollem Herzen. Die beiden Frauen sahen einander an, versuchten sich zu beherrschen, aber es gelang ihnen nicht. Das triste Krankenzimmer verwandelte sich in eine Stätte der Heiterkeit. Schließlich ging das Lachen in ein Kichern über, und Thelma Baker wischte sich die Tränen aus den Augen. »Ich kann gar nicht glauben, daß ich das wirklich gesagt habe.«

»Daß Sie mich verhauen würden?«

»Sie provozieren meine mütterliche Instinkte.«

»Normalerweise gehört Erziehung nicht zur Krankenpflege«, meinte Susan vergnügt.

»Ich bin froh, daß Sie nicht beleidigt sind.«

»Und *ich* bin froh, daß ich nicht 20 Jahre jünger bin«, sagte Susan, und beide begannen wieder zu lachen.

Später, als Susan wieder durch die Korridore rollte, war sie in einer Stimmung, wie sie sie seit ihrem Koma nicht mehr gekannt hatte. Das unkontrollierte Lachen von Mrs. Baker hatte eine wundervolle therapeutische Wirkung gehabt. Die mütterliche Fürsorge, die ihr entgegengebracht wurde, ließ das Krankenhaus menschlicher und weniger trist erscheinen als bisher.

Die Arme schmerzten noch von der Morgentour, aber sie war entschlossen, an diesem Nachmittag zwei Runden im Rollstuhl zu drehen.

Sie hatte keine Angst davor, Richmond oder Johnson zu begegnen. Sie hatte das Gefühl, eine solche Begegnung verkraften zu können. Ja, sie hoffte geradezu, die beiden zu sehen. Wenn sie die beiden näher ansah und mit ihnen sprach, würde sich sicher herausstellen, daß die Ähnlichkeit mit Hatch und Quince gar nicht so groß war. Sie mußte einen klaren Kopf behalten. Selbst wenn sie auch auf den zweiten Blick wie Doppelgänger von Hatch und Quince erschienen, würde sich die vermeintliche Bedrohung im Gespräch mit ihnen sicher verlieren. Es *mußte* sich einfach um einen unglaublichen Zufall handeln, denn die Alternative dazu erschien ihr zu schrecklich.

Als sie auf ihrer Runde zur Tür von Zimmer 216 kam, hatte sie noch keinen der beiden zu Gesicht bekommen. Die Tür stand offen. Sie hielt inne, riß sich zusammen und rollte zur Türöffnung. Sie setzte ein möglichst ungezwungenes Lächeln auf und wiederholte im Geiste, was sie sich zu sagen vorgenommen hatte: ›Ich habe Sie heute vormittag in der Halle gesehen, und Sie sehen einem Freund von mir so ähnlich, daß ich es nicht lassen konnte, Sie aufzusuchen und ...‹

Doch sie kam nicht dazu.

Es war ein Zweibettzimmer wie das ihrige. Peter Johnson war nirgends zu sehen. Ein Bett stand leer. Im anderen lag ein alter Mann.

»Pete –? Er ist nicht hier. Sie haben ihn zum Röntgen gerufen.«

»Oh, vielleicht komm' ich später noch mal vorbei.«

»Soll ich ihm was ausrichten?«

»Nein, danke. Nicht nötig. Es ist nichts von Wichtigkeit.«

Als sie beim Tisch mit der Schwester vorbeikam, hatte sie die Idee, nach Bill Richmonds Zimmernummer zu fragen. Doch dann entsann sie sich, daß er an diesem Tag operiert werden sollte. Er mochte Schmerzen haben. Es war kein geeigneter Moment, um ihm einen Besuch abzustatten.

Als Susan in ihr Zimmer zurückkam, zog Thelma Baker gerade den Plastikvorhang zu, der das zweite Bett umschloß.

»Sie haben eine Nachbarin bekommen, Susan.«

»Das macht mir nichts aus. In Gesellschaft vergeht die Zeit schneller.«

Die Baker schüttelte den Kopf. »Sie werden nicht viel von ihr haben. Sie wird die meiste Zeit schlafen, außer wenn sie gerade ihr Spritze bekommt. Auch jetzt steht sie unter Drogen.«

»Wie heißt sie?«

»Jessica Seiffert.«

»Ist sie schwer krank?«

Mrs. Baker nickte und sagte seufzend: »Krebs. Im letzten Stadium.«

»Oh, das tut mir leid.«

»Sie spürt praktisch nichts mehr. Außerdem – sie ist über 80 und hat ein erfülltes Leben hinter sich.«

»Sie kennen Sie?«

»Ja. Sie lebt hier in Willawauk. – Und was ist mit Ihnen? Glauben Sie, Sie können paar Schritte versuchen?«

»Ich bin sicher.«

Mrs. Baker schob den Rollstuhl zu Susans Bett. »Wenn Sie aufstehen, halten Sie sich mit der rechten Hand am Gitter fest und mit der linken an mir. Ich werde Sie langsam durchs Zimmer führen.«

Anfangs fühlte sie sich sehr unsicher auf den Beinen, aber mit jedem Schritt gewann sie mehr Selbstbewußtsein zurück, und bald versuchte sie schneller zu gehen. Obwohl sie noch weit davon entfernt war, jemanden zu einem Wettlauf herauszufordern – nicht einmal die arme Jessica Seiffert –, genoß sie es, die Kontrolle über ihre Muskeln zurückzugewinnen. Susan Thorton, sagte sie sich, du funktionierst wieder. Du wirst schneller gesund werden, als Dr. McGee vorausgesagt hat, du wirst vor der erwarteten Zeit aus der Klinik entlassen werden.

Als Mrs. Baker sie wieder zu Bett bringen wollte, sträubte sie sich. »Ein paar Sekunden Pause, bitte. Dann mach' ich weiter.«

»Sie werden sich überanstrengen.«

»Nein. Ich fühle mich prima.«

»Sind Sie sicher?«

»Ich würde Sie doch nicht belügen. Ich habe Ihre Drohung nicht vergessen.«

Die Baker grinste. »Das wird auch gut sein!«

Als sie zwischen den Betten standen, um Susan neue Kraft gewinnen zu lassen, wanderten ihre Blicke unwillkürlich zum dicht zugezogenen Vorhang um das zweite Bett.

»Hat sie Familie?« wollte Susan wissen.«

»Keine nahen Verwandten.«

»Wie traurig«, flüsterte Susan.

»Was?«

»Einsam zu sterben.«

»Sie brauchen nicht zu flüstern. Sie kann Sie nicht hören. Außerdem, Jessie trägt es mit erstaunlicher Fassung. Nur in einem Punkt nimmt sie es schwer – was ihre Eitelkeit betrifft. Wissen Sie, sie ist eine wunderschöne Frau gewesen, und noch im Alter sah sie überraschend gut aus. Aber sie hat in letzter Zeit schrecklich viel Gewicht verloren, und es ist, als hätte der Krebs ihr das Fleisch aus dem Gesicht gefressen. Sie ist hager geworden, und ihr Gesicht gleicht einem Totenkopf. Die Entstellung schmerzt sie mehr als das Bewußtsein, sterben zu müssen. Sie hat auch allen ihren Freunden verboten, sie hier zu besuchen. Man soll sich an sie als die gut aussehende Frau von einst erinnern. Am liebsten wär' ihr, wenn sie auch kein Arzt zu Gesicht bekäme. Deshalb auch der Vorhang um ihr Bett. Selbst wenn sie einen Moment aufwacht, will sie nicht, daß der Vorhang offen ist.«

»Die Arme!«

Mrs. Baker zuckte die Achseln. »Bedauernswert ja. Aber lassen Sie sich durch die Nachbarschaft nicht deprimieren, meine Liebe. Früher oder später kommt die Zeit für uns alle, und Jessica hat länger durchgehalten als die meisten von uns.«

Sie durchquerten noch mal das Zimmer, dann ließ Susan sich ins Bett bringen und streckte sich müde aus.

»Hungrig?«

»Wie ein Wolf.«

»Gut. Ich bring' Ihnen etwas zu essen.«

Susan machte sich an der Hydraulik zu schaffen; das Bettgestell hob sich, und sie konnte bequem sitzen. »Glauben Sie, es würde Mrs. Seiffert stören, wenn ich das Fernsehen einschalte?«

»Ganz gewiß nicht. Sie wird es gar nicht merken.«

Nachdem Mrs. Baker gegangen war, griff Susan nach der Fernbedienung und drückte mehrere Kanäle, bis sie einen alten Film fand, der gerade begonnen hatte: ADAMS RIPPE mit Spencer Tracy und Katherine Hepburn. Sie kannte den Film, aber es war eine jener Komödien, die sie immer wieder sehen konnte. Sie lehnte sich zurück, um das Spiel der Stars und die amüsanten Dialoge zu genießen.

Doch es fiel ihr nicht leicht, sich auf den Bildschirm zu konzentrieren. Immer wieder glitt ihr Blick in die Richtung des zweiten Betts. Warum störte sie der zugezogene Vorhang?

Er unterschied sich nicht von dem ihres eigenen Bettes. Er hing an einer Metallschiene und fiel faltenlos zu Boden, gab nur den Blick auf die Räder des Krankenbetts frei. Auch ihr eigener Vorhang war des öfteren zugezogen worden – wenn sie die Bettflasche benützte oder ihren Pyjama wechselte.

Trotzdem – Jessica Seifferts verschlossener Vorhang beunruhigte sie.

Es hing nicht mit dem Vorhang an sich zusammen. Aber die Anwesenheit einer zweiten Person im Zimmer – einer Sterbenden... Es würgte sie in der Kehle.

Nein, es war nicht die Präsenz des Todes, die ihr Unbehagen verursachte. Es war etwas anderes. Etwas, was sie nicht definieren konnte.

Der Vorhang hing weiß, still, faltenlos, wie gemalt.

Der Film auf dem Bildschirm wurde durch einen Werbe-Spot unterbrochen. Susan drehte den Ton ab.

Stille. Lastende Stille. Kein Ton war zu hören.

Auch kein Atemzug?

Susan rief: »Mrs. Seiffert?«

Keine Antwort.

Ehe sie ein zweites Mal rufen konnte, kam Mrs. Baker zurück. Sie brachte eine große Portion Vanilleeis mit Blaubeeren. »Na, wie sieht das aus?« fragte sie, stellte das Tablett auf den Rolltisch und schob ihn zum Bett.

»Großartig«, sagte Susan und wandte ihren Blick vom Vorhang ab. »Das werde ich nie aufessen können.«

»Aber ja doch. Sie sind auf dem Weg der Besserung. Sie werden staunen, was für einen Appetit Sie in der nächsten Zeit entwickeln werden.« Sie glättete ihr graues Haar. »Meine Schicht ist zu Ende. Ich muß nach Hause und mich ein bißchen herrichten.«

»Ein Rendezvous?«

Sie zuckte die Achseln. »Wenn man es so nennen will – ein Kegelabend und ein Essen mit Hamburgern und Ginger-Ale. Aber mein Begleiter ist in Ordnung. Wäre ich 30 Jahre jünger, würde ich sagen, er ist ein Schatz. Ein Holzarbeiter. Schultern wie ein Preisringer. Und die größten, härtesten, schwieligsten Hände, die man sich denken kann. Aber sanft wie ein Lamm.«

Unwillkürlich mußte Susan lächeln. »Sie haben ja einen vielversprechenden Abend vor sich.«

»Ohne Zweifel.« Sie wandte sich zur Tür.

»Einen Augenblick noch...«

Mrs. Baker blieb stehen. »Brauchen Sie noch etwas?«

»Würden Sie bitte... würden Sie nach Mrs. Seiffert sehen...«

Mrs. Baker runzelte die Stirn. »Sie ist doch noch aufgewacht?«

»Nein, nein. Ganz im Gegenteil, sie gibt keinen Laut von sich. Sie ist so still. Unheimlich still. Selbst wenn sie schläft... allzu ruhig, meine ich. Und ich habe mich gefragt...«

»Ich verstehe.« Thelma Baker trat zum zweiten Bett, zog den Vorhang beiseite und verschwand hinter ihm.

Susan versuchte hinter den Vorhang zu schauen, bevor er an seinen alten Platz zurückfiel, aber sie konnte weder Jessica Seiffert sehen noch sonst etwas, außer dem breiten Rücken der Krankenschwester.

Etwas enttäuscht blickte sie wieder auf Tracy und Hepburn, die infolge des abgeschalteten Tons schweigend auf der Mattscheibe gestikulierten. Sie aß einen Löffel Vanilleeis; es schmeckte wundervoll, aber ein Zahn schmerzte. Sie schaute wieder auf den Vorhang.

Mrs. Baker war zurückgekommen. Hinter ihr schloß sich der Vorhang, und Susan hatte wieder keine Chance, etwas zu sehen.

»Sie können sich beruhigen, Miß Thorton. Alles in Ordnung. Sie schläft wie ein Baby.«

Susan atmete auf.

»Und bitte hängen Sie keinen düsteren Gedanken nach. Dafür gibt es keinen Grund. Sie wird nicht in diesem Zimmer sterben, das verspreche ich Ihnen. Sie wird paar Tage hier bleiben, villeicht auch eine Woche, bis ihr Zustand so ernst ist, daß wir sie auf die Intensivstation bringen müssen. Dort wird es passieren, zwischen all den komplizierten Apparaten, die das Leben verlängern helfen und schließlich doch keinen Nickel wert sind. – Sind Sie jetzt beruhigt?«

»Ja, Mrs Baker.«

»Gut. Jetzt essen Sie brav Ihr Dessert auf. Wir sehen uns morgen früh.«

Nachdem die Schwester gegangen war, stellte Susan den Ton des Fernsehapparats wieder an und aß den Nachtisch zu Ende. Sie gab sich Mühe, nicht auf Mrs. Seifferts verhangenes Bett zu schauen.

Die Anstrengung des Nachmittags und das üppige Essen hatten sie schläfrig gemacht. Das Fernsehen tat ein übriges. Noch bevor Spencer Tracy und Katherine Hepburn einig wurden, fiel Susan in tiefen Schlaf.

Im Traum war sie selbst Teilnehmerin an einer Fernsehshow, inmitten von Leuten, die für einen Maskenball kostümiert waren. Sie selbst war als Krankenhauspatient verkleidet, sie trug einen Pyjama und einen großen Verband um den Kopf. Der Quizmeister stand hinter ihr und sagte mit öliger Stimme: ›Nun, Susan, wollen Sie die 1000 Dollar, die Sie bereits gewonnen haben, behalten oder statt dessen den Preis nehmen, der hinter dem Vorhang Nummer 1 liegt?‹ – Susan blickte in die angedeutete Richtung und sah erstaunt, daß dort nicht die erwarteten drei Vorhänge zu sehen waren, sondern drei Spitalbetten. Die Vorhänge bedeckten nur das, was auf diesen Betten lag. ›Ich will die 1000 Dollar behalten‹, sagte sie kurz entschlossen. – Der Quizmeister hob drohend die rechte Hand. – ›Halten Sie das für klug, Susan? Sind Sie sicher, die richtige Entscheidung getroffen zu haben?‹ – ›Ja ja, ich will die tausend Dollar.‹ – Jetzt wandte sich der Moderator an die Zuschauer. ›Was denken Sie, meine Damen und Herren? Soll sie wirklich das Bargeld behalten, ungeachtet dessen, wie wenig man heutzutage für 1000 Dollar kaufen kann, oder sich lieber für den verborgenen Schatz hinter dem Vorhang Nummer 1 entscheiden?‹ – Und die Menge brüllte einstimmig: ›Den Schatz! Den Schatz‹

Doch Susan protestierte. ›Nein, ich möchte nicht haben, was hinter dem Vorhang liegt. Wirklich, ich möchte es nicht.‹

Doch der liebenswürdige Quizmeister hatte sich unterdes in eine satanische Figur verwandelt, in eine Art Dämon mit buschigen Augenbrauen und einem zahnlosen Mund, und er riß ihr die Banknoten aus der Hand und kläffte: ›Sie werden nehmen, was hinter dem Vorhang liegt, Susan, denn das ist's, was Sie verdienen. Das kommt Ihnen zu. Der Vorhang! Sehen wir doch mal, was hinter dem Vorhang liegt!‹

Jetzt wurden zwei Vorhänge beiseite gerissen. Auf zwei Krankenhausbetten lagen zwei Männer in gestreiften Pyjamas: Hatch und Quince. Sie setzten sich auf, sie hielten Skalpelle in der Hand, die im Scheinwerferlicht gefährlich glitzerten. Sie sprangen von den Betten, Susan schrie auf, und das Publikum jubelte und wälzte sich vor Lachen. Hatch und Quince liefen jetzt zum dritten Bett, und während der Moderator rief: ›Vorhang Nummer 1!‹, enthüllten sie, was auf dem dritten Bett lag.

Es war ein Skelett.

Der Quizmeister griff nach einer großen Glocke und klingelte und Susan sah entsetzt, daß der Totenkopf grinste und ihr zublinzelte...

Sie fuhr hoch.

Die Szenerie des Traums war verschwunden. Sie lag in ihrem Bett. Das Klingeln des Telefons hatte sie geweckt.

11.

Sie riß sich zusammen, schüttelte Schlaf und Traumgeschichte ab und griff nach dem Hörer.

»Hallo...«

»Susan?«

»Ja.«

»O Gott, ich war so froh, als ich hörte, daß du aus dem Koma raus bist. Burt und ich haben uns zu Tode geängstigt.«

»Es... es tut mir leid. Aber ich weiß nicht, wer spricht.«

»Ich bin es, Franny.«

»Franny? Welche Franny?«

»Francisca Pascarelli, deine Nachbarin.«

Die Frau am anderen Ende der Leitung zögerte einen Moment, dann fragte sie: »Du erinnerst dich doch an mich?«

»Ja, ja, gewiß. Ich habe nur Ihre – deine Stimme nicht gleich erkannt.

»Ist es wahr, daß du – daß dein Gedächtnis gelitten hat?«

»Das ist vorüber. Zum größten Teil.«

»Gott sei Dank.«

»Und wie geht es bei euch?«

»Burt macht seine Waldläufe, wie immer. Und ich kämpfe mit meiner Taille und meinem Doppelkinn, aber du weißt, ich laß mich nicht unterkriegen. Aber du – was hast du alles mitgemacht! Wie geht es dir jetzt?«

»Gut. Von Stunde zu Stunde besser.«

»Die Leute vom Institut haben gefürchtet, du würdest aus dem Koma nicht mehr aufwachen. Ich war schon verzweifelt. Aber heute früh hat Mr. Gomez angerufen und gesagt, daß du wieder in Ordnung bist. Ich war so froh, daß ich meine doppelte Kuchenration gegessen habe.«

Susan lachte.

»Wie schön, daß du wieder lachen kannst. Bitte, mach dir nur keine Sorgen wegen dem Haus und den Blumen. Burt und ich, wir kümmern uns um alles.«

»Da bin ich ganz sicher. Es ist beruhigend, dich zur Nachbarin zu haben, Franny.«

»Du würdest dasselbe für mich tun...«

Sie sprachen noch eine Weile miteinander. Über nichts Wichtiges, aber als Susan auflegte, hatte sie das Gefühl, enlich wieder den Kontakt zur Vergangenheit, den sie schon verloren geglaubt hatte, aufgenommen zu haben. Nach dem Telefongespräch mit Philip Gomez war es nicht so gewesen. Gomez war nur eine Stimme gewesen, eine Stimme ohne Gesicht. Aber an die mollige Franny Pascarelli konnte sie sich gut erinnern, sie konnte sie vor sich sehen, die rundliche Gestalt, das lustige Gesicht. Die lebhafte Erinnerung an die fröhliche Italienerin stimmte sie optimistisch. Gottlob, es gab eine Welt außerhalb des Willawauk-Krankenhauses, und bald würde sie in der Lage sein, in diese, ihre frühere Welt zurückzukehren.

Oder nicht?

Wieder überkam sie der Schatten einer Angst, die sie immer wieder heimsuchte und die sie nie ganz loswerden konnte.

Doch bevor sie sich einer trübseligen Stimmung überlassen konnte, erschien Dr. McGee zur Abendvisite.

Sowie er den Raum betrat, war die düstere Stimmung verflogen. Sein weißer Kittel stand weit offen. Er trug blaue Slacks und einen blauen Pullover über einem weißen Hemd, war schlank und frisch rasiert und sah aus wie gerade einer Herrenmodezeitschrift entstiegen.

Er hatte Susan Geschenke mitgebracht: eine Schachtel Pralinen und einige Taschenbücher.

»Das hätten Sie nicht tun sollen», wehrte Susan verlegen ab.

»Kleinigkeiten. Es macht mir Spaß, sie Ihnen zu bringen.«

»Jedenfalls vielen Dank.«

Er lächelte verschmitzt. »Alles hat einen therapeutischen Zweck. Die Süßigkeiten werden helfen, Sie wieder auf das nötige Gewicht zu bringen. Und die Bücher werden Sie von Ihren Sorgen ablenken. Leichte Kost. Abenteuerromane, Reisebeschreibungen. Ich wußte ja nicht, welche Art Lektüre Sie bevorzugen.«

»Im Moment alles, was nicht problematisch ist.«

Er setzte sich zu ihr und nahm sich Zeit, eingehend mit ihr

zu plaudern. Er erkundigte sich nach ihrem Appetit, nach ihren Bewegungsübungen. Nur beiläufig streifte er ernstere Fragen wie die noch vorhandenen Gedächtnislücken. Als sie nach einer Erwähnung von Milestone unruhig wurde, wechselte er schnell das Thema. Susan dankte ihm sein Verständnis und seine Rücksicht.

Andererseits vermied sie es, über Peter Johnson zu sprechen, den Quince-Doppelgänger, den sie in der Halle gesehen hatte. Sie wollte sich nicht dem Verdacht aussetzen, hysterisch oder verwirrt zu sein. Ein zweiter Doppelgänger! Ein Arzt mußte einfach annehmen, das Problem habe seine Wurzeln in ihrer überhitzten Fantasie.

Dabei war sie sich gar nicht im klaren, ob ihre Wahrnehmung nicht tatsächlich gestört war. Zweifel nagten an ihr. Sie fühlte sich sicher, gewiß, aber die Zweifel hörten nicht auf zu nagen.

Schließlich, als McGee sich erhob, um zu gehen, sagte sie: »Wie schaffen Sie eigentlich, überhaupt ein Privatleben zu führen, wenn Sie so viel Zeit mit Ihren Patienten verbringen?«

»Nun, ich verbringe mit anderen Patienten nicht so viel Zeit wie mit Ihnen.« Er lächelte. »Sie sind ein spezieller Fall.«

»Aha. Sie haben nicht oft Gelegenheit, einen Fall von Gedächtnisschwund zu behandeln.«

Jetzt wurde er einen Moment ernst. Seine Lippen lächelten nicht länger, aber seine blauen Augen hörten trotzdem nicht auf, sie mit einem strahlenden Blick zu liebkosen.

»Es ist nicht die Amnesie, Susan, die Sie zu einem Spezialfall macht. Und das wissen Sie sehr gut.«

Sie wußte nicht, wie ernst es ihm war. Versuchte er bloß nett zu sein, um ihr Lebensgefühl zu heben, oder fand er sie wirklich attraktiv? Sie durfte sich keinen Illusionen hingeben; sie sah immer noch ziemlich elend aus. Jedes Mal, wenn sie in den Spiegel schaute, verglich sie sich mit einer gebadeten Ratte. Wahrscheinlich war es seine gewohnte Taktik, weibliche Patienten zu hofieren.

Jetzt warf er einen routinemäßigen Blick auf das zweite

Bett. »Sie sind nicht mehr allein. Stört Sie Ihre Zimmernachbarin?«

Susan folgte seinem Blick. Er hatte halblaut gesprochen, und sie erwiderte im gleichen Ton. »Durchaus nicht. Sie gibt keinen Laut von sich.«

»Gut. Das beweist, daß sie keine Schmerzen hat. Mehr kann ich für sie leider nicht tun.«

»Oh, sie ist *Ihre* Patientin.«

»Ja. Eine bewundernswerte Frau. Sie hätte einen leichteren, schnelleren Tod verdient. Nicht diese lange Agonie.« Mit diesen Worten ging er zum anderen Bett hinüber und hinter den Vorhang.

Wieder gelang es Susan nicht, einen Blick auf Mrs. Seiffert zu werfen.

Sie hörte McGee hinter dem Vorhang sagen: »Hallo, Jessie! Wie geht es der alten Dame heute?«

Eine gemurmelte Antwort, eine Art trockenes Röcheln. So leise, daß Susan kein Wort verstehen konnte, sogar zu leise, um überhaupt als menschliche Stimme erkannt werden zu können. Einen Moment hörte sie noch, wie der Arzt sanft mit der Kranken sprach. Dann einige Augenblicke Stille. Er kam hinter dem Vorhang hervor, und Susan verrenkte ihren Hals, um die alte Frau zu sehen. Aber der Vorhang hatte sich sofort wieder hinter McGee geschlossen.

»Sie ist zäh«, erklärte er mit einem Ton von Bewunderung. Dann blinzelte er Susan zu und meinte: »In gewissem Sinn erinnert sie mich an Sie.«

»Oh, ich bin nicht zäh«, widersprach Susan. »Sie hätten mich sehen sollen, wie ich kaum auf den Füßen stehen konnte. Ich mußte mich an die arme Mrs. Baker klammern. Ein Wunder, daß wir nicht beide hingefallen sind.«

»Ich meinte nicht Ihren Körper...

»Innerlich bin ich ein Gummibärchen«, sagte sie verhalten.

Seine Komplimente machten sie verlegen, da sie nicht wußte, wie ehrlich sie gemeint waren. Machte er ihr den Hof? Oder war es bloß Psychotherapie?

Sie wechselte das Thema. »Wenn Sie den Vorhang aufziehen, könnte Mrs. Seiffert mit mir das Fernsehprogramm anschauen.«

Er schüttelte den Kopf. »Sie schläft. Noch als ich mit ihr gesprochen habe, ist sie eingeschlafen. Sie hat eine starke Spritze bekommen. Sie wird gut und gern noch 24 Stunden schlafen.«

»Aber wenn sie nachher doch aufwacht? Wie vorhin, als Sie sie besuchten?«

»Wissen Sie – sie will es gar nicht, daß der Vorhang aufgezogen wird. Die Eitelkeit einer einstmals schönen Frau.«

»Ja, ich weiß. Mrs. Baker hat mir davon erzählt. Trotzdem glaube ich, daß ich ihr helfen könnte.«

»Ich bin sicher, daß Sie es könnten. Trotzdem...«

»Es muß sie doch langweilen, nur zu schlafen oder vor sich hin zu dösen. Menschliche Gesellschaft und Fernsehen könnten die Zeit für sie schneller vergehen lassen.«

McGee nahm Susans Hand. »Ich weiß, daß Sie es gut meinen, aber wenn Jessica es so wünscht, ist es am besten, sie in Frieden zu lassen. Vergessen Sie nicht, daß sie im Sterben liegt. Vielleicht will sie gar nicht, daß die Zeit schneller vergeht. Und sie zieht es vor, in Ruhe zu meditieren, statt eine Episode von DALLAS oder DENVER-CLAN anzuschauen.«

Obwohl er nicht anders gesprochen hatte als sonst, hatten seine Worte Susan beeindruckt. Wahrscheinlich hatte er recht, sicher sogar. Kein Fernsehprogramm vermochte einer alten Frau, die zwischen Schmerzen und Drogenschlaf dahindämmerte, Erleichterung zu bringen.

»Schon gut. Vielleicht bin ich ein bißchen unsensibel gewesen.«

»Aber nein, natürlich nicht. Trotzdem – ich möchte Sie bitten, Jessie einfach schlafen zu lassen. Und machen Sie sich ihretwegen keine Gedanken. Tun Sie, als ob sie nicht vorhanden wäre.«

Er legte seine Hand auf die ihre und drückte sie kurz. Dann: »Morgen früh sehen wir uns wieder.«

Er zögerte einen Moment, wie um sich zu entscheiden, ob er sie zum Abschied auf die Wange küssen sollte oder nicht. Er beugte sich schon über sie, doch dann hielt er inne; scheinbar war er sich seiner Gefühle nicht ganz sicher. Doch vielleicht bildete sie sich seine Gefühle und Reaktionen nur ein. Sie wollte, sie könnte wenigstens ihre eigenen klar definieren.

»Schlafen Sie gut!«

»Ja, das will ich.«

Er ging zur Tür, drehte sich aber noch mal um. »Übrigens – ich habe Sie für morgen in die Therapie eingeschrieben.«

»Was für eine Therapie?«

»PT. Physikalische Therapie. Allgemeine Übungen, Muskeltraining, hauptsächlich für die Beine. Bad im Wasserwirbel. Ein Pfleger wird Sie nach dem Frühstück in die PT hinunterbringen.«

Er ging, und die Nachtschwester kam mit dem Abendessen herein. Sie verschwand hinter dem Vorhang, um Mrs. Seiffert zu füttern.

»Es ist schwierig«, bekannte sie, als sie wieder hervorkam. »Aber wahrscheinlich spielt es auch keine Rolle mehr, wieviel sie zu sich nimmt.«

Susan aß ihr Abendessen und las eines der Abenteuerbücher, die McGee ihr gebracht hatte. Es war spannend und verhinderte eine Zeitlang, daß Susan an die Doppelgänger denken mußte.

Später versuchte sie, ohne Hilfe zum Badezimmer zu gelangen. Es glückte ihr, indem sie sich ziemlich mühevoll die Wand entlangtastete. Die Rückkehr dauerte fast doppelt so lange wie der Hinweg; als sie ihr Bett wieder erreicht hatte, war sie erschöpft.

Sie war sicher, kein Schlafmittel zu benötigen, doch nahm sie widerspruchslos die Pille, die die Schwester ihr brachte. Sie war zu müde für einen Wortwechsel.

Übergangslos glitt sie in tiefen Schlaf.

»Susan... Susan...«

Eine sanfte Stimme rief ihren Namen. Drang durch den Panzer ihres Schlafs.

»Susan...«

Mit einem Mal war sie wach. Setzte sich auf. Ihr Herz hämmerte gegen ihre Rippen. Sie war benommen, aber sie bildete sich ein, in der Stimme einen drohenden Unterton gehört zu haben.

Das Nachtlicht erhellte den Raum nur wenig, aber genug, um erkennen zu lassen, daß sich niemand im Raum befand – außer der Sterbenden hinter dem Vorhang. Doch zu sehen war nichts Außergewöhnliches.

Sie wartete. Würde ihr Name nochmals gerufen werden?

Stille.

»Wer ist da?« rief sie schließlich mit unsicherer Stimme. Starrte auf die Schatten, welche die Ecken im Dunkel hielten. Keine Antwort.

Sie zwang sich, die letzten Reste von Schlaf abzuschütteln. Soweit sie sich erinnern konnte, war die Stimme von links gekommen. Links von ihr stand das verhangene Bett. Aber es war die Stimme eines Mannes gewesen.

Der Vorhang schloß sie von ihrer Nachbarin ab. Auch bei dieser schwachen Beleuchtung konnte sie ihn deutlich sehen. Die Plastikhülle, das Nachtlicht reflektierend, schimmerte weiß, glänzte silbern.

»Ist jemand da?«

Ihre schwache Stimme verhallte.

»Mrs. Seiffert?«

Schweigen. Der Vorhang bewegte sich nicht. Nichts bewegte sich. Und kein Laut war zu hören, nur das leise Ticken ihrer Nachttischuhr. Die Leuchtzeiger markierten die genaue Zeit. 3 Uhr 42.

Susan zögerte, dann knipste sie die Nachttischlampe an.

Das helle Licht schmerzte sie, sie warf bloß einen schnellen Blick in die Ecken, die im Schatten gelegen waren. Jessica Seifferts Bett sah bei Licht weit weniger drohend aus als im gelblichen Schimmer der Nachtbeleuchtung.

Sie löschte die Nachttischlampe wieder aus. Die Schatten kehrten wieder, breiteten sich im Zimmer aus. Der Plastikvorhang glänzte.

Ich muß geträumt haben, dachte sie. Die Stimme hat mich im Traum gerufen.

Aber sie hatte den Eindruck, in dieser Nacht traumlos geschlafen zu haben.

Sie richtete ihr Bett ein wenig auf, um bequemer zu sitzen. Sie glaubte nicht, wieder einschlafen zu können. So starrte sie ins Dunkel und wartete... wartete...

Doch schließlich erwies sich das Schlafmittel, das Dr. McGee ihr verschrieben hatte, als stärker als ihre angespannten Nerven.

12.

Das Gewitter weckte sie. Regen prasselte an die Fensterscheiben. Susan konnte den Himmel nicht sehen, weil der Vorhang von Mrs. Seifferts Bett ihr die Sicht nahm, aber sie hörte den Donner und sah das Aufflammen der Blitze.

Sie bekam ihr Frühstück und aß es mit gutem Appetit: Haferflocken, Toast mit Butter und Marmelade und Ananassaft. Dann quälte sie sich in das Badezimmer, aber es war weniger anstrengend als am Abend zuvor. Sie schöpfte neuen Mut.

Sie setzte sich behaglich im Bett zurecht und begann das Buch weiter zu lesen. Doch kaum hatte sie ein paar Seiten gelesen, als zwei Pfleger mit einem Rollbett erschienen.

Der erste, der das Rollbett durch die Tür manövrierte, sagte: »Wir kommen, um Sie zur Therapiestation zu bringen, Miß Thorton.«

Sie legte ihr Buch beiseite, sah auf – und hatte das Gefühl, ein Eisstrom gleite über ihren Rücken.

Sie trugen weiße Kittel, auf denen die blauen Buchstaben WILLAWAUK KLINIK eingestickt waren. Sie sahen aus wie gewöhnliche Pfleger, die in einem Krankenhaus Dienst machen. Doch sie waren keine gewöhnlichen Pfleger, in keiner Weise.

Der erste, der gesprochen hatte, war ein plumper Mann mit einer beginnenden Stirnglatze, einem runden Gesicht und Schweinsäuglein. Der andere war ziemlich groß und rothaarig, die Haut sehr hell und mit Sommersprossen übersät. Er war nicht gerade hübsch, aber doch ziemlich gut aussehend; ein irischer Typ.

Der Plumpe war Carl Jellicoe.

Der Rothaarige war Herbert Parker.

Zwei der vier Mörder von Jerry Stein!

Unmöglich! Eine Fata Morgana! Ein Alptraum! Wahnsinnsgestalten, wie sie die Delirien von Fieberkranken bevölkern.

Aber nein! Sie träumte nicht, sie hatte kein Fieber. Und die Männer standen vor ihr, in Fleisch und Blut.

Draußen donnerte es. »Scheußliches Wetter«, sagte Jellicoe im Konversationston.

Parker schob das Rollbett zu Susan und erbot sich, ihr herauszuhelfen.

Beide lächelten freundlich.

Und beide waren jung, kaum über 20. Auch an ihnen waren – wie bei Hatch und Quince – die Jahre spurlos vorbeigegangen.

Noch zwei Doppelgänger? Zur gleichen Zeit auftauchend? Und beide Angestellte der Willawauk-Klinik? Nein, das gab es nicht! Ein solcher Zufall war ausgeschlossen.

Sie verwarf die Doppelgänger-Theorie. Es waren wirklich Jellicoe und Parker.

Doch gleichzeitig fiel ihr ein, daß Jellicoe und Parker tot waren.

Ihr Magen krampfte sich zusammen. Tot! Sie waren tot, seit vielen Jahren.

Doch hier standen sie, lächelten ihr zu.

Wahnsinn!

»Nein«, schrie Susan, schreckte vor ihnen zurück, verkroch sich in die äußerste Ecke des Bettes, preßte sich gegen das Schutzgitter, fühlte die metallene Kälte durch die Seide ihres Pyjamas. »Nein, ich fahre nicht mit euch hinunter.«

Jellicoe tat erstaunt. Er blickte sie verständnislos an, nahm ihre Angst nicht zur Kenntnis. Es warf Parker einen Blick zu und fragte: »Haben wir was falsch gemacht? Wir sollten doch eine Miß Thorton aus 58 nach unten bringen?«

Parker brachte ein bedrucktes Papier zum Vorschein, hielt es sich unter die Nase und las es sorgfältig. »Ja ja. Hier steht es. Thorton in 58.«

Vor der Nacht des Mordes hatte Susan Jellicoe und Parker kaum gekannt. Vor Gericht hatte Jellicoe das Recht wahrgenommen, die Aussage zu verweigern, um sich nicht selbst zu beschuldigen. Seine Stimme war ihr also fremd.

Doch Parker hatte ausführlich ausgesagt, und sein irischer Akzent war unverkennbar gewesen. Daran erinnerte sich Susan, als er zu sprechen begonnen hatte. Der irische Akzent!

Er sah aus wie Parker. Er sprach wie Parker. Er mußte Parker sein.

Doch Herbert Parker war tot und begraben. Genau wie Carl Jellicoe.

Beide sahen sie betroffen an.

Susan ließ ihren Blick über den Nachttisch gleiten, suchte nach irgend etwas, was sie als Waffe benützen konnte. Doch sie wagte sich nicht zu rühren.

Jellicoe fragte: »Hat Ihnen Ihr Arzt nicht gesagt, daß wir Sie zur physikalischen Therapie holen werden?«

»Raus mit euch!« schrie sie mit zitternder Stimme. »Geht! Geht!«

Blitze durchzuckten den Himmel, füllten den Raum sekundenlang mit phosphoreszierendem Licht. Die Gesichter der Männer verzerrten sich, ihr verlegenes Lächeln wurde zu einem drohenden Grinsen.

Jetzt sagte Parker mit seinem irischen Akzent: »Hören Sie, Miß, Sie haben wirklich keinen Grund, sich zu ängstigen. Die Therapie ist harmlos, tut nicht weh, garantiert nicht.«

»Er hat recht«, fiel Jellicoe ein, und seine Schweinsäuglein funkelten vertraulich. »Es wird Ihnen unten gefallen, Miß Thorton.« Jetzt ließ er das Bettgitter herunter. »Alle Patienten lieben die Wassertherapie.«

»HINAUS, habe ich gesagt«, kreischte Susan. »Hinaus! Geht aus dem Zimmer!«

Erschrocken wich Jellicoe einen Schritt zurück.

Sie zitterte am ganzen Körper. Ihr Herz klopfte wie ein Preßlufthammer.

Wenn man sie auf das Rollbett schnallte und hinunterfuhr, würde sie nie mehr zurückkommen. Dessen war sie sicher. Das würde ihr Ende sein, das wußte sie mit tödlicher Gewißheit.

»Ich kratze euch die Augen aus, wenn ihr versucht, mich aus dem Zimmer zu bringen.« Sie bemühte sich, ihre Stimme nicht furchtsam klingen zu lassen, sondern drohend. Sie hatte geschrien, hatte ganz vergessen, daß eine Sterbende in diesem Raum lag.

Jellicoe sah Parker an. »Hol lieber eine Schwester.«

Parker eilte aus dem Zimmer.

Ein Blitz! An diesem trüben Morgen waren die Lichter des Krankenhauses eingeschaltet, jetzt erloschen sie. Es wurde dunkel, aber nur einen Moment. Dann setzte die Beleuchtung nach kurzem Flackern wieder ein.

Jellicoe blinzelte ihr zu. Sein Lächeln, das beruhigend wirken sollte, erinnerte sie an eine langvergangene Nacht und ließ ihr Blut gerinnen. »Immer mit der Ruhe, Miß. Entspannen Sie sich, bitte. Tun Sie mir den Gefallen...«

»Bleiben Sie mir vom Leib!«

»Schon gut, schon gut. Niemand kommt Ihnen zu nahe. Bleiben Sie ganz ruhig!« Er grinste sie an, hob beschwichtigend die Hände. »Niemand tut Ihnen was. Wir im Krankenhaus sind alle Freunde.«

»Tun Sie nicht so, als ob ich verrückt wäre«, rief sie. Sie war verängstigt, aber auch wütend. »Sie wissen sehr gut, daß ich nicht verrückt bin. Sie wissen sehr gut, was hier gespielt wird.«

Er sagte nichts mehr, ließ aber den Blick nicht von ihr. Seine Miene verzog sich. Er betrachtete sie spöttisch, mit Hohn.

»Weg von mir!« befahl sie. »Weg von meinem Bett!«

Er gehorchte zögernd, zog sich Schritt für Schritt zurück, bis zur offenstehenden Tür. Aber er verließ nicht den Raum.

Sie hörte ihr Herz schlagen. Es klang so laut, daß es den Donner draußen zu übertönen schien. Ihr Atem ging schnell, ihre Kehle brannte.

Jellicoe beobachtete sie regungslos.

Sie versuchte ihre Gedanken zu ordnen. So etwas konnte nicht, durfte nicht geschehen. Sie war doch eine Wissenschaftlerin, geschult, vernünftig zu denken. Sie glaubte weder an übernatürliche Erscheinungen noch an wundersame Zufälle. Es gab keine Geister. Tote bleiben unter der Erde, sie kommen nicht zurück.

Oder doch?

Jellicoe sah sie unverwandt an, und sie wich seinem Blick nicht aus. Sie verfluchte ihren Zustand. Selbst wenn sie zu fliehen versuchte, würde sie nicht weit kommen. Und wenn sie um ihr Leben kämpfen müßte, wäre sie hilflos unterlegen.

Schließlich kam Parker mit einer Schwester zurück. Es war eine streng aussehende Blondine, die Susan nicht kannte.

»Was geht hier vor?« fragte die Schwester. »Miß Thorton, warum führen Sie sich so auf?«

»Die Männer...« stammelte Susan.

»Was ist mit ihnen?«

»Sie sind gefährlich. Sie sind meine Feinde...«

»Aber nein, sie wollen Sie bloß ins Erdgeschoß bringen, zur physikalischen Therapie.« Sie war ans Bett getreten, ließ das Schutzgitter herunter.

»Sie verstehen nicht...« keuchte Susan, ratlos, wie sie dieser Frau die Situation erklären konnte, ohne für eine tobsüchtige Irre gehalten zu werden.

Parker stand noch in der offenen Tür. »Sie hat gedroht, uns die Augen auszukratzen.«

Jetzt war auch Jellicoe wieder nahe herangekommen.

»Fort mit Ihnen, Sie Schuft!« zischte Susan.

Er nahm keine Notiz von ihr.

Susan sagte zur Schwester: »Befehlen Sie ihm, fortzugehen. Ich habe guten Grund, vor ihm Angst zu haben.«

Die Blondine schüttelte den Kopf. »Sie haben keinerlei Grund.«

»Wir sind hier alle Freunde«, bestand Jellicoe.

»Miß Thorton, wissen Sie eigentlich, wo Sie sind?«

Der Ton der Krankenschwester erbitterte Susan. So sprach man mit kleinen Kindern oder mit Geisteskranken. Zornig brüllte Susan das Mädchen an: »Zum Teufel, ich weiß sehr gut, wo ich bin. Im Willawauk-Krankenhaus. Ich bin verletzt gewesen und habe drei Wochen im Koma gelegen, aber ich habe weder Halluzinationen noch Delirien. Ich bin nicht hysterisch. Diese Männer sind ...«

»Miß Thorton, würden Sie mir einen Gefallen tun«, sagte die Angesprochene betont freundlich, aber immer noch mit gönnerhaftem Unterton. »Bitte schreien Sie nicht! Wir können uns doch unterhalten wie zivilisierte Menschen. Wenn Sie Ihre Stimme senken und dreimal tief Atem holen, werden Sie sich gleich besser fühlen. Wir kommen nicht weiter, bevor wir nicht alle entspannt sind und höflich miteinander sprechen.«

»Zum Teufel mit Ihnen!« brüllte Susan.

»Miß Thorton«, sagte die Schwester unbekümmert, »ich habe etwas für Sie.« Sie hob eine Hand, in der sie eine Injektionsspritze hielt, die mit einer bernsteinfarbenen Flüssigkeit gefüllt war.

»O nein!« Susan schüttelte wild den Kopf.

»Es wird Ihnen helfen, sich zu entspannen.«

»Nein!«

»Wollen Sie sich denn nicht entspannen?«

»Im Gegenteil. Ich möchte auf Draht bleiben.«

»Es tut nicht weh, Miß Thorton ...«

»Lassen Sie mich in Frieden!«

Die Schwester schickte sich an, sich über Susan zu beugen. Susan griff nach dem Buch, in dem sie gelesen hatte, und warf es der Krankenschwester ins Gesicht.

Die Schwester wich einen Schritt zurück, war aber weder erstaunt noch entrüstet. Sie winkte Jellicoe herbei. »Können Sie mir behilflich sein?«

»Sicher.«

»*Sie* bleiben mir vom Leib«, schrie Susan.

Er versuchte ihren Arm zu fassen. Sie warf sich herum, zum Nachttisch, packte das Wasserglas und warf es Jellicoe an den Kopf.

Er duckte sich rechtzeitig; das Glas verfehlte sein Ziel und zersplitterte an der gegenüberliegenden Wand.

Susan suchte nach einem anderen Wurfgeschoß.

Doch diesmal war er schneller. Sie wollte ihm mit den Nägeln ins Gesicht fahren, doch er packte ihre Handgelenke mit eisernem Griff. Er war stärker, als er aussah. Selbst bei guter Gesundheit hätte sie sich ihm nicht entwinden können.

»Immer mit der Ruhe«, sagte die Schwester gelassen.

»Wir sind hier alle Freunde«, wiederholte Jellicoe.

Susan kämpfte gegen ihn, aber ohne Erfolg. Jellicoe preßte sie gegen die Matratze, bis sie ausgestreckt und hilflos auf dem Bett lag. Ihre Arme wurden festgehalten.

Die Schwester schob den Ärmel ihres Pyjamas hoch.

Susan schlug mit den Füßen aus.

»Sehen Sie zu, daß sie stillhält.«

»Nicht einfach«, sagte Jellicoe. »Sie hat eine Menge Pep.«

Das stimmte. Dabei war sie erstaunt, daß sie überhaupt Widerstand leisten konnte. Panik hatte ihr neue Kräfte verliehen.

Die Schwester sagte unbewegt: »Sie soll sich nur anstrengen. Zumindest kann ich jetzt ihre Vene sehen.«

Susan schrie. Die Schwester rieb ihre Armbeuge mit einem Wattebausch ab. Er war kalt und feucht.

Susan roch Alkohol und schrie noch einmal.

Es donnerte draußen. Die Lichter begannen zu flackern.

»Miß Thorton, wenn Sie nicht stillhalten, kann die Nadel in Ihrem Arm abbrechen. Das werden Sie doch nicht wollen, oder?«

Doch Susan gab nicht nach. Sie wand sich schlangengleich hin und her und versuchte Jellicoes Gesicht zu entkommen.

Da hörte sie eine vertraute Stimme: »Was zum Teufel geht hier vor?« Die blonde Schwester hielt inne, zog die Injektionsnadel zurück. Jellicoe lockerte seinen Griff; er wandte sich um, um zu sehen, wer gesprochen hatte.

Jetzt war Susan imstande, ihren Kopf zu heben.

Am Fußende des Bettes stand Thelma Baker, autoritär, die Arme in die Hüften gestemmt.

Die Blonde erklärte kühl und knapp: »Hysterie.«

»Sie wurde gewalttätig«, ergänzte Jellicoe.

»Gewalttätig?« Mrs. Bakers Tonfall bewies, daß sie sich weigerte, daran zu glauben. Sie sah Susan fragend an. »Was ist passiert, meine Gute?«

Susan aber schaute Carl Jellicoe voll ins Gesicht. Er erwiderte ihren Blick, überlegen, spöttisch. Er verstärkte den Druck in seinen Händen, und Susan stellte fest – beinahe mit Erstaunen –, daß seine Finger sich warm und fleischig anfühlten und nicht kalt wie die Hände eines Toten. Sie lenkte ihren Blick von ihm ab zur Baker und bemühte sich, daß ihre Stimme möglichst ruhig und nicht hysterisch klang: »Sie erinnern sich doch, Mrs. Baker, was vor dreizehn Jahren geschehen ist? Gestern habe ich Ihnen und Dr. McGee die ganze Geschichte erzählt.«

»O ja, natürlich.« Mrs. Baker hob die Brille, die an der Kette hing, an ihre Augen. »Ich erinnere mich sehr gut. Eine schreckliche Geschichte.«

»Nun, ich hatte gerade davon geträumt, als die beiden Pfleger ins Zimmer gekommen sind. Und der Alptraum hielt an, ich konnte ihn nicht gleich abschütteln.«

»Ein Alptraum?« fragte die Baker ungläubig. »Die ganze Aufregung ist bloß die Folge eines Alptraums?«

Susan nickte energisch mit dem Kopf. »Ja.« Sie log bewußt. sie wollte vor allem Jellicoe, Parker und die blonde Krankenschwester aus dem Zimmer haben. Wenn die fort waren, konnte sie vielleicht – mit Mrs. Baker allein – dieser die wahre Lage der Dinge erklären. Doch wenn sie das jetzt tat, würde die Baker wohl mit der Diagnose ihrer Kollegin übereinstimmen: Hysterie.

»Laßt sie los«, ordnete Mrs. Baker an. »Ich regle das schon.«

»Aber sie wurde gewalttätig«, warf Jellicoe ein.

»Unter dem Eindruck eines Alptraums«, erwiderte die Baker. »So etwas kommt vor. Doch jetzt ist sie völlig wach, das seht ihr doch. Also laßt sie in Frieden!«

»Thelma«, engegnete die blonde Schwester, »sie hat keinen schlafenden Eindruck gemacht, als sie mir ein Buch ins Gesicht warf.«

»Die Arme hat eine schwere Zeit hinter sich«, sagte Mrs. Baker und drängte die anderen beiseite. »Geht nur, geht nur. Miß Thorton und ich, wir werden die Sache bereinigen.«

»Wenn du meine Meinung hören willst...«

»Millie«, sagte Mrs. Baker, »du weißt, wie sehr ich dein Urteil schätze. Aber das ist ein sehr spezieller Fall, und die Kranke ist mir anvertraut. Ich weiß am besten, wie ich sie zu behandeln habe.«

Etwas widerwillig ließ Jellicoe Susan los. Zögernd trat er einen Schritt zurück, ohne den Blick von ihr zu lassen, als erwarte er, sie würde gleich wieder gewalttätig werden. Aber Susan verhielt sich sehr vernünftig. Sie atmete erleichtert auf, setzte sich mit einiger Mühe auf und begann ihre Handgelenke zu reiben, die Spuren von Jellicoes kräftigen Fingern aufwiesen. »Komm schon«, sagte Parker.

Jellicoe zuckte die Achseln. Die beiden verließen das Zimmer und nahmen das Rollbett mit sich. Die blonde Schwester biß sich auf die Lippen; man sah ihr an, wie ärgerlich sie war. Dann ging auch sie, immer noch die Injektionsspritze und den Wattebausch in Händen. Sie brummte: »Ich werde Penelope sagen, sie soll die Glassplitter wegräumen.« Penelope war die farbige Aufwartefrau.

Thelma Baker sah ihr nach und machte eine wegwerfende Handbewegung. Dann ging sie quer durchs Zimmer, wobei sie sorgfältig vermied, auf die Reste des zerbrochenen Glases zu treten. Erst sah sie nach Mrs. Seiffert, bevor sie wieder an Susans Bett kam. »Die gute Jessie hat das ganze Spektakel glatt verschlafen.«

Sie holte aus dem Badezimmer ein neues Trinkglas, stellte es auf Susans Nachttisch und füllte es aus dem Metallkrug mit Wasser. »Durstig?«

»Ja, danke.« Susan trank. Ihre Kehle brannte. Die kühle Flüssigkeit tat ihr wohl.

»Mehr?«

Susan schüttelte den Kopf und stellte das Glas auf den Nachtisch.

»Und jetzt, meine Liebe«, sagte Mrs. Baker, »erzählen Sie mir in aller Ruhe, wie es zu dem Zusammenstoß kam.«

Susan war vorübergehend entspannt gewesen, doch sofort kehrte die Angst zurück. Denn sie machte sich klar, daß der Terror noch keineswegs vorbei war. Wahrscheinlich hatte er überhaupt erst begonnen.

II. Teil

HINTER DEM VORHANG…

13.

Regen.
An diesem Tag regnete es ununterbrochen.

Susan saß in ihrem Bett, schwach und klapprig, als ob der Regen, obwohl er sie nicht berührte, ihre ganze Persönlichkeit ausgewaschen hätte.

Jeffrey McGee stand an ihrem Bett, die Hände in den Taschen seines Kittels vergraben. »Wir müssen die Sache in aller Ruhe durchsprechen, ohne Emotionen, ohne vorgefaßte Meinungen. Halten wir uns an die Tatsachen. Sie behaupten, Sie hätten bereits drei Doppelgänger der Mörder gesehen.«

»Nein. Nicht drei. Vier.«

»Vier? Wieso?«

»Ich wollte nicht zugeben, daß ich gestern den vierten gesehen habe.«

»Erstaunlich. Also auch der vierte. Das wäre ein Mann namens...«

»Quince. Randy Quince. Ein Freund von Ernest Hatch.«

»Und Sie haben ihn – oder jemanden, der aussah wie dieser Qunice – hier im Krankenhaus gesehen?«

»Ja. In der Halle, als ich im Rollstuhl meine Runde machte. Er ist Patient, so wie Hatch. Er liegt in 216, wurde gestern nachmittag geröntgt. Er ist unter dem Namen Peter Johnson registriert.« Sie zögerte einen Moment, dann sagte sie leise: »Er sieht sehr jung aus. Kaum über 20...«

Der Arzt betrachtete sie einen Moment schweigend.

Obwohl er in keiner Weise voreingenommen war, obwohl er sich alle Mühe gab, ihren wirren Ausführungen Glauben zu schenken, konnte sie ihm nicht in die Augen schauen. Die Angst überwog, aber sie schämte sich auch, über diese Dinge zu sprechen. Sie waren so bizarr, daß die Forscherin Dr. Susan Thorton sich ihrer eigenen Worte schämen mußte.

McGee räusperte sich. »Ist das das Alter, das Randy Quince hatte, als er bei dem Mord an Jerry Stein Beihilfe leistete?«

Sie nickte. »Er war der Jüngste der vier. Gerade neunzehn...«

Er überlegte.

Sie glauben genau zu wissen, was in seinem Kopf vorging. Die Verletzung, das Koma. Die Möglichkeit eines Hirnschadens, der nicht auf dem Röntgenbild zu sehen war. Ein winziges Knötchen, ein unscheinbarer Bluterguß in einer der Millionen Zellen, in der die Erinnerung an die Mordnacht gespeichert war. Mochte eine mikroskopisch nicht faßbare Verletzung, die in keinem der Tests aufgeschienen war, diese Erinnerung über die Ufer treten lassen und zu zügellosen Fantasien Anlaß geben? Ist das der Grund, daß die Geschehnisse einer einzigen Nacht mich nicht loslassen – daß sie nicht nur in stetigen Alpträumen auftauchen, sondern Halluzinationen die Zügel schießen lassen? Daß ich dauernd Doppelgänger zu sehen glaube, obwohl weder Bill Richmond noch Peter Johnson noch einer der beiden Pfleger eine körperliche Ähnlichkeit mit dem Mordquartett haben?

Ist das die Lösung? Vielleicht. Aber vielleicht auch nicht. Sowie ich eine Erklärung zu finden glaube, verwerfe ich sie schon wieder. Es sind Doppelgänger. Nein, es sind keine. Sie gleichen Hatch, Quince, Jellicoe und Parker aufs Haar, nichts weiter. Nein, es sind die wirklichen Hatch, Quince, Jellicoe und Parker. Gott helfe mir, ich weiß nicht, was mit mir los ist, und wenn ich selbst so konfus bin, wie kann ich dir, lieber Dr. McGee, vorwerfen, daß du verwirrt bist und an mir zweifelst.

»Also alle vier«, sagte er schließlich. »Vier Doppelgänger, und alle in unserer Klinik.«

»Ja, aber ich weiß nicht recht...«

»Sie sagten doch gerade...«

»Ja ja, sie sehen genau so aus wie die Burschen, die Jerry Stein getötet haben. Aber ich kann nicht sagen, ob es bloße Doppelgänger sind oder...« Sie stockte.

»Oder was?«

»...oder sie sind... etwas anderes...«

»Zum Beispiel?«

»Im Fall von Parker und Jellicoe...« Sie sprach nicht weiter.

»Reden Sie!« bestand er.

Doch sie konnte es nicht über die Lippen bringen. Es wäre ihr absurd erschienen, von Geistern zu sprechen; ein unbestimmtes Schamgefühl hinderte sie daran. Als Carl Jellicoe sie spöttisch angesehen hatte, war eine übernatürliche Erklärung nicht auszuschließen gewesen. Aber jetzt, während eines seriösen Gesprächs zwischen Arzt und Patientin, war es einfach unvorstellbar, die Möglichkeit zu erwähnen, daß tote Männer aus den Gräbern gestiegen wären, um Rache zu nehmen.

»Susan?«

Sie zwang sich, seinem Blick nicht länger auszuweichen.

»Bitte sagen Sie mir alles, was Ihnen durch den Kopf geht. Wenn die beiden Pfleger nicht Doppelgänger von Jellicoe und Parker waren, sondern – wie Sie angedeutet haben – etwas anderes – an was haben Sie da gedacht?«

Fast weinerlich erwiderte sie: »Bitte quälen Sie mich nicht, Doktor. Ich weiß nicht, was ich Ihnen sagen soll, welche Erklärung ich Ihnen – oder mir selbst – geben kann. Ich kann Ihnen nur berichten, was ich mit eigenen Augen gesehen habe – oder gesehen zu haben glaube.«

»Entschuldigen Sie, ich will Sie gewiß keinem dritten Grad unterziehen. Ich verstehe, daß das alles für Sie nicht einfach ist.«

Sie sah Mitleid in seinen Augen und wandte sofort den Kopf ab. Sie wollte kein Objekt des Mitleids sein, speziell nicht für Dr. McGee. Der bloße Gedanke empörte sie.

Sie schwieg eine Weile, auf das Fenster starrend, in Nachdenken versunken. Sie legte ihren Kopf auf das Kissen zurück, schloß die Augen.

Jetzt sah sie das Fenster nicht mehr, hörte aber die schweren Tropfen auf die Scheiben klopfen.

Er sagte: »Ein Vorschlag...«

»Bitte. Ich bin für jede Anregung dankbar.«

»Er mag Ihnen nicht gefallen.«

Sie öffnete die Augen. »Lassen wir's auf den Versuch ankommen...«

»Lasssen Sie mich Bradley und O'Hara zu Ihnen bringen.«

Zwei Namen, die sie noch nie gehört hatte. Dann verstand sie. »Sie meinen Jellicoe und Parker?«

»Im Personalregister sind sie unter Bradley und O'Hara eingetragen.«

»Haben Sie erwartet, sie würden sich hier Parker und Jellicoe nennen?«

»Ich stelle keine Vermutungen an, ich halte mich an Tatsachen. Bitte, Susan, erlauben Sie mir, die beiden zu Ihnen zu bringen. Ich werde veranlassen, daß beide Ihnen über sich Auskunft geben, wo sie geboren und aufgezogen wurden, wie sie in die Klinik kamen. Dann können Sie ihnen Fragen stellen, Fragen aller Art, ganz wie Sie wünschen. Vielleicht – wenn Sie ein bißchen mit ihnen plaudern, wenn Sie sie näher kennenlernen...«

»...vielleicht werde ich dann draufkommen, daß sie Parker und Jellicoe gar nicht besonders ähnlich sind«, vollendete sie seinen Gedankengang.

Er beugte sich zu ihr und legte ihr seine Hand auf die Schulter. Wieder sah sie Mitleid in seinem Blick. »Gibt es nicht die Möglichkeit, daß Sie sie bei näherer Bekanntschaft in einem anderen Licht sehen?«

»O ja, natürlich. Es ist nicht nur eine Möglichkeit, fast eine Gewißheit.«

Sie merkte, daß ihre Vernunft und ihre Objektivität den Eindruck auf ihn nicht verfehlten. Mit größerem Selbstbewußtsein fuhr sie fort: »Es ist mir völlig klar, daß mein Problem entweder rein psychische Wurzeln hat oder mit der Kopfverletzung zusammenhängt, die durch den Unfall verursacht wurde. Natürlich muß man auch die Folgen eines dreiwöchigen Komas in Betracht ziehen.«

McGee begann zu lächeln. Es war ein beinahe verlegenes Lächeln. »Verzeihung. Ich hatte ganz vergessen, daß Sie eine Wissenschaftlerin sind.«

»Kein Grund, mir schönzutun, Doktor.«

»Das liegt mir fern. Ich beschränke mich – wie ich schon

sagte – auf Tatsachen.« Er strahlte über das ganze Gesicht, als er sich an den Rand des Bettes setzte. Ein gewisser schelmischer Ausdruck, die unverhohlene Befriedigung, mit ihr einig zu sein, ließen ihn jungenhafter und noch attraktiver erscheinen, als er ohnehin war. »Wissen Sie, Susan, ich habe mir mein Hirn zermartert, um Ihnen möglichst schonend beizubringen, daß all die bizarren Erscheinungen bloß in Ihrer Vorstellung existieren. Und jetzt stellt sich heraus, daß Sie schon längst von allein dahintergekommen sind. Das bedeutet aber, daß wir die erste der Möglichkeiten ausschalten dürfen. Ich glaube an keine Psychose. Sie sind nicht der Typ einer Neurotikerin.«

»Also bleibt mir die Hoffnung, daß bloß mein Gehirn nicht richtig funktioniert«, sagte Susan sarkastisch.

Er wurde sofort ernst. – »Das wäre nichts Bedrohliches. Keineswegs ein gefährlicher Bluterguß oder etwas in dieser Richtung, sonst würden Sie nicht so klar und logisch mit mir debattieren können. Außerdem hätte Ihr EEG darauf hinweisen müssen. Es kann sich nur um eine Kleinigkeit handeln – etwas, was von selbst verschwinden wird oder sich behandeln ließe.«

Sie nickte.

»Sie willigen also ein, Bradley und O'Hara zu empfangen?«

»Nein«, erwiderte sie prompt.

»Sie haben immer noch Angst vor ihnen? Und auch vor Richmond und Johnson?«

»Ja.«

»Obwohl Sie wissen, daß die Ursachen Ihrer Ängste höchstwahrscheinlich in Ihrem eigenen Kopf zu suchen sind?«

»Sie sagen es selbst. ›Höchstwahrscheinlich‹.«

»Ich gehe weiter. Es handelt sich zweifellos um ein rein medizinisches Problem.«

»Das ist auch meine Ansicht.«

»Und trotzdem haben Sie Angst vor den Burschen?«

»Ja. Große Angst.«

Er seufzte. »Der Prozeß Ihrer Wiederherstellung darf weder durch Beunruhigung noch durch Depressionen behindert werden.«

»Wieder bin ich ganz Ihrer Meinung, Doktor.«

»Bravo!«

Doch im Grunde glaubte Susan keinen Moment, daß es sich tatsächlich um eine Psychose oder eine Hirnverletzung handle. Sie fühlte, daß es Scheinlösungen, daß es falsche Antworten waren. Vernunftmäßig mochten sie akzeptabel sein, aber gefühlsmäßig waren sie abzulehnen. Diese Männer *waren* Doppelgänger von Hatch, Quince, Jellicoe und Parker, nicht nur in ihren Augen, sondern tatsächlich. Sie hatten sich hier versammelt, nicht aus Zufall, sondern einem Plan gehorchend. Dem Plan, sich an ihr zu rächen. Sie verfolgten ein gemeinsames Ziel. Sie wollten etwas von ihr. Ihr Leben!

Sie fuhr sich mit der Hand übers Gesicht, als ob sie Müdigkeit und Sorgen abstreifen wolle, und sagte: »Gut. Bringen wir das hinter uns! Ich werde mit Jellicoe und Parker sprechen. Dann werden wir weiter sehen.«

»Sie meinen: Bradley und O'Hara.«

»O. K. Bradley und O'Hara.«

»Passen Sie bitte auf! Wenn Sie an die beiden als Jellicoe und Parker denken, dann werden Sie in ihnen auch Jellicoe und Parker sehen wollen. Sie speichern die beiden sozusagen falsch in Ihr Vorstellungssystem ein. Denken Sie an sie als Dennis Bradley und Pat O'Hara – das mag Ihre Vorstellungen klären und Ihnen helfen, die beiden als das zu sehen, was sie *sind*.«

»Einverstanden. Ich werde an sie als Bradley und O'Hara denken. Aber wenn sie für mich dann immer noch Jellicoe und Parker sind, möchte ich keinen Neurologen sehen, sondern einen Exorzisten.«

Er lachte.

Aber sie stimmte in sein Lachen nicht ein.

14.

Etwa 20 Minuten später kamen Bradley und O'Hara in ihr Zimmer.

Dr. McGee schien ihnen die Situation erklärt zu haben, denn sie behandelten Susan wie ein rohes Ei und schienen eifrig bemüht zu sein, ihrer Aufgabe als Krankenpfleger gerecht zu werden.

Es fiel ihr schwer, niemanden wissen zu lassen, wie sehr die Gegenwart der beiden sie ängstigte. Obwohl sich ihr Magen verkrampfte und ihr Herz wie rasend schlug, zwang sie sich zu einem Lächeln. Sie wollte entspannt erscheinen. McGee sollte seine Chance haben und beweisen können, daß die beiden Pfleger bei näherem Zusehen nichts anderes waren als zwei harmlose junge Männer ohne finstere Hintergedanken.

Der Arzt stand an ihrem Bett, um ihr durch seine Nähe Sicherheit zu geben. Gelegentlich berührte er ermutigend ihre Schulter.

Die Pfleger verblieben am Fußende des Bettes. Erst waren sie etwas verlegen und hielten sich ein wenig steif – wie Schuljungen, die vor einem strengen Lehrer eine Lektion hersagen.

Dennis Bradley sprach als erster. Er war ja derjenige, der sie festgehalten hatte.

»Vor allem«, sagte er, »möchte ich mich entschuldigen, wenn ich ein bißchen grob gewesen bin. Das liegt mir gar nicht, ehrlich. Aber – aber Sie haben mir richtig Angst gemacht.« Linkisch verlagerte er sein Gewicht von einem Bein auf das andere. »Ihre Drohung, uns – hm – uns an die Augen zu gehen. Und das Glas...« Er hielt inne und hüstelte.

»Auch ich habe Angst gehabt«, gestand Susan, die immer noch die Spuren seines grausamen Griffs an den Händen spürte. »Ich habe übertrieben reagiert. Auch ich möchte mich entschuldigen. Bei euch beiden.«

Damit war eine versöhnliche Atmosphäre geschaffen. Bradley begann, von Dr. McGee ermuntert, über sein bisheriges Leben zu sprechen. Er war vor 20 Jahren in Tucson, Arizona, geboren worden, aber schon als Neunjähriger nach Oregon gekommen. Er hatte keine Brüder, aber eine ältere Schwester. Ursprünglich wollte er Arzt werden, doch das Geld seines Vaters hatte für ein Studium nicht gereicht. So hatte er nach dem College medizinische Vorbereitungskurse absolviert und war vor zehn Monaten in den Stab des Willawauk-Krankenhauses aufgenommen worden.

Er beantwortete alle Fragen Susans, ohne zu zögern, aufrichtig und bereitwillig. Und schließlich gab er mit leichtem Erröten zu, unten im Ort ein Mädchen zu haben.

Der rothaarige Patrick O'Hara stammte aus Boston, ja, er war irischer Herkunft und Katholik. Er kannte keinen Herbert Parker, überhaupt keinen Parker, weder einen Herbert noch einen anderen. Er hatte einen Bruder, der zwei Jahre älter war als er, ihm aber in keiner Weise ähnlich sah. Vom Briarstead College hatte er bis zum heutigen Tag nie gehört. Er war freiwillig zur Armee gegangen, war in Oregon stationiert gewesen. Man hatte ihn als Sanitäter ausgebildet, so daß er nach seinem Ausscheiden aus dem Militärdienst vor einem Jahr sich um eine Anstellung in der nahen Klinik beworben und sie erhalten hatte.

Susan mußte zugeben, daß beide freundlich junge Männer waren. Jetzt, da sie sie ein bißchen kannte, hätte sie keinen logischen Grund anführen können, warum sie sich vor ihnen fürchten sollte.

Keiner schien zu lügen.

Keiner schien etwas vor ihr zu verbergen.

Aber – gestörte Wahrnehmungskraft oder nicht – Bradley sah immer noch genau aus wie Carl Jellicoe.

Wie Jellicoe damals, vor dreizehn Jahren.

Und O'Hara war ein Doppelgänger von Herbert Parker. Selbst sein irischer Akzent war der gleiche.

Und ungeachtet dessen, was die Männer gesagt oder getan hatten, konnte sie das bedrückende Gefühl nicht loswerden, daß sie nicht diejenigen waren, die zu sein sie vorgaben. Daß sie logen und etwas verheimlichten. Gegen alle Logik hatte sie den Eindruck, einer sorgfältig vorbereiteten Szene beizuwohnen, die mit vollendetem Können gespielt wurde. Das war natürlich Unsinn. Sollte sie etwa an Verfolgungswahn leiden?

Nachdem die beiden Pfleger den Raum wieder verlassen hatten, wollte McGee wissen, ob das Experiment erfolgreich gewesen war.

»Nein«, seufzte sie. »Sie benahmen sich wie Bradley und O'Hara, trotzdem sahen sie für mich aus wie Parker und Jellicoe.«

»Das schließt natürlich nicht aus, daß Ihr Problem die Folge Ihrer Kopfverletzung, beziehungsweise Ihres Komas ist.«

»Das weiß ich sehr gut.«

»Wir beginnen morgen mit einer neuen Serie von Tests, EEG, Ultraschall und so weiter.«

Sie nickte gottergeben.

»Verdammt, ich hatte gehofft, daß ein Gespräch mit Bradley und O'Hara Sie entspannen würde. Daß Ihre Ängste verfliegen würden, daß Sie sich wohl fühlen...«

»Ich fühle mich so wohl wie eine Katze auf dem heißen Blechdach.«

Er wurde beinahe zornig. »Ich will nicht, daß Ängste und Depressionen Ihre Heilung verzögern.« Und dann, ruhiger: »Es hat wohl keinen Zweck, weiter mit Ihnen zu argumentieren?«

»Nein. Wie gesagt, verstandesgemäß stimme ich Ihnen hundertprozentig zu. Aber tief in meinem Inneren spüre ich, daß die vier Mörder von Jerry Stein zurückgekommen sind. Daß sie sich gegen mich verbündet haben. Daß sie...«

Sie sprach nicht weiter. Sie erschauerte. Es war warm im Zimmer, aber sie steckte ihre Hände unter die Bettdecke.

Trotz ihrer Erklärung, daß es nutzlos sei, versuchte er immer noch zu argumentieren. »Hören Sie, nehmen wir einmal an, Sie haben gute Gründe, Richmond und Quince zu verdächtigen. Es besteht immerhin eine schwache Möglichkeit, daß es Hatch und Quince sind, die falsche Namen angenommen haben.«

»He, Doktor, Sie sollten mich doch beruhigen, nicht verängstigen...«

»Worauf ich hinauswill, ist Folgendes: Sie haben keinen,

aber auch gar keinen Grund, Bradley und O'Hara zu verdächtigen. Diese Männer können einfach nicht Jellicoe und Parker sein. Jellicoe und Parker sind tot.«

»Ich weiß. Tot.«

»Daher sollten Sie in bezug auf Bradley und O'Hara absolut sicher sein.«

»Ja. Ich sollte. Aber ich bin nicht.«

»Außerdem können die beiden keinesfalls Komplicen eines teuflischen Plans sein, sich an Ihnen wegen einer lang zurückliegenden Zeugenaussage zu rächen. Sie waren schon an diesem Krankenhaus engagiert, lange bevor Sie sich entschieden, in Oregon Ferien zu machen, lange bevor Sie vom Viewtop Hotel gehört hatten. Könnte ein Hellseher voraus gesagt haben, daß Sie eines Tages in dieser Gegend einen Unfall haben und in die Willawauk-Klinik eingeliefert werden würden? Nur jemand mit dieser Kenntnis hätte Bradley und O'Hara vor vielen Monaten hier einschleusen können.«

Sie errötete; seine Worte ließen sie lächerlich erscheinen.

»Natürlich glaube ich kein Wort von all dem.«

»Gut.«

»Es klingt idiotisch.«

»Es *ist* idiotisch. Deshalb müßten Sie sich in der Gegenwart von Bradley und O'Hara vollkommen sicher fühlen.«

»Aber ich fühle mich nicht sicher.«

»Sie müßten!«

Da konnte sie sich nicht länger beherrschen. Die aufgestaute Erregung machte sich Luft. Sie rief mit erhobener Stimme: »Zum Teufel noch mal, glauben Sie, mir macht es Spaß, das Opfer irrationaler Ängste zu sein? Ich hasse meinen Zustand. Es ist, als hätte ich jede Selbstkontrolle verloren. Nie zuvor habe ich mich von Emotionen unterkriegen lassen. Ich bin eine Wissenschaftlerin, mein ganzes erwachsenes Leben habe ich mich mit Forschung, mit nachweisbaren Tatsachen, mit Zahlen und Formeln beschäftigt. Und ich war stolz darauf. In einer Welt, die oft einem Irrenhaus glich, sah ich mich als Pfeiler der Vernunft. Sehen Sie nicht, was dieser Zustand aus mir gemacht hat? Ein hysterisches Weib, das sich seinen ohnmächtigen Zorn von der Seele brüllt.

Nicht einmal als Kind habe ich Wutanfälle gekannt, nicht mal als kleines Mädchen. Vielleicht habe ich auch gar keine richtige Kindheit gehabt...«

Sie stockte. Ihre Stimme brach. Der Zorn hatte einer tiefen Trauer Platz gemacht. Mit Erstaunen stellte sie fest, daß sich lang verborgene und angestaute Kümmernisse wie in einem Wirbelsturm entladen hatten.

Mit einer Stimme, die sie kaum als die eigene erkannte, fuhr sie fort: »Es gab Zeiten – meistens nachts, wenn ich wach lag – Zeiten, da ich verzweifelt war, da ich das Gefühl hatte, etwas Wichtiges versäumt zu haben, das Gefühl, daß mir etwas für eine normale menschliche Existenz fehlte – daß ich anders wäre als andere Menschen. Die meisten Menschen werden ebenso von Gefühlen wie von Vernunft regiert – sie geben ihren Instinkten nach, scheren sich nicht um Logik, tun die verrücktesten Dinge, bloß weil es ihnen Spaß macht. Ich aber hab' nie etwas aus diesem Grund gemacht. Ich kann es nicht, konnte es nie. Ich war zu gehemmt, zu beherrscht. Ich habe nach dem Tod meiner Mutter keine einzige Träne vergossen. Vielleicht war ich damals noch zu jung, um die Schwere des Verlustes ganz zu begreifen. Aber ich habe auch beim Begräbnis meines Vaters nicht geweint. Ich habe mit dem Bestattungsunternehmen verhandelt, Blumen bestellt, mich um das Grab gekümmert – aber ich habe nicht geweint. Dabei habe ich ihn geliebt, trotz seiner distanzierten Haltung, ich habe ihn vermißt – und wie sehr ich ihn vermißt habe! –, aber ich habe keine Träne vergossen. Nun, manche Menschen weinen leicht, andere nicht. Ich hielt es für gut, daß ich mehr Selbstbeherrschung besaß als andere, hielt mich für überlegen. Und ich war stolz auf meine vermeintliche Überlegenheit. Und dieser Stolz stärkte mein Rückgrat, machte mich anmaßend...«

Sie zitterte am ganzen Körper. Sie blickte auf McGee. War er schockiert? Es hatte ganz den Anschein. Aber sie konnte nicht innehalten, sprudelte hervor: »Ich habe mich in meinen Stolz verbissen. Mein Leben mag nicht sehr farbig gewesen sein, aber es war *mein* Leben, und ich hatte mich mit ihm abgefunden und war zufrieden. Und jetzt muß mir das passieren! Ich weiß sehr gut, daß es idiotisch ist, vor Richmond, Johnson und den anderen panische Angst zu haben. Aber ich fürchte mich vor ihnen. Ich kann nichts dagegen tun. Ich habe die jeder Vernunft widersprechende, aber ununterdrückbare Überzeugung, das Opfer von bizarren, sogar okkulten Vorgängen zu sein. Meine Selbstkontrolle liegt in Scherben. Ich lasse mich von Gefühlen leiten. Ich wurde das, was ich nie gewesen war, was ich nie sein wollte. Ich bin nicht länger die alte Susan Thorton. Es ist, als ob... als ob es mich in Stücke reißen würde...«

Sie erschauerte, krümmte sich zusammen, rang – mit dem Kopf auf den Knien – nach Atem und begann haltlos zu schluchzen.

Ein Weinkrampf. Eine Erfahrung, die sie noch nie gemacht hatte. Sie staunte, daß sie nicht nur Verzweiflung und Demütigung empfand, sondern auch eine gewisse Erlösung.

McGee war im ersten Moment fassungslos, sprachlos. Dann holte er aus dem Nachttisch eine Kleenex-Schachtel. Reichte ihr ein Taschentuch. Dann noch eines.

Er sagte: »Susan, beruhigen Sie sich.Es ist schon gut...«

Er sagte: »Susan, Sie brauchen sich nicht zu schämen. Sie sind nach einer schweren Krise...«

Er reichte ihr ein Glas Wasser.

Das sie nicht annahm.

Er stellte es zurück.

Er war sichtlich verwirrt.

Er sagte: »Was kann ich für Sie tun?«

Er strich über ihr Haar.

Er schlang seine Arme um sie.

Das war es, was er für sie tun konnte.

Sie preßte ihren Kopf an seine Schultern und weinte. Schließlich merkte sie, daß ihre Tränen sie erleichterten, daß sie sich besser fühlte, als ob sie imstande wären, den Kummer, der sie verursacht hatte, wegzuspülen.

Er sagte: »In Ordnung, Susan?«

Und als sie nickte – immer noch weinend, aber schon etwas ruhiger –, fügte er sanft hinzu: »Sie sind nicht allein.«

15.

Er tröstete sie, und auch das war eine neue Erfahrung für sie. Bisher hatte das noch niemand getan – vielleicht, weil sie es noch niemandem gestattet hatte.

Schließlich fragte er: »Mehr Kleenex?«

»Nein, danke.«

»Wie fühlen Sie sich?«

»Ausgelaugt.«

»Tut mir leid.«

»Es ist nicht Ihre Schuld.«

»Vielleicht doch. Ich habe Ihnen Bradley und O'Hara aufgezwungen.«

»Sie wollten mir nur helfen.«

»Schöne Hilfe!«

»Doch, es half mir. Sie haben mich gezwungen, Tatsachen ins Auge zu sehen, die ich nicht wahrhaben wollte. Ich bin nicht so überlegen, wie ich geglaubt, wie ich mir eingebildet habe. Das zu wissen ist eine wichtige Erfahrung.«

»Was Sie über sich selbst gesagt haben – daß Sie anders seien als andere und allen überlegen –, haben Sie das wirklich geglaubt?«

»Ja.«

»Die ganzen Jahre hindurch?«

»Ja.«

Er seufzte. »Für alle kommt mal die Zerreißprobe...«

»Das weiß ich jetzt.«

»Jeder muß sich einmal damit abfinden, einer Situation nicht gewachsen zu sein.«

»Wahrscheinlich haben Sie recht. Aber bis heute hatte ich das noch nicht gelernt.«

Er legte die Hand unter ihr Kinn, hob ihren Kopf und betrachtete sie ernst.

»Ich will Ihnen etwas versprechen, Susan. Was auch immer Sie quält, wie schwierig es auch sein mag, zur Wurzel vorzustoßen, ich werde es herausfinden. Glauben Sie mir das?«

»Ja«, flüsterte sie. Und sie stellte fest, daß sie zum ersten

Mal in ihrem Leben bereit war, ihr Schicksal und ihr Wohlergehen in die Hände eines Mitmenschen zu legen.

»Wir werden feststellen, was Ihre Verwirrung hervorruft, und wir werden Sie davon heilen. Sie werden nicht für den Rest Ihres Lebens Ernest Hatch und seine Kumpanen in den Gesichtern von fremden Männern sehen.«

»Tue ich das?«

»Ja, das tun Sie.«

»Gut. Abgemacht. Bis Sie die Ursache meines Zustands geklärt und mich gesund gemacht haben, werde ich meine verrückten Ängste niederkämpfen und nicht mehr glauben, daß Tote auferstanden sind, um mich als Krankenhauspfleger heimzusuchen. Ich werde es zumindest versuchen.«

»Sie werden es können. Ich bin sicher.«

»Aber das heißt, daß ich mich nicht mehr fürchten werde.«

»Sie dürfen sich fürchten. Warum nicht? Angst ist eine durchaus menschliche Reaktion. Und Sie sind ein Mensch wie andere auch, Susan.«

Jetzt mußte sie lächeln.

Er setzte sich zu ihr und überlegte. Dann sagte er: »Es gibt etwas, was Sie tun können, um Ihre Panik zu bekämpfen, wenn Sie glauben, Hatch oder den anderen zu begegnen.«

»Ein Patentrezept? Das wäre schön.«

»Als ich in Seattle Assistenzarzt war – vor mehr Jahren, als ich zugeben möchte –, hatten wir oft Patienten, die an einer Überdosis von Rauschgift litten. Entweder kamen sie freiwillig zu uns, oder sie wurden von der Polizei gebracht – Männer und Frauen, meist Jugendliche, die einen schlechten Trip hinter sich hatten. Halluzinationen und Zwangsvorstellungen quälten sie. Sie meinten, über Mauern klettern oder mit Pistolen auf Phantome schießen zu müssen. Ob es Heroin war oder LSD, wir behandelten die Bedauernswerten nicht mit chemischen Gegenmitteln, wir verwikkelten sie in lange Gespräche. Wir brachten sie dazu, sich zu entspannen, nahmen sie an der Hand, beruhigten sie. Überzeugten sie, daß die Geschichten, die sie peinigten, keine realen waren. Und denken Sie, wir hatten Erfolg. Die psychische Therapie erwies sich als erfolgreicher als die chemische. Nicht immer, aber häufig.«

»Und das wollen Sie jetzt mit mir ausprobieren. Wenn ich Hatch oder die anderen sehe, soll ich es mir einfach ausreden. Phantome, Gesichter – nicht real.«

»Ja.«

»Auch wenn ich ihnen gegenüberstehe?«

»Richtig. Wenn sie bloß Geschöpfe Ihrer Einbildung sind, können sie Ihnen nichts Böses antun.«

»Wie man in früheren Zeiten Vampire durch ein Gebet zu bannen versucht hat.«

»Ein guter Vergleich. Wenn Sie das Gefühl haben, ein Gebet würde Sie erleichtern, zögern Sie nicht zu beten.«

»Ich war nie besonders religiös.«

»Egal. Wenn Sie beten wollen, schämen Sie sich nicht, es zu tun. Beten ist eine psychische Therapie wie jede andere. Tun Sie, was immer Ihnen hilft, Ihre Erregungszustände zu neutralisieren, bis wir so weit sind, eine medizinische Lösung für Ihre Probleme zu finden.«

»Gut, Doktor. Was auch immer Sie verordnen ...«

»Danke, Susan. Ich bin froh, daß Sie endlich Ihrem Arzt gegenüber den richtigen Standpunkt einnehmen.«

Sie lächelte. »Anerkennung. Unterordnung.«

»Sie wissen, daß ich es nicht so gemeint habe.« Er warf einen Blick auf seine Uhr.

Susan sagte: »Sie kommen zu spät in Ihre Sprechstunde.«

»Nur ein paar Minuten.«

»Meine Schuld.«

»Nicht wichtig. Die einzigen Patienten, die sich für heute vormittag angemeldet haben, sind Hypochonder.«

Sie lachte. Und war erstaunt, daß sie noch lachen konnte.

Er küßte sie auf die Wange. Es war ein spontaner, flüchtiger Ausdruck von Zärtlichkeit und vorbei, bevor sie es richtig gemerkt hatte.

Doch gestern, als er sich angeschickt hatte, sie auf die Wange zu küssen, hatte er es sich anders überlegt. Und heute ...

Wie sollte sie es verstehen? Sympathie? Mitleid? War es bloß Zuneigung oder Freundschaft? Oder mehr?

Sowie er sie geküßt hatte, stand er auf und glättete seinen gestärkten Kittel, der jetzt Falten aufwies. »Verbringen Sie den Vormittag, indem Sie sich entspannen, so gut Sie können. Lesen Sie, schalten Sie das Fernsehen ein. Was immer Ihre Gedanken von den Männern der Donnerhöhle fernhält.«

»Ich werde alle vier Doppelgänger zu einer Pokerpartie einladen.«

Er war einen Moment überrascht, dann grinste er. »Sie können sich ja schnell umstellen.«

»Rezept meines Arztes. Positive Einstellung, in großen Dosen.«

»Mrs. Baker hat recht.«

»In welcher Beziehung?«

»Sie sagt, Sie hätten viel Schneid.«

»Oh, sie ist leicht zu beeindrucken.«

»Mrs. Baker? Sie wäre nicht mal beeindruckt, wenn der Papst und der Präsident Arm in Arm durch die Tür kämen.«

Sie fühlte sich geschmeichelt, obwohl sie sich eingestand, daß sie das Lob nach ihrem Weinkrampf und ihrem Gefühlsausbruch gar nicht verdiente. So nahm sie nicht weiter Bezug darauf, sondern ordnete Decken und Kissen rund um sich.

»Essen Sie, was Ihnen aufgetischt wird, und ruhen Sie dann mindestens eine Stunde. Am Nachmittag können Sie dann zur Therapie gehen, die Sie heute morgen versäumt haben.«

Susan erstarrte.

Er mußte den abrupten Wechsel in ihrer Haltung gemerkt haben, denn er fuhr fort: »Es ist wichtig, Susan, Sie benötigen Bewegungstherapie, um schneller auf die Beine zu kommen. Und wenn wir eine pathologische Ursache für Ihren Zustand entdecken, mag eine Operation nötig sein, und dann würde Ihre körperliche Kondition erst recht eine große Rolle spielen.«

Resigniert stimmte sie zu.

»Ausgezeichnet!«

»Aber ich habe einen Wunsch«, sagte sie etwas verlegen.

»Und der wäre?«

Schicken Sie nicht Jelli...« Sie unterbrach sich. »Veranlassen Sie, daß nicht Bradley und O'Hara mich hinunterbringen.«

Sie war ihm dankbar, daß er sofort darauf einging. »Kein Problem. Wir haben eine Menge anderer Pfleger.«

»Danke.«

Er winkte ihr zum Abschied zu, ein Winken, das nichts von der hämisch-bedrohlichen Geste Bill Richmonds hatte. »Ich sehe Sie später während der Abendvisite.«

Dann war er gegangen, und sie war wieder allein. Allerdings war noch jemand im Zimmer: Jessica Seiffert. Aber die zählte nicht.

Sie hatte die Frau immer noch nicht zu Gesicht bekommen. Wie mochte sie aussehen?

Sie blickte zum verhangenen Bett hinüber. Keine Bewegung war hinter dem Vorhang zu sehen, nicht das leiseste Geräusch zu hören. Atmete sie überhaupt?

In diesem Moment hätte Susan viel für menschliche Gesellschaft gegeben. Sie richtete sich im Bett halb auf und rief mit verhaltener Stimme: »Mrs. Seiffert...«

Keine Antwort.

Am liebsten wäre sie aufgestanden und hinübergegangen, um zu sehen, ob Mrs. Seiffert Hilfe benötigte. Aber irgend etwas, ein unbestimmtes Gefühl, hielt sie zurück.

Sie hatte Angst davor, den Vorhang zu öffnen.

16.

Susan tat, was ihr der Arzt geraten hatte. Sie versuchte zu lesen, konnte sich aber nicht auf den Inhalt des Buches konzentrieren. Sie schaltete verschiedene Fernsehkanäle ein, doch es gab nur Familienserien, die sie nicht interessierten. McGee hatte ihr auch ein Kreuzworträtselheft gebracht. Doch welches Rätsel konnte es mit dem Geheimnis der vier Doppelgänger aufnehmen?

Was hatten sie vor? Was wollen sie ihr antun? Entgegen

dem Rat des Arztes verbrachte sie den Rest des Vormittags grübelnd. Hatch, Quince, Jellicoe und Parker gingen ihr nicht aus dem Kopf.

Selbst wenn es sich bloß um eine Ausgeburt ihrer krankhaften Fantasie handelte, hatte sie dann weniger Grund zur Sorge? War ein Hirnschaden die bessere Alternative? Selbst wenn es Heilungsmöglichkeiten geben mochte, stand ihr eine Operation bevor...

Sie glaubte nicht an übernatürliche Erscheinungen, hielt nichts von Okkultismus oder Spiritismus. Doch die vier Männer existierten. Sie konnte ihre Realität beim besten Willen nicht leugnen. Obwohl zwei von den vieren tot waren...

Es ergab keinen Sinn.

Also Hirnschaden! Eine komplizierte Operation. Die mehr zerstören als heilen mochte, die sie vielleicht als komplette Idiotin zurückließ...

Ihre Widerstandskraft sollte durch die physikalische Therapie gestärkt werden. Warum fürchtete sie sich vor ihr, warum hatte sie unerklärliche Angst davor, in das Erdgeschoß gebracht zu werden? Sie fühlte sich in ihrem Zimmer keineswegs geborgen. Doch zumindest war es wohlbekanntes Territorium. Was sie unten erwartete, wußte sie nicht.

Sie wollte nicht hinunter.

Jellicoe – oder Bradley – hatte darauf bestanden, sie ›hinunter‹ zu bringen. Es hatte drohend geklungen. Oder hatte sie sich das nur eingebildet?

Jedenfalls hatte sie Angst vor dem, was ihr bevorstand.

Schuldbewußt, weil sie dabei war, McGees Ratschläge in den Wind zu schlagen, aß sie alles auf, was man ihr servierte, obwohl sie keinen Hunger hatte. Eine Henkersmahlzeit, dachte sie mit Galgenhumor. Die zum Tod Verurteilte aß mit gutem Appetit, so pflegte es in der Zeitung zu stehen. Dann wurde sie wütend auf sich selbst. Verdammt noch mal, Susan Thorton, reiß dich zusammen!

Kaum hatte sie aufgegessen, als das Telefon klingelte. Kollegen vom Millestone Institut. Sie erinnerte sich nicht an sie, zwang sich jedoch, mit ihnen so zu sprechen, wie man es mit alten Freunden tut. Die Täuschung gelang ihr, aber es war anstrengend. Sie war erleichtert, als sie nach einem heiteren »Also dann auf bald!« den Hörer auf die Gabel legen durfte.

Sie war zu unruhig, um Schlaf zu finden. Eine Stunde später erschienen zwei Pfleger mit dem Rollbett. Keiner von ihnen ähnelte im entferntesten Bradley oder O'Hara. Der erste war ein bärtiger Mann um die 50. »Hallo, Schönheit«, sagte er gutgelaunt, »Sie haben ein Taxi bestellt. Da ist es.«

Der zweite war etwas jünger, aber beinahe kahl. »Beeilen Sie sich, Lady. Der Taxameter läuft.«

Sie ging gerne auf den lockeren Tonfall ein. »Ich habe eine Limousine erwartet.«

»Na, was ist das *denn*? Ein Rolls-Royce, Sonderanfertigung.« Er schwenkte seine Hand über das Rollbett, als würde er ein elegantes Gefährt vorstellen. Er klopfte auf die dicke Schaumgummimatratze. »Schauen Sie die Polsterung an. Das teuerste Material.«

Der Kahle sagte: »Nur in einer Limousine können Sie liegend transportiert werden.«

»Und mit einem Chauffeur.«

»Mit *zwei* Fahrern.«

Der eine ließ das Schutzgitter herunter, der andere schob das Gefährt dicht ans Bett.

»Ich bin Phil.«

»Und ich Elmer Murphy.«

Es waren gemütliche Burschen. Obwohl sie immer noch eine unbestimmte Angst davor hatte, ins Erdgeschoß gebracht zu werden, war Susan leicht amüsiert und etwas beruhigt. Die Bemühungen der beiden, sie bei Laune zu halten, beeindruckten sie. Sie durfte McGee nicht enttäuschen. Sie glitt aus ihrem Bett und ließ sich auf die Schaumgummimatratze helfen. »Seid ihr beide immer so?«

»Wie, Miß?«

»Sie meint ›charmant‹,« antwortete Phil und legte ein ziemlich hartes Kissen unter ihren Kopf.

»Oh, das sind wir«, nickte Murphy. »Immer.«

»Schüler von Cary Grant.«

»Und von Fred Astaire.«

Sie legten eine Decke über sie, schnallten Patientin und

Decke mit einem Riemen fest und rollten sie auf den Korridor hinaus.

Sie wollte nicht daran denken, daß sie ›hinunter‹ gebracht wurde. Nicht denken, plaudern!

»Warum so kompliziert. Ich komme mit einem Rollstuhl zurecht.«

»Wir haben was gegen Rollstühle. Manche Patienten sind unruhig.«

»Halten nicht still.«

»Wenn man einen Patienten im Rollstuhl nur zehn Sekunden allein läßt...«

»...ist er schon unterwegs zum Nordpol, bevor man zurück ist.«

Sie standen jetzt bei den Aufzügen. Murphy drückte auf den Knopf ABWÄRTS.

»Wunderschöner Platz«, sagte Phil, als sich die Aufzugtür öffnete.

»Was? Der Aufzug?«

»Nein. Der Nordpol.«

»Schon dort gewesen?«

»Ich verbringe meinen Sommerurlaub dort.«

Mit dieser Art Konversation ging es weiter, zum Erdgeschoß hinunter und dann den Gang entlang zur Therapie-Abteilung. Dort übergab man sie Mrs. Florence Atkinson, die die Abteilung leitete.

Florence Atkinson war eine zierliche Person mit einem Vogelgesicht, bei der man erst während einer Massage die erstaunliche Kraft ihrer Finger entdeckte. Sie war diplomierte Therapeutin und behandelte eine halbe Stunde Susans diverse Muskelstränge anhand von verschiedenen Apparaten. »Zuerst wollen wir uns auf passive Übungen beschränken.« Es waren lächerlich einfache Übungen, aber am Schluß war Susan total erschöpft, und sie hatte den Eindruck, nur mehr ein Bündel schmerzender Muskeln zu sein. Dann wurde sie massiert und so kräftig durchgewalkt, daß sie froh war, in das lauwarme, sprudelnde Wasser geschoben zu werden. Das Bad lockerte ihre Spannung, und schließlich kam sie in eine Brause, die mit einem Sitz und Handgriff für Invalide ausgestattet war. Sie durfte sich einseifen, dann kam der kräftige Strahl abwechselnd heiß und kalt auf sie herunter.

Sie fühlte sich müde, aber wohlig, nachdem Mrs. Atkinson sie abgetrocknet hatte. Ihr Haar wurde gefönt. Dabei saß sie vor einem Spiegel und war zufrieden mit dem, was sie sah. Das Spiegelbild glich bereits der Susan Thorton, die sie gekannt hatte. Die Augensäcke waren verschwunden, ihre Wangen waren gerötet, die Narbe auf der Stirn kaum mehr geschwollen. Sie durfte hoffen, daß sie mit der Zeit kaum mehr zu sehen sein würde.

Mrs. Atkinson half ihr schließlich in ihren grünen Pyjama und auf das Rollbett. Dann schob sie sie in den Ruheraum. »Phil und Murphy werden gleich kommen.«

»Sie dürfen sich ruhig Zeit lassen«, sagte Susan. »Ich fühle mich erstaunlich wohl.« Warum hatte sie sich bloß davor gefürchtet, in die PT-Abteilung hinuntergebracht zu werden?

Schläfrig sah sie die bunten Tapeten an, die eine tropische Landschaft vorgaukelten. Sie schloß die Augen und gähnte.

»Sie macht einen zufriedenen Eindruck, Phil.«

»Das kann man sagen. Wie eine Katze nach der Mahlzeit.«

Sie öffnete die Augen und sah die beiden lächelnd an.

»Die Patienten werden zu sehr verwöhnt.«

»Massagen, Sprudelbäder, Chauffeure...«

»Schließlich werden sie das Frühstück noch ans Bett wollen...«

»Ist das ein Krankenhaus oder ein Strandklub?«

»Ein Luxus-Sanatorium«, sagte Susan. »Und ihr seid Dick und Doof von Willawauk.«

Sie hatten sie aus der Therapie-Abteilung gerollt und führten sie in die Halle. Susan konnte sehen, daß der Korridor leer war. Meist waren in der Klinik ununterbrochen Leute unterwegs.

»Dick und Doof? Nein.« Murphy strich sich über seine Glatze. »Ich sehe mich mehr als Burt Reynolds von Willawauk.«

»Burt Reynolds braucht keine Perücke.«

»Ich auch nicht.«

»Richtig. Du brauchst eine Bärenfellmütze, um deine Birne zu tarnen.«

Jetzt standen sie bei den Aufzügen.

»Du bist unhöflich, Phil.«

»Ich halte mich bloß an die Wahrheit.«

Murphy drückte auf den Knopf AUFWÄRTS.

Phil sagte: »Ich hoffe, Miß Thorton, der kleine Ausflug hat Ihnen gefallen?«

»Und wie!«

»Gut«, meinte Murphy. »Und wir garantieren Ihnen, daß der nächste Teil ausgesprochen interessant sein wird.«

»Sehr interessant«, fiel der andere ein.

Die Aufzugtüren öffneten sich.

Die beiden Pfleger schoben sie hinein, aber sie folgten ihr nicht.

Im Aufzug standen mehrere Personen. Vier Männer. Hatch, Quince, Jellicoe, Parker. Auf der linken Seite Hatch und Quince in Pyjamas und Bademänteln. Rechts Jellicoe und Parker in ihren weißen Kitteln.

Sie konnte es nicht glauben. Es war ein Schock. Verzweifelt hob sie den Kopf, sah hilfesuchend auf Phil und Murphy, die außerhalb des Aufzugs standen, vergnügt lachend, und ihr zuwinkten.

Die Türen schlossen sich. Der Aufzug glitt in die Höhe. Sollte sie schreien? Würde sie jemand hören, ihr zu Hilfe kommen?

Hatch enthob sie der Entscheidung. Er drückte auf den Halteknopf. Der Aufzug stoppte zwischen den Stockwerken. Jetzt war sie den Doppelgängern hilflos ausgeliefert.

Hatch blickte vergnügt auf sie hinunter. Seine gefühllosen eisgrauen Augen machten sie schaudern.

Er sagte: »Na so was! Daß wir uns hier treffen!«

Jellicoe kicherte. Es war eine Art Grunzen, das aus der Kehle kam und zu seinen Schweinsäuglein paßte.

Susan hatte das Gefühl, daß ihr Herzschlag aussetzte.

»Willst du nicht schreien?« erkundigte sich Parker amüsiert.

»Wir hofften, dich schreien zu hören«, bemerkte Quince. Die Erwartung, sie schreien zu hören, schien ihm unbändige Freude zu machen.

»Sie ist zu überrascht«, sagte Jellicoe und kicherte erneut.

Sie schloß die Augen und tat, was McGee ihr geraten hatte. Sie sagte sich, daß die Erscheinungen nicht real waren. In einem solchen Fall würden sie ihr nichts antun können. Sie redete sich ein, es handle sich um Phantome, Traumgesichte. Unfaßbare Kreaturen, aus dem Stoff, aus dem Alpträume sind.

Jemand legte eine schwere Hand auf ihre Kehle.

Ihr Herz schlug. Sie konnte nicht anders als ihre Augen wieder öffnen.

Es war Hatch. Er drückte zu, nicht fest, aber das Gefühl, ihr Fleisch in seinem Griff zu haben, bereitete ihm Vergnügen. Er lachte.

Susan packte seine Hand mit beiden Händen und versuchte sie wegzuziehen. Vergeblich. Er war stark.

»Keine Angst, Hurentochter«, bemerkte er freundlich. »Ich werde dich nicht töten.«

Er sprach genau, wie Hatch damals gesprochen hatte, in der Donnerhöhle und vor Gericht. Eine Stimme, die sie nie vergessen hatte und nie vergessen würde. Eine kalte, gnadenlose Stimme.

»Nein, er wird dich nicht töten«, fügte Quince hinzu. »Noch nicht.«

»Bis der richtige Zeitpunkt gekommen ist«, sagte Hatch.

Sie ließ ihre Hände sinken. Sie zitterte am ganzen Körper. Ihr wild klopfendes Herz drohte sie in Stücke zu reißen.

Hatch strich jetzt sanft, beinahe zärtlich über ihre Kehle wie jemand, der ein Kleinod in seinem sicheren Besitz weiß.

Abscheu ließ sie schaudern. Sie wandte ihren Blick ab, traf den von Jellicoe.

Seine Äuglein glänzten. »Wie hat dir unsere Vorstellung heute morgen gefallen, Süße?«

»Sie heißen Bradley«, sagte sie mit fester Stimme, um die Dämonen zu verscheuchen und die Wiederkehr der Realität zu erzwingen.

»Oh, nein. Jellicoe.«
Und der Rothaarige sagte: »Ich bin Parker, nicht O'Hara.«
»Ihr seid beide tot.«
»Wir sind alle tot«, korrigierte Quince.
Ungläubig fragend starrte sie ihn an.
Er erklärte: »Nachdem sie mich aus Briarstead rausgeworfen haben, kehrte ich nach Virginia zurück. Meiner Familie war das gar nicht recht. Brave, konservative Landbesitzer, du verstehst. Kein Quince durfte den guten Namen in einen Skandal verwickeln.« Seine Miene verdunkelte sich vor Ärger. »Scheißkerle! Sie gaben mir etwas Geld und schickten mich fort. Mein Vater, der Schweinehund, hat mich abgeschrieben. Wie wenn man einen toten Ast von einem Baum abschlägt. Was für eine Arbeit hätte ich finden können? Körperliche Arbeit? Das war ich nicht gewohnt, das wollte ich nicht akzeptieren. Und so sehr ich mich auch bemühte, keine juristische Fakultät im ganzen Land wollte mich aufnehmen. Deinetwegen, wegen deiner Aussage vor Gericht. Was blieb mir übrig, als mit meinem letzten Geld ein beschissenes Hotelzimmer zu mieten und mir die Adern aufzuschneiden.« Sein Ärger schien verflogen, er lachte heiser. »Kein Wunder, daß ich dich nicht ins Herz geschlossen habe, Kleine. Ich hasse dich. Hasse dich. Sogar mehr als meinen Vater und meine Mutter.« Er sagte es zwischen geschlossenen Zähnen; es klang wie das Knurren eines bösartigen Hundes.
Wieder schloß sie die Augen. Sagte vor sich hin: »Sie existieren gar nicht. Sie können mir nichts tun.«
»Und ich wurde im Zuchthaus erstochen«, bemerkte Hatch gelassen.
Sie hielt ihre Augen geschlossen.
»Genau 30 Tage, bevor ich entlassen werden sollte. Auf Bewährung. Ich hatte fast fünf Jahre abgesessen und nur noch einen Monat vor mir. Ich hatte Pech. Fing Streit mit einem Nigger an, der ein Messer in seine Zelle geschmuggelt hatte.«
SIE EXISTIEREN GAR NICHT. SIE KÖNNEN MIR NICHTS TUN.
»Und jetzt kann ich endlich meine Rechnung mit dir begleichen. Wie ich es mir geschworen habe. In unzähligen

Nächten, im Zuchthaus, wenn ich wach lag. Ich hab' mir gelobt, daß ich dich erwischen werde, daß du mir alles bezahlen wirst. Kommenden Freitag...«

»Freitag?« flüsterte sie unbewußt.

»Ja. Ein Jahrestag. Der Jahrestag meines Todes. Kommenden Freitag wird es genau sieben Jahre her sein, daß der verdammte Nigger mich gegen eine Mauer stieß und meine Kehle aufgeschlitzt hat. Genau das werde ich mit dir tun, Hurentochter. Am Freitag. Freitag nacht. Du hast noch drei Tage vor dir, du Hündin. Ich will's dich wissen lassen. Damit du ein bißchen schwitzt, bevor es soweit ist. Freitag. Wir haben uns einen besonderen Spaß für dich ausgedacht.«

»Deinetwegen sind wir alle krepiert«, sagte Jellicoe.

SIE EXISTIEREN GAR NICHT.

Ihre Stimmen drangen auf sie ein. Eindringlicher. Stärker.

»– wenn wir dich früher aufgetrieben hätten –«

»– hätten wir dir auch den Schädel eingetreten –«

»– deine hübsche Kehle aufgeschlitzt –«

»– dir das Herz aus dem Leib gerissen –«

»– die Hündin hat doch gar keins –«

SIE KÖNNEN MIR NICHTS TUN.

»– eine Judenmieze –«

»– nicht häßlich –«

»– müßte vorher noch durchgezogen werden –«

»– von allen Seiten –«

»– von uns allen –«

»– bißchen mager –«

»– kann bis Freitag noch zunehmen –«

Gelächter.

»– je von einem toten Mann vernascht worden? –«

Sie zwang sich, die Augen geschlossen zu halten.

Alptraum. Fieberfantasien.

»– weißt du, wie totes Fleisch schmeckt –«

»– wenn du's in dir spürst –«

Sie können mir nichts anhaben. Können mir nichts tun. Nichts. Nichts.

»– Freitag –«

»– Freitag –«

Eine Hand berührte ihr Brüste.

Eine andere legte sich auf ihre Augen.

Sie schrie. Schrie, so laut sie konnte.

Der Schrei erstickte. Eine harte Hand hatte sich auf ihren Mund gelegt. Nahm ihr den Atem.

»Tochter einer Hure!« Das war die Stimme von Hatch. Und es mußte Hatch sein, der sie in den rechten Arm kniff, grausam, immer härter...

Es schmerzte höllisch.

Dann verlor sie das Bewußtsein.

17.

Die dunklen Flecken hörten auf zu kreisen. Sie wurden durch milchige Schatten ersetzt, die fluoreszierend schimmerten. Dazu Musik, eine Art Sphärenmusik, die ein jähes Ende nahm. Die Schatten formten sich zu Figuren, die über ihr Gestalt annahmen und zu ihr sprachen. Die Stimmen klangen vertraut.

»Schau, wer da ist, Murphy.«

»Wer kann das sein, Phil?«

»Eine schlafende Schönheit.«

»Dornröschen.

Jetzt konnte sie wieder klar sehen. Sie lag im Ruheraum auf dem Rollbett. Sie sah die beiden Pfleger, die auf sie herunterblickten.

»Und wo ist der Prinz, der sie aufweckt?«

»Nun, du bist jedenfalls kein junger Prinz.«

»Und du vielleicht?«

Susan blickte sich um. Der karg ausgestattete Ruheraum der PT-Abteilung, den sie gar nicht verlassen hatte.

»Er glaubt, er sei ein Prinz«, sagte Phil und zeigte auf Murphy. »Dabei ist er einer der sieben Zwerge.«

»Irrtum. Die sieben Zwerge haben nichts mit Dornröschen zu tun. Sondern mit Schneewittchen.«

»Schneewittchen? Ist das die mit dem Apfel?«

»Nein, die mit den Tanzschuhen.«

Das Rollbett wurde durch die Doppeltür auf den Korridor des Erdgeschosses geschoben.

Die Verwirrung wich einer plötzlichen Angst. Sie versuchte sich aufzusetzen, doch der Gurt um die Taille behinderte sie.

Sie rief: »Nein! Wartet! Wartet noch, zum Teufel!«

Die beiden hielten inne. Susans Ausbruch schien sie zu überraschen. Phil runzelte die Brauen, Murphy machte ein dummes Gesicht.

»Wohin wollt ihr mich bringen?«

»Nun – in Ihr Zimmer zurück.«

»Ist was nicht in Ordnung?«

Ihre Hand tastete nach dem Gurt, der sie festhielt. Sie mußte sich befreien! Sie fand die Schnalle, doch bevor sie sie aufschnappen lassen konnte, legte Murphy seine Hand auf ihre.

»Bitte nicht, Miß Thorton! Sie könnten runterfallen und sich verletzen.«

»Was haben Sie denn, Miß? Es ist alles o.k. Beruhigen Sie sich doch!«

Sie starrte auf die beiden, böse, vorwurfsvoll. »Ihr habt mich schon einmal hinausgerollt, zu den Aufzügen...«

»Aber nein!«

»... habt mich ihnen preisgegeben. Das laß' ich nicht wieder zu.«

»Aber Miß Thorton, wir...«

»Wie konntet ihr mir das antun? Warum habt ihr so was getan? Was habt ihr gegen mich? Ihr kennt mich doch kaum; ich habe euch keinen Grund gegeben, mich zu hassen.«

Murphy warf Phil einen Blick zu. Phil zuckte die Achseln.

Schließlich fragte Murphy verwirrt: »Wer sind *sie*?«

»Ihr wißt es sehr gut«, erwiderte sie bitter.

»Spielt nicht die Unschuldslämmer! Behandelt mich nicht wie eine Idiotin!«

»Aber wirklich...« stammelte Murphy. »Ich habe keine Ahnung, wovon Sie sprechen.«

»Ich auch nicht.«

»Hatch und die anderen! »rief Susan zitternd. »Die vier toten Männer!«

»Tote Männer?«

Die beiden sahen einander ratlos an. Murphy musterte sie, als habe sie den Verstand verloren. Dann begann er unvermutet zu lächeln. »Ah, ich verstehe. Sie haben schlecht geträumt.«

Susan blickte die Pfleger prüfend an, sie schienen absolut ahnungslos zu sein.

Murphy sagte zu Phil: »Sie muß geträumt haben, daß wir sie in einen Aufzug mit... mit anderen Patienten gebracht haben, die verstorben sind.« Er blickte Susan hoffnungsvoll an. »Das ist es, nicht wahr? Das haben Sie geträumt?«

»Verdammt noch mal, ich habe nicht geträumt. Ich habe nicht mal geschlafen.«

»Aber sicher doch«, sagte Phil. Seine Stimme war so geduldig und verständnisvoll, wie ihre scharf und zornig gewesen war. »Wir haben Sie doch gerade aufwachen sehen.«

»Wie Dornröschen nach ihrem langen Schlaf...«

Sie schüttelte heftig den Kopf. »Nein. Nein. Ich habe nicht geschlafen, als ihr zum ersten Mal gekommen seid.« Das Bewußtsein, daß ihre Erklärungen unzusammenhängend klangen, machte sie wütend. »Ich... ich hab' meine Augen nur einen Moment geschlossen, nachdem mich Miß Atkinson hergebracht hatte, und bevor ich noch hätte einschlafen können, seid ihr gekommen und habt mich zum Aufzug gerollt und...«

»Also ein Traum! Das sehen Sie doch selbst«, meinte Murphy ermunternd.

»Natürlich. Es muß ein Traum gewesen sein. Die verstorbenen Patienten werden nicht mit diesen Aufzügen in den Keller gefahren.«

»Nie.«

»Nur mit dem Lastenaufzug.«

»Das ist diskreter.«

»Die Verwaltung will nicht, daß alle die Verstorbenen sehen.«

Sie wollte sie schon anschreien: ›Nicht von solchen Toten habe ich gesprochen, das wißt ihr sehr gut. Ich meine die Toten, die vom Grab auferstehen, um die Lebenden heimzusuchen. Die sich an mir rächen, mich töten wollen.‹

Aber sie sagte kein Wort, denn sie wußte, es würde klingen wie die Raserei einer Tobsüchtigen.

»Ein Traum«, meinte Phil beruhigend.

»Nur ein böser Traum.«

Sie musterte ihre Gesichter, die dicht über sie gebeugt waren. Der väterliche Murphy hatte freundliche Augen, die echte Besorgnis verrieten. Und konnte Phils kindliches Gesicht haßerfüllte Gedanken verbergen? Nein, sie konnte es nicht glauben. Seine Harmlosigkeit, seine Unschuld waren so echt wie ihre eigene Angst.

»Aber es kann kein Traum gewesen sein«, stammelte sie. »Alles war so – so echt, so lebhaft...«

»Oh, ich hab' auch schon so lebhaft geträumt«, rief Phil, »daß ich nachher lang gebraucht habe, um richtig wach zu werden.«

»Ja, das ist mir auch schon passiert.«

Sie rief sich Quinces Schilderung seines Selbstmords in Erinnerung. Eine Hand auf ihrer Brust, eine Hand auf ihrem Mund, die ihren Schrei erstickte...

»Es war – es war echt«, bestand sie, obwohl sie jetzt selbst daran zu zweifeln begann. »Beängstigend echt...«

»Ich schwöre Ihnen, Miß Thorton«, sagte Murphy, »es sind noch keine fünf Minuten vergangen, seit Mrs. Atkinson uns angerufen hat, damit wir Sie in Ihr Zimmer bringen.«

»Und wir sind unverzüglich gekommen. Ohne Zeitverlust.«

»Und hier sind wir.«

»Aber vorher sind wir nicht hier gewesen.«

Sie biß sich auf die Lippen. »Wahrscheinlich...«

»Ein Alptraum«, sagte Murphy.

»Das muß es gewesen sein.«

Schließlich gab Susan nach. Sie nickte, wenn auch zögernd. »Möglich. Wahrscheinlich. Hört mal, ihr beiden – es tut mir leid...«

»Schon gut, schon gut.«
»Zerbrechen Sie sich deshalb nicht Ihr hübsches Köpfchen.«
»Ich hätte euch nicht beschimpfen dürfen...«
»Ach was! Fühlst du dich gekränkt, Phil?«
»Nicht im geringsten. Und du, Murphy?«
»Auch nicht.«
»Na also! Sie sehen, Miß Thorton, kein Grund, sich zu entschuldigen.«
»Nicht der geringste.«
»Haben Sie jetzt Lust auf eine kleine Rundfahrt?«
»Sie werden sanft dahinrollen.«
»Und wir werden Ihnen unterwegs alle Sehenswürdigkeiten zeigen.«
»Mit fachmännischen Erläuterungen.«
»Mit Cocktailpause.«
»Trinkgeld verboten.«
Sie wünschte, die beiden würden mit ihren Albernheiten aufhören. Sie hatte jetzt nicht den Nerv dazu, es amüsierte sie nicht länger. Sie fühlte sich etwas schwindlig, als hätte sie zuviel Alkohol getrunken. Aber wie konnte sie die Pfleger zum Schweigen bringen, ohne sie zu beleidigen? Und falls das Grauen im Aufzug tatsächlich nur ein Alptraum gewesen war, war sie zu den beiden schon ungerechtfertigt rüde gewesen.
»Also gut! Wer ist der Fahrer und wer der Reiseleiter?«
»Ich fahre. Murphy ist immer betrunken.«
»Und ich gebe die Erklärungen. Phil ist zu dumm dazu.«
Sie rollten sie den Korridor entlang. Wie gewöhnlich war der Gang voller Leute. Patienten, die zu den Anwendungen gingen; Schwestern, die den Invaliden behilflich waren. Das Bild, das sich Susan bot, war ganz anders als vorhin, als sie durch einen menschenleeren Korridor geschoben worden war.
Jetzt erreichten sie die Aufzugtüren.
Susan verspürte eine kaum erträgliche innere Spannung. Ihr Körper verkrampfte.
»Ein Reiseleiter, der Dornröschen mit Schneewittchen verwechselt!«

»Ich lese keine Kindermärchen mehr. Ich beschäftige mich mit ernster Literatur.«

»Ja. Pornoromane. Und Rennprogramme...«

Die Aufzugtüren öffneten sich lautlos. Susan, mit dem Rücken zu den Türen, wurde in den Lift geschoben. Ängstlich beobachtete sie die Pfleger. Sie kamen mit ihr.

Keine toten Männer warteten auf sie.

Sie atmete tief auf. Die Erleichterung war so groß, daß sie ihr Kopfschmerzen verursachte.

Die Fahrt bis zu ihrem Zimmer verlief ereignislos. Doch als sie vom Rollbett auf die Matratze gehoben wurde, fühlte sie plötzlich einen Schmerz an ihrem rechten Arm, unter der Ellbogenbeuge. Und sie entsann sich, daß Hatch sie brutal gekniffen hatte – knapp bevor sie in Ohnmacht gefallen war.

Nachdem die Pfleger sie allein gelassen hatten, saß Susan zitternd in ihrem Bett; sie fürchtete sich, auf ihren Arm zu schauen. Schließlich schob sie den Ärmel ihres Pyjamas zurück.

Da war ein blauer Fleck, deutlich zu sehen, mit gelblicher Umrandung. Er hatte die Größe einer mittleren Münze. Als sie ihn berührte, schmerzte er.

Die Spur eines kürzlich erfolgten harten Drucks.

Was hatte das zu bedeuten? War es ein Beweis, daß die Begegnung mit Hatch und den anderen tatsächlich stattgefunden hatte? War es also nicht bloß ein Alptraum gewesen, während sie kurz eingeschlummert war? Oder war es eine harmlose Druckstelle, die sie sich beim Training zugezogen und die sie im Unterbewußtsein mit dem Traum verknüpft hatte?

Sie versuchte sich zu erinnern, ob sie sich während ihrer Übungen den Arm angeschlagen hatte. Sie war sich nicht sicher. Sie hatte unter der Brause gestanden, hatte sich Arme und Brust eingeseift. Hatte sie dabei die Verfärbung an ihrem Arm wahrgenommen? Hatte ihr eine Stelle unter der Ellbogenbeuge wehgetan? Sie konnte sich an nichts Derartiges entsinnen.

Der blaue Fleck muß seinen Ursprung in der PT-Abteilung haben. Jede andere Erklärung wäre... wäre Wahnsinn.

Ernest Hatch und seine Kumpanen sind Hirngespinste und konnten mich nicht verletzen. Phantome, einem Hirnschaden entsprungen! Wenn Dr. McGee herausfindet, an welchen Unfallfolgen ich leide, werde ich wieder gesund werden, und die toten Männer werden aus meinem Bewußtsein verschwinden und in ihre Gräber zurückkehren, aus denen sie nie aufgestiegen sind.

18.

Gegen halb sechs erschien Dr. McGee zur Abendvisite. Er trug keinen Kittel und war bereits für den Abend umgezogen. Dunkelblauer Anzug, sichtlich maßgeschneidert. Perlgraues Hemd, gestreifte Krawatte. In der Brusttasche ein farblich passendes Einstecktuch.

Er wirkte so elegant und bewegte sich mit solcher Grazie, daß Susan sich beinahe schämte, wie sehr sie sich zu ihm hingezogen fühlte. Seit sie ihn am Sonntagmorgen gesehen hatte, hatte sie ihn außerordentlich attraktiv gefunden. Doch diesmal sah sie ihn mit anderen Augen und empfand ein warmes, wohliges Gefühl.

Ich werde langsam gesund, dachte sie amüsiert, zum ersten Mal, seit ich aus dem Koma erwacht bin, fühle ich mich wieder als Frau. Als Frau mit sexuellen Begierden.

McGee trat zu ihrem Bett, und diesmal zögerte er nicht, ehe er sie auf die Wange küßte. Er roch nach einem herben Rasierwasser, das nach Zitronen und frischen Kräutern duftete.

Am liebsten hätte sie die Arme um ihn gelegt und ihn fest an sich gedrückt. Er hätte ihr von seiner Kraft einen Teil, den sie dringend benötigte, abgeben können. Doch soweit war ihre Beziehung noch lange nicht gediehen. Sie zweifelte nicht an seiner Sympathie für sie, doch zwischen Arzt und Patientin durften romantische Gefühle nicht den ersten Platz einnehmen. Reserve war geboten, zumal sie ihren Gefühlen nicht mehr zu trauen wagte. So erwiderte sie seinen Begrüssungskuß bloß, indem sie mit ihren Lippen flüchtig seine Wange berührte.

Die intime Nähe ihrer Gesichter dauerte nicht lange. Sehr schnell – viel zu schnell für ihren Geschmack – richtete er sich auf. »Ich hab' es heute abend ziemlich eilig«, erklärte er. »Lassen Sie mich erst einen Blick auf Jessie Seiffert werfen. Ich bin dann gleich wieder zurück.«

Er ging zum anderen Bett und schlüpfte hinter den Vorhang. Susan sah ihm nach, ein lächerliches Eifersuchtsgefühl überkam sie. Für wen hatte er sich schön gemacht? Mit wem würde er zu Abend essen? Eine Frau? Sicher eine Frau, und wahrscheinlich eine attraktive. Kein Mann warf sich so in Schale, bloß um mit Freunden einen Happen zu essen und sich ein paar Biere zu genehmigen. McGee war zweifellos ein begehrenswerter Mann, und es fehlte nie an Damen, die solche Männer zu angeln versuchten. Dazu machte er keineswegs den Eindruck eines Kostverächters. Sicher hatte er ein bewegtes Privatleben geführt, bevor Susan Thorton auf der Szene erschienen war. Wahrscheinlich auch ein romantisches Privatleben und – warum nicht? – auch ein Sexualleben. Welches Recht besaß sie, eifersüchtig zu sein? Nicht das geringste. Nichts war zwischen ihm und ihr vorgefallen, was ihm eine Verpflichtung zur Treue auflud. Die bloße Idee war lächerlich. Doch trotz allem – sie war eifersüchtig. Das gelbe Monster nagte an ihr, peinigte sie.

Er kam hinter dem Vorhang hervor, ging zu ihr zurück und nahm ihre Hand. »Nun, wie war es im PT? Hatten Sie mit Flo Atkinson einen angenehmen Nachmittag?«

Susan hatte sich zwar vorgenommen, ihm von ihrem lebhaften Traum, von der vermeintlichen Begegnung mit Ernest Hatch und seinen Begleitern zu erzählen, doch jetzt sah sie davon ab. Sie wollte vor ihm nicht als hilfloses Nervenbündel erscheinen, sie wollte nicht von ihm bemitleidet werden.

Sie log: »Es war ein wundervoller Nachmittag. Die Behandlung hat mich gestärkt und erfrischt.«

»Gut zu hören.«

»Physikalische Therapie ist genau das, was ich brauche«, fuhr sie fort.«

»Sie haben frische Farbe bekommen.«

»Und ich habe mein Haar gewaschen.«

»Es sieht wunderbar aus.«

»Sie sind ein Lügner, Dr. McGee. Es wird noch lange Zeit nicht wunderbar aussehen. Ihr Friseur in der Notaufnahme schneidet nämlich die Haare der Patienten mit einer Kreissäge ab.«

»Sie übertreiben. Er hat ein Käsemesser.«

Sie lachte. »Wenigstens ist das Haar sauber.«

»Sauber und glänzend. Ein bißchen struppig, zugegeben. Sie erinnern mich an... an...«

»An einen englischen Schäferhund, nicht wahr?«

»Ich liebe englische Schäferhunde«, sagte er heiter. Und dann wieder ernst: »Tatsächlich, Sie sehen sehr gut aus. Ihre Wangen werden voll, Ihre Haut ist wieder glatt.«

»Danke.« Sie musterte ihn prüfend. »Ich muß das Kompliment zurückgeben. Auch Sie sehen sehr gut aus. Toll zurechtgemacht.«

»Ebenfalls danke.« Er lächelte, sagte aber nicht, aus welchem Anlaß er sich umgezogen hatte. Dabei hatte sie ihn durch ihr Kompliment zum Sprechen veranlassen wollen. »Haben Sie Ihre Doppelgänger noch einmal gesehen?«

»Nein.«

»Gut. Ein positives Zeichen. Ich habe für morgen verschiedene Tests anberaumt. Blutproben, Röntgenbilder – wenn nötig, eine Punktur.«

»Auweh!«

»Es wird nicht sehr wehtun.«

»Leicht gesagt. Es ist nicht Ihr Rückenmark...«

»Richtig. Aber wenn es unumgänglich ist, werde ich sie selbst vornehmen. Und ich bin berühmt für meine zarte Hand.« Er sah auf seine Uhr. »Jetzt muß ich aber wirklich gehen.«

Sie konnte es sich nicht länger verkneifen und fragte: »Ein Rendezvous?«

»Leider nein. Die monatliche Zusammenkunft meiner ehemaligen Fakultät. Heute abend bin ich der Sprecher, und ich habe Lampenfieber.«

Sie gab sich Mühe, sich ihre Erleichterung nicht anmerken zu lassen. Er durfte nicht wissen, wie sehr sie eine mögliche Rivalin gefürchtet hatte. »Lampenfieber? Das glaub' ich nicht. Ich kann mir gar nicht vorstellen, daß Sie vor irgend etwas Angst haben.«

»Ich fürchte mich vor Grippe, vor Giftschlangen – und vor Tischreden.«

»Und vor englischen Schäferhunden?«

»Nur wenn sie bissig sind.«

Jetzt lachten beide.

»Ihre Rede wird sicher ankommen. Sie werden Beifall kriegen.«

»Höflichkeitsapplaus. Verbunden mit einem schlecht zubereiteten Abendessen.« Er küßte sie zum Abschied auf die Wange.

»Also – dann auf morgen!«

Er warf ihr einen prüfenden Blick zu. »Sie fühlen sich wohl? Bestimmt?«

»Bestimmt.«

»Vergessen Sie nicht meine Worte: Wenn Sie wieder Erscheinungen sehen, sagen Sie sich, daß sie...«

»...daß sie nicht wirklich sind und mir nichts anhaben können.«

»Genau das! Und hören Sie, alle Schwestern auf dem Stockwerk wurden über Ihren Zustand informiert. Wenn Sie etwas ängstigt – wenn Sie Halluzinationen haben sollten –, zögern Sie nicht, eine Nachtschwester zu rufen. Sie wird Ihnen helfen. Alle haben von mir genaue Anweisungen bekommen.«

»Gut zu wissen.«

»Sie sind nicht allein, Susan. Auch wenn...« Er zögerte, ehe er fortfuhr: »Auch wenn ich nicht bei Ihnen bin.«

»Ich weiß. Und ich danke Ihnen für alles.«

Er wandte sich zur Tür, winkte ihr noch zu, dann ging er.

Er war schon eine Weile gegangen, ehe das warme, wohlige Gefühl nachließ. Mein Gott, dachte sie, in seiner Nähe verwandle ich mich in ein dummes junges Ding, das nur Sex im Kopf hat.

Sie lachte über sich selbst.

Sie sind nicht allein, hatte er gesagt. Auch wenn ich nicht bei Ihnen bin.

Aber sie fühlte sich allein. Einsam, verlassen und hilflos.

Nach dem Abendessen hatte sie mehr als genügend Zeit, ihren Gedanken nachzuhängen. Warum freute sie sich so sehr über seine Komplimente? Warum wartete sie direkt darauf, daß er ihr schmeichelte? Sonst hatte sie es lächerlich gefunden, wenn Verehrer ihr Komplimente machten. Süßholzraspeln hatte sie es genannt und niemals ernst genommen.

Im Lauf der Jahre hatte sie verschiedene Liebhaber gehabt, nicht sehr viele, aber doch einige, wie andere junge Frauen auch. Doch immer hatte sie das Heft in der Hand gehabt. Wenn sie die Zeit für abgelaufen hielt, hatte sie die Beziehung stets von sich aus abgebrochen, eventuell mit Bedauern, aber stets ohne wirklichen Abschiedsschmerz. Sie kontrollierte ihr Privatleben genau wie ihre Karriere. Aber sie hatte das Gefühl, daß eine Beziehung mit Dr. McGee anders sein würde, intensiver, leidenschaftlicher. Das erschreckte sie ein wenig – obwohl sie die voraussehbaren Turbulenzen im Grund herbeisehnte.

Sie begehrte ihn. Seine Anziehungskraft ließ sich nicht verleugnen. Aber liebte sie ihn deswegen? Eine Frage, die sie sich bisher nie hatte stellen müssen.

Liebe?

Unmöglich! Sie konnte nicht ernsthaft in einen Mann verliebt sein, den sie vor drei Tagen zum ersten Mal gesehen hatte. Ich kenne ihn kaum, ich habe ihn noch nicht mal richtig geküßt. Seine Sympathiebeweise waren nie leidenschaftlich gewesen. Man verliebt sich nicht Hals über Kopf. Nur in Romanen, im Kino...

Doch sie wußte, daß es ihr passiert war. Sie hatte sich verliebt, Hals über Kopf. Wie in Romanen. Wie im Kino...

Wenn es aber Liebe war, gab es nicht einen logischen Grund für ihre unerklärliche Vernarrtheit? Vielleicht, weil sie schwach und hilflos war, weil sie sich unwillkürlich nach einem starken, verläßlichen Kameraden sehnte? Wenn das das Motiv war, dann wäre es eher Dankbarkeit als Liebe.

Doch nein, je mehr sie darüber nachdachte, desto sicherer erschien ihr, daß es tatsächlich Liebe auf den ersten Blick gewesen war. Der sogenannte ›coup de foudre‹. Zumindest hatten sie Liebe und die Sehnsucht nach einem starken Mann gleichzeitig überkommen.

Doch was spielte das jetzt für eine Rolle? Sie liebte ihn, sie begehrte ihn. Alles andere zählte nicht.

Nachdem sie sich ihrer Gefühle sicher zu sein glaubte, meinte sie, einen entscheidenden Schritt vorwärts getan zu haben. Ihre Genesung würde sich beschleunigen. Ihr Wohlbefinden fand seinen Ausdruck in plötzlichem Hunger. Sie ließ sich das Abendessen vor der Zeit an ihr Bett bringen.

Die Nachtschwester, eine zierliche Brünette namens Tina Scolari, brachte ihr alles, worum sie bat: das Tablett mit dem Krankenhausessen, eine doppelte Portion Eiskrem, Ananassaft.

Susan las den Abenteuerroman zu Ende und bereitete sich auf das Einschlafen vor. Das Wetter schien sich gebessert zu haben, zumindest hörte man den Regen nicht mehr an die Fensterscheiben trommeln.

Es versprach, ein angenehmer Abend zu werden.

19

Sie hatte das Buch noch nicht zur Seite gelegt, als Schwester Scolari zurückkam.

»Sie werden morgen sehr beschäftigt sein, Miß Thorton. Eine Menge Tests sind vorgesehen.«

Sie brachte ihr die rosa Pille, das Beruhigungsmittel, das Dr. McGee verschrieben hatte. Susan spülte sie mit Ananassaft hinunter.

Die Schwester sah noch nach Jessica Seiffert, ehe sie den Vorhang wieder zuzog. »Sie schläft.«

»Auch ich werde bald schlafen«, meinte Susan. »Mit diesem Buch bin ich fertig, und ich bin zu müde, um ein neues zu beginnen.«

»Soll ich Ihnen ins Bad helfen?«

»Nein, danke. Das schaff' ich schon alleine.«

»Sicher?«

»Ja, sicher.«

Die Scolari ging. Vorher knipste sie noch das Nachtlicht an, damit Susan später nicht zur Tür gehen mußte.

Aber den Weg zum Badezimmer mußte sie allein zurücklegen, sie hatte die Hilfe der Schwester abgelehnt, wollte sich selbst beweisen. Nun gut, niemand sah, daß sie sich nie weit von der Wand entfernte und die rechte Hand ausgestreckt hielt. Eine Stütze blieb stets erreichbar. Doch sie benötigte sie nur ein einziges Mal. Um so besser!

Nachdem sie die Zähne geputzt und gegurgelt hatte, kehrte sie sofort in ihr Bett zurück. Sie fühlte sich noch nicht sicher auf den Beinen, und die Wadenmuskeln schmerzten sie. Doch obwohl sie wußte, daß sie ohne fremde Hilfe nicht lange gehen konnte, hatte sie keine Angst mehr zu fallen.

Sie glättete ihre Kissen und stellte das Bett flach. Dann machte sie die Nachttischlampe aus.

Das gelbliche Licht der Nachtbeleuchtung fiel auf den Vorhang, der Jessica Seifferts Bett umgab. Wie schon in der vergangenen Nacht reflektierte das weiße Plastikmaterial das schwache Licht, schien es zu verstärken, verlieh ihm einen phosphoreszierenden Glanz. Es war, als besäße der Vorhang im abgedunkelten Raum ein Eigenleben. Susan konnte ihren Blick nicht von ihm wenden. Seitdem man die sterbende Frau in ihr Zimmer gebracht hatte, plagte sie ein Gemisch von Neugier und Abscheu.

»SUSAN...«

Es riß sie hoch. Die Decke glitt von ihren Beinen, ihr Herz schlug wild.

»SUSAN...«

Eine dünne, brüchige Stimme. Wie von einem Stimmband, das nicht mehr die Kraft zu einem vollen Ton besaß. Schwach, kaum hörbar, doch mit einem unverkennbar drohenden Unterton.

»SUSAN... SUSAN...«

Die Stimme klang gebrochen, wie von einer gequälten

Kreatur. Sie war unzweifelhaft die eines Mannes. Doch es war keineswegs eine Stimme, die um Hilfe rief. Nein, sie verkündete Unheil...

Jetzt saß Susan aufrecht im Bett. Sie horchte angespannt. Nein, sie irrte sich nicht. Die Stimme kam von hinter dem Vorhang, von dem Bett, auf dem die alte Fau dem Tod entgegendämmerte.

»SUSAN...«

Schon in der vergangenen Nacht, in den grauen, trostlosen Stunden des ersten, schwachen Morgenlichts, hatte sie den Eindruck gehabt, daß eine Stimme hinter dem Vorhang nach ihr rief. Doch sie hatte sich überzeugt, daß es sich um einen Traum handelte, und hatte weiterschlafen können. Schlafmittel hatten ihre Sinne stumpf gemacht, sie war nicht genügend wach gewesen, um zu erkennen, daß es keine Traumstimme war, sondern eine wirkliche. Diesmal aber hatte die rosa Pille noch nicht zu wirken begonnen, sie hatte noch nicht geschlafen, war nicht einmal richtig schläfrig. Diesmal gab es keinen Zweifel: Die Stimme war echt, jemand rief nach ihr.

»SUSAN...«

Sie zuckte zusammen, als hätte ihr jemand einen Schlag versetzt. Der Ruf war durchdringend, konnte nicht überhört werden. Er enthielt Flehen und Drohung, zitternde Unbestimmtheit und grimmige Entschlossenheit zugleich. Obwohl die Stimme sie erschreckte und sie erzittern ließ vor der Frage, von welchem Mann – oder von welcher KREATUR – sie stammen mochte, hatte sie den Wunsch, aufzustehen und zu Mrs. Seifferts Bett zu gehen, den weißen Vorhang beiseitezuziehen und sich zu vergewissern, wer oder was sie rief. Sie krampfte ihre Finger um das Schutzgitter des Bettes. Widerstand dem Drang, aufzustehen und...

»SUSAN...«

Sie tastete nach dem Schalter ihrer Nachttischlampe, die zitternden Finger fanden ihn nicht gleich. Sie knipste das Licht an. Es vertrieb die Schatten in den Ecken, von denen sie sich, ohne es zugeben zu wollen, bedroht gefühlt hatte.

Sie starrte auf den Plastikvorhang. Wartete.

Kein Geräusch war zu hören.

Zehn Sekunden gingen vorbei. Zwanzig. Eine halbe Minute.

Nichts. Stille.

Schließlich fragte sie: »Wer ist da?«

Keine Antwort.

Es war jetzt mehr als 24 Stunden her, daß Susan von ihrer Rollstuhl-Tour zurückgekommen und davon überrascht worden war, daß man in das andere Bett eine Zimmergefährtin gelegt hatte. Mrs. Baker hatte ihr gesagt, es handle sich um eine gewisse Jessica Seiffert, sonst hätte sie nicht mal gewußt, mit wem sie das Krankenzimmer teilte. Mehr als 24 Stunden, und noch immer hatte sie keinen Blick auf Mrs. Seiffert werfen können. Sie hatte die alte Frau kein Wort sprechen hören, sie hatte nur unverständliches Gemurmel vernommen, mit dem die Sterbende auf Dr. McGees Fragen und Bemerkungen der Schwester geantwortet hatte. Man hatte Mrs. Seiffert umsorgt, mit der üblichen Krankenhausroutine – Bettflaschen fortgetragen, Bettzeug gewechselt, sicher auch Temperatur und Blutdruck gemessen –, doch trotz all dieser Aktivitäten war Susan kein einziger Blick auf ihre geheimnisvolle Zimmergenossin vergönnt gewesen.

Und jetzt quälte sie die absurde Vorstellung, daß nie eine Jessica Seiffert im anderen Bett gelegen hatte. Doch wer sonst? Ernest Hatch? Einer seiner drei Gefährten?

ODER ETWAS NOCH SCHLIMMERES?

Verrücktheit!

Es mußte Jessica Seiffert sein. Außer Dr. McGee waren die verschiedensten Krankenschwestern hinter jenem Vorhang verschwunden. Es konnten doch nicht alle Darsteller eines verrückten Satyrspiels sein. Das war unmöglich! Paranoide Gedanken wie diese – komplizierte Verschwörungen – waren nur ein zusätzlicher Beweis für einen Hirnschaden. Mrs. Baker hatte sicher nicht gelogen. Das lag nicht in ihrer Natur; sie hätte auch keinerlei Grund dafür gehabt. Doch Susan konnte die peinigende Vorstellung nicht loswerden, daß Jessica Seiffert nicht existierte, daß die unsichtbare Zimmergenossin weit weniger harmlos war als eine alte Frau, die in Agonie lag.

Nochmals fragte sie, diesmal mit energischer Stimme: »Wer ist da?«

Wieder keine Antwort.

»Verdammt noch mal! Ich weiß sehr gut, daß mich jemand gerufen hat.«

Wußte sie es wirklich?

»Ich habe dich gehört. Deutlich gehört.«

Oder bildete sie sich das bloß ein?

»Wer bist du? Was machst du hier? Was willst du von mir?«

»SUSAN...«

Sie zuckte zurück. In diesem Moment hatte sie gar keine Antwort erwartet. Daß sie trotzdem eine erhielt, vergrößerte ihr Entsetzen. Und die Stimme klang bei hellem Licht noch unheimlicher als in der Dunkelheit. Eine solche Stimme gehörte in die Dunkelheit; bei hellem Licht war sie unfaßbar, doppelt schrecklich.

Ruhig bleiben, sagte sie sich. Sei kaltblütig! Wenn mich eine Kopfverletzung Dinge sehen läßt, die es gar nicht gibt, dann ist es nur logisch, daß ich auch solche Geräusche höre. Akustische Halluzinationen! Sicher gibt es solche...

»SUSAN...«

Sie mußte sich unter Kontrolle bringen, schnell, ehe sie komplett hysterisch wurde. Sie mußte beweisen, daß hinter jenem Vorhang niemand nach ihr rief, daß sie sich das alles bloß einbildete. Der beste Beweis ließ sich erbringen, indem sie einfach zum anderen Bett ging und den Vorhang beiseitezog. Sie würde im Bett nichts anderes finden als eine alte Frau, die dem Tod entgegendämmerte.

»SUSAN...«

»Halt den Mund«, schrie sie ärgerlich.

Ihre Hände waren kalt und feucht. Sie wischte sich den Schweiß von der Stirn. Sie holte tief Atem, als ob sie mit der Luft frischen Mut und Standhaftigkeit einsaugen könnte.

»SUSAN... SUSAN...«

Schluß mit dem Zaudern! Steh auf, geh hinüber, bring es hinter dich!

Sie zog das Schutzgitter herunter, warf die Decke ab und setzte sich an den Bettrand. Sie stand auf, hielt sich an der Matratze fest. Sie hatte ihr Bett auf der Seite verlassen, die dem Plastikvorhang am nächsten war. Ihre Pantoffeln standen auf der anderen Seite. Sie wollte nicht um das Bett herumgehen, wollte ihre Kräfte sparen. Mit nackten Füßen stand sie auf den sauberen, kalten Fliesen. Die beiden Betten waren höchstens zwei Meter voneinander entfernt. Drei Schritte, höchstens vier. Sie machte den ersten...

»SUUUUUSAAAAAN...«

Die Kreatur im anderen Bett – und trotz ihrer vernünftigen Theorie über akustische Halluzinationen mußte sie an eine KREATUR denken – schien zu fühlen, daß sie sich näherte. Die Stimme war heiserer geworden, eindringlicher, böser.

»SUUUUUSAAAAAN...«

Sollte sie ins Bett zurück und nach einer Schwester klingeln? Aber wenn eine kam und nichts hörte? Was, wenn die Schwester den Vorhang zurückschlug und nichts vorfand als eine hilflose alte Frau, die, mit Drogen vollgepumpt, unverständliche Worte vor sich hin murmelte? Was dann?

Susan machte einen weiteren Schritt auf das Bett zu, und der Boden unter ihren Füßen schien noch kälter zu werden. Eiskalt...

Obwohl ihr Herz wild schlug, hatte sie das Gefühl, daß ihr Blut nur träge und langsam durch ihre Adern floß.

»SUUUUUSAAAAAN...«

Sie wich einen Schritt zurück.

Der Vorhang bewegte sich leicht. Sie sah einen Schatten dahinter.

Wieder rief die Stimme ihren Namen. Diesmal gab es keinen Zweifel, der Unterton war drohend.

Der Vorhang begann zu flattern. Die Haken, an denen er an einer kreisrunden Schiene befestigt war, begannen zu klappern. Eine dunkle Gestalt, verschwommen, aber jedenfalls zu groß für eine todkranke alte Frau, tastete plump nach einem Spalt im weißen Material, um den Vorhang beiseite zu ziehen.

Susan wurde von einer Vorahnung des Todes gepackt.

Vielleicht war es ein Zeichen ihrer geistigen Verwirrung, daß sie an Halluzinationen litt, aber die Vorahnung war zu stark, um sie ignorieren zu können. Der TOD. Der Tod war nahe, sehr nahe.

Und mit einem Mal wollte sie um alles in der Welt nicht mehr herausfinden, was sich hinter dem Vorhang befand.

Sie wandte sich um und floh. Sie stolperte zu ihrem Bett, blickte zurück.

Der Vorhang schien von kreisenden Wirbeln erfaßt, obwohl im Raum keine Luftbewegung zu spüren war. Er flatterte und raschelte. Und er begann sich zu öffnen, Zoll für Zoll...

Sie stürzte zum Badezimmer. Die Korridortür war zu weit entfernt. Doch auch bei diesem kurzen Weg drohten ihre Beine nachzugeben. Im Badezimmer schlug sie die Tür hinter sich zu und lehnte sich gegen sie, atemlos.

Einbildung, nichts als Einbildung! Niemand kann mir etwas anhaben.

Sie stöhnte es vor sich hin wie ein Stoßgebet.

Im Badezimmer war es dunkel, und sie ertrug die Finsternis nicht. Sie suchte den Schalter und fand ihn schließlich; die weißen Kachelwände, der weiße Mosaikboden glänzten hell.

Niemand kann mir etwas anhaben. Niemand.

Immer noch hatte sie die Hand um den Türgriff gekrallt. Sie wollte ihn schon loslassen, als sie mit Entsetzen merkte, daß er sich zwischen ihren Fingern bewegte. Jemand drehte auf der anderen Seite.

Sie griff nach dem Riegel. Er war abgebrochen.

»Nein«, rief sie außer sich, »nein!«

Sie umfaßte den Metallknopf so fest sie konnte, stemmte ihre Schulter gegen die Tür, preßte ihre Fersen gegen die Bodenfliesen. Wer oder was auch immer hinter der Tür stand, versuchte den Knopf zu drehen und Eintritt zu erzwingen, endlose Sekunden. Sie spürte die Bemühungen ihres Gegners, umklammerte verzweifelt den Türgriff; sie spannte mit letzter Kraft ihre Muskeln an und weigerte sich aufzugeben.

Nach einer Weile bewegte sich der Knopf nicht länger. Sie mißtraute dem Frieden, vermutete einen Trick, hielt den Knopf fest wie eh und je.

Etwas begann, an der anderen Seite der Tür zu kratzen. Erst ein unbestimmtes Geräusch, nahe ihrem Gesicht. Doch dann wurde das Kratzen lauter. Drohender. Fingernägel auf Holz!

»Wer ist da?«

Keine Antwort.

Die Nägel kratzten wütend, Einlaß heischend, an der Tür. Eine halbe Minute vielleicht. Dann wurde es still. Aber gleich darauf begann das Kratzen wieder, doch nicht mehr befehlend, sondern matt. Dann wieder stärker. Dann abgehackt...

»Was wollen Sie?«

Die einzige Antwort war ein neuerliches Kratzen.

»Hören Sie – sagen Sie mir, wer Sie sind, und ich werde die Tür öffnen.

Ein Vorschlag, in den Wind gesprochen. Die Fingernägel des anderen suchten jetzt verschiedene Stellen der Tür ab, examinierten die Spalten zwischen Tür und Rahmen, wie um eine Möglichkeit zu suchen, die Tür aus den Angeln zu heben.

Endlose Minuten. Schließlich gab das Wesen auf der anderen Seite den Kampf auf. Kein Kratzen, kein Sondieren mehr.

Stille.

Susan spannte ihr Muskeln an und machte sich bereit, den Kampf um den Türgriff wieder aufzunehmen, aber zu ihrer Überraschung und Erleichterung war der Kampf zu Ende. Zumindest vorläufig.

Sie wartete voller Hoffnung, wagte kaum zu atmen. Das Badezimmer glänzte im kalten Neonlicht. Nur ein Wassertropfen, der in regelmäßigen Abständen in das Waschbecken fiel, machte ein leises Geräusch.

Nach und nach legte sich ihre Panik. Zweifel machte sich breit, erst schwach, dann immer stärker. Vernunft begann überhandzunehmen. Wieder erwog sie die Möglichkeit, bloß an Halluzinationen zu leiden. Wenn tatsächlich ein Mann hinter dem Vorhang hinter ihr her gewesen wäre, hätte sie den Türgriff nicht gegen ihn verteidigen können. Nicht in ihrem geschwächten Zustand. Wenn wirklich jemand mit ihr um den Türgriff gekämpft hätte – und erneut begann sie daran zu zweifeln –, dann mußte derjenige schwächer sein als sie selbst. Und ein Mensch – oder eine Kreatur – ohne entsprechende Kraft würde keine ernste Gefahr für sie bedeuten.

Sie wartete ab. Preßte sich gegen die Tür.

Sie hatte ihren Atem zurückgewonnen, drohte nicht mehr zu ersticken.

Die Zeit verstrich. Langsam, unerträglich langsam. Aber ihr Herzschlag beruhigte sich, das Toben in ihrem Inneren ließ nach. Doch die absolute Stille lastete auf ihr nicht minder als die vorherigen Geräusche.

Sie war nicht imstande, ihren Griff um den Türknopf zu lockern. Sie starrte auf ihre Hand. Die Knöchel waren blutleer. Ihre Finger glichen Krallen, die sich um das runde Metall verkrampft hatten.

Sie sagte sich, daß Mrs. Seiffert das einzige Lebewesen in der Nähe war, das schwächer war als sie selbst. Hatte die Sterbende versucht, aus eigener Kraft aus dem Bett zu steigen? Hatte sie versucht, verzweifelt den Vorhang beiseite zu ziehen, und sie dabei erschreckt? Hatte die alte Frau – durch Drogen benommen, durch Schmerz verwirrt – versucht, ins Badezimmer zu gelangen? Hatte sie, da sie nicht imstande war, um Hilfe zu rufen, verzweifelt am Holz der Tür gekratzt?

Guter Gott, dachte Susan erschrocken, ich habe den Türgriff gegen eine vom Tod gezeichnete Frau verteidigt, die von mir nichts anderes wollte als Verständnis und Beistand.

Trotzdem brachte sie es nicht über sich, die Tür zu öffnen. Sie war noch nicht soweit. Noch nicht!

Dann sagte sie sich: Nein, Mrs. Seiffert, wenn sie tatsächlich hinter dem Vorhang und im Sterben liegt, ist zu schwach, um allein aus dem Bett zu steigen und den Raum zu durchqueren. Sie ist nur mehr ein kraftloser Haufen von Fleisch und Knochen. Und der riesige Schatten, den sie auf dem weißen Plastikvorhang gesehen hatte, konnte auch nicht der von Mrs. Seiffert gewesen sein. Dazu war er zu groß.

Unaufhaltsam fielen die Tropfen in das Waschbecken.

Andererseits – vielleicht gab es gar keine drohende Gestalt hinter dem Vorhang. Vielleicht hatte der Vorhang sich gar nicht bewegt. Vielleicht gab es gar keine geheimnisvolle Stimme, keine Hand am Türgriff, keine Fingernägel, die am Holz gekratzt hatten. Sinnestäuschungen, Einbildung!

Ein Hirnschaden!

Ein winziger Blutklumpen an einer falschen Stelle!

Ein Bluterguß im Kopf.

Je schärfer sie dachte, desto einfacher war es, übernatürliche Erscheinungen auszuschließen. Letztlich sah sie sich mit zwei Möglichkeiten konfrontiert: Entweder handelte es sich um Produkte ihrer überhitzten Fantasie – oder die bedauernswerte Mrs. Seiffert lag jetzt tot auf der anderen Seite der Badezimmertür, ein Opfer von Susans geistiger Verwirrung.

In beiden Fällen gab es niemanden, der hinter ihr her war, und daher auch keinen Grund, sich hinter der Tür wie in einer Festung einzuigeln. Sie lockerte ihre Haltung. Die Schulter schmerzte sie; es dauerte eine Weile, bis sie sich entkrampfen konnte. Sie ließ den Türgriff los. Das Metall war von ihrem Schweiß glitschig geworden.

Sie wischte den Knopf mit ihrem Ärmel ab. Dann öffnete sie sehr langsam und behutsam die Tür. Erst einen kleinen Spalt...

Sie wartete. Doch niemand versuchte sich durch die Bresche den Eingang ins Bad zu erzwingen.

Immer noch ängstlich – bereit, bei der kleinsten Bewegung die Tür wieder zuzuschlagen – vergrößerte sie die Öffnung. Zwei Zoll, drei, vier. Sie blickte in den anderen Raum. Sie war auf das Schlimmste gefaßt, doch keine alte Frau lag auf dem Boden, kein bleiches Gesicht starrte sie vorwurfsvoll an.

Das Zimmer sah aus wie immer. Die Nachttischlampe brannte, und die Decken auf ihrem Bett lagen zerknüllt und unordentlich da, wie sie sie gelassen hatte. Auch das kleine Nachtlicht sandte seinen gelblichen Schimmer aus. Und der

Vorhang um Mrs. Seifferts Bett hing kerzengerade, faltenlos, weder von einem Luftzug noch von einer böswilligen Hand bewegt.

Susan stieß die Tür auf. Tat einen Schritt ins Zimmer...

Niemand stürzte sich auf sie.

Keine mysteriöse Stimme rief sie.

Krankhafte Einbildungen, dachte sie gedrückt, Produkte des Wahns! Ihre Fantasie hatte ihr einen Streich gespielt. Ihre Vernunft hatte sie im Stich gelassen. Ihr armes, krankes, verräterisches Hirn trug die Schuld.

Sie pflegte nie, Alkohol zu trinken, selbst nicht bei festlichen Anlässen. Denn einmal, bei der Abschiedsfeier von der Highschool, hatte sie sich richtig betrunken, und das war eine derart unangenehme Erfahrung gewesen, daß sie es nie wieder getan hatte. Keine Euphorie, so angenehm sie auch sein mochte, war ihr der Verlust der Selbstkontrolle wert gewesen.

Jetzt aber, ohne einen Tropfen Alkohol, verlor sie ihre Kontrolle von einem Moment zum anderen, manchmal, ohne sich dessen bewußt zu sein. Im Stadium der Trunkenheit verschwand die Schärfe der Sinne allmählich; man wußte wenigstens, wann man sich nicht an das Steuer eines Wagens setzen durfte, selbst der Verlust der Selbstkontrolle ließ sich bis zu einem gewissen Grad kontrollieren. Nicht so bei einem Hirnschaden. Dieser Zustand war tückischer.

Sie mußte trotzdem damit fertig werden. Aber wie?

Was, wenn Dr. McGee die Ursache nicht entdecken konnte?

Was, wenn es keine Heilung gab?

Würde sie den Rest ihres Lebens an der schmalen Grenze zwischen Vernunft und Wahnsinn verbringen müssen? Immer in Gefahr, über die Grenzlinie in ein Schattenreich zu stolpern?

Ein solches Leben wäre nicht erträglich. Jederzeit würde sie dem Tod einer solchen Existenz gegenüber den Vorzug geben.

Sie zwang sich weiterzugehen. Tastete sich an der Wand

entlang, versuchte den Schmerz in ihren Beinen zu ignorieren, erreichte ihr Bett.

Sie senkte das Oberteil und ließ das Schutzgitter herunter, wie sie es vorhin auf der anderen Seite getan hatte. Sie setzte sich auf die Matratze, doch dann zögerte sie. Sie erhob sich wieder, blieb sinnend stehen, den Blick auf den Vorhang geheftet. Im Moment würde sie keinen Schlaf finden können, dessen war sie sicher. Sie mußte sich zusammenreißen, um das zu tun, wozu sie vorhin nicht imstande gewesen war. Sie mußte hinübergehen und den Vorhang öffnen, um sich zu beweisen, daß ihre Zimmergenossin eine alte, kranke Frau war. Wenn sie das jetzt nicht tat, würden ihre Halluzinationen wieder kommen, sobald sie das Licht löschte und ihren Kopf auf das Kissen legte. Wenn sie ihre Krankheit nicht bei jedem Erscheinen eines Symptoms bekämpfte, würde sie ihr schließlich erliegen. Sie mußte Widerstand leisten. Schließlich war sie Susan Thorton, eine Frau, die noch nie vor Schwierigkeiten zurückgewichen war.

Sie stand neben ihren Pantoffeln. Ihre Füße waren eiskalt. Sie schlüpfte in die Pantoffeln.

Langsam ging sie um ihr Bett herum. Durchquerte das Zimmer. Dann stand sie bei dem anderen Bett, auf unsicheren Beinen, ohne Halt. Sie griff nach dem Vorhang. Ihr körperliches Gleichgewicht war wiederhergestellt, doch nicht ihr seelisches.

Es war beängstigend still im Raum. So, als ob sie nicht die einzige wäre, die den Atem anhielt.

So still mußte es in Grabkammern sein.

Ihr Griff um das kalte Vorhangmaterial wurde fester. Noch fehlte der letzte Entschluß.

Reiß ihn auf, sagte sie sich, als ihr klar wurde, daß sie schon mindestens eine Minute gezögert hatte. Nichts hinter dem Vorhang bedroht dich. Es ist nur eine alte Frau, die friedlich schlummernd darauf wartet, ihr Erdendasein zu beenden.

Mit einem Ruck riß sie den Vorhang beiseite. Die Haken in der Metallschiene klapperten.

Sie trat an das Krankenbett, ganz nah ans Schutzgitter, und blickte hinunter. Und gleichzeitig wußte sie, daß es eine Hölle gab und daß sie unrettbar in ihr gefangen war.

Keine Mrs. Seiffert lag in dem Bett. Etwas anderes. Etwas unsagbar Gräßliches. Die Leiche eines Mannes.

Die Leiche von Jerry Stein.

Nein, das war kein Blendwerk.

Keine Sinnesverwirrung.

Jetzt betete sie um eine Krankheit ihres Gehirns. Um eine Embolie, einen Bluterguß... Eine medizinische Diagnose hätte ihr helfen können. Doch im Moment half ihr nichts. Die Leiche verschwand nicht. Verwandelte sich in keine Mrs. Seiffert.

Susan schrie nicht, Sie floh nicht. Sie war entschlossen, allen Schreckensbildern Widerstand zu leisten. Entschlossen, sich zu einer Rückkehr in die reale Welt zu*zwingen*.

Sie klammerte sich an das Schutzgitter, um nicht zu fallen.

Sie schloß ihre Augen.

Zählte bis zehn.

Es ist bloß ein Trugbild...

Sie öffnete die Augen.

Die Leiche lag immer noch da.

Der tote Mann lag auf dem Rücken, die Bettdecke bis zur Brust hinaufgezogen, als ob er bloß schliefe. Eine Seite seines Schädels war eingedrückt und mit dunklem, geronnenem Blut verkrustet. Dort, wo Ernest Hatch ihn dreimal mit seinem Stiefelabsatz getreten hatte. Die nackten Arme lagen auf der Decke, seitlich ausgestreckt, die Finger zu Krallen gebogen, als ob der Tote sich verzweifelt, aber vergeblich hätte ans Leben klammern wollen.

Die Leiche war Jerry Stein, ohne Zweifel, aber Jerry sah nicht genau so aus, wie Susan ihn gekannt hatte. Der Tod hatte sein Aussehen verändert. Die Haut war fahl und grau, und um die Augenhöhlen sah man dunkelgrüne Flecken. Die Lippen waren violett und geschwollen, eitrig. Unter den Nasenlöchern, auf der Oberlippe, erhoben sich schwammige Blasen, aus denen eine braune, eklige Flüssigkeit sickerte. Doch trotz der schrecklichen Verfärbungen und Verunstaltungen war es immer noch Jerry Stein, der ihr einst nahegestanden hatte.

Aber Jerry war doch tot, seit 13 Jahren tot! In einer solchen Zeitspanne mußte eine Leiche völlig verwest, zu einem Skelett geworden sein. Nichts als bleiche Knochen, kein Fleisch, keine Sehnen, keine Muskeln. Doch es hatte den Anschein, als wäre Jerry Stein erst vor wenigen Tagen gestorben.

Was eigentlich beweist, daß es sich um eine Halluzination handeln muß, sagte sich Susan. Blendwerk! Hirngespinst! Es hatte nichts mit der Realität zu tun, widersprach den Gesetzen der Natur und der Logik. Ein Phantom, ein Trugbild, das nur in meiner Vorstellung existiert.

Es gab noch einen anderen Beweis für das Nichtvorhandensein der Leiche: das Fehlen jeden Geruchs. Ein toter Mann, in diesem Stadium der Verwesung, mußte unerträglich stinken. Doch in der Luft war nichts zu merken; es roch nach Fichtennadeln, die in der Klinik benutzt wurden, um den Krankenhausgeruch der Desinfektionsmittel zu übertönen.

Du mußt ihn berühren, sagte sie sich. Zwing dich dazu! Einen Geist kann man nicht fühlen. Ihn zu umarmen ist wie leere Luft zu umfassen. Versuch es doch! Beweise dir, daß es nicht wirklich Jerry Stein ist!

Sie brachte es nicht über sich. Sie versuchte, ihre verkrampfte Hand vom Schutzgitter zu lösen, um nach dem kalten Arm des Toten zu greifen, aber sie hatte nicht den Mut dazu.

Statt dessen sagte sie die magischen Worte »Er ist gar nicht hier, es ist alles Einbildung« vor sich hin, als könne sie dadurch das Phantom aus ihrem Blickfeld verbannen.

Da begannen sich die verkrusteten Augenlider der Leiche zu bewegen.

Nein. Um Gottes willen, *nein*!

Sie öffneten sich.

Nein, dachte sie verzweifelt. Das darf nicht sein. Das darf mir nicht zustoßen!

Die tiefen Höhlen waren nicht leer, doch in ihnen lagen nicht die Augen eines lebenden Menschen. Fast nur das

Weiße war zu sehen, und auch das verschmiert mit Streifen von geronnenem Blut. Und diese schrecklichen Augen bewegten sich, rollten, rollten nach rechts und nach links und blieben schließlich stehen, als würden sie Susan fixieren.

Sie schrie, aber kein Laut kam von ihren Lippen. Der Schrei verhallte in ihrem Inneren. Sie schüttelte heftig den Kopf, Abscheu würgte sie, ihr Mund füllte sich mit Speichel.

In den reglosen Mann kam Leben. Die rechte Hand hob sich langsam. Die Starrheit der Finger lockerte sich. Sie griffen nach ihr.

Susan riß ihre Hand vom Schutzgitter, als wäre das Metall glühend geworden.

Die Leiche öffnete den grausigen, eiternden Mund. Aus den vermoderten Lippen rang sich ein Name: »SUUUU-SAAAN...«

Sie stolperte zurück.

Das ist nicht wahr, das ist nicht wahr, das ist nicht...

Mit einem Ruck, als hätte ihn ein elektrischer Strom durchzuckt, setzte sich der Tote auf.

Sie versuchte, sich an Dr. McGees Rat zu halten. Das ist nicht Wirklichkeit, sagte sie sich, ich träume, ich deliriere.

Wieder rief der tote Mann ihren Namen. Und er verzog die Lippen, als würde er zu lächeln versuchen.

Da hielt es sie nicht länger. Sie schrak zurück und lief zur Tür. Sie konnte ihre Beine nicht schnell bewegen und verlor unterwegs einen Pantoffel. Wie lange brauchte sie, um nach dem Türgriff greifen zu können? Er klemmte. War die Tür von außen verschlossen? Nein, ihre zitternden Finger waren bloß abgeglitten. Schließlich bekam sie die Tür auf; ihr war, als wäre sie tausend Tonnen schwer. Sie verfluchte ihre Schwäche, die sie kostbare Sekunden kostete. Hinter sich hörte sie ein gräßliches, gurgelndes Geräusch. Sie floh in den Korridor. Sie floh vor einem Gespenst. Wie absurd! Aber sie wagte es nicht, einen Blick hinter sich zu werfen, um sicher zu sein, daß das Phantom sie nicht verfolgte.

Sie stolperte, um ein Haar wäre sie gefallen. Sie lief geradeaus, wandte sich nach links, ihre Füße trugen sie kaum, sie schwankte, lief im Zickzack. Mit jedem Schritt wurde sie schwächer, sie taumelte gegen die Wand, sie schlug sich an, es schmerzte. Sie rang nach Atem, zwang sich weiterzulaufen; ihr war, als spüre sie den kalten Atem des Toten auf ihrem Nacken. Die bloße Vorstellung machte sie schaudern, gab ihr aber die Kraft durchzuhalten. Irgendwie hielt sie sich auf den Beinen, irgendwie vermochte sie ihren Weg fortzusetzen.

Jetzt war sie im Hauptgang. Vor sich sah sie die Halle, sah den Tisch der aufsichtführenden Schwester zwischen den Aufzugtüren. Sie wollte rufen, konnte nicht, stolperte gegen die Wand, stieß sich ab, taumelte den Gang entlang, auf Schwester Scolari zu, die bei ihrem Anblick erschrocken aufsprang.

20.

Schwester Scolari fing die zusammenbrechende Susan auf und rief eine Kollegin zu Hilfe, eine dicke, rotgesichtige Schwester namens Beth Howe. Beide bemühten sich, ihrer krankhaften Erregung Herr zu werden, indem sie ihr gut zuredeten. So wie es Dr. McGee und die anderen Ärzte in Seattle mit den LSD-Patienten getan hatten. Sie brachten Susan in die Schwesternstation, setzten sie in einen bequemen Sessel. Sie brachten ihr ein Glas Wasser, hörten ihr gelassen zu, beschwichtigten sie, versuchten sie mit logischen Argumenten zur Vernunft zu bringen.

Doch sie konnten sie nicht davon überzeugen, daß das Zimmer 258 für sie ein sicherer Zufluchtsort sei. Susan bat um ein anderes Krankenzimmer, um ein anderes Krankenbett.

»Das ist, fürchte ich, nicht möglich«, sagte Tina Scolari. »Wir sind seit Tagen überbelegt, kein einziges Bett ist frei. Außerdem gibt es in 258 wirklich nichts zu fürchten, es ist ein Zimmer wie alle anderen. Und Sie wissen das so gut wie wir, nicht wahr, Miß Thorton. Sie sind sich doch klar darüber, daß das, was Sie erlebt zu haben glauben, nur wieder einer Ihrer

Anfälle gewesen ist. Eine Fehlfunktion Ihres Gehirns, wie man bereits vermutet hat.«

Susan nickte schwach. Sie wußte nicht recht, was sie überhaupt noch glauben konnte. »Ich – ich möchte trotz allem – ich möchte trotzdem nicht in dieses Zimmer zurück.« Ihre Zähne klapperten.

Während die Scolari weiter auf sie einsprach, ging Beth Howe in das Zimmer 258, um sich umzusehen. Nach einer Weile kam sie zurück und meldete, daß alles in Ordnung sei.

»Aber Mrs. Seiffert?«

»Liegt in ihrem Bett.«

»Ist sie es? Sind Sie sicher?«

»Absolut. Ich kenne sie doch. Sie schläft fest und friedlich.«

»Und Sie haben nichts gefunden?«

»Nichts Besonderes.«

»Haben Sie geschaut, wo jemand... wo etwas sich verbergen könnte?«

»Wo könnte sich jemand verstecken? Der Raum läßt sich mit einem Blick übersehen.«

»Aber Sie haben geschaut?«

»Natürlich. Sogar unter die Betten.«

Sie überredeten Susan, sich in einen Rollstuhl zu setzen, und schoben sie in das Zimmer 258 zurück. Je näher sie kamen, desto heftiger begann Susan zu zittern.

Der Vorhang um das zweite Bett war zugezogen. Beth Howe rollte den Stuhl am ersten Bett vorbei. Susan erriet, was sie vorhatte, und rief erschrocken: »Moment mal!«

»Ich möchte, daß Sie selbst einen Blick dahinter werfen«, sagte die Schwester. »Sie sollen sich selbst überzeugen.«

»Nein, nein, das kann ich nicht!«

»Aber ja doch. Warum nicht?«

»Sie müssen!« erklärte Tina Scolari energisch.

»Ich... ich glaube nicht, daß ich imstande bin.«

»Ich bin ganz sicher, daß Sie es können.«

Sie rollten sie dicht an den Vorhang heran. Beth Howe zog ihn beiseite.

Susan schloß ihre Augen. Sie umkrampfte die Lehnen des Rollstuhls.

»Bitte, Miß Thorton – schauen Sie doch«, sagte Tina.

»Nur Mrs. Seiffert«, fiel Beth Howe ein. »Bloß Jessie.«

»Sehen Sie doch!«

»Nur Jessie.«

Die Augen geschlossen, sah Susan den toten Mann vor sich, Jerry, den sie einmal geliebt zu haben glaubte und den sie jetzt fürchtete, denn die Lebenden haben Scheu vor den Toten. Sie sah ihn vor sich, wie er sich im Bett aufgesetzt und ihr mit faulenden Lippen zugelächelt hatte. Das Grauen hinter ihren geschlossenen Lidern war unfaßbar; nichts, was vor ihr lag, konnte schlimmer sein. So blinzelte sie schließlich, zögerte, dann riß sie die Augen auf.

Im Bett lag eine alte Frau, so klein, so eingeschrumpft, daß es auf den ersten Blick aussah, als habe man irrtümlich ein Baby in das Bett eines Erwachsenen gelegt. Doch die Haut der Kranken war nicht glatt und rosig wie die eines Neugeborenen, sondern wächsern und faltig. Strähniges Haar in farblosem Grau. Der Mund verkniffen. Die Infusionsnadel stak in einem knochigen, beinahe fleischlosen Arm.

»Also das ist Jessica Seiffert«, murmelte Susan, teils erleichtert, daß diese geheimnisvolle Frau tatsächlich existent war, teils tief beunruhigt, daß eine Fehlfunktion in ihrem Gehirn die harmlose Alte so überzeugend in eine männliche Leiche hatte verwandeln können.

»Die Arme«, sagte Beth.

»Sie war der Liebling von Willawauk, seit ich mich erinnern kann«, seufzte Tina Scolari.

»Seit ich ein kleines Mädel war.«

»Jeder im Ort hat sie geliebt.«

Jessica Seiffert schlief. Man konnte ihren flachen Atem kaum hören, konnte kaum sehen, daß ihre Nasenflügel sich leicht bewegten.

Beth sagte: »Dutzende würden sie besuchen, wenn Jessie Besuche gestattet hätte.«

»Sie will nicht, daß jemand sie in diesem Zustand sieht«,

bemerkte Tina. »Als ob sie jemand weniger schätzen würde, weil der Krebs sie so zugerichtet hat.«

»Es war nie das Aussehen von Jessie, sondern ihr Charakter, den die Leute schätzten.«

»Richtig!«

Jetzt erst wandte sich Beth Howe an Susan. »Fühlen Sie sich besser?«

»Ich – ich denke schon.«

Die Scolari zog den Vorhang zu.

Susan fragte die Howe: »Haben Sie im Badezimmer nachgesehen?«

Die Schwester nickte. »Es ist leer.«

»Ich möchte – wenn Sie nichts dagegen haben – selbst einen Blick hineinwerfen«, sagte Susan. Sie kam sich wie eine Närrin vor, doch das Angstgefühl wollte nicht weichen.

Die Schwestern hatten sichtlich Erfahrung im Umgang mit schwierigen Patienten und bewiesen erstaunliche Geduld.

»Aber sicher, Miß Thorton«, sagte Beth Howe bereitwillig, und Tina Scolari fügte hinzu: »Schauen wir hinein, damit Sie beruhigt sind.«

Sie schoben den Rollstuhl zur offenstehenden Badezimmertür, und Beth knipste das Licht an.

Kein toter Mann lauerte im weißgekachelten Raum.

Susan fühlte, wie ihr das Blut in die Wangen stieg.

»Ich benehme mich wie eine Irre. Ich schäme mich.«

»Aber warum denn?«

»Es ist doch nicht Ihre Schuld.«

Tina Scolari sagte: »Dr. McGee hat ein Memorandum über Ihren Zustand verfaßt, das alle lesen mußten.«

»Er hat Ihren Zustand genau erklärt.«

»Wir sind alle ehrlich besorgt um Sie.«

»Wir sind alle auf Ihrer Seite, Miß Thorton. Hoffen auf Ihre Genesung.«

»Es wird nicht lange dauern. Dr. McGee ist ein wahrer Zauberer.«

»Der beste Arzt, den wir haben.«

Sie halfen Susan in ihr Bett.

Tina Scolari sagte: »Ich habe die Order, Ihnen ein zweites

Sedativ zu verabreichen, wenn das erste nicht wirkt. Es sind harmlose Mittel. Und ich glaube, Sie könnten ein zweites gebrauchen.«

»Ich bitte darum. Ich könnte sonst nicht einschlafen. Und ich – ich meine – könnten Sie – oder eine von Ihnen...«

»Was?«

»Bei mir bleiben. Zumindest, bis ich eingeschlafen bin.«

Kinder, die sich vor der Dunkelheit fürchteten, pflegten darum zu bitten. Susan haßte sich selbst. Ein unreifes, brabbelndes Kind von 32 Jahren. Doch sie konnte sich nicht helfen. Obwohl sie sich immer wieder sagte, es handle sich um bizarre Effekte einer Hirnverletzung, wenn sie immer wieder längst verstorbenen Männern begegnete, hatte sie nichtsdestoweniger irrationale Angst davor, allein und wach in Zimmer 258 zu bleiben.

Tina Scolari, die aufsichtführende Nachtschwester, warf Beth Howe einen fragenden Blick zu.

Beth, zögernd: »Sind wir heute nacht knapp?«

»Nein. Niemand ist ausgefallen, und in den Krankenzimmern ist nichts Besonderes los.«

Beth Howe lächelte. »Eine ruhige Nacht. Keine Autounfälle, keine Schlägereien in Discos. Gut. Ich kann mich zu Ihnen setzen, bis das Sedativ wirkt.«

»Es wird nicht lange dauern«, meinte Tina. »Sie sind bloß etwas überreizt. Sie werden sehr schnell einschlafen.«

»Und ich bleibe an Ihrem Bett.«

»Ich bin Ihnen wirklich sehr dankbar«, stammelte Susan und verachtete sich selbst, weil sie dem Rest der Nacht nicht allein entgegensehen wollte.

Tina verließ das Zimmer und kam mit einer zweiten rosa Pille zurück. Susan goß sich ein halbes Glas Wasser ein; ihre Hände zitterten noch, und sie fürchtete, ein volles Glas nicht halten zu können, ohne den Inhalt zu vergießen. Während sie trank, schlug der Rand des Glases gegen ihre Zähne, und einen Moment lang blieb ihr die Pille in der Kehle stecken.

»Ich bin sicher, daß Sie jetzt ruhig schlafen werden. Gute Nacht, Miß Thorton.«

Schwester Scolari ging, und Schwester Howe zog einen

Stuhl ans Bett. Sie glättete ihre Uniform und griff nach einem der Bücher, die auf dem Nachttisch lagen. Sie lächelte Susan ermunternd zu, dann vertiefte sie sich in die Lektüre.

Susan starrte zur Decke, dann richtete sie den Blick auf Mrs. Seifferts verhangenes Bett, schaute durch die halboffene Badezimmertür, hinter der es dunkel war.

Sie mußte an das Wesen denken, das Einlaß in das Badezimmer verlangt hatte. Das mit Susan um den Türgriff gekämpft, mit den Fingernägeln am Holz gekratzt hatte.

All das hatte natürlich nie stattgefunden. Ausgeburt ihrer krankhaften Fantasie.

Sie schloß ihre Augen.

Oh, Jerry, dachte sie. Ich habe dich geliebt. Zumindest so, wie dich eine unerfahrene Neunzehnjährige lieben konnte. Und du hast beteuert, daß auch du mich liebst. Warum in Gottes Namen bist du jetzt zurückgekommen, um mich in Angst und Schrecken zu versetzen?

Aber das war doch gar nicht der Fall gewesen! Kranke Hirnrinde. Organische Fehlfunktion.

Während der Schlaf sie überwältigte, bat sie: Jerry, bitte, verlaß deinen Friedhof nicht! Bleib in dem Grab, in das wir dich gebettet haben. Bitte, bitte, bleib dort! Komm nicht zu mir zurück!

21.

Mittwoch. Grauer Morgen. Tiefe Wolken, aber kein Regen.

Die übliche Krankenhausroutine, Susan wurde um 6 Uhr früh geweckt. Morgenwäsche, für das Zimmer und für Susan. Frühstück.

Dr. McGee kam früher als gewöhnlich. Er küßte Susan auf die Wange, aber ihr schien, er zögerte einen Moment, bevor er es tat.

»Sie sind früh dran, Doktor.«

»Ich habe eine Menge vor.«

»Ist es gestern nicht spät geworden?«

»Nein. Ich habe pflichtgemäß meine Rede gehalten und bin dann schnell auf und davon, bevor sie ein Lynchkommando organisieren konnten.«

»Ernsthaft – wie ist es gelaufen?«

»Nicht schlecht. Niemand hat eine Torte auf mich geworfen.«

»Ich wußte ja, Sie würden Erfolg haben.«

»Weil das Essen ungenießbar war, bis auf das Dessert. Die Leute waren einfach zu hungrig, um auf ihre Torten zu verzichten. Aber genug von mir! Was ist mit Ihnen? Scheint eine unruhige Nacht gewesen zu sein.«

»Jesus, mußten sie alles ausplaudern?«

»Natürlich. Ich habe den schriftlichen Bericht gelesen, und jetzt will ich den mündlichen hören. Von Ihnen. Mit allen Details.«

»Warum?«

»Weil ich alles wissen will. Genügt das nicht?«

»Ärztliche Vorschrift?«

»Ja.«

»Und die muß befolgt werden?«

»Richtig. Legen Sie los! Ich höre.«

Etwas verlegen berichtete sie ihm von ihren Erlebnissen im Badezimmer und von der Leiche hinter dem Vorhang. Jetzt, bei Tageslicht und nach gesundem Schlaf, klang das Ganze absolut absurd, und sie wunderte sich, daß sie gestern alle Einzelheiten für Realität gehalten hatte.

McGee hatte sie nicht unterbrochen. Als sie geendet hatte, meinte er nachdenklich: »Mein Gott, eine haarsträubende Horrorgeschichte.«

»Sie hätten hier sein sollen.«

»Und jetzt – nach genügender Bedenkzeit – sind Sie sich darüber klar geworden, daß es bloß eine neue Episode gewesen ist.«

»Die letzte Folge der Susan-Thorton-Serie.«

»Ich will sagen: ein neuerlicher Anfall. Oder sind Sie nicht der Ansicht?«

»Doch, doch«, murmelte sie niedergeschlagen.

Er sah sie fragend an. Legte seine Hand auf ihre Stirn.

»Keine Temperatur. Fühlen Sie sich wohl?«

Sie erwiderte mißgelaunt: »So wohl man sich unter den gegebenen Umständen fühlen kann.«

»Frieren Sie?«

»Nein.«

»Sie zittern.«

»Ein bißchen...«

»Nein. Ziemlich stark.«

Sie kreuzte die Arme über der Brust und schwieg.

»Sagen Sie mir: Was haben Sie?«

»Angst.«

»Wovor?«

»Vor meinem Zustand! Meiner Krankheit!«

»Kein Grund zur Sorge. Wir werden herausfinden, wo das Übel sitzt.«

Sie konnte nicht aufhören zu zittern.

Gestern, nach ihrem Zusammenbruch, als sie an McGees Schulter geweint hatte, war sie überzeugt gewesen, den Tiefpunkt erreicht zu haben. Zum ersten Mal in ihrem Leben war sie von einem Menschen abhängig und hatte ihre Verletzlichkeit entdeckt. Jetzt mußte sie zur Kenntnis nehmen, daß sie diesen Zustand bereits als selbstverständlich akzeptierte. Ihr Geschick lag in den Händen von Dr. McGee und dem Ärztestab des Willawank Krankenhauses. Ihr Überleben hing von ihnen ab. Doch es waren nur Menschen, und sie mochten versagen. In solchem Fall würde sie dazu verdammt sein, ein Leben am Rande des Chaos zu führen, unfähig, Realität von Fantasie zu unterscheiden, und schließlich dem Wahnsinn in die Arme treiben.

Deshalb hörte sie nicht auf zu zittern.

»Was wird mit mir geschehen?«

»Sie werden in Ordnung kommen.«

»Aber – aber mein Zustand verschlimmert sich ständig«, stammelte sie mit unsicherer Stimme.

»Davon ist keine Rede.«

»Doch. Doch.«

»Hören Sie, Susan, die Halluzinationen von gestern nacht mögen grausiger gewesen sein als die anderen...«

»Sie *waren* grausiger. Und lebhafter...«

»Zugegeben. Aber es waren die ersten derartigen Erscheinungen, seit Sie in den beiden Pflegern Jellicoe und Parker zu sehen glaubten. Ihr Zustand ist nicht konstant, die Halluzinationen setzen zeitweise aus und...«

»Sie irren sich, Doktor«, unterbrach sie ihn. »Die Sache mit den Pflegern – und der Horror von gestern nacht... es waren nicht die einzigen Delirien vom gestrigen Tag. Dazwischen gab es noch eine andere Attacke...«

Er runzelte die Stirn. »Wann?«

»Am Nachmittag.«

»Da waren Sie bei der physikalischen Therapie, bei Mrs. Atkinson.«

»Richtig. Und da geschah es, gleich nach der Therapie...«

Und sie erzählte ihm, wie Phil und Murphy sie in den Aufzug mit den vier toten Männern geschoben hatten.

»Warum haben Sie mir gestern abend nicht davon berichtet?«

»Sie hatten es so eilig...«

»Unsinn! Bin ich kein guter Arzt? Ein guter Arzt hat immer Zeit für einen Patienten in Schwierigkeiten.«

»Ich wollte nicht, daß Sie zu Ihrem Treffen zu spät kämen.«

»Susan, das ist keine Entschuldigung. Ich bin Ihr Arzt, und Sie müssen Vertrauen zu mir haben.«

»Es tut mir leid.« Sie senkte den Blick, vermied es, ihm in die Augen zu schauen, die vorwurfsvoll auf sie blickten. Sie konnte, sie wollte ihm nicht erklären, warum sie das Erlebnis im Aufzug verschwiegen hatte. Sie wollte nicht die Rolle einer Hysterikerin spielen, wollte nicht, daß er sie geringschätzte, weil sie wieder in Panik geraten war. Und was sie am wenigsten ertragen hätte, wäre sein Mitleid gewesen.

»Sie dürfen nichts vor mir verheimlichen. Sie müssen mir über alles berichten, so verrückt es auch klingen mag. Wenn Sie mir nicht alles sagen, entgeht mir vielleicht ein wichtiges Symptom. Ich benötige so viele Informationen wie möglich, um mir ein vollständiges Bild machen und eine richtige Diagnose stellen zu können.«

»Gut. Ich werde Ihnen nichts mehr verheimlichen.«

»Versprochen?«

»Versprochen.« Sie streckte ihm ihre Hände hin, deren Zucken sie nicht unter Kontrolle halten konnte. »Aber Sie sehen doch selbst, daß mein Zustand schlimmer wird.«

Er legte seine Hand auf ihr Gesicht, liebkoste ihre Wange.

War es Zärtlichkeit, fragte sie sich, oder bloß die Besorgnis eines mitfühlenden Arztes?

»Selbst wenn die Attacken sich wiederholen«, erklärte er ihr bedächtig, »gehen sie schließlich vorüber. Und nachher sind Sie durchaus imstande, zu erkennen, daß Sie nichts als Schimären gesehen haben. Nur wenn Sie jetzt noch überzeugt wären, Sie hätten wirklich einen toten Mann gesehen und alle Ihre Hirngespinste wären Wirklichkeit gewesen, dann wäre Ihre Situation mehr als ernst. Aber das ist doch nicht der Fall, nicht wahr?«

»Nein«, sagte sie folgsam.

Aber sie hörte nicht auf zu zittern.

»Sagen Sie sich, daß alles gut werden wird«, bat er. »Nehmen Sie eine positive Haltung ein.«

»Ich will es versuchen.«

»Das ist nicht genug. Reißen Sie sich zusammen. Freuen Sie sich auf die Zukunft. Mehr Optimismus, Lady! Das ist die Anweisung Ihres Arztes. Jetzt werde ich zwei Pfleger und ein Rollbett auftreiben, und wir gehen runter in die Röntgenstation, um die Tests hinter uns zu bringen. Sind Sie bereit?«

»Ja. Ich bin bereit.«

»Lächeln Sie!«

»Ist das auch eine ärztliche Anweisung?«

»Jawohl.«

»Na dann ...« Sie verzog ihre Lippen zu einem Lächeln. Es fiel etwas schief aus, aber das amüsierte sie wiederum, so daß sie jetzt wirklich zu lachen begann.

»Ausgezeichnet. Bleiben Sie so, bis ich wiederkomme.«

Er ging, und das Lachen verschwand von ihren Lippen.

Sie sah zum anderen Bett hinüber.

Sie wünschte, es wäre nicht vorhanden gewesen.

Sie fühlte sich lustlos und erbärmlich, obwohl Dr. McGee so große Hoffnungen auf ihre Tatkraft setzte. Ihr Körper erholte sich zusehends, aber ihre Seele... Was war bloß los mit ihr? Depressionen? Gab es kein Mittel, ihrer Niedergeschlagenheit Herr zu werden? Nein, mußte sie zugeben, nicht, solange sie hilflos und untätig die Untersuchungen über sich ergehen lassen mußte, mit denen Fachleute die Wurzeln ihrer Krankheit bloßzulegen versuchten.

Wieder schaute sie auf Mrs. Seifferts Bett. Der Vorhang hing unbewegt und faltenlos.

Letzte Nacht hatte sie nicht bloß einen Vorhang beiseitegezogen, der das Bett einer Patientin umschloß. Sie hatte einen anderen Vorhang gelüftet, einen, der die Pforte zum Wahnsinn verhüllt hatte. Einige entsetzliche Minuten war sie jenseits der Grenzen der Vernunft gewesen und hatte ein Schattenreich betreten, von dem kaum jemandem eine Wiederkehr vergönnt war.

Was wäre geschehen, fragte sie sich, wenn sie vor den Trugbildern nicht geflohen wäre, wenn sie Jerry Steins vermoderter Leiche nicht ausgewichen wäre? Sie fürchtete, die Antwort zu kennen. Wenn sie sich behauptet und darauf gewartet hätte, daß ihr längst verstorbener Verlobter sie berührte und umarmte, wenn er seine halbverfaulten Lippen auf ihre gepreßt hätte – sie war sicher, sie hätte endgültig den Verstand verloren. Dann wäre keine Rettung mehr möglich gewesen. Man hätte sie jaulend und brabbelnd auf dem Boden liegend gefunden, hätte sie von der Willawauk-Klinik in eine entlegene Anstalt gebracht und ihr einen stillen Raum mit gepolsterten Wänden zugewiesen.

Nein, so ging es nicht weiter. Die Zeit drängte. Es mußte eine Lösung gefunden werden, ehe es zu spät war.

Die einzige Hoffnung bestand darin, daß McGee und seine Leute die richtige Antwort fanden. Wenn nicht...

22.

Hellblau. Alles war hellblau. Die Wände, die Decke. Sie lag im Rollbett auf dem Rücken, den Kopf auf einem flachen, harten Kissen. Wenn sie sich umsah, strahlte alles in einem leuchtenden Blau, als befände sie sich inmitten eines Sommerhimmels.

Jetzt stand McGee an ihrer Seite. »Wir beginnen mit einem EEG.«

»Elektroenzephalogramm«, sagte sie. »Ich habe schon davon gehört, aber noch nie eines machen lassen.«

»O doch, wir haben schon eines von Ihnen gemacht, als Sie im Koma lagen. Jetzt sind Sie wach, und wir wiederholen den Test. Keine Angst, Sie spüren nichts.«

»Ich weiß.«

»Es vermittelt einen Blick auf Ihre Hirnstromkurven. Wenn es eine krankhafte Fehlfunktion gibt, würde sie sich im EEG zeigen.«

»Mit Sicherheit?«

Er zuckte die Achseln. »Das menschliche Gehirn setzt sich aus Milliarden Zellen zusammen. Keine Untersuchung kann hundertprozentig sicher sein.«

Eine Schwester rollte die Maschine aus einer Ecke des Raums neben das Rollbett, auf dem sie lag.

»Der Apparat arbeitet am besten, wenn der Patient völlig entspannt ist.«

»Ich bin entspannt.«

»Verstehen Sie, das Bild wäre nicht verläßlich oder zumindest schwer auszuwerten, wenn Sie sich in einem Erregungszustand befinden.«

»Ich bin völlig ruhig.«

»Strecken Sie Ihre Hand aus!«

Sie gehorchte.

»Halten Sie die Finger aneinandergepreßt. Gut. Jetzt spreizen Sie sie, bitte.« Er betrachtete aufmerksam ihre Hand, dann nickte er. »Gut. Sie versuchen mich nicht zu täuschen. Sie sind tatsächlich viel ruhiger als vorhin.«

Sie wußte auch, warum. Seit man sie in die physikalische

Abteilung gebracht hatte, befand sie sich in einer ihr vertrauten Umgebung. Apparate, Skalen, Zeiger. Als gelernte Physikerin wußte sie, daß sie sich nicht mehr im Reich der Halluzinationen befand, sondern auf wissenschaftlichem Grund. Wellen und Kurven würden abgelesen und ausgewertet, Möglichkeiten erwogen und Fehlschlüsse eliminiert werden. Ein Vorgang, den sie gut kannte und dem sie vertraute.

Sie vertraute auch Jeffrey McGee, seinem Intellekt, seinen medizinischen Kenntnissen. Er wußte, wonach zu suchen war; wenn es da etwas gab, würde er es finden. Die Untersuchungen würden Klarheit schaffen, wenn nicht sofort, dann mit der Zeit. Und McGee schickte sich energisch an, ihren Prüfungen ein Ende zu bereiten.

Er befestigte Elektroden an beiden Seiten ihres Kopfs.

»Wir machen Aufzeichnungen von der rechten und der linken Seite, prüfen sie erst einzeln und vergleichen sie dann. Das ist der erste Schritt.«

Er brachte kein Ergebnis. Die Wellen verliefen gleichmäßig, ohne Spitzen, ohne Abflachungen. Auch die Vergleiche zeigten keine pathologische Abweichung.

»Das Enzephalogramm einer Gesunden«, sagte McGee schließlich.

Susan war bitter enttäuscht. »Soll ich mich freuen?«

»Aber natürlich.«

»Ich hatte gehofft, Sie würden die Wurzel des Übels bloßlegen.«

»Geduld! Das EEG ist nicht der Schlußpunkt unserer Untersuchung, sondern der Anfang.«

»Und jetzt?«

Er entfernte die Elektroden von ihren Schläfen. »Jetzt gehen wir in die Radiologie rüber. Ich möchte neue Röntgenaufnahmen von Ihrem Schädel machen.«

»Klingt nicht sehr romantisch.«

»Da kennen Sie die Radiologen nicht. Die schwärmen von Röntgenbildern wie andere für Porträts von Tizian.«

Die Röntgenstation, in die man sie brachte, war ganz in Weiß gehalten, nur die großen Apparate glänzten schwarz. Die Prozedur war ziemlich ermüdend.

Es wurden zahlreiche Aufnahmen gemacht, die Susan zum Teil in komplizierte Stellungen zwangen. Oft fiel es ihr schwer auszuharren, bis die Aufnahme vorbei war. Dann wurden die Platten entwickelt und schließlich in die Lichtkästen gehängt.

McGee und der junge Radiologe betrachteten gemeinsam die Bilder, zeigten auf Schatten und helle Flecken und murmelten miteinander. Sie verglichen verschiedene Aufnahmen und debattierten eifrig. Schließlich wurden die Lichtkästen abgeschaltet, und die beiden Männer wandten sich an Susan.

»Nun«, fragte sie erwartungsvoll, »was habt ihr gefunden?«

McGee seufzte und sagte: »Nichts.«

»Keine Flüssigkeitsansammlung, kein Anzeichen eines inneren Drucks.«

»Auch keine krankhafte Veränderung der Zirbeldrüse, die bei manchen Patienten Halluzinationen hervorruft.«

Der Radiologe lächelte Susan zu. »Alles klar und sauber, Miß Thorton. Sie haben keinen Grund zur Besorgnis.«

Susan blickte auf McGee. Sein Gesichtsausdruck spiegelte ihre eigenen Gefühle. Der Radiologe irrte sich, sie hatte allen Grund, besorgt zu sein.

»Und jetzt?« fragte sie ihn.

»Lumbalpunktion. Wenn dem EEG und den Röntgenbildern etwas entgangen ist, wird es uns die Rückenmarksflüssigkeit verraten.«

Er telefonierte mit dem Laboratorium und bat, die Flüssigkeitsproben, die er der Patientin entnehmen würde, sofort zu analysieren. Dann nahm er die Punktion vor.

Obwohl er ihr eine Novocainspritze gab, war die Prozedur keineswegs schmerzlos, wenn auch nicht so schlimm, wie sie gefürchtet hatte. Sie biß sich auf die Lippen, und ihre Augen füllten sich mit Tränen. Als alles vorbei, atmete sie erleichtert auf.

»Etwas zu erkennen?« fragte sie zaghaft.

»Vorläufig nicht. Der Druck ist normal, die Flüssigkeit klar. Wir müssen den Befund des Laboratoriums abwarten.«

»Wird es lange dauern?«

»Eine Weile.«

Er nahm ihr noch verschiedene Blutproben ab, dann erklärte er die Tests für beendet und verließ sie, um die letzten Proben ins Laboratorium zu bringen. Gleich darauf erschienen zwei Pfleger, um sie in ihr Zimmer zurückzuführen.

Es waren Phil und Murphy.

Sie begrüßten Susan als alte Bekannte.

»Alle auf dem zweiten Stock haben Sie vermißt.«

»Gedrückte Stimmung.«

»Nichts als traurige Gesichter.«

»Ein trister Platz ohne Miß Thorton.«

»Wie ein Friedhof.«

»Wie ein Spital.«

»Aber mit Ihnen, schöne Frau...«

»...ist es heller, freundlicher...«

»...ein Luxushotel.«

Die übliche alberne Unterhaltung. Susan sagte sich, das schreckliche Erlebnis vom vorigen Tag sei nur ein Alptraum gewesen, und die beiden Pfleger wären weder heimtückisch noch bösartig – trotzdem fühlte sie sich in ihrer Nähe nicht wohl.

Und als sie die Aufzüge erreichten, begann ihr Herz zu klopfen. Murphy wandte sich zur zweiten Tür, nicht zur ersten wie am Vortag. Er drückte auf den Knopf, die Tür öffnete sich.

Ängstlich warf Susan einen Blick ins Innere des Aufzugs.

Zwei Patienten standen drin und eine Schwester. Keine toten Männer.

Ich kann so nicht weiterleben, dachte Susan grimmig, als sie den Korridor entlang zu ihrem Zimmer gerollt wurde. Es ist unerträglich, vor jedem Menschen, dem man begegnet, Angst zu haben. Vor jedem Schatten zu zittern. Immer in Erwartung des Grauens, das in jeder Ecke, hinter jeder Türe lauert.

Sie hatte schon alle Hoffnung aufgegeben, auch angenehme Überraschungen zu erleben. Doch diesmal war es der Fall.

Jessica Seiffert war nicht mehr in ihrem Zimmer. Kein Vorhang umgab mehr das zweite Bett.

Es stand leer.

Eine Schwester entfernte gerade das gebrauchte Bettzeug und warf es auf einen Wäschekarren.

»Wo ist Mrs. Seiffert?«

»Ihr Zustand hat sich rapid verschlechtert. Man mußte sie in die Intensivstation bringen.«

»Tut mir leid zu hören.«

»Es war zu erwarten. Traurig, nicht wahr? Eine so nette Dame!«

Trotz ihres Bedauerns war Susan froh, in ihrem Zimmer wieder allein zu sein. Der Raum war jetzt leicht zu überblikken, nichts und niemand konnte sich vor ihren Augen verbergen. Und sie konnte von ihrem Bett aus wieder den Himmel sehen. Obwohl er grau und verhangen war und die Wolken auf einen nahenden Sturm hinwiesen, war es tröstlich, den Kontakt zur Außenwelt nicht vollkommen verloren zu haben.

Bald darauf kam Mrs. Baker und brachte ihr das Frühstückstablett. »Sie haben heute noch nichts im Magen.«

»Ich mußte für die Untersuchungen nüchtern sein.«

»Sicher. Aber Sie können es sich nicht leisten, auch nur eine einzige Mahlzeit zu versäumen. Sie sind nicht so gut gepolstert wie ich. Ich könnte eine ganze Woche ohne Essen bleiben.«

»Ich bin ausgehungert.«

»Kann ich mir denken. Waren die Tests schlimm?«

»Zum Teil. Ich bin zerstochen wie ein Nadelkissen.«

»Hat Dr. McGee die Einstiche selbst gemacht?«

»Ja.«

»Dann hätte es schlimmer kommen können. Nicht alle haben seine leichte Hand.«

»Ich fürchte, er wird zu spät in seine Praxis kommen.«

»Mittwoch vormittag hat er keine Ordination. Erst am Nachmittag ab 4 Uhr 30.«

»Ah, das wußte ich nicht. Übrigens – ich habe Sie gestern kaum gesehen, Mrs. Baker. Da hab' ich ganz vergessen zu fragen, wie es Ihnen Montagabend gegangen ist.«

Thelma Baker schien etwas ratlos zu sein. »Montag abend?«

»Ihr Rendezvous? Das Kegeln und das Abendessen?«

Einige Sekunden schien die Schwester keine Ahnung zu haben, wovon Susan sprach. Dann klärte sich ihr Gesichtsausdruck, und sie sagte etwas zu schnell: »Aber natürlich! Das Rendezvous. Mein Holzfäller!«

»Mit den Schultern wie eine Türfüllung. So haben Sie ihn mir beschrieben.«

»Und mit den großen, aber zärtlichen Händen«, fuhr die Schwester fort.

Susan zwinkerte ihr zu. »Ich glaubte schon, Sie hätten ihn vergessen.«

»Wie könnte ich? Wir haben es ziemlich toll getrieben. Nicht nur beim Kegeln...« Sie blickte schelmisch drein und etwas schuldbewußt.

Susan lachte. »Aber Mrs. Baker! Und Sie machen einen so bürgerlichen Eindruck.«

»Im Grunde bin ich eine ganz brave Person«, erwiderte die mollige Schwester. »Aber das Leben wird langweilig, wenn man es nicht ab und zu würzt.« Und grinsend fügte sie hinzu: »Kräftig würzt.«

Susan entfaltete die Serviette und tat Sahne in ihren Kaffee.

»Eine Prise genügt Ihnen wohl nicht?«

»Teelöffel sind besser.«

»Sie sind ja eine richtige Genießerin.«

»Ich bin Methodistin«, erwiderte die Baker.

»Und Methodisten sind den Genüssen des Lebens nicht abhold. Und jetzt essen Sie brav Ihr Frühstück auf, Liebste, damit Sie bald wieder fest auf Ihren hübschen Beinen stehen können.« Sie lachte. »Gute Gesundheit ist die Voraussetzung, um das Leben richtig genießen zu können, meinen Sie nicht?«

Damit ging sie. Susan sah ihr nach, etwas verwirrt.

Sie wußte nicht, worüber sie sich mehr wundern sollte, über die erstaunliche Mitteilsamkeit von Mrs. Baker oder über die Tatsache, daß sie sich an die tolle Montagnacht nicht gleich hatte erinnern können.

23.

Susan wartete ungeduldig auf das Erscheinen von Dr. McGee. Da er nicht in seine Praxis mußte, konnte er zwar die Morgenvisite im Krankenhaus beliebig verlängern, aber er ließ erstaunlich lange auf sich warten. Es war beinahe 11, als er schließlich in ihr Zimmer kam.

»Tut mir leid, wenn ich Sie warten ließ, Susan. Aber ich war noch in der Intensivstation, um nach Jessica Seiffert zu sehen.«

»Natürlich, ich hätte daran denken müssen. Wie geht es ihr?«

»Es geht ziemlich schnell zu Ende.«

»Wie traurig!«

»Nein. Es ist sicher traurig, daß sie sterben muß, aber da man nichts für sie tun kann, ist es besser, es dauert nicht lange. Sie war Zeit ihres Lebens eine sehr aktive Frau, und es war mir schrecklich, sie ans Bett gefesselt zu sehen. Übrigens – mir ist etwas eingefallen, was ich Ihnen sofort sagen möchte.«

»Was?«

»Jessies Krankenblatt auf der Intensivstation war mit ihren Initialen überschrieben. Und da kam mir in den Sinn, was möglicherweise Ihre Halluzination von Jerry Steins Leiche hervorgerufen hat, als Sie auf Mrs. Seiffert sahen.«

»Ich verstehe nicht...«

»Die Initialen.«

»Initialen?« Sie begriff nicht gleich, wovon er sprach.

»Die beiden haben die gleichen Initialen. J. S.«

Susan schüttelte verwirrt den Kopf. »Das ist mir noch gar nicht aufgefallen.«

»Nicht bewußt. Aber in Ihrem Unterbewußtsein mag es eine Assoziation hervorgerufen haben. Unser Unterbewußtsein ist verdammt hellsichtig, nichts entgeht ihm. Vielleicht hat Sie die Zufälligkeit der Initialen auf den dummen Vorhang fixiert und einen Geist erscheinen lassen. Wenn das der Fall ist, dann waren Ihre Erlebnisse möglicherweise gar keine spontanen Erscheinungen, sondern beruhten auf einer gewissen Logik. Kleinigkeiten, die uns entgangen sind, mögen mit Ihrer Erinnerung an die Nacht in der Donnerhöhle verknüpft gewesen sein, und sowie die Verbindung im Unterbewußtsein hergestellt war, folgten stets die entsprechenden Halluzinationen. Daß ein bestimmter Reiz bestimmte Erscheinungen auslöst, gehört zum Einmaleins der Psychologie.«

Er brachte seine Theorie mit sichtlicher Erregung hervor, die Susan nicht teilen konnte. »Selbst wenn es so wäre – was für einen Unterschied würde es bedeuten?«

»Das ist doch ganz klar. Wenn wir keine physische Ursache für Ihren Zustand finden, müssen wir nach einer psychischen suchen.«

Susan gefiel ganz und gar nicht, was er sagte. Sie hatte auf ein eindeutiges Resultat der Untersuchungen gehofft, und jetzt sah sie ihre Hoffnung schwinden. »Sie haben alle Befunde bereits gelesen, nicht wahr?«

Er nickte.

»Und sie haben nichts ergeben?«

»Nichts Krankhaftes. Die Protein-Analyse normal. Auch die Zählung der roten und weißen Blutkörperchen ergab keinen pathologischen Befund. Sie sind eine gesunde Frau, Susan Thorton.«

»Und darüber sollte ich mich freuen?«

Es gab keinen Zweifel. Ihr Körper hatte sie nicht im Stich gelassen, auch ihr Gehirn nicht. Es war ihr Geist, der gelitten hatte. Kein organisches Problem! Sie war bloß verrückt. Nichts weiter. Nur verrückt.

»Ein seltener Fall«, meinte Dr. McGee, »die Patientin ist niedergeschlagen, weil man sie für gesund erklärt. Doch wir dürfen eine organische Fehlfunktion nicht so schnell ausschließen. Immerhin haben Sie eine Kopfverletzung hinter sich, die Sie in ein dreiwöchiges Koma versetzt hat.«

»Und wenn sich schließlich doch nichts erkennen läßt...«

»...dann müssen wir die andere Seite der Medaille betrachten: die seelische.«

Zum ersten Mal, seit er in ihr Zimmer gekommen war,

nahm er ihre Hand in die seine, und der Druck war wundervoll beruhigend. Im Unterschied zu dem, was er sagte.

»Wenn Ihre Visionen durch einen subtilen Mechanismus Ihres Unterbewußtseins ausgelöst werden, müßten wir einen Psychiater zu Rate ziehen.«

»Nein, nein.« Dagegen sträubte sie sich. Sie war Physikerin, zu medizinischen Apparaten hatte sie Vertrauen. Die Ergebnisse waren abzulesen, meßbar. Aber Psychiatrie befaßte sich mit unsichtbaren Elementen. Als Wissenschaftlerin mißtraute sie einem Gebiet, dessen Resultate nicht methodisch kontrolliert werden konnten.

»Ich bin gewohnt, mich auf Fakten zu stützen, nicht auf Spekulationen. Was besagt schon die Übereinstimmung von zwei Initialen. Nichts, weniger als nichts. Oder sind Sie ein afrikanischer Medizinmann, Dr. McGee, ein Zauberdoktor?«

»Ich wollte, ich wäre so einer. Die sollen ja manchmal erstaunliche Erfolge erzielen. Sie nennen es Geisterbeschwörung, aber das ist nur ein Wort. Die moderne Psychiatrie hat sich mit ihren Praktiken beschäftigt und...«

Sie unterbrach ihn. Sagte lapidar: »Ich glaube nicht an die moderne Psychiatrie.« In Wirklichkeit hatte sie bloß Angst davor, was eine psychotherapeutische Behandlung bedeuten konnte. Endlose Sitzungen, die sich über Monate oder Jahre hinziehen mochten – Zeiträume, in denen sie immer wieder von qualvollen Halluzinationen heimgesucht werden würde.

McGee schien ihre Gedanken erraten zu haben, denn er sprach nicht mehr vom Hinzuziehen eines Psychiaters.

»Ihre Lippen sind trocken, Susan.« Er groß ihr ein Glas Wasser ein, sie trank es gierig. Als er es ihr aus der Hand nahm, um es auf den Nachttisch zu stellen, fragte er unvermittelt: »Haben Sie sich in der Zwischenzeit an Ihre Arbeit erinnert?«

Die Frage beunruhigte sie, er hatte einen wunden Punkt getroffen. Das letzte Mal, daß sie an ihre Arbeit und an die Milestone Corporation gedacht hatte, war vor zwei Tagen gewesen, als sie mit Philip Gomez in Newport Beach telefoniert hatte. Montag morgen. Also vor mehr als zwei Tagen. Seit damals hatte sie das gesamte Thema aus ihrem Kopf verbannt – als ob es sie geängstigt hätte.

Und sie konnte es nicht leugnen, es ängstigte sie tatsächlich.

Die bloße Erwähnung von Milestone ließ sie erschaudern. Und plötzlich hatte sie das quälende Gefühl, als ob ihre absurden Halluzinationen – die toten Männer, Jerry Steins Leiche – irgendwie mit ihrer Arbeit bei Milestone in Zusammenhang stehen würden.

Jerry McGee fühlte sichtlich ihre Befürchtungen, denn er beugte sich näher zu ihr und fragte besorgt: »Was haben Sie, Susan? Ist was nicht in Ordnung?«

Sie erzählte ihm, was sie bewegte. Daß es zwischen ihren irren Fantasien und der Milestone Corporation einen Zusammenhang geben könnte.

»Einen Zusammenhang?« fragte McGee ziemlich ratlos. »Was für eine Art Zusammenhang?«

»Ich kann es nicht sagen. Nur ein unbestimmtes Gefühl...«

»Haben Sie denn schon *vor* Ihrem Unfall ähnliche Halluzinationen gehabt?«

»Nein. Warum sollte ich?«

»Sie meinen, Sie sind sich nicht sicher?«

»Aber ja...«

»Das klingt nicht sehr überzeugend.«

Sie begann darüber nachzudenken. Er beobachtete sie aufmerksam.

Schließlich sagte sie: »Nein. Kein Zweifel. Ich habe diese Anfälle erst seit dem Unfall, seit meinem Koma. Andernfalls hätte ich sie sicher nicht vergessen.«

McGee erklärte langsam und nachdenklich: »Wir hoffen doch beide, daß schließlich ein physiologischer Grund für Ihren Zustand gefunden werden wird. Wenn nicht, dann müßte die Ursache psychologischer Natur sein. Bedingt vielleicht durch Streß bei Ihrer Arbeit, etwas, was mit Milestone in einem Zusammenhang steht...«

»Ein Nervenzusammenbruch?«

»Oder etwas Ähnliches.«

»Nein. Daran könnte ich mich erinnern.«

»Vielleicht ja, vielleicht nein. Warum sonst könnten Sie einen Zusammenhang mit Milestone vermuten?«

»Ich weiß es nicht. Ich weiß es wirklich nicht.«

»Trotzdem empfinden Sie bei der Erwähnung von Milestone eine gewisse Angst, die Sie sich nicht erklären können. Nun, dafür gibt es eine einfache Erklärung. Die Gründe sind die gleichen, aus denen Sie der Vorhang um Jessie Seifferts Bett in Furcht versetzte. Sie konnten nicht sehen, was sich auf der anderen Seite des Vorhangs befand, ein Umstand, der Ihrer Fantasie breiten Spielraum bot und überspannte Vorstellungen hervorrief. Im Moment besitzt Ihr Job die gleiche Qualität des Unbekannten. Um einen bestimmten Teil Ihres früheren Lebens ist eine Art Vorhang gezogen, und weil Sie nicht wissen, was dahinter liegt, füllen Sie diesen Freiraum mit erschreckenden Möglichkeiten aus. Sie sind fixiert auf ein einschneidendes Erlebnis, das ein permanentes Trauma hervorgerufen hat: die Nacht in der Donnerhöhle. Dieses Ereignis vor dreizehn Jahren hat natürlich nichts mit Milestone zu tun, aber eine gewisse Besessenheit veranlaßt Sie, die verschiedensten Geschehnisse miteinander zu verbinden. Können Sie mir folgen?«

»Ja.«

»Und trotzdem ängstigt Sie die Milestone Corporation immer noch?«

»Jedesmal, wenn Sie sie erwähnen, durchläuft mich ein kalter Schauder«, gestand sie. Sie schob den Ärmel ihres Pyjamas hoch und zeigte ihm die Gänsehaut.

McGee strich mitfühlend über ihren Arm, wie um das Zeichen ihrer Ängste fortzuwischen. »Ja, es ist keine Einbildung. Ihre Hand war schon kalt, als ich zuerst nach ihr gegriffen hatte. Aber jetzt, da wir über Ihren Job gesprochen haben, fühlt sie sich an wie Eis.«

»Also, sehen Sie!«

»Was beweisen diese Kälteschauer? Es sind Facetten Ihrer Besessenheit. Sie haben keinen logischen Grund, sich vor Milestone oder den Leuten dort zu fürchten.«

Niedergeschlagen sagte sie: »Ich nehme an, daß ich keinen habe.«

»Nein. Sie *wissen*, daß Sie keinen haben.«

Susan seufzte. »Manchmal wünschte ich, es gäbe wirklich Gespenster. Ich meine, es wäre relativ einfach, mit Geistern fertig zu werden. Man hätte zumindest einen – wenn auch imaginären – Anhaltspunkt. Ich hätte keine Zweifel an mir selbst, die mich beinahe in Stücke reißen. Alles, was ich zu tun hätte, wäre, einen Exorzisten zu mir zu bitten, damit er diese gräßlichen Dämonen in die Hölle zurücktreibt, aus der sie gekommen sind und wohin sie gehören.«

McGee runzelte die Stirn. »Es gefällt mir ganz und gar nicht, Sie so sprechen zu hören.«

»Keine Angst, Doktor, ich bin noch nicht übergeschnappt, und ich weiß sehr gut, daß es keine Gespenster gibt. Geister sind durchsichtig und nicht so handfest wie die toten Männer, die mich heimgesucht haben. Sie sollen doch aussehen wie weiße Leintücher mit Augenschlitzen. Ich wollte, solche wären mir begegnet, ich hätte keine Furcht vor ihnen.« Sie zwang sich zu einem Lachen, aber es war ohne Fröhlichkeit. »Oder haben Sie vielleicht selbst Angst vor Geistern? Dann würde ich Sie nicht mehr benötigen, Dr. McGee – keinen Arzt mehr, sondern einen Priester.«

Er erwiderte ihre Heiterkeit, so gut er konnte. »Mich durch einen Priester ersetzen!? Das würden Sie mir doch nicht antun!«

Sie gab sich alle Mühe, den leichten Tonfall nicht aufzugeben. »Keine Sorge, einen Priester zu rufen, wäre mir zu riskant. Was, wenn ich an einen käme, der seinen Glauben verloren hat? Oder an einen Katholiken – und die toten Männer wären zu Lebzeiten sämtlich Protestanten gewesen?«

Sie wußte, daß sie McGee nicht täuschen konnte. Er merkte trotz ihrer erzwungenen Heiterkeit, daß sie deprimiert und verängstigt war. Doch er ging bereitwillig auf sie ein.

»Soviel ich weiß«, sagte er, »ist die Macht des Exorzismus unabhängig von der ehemaligen Glaubensrichtung der Dämonen. In der Welt des Übernatürlichen gibt es keine irdische Logik. Wenn zum Beispiel ein katholischer Pfarrer hilflos gegen protestantische Geister wäre, könnte man einen jüdischen Vampir nicht mit einem Kruzifix vertreiben.«

»Wie könnte man sich dann gegen einen jüdischen Vampir schützen?«

»Vielleicht, wenn man ihn mit einem Davidstern bedroht.«

»Oder ihm ein Schinkensandwich anbietet.«

»Und einen moslemischen Vampir?«

Sie zuckte die Achseln. »Sie sehen, das ist alles viel zu kompliziert. Ich werde Sie doch nicht gegen einen Geistlichen austauschen.«

»Danke. Es tut gut zu wissen, daß man gebraucht wird.«

»Oh, daran besteht kein Zweifel. Ich brauche Sie.«

Unvermutet veränderte sich der Tonfall ihrer Stimme, und der spielerische Unterton verschwand abrupt, als ihre wahren Gefühle zum Ausbruch kamen. »Ich brauche Sie. Ich brauche Sie.« Und gegen ihren Willen trieb es sie fortzufahren, hastig, leidenschaftlich: »Ja, ich brauche Sie, Jeff, und wenn Sie mich brauchen, werde ich hier sein, jederzeit...«

Er starrte sie an, und sie hatte das Gefühl, daß seine hellen blauen Augen dunkler waren als sonst. Sie versuchte, in seinem Blick zu lesen, aber konnte nicht erraten, was sich dahinter verbarg.

Während sie auf seine Reaktion wartete, fragte sie sich, ob sie sich nicht töricht benommen hatte. Hatte sie alles, was er gesagt und getan hatte, falsch ausgelegt? Wenn sie sein Verhalten mißdeutet hatte, befand sie sich in einer äußerst peinlichen Situation. Sie wünschte, sie könnte ihre Worte ungesprochen machen, die Zeit um eine Minute zurückdrehen.

Dann küßte er sie.

Es war keiner der Küsse, wie sie sie in den letzten Tagen empfangen hatte. Kein keuscher, kein schüchterner Kuß. Er küßte sie nicht auf die Wange, sondern auf die Lippen, zart, aber kräftig, erst tastend, dann fordernd. Und sie erwiderte den Kuß mit einer Leidenschaft, die sie bislang nicht gekannt hatte. Ohne Reserve, ohne Wunsch, ihre Gefühle unter Kontrolle zu halten. Sie wußte instinktiv, daß diese Beziehung anders war als alle Liebesgeschichten der Vergangenheit. Sie ließ sich gehen. In diesem Kuß spielten nicht nur Lippen und Zungen mit, sondern auch Lust und Erregung. Er legte seine Hände auf ihr Gesicht und hielt sie fest, als fürchte er, sie würde ihre Hingabe bedauern und sich von ihm losreißen wollen.

Schließlich trennten sich ihre Lippen. Ihre Gesichter waren einander ganz nahe. Susan suchte in seinem Gesicht zu lesen, was ihm der Kuß bedeutet hatte. Sie sah in seiner Miene ein Gemisch von Gefühlen: Überraschung, Glück, Verwirrung.

Er atmete heftig.

Ihr Herz schlug schnell.

Einen Moment glaubte sie noch etwas anderes in seinen Augen lesen zu können. Wieder hatten sie sich verdunkelt. Eine Sekunde oder auch zwei glaubte sie, in seinem Blick etwas wie Angst zu erkennen.

Angst?!

Doch bevor sie entscheiden konnte, was das bedeuten mochte, bevor sie sich noch klar darüber war, ob sie sich nicht geirrt und tatsächlich eine Spur von Angst erkannt hatte, brach er das Schweigen, und der Zauber des Augenblicks verflüchtigte sich.

»Ich war verwirrt... ich wollte nicht...«

»Und ich dachte schon, ich hätte dich gekränkt.«

»Nein, nein. Ich wußte bloß nicht, wie du...«

»... wie wir beide...«

»... gleiche Gefühle, gleiche Empfindungen...«

Er küßte sie wieder. Doch diesmal verhaltener. Schielte er nach der Tür? Sie konnte ihm daraus keinen Vorwurf machen. Immerhin war er Arzt und sie seine Patientin. Das Verführen von Patientinnen war mit dem Ehrenkodex eines Arztes nicht in Einklang zu bringen. Sie hätte so gern ihr Arme um ihn geschlungen und ihn an sich gepreßt; sie hätte gewünscht, die romantischen Augenblicke würden kein Ende nehmen und schließlich Erlösung und Erfüllung bringen. Doch sie wußte, daß es weder der richtige Platz noch der richtige Moment war, und so ließ sie zu, daß er sich von ihr zurückzog.

Doch niemand konnte die beiden daran hindern, sich zärtliche Worte zuzuflüstern.

Sie: »Seit wann hast du...?«

Er: »Ich weiß nicht. Vielleicht schon, bevor du aus dem Koma erwacht bist.«

»Sogar vorher?«

»Du warst so schön. Schlafend. Wie eine verwunschene Prinzessin.«

»Du hast mich doch noch gar nicht gekannt.«

»Natürlich war es noch nicht Liebe. Aber ein Gefühl, eine starke Anziehungskraft...«

»Ich bin sehr froh...«

»Und nachdem du aus dem Koma aufgewacht bist...«

»...habe ich dich nicht enttäuscht.«

»Im Gegenteil. Du hast Schneid bewiesen. Und ich liebe Frauen mit Schneid.«

Eine Weile schwiegen sie dann, in gegenseitige Betrachtung versunken.

Dann sagte sie: »Kann so etwas wirklich passieren? So schnell?«

»Jedenfalls ist es passiert.«

»Wir haben uns noch so viel zu sagen. Ich weiß praktisch noch gar nichts über dich.«

»Da ist nicht viel zu wissen...«

Sie nahm seine Hände in die ihren. »Ich will aber alles über dich wissen. Alles.«

»Später. Nicht hier...«

»Du hast recht. Ein Krankenhaus ist kaum der richtige Platz für Liebende, einander kennenzulernen.«

»Ich glaube, wir bleiben besser auf der Patientin-Arzt-Basis, bis du hier herauskommst. Wenn du gesund bist und aus der Klinik entlassen wirst, wenn wir nicht von vielen Augen gesehen werden...«

»Ja, das ist klüger«, stimmte sie zu, obwohl sie ihn berühren und von ihm berührt werden wollte, wie es der ärztlichen Ethik nicht entsprach. »Aber müssen wir uns strikt an die Regeln halten? Kannst du mich nicht wenigstens mal küssen?«

Er tat, als müsse er überlegen. »Nun«, sagte er lächelnd,

»soweit ich mich entsinne, verbietet der Hippokratische Eid einem Arzt nicht, Patienten zu küssen.«

»Jetzt zum Beispiel?«

Er küßte sie.

»Trotz allem«, erklärte er, »das Wichtigste für uns beide ist, unsere gemeinsamen Energien auf deine Wiederherstellung zu konzentrieren. Wenn es mir gelingt, dich gesund zu machen, wird alles Weitere einfach sein.«

»Gemeinsam werden wir es schaffen.«

»Wir *müssen* es schaffen«, sagte er in einem Ton, der jeden Zweifel ausschloß.

Obwohl er so überzeugend sprach, mußte Susan unwillkürlich daran denken, daß sie noch vor kurzem ein Aufflakkern von Furcht in seinem Blick gesehen hatte. Trotz seinem Optimismus mußte es in ihm Vorbehalte geben. Er war kein Narr; er wußte sehr gut, daß die Möglichkeit eines Fehlschlags bestand. Dann würde sie immer wieder von Halluzinationen heimgesucht werden. Furcht? Nun, er hatte allen Grund, besorgt zu sein. Er hatte Angst, sich in eine Frau verliebt zu haben, die sich am Rande eines Nervenzusammenbruchs befand oder – schlimmer noch – auf dem unaufhaltsamen Weg ins Irrenhaus.

»Du brauchst keine Angst zu haben«, sagte sie sanft.

»Ich habe keine.«

»Ich bin stark.«

»Ich weiß.«

»Stark genug, um alles zu überwinden. Mit deiner Hilfe!«

Bevor er sie wieder küssen konnte, wurden sie durch den Eintritt von Thelma Baker unterbrochen, die das Mittagessen brachte.

Der Zauber der Romantik war im Nu verflogen.

McGee verabschiedete sich, und Susan beugte sich seufzend über das Tablett mit Suppe und Hühnerbrust.

24.

In der Ruhestunde nach dem Essen fand Susan keinen Schlaf. Wirre Gedanken peinigten sie.

Sie überraschte sich bei dem skurrilen Wunsch, daß es wirklich Geister geben möge. Es würde ihre Probleme vereinfachen, wenn tote Männer durch das Hersagen frommer Gebete und durch das Besprengen mit Weihwasser in ihre Gräber zurückgetrieben werden könnten. Wie praktisch, wenn sich beweisen ließe, daß das Problem nicht in ihrem Inneren, sondern außerhalb zu finden war. Wenn Hatch und die anderen Phantome wirkliche Gespenster waren, würde sich daraus folgern lassen, daß sie, Susan Thorton, gesund war und an keiner psychischen oder geistigen Störung litt.

Doch ein socher Wunsch, das wußte sie, war unerfüllbar. Und daraus folgte, daß sie tatsächlich an einer geistigen Verwirrung litt.

Und noch am gleichen Nachmittag wurde ihre Befürchtung bestätigt.

Es begann ganz harmlos, und sie durfte schon hoffen, daß sie sich auf dem Weg der Besserung befand.

Gegen zwei Uhr wurde sie abgeholt und zur physikalischen Therapie gebracht. Die Pfleger waren ihr unbekannt, sie sprachen nur das Nötigste, und keines der beiden Gesichter glich im mindesten einem Phantom aus ihrer Vergangenheit.

Im Aufzug erwartete sie das Schlimmste. Doch nichts geschah.

Seit der vergangenen Nacht, seit der Erscheinung von Jerry Steins Leiche, hatte sie keine Halluzinationen mehr gehabt. Wieviele Stunden waren seither vergangen? Beinahe sechzehn...

Vielleicht würde es keinen weiteren Anfall geben. Vielleicht würden die Visionen so plötzlich verschwinden, wie sie begonnen hatten.

Die Therapie war anstrengender als am Vortag, aber Mrs. Atkinson bestätigte ihr, daß sie erstaunliche Fortschritte machte.

Die Wassertherapie und die energische Massage taten ihr gut.

Auf dem Weg zurück hielt Susan den Atem an, als sie in den Aufzug geschoben wurde. Doch nichts geschah.

Unterdes waren schon siebzehn Stunden seit dem letzten Anfall vergangen. Sie hatte das Gefühl, daß sie, wenn sie für einen ganzen Tag ihren Seelenfrieden fände, für immer von den Halluzinationen befreit sein würde. Ein einziger Tag, frei von Schemen und Lemuren!

Das wären noch sieben Stunden...

In ihrem Zimmer erwartete sie eine angenehme Überraschung. Zwei große Blumensträuße: Chrysanthemen, Nelken und Rosen. An jedem der Buketts war eine Karte angeheftet. Die erste, die ihr baldige Genesung wünschte, war von Phil Gomez unterschrieben. Auf der zweiten stand: ›Wir alle vermissen dich in der Tretmühle.‹ Sie war von mehreren Personen unterzeichnet. Susan erinnerte sich an verschiedene Namen, die Phil Gomez während der Telefongespräche erwähnt hatte: Breckenridge, Kavinsky, Haversby... Insgesamt waren es neun Namen. Doch Susan konnte mit keinem der Namen ein bekanntes Gesicht verbinden.

Trotz der schönen Blumen durchlief sie ein Schauder, wie immer, wenn die Milestone Corporation ins Spiel kam.

Und sie hatte keine Ahnung, warum.

Du mußt eine positive Einstellung bewahren, sagte sie sich und zwang sich, nicht weiter an Milestone zu denken.

Die Blumen rochen frisch, und sie erfreute sich an ihrem Anblick, ohne daran zu denken, wo die Spender beschäftigt waren.

Wieder in ihrem Bett, begann sie ein Buch zu lesen, aber die Therapie hatte sie ermüdet und schläfrig gemacht. Der Schlaf war traumlos und erquickend.

Als sie erwachte, war der Raum bereits voller Schatten. Die Sonne war dabei, hinter den Hügeln unterzutauchen. Abendstimmung, bald würde es Nacht sein. Susan gähnte und setzte sich auf.

Instinktiv fiel ihr erster Blick auf das zweite Bett. Es war immer noch unbelegt.

Ein Blick auf die Uhr auf dem Nachttisch! Sie hatte lange geschlafen. Seit der letzten Attacke waren neunzehn Stunden verstrichen.

Sie fragte sich, ob die neue Beziehung zu Jeff McGee die Kraft hatte, Gespenster von ihr fernzuhalten. Zu lieben und geliebt zu werden hatte zweifelsohne einen heilsamen Effekt. Sie hatte sich gegen die Vorstellung gewehrt, ihre Probleme wären seelisch bedingt. Doch jetzt, da es aussah, als lägen alle Schwierigkeiten hinter ihr, war sie bereit, psychologische Erklärungen zu akzeptieren. Vielleicht war Jeffs Liebe genau die Medizin, die sie benötigt hatte.

Sie stieg aus dem Bett, schlüpfte in ihre Pantoffeln. Der Weg ins Badezimmer bereitete ihr keine Mühe mehr, sie mußte sich nirgends festhalten. Im Bad knipste sie das Licht an.

Auf dem Rand der Badewanne stand ein Kopf. Abgetrennt, ohne Körper. Der Kopf von Jerry Stein.

Susan stand im harten Licht der Neonröhren, ihr Gesicht so weiß wie alles in diesem makellosen Baderaum. Sie traute ihren Augen nicht.

DAS KANN NICHT WAHR SEIN.

Der Kopf war im gleichen Stadium der Verwesung wie in der letzten Nacht, als Jerry sich von Mrs. Seifferts Bett erhoben und Susans Namen geflüstert hatte. Die Haut grau-grün, die Mundwinkel blutverkrustet. Gräßliche Blasen auf der Oberlippe und rund um die Nase. Die Augen weit offen, doch die blutigen Streifen über dem Augapfel bewegten sich diesmal nicht. Der Blick war nirgendwohin gerichtet, der Blick eines Blinden oder eines Toten. Der Kopf mußte roh vom übrigen Körper abgetrennt worden sein, zerfetztes Fleisch lag wie ein faltiger Kragen um das Ende des Nackens. Zwischen schwammigen Halsfalten lag ein kleiner Anhänger, der metallisch glitzerte. Der goldene Davidstern, den Jerry Stein stets getragen hatte.

ES IST NICHT WIRKLICH. EINE ERSCHEINUNG. EIN TRUGBILD.

Ihre Beschwörungen waren weniger wirkungsvoll als sonst. Im Gegenteil, je länger sie sie vor sich hinmurmelte, desto lebendiger erschien der gräßliche Kopf.

Starr vor Entsetzen, doch entschlossen, die Vision zu verscheuchen, ging Susan unsicher einen Schritt näher auf die Wanne zu.

Die toten Augen starrten durch sie hindurch, auf einen Punkt in einer anderen Welt.

Sie streckte ihre Hand aus, um das vermoderte Gesicht zu berühren. Zögerte.

Was, wenn ihre Berührung dieses Gesicht zum Leben erweckte? Wenn die toten Augen in Bewegung gerieten? Wenn der eitrige Mund nach ihr schnappte, sie in den Finger biß, nicht losließ...

Sie hörte ein seltsames, röchelndes Geräusch – und wurde sich bewußt, daß es ihr eigener keuchender Atem war.

Reiß dich zusammen, Susan. Du bist vernünftig genug, nicht an diesen Unsinn zu glauben.

Doch der Kopf löste sich nicht in Luft auf wie eine Fata Morgana.

Langsam bewegte sich ihre zitternde Hand vorwärts.

Sie berührte die Wange des toten Mannes.

Sie war nicht aus Luft. Sie bot Widerstand. Sie war aus Fleisch, aus zersetztem Fleisch.

Sie fühlte sich kalt und klebrig an.

Susan zuckte zurück, schaudernd, bebend.

Die Augen des Toten hatten sich nicht bewegt.

Susan blickte auf die Fingerspitzen, mit denen sie den Kopf berührt hatte. Sie waren feucht, mit einem silbrigen Schleim bedeckt. Spuren der Verwesung.

Es würgte sie, um ein Haar hätte sie sich erbrochen. Wie rasend wischte sie ihre feuchten Finger an ihrem Pyjama ab und sah, daß der eklige Schleim die Seide beschmutzte.

ES IST NICHT WAHR, ES IST NICHT WAHR.

Obwohl sie pflichtbewußt die Beschwörung, die sie zur Vernunft bringen sollte, wiederholte, hatte sie nicht den Mut, die Konfrontation länger durchzustehen. Sie mußte hinaus aus dem Badezimmer, in ihr Krankenzimmer, in den Korridor, zu den Schwestern, den Ärzten. Zu lebenden Menschen. Sie wandte sich um...

...und blieb stehen wie vereist.

In der offenen Badezimmertür, ihr den Weg versperrend, stand Ernest Hatch.

»O nein«, flüsterte sie.

Hatch grinste. Er trat ins Badezimmer, an ihre Seite, und schloß die Türe hinter sich.

ER IST NICHT WIRKLICH. EIN PHANTOM...

»Überrascht, meine Süße?« fragte er.

Die Stimme war unverkennbar die Stimme von Ernest Hatch.

»Judenmieze«, sagte er vergnügt.

Er spielte nicht länger die Rolle von William Richmond, dem Krankenhauspatienten. Kein Pyjama, kein Bademantel. Er trug die Sachen, die er vor dreizehn Jahren getragen hatte, in der Donnerhöhle, in der Nacht, in der er Jerry Stein ermordet hatte. Schaftstiefel, schwarzes Hemd, schwarze Reithose. Sie erinnerte sich genau daran, denn damals, im flakkernden Licht der Kerzen, hatte er für sie wie ein Nazi in einem alten Kriegsfilm ausgesehen. Ein SS-Mann. Sein kantiges Gesicht, sein kurzgeschnittenes Haar, seine eisgrauen Augen – all das fügte sich zum kompletten Bild eines grimmigen Nazi zusammen, das er zu Lebzeiten mit einem gewissen perversen Vergnügen kultiviert hatte.

»Gefällt dir meine kleine Aufmerksamkeit?« fragte er und wies auf den Kopf auf dem Badewannenrand.

Sie konnte nicht sprechen.

»Du bist in deinen Judenjungen verliebt gewesen.« Seine kalte Stimme vibrierte vor Haß. »So hab' ich gedacht, ich bring' dir ein Stück von ihm. Eine kleine Erinnerung. War das nicht nett von mir?« Er lachte verhalten.

Mit einemmal verfügte sie wieder über die Fähigkeit zu sprechen. Sie stieß hervor: »Du bist tot, verdammt noch mal! Tot. Du hast es mir selbst gesagt.«

Spiel das Spiel nicht mit, sagte sie sich verzweifelt. Um Himmels willen, rede keinen Unsinn. Geh nicht auf die Halluzination ein, weiche ihr aus.

»Ja«, erwiderte er gelassen, »ich bin tot.«

Sie schüttelte wild den Kopf. »Ich will das nicht hören. Du bist ja gar nicht hier. Du existierst nicht.«

Er trat vor. Der Raum war klein, sie wich zur Wand zurück, das Waschbecken zur Linken, die Wanne zur Rechten. Kein Fluchtweg offen.

Jerry Steins erloschene Augen starrten ins Leere, ohne auf die Ankunft von Hatch zu reagieren.

Eine von Hatchs starken Händen schnappte zu und ergriff Susans linkes Handgelenk, bevor sie reagieren konnte.

Sie versuchte sich freizumachen; vergeblich.

Ihr Mund war trocken geworden; im Solarplexus spürte sie einen unerträglichen Druck.

Hatch hielt sie in einem grausamen, erbarmungslosen Griff. Grinsend zog er sie langsam zu sich hin, trotz ihres verzweifelten Widerstands. Die Sohlen ihrer Pantoffeln boten auf dem glatten Boden keinen Halt. Er preßte ihre Hand gegen seine muskelbepackte Brust.

»Fühle ich mich genug solide an?« fragte er hämisch.

Sie hielt den Atem an. Das Gewicht der angestauten Luft war so stark, daß sie glaubte, es müsse genügen, ihr das Bewußtsein zu rauben. Sie würde zu Boden sinken, ohnmächtig, ohne das Schreckliche bewußt erleben zu müssen.

Nein, dachte sie, wehrte sich gegen den Verlust des Bewußtseins, voll Angst, sie würde als Wahnsinnige erwachen. Sie mußte gegen die Ohnmacht ankämpfen, mit ganzer Kraft.

»O ja, ich bin wirklich vorhanden. Gefalle ich dir nicht, so wie ich bin?«

Im Neonlicht flackerten seine Augen heller als sonst, beinahe schneeweiß und seltsam fremd – genau wie in jener Nacht bei Kerzenlicht in der Donnerhöhle.

Er rieb Susans Hand gegen seine kräftige Brust. Das Material seines Hemds fühlte sich rauh an und die Knöpfe kalt.

KNÖPFE! Könnte sie die Knöpfe in einem Traumzustand so deutlich fühlen? Könnte eine solche Kleinigkeit in einer Halluzination derart spürbar sein?

»Glaubst du jetzt, daß ich wirklich hier bin, bei dir?« fragte er mit mitleidlosem Grinsen.

Irgendwie fand sie die Kraft zu sprechen und seine Existenz nochmals zu verneinen. Ihre Zunge ließ sich nur schwer vom Gaumen lösen, und sie konnte ihre eigene Stimme kaum hören. »Nein. Du bist nicht hier.«

»Nein?«

»Du bist nicht hier.«

»Schlampe!«

»Du kannst mir nichts anhaben.«

»Das werden wir ja sehen, Hurentochter! Das werden wir sehen.«

Er hielt ihre Hand immer noch fest, zwang sie, über seine Brust und seine Schulter zu streifen. Dann, an seinem Arm, fühlte sie den harten Bizeps.

Wieder versuchte sie, sich loszureißen. Wieder mißlang es ihr. Seine Hand umschloß ihr zartes Gelenk wie eine Stahlzwinge.

Jetzt preßte er ihre Hand gegen seinen muskulösen Bauch. »Bin ich wirklich vorhanden, he? Was ist deine Meinung, Susan? Sag sie mir!«

Gab es keine Hoffnung? Vergeblich versuchte sie, die Reste ihrer Selbstbeherrschung zu sammeln.

Ein Trugbild! Eine Schimäre, Ausgeburt ihrer kranken Fantasie, Produkt eines kranken Hirns. Blendwerk! Es wird verschwinden, es muß verschwinden. Eine solche Erscheinung kann nicht von Dauer sein.

Doch auf diese Fragen gab es eine plausible, wenn auch erschreckende Antwort. Es konnte von Dauer sein, von unbegrenzter Dauer. Es mochte sie quälen, ihr Leben lang, bis sie in einer Gummizelle ihren letzten Atemzug tat.

Hatch führte ihre Hand noch tiefer hinunter.

Er war erregt. Selbst durch den Stoff seiner Hose konnte sie seine Erregung spüren. Das steife, pulsierende Merkmal seiner Männlichkeit.

ABER ER IST TOT.

»Kannst du ihn fühlen?« fragte er lüstern. Er lachte heiser. »Ist das Einbildung oder echt?«

Dunkle Wirbel durchzuckten sie. Reste der Vernunft drohten sich aufzulösen.

»Freitag nacht werd' ich meinen alten Freund in dich reinstoßen. Du weißt doch warum Freitag nacht? Der zehnte Jahrestag meines vorzeitigen Ablebens. Vor zehn Jahren trieb mir der Nigger sein Messer in die Kehle. Und am kommenden Freitag werde ich meinen Stolz in dich reinschieben und dann mein Messer in deinen zarten Hals.«

Um ein Haar hätte sie zu kichern begonnen. Sie verspürte einen unbezähmbaren, verrückten Hang zur Heiterkeit. Das süße Lachen des Irrsinns. Wenn sie diesem Drang nachgab, nur einmal nachgab, würde ihr Lachen kein Ende nehmen. Sie würde den Rest ihres Lebens in einer Ecke kauernd verbringen, brabbelnd und kichernd.

Hatch ließ ihre Hand los.

Sie riß sie von seiner Hose zurück.

Er stieß sie mit dem Rücken gegen die Wand. Preßte seinen Körper gegen ihren. Rieb seine Hüften an ihr. Und grinste.

Sie versuchte, sich an ihm vorbeizuwinden. Unmöglich. Seine Masse türmte sich vor ihr auf wie eine Mauer. Sie saß in der Falle.

»Ich hätte mir deinen süßen kleinen Arsch schon vor dreizehn Jahren vornehmen sollen. In der gottverdammten Höhle. Erst ich, dann die anderen. Dann die Kehle aufgeschlitzt und rein mit dir und dem Judenbuben in eine tiefe Spalte!«

ER IST NICHT EXISTENT, ER KANN MIR NICHTS TUN, ER...

Zwecklos. Es war überflüssig, den lächerlichen Singsang immer aufs neue zu wiederholen. Hatch war existent, er war real. Er stand vor ihr.

Natürlich war das unmöglich.

Trotzdem: Er war da, er konnte sie verletzen, und er *würde* sie verletzen.

Sie gab es auf, durch eigene Kraft die Situation unter Kontrolle zu halten. Sie bog den Kopf zurück und schrie.

Hatch lockerte den Druck, verlagerte sein Gewicht. Er betrachtete sie mit unverhohlenem Vergnügen. Er genoß die Szene, ihre Schreie schienen ihm süße Musik zu sein.

Niemand kam ihr zu Hilfe.

Wo blieben die Schwestern, die Pfleger, die Ärzte? Hörte

sie denn niemand? Warum? Ihre Schreie mußten selbst durch die geschlossene Badezimmertür zu hören sein.

Hatch beugte sich zu ihr, brachte sein Gesicht ganz nah an das ihre. Seine Augen blitzten wie die eines wilden Tieres im Scheinwerferlicht eines Autos.

»Gib mir eine kleine Kostprobe, Süße. Damit ich weiß, was ich am Freitag von dir erwarten darf.« Seine heisere Stimme hatte einen schmeichelnden Unterton. »Ein Kuß! Nur ein kleiner lieber Kuß. Gib dem guten alten Onkel Ernie einen Kuß.«

Wirklichkeit oder Alptraum, sie brachte es nicht über sich, einfach nachzugeben. Sie bog ihren Kopf heftig von einer Seite zur anderen, um seinen Lippen auszuweichen, die ihren Mund hartnäckig verfolgten.

»Verfluchtes Flittchen«, zischte er schließlich voll Zorn. »Ich bin dir wohl nicht gut genug? Sparst deine Küsse für den Saujuden.« Er trat einen Schritt zurück, blickte auf den Kopf auf dem Badewannenrand, dann wieder auf Susan, dann wieder auf den Kopf. Er lächelte sarkastisch und sagte schneidend: »Du sparst deine Küsse für den armen Jerry Stein auf, nicht wahr? Ist das nicht rührend? Romantische, altmodische Treue und Standhaftigkeit! Ich bin bewegt, ehrlich bewegt. Gut, gut, du sollst deine jungfräulichen Küsse nur Jerry geben.«

Er wandte sich mit theatralischer Geste dem verwesenden Kopf zu.

NEIN!

Er griff nach dem Kopf. Immer noch Susans vorbildliche Treue preisend, packte er eine Handvoll des schütteren Haars.

Susan erriet sein Vorhaben mit Entsetzen. Er wollte sie zwingen, die kalten, vermoderten Lippen des Toten zu küssen.

Ihr Herzschlag setzte aus. Da sah sie eine winzige Chance, dem Grauen zu entfliehen, und sie nahm sie wahr, ohne zu zögern. Sie schrie, sie kreischte, sie lief davon. Hatch hatte sich von ihr abgewandt, um den Kopf hochzuheben. Sie drängte sich an ihm vorbei, erreichte die Tür, kämpfte mit dem Türknopf, erwartete jeden Moment eine harte Hand in ihrem Nacken zu spüren. Dann war die Tür offen, und sie geriet aus dem harten Licht des Bades in den dämmrigen, schattigen Bereich des Krankenzimmers.

Erst lief sie zum Bett, um zu klingeln, doch sie fürchtete, Hatch würde über ihr sein, ehe sie es erreichte. So wirbelte sie herum und nahm die andere Richtung. Ihre Beine drohten zu versagen, sie torkelte zur offenstehenden Zimmertür, hinter der der rettende Korridor lag.

Schreiend erreichte sie den Ausgang, als Mrs. Baker gerade aus der Halle kam. Sie stießen zusammen, Susan drohte zu fallen, die Schwester stützte sie.

»Was haben Sie, Susan?«

»Im Bad! Im Badezimmer...«

»Sie sind ja schweißgebadet!«

»Dort?« Sie wies in die Richtung des Badezimmers.

Mrs. Baker legte schützend den Arm um sie. Susan fühlte die Stärke der anderen, hieß sie willkommen.

»Was ist im Badezimmer?«

»Er.«

»Wer?«

»Der... der...« Sie erschauerte.

»Wer? fragte die Baker nochmals.

»Hatch.«

»Aber nein.«

»Aber ja. Er. Hatch.«

»Schätzchen, Sie haben bloß...«

»Er ist dort drin.«

»Er ist doch nur eine Vision.«

»Aber ich sage Ihnen...«

»Kommen Sie.«

»Wohin?«

»Kommen Sie mit mir.«

»Nein. Nein.«

»So kommen Sie schon!«

»Ich möchte raus.«

»Immer mit der Ruhe! Kommen Sie!«

Sie trug Susan beinahe ins Zimmer zurück.

»Jerrys Kopf!«
»Sie Ärmste! Beruhigen Sie sich doch.«
»Sein Kopf! Abgetrennt vom Rumpf...«
»Ein Traum...«
»Nein.«
»Ein böser Traum...«
»Er wollte... wollte mich zwingen... das Ding zu küssen...«
»Schon gut.«
Jetzt hatten sie die Badezimmertür erreicht.
Susan, in Panik: »Was tun Sie?«
»Einen Blick reinwerfen.«
»Um Gottes willen, *nein*!«
Thelma Baker faßte nach dem Türgriff. Susan sah verblüfft, daß die Tür geschlossen war. Hatte sie sie hinter sich zugestoßen? Oder...
»Ich will Ihnen zeigen, daß es da nichts zu ängstigen gibt.«
Susan packte ihre Hand. »Nein!«
»Kein Grund, sich zu fürchten, meine Liebe.«
»Wenn es bloß eine Halluzination gewesen wäre...«
»Es war eine.«
»... hätte ich doch nicht die Knöpfe an seinem Hemd spüren können.«
»Susan!«
»Und die ekelhafte Erektion! Sein Ding war prall, heiß...«
Mrs. Baker starrte sie an, perplex.
Es ergibt keinen Sinn, nicht für sie. Für sie bin ich eine brabbelnde Irre.
Aber ergibt es einen Sinn für mich?
»Nur ein Blick hinein, Susan...«
»Bitte, tun Sie mir das nicht an.«
»Es ist zu Ihrem Besten...«
»Bitte nicht!«
»Sie werden sehen, kein Grund zur Aufregung...«
Flehend, beinahe winselnd: »Bitte...«
Mrs. Baker machte sich daran, die Tür zu öffnen.
Susan schloß krampfhaft die Augen.
»Susan, sehen Sie selbst!«

Sie hielt die Augen geschlossen.
»Alles in Ordnung. Alles wie sonst.«
»Er ist noch drin.«
»Nein. Niemand.«
»Ich kann ihn fühlen.«
»Niemand ist da. Nur Sie und ich.«
»Aber...«
»Ich würde Sie doch nicht anlügen.«
Kalter Schweiß tropfte auf ihren Nacken und glitt den Rükken hinunter.
»Susan! Bitte! Schauen Sie doch!«
Sie hatte Angst zu schauen, aber auch Angst, die Augen geschlossen zu halten. So tat sie, was Mrs. Baker verlangte. Sie warf einen Blick ins Badezimmer.
In der Türfüllung stehend, konnte sie den kleinen Raum leicht überblicken. Die Neonröhren beleuchteten ihn bis in den kleinsten Winkel. Weiße Wände. Weißer Waschtisch, weiße Wanne. Kein Ernest Hatch. Kein vermoderter Kopf am Wannenrand.
»Na, sehen Sie!« rief Mrs. Baker munter.
»Nichts.«
»Und nie gewesen.«
»Oh, mein Gott!«
»Fühlen Sie sich jetzt besser?«
Sie fühlte sich wie erschlagen. Und ihr war kalt. Sie fröstelte.
»Miß Thorton! Susan!«
»Ja, besser. Viel besser.«
»Armes Ding!«
Ihr war, als hätte man einen bleiernen Mantel um ihre Schultern gelegt.
»Ihr Pyjama ist völlig durchgeschwitzt. Sie müssen ihn wechseln.«
»Mir ist so kalt...«
»Kein Wunder.«
»Der Kopf! Der verwesende Kopf...«
»Es gibt keinen Kopf.«
»Auf dem Rand der Badewanne.«

»Nein, nein. Es gab keinen Kopf am Wannenrand. Das war bloß ein Teil der Halluzination.«

»Ich kann es nicht glauben.«

»Eine Halluzination. Das ist Ihnen doch jetzt auch klar, nicht wahr?«

»Ich weiß nicht recht. Ja. Wahrscheinlich.«

»Sind Sie wieder in Ordnung, meine Liebe?«

»Ja. Es ist schon vorbei...«

Sie ließ sich von Mrs. Baker weg vom Badezimmer und zu ihrem Bett führen. Sie legte sich hin. Die Baker knipste die Nachttischlampe an. Die Schatten verschwanden im hellen Licht. Dann zog ihr die Baker den blauen Pyjama aus. Der andere, der grüne, war erst am Morgen gewaschen worden und noch nicht trocken. So half ihr die Schwester in ein Krankenhaushemd, das über den Kopf gezogen und am Rücken geschlossen wurde.

»Alles o. k.?« fragte die Schwester.

»Ich hoffe.«

»Susan! Ich mache mir Ihretwegen Sorgen.«

»Kein Grund zur Sorge, Mrs. Baker. Ich bin bloß müde, todmüde. Ich brauche nichts als Ruhe. Schlafen. Vergessen.«

Ein frommer Wunsch! Doch würde sich das, was sie – im Traum oder in Wirklichkeit – eben durchlebt hatte, je vergessen lassen?

Sie war zu müde, um diesen Gedanken weiterzuspinnen. Sie sah noch den besorgten Blick von Mrs. Baker, die sich über sie beugte. Das ermutigende Lächeln der älteren Frau beruhigte sie.

Sie schloß die Augen...

25.

»Susan?«

Sie schlug die Augen auf. Sah Jeff McGee, der auf sie herunterblickte, mit besorgt gefurchten Brauen.

Es gelang ihr zu lächeln. »Hallo, Jeff...«

Jetzt lächelte auch er.

Seine besorgte Miene hatte erstaunlich lange gebraucht, um in eine lächelnde überzugehen, als ob sie ihn durch eine Zeitlupe betrachtet hätte.

»Wie fühlst du dich?«

Auch seine Stimme kam ihr komisch vor. Dunkler, tiefer, anders als sonst. Als ob eine falsch eingestellte Grammophonplatte zu langsam ablief.

»Nicht schlecht.«

»Ich hörte, daß du wieder einen Anfall gehabt hast.«

»Ja.«

»Willst du ihn mir nicht erzählen?«

»Nein. Uninteressant.«

»Ich bin sicher, mich würde es interessieren.«

»Vielleicht. Aber ich habe keine Lust, darüber zu sprechen.«

»Aber wenn ich dich bitte...«

»Schlaf hilft mir. Nur Schlaf.«

»Es ist spät geworden. Und du hast seither ununterbrochen geschlafen.«

»Ich bin so müde...«

»Und du bist halb in Trance. Merkst du es nicht?«

»Müde...«

Sie lächelte immer noch, aber schloß die Augen.

»Susan, hörst du mich?«

»O ja...«

»Ich möchte nicht, daß du jetzt weiterschläfst.«

»Nur ein bißchen...«

Es war ein angenehmes Gefühl. Als ob sie in einer warmen Strömung dahinglitt. Ohne Ziel. Faul. Wohlig.

»Nein«, beharrte er, »du sollst mit mir sprechen. Nicht schlafen. Sprechen.«

Er berührte ihre Schulter, schüttelte sie sanft.

Sie öffnete die Augen, etwas widerwillig, doch immer noch freundlich lächelnd.

»Du darfst nicht zu fliehen versuchen, du mußt den Dingen ins Auge sehen. Schlaf ist nicht die richtige Medizin.«

Erstaunt fragte sie: »Schlaf tut mir nicht gut?«

»Nicht im Moment.«

»Schlaf heilt alle Wunden, heißt es.« Sie hatte falsch zitiert.

»Susan!«

Wieder schloß sie die Augen. »Später...« murmelte sie.

Als sie ihn wieder ansah, wußte sie nicht, wieviel Zeit vergangen war. Er war über sie gebeugt, eine Spritze in der Hand.

»Ich werde dir jetzt eine Injektion geben.«

Sie merkte den Einstich gar nicht.

»Du wirst dich dann besser fühlen.«

»Aber ich fühle mich gut genug«, sagte sie schläfrig.

»Ich will, daß du wach wirst. Hellwach. Aufnahmefähig. Du darfst nicht in einer Traumwelt bleiben.«

»Wenn es aber so angenehm ist...«

»Es ist nicht gesund.«

Es dauerte eine Weile, bis sie ihre Benommenheit abschütteln konnte. Ihre Augen juckten. Sie rieb sie mit ihrem Handrücken. McGee klingelte nach einer Schwester und ließ ein Mittel bringen, das er eigenhändig in ihre Augen tropfte. Es war kühl und befreite sie von dem Juckreiz.

Sie hatte einen metallenen Geschmack im Mund. Jeff goß ihr ein Glas Wasser ein. Sie trank es aus.

Die Schläfrigkeit wich nur nach und nach. Sie war ein bißchen böse, daß Jeff sie nicht hatte schlafen lassen. Es war so wohltuend gewesen.

»Was hast du mir eingespritzt?«

»Ein Stimulans. Es hilft gegen schwere Depressionen.«

Sie verzog den Mund. »Ich war gar nicht deprimiert. Nur schläfrig.«

»Susan, du warst auf dem Weg, dich völlig von jeder Realität zurückzuziehen.«

»Nur müde...«

»Eine gefährliche Phase von Depression«, beharrte er. Er setzte sich auf die Bettkante. »Und jetzt möchte ich, daß du mir alles – aber auch alles erzählst, was dir im Badezimmer widerfahren ist.«

Sie seufzte. »Muß das sein?«

»Ja. Es muß.«

Sie war jetzt vollkommen wach. Der Zustand, der sie veranlaßt hatte, sich in einen Dauerschlaf zurückzuziehen, war gewichen. Sie fühlte sich erstaunlich energisch, beinahe kampflustig. Sie setzte sich im Bett auf, hob den Kopf. »Hast du die Nerven, Jeff, eine Gruselgeschichte zu hören?«

Er blieb viel länger als sonst, sie sprachen fast eine Stunde miteinander, und während des Essens leistete er ihr Gesellschaft. Sie hatte keinen Appetit, aber er achtete darauf, daß sie nichts übrigließ.

Schließlich war es für ihn Zeit zu gehen.

»Wirst du in Ordnung sein?«

Um ihn zu beruhigen, sagte sie: »Ganz sicher. Du weißt doch, ich habe Schneid.«

»Gott sei Dank. – Die Wirkung der Spritze hält nicht lange an. Zur Schlafenszeit wirst du wieder müde werden. Außerdem bekommst du ein Sedativ, ein stärkeres als sonst.«

»Ich dachte, du willst nicht, daß ich schlafe.«

»Das war etwas anderes. Ein unnatürlicher Schlaf, eine Flucht ins Vergessen, ein psychologischer Rückzug. Das ist jetzt vorbei, du bist wieder die alte Susan. Und ich möchte, daß du in der Nacht ruhig schläfst.«

Weil ich dann keine Halluzinationen haben kann, dachte Susan. Ausflüge in den Dschungel des Wahnsinns sind gefährlich. Man weiß nie, ob man zurückkommen kann. Wie in der wirklichen Wildnis können Ungeheuer über einen herfallen und einen verschlingen.

»Ich habe angeordnet«, fuhr er fort, »daß die Nachtschwestern in gewissen Intervallen nach dir sehen. Etwa jede Viertelstunde. Und wenn sie nur den Kopf zur Tür reinstecken. Du sollst wissen, daß du nicht allein bist.«

»Sehr gut.«

»Und bitte grüble nicht. Schalt den Fernseher ein. Beschäftige deinen Geist.«

»Durch das Fernsehen?« fragte sie ironisch.

Er grinste. »Besser als nichts. Alles besser, als vor sich hin zu starren.«

Er küßte sie. Es war kein leidenschaftlicher, aber ein zärtlicher Kuß. Und – wie sie glaubte – die beste Medizin.

Bei der Tür wandte er sich nochmals um und winkte ihr zu. Nachdem er gegangen war, fühlte sie sich ziemlich verlassen. Sie aß ein Stück Schokolade und schaltete den Fernseher ein. Die ersten zwei Programme, die sie empfing, langweilten sie. Dann geriet sie an einen Western und verfolgte mit gebührendem Interesse den Kampf zwischen einem jungen Sheriff und einer Bande von Viehdieben.

Die beiden Nachtschwestern – Tina Scolari und Beth Howe – kamen abwechselnd in ihr Zimmer und fragten nach ihren Wünschen. Sie waren nett und verständnisvoll, und Susan sah sich zu ihrem eigenen Erstaunen imstande, mit ihnen zu scherzen.

Zur gewohnten Stunde brachte ihr eine der Schwestern das Sedativ. Es war diesmal keine rosa Pille, sondern eine gelbe.

Später kam es zu einer Revolverschlacht, die der Sheriff mit einigen tapferen Farmern überlegen gewann. Sie drückte auf die Fernbedienung, auf der Mattscheibe wurde es dunkel.

Zeit zum Schlafengehen.

Doch erst mußte sie ins Bad.

Verzagt starrte sie auf die Tür, am liebsten hätte sie nach einer Schwester geklingelt und um die Bettflasche gebeten. Doch nach kurzem Zögern entschied sie sich dagegen. Sie schämte sich ihrer Verzagtheit. Wo war der berühmte Thorton-Schneid geblieben, dessen sie sich stets gerühmt hatte. Sie hatte schon nach der Klingel gegriffen, jetzt zog sie ihre Hand zurück. Kurz entschlossen warf sie die Bettdecke zurück, schlüpfte in ihre Pantoffeln und ging zum Badezimmer.

Öffnete die Tür.

Drehte die Beleuchtung an.

Die Neonröhren flackerten, dann wurde es hell im Raum.

Keine toten Männer. Kein abgetrennter Kopf. Ein normaler Baderaum, sauber und weiß.

»Gott sei Dank«, flüsterte sie und stieß einen tiefen Seufzer der Erleichterung aus.

Sie schloß die Tür hinter sich.

Später, als sie sich die Hände wusch, schlug ihr Herz wieder im gewohnten Rhythmus, ohne Beschleunigung.

Sie riß ein Papierhandtuch aus der Rolle, um sich die Hände abzutrocknen.

Etwas, was am Boden lag, glitzerte im Licht. Ein kleines metallisches Objekt, das die Strahlen reflektierte.

Sie warf das Handtuch in den Papierkorb, trat vom Waschbecken zurück und bückte sich. Hob das glitzernde Ding auf.

Ungläubig starrte sie es an.

Einmal hatte sie gewünscht, es gäbe wirklich Geister und Gespenster. Und jetzt schien es, als sei ihr Wunsch in Erfüllung gegangen. Sie hielt den Beweis in ihrer Hand. Ein goldener Davidstern. Derselbe, der an einem Kettchen an Jerry Steins abgetrenntem Kopf gehangen hatte.

III. Teil

AUSFLUG IN DEN NEBEL

26.

In dieser Nacht ging Susan ins Bett, ohne den goldenen Davidstern irgend jemandem gezeigt zu haben.

Als sie ihn am Boden des Badezimmers gefunden hatte, war ihr erster Impuls gewesen, zu den Nachtschwestern zu laufen. Sie wollte ihn möglichst vielen Personen zeigen, um zu beweisen, daß sie nicht an geistiger Verwirrung litt, daß die Besuche der toten Männer mehr waren als bloße Halluzinationen einer Kopfverletzten.

Doch dann beschloß sie, vorsichtig zu sein. Wenn sie atemlos ankam, um das Beweisstück zu präsentieren – und dann die Hand öffnete und keinen Davidstern in ihr hielt? In den vergangenen Tagen hatten sich eindeutige Beweise des öfteren verflüchtigt und in Luft aufgelöst.

Sie durfte ihren Eindrücken nicht trauen, darauf hatte sie Jeff McGee wiederholt aufmerksam gemacht. Sie konnte nicht sicher sein, daß ihr Gehirn Wahrnehmungen ihrer Sinne richtig interpretierte. Es mochte sich um einen neuerlichen Anfall handeln, und wenn er vorbei war, würde sich der Davidstern als eine lose Schraube oder ein heruntergefallener Nagel entpuppen.

Es war besser zu warten, sich Zeit zu geben, bis die Attacke verflogen war, und sich dann das Objekt in Ruhe anzusehen, um sich zu überzeugen, ob es dann immer noch seine Gestalt behalten hatte.

Außerdem scheute sie sich plötzlich, die Existenz der toten Männer und ihre Rache über das Grab hinaus ernsthaft in Erwägung zu ziehen. In Gesprächen mit Jeff McGee hatte sie halb im Scherz den Wunsch geäußert, es gäbe wirklich Geister, um eine geistige Erkrankung ihrerseits auszuschließen. Doch sie hatte freilich nicht überlegt, was die Erfüllung eines solchen Wunsches bedeuten würde. Ein weiterer Schritt in die Tiefen des Wahnsinns.

Ihr kühler, wissenschaftlicher Verstand wehrte sich gegen

die Vorstellung, tote Männer könnten aus ihren Gräbern gestiegen sein. Wann immer sie mit abergläubischen Vorstellungen konfrontiert gewesen war, war sie entweder amüsiert oder abgestoßen gewesen. Bisher hatte sie ihre Selbstbeherrschung wenigstens zum großen Teil durch den Glauben behalten können, ihre Peiniger seien bloß fiktive Auswüchse eines erkrankten Hirns gewesen, Schemen, Phantome.

Wenn sie aber wirkliche Dämonen waren...

Was dann?

Was würde als nächstes geschehen?

Viele Menschen glaubten an die Existenz von Dämonen. Nicht nur abergläubische Narren und Hohlköpfe. Priester, Theologen, Gelehrte der Kirchengeschichte...

Sie griff nach dem Spiegel, musterte sich mit prüfendem Blick. Sah betroffen den gehetzten, gequälten Ausdruck in ihren Augen.

Was hatte sie zu erwarten? Neue Blendwerke, neue Schrecknisse?

Daran wollte sie gar nicht denken. Es hatte auch keinen Sinn, im Moment darüber zu grübeln, bevor sie nicht wußte, ob der Davidstern ein wirklicher Anhänger war oder nicht.

Gleichzeitig begann das starke Beruhigungsmittel, das sie eingenommen hatte, zu wirken. Ihre Augenlider wurden schwer, ihre Gedanken begannen sich zu verschleiern. Hastig schlug sie den goldenen Anhänger in ein Blatt Toilettenpapier ein und knüllte es zu einem kleinen Päckchen zusammen.

Sie knipste das Licht aus, verließ das Badezimmer und ging zu Bett. Ihr kostbares Geheimnis verstaute sie in der Nachttischschublade, neben ihrer Geldbörse.

Die Wirkung des Sedativs vernebelte ihre Sinne, sie vermochte sich nicht länger wach zu halten.

Am Donnerstagmorgen war der Himmel wieder von dunklen Wolken überzogen, doch es gab Lücken, und manchmal kam die Sonne durch.

Susan blickte zum Fenster. Würde es ein schöner Tag werden?Einen Moment lang neigte sie zu Optimismus. Sie hatte gut geschlafen, keine bösen Träume hatten sie gequält.

Da fiel ihr der Davidstern ein, den sie im Nachttisch versteckt hatte.

Ihre Miene verdüsterte sich. Hastig riß sie die Schublade auf. Das Päckchen lag noch dort, neben ihrer Geldbörse. Es war kein Traum gewesen.

Sie holte es heraus, zerriß das Papier. Der Davidstern lag in ihrer Hand, und das Goldkettchen glänzte in den Sonnenstrahlen, die durch das Fenster drangen.

Susan betastete den Anhänger mit ihren Fingern. Metall, solides Metall. Gold. Kein Trugbild, es war echt.

So unsinnig es scheinen mochte, so folgte daraus, daß auch Ernest Hatch und der abgetrennte Kopf echt gewesen waren.

GEISTER?

Sie drehte den Davidstern nach allen Seiten, zog die Kette durch ihre Finger. Sollte sie wirklich an Gespenster, an Dämonen glauben?

Doch selbst wenn sie dazu bereit gewesen wäre, gab es ein gewichtiges Faktum, das sie daran hinderte. Der Davidstern. Wenn die toten Männer Dämonen waren, die durch Ritzen schlüpfen und sich in Luft auflösen konnten, dann hätte der Davidstern mit Ernest Hatch und Jerry Steins Kopf verschwinden müssen. Hatch war spurlos verschwunden und der Kopf mit ihm. Aber der Davidstern, der am Kopf gehangen hatte, befand sich hier, in ihrer Hand. Wäre er ein Teil der Geisterwelt gewesen, konnte er nicht zugleich ein Bestandteil der realen sein. Aber das war er; er lag hart und real auf ihrer Handfläche.

Letzte Nacht, als das Sedativ ihre Sinne vernebelt hatte, hatte sie den Anhänger für einen Beweis für die Existenz von Dämonen gehalten. Jetzt sah sie in ihm den Beweis dafür, daß die toten Männer nicht bloß ihrer Fantasie entsprungen waren.

Keine Geister!

Aber auch nicht die Produkte einer Kopfverletzung! Der Anhänger in ihrer Hand sprach gegen beide Theorien.

Doch was für eine Erklärung blieb übrig? Sie starrte auf den Davidstern, versuchte ihre Gedanken zu ordnen. Daß sich vier Doppelgänger zufällig in der Willawauk-Klinik getroffen hatten, schloß sie ebenfalls aus.

Eine allgemeine Verschwörung gegen sie? Auch diese Theorie ergab keinen Sinn. Vor allem konnte sie nicht erklären, wie Hatch gestern aus dem fensterlosen Badezimmer verschwunden war. Oder wieso die Leiche von Jerry Stein in Jessica Seifferts Krankenbett gelegen hatte. Oder wieso der Leichnam nach 13 Jahren nicht völlig skelettiert gewesen war.

Geister?

Fehlfunktion des Gehirns?

Bizarre Komplotte?

Keine der Theorien bot eine adäquate Erklärung. Jeder Versuch einer Analyse führte in die Irre.

Ich muß meine Gedanken in Ordnung bringen, sagte sie sich immer wieder. Ich muß mich zwingen, klar und objektiv zu denken – so als ob ich ein physikalisches Problem zu lösen hätte. So habe ich es immer getan, und so werde ich es auch jetzt tun. Und während sie an ihre Studienzeit an der Universität und an ihre wissenschaftliche Karriere dachte, hielt sie den Davidstern eisern fest, als könne sie aus ihm die Wahrheit herauspressen.

Eine Krankenschwester kam ins Zimmer. Millie, die strenge Blondine, die Dienstag morgen, als Susan hysterisch wurde, ihr die Injektion verpassen wollte, während Carl Jellicoe sie festhielt.

»In ein paar Minuten bringe ich Ihr Frühstück«, sagte Millie und ging an Susans Bett vorbei zum Badezimmer. »Ich bin gleich zurück.«

Durch die halboffene Tür konnte Susan sehen, daß die Schwester etwas suchte. Sie bückte sich, schaute unter den Waschtisch und hinter den Toilettensitz.

Was mochte sie so eifrig suchen? Schon bei Millies Eintritt war Susan etwas an ihrem Benehmen aufgefallen. Sie schien nervös zu sein, schien es eilig zu haben. Hatte sich nicht einmal die Zeit genommen, sich nach Susans Befinden zu erkundigen, hatte weder Temperatur noch Blutdruck gemessen.

Susan blickte auf ihre Hand. Das Kettchen hing zwischen ihren Fingern. Ohne genau zu wissen, warum sie es tat, einer Eingebung folgend, rollte sie die Kette zusammen und legte sie zum Anhänger. Ballte die Hand zur Faust. Nichts vom Davidstern war zu sehen.

Sie lehnte sich im Bett zurück, legte die geschlossene Faust auf die Decke. Sie gab sich gelassen und entspannt, blinzelte ins Morgenlicht.

Millie kam aus dem Badezimmer zurück und trat an ihr Bett. Sie zögerte einen Moment, bevor sie fragte: »Haben Sie im Badezimmer etwas gefunden, Miß Thorton? Ein Schmuckstück?«

Susan tat überrascht. »Im Badezimmer?«

»Ja.«

»Ein Schmuckstück? Was meinen Sie? Eine Perlenkette? Oder ein Smaragdkollier?« Sie erkundigte sich amüsiert, als ob es sich um einen Scherz handle.

Doch Millie blieb ernst. »Nein, nichts dergleichen. Ein Anhänger, der mir gehört. Ich muß ihn gestern verloren haben, wahrscheinlich als ich saubermachte.«

»Ein Anhänger? Was für ein Anhänger?«

Wieder zögerte Millie einen Moment, dann sagte sie: »Ein Davidstern. Aus Gold. Mit einer goldenen Kette.«

Susan sah die Spannung im harten, wachsamen Blick der Schwester. Doch sie ließ sich nicht beirren. Statt dessen fragte sie leichthin: »Ein Davidstern? Sind Sie Jüdin?«

»Ja, gewiß«, erwiderte Millie schnell. »Ich weiß, ich sehe nicht so aus, aber...«

Susan nickte. »Ich hatte einmal einen jüdischen Verlobten. Auch er war blond und sah aus wie ein hundertprozentiger Amerikaner.«

Verdammte Lügnerin, dachte sie. Der Anhänger hat nie dir gehört. Er ist zwar verloren worden, aber nicht von dir. Er ist vom abgetrennten Kopf gefallen. Und jetzt versuchten sie – wer auch immer sie waren –, die Sache zu vertuschen.

»Tut mir leid«, sagte Susan, »aber ich habe nichts gefunden.«

Millie starrte sie an.

Susans vager Verdacht verhärtete sich. Jetzt war sie sicher, daß ihr Problem kein psychologisches war. Die Ereignisse hatten sich nicht zufällig aneinandergereiht, sie waren programmiert gewesen. Man unterwarf sie einer bestimmten Behandlung – vielleicht einem Test, dessen Sinn sie nicht verstehen konnte. Aber wer? Und warum? Sie war entschlossen, es herauszubekommen.

Vorerst setzte sie ihr süßestes Lächeln auf und sagte: »Ich hoffe, Sie werden den Anhänger noch finden.«

»Vielleicht ist die Kette gerissen«, entgegnete Millie. »Der Davidstern muß woanders heruntergefallen sein.«

Sie war keine gute Lügnerin. Weder ihr Blick noch ihr Tonfall waren überzeugend.

Susan tat, als ob sie das Thema nicht weiter interessierte. Sie gähnte herzhaft. »Ich brauche dringend meinen Kaffee. Wird es mit dem Frühstück noch lange dauern?«

Sofort verwandelte Millie sich wieder in die tüchtige Krankenschwester; vom fehlenden Davidstern war nicht mehr die Rede. Sie versprach, sich um das Frühstück zu kümmern, und brachte es auch nach wenigen Minuten. Susan benutzte die Zwischenzeit, um für den Davidstern ein sicheres Versteck zu suchen. Das war gar nicht so einfach. Die Nachttischlade und der Kleiderschrank schieden aus, dort würde jemand, der danach suchte, als erstes nachsehen.

Schließlich entschied sie sich, den Davidstern wieder in Papier einzuwickeln und in ihren linken Pantoffel zu schieben. Sie schob ihn ganz nach vorne; die Pantoffeln waren sehr bequem, und sie stieß mit der großen Zehe nur leicht dagegen. Selbst wenn man in den Lederslipper flüchtig hineinschaute, unterschied sich das Papier kaum vom hellen Futter.

Susan ließ das Frühstück beinahe unberührt. Es drängte sie, auf eigene Faust mit Nachforschungen zu beginnen. Sie ging ins Badezimmer, knipste das Licht an und schloß die Tür hinter sich. Es gab keinen Schlüssel, und der Riegel war kaputt. Sie schob den Hocker gegen die Tür.

Jetzt hatte sie keine Angst mehr. Vor Geistern hatte sie sich gefürchtet, Menschen jagten ihr keine Angst ein. Millie war mit irgendwelchen Verschwörern im Bunde. Es galt ein Komplott aufzudecken. Sie machte sich methodisch an die Arbeit, wie sie es von ihrer wissenschaftlichen Tätigkeit gewohnt war.

Sie begann die Wände zu untersuchen. Solide Wände, weiß gestrichen, ohne Sprung. Sie prüfte vor allem die Ecken, aber sie wiesen nichts Ungewöhnliches auf. Wenigstens nicht die ersten beiden, die sie examinierte. Doch bei der dritten, gleich hinter der Tür, fand sie, wonach sie suchte. Ein Sprung, nicht breiter als ein Haar, der vom gekachelten unteren Teil bis zur Decke reichte.

Sie rieb sich die Augen, blickte nochmals in die Ecke. Der Sprung war immer noch da, bei flüchtigem Hinsehen kaum zu merken, doch bei näherer Betrachtung unverkennbar. Eine messerscharfe Linie, die sicher nicht dem Alter des Gebäudes zuzuschreiben war. Sie war geplant gewesen, noch bevor man die Wand aufgerichtet hatte.

Sie trat zum Waschbecken, sah in den Spiegel. Aber nicht, um sich selbst zu betrachten. Sie prüfte das Glas, das bis zur Decke reichte. Sie fand keine Schrauben, die es an der Wand befestigten. Der Spiegel mußte fest mit der Wand verbunden sein.

Sie kniete auf den kalten Boden und lugte unter das Bekken. Die Leitungsrohre kamen aus dem Flur, keine einziges aus der Wand. Jetzt kroch sie unter das Becken und prüfte das Mauerwerk. Auch hier konnte sie einen Sprung entdekken, der von unten nach oben lief, bis er vom Waschbecken und dem Spiegel verdeckt wurde. Die Kacheln des unteren Teils waren in der Mitte durchschnitten; die Schnittlinie ging in den Sprung über.

Susan konnte einen Fingernagel in den Spalt zwischen den Kacheln stecken. Er war nie zugekittet worden. Sie spürte einen schwachen, kalten Luftzug, der durch die Ritze kam. Als ob ein eisiger Atem über ihre Fingerspitze strich.

Sie kroch hervor und richtete sich langsam auf. Nachdenklich blickte sie auf den Raum zwischen den beiden Sprüngen. Er maß etwas über einen Meter, erstreckte sich von hinter der Tür bis zur Mitte des Spiegels. Anscheinend konnte dieser Teil der Wand nach außen schwingen.

Durch diese Öffnung war Ernest Hatch ins Bad gekommen. Und hatte es dann verlassen können, mit Jerry Steins Kopf, ohne zu merken, daß der Davidstern auf den Boden gefallen war.

Das Rätsel des Badezimmers schien gelöst zu sein. Nun ging Susan daran, die Wand hinter Jessica Seifferts Bett zu inspizieren. Auch hier fand sie zwei schnurgerade Linien, die vom Boden zur Decke führten, Sprünge im Gemäuer, die nur aus geringer Entfernung zu sehen waren. Ein Sprung befand sich seitlich vom Bett, der zweite in etwa einem Meter Distanz in der Ecke.

Susan versuchte, an verschiedenen Stellen gegen die Wand zu drücken, in der Hoffnung, eine geheime Feder zu entdecken, die einen Mechanismus in Gang setzen und das Mauerstück aufschwingen lassen würde. Doch es gelang ihr nicht. Die Wand bewegte sich nicht.

Sie kniete nieder. Glitt mit der Fingerspitze den Spalt entlang. Wieder spürte sie die Zugluft, die aus der Ritze kam. Und jetzte entdeckte sie auf der Fingerspitze einen Tropfen klebriger Flüssigkeit. Sie roch nach Schmieröl. Waren die Scharniere der geheimen Öffnungen damit eingefettet worden, damit sie sich lautlos bewegten?

Geheimtüren?

Der Gedanke war zu bizarr, um glaubhaft zu sein.

Schattenhafte Verschwörer, die heimlich durch die Wände gingen? Das waren typische Fantasieprodukte eines Verfolgungswahnsinnigen.

Aber die Sprünge in der Wand?

Einbildung?

Der Luftzug, der durch die Ritzen kam!

Sinnesverwirrung?

Und das Schmieröl?

Sie war nicht verrückt. Ihr Verstand funktionierte vorbildlich. Und alles, was sie entdeckt hatte, fügte sich wie ein Mosaik zu einem klaren Bild zusammen.

Jetzt galt es, die richtigen Schlüsse zu ziehen.

Die Verschwörungstheorie schien bewiesen. Aber diese Erkenntnis ergab noch keinen Sinn.

Wer konnte die Mittel und die Möglichkeit haben, einen so kostspieligen, komplizierten Plan zu ersinnen und durchzuführen? Mit geheimen Türen in einem Krankenhaus, mit Doppelgängern, die längst Verstorbenen verblüffend ähnlich sahen, mit willigen Helfershelfern? Zu welchem Zweck? Was konnte mit diesem Aufwand von Geld und Energie gewonnen werden?

Rache? Versuchten sich Angehörige eines der Verurteilten an Susan wegen ihrer Zeugenaussage zu rächen? Nach dreizehn Jahren ein tolles Schauspiel zu inszenieren, um sie in den Wahnsinn zu treiben? Das war absurd. Wäre tatsächlich ein Rächer am Werk gewesen, hätte er in den vergangenen Jahren ohne derartigen Aufwand Gelegenheit gehabt, Susan Thorton mit einem Messer oder einer Pistole aus dem Weg zu räumen.

Und welches seltsame Krankenhaus hatte in seinen Wänden geheime Türen eingebaut und verfügte über Pfleger und Schwestern, die sich derart mißbrauchen ließen?

In einem Irrenhaus, in einer Nervenklinik für hoffnungslos Geisteskranke mochte es Geheimtüren geben – wenn auch nur in den krankhaften Fantasien der verstörten Patienten. Doch die von ihr entdeckten Türen waren kein Fantasieprodukt – und sie selbst keine isolierte Schizophrene in einer Gummizelle.

Sie ließ die vergangenen vier Tage Revue passieren. Es gab eine Reihe sonderbarer Episoden, die ihr zunächst nicht bemerkenswert erschienen waren, aber jetzt einen alarmierenden Zusammenhang bekamen. Zwischenfälle, die sie hätten argwöhnen lassen müssen, daß dieses Haus und die darin befindlichen Personen nicht das waren, was sie vorgaben.

Dr. Viteski!

Schon als sie aus dem Koma erwacht war und er mit ihr gesprochen hatte, war ihr sein Benehmen aufgefallen. Als er ihr von ihrem Unfall und ihrer Einlieferung berichtet hatte, hatte er sich sichtlich unbehaglich gefühlt. Seine Haltung war hölzern gewesen, seine Worte hatten irgendwie mechanisch geklungen, wie von einem Sprechapparat. Jetzt fiel ihr ein – sie hatte den Eindruck gehabt, er lese ihr Zeilen aus einem auswendig gelernten Manuskript vor. Und vielleicht war das auch tatsächlich der Fall gewesen.

Auch Mrs. Baker hatte sich einen Moment lang verraten. Sie hatte von einem Kegelabend erzählt, vom Rendezvous mit einem Holzfäller. Doch zwei Tage später, als Susan sich höflich nach dem vergnügten Abend erkundigt hatte, hatte sie einen Moment lang nicht gewußt, wovon ihre Patientin sprach. Der Moment war lang gewesen. Zu lang! Die ganze Geschichte vom Kegelabend und dem Liebhaber war eine improvisierte Erfindung gewesen, wie sie Schauspieler benützen, um ihren Charakter zu untermauern. Die mollige, ergraute Thelma Baker hatte keine romantische Nacht verbracht. Sie hatte sie sich – im Zug ihrer Rolle – bloß ausgedacht und später vergessen, bis sie von Susan erinnert worden war.

Und der blaue Fleck! Er war ein sichtbarer Beweis gewesen, daß Ernest Hatch sie im Aufzug wirklich mißhandelt hatte – so sehr, daß er im Übereifer zu weit gegangen war und eine nachweisbare Spur hinterlassen hatte. Sie hatte sich als Erklärung ausgedacht, daß sie sich bei der Therapie angestoßen und später den blauen Fleck im Unterbewußtsein mit ihrer Halluzination verbunden hatte. Der Fleck war in der Zwischenzeit verschwunden, aber der Davidstern diente als bleibender Beweis, daß alle Episoden des Schreckens keine Einbildungen gewesen waren, sondern brutale Wirklichkeit.

Sicher waren ihren Peinigern noch andere Fehler unterlaufen, die ihr entgangen waren. Doch ohne den verlorenen Davidstern und die unbeholfene Millie wäre sie ihrer Sache nie so sicher gewesen, daß sie die Wände inspiziert und die Verdachtsmomente bestätigt gefunden hätte.

Alles in allem waren die Verschwörer doch sehr geschickt vorgegangen. Brillant sogar!

Doch wer waren diese Leute? Wer konnte so viel Geld und

Zeit und Energie daran setzen, ein solches Schauspiel in Szene zu setzen? Und aus welchem Grund?

WAS IN GOTTES NAMEN WOLLEN SIE VON MIR?!

Rache – das war nicht die Antwort auf diese Frage. Es mußte sich um mehr als um Rache handeln. Um etwas Wichtigeres. Und Schlimmeres.

Trotz der Furcht, die erneut in ihr aufstieg, zwang sie sich, die von ihr übriggelassenen Reste des Frühstücks aufzuessen. Sie brauchte Kraftreserven. Alle verfügbare Energie für den Kampf, der vor ihr lag.

Doch das Essen schmeckte ihr nicht, und selbst das süße Backwerk wurde in ihrem Mund bitter. Auch wenn sie bis jetzt davon Abstand genommen hatte, konnte sie doch nicht umhin, die Rolle von Jeff McGee zu überdenken.

Es gab keine Möglichkeit, daß er nicht eingeweiht war. Er mußte von allem Anfang an gewußt haben, was mit ihr gespielt wurde.

Er hatte seine Rolle gespielt wie alle anderen, die in das Komplott verwickelt waren.

Er war einer von ihnen – wer auch immer sie waren.

Zornig schob sie das Frühstückstablett beiseite.

Sie hatte McGee vertraut.

Er hatte sie verraten.

Sie hatte sich in ihn verliebt.

Und er hatte ihre Liebe schamlos ausgenützt.

Sie hatte ihre Gesundheit, ihr Leben in fremde Hände gelegt – etwas, was sie noch nie getan und nie zu tun sich geschworen hatte. Und jetzt, da sie mit ihren Prinzipien gebrochen und sich von Jeff McGees Zärtlichkeit hatte einlullen lassen – war sie betrogen worden! Auf das gemeinste betrogen.

Wie alle anderen hatte er skrupellos mitgeholfen, sie um den Verstand zu bringen.

Sie war eine Närrin gewesen.

Sie fühlte sich erniedrigt.

Und sie haßte ihn.

Sie durfte nicht länger an Dr. McGee und an ihre betrogene Liebe denken. Es fiel ihr nicht leicht, ihre Gedanken in andere Bahnen zu lenken, aber schließlich gelang es ihr, denn es gab ein noch ungeklärtes Geheimnis, das seinen Schatten über die Ereignisse warf.

Die Milestone Corporation.

Sie spürte es, und nicht zum ersten Mal, daß die Geschehnisse der letzten Tage mit der Milestone Corporation in Verbindung standen.

Sie versuchte verzweifelt, den Schleier der Amnesie, der alle Erinnerungen an Milestone in ein Dunkel hüllte, zu durchdringen. Doch wieder mußte sie feststellen, daß diese Erinnerungslücke nicht nur ein Schleier war, sondern eine undurchdringliche Panzerplatte. Je mehr sie sich damit quälte, einen Faden des Vergangenen in ihr Gedächtnis zurückzurufen, desto größer wurde ihre Angst. Unbestimmte Befürchtungen hinderten sie daran, sich ihrer Arbeit bei Milestone zu entsinnen, dessen war sie sich sicher. War die Amnesie nichts anderes als eine Art Selbstschutz? Sie hatte das Gefühl, daß jede Erinnerung an ihre Arbeit gleichbedeutend wäre mit dem Tod. Aber warum, warum? Was in Gottes Namen war so schrecklich an Milestone?

Aufgrund ihrer Entdeckungen hatte sie geglaubt, in das Dunkel, das sie umgab, Licht bringen zu können. Doch je mehr sie sich den Kopf zermarterte, desto schneller verflogen diese Hoffnungen.

Wenn alles ein abgekartetes Spiel war, war sie dann überhaupt das Opfer eines Autounfalls gewesen?

Sie schloß die Augen und versuchte sich die letzten Sekunden vor dem Unfall in Erinnerung zu rufen, der sich angeblich vor vier Wochen ereignet hatte. Auf dem Weg zum Viewtop Hotel, auf einer Bergstraße. Sie sah noch die Kurve vor sich – sie nahm Gas weg – fuhr langsam in die Kurve ein...

Und dann?

Nichts. Dunkelheit. Ihr Gedächtnis setzte aus.

Doch durch den dichten Schleider Erinnerungslücke sikkerte etwas Furchterregendes durch. Es lauerte hinter der Kurve. Aber kein Unfall. Sie hatten dort auf sie gewartet – wer auch immer sie waren –, hatten sie mit Gewalt entführt und hierher gebracht. Daher stammte die Kopfverletzung.

Sie hatte keinen Beweis dafür, keine Erinnerung an ein Kidnapping, trotzdem zweifelte sie nicht daran.

In diesem Moment wurde ihre Gedankenkette jäh unterbrochen, denn Jeff McGee kam in ihr Zimmer.

Die Morgenvisite. Er küßte sie auf die Wange, und sie erwiderte den Kuß, obwohl sie vorgezogen hätte, nicht von ihm berührt zu werden. Sie lächelte und gab vor, über sein Erscheinen erfreut zu sein, denn er durfte keinen Verdacht schöpfen.

»Wie fühlt sich die Patientin heute früh?« Er lehnte lässig an ihrem Bett, lächelnd, in seiner überlegenen Art darauf vertrauend, die törichte Susan Thorton sicher im Griff zu haben.

»Ich fühle mich glänzend«, erwiderte sie und unterdrückte den Wunsch, ihm mit allen zehn Fingernägeln ins Gesicht zu fahren.

»Gut geschlafen?«

»Wie ein Bär im Winter. Das Sedativ hat gewirkt.«

»Ausgezeichnet. Ich habe dir für heute zwei weitere verordnet. Eins zu Mittag und eins vor dem Schlafengehen.«

»Ich brauche keine mehr.«

Er zog die Augenbrauen hoch. »Verschreibst du dir jetzt deine Therapie selber?«

»Das würde ich mir nie erlauben«, entgegnete sie. »Aber ich leide im Moment nicht an Depressionen.«

»Das höre ich gerne. Aber daß du dich im Moment wohlfühlst, beweist leider nichts. Eine neue Welle tiefer Depressionen kann dich jederzeit wieder überkommen, speziell wenn du erneute Halluzinationen hast. Ich glaube an vorbeugende Medizin.«

Und ich glaube, daß du ein verdammter Scharlatan bist, dachte sie.

»Aber wenn ich dir sage, daß ich keine Pillen brauche ...«

»Sei nicht eigensinnig. *Ich* bin der Arzt.«

»Dem der Patient folgen muß.«

»So ist es.«

»Also gut. Zwei Pillen. Eine am Vormittag und eine am Abend.«

»Braves Mädchen!«

Warum kraulst du mich nicht hinterm Ohr wie einen Lieblingshund, dachte sie erbittert. Aber sie verbarg ihre Gefühle und erkundigte sich interessiert: »Hast du alle meine Befunde nochmals prüfen können?«

»Sicher. Ich bin letzte Nacht zwei Stunden über den Befunden gesessen.«

Lügner, verfluchter Lügner! Du hast keine Minute damit verbracht, denn du weißt sehr gut, daß ich kein medizinischer Fall bin.

»Zwei Stunden? Das ist mehr, als ich erwarten durfte.«

»Für dich tu ich alles.«

Sie drückte seine Hand. »Vielen Dank, Herr Doktor. Und was hat das Studium der Befunde ergeben?«

»Nicht viel. EEG und Röntgenbilder zeigen keinerlei pathologische Merkmale. Dein schöner Kopf ist der einer kerngesunden Frau.«

»Und die Lumbalpunktion?« fragte sie und vergaß nicht, ihrer Stimme einen nervösen, ängstlichen Unterton zu geben.

Er zuckte die Achseln. »Negativ.«

Susan seufzte und senkte den Kopf. »Wir sind also keinen Schritt weitergekommen.«

Jetzt seufzte auch er und umschloß ihre Hand tröstend mit seinen beiden Händen. Sie mußte das Verlangen unterdrükken, sich loszureißen und ihm ins Gesicht zu schlagen.

Statt dessen sah sie ihm vertrauensvoll in die Augen. Sie war überrascht über ihre Schauspielkunst; McGee merkte nicht, daß er für sie nicht mehr der strahlende Held von früher war. Ich bin sogar besser als Mrs. Baker, sagte sie sich mit Stolz. Ich werde diese Verbrecher mit ihren eigenen Waffen schlagen.

Doch was die Fähigkeit sich zu verstellen anging, war McGee unübertroffen. Er besaß Stil und Geschmack. Seine Sympathiebezeugungen waren überzeugend, aber nie übertrieben. Sein Charme war natürlich und nie forciert, sein Lachen klang echt, und in seinen blauen Augen war nicht die geringste Spur einer Täuschungsabsicht zu erkennen. Obwohl Susan wußte, daß er Komödie spielte, genügte es, mit ihm zu plaudern, und sie wäre um ein Haar wieder von seiner Ehrlichkeit überzeugt gewesen.

Doch das Bemerkenswerteste war die Liebe, die er ausstrahlte. In seiner Gegenwart fühlte sich Susan in Liebe eingebettet, von ihr beschützt. Es hatte in ihrem Leben mehrere Männer gegeben, die sie geliebt hatten. Doch noch nie hatte sie deren Gefühle für sie so intensiv wahrgenommen.

Doch er war ein Betrüger, ein geschickter Schwindler. Er wußte sehr genau, was hier gespielt wurde. Ein falsches, gefährliches Spiel mit seiner heißgeliebten Susan. Er war ein Schuft! Ein ganz gemeiner Schuft.

Nachdem er sie verlassen hatte, zweifelte sie wieder einmal an ihrem Verstand. Es war einfacher, an ihre geistige Umnachtung zu glauben, als anzunehmen, daß McGee ein Lügner war und Mitglied einer Bande von mysteriösen Verschwörern. Susan fühlte sich elend. Einmal im Leben war ihr die ersehnte Beziehung mit einem Mann ihrer Wünsche in den Schoß gefallen – und gleich darauf hatte sie sie wieder verloren.

War es vielleicht ihre eigene Schuld? War es Schicksal? Lastete ein Fluch auf ihr?

Sie hob ihren linken Pantoffel vom Boden auf und griff hinein, bis zur Spitze. Unter der Papierhülle konnte sie das Gold des Davidsterns spüren.

Die solide Härte des versteckten Anhängers zerstreute ihre letzten Zweifel. Sie war nicht im Begriff, den Verstand zu verlieren. Sie war nicht wahnsinnig. Nur zornig. Sehr zornig.

Etwa eine Stunde später brachte ihr Millie die angekündigte Pille. Keine gelbe, sondern eine rosa Pille, bemerkte Susan. Sie kippte sie aus dem kleinen Glasbehälter auf ihre Handfläche.

»Wo ist Mrs. Baker?« fragte sie.

»Donnerstag ist ihr freier Tag«, antwortete die Schwester und goß aus der Metallkaraffe Wasser in das Trinkglas. »Sie wollte ihn benützen, um ihren Wagen zu waschen. Dann wollte sie mit Freunden ein Picknick veranstalten. Aber ich fürchte, daraus wird nichts. Der Wetterbericht hat ein Gewitter angesagt.«

Susan hörte sich das mit einem Gemisch von Bewunderung und Sarkasmus an. Perfekte Planung, ein gut durchdachter Realismus. Obwohl dies kein normales Krankenhaus und Mrs. Baker keine echte Krankenschwester war, waren alle Details überzeugend ausgearbeitet. Freier Tag, Autowaschen, Picknick. Wer das Szenario geschrieben hatte, verdiente Anerkennung.

Millie reichte Susan das Glas Wasser. Susan gab vor, die Pille in den Mund zu stecken, behielt sie aber in der Hand. Sie trank zwei große Schlucke Wasser.

Millie war zufrieden. Susan auch. Trick gegen Trick. Es würde sich noch herausstellen, wer den längeren Atem hatte.

Millie ging, und Susan begab sich in das Badezimmer. Sie warf die Pille in die Toilettenschüssel und spülte sie hinunter. Sie war entschlossen, keines der verabreichten Medikamente mehr zu schlucken.

In ihr Bett zurückgekehrt, versuchte sie die Lage kühl zu überdenken.

Als Wissenschaftlerin mußte sie in Betracht ziehen, daß sie das Opfer eines Experiments geworden war. Ein Experiment, das mit der Kontrolle und Manipulation der Sinnesempfindungen zu tun haben mochte.

Es gab genügend Präzedenzfälle, um eine solche Theorie zu untermauern. In den vergangen Jahrzehnten hatten sich verschiedene Wissenschaftler freiwillig zu ähnlichen Experimenten hergegeben, um den Verlust des Begriffsvermögens zu erforschen. Sie hatten sich in dunkle, mit warmem Wasser gefüllte Tanks einschließen lassen – so lange, bis sie jeden Kontakt mit der Realität verloren und zu halluzinieren begannen.

Susan war zwar sicher, nicht an Halluzinationen zu leiden, aber überlegte, ob nicht der zweite Stock dieser Klinik für solche oder ähnliche Experimente eingerichtet worden war. Probierte man Techniken der Gehirnwäsche aus? Beschäftigte sich vielleicht die Milestone Corporation mit derartigen Versuchen?

Nach einiger Überlegung verwarf sie jedoch diese Möglichkeit. Sie glaubte nicht daran, daß sie sich freiwillig dazu hergegeben hatte, für solche Experimente gebraucht und mißbraucht zu werden, selbst nicht für den Fortschritt der Wissenschaft. Und sie würde eher ihre Arbeit bei Milestone aufgegeben haben, als sich der Gefahr auszusetzen, bei extremen Tests den Verstand zu verlieren.

Wer aber würde solche Experimente vornehmen, die jeder wissenschaftlichen Ethik widersprachen? Nazis mochten derart skrupellos mit Kriegsgefangenen umgegangen sein, aber der Krieg lag lange zurück, und heute würde kein angesehener Wissenschaftler zu solchen Mitteln greifen.

Außerdem war sie Physikerin und hatte nicht das Geringste mit Verhaltensforschung zu tun. Gehirnwäsche lag außerhalb ihres Forschungsbereichs; sie konnte sich nicht vorstellen, in derartige Experimente einbezogen zu sein.

Nein, sie war nicht mit offenen Augen in die Falle gegangen. Sie war nicht freiwillig in diese Klinik gekommen.

Als sie an diesem Punkt ihrer Überlegungen angelangt war, erschienen Phil und Murphy, um sie zur Physikalischen Therapie abzuholen.

Auf dem Weg nach unten machten sie wie üblich ihre albernen Scherze. Susan ging auf den Jux ein, lachte gelegentlich und riet ihnen, sich für eine Fernsehschau engagieren zu lassen.

Florence Atkinson unterwarf sie der üblichen anstrengenden Prozedur. Doch schon nach kurzer Zeit tat Susan nicht länger mit. Sie beklagte sich über einen schmerzhaften Muskelkrampf im rechten Bein. Sie wand sich nach allen Seiten und stöhnte. Sie wollte vermeiden, daß sie die Therapie in einem Zustand der Erschöpfung verließ. Sie wollte ihre Kräfte sparen, sie würde sie dringend nötig haben.

Sie war entschlossen, in der kommenden Nacht zu fliehen.

Mrs. Atkinson war ehrlich besorgt. Sie strich den Rest der Bewegungsübungen, massierte Susan sehr behutsam und ließ sie nur fünf Minuten im Whirlpool. Nach der heißen Dusche fühlte sich Susan fit und unternehmungslustig.

Auf dem Weg zum zweiten Stockwerk überlegte Susan, was sie tun sollte, falls im Aufzug eine neue ›Halluzination‹

für sie geplant wäre. Ihr erster Impuls war, auf die angeblich toten Männer loszugehen. Sie würde ihre Gesichter zerkratzen, Blut sollte fließen, rotes menschliches Blut, als Beweis, daß es sich um keine Gespenster handelte. Sie würde die Schufte verletzten, ihnen Anklagen ins Gesicht schleudern.

Doch dann sagte sie sich, daß das unklug wäre. Würde sie ihre Peiniger wissen lassen, daß sie sie durchschaute, würde sie den Vorteil aufgeben, der darin bestand, daß sie mehr wußte, als die anderen vermuteten. Dann würde das Theaterspielen abrupt enden. Man würde zwar nicht länger versuchen, sie zum Wahnsinn zu treiben, aber ihr vielleicht etwas noch Schlimmeres antun.

Glücklicherweise wurde sie vor keine wie immer geartete Entscheidung gestellt. Die Fahrt im Aufzug verlief ereignislos. Keine Dämonen tauchten auf, bloß stumme Patienten, Statisten in längst geprobten Szenen.

Phil und Murphy brachten sie ohne Zwischenfall in ihr Zimmer. Bald darauf servierte Millie das Mittagessen. Susan aß alles auf; es schmeckte ihr, und sie fühlte sich gesund und kräftig. Doch für die Schwester spielte sie die durch die Therapie Geschwächte. Sie gähnte herzhaft und sagte pathetisch: »Ich gedenke einen langen Schlaf zu tun.«

»Sehr gut, Miß Thorton. Ich werde die Tür schließen, damit Sie nicht durch Lärm aus der Halle gestört werden.«

Sowie die Schwester gegangen war und die Tür hinter sich zugezogen hatte, stieg Susan aus dem Bett und untersuchte den Wandschrank. Er war geräumig; auf den oberen Regalen lag Bettzeug für die beiden Betten. Unten standen Susans Köfferchen, beschädigt, eingedrückt, angeblich aus dem zerschmetterten Wagen herausgeholt.

Sie rechnete damit, daß in den nächsten Minuten niemand ins Zimmer kommen würde. Sie stöberte in ihrem Gepäck und stellte ein Bündel zusammen, das sie für ihre Flucht benötigen würde: ein Paar Jeans, ein dunkler Sweater, bequeme Schuhe und weiße Socken. Sie schob das Bündel ganz nach hinten in den Schrank und stellte die Koffer davor, um es zu verbergen.

Sie eilte zu ihrem Bett zurück, senkte die Matratze, legte ihren Kopf auf das Kissen und schloß die Augen.

Sie fühlte sich wohl. Sie war im Begriff, ihr Leben wieder in die eigenen Hände zu nehmen.

Dann fiel ihr etwas ein, was sie beunruhigte. Wenn in dem Zimmer versteckte Kameras eingebaut waren! Wenn sie rund um die Uhr beobachtet wurde! Dann würde man wissen, daß sie den Davidstern gefunden hatte und einen Fluchtversuch vorbereitete.

Sie richtete sich auf und sah sich im Zimmer um. Wo konnten die Kameras postiert sein? Oben, nahe der Decke, gab es kleine vergitterte Öffnungen. Für die Klimaanlage? Oder für die von einem Thermostaten regulierte Heizung? Oder für versteckte Kameras, die sie Tag und Nacht beobachteten?

Wenn das der Fall war, mußte sie alle Hoffnung fahren lassen.

Entmutigt ließ sie den Kopf sinken, sie war den Tränen nahe. Doch allmählich faßte sie wieder Mut. Logische Überlegungen sagten ihr, daß es keine Kameras gab. Sonst hätte man gewußt, daß sie den Davidstern gefunden hatte, und Millie hätte nicht so angelegentlich nach ihm suchen müssen.

Aber durfte sie sicher sein? Nun, den letzten Beweis würde die kommende Nacht liefern. Wenn ihr die Flucht gelang, würde sie wissen, daß sie nicht beobachtet worden war.

Andererseits, wenn sie die Treppe und das Vestibül erreichte und unten vor dem Tor standen die vier toten Männer, die sie lächelnd erwarteten...

Obwohl sie wußte, daß es keine toten Männer gab, erschauderte sie bei dieser Vorstellung.

Nein, daran durfte sie nicht denken.

Hatte man ihr nicht geraten, eine positive Einstellung einzunehmen?

Diesen Rat würde sie befolgen.

Und sie würde alles dransetzen, um sich zu retten.

27.

Donnerstagnachmittag wurde das Krankenhauszimmer frühzeitig dunkel. Eine schwarze Wolkenbank schob sich über den Septemberhimmel.

Dumpfes Donnergrollen ging einem heftig einsetzenden Regenschauer voraus. Harte Regentropfen trommelten gegen die Fensterscheiben. Das Heulen des Windes ging langsam in das Tosen eines Sturmes über.

Schlechtes Wetter für ein Picknick, dachte Susan. Aber geeignetes für eine Flucht.

Aufgeregt wartete sie auf den Einbruch der Nacht. Wilde Hoffnung erfüllte sie, aber auch nagende Furcht.

Sie fand keine Ruhe, trotzdem gab sie vor zu schlafen. Aber ihre Verstellung war überflüssig, niemand kam, um nach ihr zu sehen.

Später saß sie aufrecht im Bett und schaltete den Fernseher ein. Aber sie konnte sich nicht auf die Programme konzentrieren, die über die Mattscheibe flimmerten. Ihre Gedanken waren anderswo, sie erwog und verwarf Pläne, träumte von einer geglückten Flucht.

Zur Zeit des Abendessens erschien Jeff McGee mit zwei Tabletts und kündigte an, er werde mit ihr speisen. »Ein einfaches Mahl«, sagte er bedauernd. »Keine Kerzen, kein Champagner. Aber appetitlich aussehende Schweinekoteletts und als Nachtisch Apfelkuchen.«

»Ganz nach meinem Geschmack«, erwiderte Susan. »Kerzenlicht macht mich melancholisch und Champagner müde.«

Er brachte ihr auch mehrere Illustrierte und zwei Taschenbücher. »Damit du genug zu lesen hast. Mit den alten Scharteken mußt du ja schon fertig sein.«

»Schon längst.« Sie dankte ihm für seine Umsicht.

Er blieb über eine Stunde, vermied aber, über ihren Krankheitszustand zu sprechen. Er bemühte sich um einen leichten Konversationston, plauderte über Theater und Konzerte und zog über Politiker und Filmstars her. Das machte es ihr leicht, das Gespräch auf dem Niveau einer üblichen Dinnerparty zu halten. Doch mit der Zeit fand sie es unerträglich, die Naive zu spielen und vorzugeben, daß sie ihn liebe, während sie ihn in Wahrheit haßte und verachtete. Sie staunte über ihre Fähigkeit, eine Art Bühnenrolle zu spielen, aber die Anspannung zehrte an ihren Nerven, und sie war froh und richtiggehend erschöpft, als er sich endlich verabschiedete und ihr einen Gutenachtkuß gab.

Sie war zwar erleichtert, doch trotzdem bedauerte sie es, als er gegangen war. Solange er bei ihr gesessen war, hatte sie gewünscht, ihn so schnell wie möglich loszuwerden. Doch kaum hatte er die Türe hinter sich geschlossen, empfand sie einen Verlust, eine Leere. Sie erwartete ihn nicht wiederzusehen – höchstens vor Gericht, wenn er sich für seine Mittäterschaft würde verantworten müssen. Er hatte an ihrer Entführung und an ihrer psychischen Folter teilgenommen – trotzdem mußte sie zugeben, daß er ein angenehmer Gesellschafter war. Er besaß natürlichen Charme, verstand es, seinen Partner zu unterhalten, und sein Lachen war ansteckend. Am schlimmsten waren seine ach so überzeugenden Liebesbeteuerungen. Sie hatte immer wieder versucht, ihn zu durchschauen, hinter seiner sympathischen Oberfläche den abgefeimten Schurken zu sehen und in seinen Liebesschwüren die Lüge zu entdecken – aber es war ihr nicht gelungen.

Ärgerlich schalt sie sich eine Närrin. Vergiß ihn! Verbanne ihn aus deinen Gedanken, das ist das beste für dich. Konzentriere dich auf deine Flucht. Alles andere zählt jetzt nicht.

Der Regen fiel ohne Unterlaß. Gelegentlich durchzuckte ein Blitz die Finsternis.

Um neun Uhr brachte Tina Scolari das von McGee verschriebene Sedativ. Eine gelbe Kapsel. Wieder ließ Susan die Pille verschwinden, trank aus dem dargebotenen Glas Wasser und schluckte kräftig.

»Ich wünsche Ihnen eine gute Nacht«, sagte Tina Scolari.

Susan dankte und löschte die Nachttischlampe aus. Das schwache Licht der Nacht warf einen gelblichen Schimmer über die Betten. Es vermochte die Schatten nicht zu vertreiben, aber erhellte den Raum genügend, um Susans Vorhaben zu ermöglichen.

Sie blieb auf dem Bett liegen und wartete noch eine Weile, um sicher zu sein, daß die Schwester nicht zurückkommen würde, weil sie etwas vergessen hatte oder sie über neue Tests am kommenden Morgen informieren wollte. Sie starrte zur Decke, auf der in unregelmäßigen Intervallen der Reflex eines aufzuckenden Blitzes zu sehen war.

Schließlich stand sie auf und ging zum Wandschrank. Sie nahm vom oberen Regal zwei Kissen und zwei Laken und stopfte sie unter ihre Bettdecke, in der Hoffnung, sie würden bei flüchtigem Hinsehen wie eine zusammengekauerte schlafende Frau ausschauen.

Zurück zum Schrank! Sie holte das vorbereitete Bündel hervor, schlüpfte aus ihrem Pyjama und zog die Jeans und den Sweater an. Dann wechselte sie die Pantoffeln gegen Socken und Schuhe. Aus dem linken Pantoffel nahm sie den Davidstern und steckte ihn in eine Tasche ihrer Jeans. Sie wollte ihn nicht zurücklassen, obwohl er freilich niemandem außer ihr selbst etwas beweisen konnte. Als sie zum Schluß ihre Geldbörse aus dem Nachttisch holte, zeigte die Uhr 9:34.

Sie ging zur Tür und preßte ihr Ohr gegen das glatte Holz. Nichts war zu hören.

Nach einem Moment des Zögerns, nachdem sie die verschwitzten Handflächen an ihren Jeans abgewischt hatte, öffnete sie die Tür. Erst nur einen Spalt. Sie lugte in den hell erleuchteten Korridor. Nichts zu sehen. Vorsichtig streckte sie ihren Kopf hinaus. Sah nach rechts, sah nach links. Niemand war in Sicht.

Um diese Zeit, das wußte sie, befanden sich die Nachtschwestern im Schwesternzimmer. Es war schon zu spät für die üblichen Aktivitäten, aber noch zu früh für die erste Kontrollrunde.

Susan verließ ihr Zimmer, schloß vorsichtig die Tür hinter sich und stand einen Moment lang atemlos im hellen Gang. Sie war bereit, beim geringsten Anzeichen einer sich nähernden Schwester umzukehren und in ihr Zimmer und ihr Bett zu flüchten.

Doch im Korridor blieb es still. Trotz des glänzend gebohnerten Bodens und der Deckenbeleuchtung hatte es den Anschein, als wäre das Gebäude verlassen und von keiner Menschenseele bewohnt.

Zu Susans Linker lag der Punkt, an dem sich zwei Korridore vereinigten und zur Haupthalle führten. Von dort drohte die Gefahr, denn dort um die Ecke befanden sich das Schwesternzimmer und die Aufzugtüren.

Stille. Absolute Stille, nur gelegentlich unterbrochen durch das entfernte Grollen des Donners.

Jetzt gab es für Susan kein Zurück mehr. Zögern war gefährlicher als Handeln. Sie ging vorsichtig nach rechts, zur Feuertür am Ende des kurzen Flügels, über der ein rot beleuchtetes Schild AUSGANG zu lesen war. Sie schlich sich die Wand entlang und warf immer wieder einen ängstlichen Blick zurück.

Ihre Gummisohlen quietschten auf dem gewachsten Flur. Ein kaum wahrnehmbares Geräusch, aber es peinigte ihre angespannten Nerven wie das Geräusch von Fingernägeln, die auf einer Schiefertafel kratzen.

Sie öffnete die metallene Feuertür und erschrak, als der große Riegel klapperte und die Scharniere knirschten. Sie schlüpfte durch und schloß die Tür hinter sich, so leise sie konnte. Jetzt stand sie auf einem Treppenabsatz. Die Stiegen waren aus Stein und nur schwach beleuchtet, über jedem Absatz hing nur eine einzige Lampe. Dazwischen war es ziemlich dunkel, doch sie empfand die Dunkelheit diesmal nicht drohend; sie bot ihr Schutz.

Sie horchte. Im Treppenhaus war es absolut still. Doch die eiserne Tür hatte so viel Lärm gemacht, daß sie eventuelle Aufpasser hätte stutzig machen müssen.

Susan wartete, lauschte. Schließlich war sie sicher, daß sie keine Aufmerksamkeit erregt hatte. Sie zweifelte daran, daß man Wachtposten aufgestellt hatte. Niemand wußte, daß sie das grausame Spiel durchschaut hatte, niemand konnte einen Fluchtversuch erwarten. Und das Personal dieses seltsamen Hauses benutzte wahrscheinlich die Feuertreppe nur in Notfällen.

Sie beugte sich über das Treppengeländer und blickte nach oben und nach unten. Zwei Stockwerke über ihr, zwei unter ihr. Sie schlich die Stiegen hinunter zum untersten Treppenabsatz. Sie stand vor zwei Feuertüren. Eine war in die Innenwand eingelassen und führte vermutlich in den Korridor des Erdgeschosses. Die andere befand sich in der Außenwand. Susan wandte sich dieser zu, schob den schweren Riegel zurück und schob die Eisentür auf, langsam, Zoll für Zoll.

Kalter Wind blies ins Haus hinein und strich um Susans Füße wie ein schnüffelnder Hund, bei dem man nicht wissen kann, ob er wedeln oder beißen wird.

Vor ihr im Regen lag ein Parkplatz, mäßig erhellt von zwei großen Laternen, die an den beiden Enden standen. Er war zu klein, um der öffentliche Parkplatz für Patienten und Besucher zu sein. Vermutlich der Parkplatz für das Personal. Er wirkte seltsam verlassen, selbst um diese nächtliche Stunde hätte man eine Vielfalt von Wagen erwarten müssen. Doch Susan sah nur vier Autos auf dem Areal, einen Pontiac, einen Ford und zwei Chevrolets.

Kein Mensch war zu sehen. Sie trat ins Freie und ließ die Tür vorsichtig hinter sich ins Schloß schnappen.

Der Regen hatte etwas nachgelassen, und auch der Sturm hatte sich gelegt. Aber der Wind war immer noch stark genug, um Susans Haar durcheinanderzubringen. Über den nahen Bäumen hing dünner Nebel. Eine Bö zwang sie, ihren Kopf zwischen den Schultern einzuziehen. Es war überraschend kalt; die Kälte schnitt durch ihren Sweater. Sie wünschte, sie hätte eine Wolljacke gehabt. Es war viel zu kalt für September in Oregon. Winterlich kalt.

Hatte man sie auch über das Datum belogen?

Das konnte sie sich allerdings kaum vorstellen. Andererseits – was war an der ganzen Sache überhaupt vorstellbar?

Sie entfernte sich vom Notausgang, glitt in den Schatten eines dichten Gebüschs und überlegte ihre weiteren Schritte. Sie konnte die Richtung zum Haupteingang der Klinik gehen und dann die Straße nehmen, die hinunter nach Willawauk führte. Dann lief sie Gefahr, vom Haus aus gesehen zu werden. Oder sie schlug sich in die Wälder und versuchte, auf Umwegen in die Ortschaft zu gelangen.

Welche Alternative sie auch wählte, sie würde bis auf die Haut durchnäßt werden.

In ihrer Verzweiflung verfiel sie auf eine kühne Lösung, und kurz entschlossen unternahm sie den gewagten Versuch, hastig, bevor sie den Mut verlor. Sie lief auf den Parkplatz, zum Wagen, der am nächsten stand. Es war der grüne Pontiac.

Vier Wagen, vier Chancen. Jemand mochte den Zündschlüssel stecken gelassen oder an einem leicht zugänglichen Platz versteckt haben – unter der Matte oder unter der Sonnenblende. In Provinznestern wie Willawauk, wo jeder jeden kannte, dachten die Menschen nicht an Autodiebe wie in den großen Städten und ihren Vororten.

Sie erreichte den Pontiac. Die Tür zum Fahrersitz war nicht abgeschlossen. Sie riß sie auf und schaltete dabei die automatische Innenbeleuchtung ein. Susan erschrak vor dem hellen Licht. Sie fürchtete, sie habe sich verraten und jeden Moment würden Alarmsirenen aufheulen.

Verdammt!

Sie schlüpfte hastig in den Wagen und hinter das Steuerrad. Schlug die Tür zu, achtete nicht auf das Geräusch, wollte nur das verräterische Licht zum Erlöschen bringen. Idiotin, fluchte sie.

Sie starrte durch die verregnete Windschutzscheibe, sah aber niemanden auf dem Parkplatz. Sie blickte die vier Stockwerke des Krankenhauses hoch. Mehrere Fenster waren beleuchtet. Doch hinter keinem stand ein Mensch, niemand beobachtete sie.

Erleichtert atmete sie auf. Im Wagen roch es nach Tabakrauch. Susan, die nicht rauchte, haßte diesen Gestank, doch diesmal hieß sie ihn willkommen. Es war wenigstens nicht der Spitalgeruch, den sie tagelang hatte ertragen müssen.

Hoffnungsvoll beugte sie sich vor, ihre Finger glitten unter die Matte, um den Zündschlüssel zu suchen.

Sie erstarrte.

Der Schlüssel steckte im Zündschloß.

Er glänzte im Licht der nahen Laterne.

Der Anblick erfüllte sie mit Freude, doch gleichzeitig beunruhigte er sie. Zweifel begannen sie zu peinigen.

Irgend etwas stimmte da nicht.

Aber nein, endlich einmal habe ich Glück gehabt.

Es ist zu einfach.

Ich habe doch gehofft, einen Zündschlüssel zu finden.

Trotzdem zu einfach...

In kleinen Städten lassen die Leute die Schlüssel stecken.

Im ersten Wagen, auf den du gestoßen bist?

Spielt es eine Rolle, ob es der erste oder der vierte ist?

Ja, es spielt eine Rolle, weil es zu einfach ist.

Glückssache. Schließlich darf man auch einmal Glück haben. Es ist zu einfach.

Blitze durchzuckten den Himmel. Ein rollender Donnerschlag. Regen begann gegen die Windschutzscheibe zu prasseln, ein Wolkenbruch.

Jetzt wußte Susan, daß sie nicht zu Fuß in das Städtchen gehen würde, weder auf dem direkten noch auf einem gewundenen Weg. Wozu gegen ein Unwetter kämpfen, wenn sie einen Wagen zur Verfügung hatte. Gut, alles entwickelte sich verdächtig einfach zu ihren Gunsten, aber warum sollte nicht endlich ihre Glückssträhne einsetzen?

WAS FÜRCHTETE SIE EIGENTLICH?

Sie drehte den Schlüssel im Schloß. Der Motor sprang sofort an, begann leise zu surren.

Sie setzte die Scheibenwischer in Betrieb, die sofort die Windschutzscheibe klärten. Sie wagte es nicht, die Scheinwerfer einzuschalten. Gang rein, Handbremse lösen. Sehr langsam fuhr sie aus dem Parkplatz hinaus und einen gewundenen Kiesweg entlang. Sie gelangte zur Front des Krankenhauses und schließlich zum Ende einer Ausfahrt, ohne auf Gegenverkehr zu stoßen. Vor ihr lag die Einfahrt in die zweispurige Hauptstraße. Ein Stopschild. Automatisch bremste sie.

Sie benutzte die Gelegenheit, um zurückzuschauen, noch einen Blick auf das Haus der Angst zu werfen, aus dem sie entkommen war.

Auf dem gepflegten Rasen erhob sich eine steinerne Tafel. Sie war zwei Meter lang und etwa einen Meter hoch und von niedrigem Gebüsch flankiert. Oberhalb der Tafel waren an einer Metallstange vier kleine Spots placiert, deren Strahlen auf eine in den hellen Stein gehauene dunkle Schrift gerichtet waren.

Auch durch den dichten Regen konnte Susan mühelos die großen Buchstaben lesen:

THE MILESTONE CORPORATION

28.

Ungläubig starrte Susan auf die drei Worte.

Dann blickte sie zum Gebäude empor, verwirrt und zornig.

Es war gar kein Krankenhaus.

ABER WAS IN GOTTES NAMEN WAR ES?

Die Milestone Corporation sollte sich doch in Newport Beach, Kalifornien befinden, wo Susan zu Hause war. Dort sollte sie doch auch gearbeitet haben.

Alles war rätselhaft. Nur eines war ihr klar: Sie mußte so schnell wie möglich fort von hier.

Sie gab Gas, bog in die Hauptstraße ein und fuhr die Anhöhe hinunter, weg von der Milestone Corporation. Jetzt wagte sie die Scheinwerfer einzuschalten. Durch Regen und Nebel war Willawauk in der Ferne zu sehen, eine Ansammlung diffuser Lichter.

Susan entsann sich, daß Dr. Viteski von einer Bevölkerung von 8000 gesprochen hatte. Doch es machte einen viel kleineren Eindruck. Keine Kleinstadt, eher ein Dorf. Auf halbem Weg ins Tal hinunter, als sie sich über das Lenkrad beugte und zwischen den sich bewegenden Scheibenwischern hindurchsah, merkte sie eine seltsame Veränderung der Stadtbeleuchtung. Die Lichter flackerten, gingen aus und flammten aufs neue auf, als ob die ganze Beleuchtung aus einem einzigen großen und zusammengeschalteten Neon-Licht bestünde. Aber das mußte eine durch das Wetter bedingte optische Täuschung sein.

Was sich aber nicht veränderte, war der Eindruck, daß der Ort viel kleiner war, als sie angenommen hatte. Und bei diesem Eindruck blieb es auch, als sie die ersten Häuser erreichte. Einige Fenster waren beleuchtet, andere nicht. Die Autostraße ging übergangslos in die Main Street über.

Es war die typische Hauptstraße eines amerikanischen Städtchens und unterschied sich kaum von zehntausend anderen im Land. Ein kleiner Park, ein Kriegerdenkmal. Eine Bar mit Bier- und Whiskyreklamen. Verschiedene kleine Läden, eine Bank, ein Kino. Hinter den Fenstern eines Coffeeshops sah sie mehrere Gäste sitzen. Ein Drugstore, eine Beerdigungsanstalt und etliche Tankstellen.

Ein Städtchen wie viele andere. Und doch gab es etwas, was Susan auffiel und ihr befremdend erschien.

Die Sauberkeit. Die makellose Sauberkeit.

Alle Hausfassaden sahen aus, als wären sie gerade erst frisch gestrichen, die Benzinpumpen der Tankstellen glänzten poliert und wiesen keinen einzigen Fleck auf. Auf den Straßen war kein Abfall zu sehen, kein Stück Papier, kein zerknülltes Zigarettenpäckchen. Die Bäume zu beiden Seiten der Straße standen wie mit einem Lineal ausgerichtet, und ihre Krone war exakt beschnitten wie in einem französischen Park. Die Straßenlampen brannten absolut gleichmäßig, nicht eine Birne war ausgebrannt, nicht eine heller oder dunkler als die anderen.

Vielleicht war Willawauk eine Ausnahme in der amerikanischen Landschaft, ein hervorragendes Beispiel von Bürgerstolz und Bürgerinitiative. Oder der dichte Regen trübte die Sicht und verbarg jedes Zeichen von Verwahrlosung und normaler Abnützung. Aber meist sah eine Stadt bei Regen trüber und schäbiger aus als gewöhnlich, nicht sauberer. Und konnte Bürgerinitiative das Aussehen eines Ortes erklären, der wirkte wie von Robotern bewohnt?

Überdies war es ungewöhnlich, wie wenig Wagen zu sehen waren. Vor drei Blocks parkten nur drei Autos. Vor dem Kino nur ein einziges, und vor der Bar nur ein alter Ford und ein Kombi. Kein Verkehr. Sie war keinem fahrenden Auto begegnet, sie war die einzige, die durch die Hauptstraße fuhr.

Zugegeben, das Wetter war nicht einladend. Kluge Leute blieben in einer solchen Nacht zu Hause.

Aber sollte es in dieser Stadt nur kluge Leute geben?

Kaum zu glauben!

Susan fuhr sehr langsam, sah sich nach allen Seiten um und überlegte. Die Bar in der Hauptstraße würde auch inmitten eines Blizzards Geschäfte machen. Regen, auch starker Regen würde die Trinker sicher nicht von ihrem Stammlokal fernhalten. Aber die meisten würden mit ihren Wagen kommen und sich lieber bei Morgengrauen gegenseitig totfahren, als betrunken nach Hause zu torkeln.

Bleib nicht stehen, sagte sich Susan. Fahr durch, ohne zu bremsen. Bleib nicht in Willawauk. Etwas in diesem Ort ist nicht in Ordnung.

Aber sie besaß keine Autokarte und kannte die Gegend nicht. Wußte nicht, wo sich die nächste Ortschaft befand, wo die nächste Tankstelle, und wenn ihr das Benzin ausging, würde sie komplett hilflos sein. Langsam, zögernd, in einem niedrigen Gang schlich sie die Main Street entlang, bis sie nach einigen Blocks eine Platz fand, an dem sie sicher war, Hilfe zu finden. Sie lenkte den Wagen auf einen kleinen Parkplatz, der sich neben dem Amtsgebäude befand, hielt an und stieg aus.

WILLAWAUK COUNTY SHERIFF
Hauptquartier
Willawauk, Oregon

Es war ein einstöckiges Gebäude mit rotem Ziegeldach. Susan lief durch den Regen auf die gläserne Eingangstür zu. Sie war froh, den gestohlenen Pontiac losgeworden zu sein. Auch der Tabakgeruch im Inneren des Wagens hatte seinen Reiz verloren.

Trotz der späten Stunde war die Tür offen. Susan trat in einen typischen Behördenvorraum, der sauber, aber ungemütlich war. Eine hölzerne Barriere trennte den amtlichen Teil des Zimmers vom übrigen, der anscheinend für Besucher bestimmt war. An der Wand standen Bänke, und über ihnen hingen Fahndungsanzeigen. In einer Ecke stand ein Kaffee-Automat. Die gegenüberliegende Wand wurde von einer großen Karte von Oregon eingenommen.

Aus einem Nebenraum hörte Susan eine Frauenstimme. Sie wiederholte anscheinend Informationen, die ihr telefonisch durchgegeben wurden. An einer Tür zur Rechten hing ein Schild SHERIFFS OFFICE.

Sie trat ein. An einem Schreibtisch saß ein Mann in Uniform. Er wandte Susan den Rücken zu und klapperte auf einer Schreibmaschine.

Susan hüstelte, um sich bemerkbar zu machen, und strich mit der Hand über ihre nasse Stirn. »Verzeihung, aber ich brauche Hilfe.«

Er schwang auf seinem Drehstuhl herum und sagte mit freundlichem Lächeln: »Ich bin Sheriff Whitlock. Was kann ich für Sie tun, Lady?«

Er war plump, hatte eine beginnende Stirnglatze, ein rundes Gesicht und Schweinsäuglein. Sein Lächeln war nicht länger freundlich, sondern hämisch.

Es war Carl Jellicoe.

Es gab Susan einen Stich, wie wenn ein Nagel in ihre Lunge gedrungen wäre. Ihr Atem stockte.

Als Pfleger in der Klinik hatte er sich Dennis Bradley genannt. Jetzt trug er eine Uniform mit dem offiziellen Emblem und nannte sich Sheriff Whitlock.

Susan konnte kein Wort hervorbringen. Ihre Kehle war wie ausgetrocknet, und im Mund hatte sie einen bitteren Geschmack. Sie schnappte nach Luft, vermochte sich aber nicht zu rühren. Fassungslos starrte sie auf den Mann vor sich, dessen Hand mit der Dienstwaffe spielte.

Er kicherte und erhob sich. »Überrascht?« fragte er.

Sie antwortete nicht.

Er stellte sich breitbeinig vor sie hin. »Dachtest du wirklich, du könntest uns so leicht loswerden?«

Sie starrte ihn an, wie gelähmt.

Seinen Blick immer noch auf Susan geheftet, rief er in einen Nebenraum: »Komm, schau mal, wen wir hier haben!«

Jetzt erschien der Hilfssheriff. Er war groß und rothaarig, ein irischer Typ. Seine helle Haut war mit Sommersprossen übersät. Als Pfleger in der Klinik hatte er sich O'Hara genannt. Susan kannte seinen jetzigen Namen nicht, aber vor dreizehn Jahren, als er in der Donnerhöhle mitgeholfen hatte, Jerry Stein zu töten, hatte er Herbert Parker geheißen.

»Oh, oh, die Dame scheint bekümmert zu sein«, sagte Parker mit seinem irischen Akzent.

»Das arme Ding hat geglaubt, sie kann uns entkommen.«

Parker lachte. »Tatsächlich?«

»Tatsächlich.«

»Weiß sie nicht, daß das unmöglich ist? Weiß sie denn nicht, daß wir tot sind?«

Jellicoe grinste sie an. »Weißt du nicht, daß wir tot sind, du dumme Schlampe?«

»Du hast es doch in der Zeitung gelesen«, erinnerte sie Parker. »Hast du das vergessen?«

»Der Autounfall...«

»Vor elf Jahren...«

Aus dem Nebenraum hörte man noch immer die Frauenstimme, die Daten entgegennahm und wiederholte. Als ob sich im Büro des Sheriffs nichts Besonderes ereignet hätte. Aber die Frau mußte doch Bescheid wissen!

»Der Wagen hat sich zweimal überschlagen.«

»Zweimal...«

»Ein Schrotthaufen.«

»Ja. Da konnte keiner überleben. Und alles wegen dieses Flittchens!«

Sie gingen im Raum hin und her, vergnügt, ohne die geringste Eile.

»Und jetzt glaubt sie, sie kann vor uns davonlaufen«, sagte Jellicoe.

Und Parker fügte hinzu: »Wir sind doch tot, Dummchen. Verstehst du nicht, was das bedeutet? Vor Toten kann man sich nicht verstecken.«

»Sie können immer irgendwo sein...«

»Überall...«

»Gleichzeitig...«

»Das ist der Vorteil, wenn man tot ist.«

Susan rang nach Atem. Sie keuchte, sie schrie: »Ihr seid nicht tot!«

»Aber ja doch. Tot.«

»Begraben.«

»Zur Hölle gefahren...«

»...und zurückgekommen.«

»Und wir bringen die Hölle mit uns.«

»Für dich, Susan. Für dich, Süße...«

Susan trat einen Schritt vor. Auf dem Schreibtisch lag ein schwerer gläserner Aschenbecher. Sie griff nach ihm und warf ihn auf Jellicoe.

Er blieb nicht ruhig stehen und ließ das Geschoß durch sich hindurch segeln, um zu beweisen, daß er ein Geist war. Für einen Toten war er erstaunlich ängstlich, verletzt zu werden. Er duckte sich blitzschnell.

Der Aschenbecher verfehlte ihn, zerschellte an einem metallenen Aktenschrank und fiel in Stücken zu Boden.

Auf dem Schreibtisch sah sie auch eine große Taschenlampe, wie sie Polizisten am Gürtel tragen. Sie packte sie und schwang sie drohend. Da merkte sie, daß Parker nach seiner Dienstwaffe griff. Sie floh. Aus dem Büro, aus dem Vorraum, ins Freie. Sie lief zum gestohlenen Pontiac, riß die Wagentür auf. Tastete nach dem Zündschlüssel, den sie im Schloß stekken gelassen hatte.

Er steckte nicht mehr im Zündschloß.

WIR BRINGEN DIE HÖLLE MIT UNS. FÜR DICH.

Sie schaute zum gläsernen Eingang.

Jellicoe und Parker kamen aus dem Haus. Ohne Eile.

Susan glitt auf den Beifahrersitz, stieß die zweite Wagentür auf und sprang hinaus. Jetzt stand der Pontiac zwischen ihr und den beiden Männern.

Sie sah sich nach einem Fluchtweg um, hoffte, daß ihre Beine es schaffen würden. Wie gut, daß Mrs. Atkinson – aus welchen Gründen auch immer – sich solche Mühe mit ihr gegeben hatte. Allerdings bedeuteten vier Tage Therapie und gutes Essen noch lange nicht, daß sie fit war. Sie würde viel eher schlappmachen als Jellicoe oder Parker.

Durch Regen und Wind rief Jellicoe ihr zu: »Es ist zwecklos, davonzulaufen.«

»Du kannst dich nirgends verstecken, Susan«, fiel Parker ein.

»Geht zum Teufel!« schrie Susan und rannte, so schnell sie konnte.

29.

Das Haus machte einen freundlichen Eindruck. Weißgestrichener Holzzaun, mit Büschen umhegter Kiesweg, eine altmodische Veranda. Aus den Fenstern im Erdgeschoß drang warmes Lampenlicht durch helle Vorhänge.

Einige Sekunden lang stand Susan vor dem niedrigen Gittertor, betrachtete das Haus, überlegte, ob es ein sicherer Zufluchtsort wäre. Sie fror, sie war durchnäßt, sie fühlte sich elend. Es drängte sie, unter ein Dach zu kommen, wo es warm und trocken war, aber sie hatte Angst, erneut in eine Falle zu stolpern.

Steh nicht länger hier im Regen herum, sagte sie sich. Geh zur Haustür, läute, bitte um Hilfe. Die ganze Stadt kann doch unmöglich in die Verschwörung verwickelt sein.

Im Krankenhaus waren freilich alle am Komplott beteiligt gewesen. Allerdings war es keine richtige Klinik, sondern die Milestone Corporation – was auch immer diese Institution sein mochte.

Auch die Polizei war mitbeteiligt, was schrecklich und beängstigend war, aber sich erklären ließ. Wenn ein großes Unternehmen eine kleine Stadt dominierte, Arbeitsstellen und hohe Steuern garantierte, mochte sie auch die lokalen Behörden beherrschen und die Obrigkeit als verlängerten Arm für die Wahrung ihrer Interessen benützen. Zweifellos hatte die Milestone Corporation ihren Einfluß mißbraucht, um das Büro des Sheriffs zu korrumpieren. Eine befremdende, aber keineswegs ungewöhnliche Situation.

Doch weiter konnte die Verschwörung unmöglich reichen.

Die Angestellten von Milestone und auch die Polizei mochten eine zwielichtige Rolle spielen, damit mußte sie sich abfinden. Aber ein solches Komplott konnte nicht Tausende miteinbeziehen.

Nichtsdestoweniger stand sie im Regen vor dem Haus, beneidete die Leute drinnen, die es behaglich hatten – und fürchtete sie gleichzeitig.

Sie war mehrere Blocks vom Büro des Sheriffs entfernt. Sie war Jellicoe und Parker entwischt, indem sie durch schmale Gassen gelaufen war, immer wieder in Straßenecken biegend, und sich im Schatten der Bäume gehalten hatte.

Doch wenn sie überlegte, war ihr Entkommen zu einfach gewesen. So einfach wie das Bereitstehen des Pontiacs mit dem Schlüssel im Zündschloß. Und sie hatte es gelernt, einfachem Entkommen zu mißtrauen.

Ein neuer Blitz, ein neues Grollen des Donners erschreckte sie. Es regnete heftiger, es wurde kälter. Sie konnte nicht länger unschlüssig warten. Sie lief den Kiesweg zum Haus hinauf, dann über die Veranda zur Haustür. Sie drückte auf die Klingel.

Es blieb ihr kein anderer Ausweg. Sie wußte nicht, an wen sonst sich wenden als an irgendwelche Fremde in irgendeinem der Häuser in dieser seltsamen Stadt.

Das Licht in der Diele flammte auf.

Susan mußte versuchen, harmlos zu erscheinen. Sie wußte, daß sie erschreckend aussah: vollkommen durchnäßt, die Frisur von Regen und Wind ruiniert, Verstörung ins Gesicht geschrieben. Ein solches Aussehen mußte die nettesten Menschen davon abhalten, ihr Obdach zu gewähren. So gab sie sich große Mühe, ein einnehmendes Lächeln aufzusetzen.

Gottlob, die Tür wurde endlich geöffnet. Im Rahmen erschien eine Frau in mittleren Jahren mit kastanienbraunem Haar. Sie betrachtete Susan mit gebührender Überraschung. Bevor Susan noch etwas sagen konnte, rief sie aus: »Gütiger Himmel, was machen Sie da draußen in einer solchen Nacht? Ohne Mantel, ohne Schirm! Was ist passiert?«

»Eine Panne«, stammelte Susan, »der Motor...«

»Sicher der Vergaser«, unterbrach sie die Frau. »Bei Regen ist es immer der Vergaser.« Es war eine redselige Person, die sichtlich froh war, eine Gesprächspartnerin gefunden zu haben, und sei es auch ein zerzaustes, vor Nässe und Kälte zitterndes Wesen. »Und immer passiert so was bei einem Unwetter. Nie an einem sonnigen Tag im Juni. Und immer, wenn keine Werkstatt zu finden ist und man kein Kleingeld fürs Telefon hat.

Kommen Sie doch rein, meine Liebe, und wenn Sie telefonieren wollen, bitte sehr. Inzwischen werde ich Ihnen Kaffee aufwärmen. So wie Sie aussehen, brauchen Sie was Heißes.«

Sie trat beiseite, um Susan hineinzulassen.

Susan war ziemlich verwirrt durch das anhaltende Geschnatter und die unvermutete Gastfreundlichkeit der Frau. »Ich bin tropfnaß...«

»Spielt keine Rolle. Der Teppich ist dunkel – muß dunkel sein, wenn man Kinder hat. Nicht auszudenken, was sie mit einem hellen Teppich anstellen würden. Außerdem sind die Tropfen nur Regenwasser, weder Tomatensoße noch Schokolade wie üblich. Also kommen Sie nur herein.«

Susan trat ein. Die Frau schloß die Türe hinter sich.

Sie standen in einer hübschen Diele. Ringsum Kübel mit hohen Pflanzen. Über einem Mahagonitisch hing ein großer Spiegel. Die Tapeten waren hell gemustert.

Aus dem Nebenraum hörte man den Fernsehapparat. Eine Verfolgungsjagd schien im Gang zu sein. Quietschende Autoreifen, Stimmengewirr, ein Schrei.

»Die Kleinen starren immer in die Glotze«, beschwerte sich die Frau. »Ich heiße Enid. Enid Sheppard.«

»Ich bin Susan Thorton.«

»Sie haben einen großen Fehler gemacht, Susan. Man soll immer einen Regenschirm im Wagen haben, selbst wenn die Sonne scheint. Einen Regenschirm, eine Taschenlampe und eine Hausapotheke. George – das ist mein Mann – hat sogar eine elektrische Reifenpumpe dabei. Aber jetzt ist es zu spät für einen guten Rat. Kommen Sie mit mir in die Küche, Sie zittern ja wie Espenlaub. Dort ist es warm, und ich mache Ihnen einen Kaffee.«

Susan entschied, erst ein heißes Getränk zu sich zu nehmen, bevor sie der liebenswürdigen Dame ihre prekäre Situation erklärte. Sie folgte Enid Sheppard in einen schmalen Durchgang. Rechts lag das Wohnzimmer, in dem der Fernsehapparat lief.

Susan warf durch die offene Türe einen Blick hinein. Sie staunte. Der Raum sah nicht viel anders aus als die meisten amerikanischen Wohnzimmer, mit einer Menge von Sofas, Stühlen und Sitzecken. Was sie frappierte, war die Unzahl von Kindern. Mindestens ein Dutzend Kinder starrten auf die Mattscheibe; sie hockten auf dem Boden, saßen auf den Stühlen, lümmelten auf den übrigen Sitzgelegenheiten. Sie alle drehten wie auf Kommando den Kopf nach Susan, als sie vorbeiging, warfen ihr einen uninteressierten Blick zu, dann wandten sie sich wieder zum Fernsehapparat, von dem Schüsse und eine Polizeisirene zu hören war. Ihre große Zahl und ihre nichtssagenden Mienen machten auf Susan einen merkwürdigen Eindruck.

»Ich habe nur Nescafé«, entschuldigte sich Enid, die Susan in die Küche führte. »Ich weiß, es gibt besseren Kaffee, aber George trinkt keinen anderen.«

»Mir ist jede Marke recht«, sagte Susan.

Susan wunderte sich, wie die Sheppards es schafften, in diesem einfachen einstöckigen Haus ein Dutzend Kinder großzuziehen. Die Schlafzimmer mußten eingerichtet sein wie Kasernen, mit mehreren Betten übereinander.

»Sie haben eine große Familie, Mrs. Sheppard.«

»Jetzt verstehen Sie, warum ich keine weißen Teppiche habe«, erwiderte Enid und lachte.

Die Küche war hell erleuchtet und komfortabel eingerichtet, mit weißen Hängeschränken und einem großen Elektroherd. An einem Küchentisch unter dem großen Fenster saß ein junger Mann über einem Buch, den Kopf in die Hände gestützt.

»Das ist Tom, mein Ältester«, verkündete Mrs. Sheppard stolz. »Er ist der Beste in seiner Klasse. Immer sitzt er über seinen Büchern. Er will ein reicher Anwalt werden, um seinen Eltern ein Leben in Luxus bieten zu können, nicht wahr,

Tom?« Und sie zwinkerte Susan zu, um zu zeigen, daß sie nur scherzte.

Tom nahm die Hände von seinem Gesicht, hob den Kopf und sah Susan an.

Es war Ernest Hatch.

Susans Herzschlag setzte aus. Ein Trugbild, sagte sie sich, ein Blendwerk der Hölle.

»Die Dame hat Schwierigkeiten mit ihrem Wagen«, sagte Enid zu ihrem Sohn. »Sie möchte telefonieren.«

Hatch lächelte. »Hallo, Susan!«

Enid staunte. »Ihr kennt euch?«

»O ja«, sagte Hatch. »Wir kennen einander ziemlich gut.«

Das Zimmer schien unter Susans Füßen zu schwanken. Sie wich zurück, stieß gegen den Herd.

»Mama«, sagte Hatch, »ich kann Susan behilflich sein, wenn du zu deiner Fernsehschau zurückwillst.«

Enid zögerte und blickte zwischen Susan und Hatch hin und her. »Ich versprach ihr einen heißen Kaffee...«

»Ich kümmere mich darum«, unterbrach sie Hatch. »Ich brauche selber einen ganzen Topf Kaffee, wenn ich die Nacht über studieren will, das weißt du doch.«

Enid schien die plötzliche Spannung im Raum nicht zu bemerken. »Wissen Sie«, sagte sie zu Susan, »es ist eine meiner Lieblingssendungen, und ich möchte keine einzige Episode versäumen, um den Handlungsfaden nicht zu verlieren.«

»Halt den Mund, halt den Mund«, würgte Susan hervor. »Laß den verfluchten Unsinn!«

Enid starrte Susan verblüfft an, als wäre sie durch deren plötzlichen Ausbruch ehrlich überrascht und könne sich den Grund dafür nicht erklären.

Hatch lachte.

Susan trat zur Tür und wandte sich drohend an die Frau. »Versuch mich nicht zurückzuhalten! Oder – ich schwöre bei Gott – ich kratz' dir die Augen aus und beiß' dich in den Hals.«

»Sind Sie verrückt?« fragte Enid Sheppard entsetzt. Tom hatte sich erhoben.

Enid sagte: »Deine Freundin macht Spaß, nicht wahr, Tom?«

»Der Spaß ist kein bißchen komisch«, schrie Susan.

Hatch meinte gelassen: »Susan, Susan, es hat doch keinen Zweck. Siehst du das nicht endlich ein?«

Susan stürzte durch die Tür hinaus aus der Küche.

Im Durchgang erwartete sie, ihren Fluchtweg durch die Kinder blockiert zu finden, aber die saßen immer noch fasziniert vor dem Fernsehschirm, schienen das Schreien in der Küche nicht gehört zu haben.

Susan lief durch die Diele. In was für ein Haus war sie da geraten? Was für Kinder waren das? Kleine Roboter vor einem Ferhsehapparat?

Sie erreichte die Haustür, wollte sie öffnen und fand sie verschlossen.

Hatch war ihr in die Diele gefolgt. Er war hinter ihr her, aber ohne jede Eile, benahm sich genau wie vorhin Jelicoe und Parker. »Hör mal, dummes Flittchen, wir kriegen dich, ob du davonrennst oder nicht.«

Verzweifelt riß Susan am Türknopf.

Hatch ging langsam auf sie zu. »Morgen nacht wirst du bezahlen. Für alles bezahlen, was du uns angetan hast. Ich bin jetzt sieben Jahre tot und habe lange darauf warten müssen. Wir werden dich vornehmen, alle vier, von allen Seiten, einer nach dem anderen. Von vorn, von hinten, von der Seite. Wir werden dein Innerstes nach außen kehren...«

Die Tür bewegte sich in den Angeln, als sie heftig an ihr riß, aber sie öffnete sich nicht.

»...werden dich benützen wie eine Gummipuppe. Wie wir es schon damals in der Höhle hätten tun sollen. Und dann schlitzen wir dich auf, aber keine Luft wird rauskommen, sondern deine Eingeweide...«

Susan wünschte, sie hätte den Mut, herumzufahren und auf ihn loszugehen, mit Nägeln und Zähnen, ihm in die Augen zu fahren und in den Hals zu beißen. Ihr Zorn reichte aus, sie in ein reißendes Tier zu verwandeln. Aber sie hatte Angst, ihn nicht verletzen zu können, Angst, daß er nicht bluten würde. Daß er tatsächlich tot war. Natürlich war das nicht möglich. Doch jetzt, da er so unvermutet aufgetaucht war und sie mit Tiraden von Haß übergossen hatte, brach ihr Zweifel am Übernatürlichen zusammen. Sie besaß kein Vertrauen mehr in wissenschaftliche Beweisführung, zweifelte an Logik und Vernunft, war voll Angst und Entsetzen und haßte sich deshalb, aber sie konnte sich nicht helfen.

Sie mußte an die drohenden Worte denken: WIR BRINGEN DIE HÖLLE MIT UNS. FÜR DICH.

In panischem Schrecken riß sie an der Tür. Knirschend ging sie auf. Sie war nicht verschlossen gewesen, hatte bloß in der feuchten Witterung geklemmt.

»Verschwende deine Kraft nicht, Süße«, rief Hatch hinter ihr her. »Spar sie dir für morgen nacht. Ich werde sehr böse sein, wenn du morgen zu schlapp bist, um mich richtig anzuheizen.«

Sie torkelte durch die Tür, über die Veranda. Das Tor im Zaun schlug im Wind hin und her. Sie lief durch, gelangte auf die Straße. Rannte um ihr Leben. Achtete nicht auf die Pfützen, in die sie trat, auf das Regenwasser, das in ihre leichten Schuhe drang. Hörte noch die Stimme von Hatch, der ihr nachgerufen hatte: »Zwecklos. Kein Versteck auf dieser Welt...«

30.

Susan näherte sich dem Kino auf Umwegen, indem sie durch Seitengäßchen und über Parkplätze lief. Bevor sie auf die Main Street trat, lugte sie vorsichtig nach beiden Seiten durch die regnerische Nacht. Kein Polizeiauto war zu sehen, kein Beamter in Uniform.

Der Schalter war bereits geschlossen. Die letzte Vorstellung hatte schon begonnen, keine Karten wurden mehr verkauft.

Sie stieß eine Glastür auf, gelangte in ein menschenleeres Vestibül.

Hier war es warm, angenehm warm.

Auch hinter dem Erfrischungsstand war niemand zu sehen. Das war einigermaßen sonderbar, denn die Kinos verdienten mehr am Verkauf von Popcorn und Getränken als am Kartenverkauf, und sie schlossen den Stand selten, bevor der letzte Zuschauer das Haus verlassen hatte.

Aus dem Inneren des Zuschauerraums hörte man Musik und die Stimme von Dudley Moore. Der angekündigte Film hieß ARTHUR.

Susan hatte sich hierher geflüchtet, weil sie einen warmen, trockenen Platz suchte. Vor allem aber wollte sie in Ruhe und im Dunkeln sitzen und überlegen können – denken, denken, bevor sie endgültig den Verstand verlor. Seit sie im Büro des Sheriffs auf Jellicoe gestoßen war, hatte sie nur kopflos reagiert, statt überlegt zu handeln. Das mußte ein Ende haben.

Ursprünglich hatte sie vorgehabt, lieber in den Coffeeshop zu gehen statt ins Kino, doch sie hatte befürchtet, Polizeiwagen würden durch die Straßen patrouillieren und man könnte sie durch die großen Scheiben sehen und erkennen. Das Kino hingegen war ein dunkler, sicherer Zufluchtsort.

Sie schlüpfte durch eine der gepolsterten Türen, die ins Innere des Kinos führten. Schloß sie schnell hinter sich, damit der durchs Vestibül in den verdunkelten Raum fallende Lichtstreif keine Aufmerksamkeit erregte.

Auf der Leinwand erwachte Arthur gerade in seinem Bett nach einer durchzechten Nacht. Susan hatte den Film im letzten Sommer gesehen, als er in die Erstaufführungstheater gekommen war. Sie erinnerte sich, daß es eine der Anfangsszenen war. Sie hatte mehr als eine Stunde wohliger Wärme und schützender Dunkelheit vor sich, um in Ruhe die Ereignisse dieser Nacht durchdenken zu können.

Ihre Augen paßten sich nur langsam der Dunkelheit an. Sie konnte nicht sehen, ob das Kino gut besucht war oder nicht. Dann entsann sie sich, daß nur zwei Autos vor dem Haus gestanden hatten. Der Saal mußte halbleer sein, nur wenige Leute würden in einer solchen Nacht zu Fuß in ein Kino gehen.

Sie konnte nur einen Platz neben sich ausmachen, anscheinend den letzten Sitz einer Reihe. Er war leer. Sie setzte sich. Die nassen Kleider klebten an ihrem Körper.

Sie schloß halb die Augen, um die Vorgänge auf der Leinwand nach Möglichkeit auszuschalten. Arthurs spaßige Abenteuer interessierten sie nicht. Sie hatte an anderes, Ernsteres zu denken.

Geister. Dämonen. Längst Verstorbene, die sie verfolgten.

Sie weigerte sich, übernatürliche Erscheinungen als Erklärung zu akzeptieren. Wenn höllische Kräfte am Werk waren, konnte es für sie keine Rettung geben, daher war es vernünftiger, eine solche Möglichkeit gar nicht in Erwägung zu ziehen.

Das gleiche galt für die Theorie des Irrsinns. Sie mochte verrückt sein, zugegeben, aber was konnte sie im Moment dagegen tun? Nichts. Also war es klüger, nicht daran zu glauben.

Blieb nur das raffinierte Komplott. Aber auch auf diesem Weg kam sie nicht weiter. Wer konnte sich gegen sie verschworen haben, und warum?

Die Kette ihrer Gedanken wurde jäh unterbrochen. Im Saal erscholl ausgelassenes Gelächter. Obwohl es nur natürlich war, daß die Zuschauer sich über eine komische Szene amüsierten, erschien ihr das schallende Gelächter irgendwie sonderbar. Nach dem Geräuschpegel zu urteilen, mußte eine Menge Menschen im Saal sein, was der Tatsache widersprach, daß sie nur zwei Wagen vor dem Theater gesehen hatte. Aber das war nicht das einzige, was ihr auffiel.

Es war etwas anderes.

Etwas, was mit dem Klang des Lachens zusammenhing. Es hörte sich anders an, als zu erwarten gewesen wäre.

Im Saal wurde es wieder still, und Susan durchlief in Gedanken nochmals die Details ihrer Flucht.

Anfangs war doch alles glatt gegangen. Zu glatt?

Sie hatte die Klinik – oder das Gebäude der Milestone Corporation – ohne Schwierigkeiten verlassen können. Der Pontiac stand bereit, und der Schlüssel steckte im Zündschloß. Das ließ darauf schließen, daß sie – wer auch immer *sie* waren – von ihrem Fluchtplan gewußt und es darauf angelegt hatten, ihr Vorhaben zu unterstützen. Man hatte den Pontiac für sie bereitgestellt.

Aber wie konnten sie erraten, daß sie in diesem Wagen nach dem Schlüssel suchen und in das Büro des Sheriffs gehen würde? Und dann, von Jellicoe und Parker gehetzt, ausgerechnet im Sheppardhaus Zuflucht suchen würde? Es gab in Willawauk Hunderte Häuser. Wieso hatte Hatch sie gemächlich in einer ganz bestimmten Küche erwartet?

Susan kannte die wahrscheinliche Antwort auf diese Fragen, aber wollte nicht an sie glauben. Sie mußten gar nicht erraten, wohin sie sich wenden würde, weil ihre Bewegungen *programmiert* gewesen waren. Vielleicht hatte man sie in ihrem Unterbewußtsein festgelegt, während sie im Koma gelegen war. Das erklärte auch, warum man sie nicht ernsthaft verfolgte; man wußte, daß sie ihnen an einem vorbestimmten Platz in die Arme laufen würde.

Vielleicht besaß sie keinen freien Willen mehr.

Die bloße Vorstellung verursachte ihr ein leeres Gefühl in der Magengrube.

Sie fühlte sich wie ein Schlittenhund, der läuft und läuft, ohne seinen Kurs selber zu bestimmen. Der den Zügeln eines Treibers folgen muß, ohne auf den eingeschlagenen Weg Einfluß nehmen zu können. Sie haßte diesen Vergleich, obwohl sie zugeben mußte, daß es zutraf.

Wer aber waren diese schattenhaften Puppenspieler, die gottähnliche Gewalt über sie besaßen?

Wieder wurde ihr Gedankengang durch schallendes Gelächter unterbrochen. Diesmal horchte sie angespannt, und es wurde ihr klar, was ihr aufgefallen war. Es war das Lachen von jungen Menschen, von Kindern. Es war schriller, ausgelassener als das Gelächter von Erwachsenen, das sie in einem Kino zu hören gewohnt war.

Unterdes hatten sich ihre Augen dem Dunkel angepaßt; sie hob den Kopf und sah sich um. Der Saal war beinahe voll. Sie konnte die Besucher erkennen, die ihr zunächst saßen. Kinder, Halbwüchsige. Anscheinend war sie die einzige Erwachsene in ihrer Reihe.

Merkwürdig! Warum sollten Hunderte Jugendliche durch

Regen und Sturm in ein Kino gehen, um ein altes Lustspiel anzuschauen? Was für Eltern waren das, die ihren Sprößlingen gestatteten, eine Lungenentzündung zu riskieren?

Sie mußte an die vielen Kinder in Enid Sheppards Haus denken, die fasziniert auf den Fernsehschirm gestarrt hatten.

In Willawauk schien es mehr Kinder zu geben als in einem anderen vergleichbaren Ort.

Aber was zum Teufel hatten diese Kinder mit ihrer eigenen speziellen Situation zu tun?

Irgend etwas, dessen war sie sicher. Aber was? Es mußte einen Zusammenhang geben, aber sie konnte ihn nicht erraten.

Während Susan noch über die jugendliche Bevölkerung von Willawauk rätselte, sah sie, wie sich links von der Leinwand eine Tür öffnete. Ein fahles, bläuliches Licht schien durch die Öffnung. Ein großer Mann trat in den Saal und schloß die Tür hinter sich. Er ließ den Strahl einer Taschenlampe aufflammen und richtete ihn auf den Boden.

Ein Platzanweiser?

Er ging langsam den Gang entlang, in die Richtung, in der Susan saß.

Das Kino war ziemlich groß, es war ein langer Weg von der Leinwand zu den hinteren Reihen. Er war schon recht nahe, ehe Susan in den Sinn kam, er könnte für sie eine Bedrohung darstellen.

Sie stand auf. Die nassen Kleider klebten an ihr. Sie war noch nicht lange genug im Saal gewesen, als daß sie hätten trocknen können. Sie hatte vorgehabt, bis gegen Schluß der Vorstellung zu bleiben.

Der Mann kam näher. Mit jedem Schritt, den er tat, schwang seine Lampe hin und her.

Susan gab ihren Sitz auf, trat auf den Gang, fluchtbereit. Sie bemühte sich, in das Licht vor sich zu schauen, um die Gesichtszüge des Mannes erkennen zu können.

Er war jetzt kaum zwei Meter von ihr entfernt, unsichtbar hinter dem Strahl seiner Lampe. Hinter ihm bewegten sich die übergroßen Silhouetten der Schauspieler auf der Leinwand.

Dudley Moore sagte etwas Komisches.
Die Jugendlichen lachten herzlich.
Susan begann zu zittern.
John Gielgud sagte etwas Lustiges zu Liza Minelli, und wieder lachte das Publikum.
Wenn ich programmiert war, den Pontiac zu stehlen, dachte Susan, und zum Büro des Sheriffs und in Enid Sheppards Haus zu gehen, dann war ich vielleicht auch programmiert, hierher zu kommen statt den Coffeeshop zu besuchen.
Der Platzanweiser, wenn er einer war, kam immer näher.
Susan trat einige Schritte zurück, zur Tür, die zum Vestibül führte. Sie fühlte mit der rechten Hand hinter sich, tastete nach dem Türgriff.
Der Mann vor ihr hob seine Lampe. Der Strahl war nicht mehr auf den Boden gerichtet, sondern direkt auf Susans Gesicht. Das grelle Licht zwang sie, die Augen zu schließen.
Er ist einer von *ihnen*! Wahrscheinlich Quince, denn Quince war ihr in dieser Nacht noch nicht erschienen.
Oder – schlimmer noch – es war Jerry Stein. Jerry, das Gesicht in einem Stadium der Verwesung, die Lippen aufgeschwollen und eitrig. Jerry, in der Uniform eines Platzanweisers, der auf sie zukam, um sie zu begrüßen und sich ein Küßchen zu holen.
Verzweifelt versuchte sie der aufkommenden Panik Herr zu werden.
Vor Quince schauderte ihr. Aber eine Begegnung mit Jerry war einfach nicht auszudenken.
Sie sah ihn vor sich, die blicklosen Augen auf sie gerichtet. Er würde sie umarmen, seine Lippen auf ihre pressen und die schleimige Zunge in ihren Mund schieben. Ein Friedhofskuß, Leidenschaft eines Totentanzes!
Gab es kein Entrinnen aus der Hölle?
Sie stieß die Tür auf, lief aus dem Saal, durch das Vestibül, und wagte nicht zurückzublicken.
Sie rannte über die Straße, in eine kleine Gasse, suchte Zuflucht in einer Toreinfahrt. Sie holte tief Atem. Die kalte, feuchte Nachtluft peinigte ihre Lungen. Auf dem kurzen Weg waren ihre Kleider wieder völlig durchnäßt worden. Sie

spürte einen Schmerz am linken Bein, schenkte ihm keine Beachtung, redete sich ein, sie könne die ganze Nacht hindurch laufen, wenn es nötig wäre.

Aber sie wußte, daß sie sich belog. Die Kraftreserven, die sie in den vergangenen Tagen gespeichert hatte, begannen zu schwinden.

Auf der anderen Straßenseite, in einiger Entfernung, sah sie die Lichter einer Tankstelle.

31.

Verschlossene Türen, vergitterte Fenster. Die Regentropfen glitten an den frischlackierten Zapfsäulen hinunter.

Neben der Tankstelle stand eine öffentliche Fernsprechzelle. Susan schlüpfte hinein, schloß aber die Tür nicht, sonst wäre die Innenbeleuchtung in Gang gesetzt worden. So blieb sie zwar im Dunkeln, war aber durch die Glaswände fremden Blicken ausgesetzt. Doch auf der regennassen Straße waren keine Passanten zu sehen und auch keine Fahrzeuge.

Sie fischte aus einer Tasche ihrer Jeans ihre Geldbörse hervor und entnahm ihr einige Münzen. Sie schob einen Zehner in den Schlitz und wählte die Nummer des Fernamts. Sie fühlte sich elend und erschöpft. Sie verlangte die Nummer von Sam Walker in Newport Beach und ließ sich dann verbinden. Sie hatte Sams Telefonnummer nicht mehr im Kopf; es war schon einige Zeit her, daß sie miteinander ausgegangen waren. Doch er hatte die Beziehung für ihren Geschmack zu ernst genommen, und sie hatte sich gezwungen gesehen, sie abzubrechen. Doch sie war mit Sam Walker gut Freund geblieben, und wenn sie sich zufällig in einem ihrer bevorzugten Restaurants trafen, aßen sie zusammen und konnten ohne Hemmungen miteinander plaudern.

Es war typisch für Susan, daß sie keine richtigen Freundinnen hatte, an die sie sich hätte wenden können. Aber sie war mit Frauen nie so gut ausgekommen wie mit Männern. Im Moment stand Sam Walker ihr am nächsten, obwohl es mindestens zwei Monate her war, daß sie ihn in der ›Auberge‹ getroffen hatte.

Seit ihrer Flucht aus dem Kino war ihr klargeworden, daß sie ohne auswärtige Hilfe nicht aus Willawauk entkommen konnte. Es würde ihr schwerfallen, Sam ihre Situation zu erklären, denn obwohl er wußte, daß sie weder trank noch Rauschgift nahm, mochte er annehmen, daß sie einfach übergeschnappt war. Wie konnte sie ihn bloß überzeugen, daß der hiesigen Polizei nicht zu trauen war und daß er das FBI einschalten sollte.

Die Hilfe des FBI erschien ihr als einzige Möglichkeit, sich zu retten. Schließlich war sie in das Milestone-Gebäude entführt worden, und Entführung fiel in den Aufgabenbereich der Bundespolizei. Sie hatte davon Abstand genommen, von sich aus das FBI in Salem anzurufen – ihr als einer Unbekannten hätte man ihre Anschuldigungen sicher nicht geglaubt. Wo sie doch schon unsicher war, ihren alten Freund Sam Walker überzeugen zu können!

Im fernen Newport Beach begann das Telefon zu läuten.

Bitte, laß ihn zu Hause sein, betete sie. Bitte!

Ein Windstoß ließ die offenstehende Kabinentür auf und zu schlagen. Sie zuckte zusammen.

Das Telefon läutete dreimal. Viermal.

Bitte, laß ihn zu Hause sein, bitte!

Ein fünftes Mal.

Dann hob jemand den Hörer ab. »Hallo?«

»Sam?«

»Hallo?«

Die Verbindung war schlecht. Gewitterstörungen, es krachte in der Leitung.

»Sam?«

»Ja. Wer spricht?« Seine Stimme war kaum zu hören.

»Sam, ich bin es, Susan.«

Kurzes Zögern. Dann: »Suzie?«

»Ja.«

»Suzie Thorton?«

»Ja«, rief sie, froh, jemanden außerhalb von Willawauk erreicht zu haben.

»Ich höre dich so schlecht. Wo bist du?«

»In Oregon. In einer Stadt, die Willawauk heißt.«

Das Krachen in der Leitung ließ nach. Sie hörte ihn jetzt deutlich sagen: »Es klingt, als ob du aus Tahiti oder sonstwo sprechen würdest.«

Als sie jetzt deutlich seine Stimme hörte, durchfuhr sie ein schrecklicher Verdacht.

»Ich kann dich kaum hören, Sam«, stammelte sie.

»Ich habe gesagt, du klingst, als ob du aus Tahiti oder sonstwo sprechen würdest.«

Susan preßte die linke Hand über das freie Ohr und mit der rechten den Hörer gegen das andere. »Sam – du... du...«

»Suzie, bist du noch da?«

»Sam, du sprichst so merkwürdig. Nicht wie sonst.«

»Ist etwas nicht in Ordnung?«

»Es klingt, als ob nicht du es wärst.«

»Suzie, sprich doch deutlich! Was soll das alles?«

Sie brachte kein Wort heraus, konnte den Verdacht nicht äußern, der sie quälte.

»Suzie!«

Konnte man nicht einmal dem verdammten Fernamt in Willawauk trauen?!

»Suzie – bist du noch da?«

Jetzt sprach sie es aus, zornig und verzweifelt: »Du bist nicht Sam Walker!«

Krachen in der Leitung.

Stille.

Neuerliches Knacken und Rauschen.

Dann ertönte ein Kichern. »Natürlich bin ich es nicht, du dumme Kuh!«

Es lief ihr eiskalt den Rücken hinunter. Die Stimme war unverkennbar. Es war das Kichern von Carl Jellicoe.

Der Sturm ließ die offene Tür der Zelle heftig hin und her pendeln. Susan hielt sie fest.

Jellicoe sagte: »Glaubst du noch immer, daß es so einfach ist, uns zu entkommen?«

Sie antwortete nicht.

»Wohin willst du laufen? Es gibt kein Versteck für dich.«

»Schuft! Schuft!«

»Du bist am Ende«, sagte Jelicoe vergnügt. »Du kannst nicht weiter. Herzlich willkommen in der Hölle, Baby.«

Sie warf den Hörer auf die Gabel. Trat aus der Zelle und sah sich wieder um. Nichts bewegte sich auf der Straße. Niemand war in Sicht. Niemand war hinter ihr her. Noch nicht. Noch war sie frei.

Aber sie gab sich keiner Illusion hin. Sie war nicht wirklich frei, sie hing bloß an einer langen Leine. Und sie hatte das beängstigende Gefühl, daß diese Leine zugezogen wurde, immer enger und enger, langsam, aber unerbittlich.

Sie ging die Straße entlang, nicht einmal schnell, denn es erschien ihr sinnlos, den Rest ihrer Kraft durch Laufen zu verschwenden. Sie versuchte, weder auf den Schmerz in ihrem Bein noch auf Regen und Wind zu achten. Sie gab es auf, Fluchtpläne zu entwickeln. Wozu in neue Fallen tappen, wozu neue Enttäuschungen erleiden? Sie wollte gefaßt darauf warten, daß man sie holte.

Plötzlich hatte sie eine Eingebung.

Es gab einen Platz, in den die höllischen Mächte nicht einzudringen vermochten. Vor dessen Tor die Dämonen zähneknirschend anhalten mußten. Einen heiligen Platz, einen sicheren Hort.

Die Kirche.

Ein Blitz erhellte den spitzen Turm, der zum Himmel ragte. Die Kirche stand am Ende der kleinen Straße, an einer Kreuzung; die Breitseite lag an einer Hauptstraße. Susan begann zu laufen, bog um die Ecke, stand vor dem Portal. Das Innere des Gotteshauses war beleuchtet, das Licht drang durch die bunten Glasfenster, der Nebel, der über ihnen hing, glimmte blau und rot.

Niemand versuchte sie aufzuhalten, das gab ihr Hoffnung. Sie lief drei steinerne Stufen hinauf und griff nach der großen Klinke der Kirchentür.

Sie war verschlossen.

Der Weg zum Refugium versperrt.

Sie lauschte. Nichts war zu hören. Kein Gesang, kein Orgelton. Warum sollte auch um diese Stunde ein Gottesdienst stattfinden?

Doch durch die Fenster schien Licht. Vielleicht hielt sich der Pastor im Inneren der Kirche auf.

Sie pumperte mit den Fäusten gegen die Tür aus solidem Holz. Schlug sich beinahe die Hände blutig.

Niemand öffnete.

Nun, wenn der Pastor nicht in der Kirche war, konnte sie ihn sicher im Pfarrhaus finden. Es war an die Seitenwand der Kirche geschmiegt, ein einfaches, einstöckiges Haus mit großen Erkerfenstern im Obergeschoß. Der gepflegte Rasen war von zwei Laternen erleuchtet. Eine dritte Lampe hing über der Tür. Auf dem Türschild las sie: REV. OTIS B. KINFIELD.

Auf einen Geistlichen mußte man sich verlassen können. Zu einem Geistlichen konnte man mit jedem Problem kommen und auf Hilfe rechnen.

Doch galt das auch für Willawauk?

Sie drückte auf die Türklingel.

Obwohl die Außenlichter brannten, war es im Inneren des Hauses dunkel. Das mußte nicht bedeuten, daß der Pastor nicht zu Hause war. Er mochte zu Bett gegangen sein. Immerhin war es ziemlich spät, fast Mitternacht.

Sie läutete nochmals.

Und noch einmal, anhaltend.

Keine Lichter gingen an. Niemand reagierte auf ihr Klingeln.

Susans Hoffnungen schwanden. Sie hatte Wärme und Sicherheit erwartet, eine behagliche Bleibe, einen trockenen Schlafrock, eine heiße Schokolade. Und vor allem Schutz, Schutz gegen die teuflischen Mächte, die sie verfolgten. Ein Pastor, so hoffte sie, mußte sie gegen Dämonen schützen können wie ein Kruzifix gegen Vampire.

Obwohl niemand auf ihr Klingeln antwortete, war Susan nicht bereit aufzugeben. Sie dachte nicht daran, einfach wegzugehen. Sie kämpfte mit den Tränen, der Wunsch nach trockener Kleidung und heißer Schokolade war übermächtig, verdrängte sogar die Furcht vor Ernest Hatch und seinen Kumpanen.

Sie griff nach der Messingklinke, rüttelte an der Tür. Sie war verschlossen, ließ sich auch mit Gewalt nicht öffnen. Sie ging die Hauswand entlang, aber natürlich stand kein Fenster offen.

Drei Fenster links von der Tür waren fest verschlossen, auch das erste zur rechten. Doch das zweite hing locker im Rahmen, die feuchte Luft hatte das Holz des Rahmens aufquellen lassen. Es ging nach innen auf, weit genug, um Susan durchschlüpfen zu lassen.

Dann stand sie im Inneren des Pfarrhauses.

Sie war eine Einbrecherin!

Aber sie war eine verzweifelte Frau, die Hilfe brauchte, und der Reverend würde sicher verstehen und verzeihen, wenn er ihre Geschichte hörte.

Im Raum, in den sie gelangt war, war es stockdunkel. Und Susans erste Hoffnung wurde sofort enttäuscht. Es war nicht warm. Es war beinahe so kalt wie draußen.

Susan tastete sich an der Wand entlang, am ersten Fenster vorbei, zu einer Tür. Neben der Tür fand sie einen Lichtschalter. Sie knipste ihn an.

Die plötzliche Lichtflut blendete sie. Als sie wieder sehen konnte, war sie bitter enttäuscht. Das Innere des Pfarrhauses, das von außen einen so beruhigenden Eindruck gemacht hatte, glich nicht im geringsten ihren Vorstellungen.

Es war ein Warenhaus.

Ein riesig großer Raum ohne Decke, der bis zum Dachstuhl reichte. Betonfußboden ohne Belag. An Drähten hing eine gewaltige Weihnachtsszenerie mit Schlitten und Rentieren aus Papiermaché, anscheinend für die kommenden Feiertage vorbereitet. Überall standen Kartons, übereinander hoch aufgeschichtet. Daneben Koffer, Kisten, Container und Metallschränke, die meistens meterhoch und von enormer Breite waren. Die Behältnisse standen in gerade ausgerichteten Reihen, zwischen denen man Durchgänge gelassen hatte.

Verblüfft verließ Susan ihren Platz am Fenster und ging daran, die Stapel zu untersuchen. In den ersten Schränken fand sie schwarze Chorgewänder, die an Haken hingen und sauber in Plastiktüten verpackt waren. In einem weiteren entdeckte sie Kostüme von Weihnachtsmännern und Osterhasen. Im ersten Karton befanden sich – wie eine Aufschrift vermerkte – Bibeln und Gesangbücher.

All das, inklusive die vom Dach hängenden Weihnachtsfiguren, mochten Objekte sein, die jeder beliebige Pastor horten konnte. Wenn auch nicht in einem vorgetäuschten Pfarrhaus!

Dann aber fand sie Dinge, die keineswegs hierher gehörten und deren Entdeckung sie bestürzte.

32.

Drei ganze Reihen von Kisten und Containern – weit über 1000 Behältnisse – waren ausgefüllt mit aller Art von Kostümen. Die Aufschriften gaben seltsame Auskunft. Die in den ersten Reihen – weit über 100 – trugen die gleiche Bezeichnung:

U. S. Moden
Frauenkleidung
1960–1964
(Kennedy-Zeit)

Andere Reihen trugen die Aufschrift:

U. S. Moden
Herrenanzüge und Krawatten
1960–1964
(Kennedy-Zeit)

Jede Menge Frauenkleider, zahlreiche Herrenanzüge vom Sportdreß bis zum Frack, und Kisten voller Kinderkleidung. Alle Perioden von Kennedys Tod bis in die späten siebziger Jahre waren vertreten. Es gab sogar Kisten mit einem speziellen Vermerk:

U. S. Moden
Subkultur – männlich

Weder die Hippies noch die Punks waren vernachlässigt worden.

Es konnte sich nicht um eine Wohltätigkeitskollektion für

Übersee handeln, auch nicht für die Kleidersammlung eines übereifrigen Pastors. Es handelte sich zweifellos um eine über Jahre systematisch zusammengetragene Kollektion.

Selbst für ein projektiertes Mode-Museum waren die Objekte zu zahlreich. Mit diesen Lagerbeständen konnte man Hunderte und Aberhunderte von Personen in jedem Modetrend der vergangenen 20 Jahre einkleiden.

Waren die Bewohner von Willawauk – Männer, Frauen und Kinder – so sparsam, daß sie alle abgetragenen Kleider sammelten, um sie für den zukünftigen Tag aufzubewahren, an dem die alten Moden wieder modern und elegant sein würden? Hatten sie sich zusammengetan, um der Tyrannei der Modezaren zu trotzen?

Undenkbar! In einer Wegwerfgesellschaft wie der amerikanischen ließ sich kaum erklären, was für eine Gemeinschaft eine so perfekte Speicherung von Kleidungsstücken hätte organisieren und verwirklichen können.

Eine Gemeinschaft von Robotern?

Als Susan fortfuhr, die Reihen der Kisten und Container zu durchforschen, wuchs ihre Verwirrung. Auf mehreren Kartonen stand vermerkt:

NICHTRELIGIÖSE FEIERTAGE: Neujahr - Silvester.
NICHTRELIGIÖSE FEIERTAGE: Unabhängigkeitstag
RELIGIÖSE FEIERTAGE: Weihnachten
RELIGIÖSE FEIERTAGE: Ostern
PRIVATFESTE: Geburtstag
PRIVATFESTE (religiös): Bar Mitzwah
PRIVATFESTE: Herrenabend

Vom Karton WEIHNACHTEN riß sie die Klebestreifen ab und schlug den Deckel hoch. Obenauf lag Christbaumschmuck, Lametta, Sterne, Kerzen aus Wachs und auch elektrische Kerzen. Auf dem Boden des tiefen Behältnisses kamen verschiedene Tannenbäume zum Vorschein, echte und solche aus grünem Plastik, und eine Menge von Christbaumständern in allen Größen. Was hier angesammelt war, reichte aus, um eine ganze Stadt für das Weihnachtsfest zu schmükken und zu dekorieren.

Susan gab es schließlich auf, die Kisten und Schränke zu

untersuchen. Sie boten keine Antworten auf die vielen Fragen über Willawauk, im Gegenteil, sie stellten neue Fragen. Das Lesen der Schildchen und Etiketten, das Wühlen in der Kiste hatte sie nur noch mehr durcheinandergebracht. Warum lagerte ein christliches Pfarrhaus Dekorationen für eine jüdische Bar-Mitzwah-Feier? In der Kiste für den Herrenabend hatte sie pornographische Filmstreifen und Poster von nackten Frauen gefunden. Wie kamen solche Sachen in ein Pfarrhaus?

Befand sie sich überhaupt in einem Pfarrhaus? Wohnte der Reverend in diesem Gebäude? Und gab es ihn tatsächlich, oder war Otis B. Kinfield nur eine erfundene Person, ein Name auf einem Türschild?

Was war Willawauk für eine Stadt? Was ging in ihr vor? Auf den ersten Blick schien es eine ganz normale Ortschaft zu sein wie tausend andere. Doch wenn man näher hinsah, gab es kein einziges Detail, das nicht unnatürlich war und sonderbar.

Eins wußte sie mit Gewißheit: In dieser Stadt konnte sie sich keine Minute lang sicher fühlen.

Unwillkürlich schaute sie zum Fenster, durch das sie eingestiegen war. Sie hatte es zwar hinter sich geschlossen, aber wer garantierte ihr, daß nicht gerade jetzt jemand hineinsah und sie inmitten des verschlossen gehaltenen Lagers erblickte? Das Pfarrhaus lag nicht mehr im friedlichen Dunkel, sondern war hell beleuchtet. Jeden Moment konnte die Polizei auftauchen.

Susan lief zur Tür und löschte das Licht. Wohltätiges Dunkel umfing sie. Doch auch die Finsternis machte ihr Angst. Und vielleicht war die verdächtige Beleuchtung schon von einem aufmerksamen Beobachter entdeckt und angezeigt worden. Sie mußte so schnell wie möglich von hier verschwinden.

Sie kletterte durch das Fenster hinaus. Stand im Vorgarten. Ging auf die Straße. Ihre nassen Kleider schienen einen Zentner zu wiegen. Immer noch regnete es, und der Wind heulte. War es überhaupt sinnvoll, fliehen zu wollen? Früher oder später würden Hatch und die anderen sie ohnehin einholen.

Im Moment hatte sie nur einen Wunsch: ein schützendes Dach über dem Kopf.

Da hörte sie Orgelspiel.

Es kam aus der Kirche.

Unwillkürlich blickte sie zur Kirchentür, an der sie vorhin vergeblich gerüttelt hatte.

Die Tür stand offen.

Aus dem Inneren drang Licht.

Susan sah einige Personen, die das Gotteshaus betraten.

Sie wollte sich den Kirchenbesuchern anschließen und eilte zu den Steinstufen, die zum Tor führten.

In diesem Moment hörte sie hinter sich das Geräusch eines ankommenden und bremsenden Autos. Sie drehte sich um.

Ein Krankenwagen war vorgefahren und hielt jetzt vor der Kirche. Auf der weißen Seitenwand der Ambulanz war in schwarzen Lettern zu lesen WILLAWAUK KLINIK.

Aber die gibt es doch gar nicht, sagte sich Susan. Gleich darauf sah sie ihre Befürchtungen bestätigt. Die beiden Männer, die aus der Ambulanz stiegen, waren Jellicoe und Parker. Sie trugen nicht mehr Polizeiuniformen, sondern gelbe Regenumhänge, unter denen die weiße Kleidung der Krankenhauspfleger zu sehen war. Sie blickten zu Susan auf und gingen gemächlich auf sie zu.

Sie hatte nicht mehr die Kraft, erneut davonzulaufen. Aber sie wollte sich auch nicht tatenlos in ihr Schicksal ergeben. Sie wollte sich wehren, wollte schreien. Man würde sie mit Gewalt zur Ambulanz schleppen müssen.

Sie eilte ins Innere der Kirche. Fürchtete, diese würde sich als Attrappe erweisen – wie die Dekoration in einem Filmstudio. Vorne Fassade, hinten eine leere Halle.

Doch nein, es war eine richtige Kirche. Marmorboden, messingbeschlagene Bänke. Das Haus war geheizt. Dankbar empfand Susan die wohlige Wärme.

Wieder schoß es ihr durch den Kopf, daß in einem geheiligten Haus Dämonen keinen Zutritt finden könnten. Sie wandte sich um, in der Hoffnung, Jellicoe und Parker hätten vor dem Tor haltmachen müssen.

Doch die beiden kamen mit gemächlichen Schritten, die sie bereits an ihnen kannte, den Mittelgang entlang.

Ihre Füße trugen sie nicht länger. Noch ein Schritt und sie würde zu Boden stürzen. Sie ließ sich auf den Eckplatz einer Bank fallen.

Das Orgelspiel war zu Ende. Es wurde still im Raum.

Sie hörte Jellicoes Kichern hinter sich. »He, Susan«, rief er laut.

Sie wollte ihr Gesicht in den Händen bergen.

Da sah sie, wie sich seitlich vom Altar eine kleine Tür öffnete. Zweifellos die Tür zur Sakristei.

Zwei Männer traten heraus.

Der Pastor und der Hilfsgeistliche, dachte Susan. Bei ihnen würde sie Schutz finden. Sie stützte sich auf das Pult vor sich, erhob sich halb.

Und hielt in der Bewegung inne.

Die beiden Männer waren zum Altar getreten. Im Licht, das von der Kuppel kam, konnte sie ihre Gesichter erkennen. Die Gesichter von Ernest Hatch und Randy Quince.

Jetzt wurde ihr die ganze Reichweite der Manipulation klar. Keine Einzelheit ihrer Flucht war ihre eigene Idee gewesen. Es war *ihr* Plan, *ihr* Spiel gewesen. Sie hatten mit ihr gespielt wie eine Katze mit der Maus. Immer wieder ließ man sie Hoffnung schöpfen, ließ man sie entwischen, um dann brutal über sie herzufallen. Ihre verzweifelten Anstrengungen, ihr wiederholtes Zickzacklaufen hatten bloß der Belustigung ihrer Feinde gedient. Der Davidstern war nicht zufällig im Badezimmer verloren worden; man hatte ihn mit Absicht hingelegt, um sie zur Flucht anzustacheln.

Katzen genießen die Fluchtversuche einer Maus. Aber die Maus hat nie die geringste Chance.

Hatch und Quince kamen die Stufen des Altars herunter. Jellicoe und Parker standen bereits neben ihr. Sie grinsten.

Susan war nicht imstande, sich zu bewegen. Sie vermochte nicht mal eine Hand zu ihrem Schutz zu heben.

»Hat's dir ebenso viel Spaß gemacht wie uns?« wollte Jellicoe wissen.

Parker lachte.

Susan sagte nichts, sie starrte reglos vor sich hin.

Jetzt traten Hatch und Quince zur Bank, in der sie saß. Sie schauten sie vergnügt an, lächelten. Alle vier lächelten.

Susan vermied ihre Blicke, sah durch sie hindurch auf das Kreuz. Sie sollten nicht sehen, daß sie am ganzen Körper zitterte.

Hatch beugte sich vor, zwang sie, ihn anzuschauen.

»Arme Kleine«, sagte er spöttisch. »Ist die kleine Hurensau müde? Hat sie sich ihren kleinen Arsch kaputtgelaufen?«

Susan unterdrückte den Wunsch, die Augen zu schließen und auf nichts zu reagieren. Statt dessen starrte sie Hatch schweigend an, erwiderte den Haß, der aus seinen Augen sprach.

»Hoffentlich nicht«, bemerkte Qince. »Ich habe mit ihr noch einiges vor.«

Jellicoe lachte.

Doch Hatch blieb ernst. »Du möchtest wohl Bescheid wissen, Susan.«

Sie antwortete nicht.

»Willst du's wirklich nicht wissen?«

Sie starrte ihn an, ohne mit der Wimper zu zucken.

»Oh, du bist trotzig«, sagte Hatch. »Der starke, schweigsame Typ. Weißt du, Susan, ich hab' eine Schwäche für starke, schweigsame Frauen.«

Die anderen drei Männer lachten.

Hatch meinte: »Sicher möchtest du wissen, was gespielt wird. Gib es doch zu. Flittchen sind nicht nur geil, sondern auch neugierig.«

Gelächter belohnte seinen Scherz.

»Dein Autounfall, der hat wirklich stattgefunden. Zwei Meilen vor dem Viewtop-Hotel. Der Wagen rollte über eine Böschung und zerschellte an einem Baumstamm. Das ist wahr. Alles andere war natürlich gelogen.«

»Wir sind alle gewissenlose Lügner«, bestätigte Parker gutgelaunt.

»Du bist nicht drei Wochen im Koma gelegen«, fuhr Hatch fort. »Das Krankenhaus war nicht echt. Alles Lüge, Täuschung, ein Spielchen, um mit dir Spaß zu haben.«

Sie ließ sich nicht provozieren, schwieg noch immer.

»Du hattest nicht mal die Chance, im Koma zu liegen. Du bist noch an der Unfallstelle gestorben.«

Quatsch, dachte sie. Was bezwecken sie diesmal?

»Auf der Stelle«, sagte Parker.

Jellicoe kicherte. »Hirnquetschung.«

»Nicht bloß eine kleine Wunde auf der Stirn«, ergänzte Quince.

»Du bist tot, Susan«, sagte Hatch.

»Wie wir«, lachte Parker. »Alle glücklich vereint.«

Nein, nein! Das konnte nicht sein. Das war Wahnsinn.

»Du bist in der Hölle«, sagte Hatch.

»Mit uns.«

»Und wir haben den Auftrag, dich zu unterhalten.«

»Worauf wir uns schon freuen.«

»Sehr freuen. Überaus freuen.«

Gelächter.

NEIN!

»Wir haben eigentlich nie gehofft, du würdest in der Hölle landen.«

»Nicht eine vornehme Lady wie du. Ohne Fehl und Tadel.«

»Du mußt eine Menge geheimer Laster haben.«

»Wir sind ehrlich froh, dich hier begrüßen zu können.«

Hatch sah sie an, mit seinen eisgrauen Augen, prüfend, abschätzend.

»Wir werden ein Fest veranstalten«, sagte Jellicoe.

Und Quince: »Eine Party ohne Ende.«

»Nur wir fünf.«

»Alte Freunde.«

Susan schloß die Augen. Es war nicht wahr, es konnte nicht wahr sein. Es gab keine Hölle. Weder Himmel noch Hölle. Sie hatte weder an einen Himmel noch an eine Hölle geglaubt. Hieß es aber nicht, daß die Ungläubigen in die Hölle kamen?

»Vernaschen wir sie gleich jetzt«, schlug Jellicoe vor.

»Prima«, meint Quince.

Sie öffnete die Augen.

Jellicoe zog den Reißverschluß seiner Hose herunter.

»Nein«, entschied Hatch. »Morgen nacht. Der siebente Jahrestag meines Todes. Sie soll wissen, warum.«

Jellicoe, den Hosenschlitz halb offen, zögerte.

»Außerdem wollen wir's an einem geeigneten Platz tun«, mischte sich Parker ein. »Das hier ist nicht der richtige Platz.«

»Stimmt«, sagte Hatch.

Lieber Gott, laß mich einen Ausweg finden, dachte Susan. Laß mich sterben, wirklich sterben. Ich möchte schlafen, schlafen für immer...

»Raus mit ihr!« sagte Hatch. Er zog sie an ihrem Sweater hoch. »Darauf habe ich lange gewartet.«

Sie versuchte, sich loszureißen.

Er schlug ihr ins Gesicht.

Es war ein harter Schlag; ihr wurde schwarz vor Augen.

Sie sank um. Hände griffen nach ihr.

Sie trugen sie aus der Kirche. Zur Ambulanz. Stießen sie ins Innere des Wagens, auf eine Liege. Schnallten sie fest.

Hatch griff nach einer Injektionsspritze.

Noch einmal erwachte sie aus ihrer Lethargie, versuchte einen klaren Gedanken zu fassen. »Wenn wir in der Hölle sind, warum brauchst du eine Injektion, um mich außer Gefecht zu setzen?«

»Weil es mir Spaß macht«, erwiderte Hatch und rammte ihr die Nadel in den Oberarm.

Sie schrie auf vor Schmerz.

Gleich darauf fiel sie in tiefen Schlaf.

33.

Flackerndes Licht.

Eine hohe Decke, dunkel.

Susan lag in einem Bett. Einem Krankenhausbett.

Ihr Arm schmerzte dort, wo Hatch ihr die Nadel ins Fleisch getrieben hatte.

Es war nicht ihr altes Krankenhauszimmer. Der Raum war

kalt, zu kalt für das Zimmer einer Klinik. Unter der Wolldecke war ihr Körper warm, doch ihr Gesicht und ihr Hals waren kalt. Der Raum war feucht und muffig. Es roch nach Moder, und dieser Geruch kam ihr irgendwie bekannt vor.

Als ob sie schon einmal an diesem Platz gewesen wäre!

Die Sicht war verschleiert. Sie blinzelte, konnte aber nichts deutlich erkennen.

Der erfolglose Versuch, sich zu orientieren, ermüdete sie. Sie begann sich im Kreis zu drehen, als ob sie sich in einem Karussell befände und nicht in einem Bett.

Dann schlief sie wieder ein.

Das Geräusch stürzender Wassermassen weckte sie später.

Erst dachte sie, es handle sich um einen verlängerten Traum. Doch dann hörte sie es ganz deutlich. Regnete es immer noch, heftiger noch als früher? Nein, für Regen war der Lärm zu stark. Eine neue Sintflut?

Sie öffnete die Augen, wurde sofort schwindlig, wenn auch nicht so schwindlig wie vorher. Die flackernden Lichter und tanzenden Schatten hatte sie schon einmal gesehen. Jetzt erkannte sie die Ursache: Kerzenlicht im Luftzug.

Sie bewegte ihren Kopf auf dem Kissen und starrte auf die Kerzen. Es waren fast ein Dutzend Wachszylinder, die auf Steinbrocken und Felsvorsprüngen placiert waren.

NEIN!

Sie wandte den Kopf zur anderen Seite, dem Geräusch des brausenden Wassers zu. Doch sie konnte nichts klar erkennen. Das Kerzenlicht reichte nicht weit genug, um den hinteren Teil des Gewölbes sichtbar zu machen.

Die schwarze Decke. Die Kerzen. Der Wasserfall.

Sie befand sich in der Donnerhöhle.

Träumte sie immer noch? Oder lag sie im Fieber, im Delirium?

Wenn sie die Augen schloß, vermochte sie die Kerzen und die Felsen auszuschalten. Aber der modrige Geruch und das Donnern des Wasserfalls ließen sich nicht verbannen.

Sie war doch in Oregon, meilenweit von der Donnerhöhle entfernt.

Wahnsinn.
Oder die Hölle?
Jemand riß ihr die schützende Decke weg. Sie öffnete die Augen, schrie auf.
Ernest Hatch. Er legte eine Hand auf ihren Schenkel. Sie erkannte, daß sie nackt war. Er glitt mit der Hand ihren Schenkel hoch, über ihre Scham, hinauf zu ihren Brüsten.
Seine Berührung ließ sie zu Eis erstarren.
Er lächelte. »Nein, noch nicht. Jetzt noch nicht, meine süße Hurensau. Heute nacht. So hab' ich es immer gewollt. Um die Stunde, als ich im Gefängnis draufgegangen bin. Genau um die Minute, in der der verdammte Nigger mir das Messer in den Hals stach. Doppelter Genuß, verstehst du? Ich in dir, Erlösung findend nach so vielen Jahren. Und gleichzeitig mein Messer in deinem schönen Hals.«
Er nahm die rechte Hand von ihren Brüsten. »Noch nicht jetzt, erst nachts.« In seiner Linken sah sie die Injektionsspritze.
Sie versuchte, sich aufzusetzen.
Da erschien Jellicoe an ihrem Bett und hielt sie nieder.
»Du sollst noch bißchen ruhen«, sagte Hatch. »Schönheitsschlaf. Damit du beim Fest heute nacht in guter Form bist.«
Er lachte und stach wieder roh mit der Nadel zu.
»Weißt du, Carl, was das Schönste an der ganzen Sache ist?«
»Was?« wollte Jellicoe wissen.
»Daß es nicht das Ende ist, sondern erst der Anfang. Da sie nicht mehr sterben kann, habe ich Gelegenheit, sie immer wieder zu töten. Immer wieder...«
Jellicoe kicherte.
Hatch sagte: »Das ist dein Schicksal, meine Süße. So wirst du die Ewigkeit verbringen. Jede Nacht werden wir dich durchziehen, und jede Nacht werden wir dich töten. Freilich jede Nacht anders. Es gibt tausend Arten, jemanden umzubringen, unzählige Methoden. Und du wirst alle am eigenen Leib kennenlernen.«
Wahnsinn!

Sie versuchte, den Sinn von Hatchs Worten zu erfassen, doch dazu war sie nicht mehr imstande.

Betäubt schlief sie ein.

Sie war unter Wasser. Ertrinkend, nach Atem ringend. Doch nein, es war nur das Geräusch des Wasserfalls, das sie zu ersticken drohte.

Sie lag immer noch im Bett, das wußte sie. Aber sie war zu schwach, um sich aufzusetzen. Um aufzustehen, zu fliehen.

Wieviel Zeit war vergangen? Eine Minute, eine Stunde?

Eine Stimme rief. Zärtlich, lockend.

»Susan...«

Sie öffnete die Augen. Ein Gesicht im ungewissen Kerzenlicht.

»Susan...«

Es war Jerry. Das verweste Gesicht. Die Lippen geschwollen, platzend vor Eiter...

»Susan...«

Sie schrie. Das Bett begann herumzuwirbeln. Schleuderte sie in einen Abgrund...

Als sie später erwachte, hatte sie einen erstaunlich klaren Kopf. Die Wirkung des Schlafmittels war beinahe verflogen.

Doch sie hatte Angst, die Augen zu öffnen. Sie wünschte, sie wäre nie aufgewacht. Warum ließ man sie nicht in Ruhe sterben?

»Susan!«

Das war nicht die Stimme von Jerry. Sie klang nicht zärtlich und lockend, sondern böse und drohend.

Sie lag reglos, stellte sich schlafend.

Hatch zog ihr Augenlid hoch. Er grinste. »Versuch mich nicht zu täuschen, dumme Kuh. Ich weiß, daß du wach bist.«

Sie war benommen. Derart benommen, daß sie nicht einmal imstande war, Angst zu haben. Gut so. Vielleicht war absolute Gefühllosigkeit ihre beste, ihre einzige Waffe.

»Die Zeit ist gekommen«, sagte Hatch. »Ich bin der erste, aber meine Freunde warten schon. Du wirst sie doch nicht enttäuschen, eine tolle Frau wie du?«

War das alles Wirklichkeit? Ein Krankenhausbett inmitten

einer Höhle? Irreal! Der Terror, die unverhohlene Gewalt, die toten Männer...

Es mußte ein Traum sein.

Doch es gab einen Gegenbeweis. Die schmerzenden Stiche an ihrem Arm. Das war Realität!

Hatch riß wieder die Bettdecke weg. Sie lag nackt.

»Schweinehund!« Ihre Stimme war so schwach, daß sie nicht wußte, ob er sie hören konnte.

»Wollen wir beginnen?« fragte Hatch liebenswürdig. »Sag, Baby, freust du dich darauf genauso wie ich?«

Sie schloß die Augen, fühlte seine Hände nach ihr greifen...

»HATCH!«

Da hörte sie die Stimme von McGee, der den Namen ihres Peinigers rief.

Sie öffnete die Augen. Sah, wie Hatch sich von ihr abwandte. Verblüfft fragte er: »Was tun *Sie* denn hier?«

Susan war zu schwach, um sich aufzusetzen, aber sie hob den Kopf, und sie sah Jeff McGee. Er stand nicht weit vom Bett entfernt; die flackernden Kerzen warfen seinen Schatten schwankend an die Höhlenwand. In der Hand hielt er eine Pistole mit verlängertem Lauf, und sie war auf Hatch gerichtet.

Hatch rief: »Was zum Teufel fällt Ihnen ein?«

McGee schoß ihm ins Gesicht.

Hatch stand einen Augenblick ganz still, dann fiel er nach hinten, aus Susans Blickwinkel. Doch sie hörte deutlich, wie er auf dem Steinboden aufschlug.

Der Schuß selbst war nicht allzu laut gewesen, nicht lauter als das Plop einer entkorkten Weinflasche. Susan begriff, daß der verlängerte Lauf ein Schalldämpfer war.

Sekundenlang sah sie noch Hatchs Gesicht vor sich, das sich blitzschnell in seine Bestandteile aufgelöst hatte. Das war keine surreale Gewalt wie die, der sie in den letzten Tagen unterworfen war – der Schuß und Hatchs Ende hatten nichts Traumhaftes an sich. Es war Tod, kalter, harter, rascher Tod.

McGee trat jetzt an den Rand ihres Bettes.

Sie blickte auf die Pistole in seiner Hand. Sie war verwirrter denn je, fühlte sich am Rand eines Abgrunds taumeln.

Leise fragte sie: »Bin jetzt ich an der Reihe?«

34.

Statt einer Antwort steckte er die Pistole in seine Manteltasche.

In seiner linken Hand trug er einen Kissenüberzug, der mit verschiedenen Utensilien vollgestopft war. Er ließ ihn neben das Bett fallen.

»Schnell«, sagte er, »wir müssen hier raus.«

Er begann Kleidungsstücke aus dem Kissenüberzug zu ziehen. Unterwäsche. Schwarze Nietenhosen. Einen weißen Sweater. Ein paar Sportschuhe.

Auf dem Boden des Überzugs sah sie ein großes, rundes Objekt, das sie mit wachsender Furcht betrachtete. Einen Augenblick lang war die Erinnerung an die Halluzinationen stärker als das Gefühl der Realität; sie glaubte sicher zu sein, das letzte Stück im Überzug würde sich als Jerry Steins Kopf entpuppen.

»Nein«, flüsterte sie, »nein...«

Er zog das Ding heraus. Es ware ihre Jacke aus Kord, zu einem Ball zusammengerollt.

Es war nicht der Kopf eines Toten, doch das beruhigte sie noch nicht. Ihre Verwirrung war zu groß, sie konnte sich in der ungewohnten Welt der Realität nicht zurechtfinden.

»Was willst du von mir?« flüsterte sie. »Laß mich in Frieden. Ich mach' da nicht mehr mit...«

Er warf einen seltsamen Blick auf sie, dann begann er zu verstehen. »Du glaubst, das ist nur eine Fortsetzung der Komödie?«

»Ich bin so müde...«

»Du irrst dich. Das ist jetzt kein Spiel mehr, sondern blutiger Ernst.«

»Es muß ein Ende haben. Ich will nicht mehr.«

»Hör zu, sie haben dich mit Drogen vollgepumpt. Aber bald wirst du wieder munter sein.«

»So geht doch…«

Sie konnte den Kopf nicht länger oben halten. Er fiel auf das Kissen zurück.

Ihr war es egal, daß sie nackt war. Sie versuchte gar nicht, die Decke über sich zu ziehen. Scham war nach all dem, was man mit ihr gemacht hatte, bedeutungslos. Auch die Kälte war ihr im Augenblick nicht wichtig.

»Susan, ich bitte dich… Natürlich kannst du nicht begreifen, was geschehen ist. Ich werde alles später erklären. Jetzt mußt du mir vertrauen.«

»Ich habe dir einmal vertraut«, flüsterte sie. »Ich habe fest an dich geglaubt.«

»Und ich bin hier, um dich zu retten. Verstehst du denn nicht? Ich will dich retten.«

»Wovor?«

»Vor der Hölle«, sagte er ernst. »Das war doch das letzte Element, mit dem sie dich gefüttert haben. Der Schlußpunkt des Programms.«

»Was für ein Programm?«

Er seufzte. »Wir haben jetzt keine Zeit für lange Erklärungen. Du mußt mir einfach vertrauen.«

»Geh zum Teufel!«

Er legte einen Arm um sie und richtete sie auf. Er griff nach dem Sweater und versuchte, ihre Arme in die Ärmel zu stekken. Sie sträubte sich dagegen. »Genug damit… genug…«

»O Gott, was soll ich nur tun?« Er legte sie auf das Kissen zurück. »Hörst du den Wasserfall?«

Sie nickte. »Wir sind in der Donnerhöhle.«

»Nein, das sind wir nicht. Ob du's glaubst oder nicht, ich werde den Wasserfall verschwinden lassen.«

Er zog eine Stablampe aus der Manteltasche, knipste sie an und verschwand in der Dunkelheit.

Susan sah ihm nicht nach. Vielleicht würde man sie endlich in Ruhe lassen. Oder mit ihr Schluß machen. Wie mit Hatch. Es war ihr gleich.

Sie schloß die Augen, schicksalsergeben.

Das Rauschen des Wasserfalls verstummte.

Die Donnerhöhle wurde zu einer Grotte des Schweigens.

Sie öffnete die Augen, verwirrt. Einen Augenblick dachte sie, sie wäre taub geworden.

McGee hatte versprochen, den Wasserfall verschwinden zu lassen. Das Rauschen war mit einem Mal nicht mehr zu hören. Wie war das möglich?

Er tauchte aus der Dunkelheit auf. »Glaubst du mir jetzt? Es ist nur ein Tonband gewesen, mit vier Lautsprechern. Kein Tropfen Wasser.« Er kam näher, knipste die Taschenlampe aus. »Und diese Höhle? Ein billiger Trick. Papiermaché, Pappe und Kleister. Eine Kulisse. Deshalb haben sie so wenig Kerzen angezündet; würdest du weiter sehen können, würdest du gleich merken, daß alles eine Kulisse ist. Aufgebaut in einer großen Sporthalle, damit du den Eindruck eines riesigen Gewölbes hast. Ich würde die elektrische Beleuchtung einschalten und dir alles zeigen, aber ich will keine Aufmerksamkeit erregen. Die Fenster sind zwar geschwärzt und dicht verhängt, aber auch der kleinste Lichtstrahl könnte uns verraten.«

»Aber der muffige Geruch?«

»Stamm aus einer Konserve. Ein Spray, im Laboratorium entwickelt. Um Speläologen – Höhlenforscher – daran zu gewöhnen, bevor sie Stunden oder Tage in Höhlen verbringen.«

Obwohl sie fürchtete, immer noch eine Figur in einem Schachspiel zu sein, wurde sie instinktiv neugierig. Sie fragte: »Was ist Willawauk?«

»Ich werde dir alles im Wagen erklären«, erwiderte er. »Jetzt haben wir keine Zeit dazu. Du mußt mir einfach vertrauen.«

Immer noch zögerte sie.

»Wenn du mir jetzt nicht vertraust, wirst du nie herausfinden, was Willawauk ist.«

Sein drohender Ton überzeugte sie schneller, als es sein Zureden getan hatte. »Also gut...«

»Ich hab' ja gewußt, daß du Schneid hast«, sagte er lächelnd.

»Ich brauche Hilfe.«

»Ich bin bei dir.«

Sie ließ sich von ihm ankleiden. Sie fühlte sich in ihre Kindheit zurückversetzt, als er ihr Höschen anzog und Jeans und den Sweater. Bei den Socken und den Sportschuhen konnte sie ihm bereits helfen.

»Aber ich glaube, ich kann noch nicht gehen...«

»Macht nichts. Kannst du wenigstens die Taschenlampe halten?«

Sie nickte. Er hob sie hoch. »Leicht wie eine Flaumfeder. Eine große Feder, zugegeben. Leg den freien Arm um meinen Hals.«

Sie knipste die Lampe an und dirigierte den Lichtstrahl nach seinen Angaben. Er trug sie aus der Höhle aus Papiermaché hinaus, über den Korridor des Sportzentrums. Sie kamen an einem Faustballnetz vorbei und an einem Korbballtor. Dann ging es einige Stufen hinauf und durch eine Tür, die McGee offengelassen hatte.

Im großen Ankleideraum brannte Licht. Jellicoe und Parker lagen auf dem Boden. Jellicoe hatte nur mehr ein halbes Gesicht, Parker zwei große Löcher in der Brust. Quince saß auf einer Bank, vornübergebeugt; aus einer Wunde an seinem Nacken tropfte Blut.

Sie waren tot, unzweifelhaft. Keine Dämonen, die aus Gräbern aufgestiegen waren, sondern Menschen aus Fleisch und Blut, denen man das Lebenslicht ausgeblasen hatte.

Außer Atem stellte McGee sie jetzt auf die Beine. Von ihm kräftig gestützt, vermochte sie zu gehen.

»Es ist nicht mehr weit. Halte durch!«

Sie gingen an den Duschräumen vorbei, gelangten in eine geräumige Halle, die ebenfalls beleuchtet war. Auf dem Boden lag ein unbekannter Mann in einer ihr unbekannten Uniform.

»Wer ist das?«

»Ein Wachtposten.«

Dann kamen sie durch Doppeltüren aus Metall. Daneben lag ein weiterer toter Posten.

»Mach die Lampe aus.«

Sie gehorchte. McGee stieß die letzte Tür auf, dann standen sie im Freien. Es war eine kalte, klare Nacht. Der Parkplatz lag im Dunkeln, niemand war zu sehen. McGee schleppte sie zu einer blauen Limousine, riß die Wagentür auf und legte sie, so zart er es in der Eile konnte, auf den Beifahrersitz. Mit letzter Kraft richtete sie sich auf, preßte den Rücken gegen die Lehne.

McGee schloß die Tür, lief um den Wagen herum, setzte sich hinter das Lenkrad. Der Motor sprang an, er schaltete die Scheinwerfer ein. Ein unbeleuchtetes Auto würde mehr Aufsehen erregen als eines mit Lichtern, das schnell, aber nicht allzu schnell durch die Straßen des Städtchens fuhr.

Susan erkannte die Kirche, die Hauptstraße. Dann waren sie durch. Sie sprachen kein Wort, bis sie die letzten Häuser des Ortes hinter sich gelassen hatten. Vor ihnen lag grünes, bewaldetes Land. McGee beschleunigte das Tempo. Susan atmete auf. Mit jeder Sekunde entfernten sie sich immer mehr vom unheimlichen Städtchen und dem vorgetäuschten Krankenhaus. Aber wohin fuhren sie?

Sie war auf dem Beifahrersitz zusammengesunken. Versuchte sich wieder aufzurichten. Sah auf Jeff McGee, dessen angespannte Züge im grünen Licht des Armaturenbretts einen ungewohnten Eindruck machten. Es war nicht der charmante, liebenswürdige Jeff, den sie kannte. In diesen Momenten erschien er ihr fremd. Fremd, aber nicht drohend oder gefährlich.

Trotzdem – durfte sie ihm trauen?

Sie mußte Gewißheit haben.

»Jetzt kannst du sprechen«, sagte sie.

»Ja. Aber wo beginnen?«

»Egal. Beginn mit der Milestone Corporation dort oben.«

»Dort oben? Auch, du beziehst dich auf die Steinplatte auf dem Rasen, die du vom Pontiac aus sehen konntest. Die hat nichts zu sagen. Man hat sie bloß aufgestellt, um dich durcheinander zu bringen. Du solltest keinen klaren Gedanken fassen, dich nicht orientieren können.«

»Die Klinik ist also ein echtes Krankenhaus?«

»Unter anderem. Das wahre Milestone-Institut befindet sich in Newport Beach.«

»Und ich arbeite dort?«

»Jaja, soweit stimmt alles. Nur war es nicht der echte Philip Gomez, mit dem du telefoniert hast, sondern jemand in Willawauk, der vorgab, Gomez zu sein.«

»Und was mache ich bei Milestone?«

»Milestone ist ein Forschungszentrum. Es ist als Industrieunternehmen getarnt, aber in Wirklichkeit eine geheime Denkfabrik unter der direkten Kontrolle des Pentagon und des Präsidenten. Nicht einmal der Kongreß ist über seine wahre Beschaffenheit informiert. Bei Milestone hat man zwei Dutzend der besten Wissenschaftler mit der erlesensten Datenbank und den fortgeschrittensten Computersystemen der Welt ausgerüstet. Jeder Mitarbeiter von Milstone ist ein brillanter Spezialist auf seinem Feld.«

»Bin ich einer von diesen Spezialisten?« fragte sie. Sie konnte sich immer noch nicht an Milestone erinnern.

»Du bist einer von zwei Fachleuten, die das meiste über Teilchenbeschleuniger wissen. Du und Irving Breckenridge.«

»Ich erinnere mich nicht.«

»Natürlich nicht. Aber ich weiß es.«

35.

Während sie durch die dunklen Wälder fuhren, erzählte ihr McGee alles, was er über Milestone wußte.

»Das Projekt Milestone war auf ein einziges Ziel ausgerichtet: die Entwicklung einer elementaren Waffe – ein aus Teilchen bestehender Strahl, eine neue Art Laser –, die die bisherigen Nuklearwaffen nicht nur als altmodisch, sondern als nutzlos ausrangieren würde.

Die Regierung befürchtete seit langem, die Sowjetunion würde nicht nur atomare Überlegenheit anstregen, sondern spiele auch mit dem Gedanken, in solchem Fall durch einen tödlichen Erstschlag einen schnellen Sieg zu erringen. Um diese Gefahr auszuschalten, entschlossen sich das Pentagon und der Präsident Mitte der siebziger Jahre, eine Wunderwaffe zu entwickeln, die das russische Arsenal ausstechen und der Menschheit einen nuklearen Holocaust ersparen sollte.

Milestone war die geheime Hoffnung der Vereinigten Staaten. Um das Interesse ausländischer Agenten nicht zu erwekken, wurde das Projekt nicht als militärische Geheimsache eingestuft. Allerdings wußten die einzelnen Abteilungen von Milestone nichts von den Forschungszielen der anderen; die Zusammensetzung der Einzelergebnisse zu einem Gesamtbild war einer Dreiergruppe in Washington vorbehalten. Du und Breckenridge, ihr hattet zum Beispiel keine Ahnung, worin das Endziel der Teilchenbeschleunigungsvarianten bestand, mit denen ihr euch Monate und Jahre hindurch beschäftigt habt.

Jahrelang war das streng gehütete Geheimnis von Milestone auch dem Nachrichtendienst der Sowjetunion unbekannt. Als der KGB schließlich davon Kenntnis bekam, fürchtete Moskau, seine gesamte Kriegsmaschinerie könnte mit einem Schlag unwirksam werden. So entstand der Plan, einen der Wissenschaftler von Milestone in die Hand zu bekommen und einem wochenlangen Verhör zu unterziehen.«

»So wurde beschlossen, mich zu entführen?«

»Ja. Der Partikelstrahl – das fand man heraus – war der Kern der künftigen Waffe. Und du warst das naheliegendste Opfer. Dazu kommt, daß du dich des öfteren ungeniert gegen die unbeschränkte Aufrüstung ausgesprochen hast. Du hast sogar erwogen – und mit Breckenridge und Gomez darüber gesprochen –, deinen Posten bei Milestone aufzugeben.«

»Seltsam – mir ist, als ob du von einer völlig fremden Frau sprichst«, wandte Susan ein. »Warum kann ich mich an nichts erinnern, was mit meiner Tätigkeit in Newport zusammenhängt?«

»Ich werde es dir erklären», sagte er. »Aber erst müssen wir noch ein Hindernis überwinden. Ein sehr ernstes...«

Er verlangsamte die Fahrt. Sie kamen jetzt aus den Wäldern heraus; vor ihnen lag eine langgestreckte Ebene. Quer durch die Landschaft lief ein hoher Metallzaun, und wo die Straße die Umzäunung kreuzte, erhob sich eine Straßensperre.

»Was ist das?«

»Ein Kontrollpunkt. Dort verlassen wir das militärische Sperrgebiet.« Während er mit einer Hand steuerte, entnahm er seiner Manteltasche verschiedene Legitimationspapiere. »Das sind Sonderausweise. Tu, als ob du schläfst. Halt die Augen geschlossen. Und kein Wort, bitte. Nicht ein einziges Wort, sonst sind wir verloren. Schließlich habe ich nicht weniger als sechs Leichen zurückgelassen.«

Sie tat, was ihr geheißen. Sie sah noch, daß der Kontrollpunkt hell erleuchtet war. Rechts und links von einer hohen Metallschranke standen zwei Hütten, aus denen Wachsoldaten traten. Sie trugen die ihr unbekannten Uniformen, die ihr schon bei den beiden Toten im Sportzentrum aufgefallen waren.

»Nicht ein Wort! Was auch immer geschieht – keine Silbe!«

»Versprochen.«

Jetzt hielt sie die Augen fest geschlossen und ließ den Mund offen herabhängen wie in tiefem Schlaf.

McGee bremste, hielt an und kurbelte das Wagenfenster herunter. Schwere Schritte traten an das Auto heran. Ein Mann sprach in einer ihr unbekannten Sprache. McGee antwortete. Zu Susans Überraschung sprach er diese Sprache genau so fließend wie Englisch.

Die Männer unterhielten sich, sie hörte das Rascheln von Papieren. McGee schien einen Scherz gemacht zu haben, denn der andere lachte.

Jetzt glaubte sie zu verstehen warum sie – obwohl McGee Sonderausweise besaß – sich schlafend stellen und schweigen mußte. Sie hätte Englisch gesprochen, und das wäre – warum auch immer – verderblich gewesen.

McGee gab sich gelassen, aber sie spürte förmlich die Spannung, in der er sich befand. Das Warten erschien ihr endlos, aber schließlich hörte sie, wie das Wagenfenster wieder hochgekurbelt wurde. Grußworte verhallten, metallisches Klappern. Der Weg war frei, der Wagen setzte sich in Bewegung.

Langsam öffnete sie die Augen, aber sie wagte nicht zurückzublicken.

»Wo sind wir?« fragte sie.

»Hast du die Sprache nicht erkannt?«

»Nein. Noch nie gehört.«

»Es war Russisch.«

Sie war sprachlos.

Er fuhr fort: »Wir sind nur mehr 30 Meilen vom Schwarzen Meer entfernt.«

»Du meinst – vom Pazifik?«

»Nein. Ich sagte: vom Schwarzen Meer. Dort fahren wir hin.«

»Sind wir in Rußland? Das ist doch nicht möglich.«

»Unglaublich, aber wahr. Agenten des KGB haben dich entführt, als du in Oregon Ferien gemacht hast.«

»Kein Autounfall?«

»Nein. Der Unfall, an den du glauben solltest, war Teil des Programms. Du bist nie im Koma gelegen, Gott sei Dank. Aber man hat dich in dieser Zeit betäubt und aus den Vereinigten Staaten in die Sowjetunion geflogen.« Er lächelte grimmig. »Als Diplomatengepäck.«

»Ich kann mich an nichts erinnern«, seufzte sie.

»Natürlich nicht. Alle Erinnerungen sind mit chemischen und hypnotischen Mitteln aus deinem Gedächtnis getilgt worden.«

»Gehirnwäsche?«

»Genau. Sie versuchten alles, was sie wissen wollten, mit den üblichen Tricks aus dir herauszubekommen, aber es gelang ihnen nicht. Je mehr Psychopharmaka sie in dich hineinpumpten, desto mehr bist du ihnen entglitten. Dein Unterbewußtsein hat eine effektive Abwehrtaktik entwickelt. Du hast jede Erinnerung an Milestone und deine dortige Tätigkeit verloren. Partielle Amnesie.«

»An der leide ich immer noch.«

»Richtig. Es muß verblüffend gewesen sein. Obwohl die Drogen dich – wie erwartet – willig gemacht hatten, alles zu sagen, was du wußtest, konntest du es nicht tun, weil dein Erinnerungsvermögen ausgesetzt hat. Sie haben dich fünf Tage lang bearbeitet, ununterbrochen, bevor sie merkten, was mit dir geschehen war.«

Er unterbrach sich und reduzierte das Tempo. Sie näherten sich einer Ortschaft von etwa 100 Häusern, aber sie glich in keiner Weise Willawauk. Es war unzweifelhaft kein amerikanisches Städtchen. Es sah aus wie aus einem anderen Jahrhundert. Die Häuser waren niedrig und viereckig, die Fenster klein. Manche Dächer waren aus Stroh.

»Ein russisches Dorf«, erklärte McGee. »Diese Gegend ist noch nicht industrialisiert. Hier gibt es noch keine Wohnsilos für die Massen.«

»Du wolltest mir erklären, warum ich eine partielle Amnesie hatte.«

»Das hängt mit dem Milestone-Projekt zusammen. Äußerste Sicherheitsmaßnahme. Jeder, der dort angestellt wird, muß sich einer bestimmten hypnotischen Prozedur unterziehen, die es ihm unmöglich macht, mit jemandem außerhalb des Projekts über seine Arbeit zu sprechen. Eine sogenannte Sperre. Ein Mechanismus, der den Angestellten von Milestone, wenn sie zum Sprechen gezwungen werden, automatisch ihr Erinnerungsvermögen blockiert.«

Jetzt verstand sie, warum sie sich an alles in ihrem früheren Leben erinnern konnte, nur nicht an Milestone. »Aber irgendwo muß mein ganzes Wissen doch gespeichert sein.«

»In deinem Unterbewußtsein. Wenn es uns gelingt, aus Rußland heil herauszukommen, wird man in Milestone zweifellos Methoden kennen, die automatische Sperre aufzuheben und dir dein Gedächtnis zurückzugeben. Diese Methoden sind zweifellos ein Geheimnis von Milestone – so wie nur der Hypnotiseur selbst das Codewort kennt, das bei seinem Opfer die auferlegte Sperre lösen kann. In Moskau kannte man freilich das Codewort nicht, deshalb entwickelte man das Willawauk-Programm, um deinen Block mit einer Serie von brutalen psychologischen Schocks zu sprengen.«

Sie rasten durch die Nacht. Das Land war jetzt flach wie ein Bügelbrett. Keine Hügel, nur wenige Bäume. Der Mond stand hell am Himmel und überstrahlte die Landschaft mit einem fahlen Glanz.

»Ein Erinnerungsblock kann auf verschiedenen Emotionen basieren«, fuhr er fort. »Liebe, Haß, Angst. Aber Angst ist das stärkste Gefühl, es löst die stärksten Reize aus. Darauf beruht die in Milestone errichtete Sperre. Im Unterbewußtsein warst du überzeugt, du würdest einen qualvollen Tod erleiden, wenn du ausländischen Agenten nur das geringste Detail verrätst. Der Angstblock ist fast nicht zu sprengen – zumindest nicht mit den üblichen Methoden.«

»Aber sie haben einen Weg gefunden. Oder haben es geglaubt.«

»Die Spezialisten vom KGB, Fachleute der Gehirnwäsche, meinten, deinen Block sprengen zu können, wenn sie dich mit einer Angst konfrontierten, die größer war als die in Newport aufoktroyierte. Nun, es ist nicht leicht, ein Angstgefühl hervorzurufen, das größer ist als die Angst vor dem Tod. Aber als der KGB das sorgfältig erarbeitete Dossier über dich durchforschte, glaubten sie, deinen schwachen Punkt gefunden zu haben. Ein Ereignis in deiner Vergangenheit, aus dem sich ein Alptraum entwickeln ließ, dessen Wirkung entsetzlicher wäre als Todesangst.«

»Die Donnerhöhle«, flüsterte sie. »Ernest Hatch.«

»Das war der Schlüssel zum Willawauk-Programm. Man wußte, daß du eine wissenschaftlich orientierte Frau bist, die alles Irrationale haßt und ablehnt. So entschloß man sich, dich in eine irrationale Alptraumwelt zu versetzen, in der die Toten aus den Gräbern stiegen und dich bedrohten und quälten. Sie wollten dich an den Rand des Wahnsinns bringen. Vergewaltigung und Torturen der toten Männer sollten deinen Kollaps herbeiführen.«

Sie erschauderte.

»Was haben sie sich davon versprochen? Was hätten sie von einer brabbelnden Wahnsinnigen gehabt?«

»Die Sperre wäre gesprengt gewesen, deine Erinnerungen zurückgekehrt. Man hätte dich beruhigen können, dir versprechen, die Qualen würden ein Ende haben. Du hättest alles ausgeplaudert, bereitwillig, fügsam wie ein Lamm.«

»Aber die Vorbereitungen für ein solches Programm hätten eine längere Zeit erfordert als eine Woche. Ich bin doch erst vor einer Woche entführt worden...«

Er reagierte nicht gleich.

»Oder nicht?«

»Nein. Du bist seit über einem Jahr in der Sowjetunion.«

»Das kann nicht sein. Das kann ich nicht glauben.«

»Man hat dich – wie der Fachausdruck lautet – auf Eis gelegt. In der Zelle einer Nervenheilanstalt. Daran kannst du dich freilich nicht erinnern. Die Erinnerung daran wurde gelöscht, bevor man dich nach Willawauk brachte.«

Ihre Verwirrung wich unkontrolliertem Zorn. Sie setzte sich auf, ballte die Fäuste, die letzte Injektion hatte in der Zwischenzeit ihre Wirkung verloren. »Gelöscht? Gelöscht? Du sprichst von mir, als sei ich ein Bandaufnahmegerät. Jesus, ich verbrachte ein Jahr in einer stinkenden Zelle, und man hat mir dieses Jahr gestohlen. Und man hat mich foltern lassen, von Hatch und seinen Kumpanen...« Die Wut erstickte ihre Stimme, sie konnte nicht weitersprechen.

McGee, den Blick auf die Straße vor ihm gerichtet, vermied es, sie anzusehen. »Du hast das Recht, wütend zu sein. Aber bitte sei nicht zornig mit mir. Ich wußte nichts von dir – erst als man dich in den Flügel der Klinik für Verhaltensforschung brachte, den man für deinen Aufenthalt umgebaut hatte. Und dann mußte ich mit viel Geduld den Zeitpunkt abwarten, an dem deine Befreiung eine Chance hatte.«

Einige Minuten blieben beide still. Susan gewann langsam ihre Selbstbeherrschung zurück. Sie fuhren einen Hügel hinauf, und plötzlich lag vor ihnen das mondbeschienene Meer.

Die Straße führte jetzt in einer langgezogenen Kurve nach Süden. Auf dieser Strecke gab es einigen Verkehr, doch es begegneten ihnen kaum Privatwagen, meistens Lastwagen.

Schließlich platzte sie heraus. »Aber welche Rolle hast du bei der ganzen Sache gespielt?«

Er antwortete nicht gleich.

Dann stellte sie die entscheidende Frage: »Wer bist du?«

»Ich bin wirklich Arzt«, sagte er leise. »Aber mein richtiger Name ist nicht McGee. Ich heiße Dimitri Nikolnikow.«

36.

Ungläubig starrte sie ihn an.

»Du bist Russe?«

»Ja. In Leningrad geboren, vor 37 Jahren. Mein Vater war Arzt, meine Mutter Mathematiklehrerin. Jeff McGee ist mein Willawauk-Name.«

»Was bedeutet das? Was zum Teufel ist Willawauk?« Und dann, mit Skepsis und Mißtrauen: »Erzähl mir nicht, daß man in einem Jahr eine ganze Stadt wie Willawauk bauen konnte. Und schon gar nicht zu dem ausschließlichen Zweck, mich gefügig zu machen.«

»Da hast du natürlich recht«, erwiderte er. »Willawauk ist in den fünfziger Jahren gebaut worden. Es sollte das perfekte Abbild einer typischen amerikanischen Kleinstadt sein und wurde seit damals ständig auf den neuesten Stand gebracht.«

»Aber warum? Wozu eine amerikanische Modellstadt inmitten der Sowjetunion?«

»Willawauk wurde als Trainingszentrum entworfen. Dort wurden russische Top-Agenten als waschechte Amerikaner ausgebildet. Dort hat man sie von Jugend auf erzogen, wie Amerikaner zu denken, wie Amerikaner zu leben. Man hat sie zu authentischen Amerikanern gemacht.«

»Davon habe ich noch nie gehört...«

»Natürlich nicht. Es ist ein streng gehütetes Geheimnis.«

Er umfuhr vorsichtig einen großen russischen Lastwagen, der die halbe Straße versperrte, und fuhr fort: »Jedes Jahr wurden drei- bis vierhundert Kinder mit überdurchschnittlichem Intelligenzquotienten ausgewählt und nach Willawauk gebracht. Sie wurden ihren Eltern fortgenommen, die ihre Kinder nie wieder sahen, und Zieheltern in Willawauk übergeben. Dort hat man sie erstens zu fanatischen Bolschewiken erzogen. Politischer Unterricht bei Tag und unterbewußte Beeinflussung bei Nacht, indem man ihnen, während sie schliefen, Propaganda-Tonbänder vorspielte.«

Verwirrt sagte Susan: »Das klingt, als ob man eine ganze Armee von kindlichen Robotern aufgestellt hätte.«

»Genau das war der Zweck der Übung. Kinder-Roboter,

Agenten-Roboter. Gleichzeitig wurden sie zu echten Amerikanern geformt, ja, sie mußten sich als patriotische Amerikaner tarnen können, ohne ihren unterschwelligen sowjetischen Fanatismus zu verraten. In Willawauk wurde nur Englisch gesprochen, mit amerikanischem Akzent. Diese Kinder wuchsen auf, ohne ein Wort Russisch zu kennen. Alle Bücher waren amerikanische. Ebenso alle Filme und alle Fernsehprogramme, die aus den Moskauer Archiven stammten. Praktisch wuchsen sie nicht anders auf als amerikanische Kinder. Wenn sie dann 18 oder 19 Jahre alt waren, stattete man sie mit den entsprechenden Legitimationen aus und placierte sie in Highschools und Universitäten in den USA. Nach abgeschlossener Ausbildung fanden sie dann Stellungen in der Industrie und in der Staatsverwaltung. Sie arbeiteten sich hoch, oft 10 oder 15 Jahre lang, bis sie einflußreiche Positionen erreichten. Sie hatten strikten Auftrag, sich untadelig aufzuführen und erstklassige Arbeit zu leisten; nicht der Schatten eines Verdachts durfte auf sie fallen.

Bis zu dem Zeitpunkt, da sie von Moskau den Befehl bekamen, ihre ideologische Zugehörigkeit zu beweisen, mit der sie in ihrer Kindheit indoktriniert worden waren. Von diesem Moment an waren sie erstklassige Spione und Saboteure.«

»Mein Gott«, rief Susan, »die Kosten eines solchen Programms sind doch kaum auszudenken. Ist denn die enorme Anstrengung der Mühe wert?«

»Die Sowjetregierung glaubt daran. Und es gab schon erstaunliche Erfolge. Es gibt Willawauk-Absolventen in der amerikanischen Armee, Marine, Luftwaffe. Und vor allem in der Flugzeugindustrie. Nicht sehr viele, aber einige schafften es, wichtige Kommandoposten zu erhalten. Und viele einflußreiche Politiker sind Willawauk-Leute, unter ihnen ein Senator und zwei Abgeordnete des Repräsentantenhauses.«

»Guter Gott!«

Zorn und Angst waren momentan vergessen, als sie sich des ungeheuerlichen Komplotts bewußt wurde.

»Es passierte nur ganz selten, daß jemand von den Willawauk-Leuten ein Doppelagent wurde und schließlich für die Amerikaner arbeitete. Sie waren zu fanatisch, zu gut programmiert, um Überläufer zu werden. Die Willawauk-Klinik, in die man dich gebracht hat, ist ein glänzend ausgestattetes Zentrum für Verhaltensforschung und Gedankenkontrolle.«

»Und du hast dort gearbeitet?«

Er nickte.

»Ich war einer der ersten Jugendlichen, die in Willawauk geschult worden sind. Damals dauerte das übliche Training nur vier oder fünf Jahre. Ich war 14, als ich nach Willawauk kam. Später erst rekrutierten sie Kinder von vier oder fünf Jahren.« Er atmete tief durch. »Und ich bin einer der wenigen, die auf die andere Seite übergegangen sind. Aber das wissen sie noch nicht. Nicht bis jetzt.«

»Sie werden die Leichen finden.«

»Bis dahin sind wir längst auf hoher See.«

»Du bist sehr optimitisch.«

Er grinste grimmig. »Ich muß es sein. Die Alternative wäre der sichere Tod von uns beiden.«

Wieder mußte Susan die einzigartige Kraft und Entschlossenheit dieses Mannes bewundern. Habe ich mich deshalb in ihn verliebt, fragte sie sich? Liebe ich ihn überhaupt noch?

Ja.

Nein.

Vielleicht.

»Du hast dein Training vor fast 20 Jahren absolviert? Warum hat man dich nicht in die USA geschickt? Wieso warst du in Willawauk tätig, als ich eingeliefert worden bin?«

Bevor er antworten konnte, kam der Verkehr vor ihnen zum Stehen. Die Bremslichter des vor ihnen fahrenden Lasters flammten auf. McGee hielt.

Susan wurde unruhig. »Was ist los?«

»Eine Kontrollstation nördlich der Stadt Batum. Dort wollen wir an Bord eines Schiffes gehen, das in türkische Gewässer fährt.«

»Du sprichst, als gingen wir auf eine Ferienreise.«

»Das wird es auch sein. Das muß es sein. Denn wenn nicht...«

Er sprach nicht weiter.

Es ging im Schrittempo vorwärts. Jedes Fahrzeug wurde

aufgehalten, jeder Fahrer mußte seine Papiere zeigen. Neben dem uniformierten Beamten stand ein Soldat mit einer Maschinenpistole. Ein dritter Mann, anscheinend ein Zollbeamter, leuchtete mit einer Laterne in das Innere der Lastwagen.

»Was suchen sie?«

»Wahrscheinlich Schmuggelware.«

»Und wenn sie uns suchen?«

»Kaum. Ich hoffe, man wird nicht vor Morgengrauen herausbekommen, daß wir aus Willawauk geflüchtet sind. Würden sie uns suchen, würden sie die Wagen nicht so flüchtig kontrollieren, und es würden sich Patrouillen des KGB auf jedes Fahrzeug stürzen. Du bist ihnen sehr wichtig, Susan. Du kennst Willawauk, du weißt zuviel.«

»Und du? Du hast sechs Leichen zurückgelassen!«

Er biß sich auf die Lippen. »Wenn sie dahinterkommen, daß ich ein Verräter bin, werden sie mich genauso liquidieren wie dich.«

Jetzt hatten sie die Kontrolle erreicht. McGee kurbelte das Wagenfenster herunter und zeigte dem Beamten die Sonderausweise. Dieser warf nur einen Blick darauf und reichte sie ihm zurück, aber der Zollbeamte ließ sich die linke Wagentür öffnen, hob den Sitz im Fond hoch und leuchtete in den Hohlraum darunter.

Der Hohlraum war leer. Weder Schmuggelware befand sich dort, noch ein Flüchtling. Sie durften weiterfahren.

Auf einer Umgehungsstraße, die durch die Vororte von Batum führte, näherten sie sich dem Hafen.

Susan wiederholte ihre Frage. »Warum hat man dich vor 19 Jahren nicht nach den Vereinigten Staaten geschickt?«

»Man hat mich geschickt. Ich habe meine Examina an einer Universität im Mittelwesten gemacht, spezialisierte mich auf Verhaltensforschung und bekam einen Job bei einem Regierungsinstitut, das vom Verteidigungsministerium finanziert wurde. Doch in jener Zeit war ich kein loyaler Sowjetbürger mehr. Ich hatte 14 Jahre in Leningrad gelebt, bevor ich nach Willawauk gekommen bin. So konnte ich ziemlich objektiv das Leben in der Sowjetunion und in den Staaten und die beiden Systeme miteinander vergleichen. Es fiel mir nicht schwer, Partei zu ergreifen und das Leben in Freiheit vorzuziehen. Und ich zog die Konsequenzen.«

»Welche?«

»Ich ging zum FBI und erzählte ihnen alles über mich und über Willawauk. Sie gingen sehr vorsichtig zu Werk. Ein paar Jahre benutzten sich mich nur, falsche Daten nach Moskau zu schicken, um das sowjetische Informationspotential durcheinander zu bringen. Dann, vor fünf Jahren, entschlossen sie sich, mich als Doppelagenten nach Rußland zurückzuschicken. Meine Reise nach Moskau wurde sehr sorgfältig vorbereitet. Ich wurde zum Schein verhaftet. Man inszenierte einen großen Prozeß, in dessen Verlauf ich mich weigerte, auch nur ein einziges Wort zu sprechen. Die Zeitungen nannten mich den ›Stummen Spion‹.«

»Ich erinnere mich daran. Es war eine ziemliche Sensation.«

»Die Angelegenheit wurde bewußt hochgespielt. Obwohl es hieß, ich wäre bei der Übergabe geheimer Informationen ertappt worden, gab ich nicht einmal preis, woher ich gekommen war. Im ganzen Prozeß wurde die Sowjetunion nicht einmal erwähnt. Ich spielte meine Rolle anscheinend sehr gut. Der KGB war hoch zufrieden.«

»Was die Absicht gewesen war.«

»Natürlich. Ich wurde zu 20 Jahren verurteilt, aber blieb nicht lange im Gefängnis. Moskau wollte mich möglichst schnell zurückhaben. Ich wurde gegen einen amerikanischen Agenten, der in Wladiwostok verhaftet worden war, ausgetauscht. Man begrüßte mich als Helden, der das Geheimnis von Willawauk nicht preisgegeben hatte. Ich war der berühmte ›Stumme Spion‹. Und man schickte mich, wie das FBI gehofft hatte, an das Forschungszentrum nach Willawauk zurück.«

»Und seither schickst du Informationen in die andere Richtung?«

»Ja, aus Willawauk nach Washington.«

»Aber wie?«

»Mit Hilfe von Georgiern, die die russische Zentralregierung hassen. In Georgien hat es immer wieder Unruhen gegeben, die gegen Moskau gerichtet waren. Mit solchen sowjetfeindlichen Georgiern setzte ich mich in Verbindung. Hier in Batum leben georgische Fischer, die eigene Boote besitzen. Auf hoher See treffen sie türkische Fischer von der anderen Seite des Schwarzen Meeres und übergeben ihnen Nachrichten, die sie von mir erhalten. Die Türken geben sie dann an amerikanische Stellen in Trapezunt weiter, gegen gute Bezahlung natürlich. Und wir beide sollen heute nacht den gleichen Weg gehen wie sonst meine geheimen Dokumente.«

Jetzt hatte er den Stacheldrahtzaun erreicht, der den Hafen von Batum in weitem Bogen umschloß.

Er hielt an und schaltete die Scheinwerfer aus.

»Steigen wir aus?« fragte Susan.

»Ja. Und das war das letzte Wort Englisch, das du gesprochen hast, bevor wir an Bord der KORMORAN sind.«

37.

Das Areal des Hafens war nicht sehr gut beleuchtet, nur die überwachten Zugänge waren in helles Scheinwerferlicht getaucht. Doch die Kontrolle war nicht scharf, die uniformierten Beamten saßen in ihren geheizten Bretterhütten und ließen sich die Papiere durch ein Schalterfenster reichen. McGee und Susan konnten ohne Schwierigkeiten passieren.

Sie gingen durch eine Reihe von dunklen Lagerhäusern zum Kai. Nach kurzem Suchen fand McGee die KORMORAN, sie war eines der wenigen beleuchteten Boote. Der Motor tuckerte, das Schiff war bereit auszulaufen.

»Nun – ist nicht alles glatt gegangen?« fragte er.

»Ja«, erwiderte sie. »*Zu* glatt für meinen Geschmack.« Denn sie mußte an ihre Flucht aus der Klinik denken, die ihr anfangs auch überraschend einfach erschienen war.

»Du bist eine unheilbare Pessimistin«, sagte McGee und half ihr über das schwankende Fallreep an Bord. Er geleitete sie an zwei Matrosen vorbei, die mit den Leinen beschäftigt waren und ihnen nur einen flüchtigen Blick zuwarfen. Eine Eisentreppe führte ins Innere des Bootes.

In einer einfachen Kabine erwartete sie Golodkin, ein stämmiger Mann in einem dicken, schwarzen Seemannspullover. Er war unrasiert. Nichts deutete darauf hin, daß er der Kapitän des Schiffes war.

McGee und Golodkin begrüßten sich mit einem Handschlag wie alte Bekannte. Sie wechselten einige Worte, die Susan nicht verstehen konnte. Später erklärte ihr McGee, daß er nicht – wie gewohnt – eine Kiste Wodka mitgebracht hatte, dafür aber Dollarnoten.

Golodkin steckte das Geld ein und lächelte Susan zu. In gebrochenem Englisch hieß er sie an Bord willkommen.

Auf dem Tisch lagen Seekarten, und daneben stand ein Glas mit einer hellen Flüssigkeit. Seitlich sah man die Bettnische, die von einem Vorhang abgetrennt war. Auf einem Wandbrett lagen Geschirr und Gläser.

Der Kapitän bot seinen Gästen Platz und einen Trunk zur Stärkung an. Susan war gezwungen, in dem kleinen Raum dicht neben McGee zu sitzen. Er staunte, als sie aus Golodkins Hand ein volles Glas entgegennahm und das scharfe Getränk ohne Hemmung in sich hineinschüttete.

»Du wirst betrunken werden«, warnte er.

»Tut nichts. Es macht warm.« Sie erschauderte, dann nahm sie noch einen Schluck.

In diesem Moment sah sie, wie die Vorhänge der Bettnische sich teilten. Ein Mann sprang in die Kabine. Es war Dr. Viteski. Er lächelte. In seiner Hand hielt er eine Pistole.

Erschrocken starrte sie auf McGee. Der war aufgesprungen und hatte in seine Manteltasche gegriffen. Doch bevor er noch die Waffe ziehen konnte, hatte der Kapitän seine Hand umklammert.

»Gib deine Pistole Golodkin«, befahl Viteski.

McGee blieb nichts anderes übrig, als zu gehorchen.

Er überschüttete den Kapitän mit einem russischen Wortschwall, zornig, anklagend.

»Du darfst dem armen Leonid keine Vorwürfe machen«, sagte Viteski. »Er hatte keine Wahl, als mit uns zu kooperieren. Er ist ein fanatischer Georgier und haßt es, die Rolle eines Doppelagenten zu spielen. Aber es ist ihm – wie ich schon sagte – keine andere Wahl geblieben. Besser ein Fischerboot als ein Exekutionskommando.« Golodkin biß die Zähne zusammen und schwieg.

Viteski lächelte noch immer. »Wir haben schon eine ganze Weile über dich Bescheid gewußt«, sagte er zu McGee. »Dann war es natürlich einfach herauszubringen, daß du die KORMORAN als Kurierschiff benützt. Golodkin und seine Mannschaft haben Familie in Batum. Muß ich dir mehr sagen?«

»Aber die Papiere, die ich Golodkin übergeben habe...«

»... sind sämtlich in die Türkei gekommen. Bloß mit einer kleinen Verspätung. In diesem Zeitraum wurden sie – sagen wir – in unserem Sinne bearbeitet.«

»Verdammt!« fluchte McGee.

Viteski goß sich vergnügt ein Glas ein und nahm einen kräftigen Schluck.

»Aber wenn ihr gewußt habt, daß ich Susan zu retten versuchen würde, warum habt ihr es soweit kommen lassen?«

»Du bist uns bloß etwas zuvorgekommen«, erwiderte Viteski. »Heute abend wurde in Moskau endgültig entschieden, das Willawauk-Programm fallen zu lassen. Fachleute hatten entschieden, daß Susan Thorton uns nicht von Nutzen sein kann. Ihre Sperren können nicht durchbrochen werden. Alle Achtung, meine Liebe, Sie haben sich brav geschlagen. Es hätte keinen Sinn gehabt, Sie länger zu quälen. Daher wurde beschlossen, auf das Reserveprogramm zurückzugreifen.«

»Was für ein Reserveprogramm?« fragte Susan ängstlich.

Viteski, statt zu antworten, gab dem Kapitän einige Anweisungen. Golodkin nickte und verließ die Kabine.

»Was hat er vor?« wollte Susan wissen.

McGee schüttelte den Kopf, er wußte es nicht. Er streckte seine Hand nach ihr aus, und sie ergriff sie. Er lächelte ihr ermunternd zu. Aber es überzeugte sie nicht. Hinter seinem Lächeln erkannte sie Angst. Ehe sie noch einen klaren Gedanken fassen konnte, wurde die Kabinentür geöffnet. Der

Kapitän kam zurück. Und hinter ihm traten zwei Personen ein.

Eine von ihnen war Jeff McGee.

Die andere war Susan Thorton.

Zwei Doppelgänger.

Sie trugen sogar die gleiche Kleidung wie Jeff und Susan.

Eiskalt lief es Susan den Rücken hinunter. Fassungslos starrte sie auf die Frau, die ihr gegenüberstand.

Die Ähnlichkeit war verblüffend, unheimlich. Die falsche Susan sagte liebenswürdig zur echten: »Es ist faszinierend, Miß Thorton, mit Ihnen endlich im selben Raum zu sein und plaudern zu können.«

Atemlos stammelte Susan: »Sie spricht genau wie ich...«

Worauf der falsche McGee mit Jeffs Stimme bemerkte: »Wir haben fast ein Jahr mit Tonbändern gearbeitet, auf denen eure Stimmen aufgenommen waren.«

»Das Reserveprogramm war seit langem vorbereitet worden«, erklärte Viteski McGee, »obwohl wir dir natürlich nichts davon gesagt haben.« Er betrachtete die beiden Doppelgänger mit beinahe väterlichem Stolz. Dann fügte er gelassen hinzu: »Ihr beide werdet erschossen und über Bord geworfen. Statt dessen werden diese beiden in die Vereinigten Staaten zurückkehren. Und unsere Susan Thorton wird wieder bei Milestone arbeiten. Sie ist eine der besten Physikerinnen aus unserer sibirischen Gelehrtenstadt. Mit der Zeit wird sie uns alle Informationen geben, die die echte uns vorenthalten hat. Vielleicht noch bessere, nämlich Daten über die neueste Entwicklung. Und Dr. McGee wird sich sicher im Militärbereich der Verhaltensforschung bewähren.«

»Sie werden sich verraten«, rief McGee wütend.

»Sicher nicht«, entgegnete Viteski ruhig. »Meinst du, durch ihre Fingerabdrücke? Daran haben wir natürlich auch gedacht. Wir haben unsere Leute in der daktyloskopischen Abteilung des Geheimdienstes. Eure Fingerabdrücke werden mit denen eurer Doppelgänger vertauscht.«

Er stellte sein Glas ab und erhob sich, die Pistole immer noch auf McGee gerichtet. Er befahl dem Kapitän, die beiden Gefangenen zu fesseln. Golodkin ließ sie aufstehen und band ihnen die Hände hinter dem Rücken zusammen. Dann befahl ihm Viteski, die beiden sicher im untersten Laderaum zu verstauen.

»Eure Doppelgänger werden euch nachher besuchen und befragen«, sagte Viteski. »Wir wollen eine Menge Details aus eurem Privatleben wissen, damit die Imitation überzeugend wirken wird. Ich rate euch, alle Fragen wahrheitsgemäß zu beantworten, denn einige werden Fangfragen sein, um eure Wahrheitsliebe zu überprüfen. Und wenn ihr nicht spurt, werden eure Doppelgänger Methoden anwenden, die euch überzeugen werden, daß Kooperation in eurem eigenen Interesse liegt.«

Unwillkürlich blickte Susan auf den falschen McGee. Er lächelte freundlich, aber es war nicht das Lächeln des echten. Es fehlte jede Wärme, jede Spur von Empfindsamkeit. Dieser Mann war wohl imstande, seine Opfer zu foltern, bis sie gehorchten.

»Jetzt möchte ich mich verabschieden«, sagte Viteski. »Ich muß das Schiff verlassen, bevor es ausläuft.« Bevor er die Kabine verließ, winkte er Susan und McGee noch freundschaftlich zu. »Gute Reise!«

Dann wies der Kapitän die beiden an, ihm zu folgen. Er führte sie in die Laderäume hinunter. Susan wäre die schmale Stiege hinuntergestürzt, wenn Golodkin sie nicht gehalten und ihr über die Stufen geholfen hätte. McGee sprach ihn mehrere Male auf russisch an, doch der Kapitän reagierte nicht darauf. Es war, als hätte er ihn nicht gehört.

Die Laderäume stanken nach Fisch. Golodkin führte sie in ein Gelaß, in dem aufgespulte Trossen und Ankertaue aufbewahrt waren. Dazwischen lagen, unordentlich gestapelt, Ersatzteile von Maschinen. An den Wänden hingen verschiedene Geräte, Fischhaken und Spieße.

Sie mußten sich auf die eiskalten Holzplanken setzen. Golodkin band jetzt ihre Füße zusammen und prüfte noch einmal McGees Fesseln. Dann schaltete er die Beleuchtung aus, die aus einer einzigen von der Decke baumelnden Birne bestand. Klirrend ließ er die Eisentür hinter sich zufallen.

Dunkelheit. Absolute Finsternis.

Susan dachte an ihr Ende in den kalten Wassern des Schwarzen Meeres. Noch vor kurzem hatte sie gewünscht, zu sterben und nicht mehr leiden zu müssen.

Jetzt würde ihr Wunsch in Erfüllung gehen.

38.

»Jeff!« rief sie leise.

Er antwortete nicht. Doch sie hörte, wie er sich bewegte, wie er an seinen Fesseln zerrte.

»Jeff...«

Er keuchte. Er schien gegen ein unsichtbares Hindernis anzukämpfen. Er atmete hart.

»Was tust du?«

»Sei still!«

Sie verstand nicht. Was konnte sie in ihrer Situation noch gefährden? Plötzlich fühlte sie, wie Hände über ihren Körper glitten. Beinahe hätte sie aufgeschrien; dann wurde ihr klar, daß es McGees Hände waren. Er hatte sich befreit, und jetzt tastete er nach ihren Fesseln. Während er die Knoten löste, hauchte er in ihr Ohr: »Golodkin hat meine Fesseln nicht zugezogen. Im Gegenteil, er hat sie *gelockert*.«

Ihre Hände waren jetzt frei. Sie rieb sich die schmerzenden Handgelenke. »Wird er uns weiterhelfen?«

»Sicher nicht, solange unsere Doppelgänger an Bord sind«, erwiderte er grimmig. Er bewegte sich von ihr fort und tappte im Dunkeln herum, bis er den Lichtschalter fand. Bevor es noch hell wurde, begriff Susan, was er vorhatte, und ihr graute davor.

Wie sie vorausgesehen hatte, holte er zwei Fischerhaken von der Wand und reichte ihr einen. Die scharfen Spitzen glänzten im trüben Licht.

»Ich kann nicht«, flüsterte sie.

»Du mußt.«

»O Gott, nein...«

»Ihr Leben oder unseres.«

Zögernd griff sie nach einem der Haken, den er ihr anbot. »Du wirst es können«, sagte er, »und es wird nicht schwierig sein. Sie erwarten keinen Angriff, und sicher vermuten sie nicht, daß uns Golodkin in einer Waffenkammer eingeschlossen hat.«

Er stellte sich seitlich von der Tür auf und wies ihr ihren Platz an.

Dann löschte er das Licht.

Es wurde ein langes, qualvolles Warten in der Dunkelheit. Das Zittern unter ihren Füßen wurde stärker, die Maschinen begannen auf vollen Touren zu laufen. Die KORMORAN begann aus dem Hafen von Batum auszulaufen.

Ein raschelndes Geräusch.

»Jeff – was ist das?«

»Nur eine Ratte.«

Sie sagte nichts.

»Hast du Angst vor Ratten?«

»Ja. Aber nicht heute.«

Etwa eine Viertelstunde verging, und sie mußten den Hafen bereits verlassen und das offene Meer erreicht haben, ehe sie das erste Geräusch an der Tür hörten.

McGee hob seinen Fischerhaken.

Die Tür wurde aufgestoßen. Die beiden Doppelgänger standen im Licht des angrenzenden Laderaums. McGee und Susan, die im Dunkeln standen, waren für ihre Gegner nicht zu sehen. Jeff trat einen Schritt vor, schwang den Haken und durchbohrte seinen Doppelgänger, als dieser gerade nach dem Lichtschalter griff. Entsetzt über das, was er tat oder zu tun gezwungen war, drehte er den Haken im Inneren des Mannes herum und riß ihn dann heraus. Der aufgespießte McGee brach zu Füßen des wirklichen zusammen und schlug mit Armen und Beinen um sich.

Die Frau hielt jetzt ein Pistole mit Schalldämpfer in ihrer Hand. Sie konnte McGee nur in Umrissen sehen, aber sie schoß.

Verfehlte ihn. Er sprang aus der Schußlinie. Sie feuerte nochmals, ohne zu zögern. Die Kugel streifte seinen Ärmel.

Da trat Susan in Aktion. Die Gefahr, in der Jeff schwebte,

und ihr Zorn verliehen ihr Mut. Die Frau hörte ein drohendes Geräusch von der anderen Seite und fuhr herum, aber da hatte ihr Susan schon mit dem Haken die Kehle durchbohrt. Ihre Augen traten aus den Höhlen, die Waffe fiel zu Boden. Ein Blutstrom ergoß sich aus ihrem Hals, aus der Kehle tönte ein gräßliches Röcheln...

Dann sank die falsche Susan auf die Knie, und sie kippte nach vorn. Ein Zucken ging durch ihren Körper, dann lag sie still.

McGee starrte auf sein regloses Ebenbild hinunter. Er hatte das beklemmende Gefühl, Zeuge seines eigenen Todes zu sein. Schlimmer noch erging es ihm beim Anblick der anderen Leiche. Susans Körper, den er liebte und begehrte, in seinen letzten Zuckungen! Der schmale Nacken durchbohrt, blutüberströmt...

Er packte Susan, die umzusinken drohte, derb am Arm und riß sie mit sich, hinaus aus der Abstellkammer, hinaus aus dem Frachtraum, nach oben, an die frische Luft.

Auf Deck holten sie beide tief Atem. Der Seewind blies ihnen ins Gesicht.

Die russische Küste war nicht mehr in Sicht.

Später stand Susan in der Kajüte, die für die beiden Doppelgänger vorgesehen gewesen war. Sie war klein und primitiv eingerichtet. Kein Stuhl, kein Tisch. Zwei hölzerne Bettstellen und ein schmales, tellergroßes Waschbecken.

Susan ließ das Wasser über ihre Hände fließen. Obwohl längst nichts mehr zu sehen war, hatte sie das Gefühl, die Blutflecken nicht loswerden zu können.

McGee trat ein. Seine Nähe gab ihr Mut und Zuversicht. Sie drehte den Hahn ab, zwang sich zu glauben, daß ihre Hände sauber waren.

»Kommen sie mit in die Türkei?« fragte sie.

Er schüttelte den Kopf. »Nein. Weder Golodkin noch seine Leute sind dazu bereit. Sie wollen ihre Familien nicht im Stich lassen.«

»Aber wenn der KGB herausbekommt, daß nicht wir, ich und du, über Bord geworfen wurden...«

»Sie werden es nie erfahren.«

»Wie meinst du das?«

Zum ersten Mal, seit sie an Bord gekommen waren, zeigte sich McGee wieder locker und überlegen.

»Wir werden sie mit ihren eigenen Waffen schlagen. Es ist dir doch klar, daß wir – wenn wir erst in Washington sind – einer Reihe komplizierter Tests unterworfen werden, bevor man sicher sein kann, daß wir die richtigen sind.«

»Ja, das muß wohl sein. Aber dann...«

»Dann wird man den KGB im Glauben lassen, es sei ihm gelungen, seine Leute an unserer Statt einzuschleusen. Dafür wird das FBI schon sorgen.«

»Wie?«

Er grinste. »Susan Thorton und Jeff McGee werden über bekannte Kanäle hochinteressante Daten nach Moskau schicken. Monatelang, jahrelang. Nur daß die geheimen Daten – wie Viteski es so trefflich formuliert hat – vorher ›bearbeitet‹ worden sind.« Triumphierend fügte er hinzu: »Meine Revanche für das, was man mit meinen Informationen getan hat, die über Golodkin liefen.«

Nachdenklich sagte sie: »Es kommt mir vor, als ob böse Buben sich gegenseitig Streiche spielten.«

Er zuckte die Achseln. »So kann man es auch sehen. Eine Art Schachspiel. Geheimdienst gegen Geheimdienst. Zug um Gegenzug, Finte gegen Falle. Ein Spiel ohne Ende, nur daß es – im Unterschied zu Schach – nie ein entscheidendes Matt gibt.«

»Für ein im Grunde sinnloses Spiel erscheinen mir die Einsätze unverhältnismäßig hoch«, erklärte sie. »Es muß doch enorme Mühe kosten, perfekte Doppelgänger zu schaffen.«

»Sie haben eine erstaunliche Technik entwickelt. Die Daten von Hatch und den anderen waren kein Geheimnis. Man suchte Männer entsprechenden Alters aus, die vom Körperbau her eine Ähnlichkeit mit den vier Amerikanern hatten. Plastische Chirurgie und geschicktes Make-up taten ein übriges. Und Fernsehaufnahmen vom Prozeß haben ihre Stimmen festgehalten.«

»Aber Hatchs Augen!?«

»Spezielle Kontaktlinsen.«

»Wie für einen Film?«

»Genau. Die Visagisten und Maskenbildner in Moskau stehen denen von Hollywood in nichts nach. Und was die Leiche von Jerry Stein betrifft – die könnte aus einem beliebigen Gruselfilm stammen.«

Sie unterdrückte ein Zittern und seufzte. »Ein Glück, daß die Amerikaner nicht so skrupellos sind wie die Russen.«

Darauf erwiderte er sehr ernst. »Da würde ich nicht so sicher sein, Susan.«

Sie lächelte. »Immerhin haben sie dich beauftragt, mich heil nach Hause zu bringen.«

Er schüttelte den Kopf, sehr ernst. »Da irrst du dich. Das war nicht mein Auftrag.«

»Sondern?«

Er preßte die Lippen zusammen. »Mein Auftrag war, dich umzubringen. Nur tote Wissenschaftler können keine Geheimnisse verraten. Sicher ist sicher.«

Alles Blut war aus ihrem Gesicht gewichen. »Mich – zu töten?«

Er nickte. »Bevor man dich in Willawauk zum Sprechen bringen konnte. Als dein behandelnder Arzt hatte ich viele Möglichkeiten. Bei solchen Experimenten kommt es oft vor, daß der Patient sanft entschläft und seinen Henkern entkommt – sozusagen durch die Hintertür...«

Sie sah ihm in die Augen. Ihre Lippen bebten, als sie ihn fragte. »Und – und warum hast du deinen Auftrag nicht erfüllt?«

Er antwortete leichthin: »Sehr einfach, Susan. Weil ich mich in dich verliebt habe.«

38.

Obwohl sie sich in Sicherheit wußte, schlief Susan in dieser Nacht sehr unruhig. Sie wälzte sich auf der harten Bettstelle hin und her. Wirre Träume plagten sie.

Als sie schließlich mit einem Schrei aus dem Schlaf fuhr, saß McGee am Rand ihrer Pritsche. Er nahm sie in seine Arme und preßte sie an sich.

»Ruhig, mein Schatz. Ich bin bei dir...«

»Aber die Matrosen...«

»Welche Matrosen?«

»Die Männer von Kapitän Golodkin. Ich habe sie erkannt.«

»Wen hast du erkannt?«

»Hatch und Quince. Jellicoe und Parker. Sie tragen Seemannskleidung, aber...«

»Du hast geträumt.«

»Nein, nein«, rief sie in panischer Angst. »Ich habe sie deutlich gesehen. Sie haben gelacht. Während sie aus einem großen Netz Fische an Bord fallen ließen, haben sie gelacht.«

»Das Spiel ist zu Ende, Susan. Für immer zu Ende.«

Er konnte sie nicht beruhigen. Obwohl sie sich erst sträubte, zwang er sie, mit ihm durch das ganze Schiff zu gehen und jedes einzelne Mitglied der Besatzung genau anzuschauen. Erst dann war sie überzeugt, daß sich weder Hatch noch einer seiner Kumpane an Bord befand.

Doch die Angst hielt sie in ihren Klauen. Auch nachdem sie auf ein türkisches Boot übergesetzt hatten, beäugte sie die türkischen Fischer mit Mißtrauen. Und ebenso die Mitglieder des amerikanischen Konsulats in Trapezunt.

Auch als Gast des amerikanischen Botschafters in Ankara fühlte sie sich noch nicht sicher. Es war drei Uhr früh, als ihr Schrei durch das weitläufige Gebäude hallte.

Zwei Sicherheitsbeamte stürzten erschrocken in ihr Zimmer. Susan schrie: »Hinaus mit euch! Ich erkenne euch auch in eurer Verkleidung.«

Der Botschafter und seine Frau versuchten sie vergeblich zu beruhigen. Das gelang erst McGee, der im Schlafrock herbeigeeilt kam.

Sie klammerte sich an ihn, zitternd. »Ich kann niemandem trauen.«

»Aber Susan – keiner sieht auch im entferntesten wie Hatch aus.«

»Ich habe noch nicht alle gesehen. Auch in der Klinik gab es viele, die unverdächtig aussahen, bis Hatch auftauchte...«

Der Botschaftsarzt wollte ihr eine Beruhigungsspritze geben, aber sie weigerte sich, ihn an ihr Bett zu lassen. Sie schlief erst wieder ein, als die anderen gegangen waren und McGee ein Sofa vor ihre Tür schob und Wache hielt.

Am nächsten Morgen entschuldigte sie sich verlegen. Der Botschafter zeigte sich verständnisvoll und erbot sich, ihr seinen gesamten Stab vorzustellen, damit sie sicher sein konnte, daß an der Botschaft weder tote Männer noch sowjetische Doppelgänger beschäftigt waren.

Sie dankte und lehnte lächelnd ab. »Bei Tag bin ich vernünftig und habe keine Angst mehr. Aber bei Nacht – wenn ich aus meinen Alpträumen erwache...«

»Es wird sich geben«, tröstete sie McGee. »Aber das kann eine Weile dauern.«

»Vielleicht mein Leben lang«, flüsterte sie.

Doch sie irrte sich. Die Angstträume hörten zwar nicht auf, aber ihr Impakt wurde von Nacht zu Nacht schwächer.

Schließlich kamen sie in Washington an. Die Regierung hatte im besten Hotel zwei Zimmer für sie reserviert, aber sie begnügten sich mit einem Doppelzimmer.

Zum ersten Mal gingen sie gemeinsam zu Bett. Aufflammende Leidenschaft und die folgende Entspannung ließen ihre schrecklichen Erlebnisse verblassen.

Ihren nackten Körper an den ihres Liebhabers gepreßt, schlief Susan ruhig, glücklich und traumlos.

WENN DIE DUNKELHEIT KOMMT

Widmung

Da der eigentliche Preis zu schwer zu erringen war, widme ich dieses Buch Freunden – Oliviero und Becky Migneco und Jeff und Bonnie Paymar –, in der aufrichtigen Hoffnung, daß eine solche Widmung ein annehmbarer Ersatz ist.
(Auf diese Weise ist wenigstens die Gefahr eines Prozesses viel geringer.)

Besonderen Dank schulde ich Mr. Owen West dafür, daß er mir die Möglichkeit gab, diese Variation über ein Thema unter meinem Pseudonym zu veröffentlichen.

Prolog

1

Mittwoch, 8. Dezember, 1.12 Uhr

Penny Dawson schreckte auf und hörte, wie sich etwas durch das dunkle Schlafzimmer bewegte.

Zuerst dachte sie, das Geräusch gehöre noch zu ihrem Traum. Sie hatte von Pferden geträumt und von langen Geländeritten, und es war der herrlichste, schönste, aufregendste Traum gewesen, den sie in den elfeinhalb traumerfüllten Jahren ihres Lebens jemals gehabt hatte. Als sie allmählich aufwachte, wehrte sie sich dagegen, versuchte, den Schlaf festzuhalten, damit der wundervolle Traum nicht verschwand. Aber sie hörte einen ungewohnten Laut, und das machte ihr Angst. Sie sagte sich, es sei nichts als ein Pferd, was sie da hörte, oder das Rascheln des Strohs im Stall in ihrem Traum. Nichts, worüber man erschrecken müßte. Aber sie konnte sich selbst nicht davon überzeugen; sie konnte den fremden Laut nicht in ihren Traum einordnen, und so wurde sie schließlich ganz wach.

Das sonderbare Geräusch kam von der anderen Seite des Zimmers her, von Daveys Bett.

Was machte er da? Was heckte er jetzt wieder für einen Streich aus?

Penny setzte sich im Bett auf. Sie blinzelte in die undurchdringlichen Schatten, sah nichts, legte den Kopf schief und lauschte gespannt.

Ein Rascheln und Seufzen durchbrach die Stille.

Dann herrschte wieder Ruhe.

Sie hielt den Atem an und lauschte noch angespannter.

Ein Zischen. Dann ein unbestimmtes Geräusch, schlurfend und kratzend.

Es war stockfinster. Die Tür war angelehnt.

Sie ließen sie immer ein paar Zentimeter weit offen, wenn sie schliefen, damit Daddy sie besser hören konnte, wenn sie in der Nacht nach ihm riefen. Aber in der übrigen Wohnung brannte nirgends Licht, und durch die angelehnte Tür drang keine Helligkeit herein.

Penny sagte leise: »Davey?«

Er antwortete nicht.

»Davey, bist du das?«

Raschel-raschel-raschel.

»Davey, hör auf damit.«

Keine Antwort.

Siebenjährige Jungens waren manchmal wirklich eine Plage. Sie konnten einem gewaltig auf den Wecker gehen.

Sie sagte: »Wenn das so ein blödes Spielchen ist, dann wird dir das noch sehr leid tun.«

Ein trockenes Geräusch. Wie ein altes, verdorrtes Blatt, das knisterte und knackte, weil jemand mit dem Fuß darauf trat. Es war jetzt näher als vorher.

»Davey, laß den Unsinn.«

Noch näher. Etwas kam durch den Raum auf das Bett zu.

Davey war das nicht. Er mußte immer lachen; er hätte inzwischen bestimmt nicht mehr an sich halten können und sich verraten.

Ihre Augen tränten, weil sie so angestrengt ins Dunkel starrte. Sie tastete nach dem Schalter der kegelförmigen Leselampe, die am Kopfende ihres Bettes befestigt war. Sie konnte ihn schrecklich lange nicht finden. Verzweifelt fummelte sie im Dunkeln herum.

Die unheimlichen Geräusche kamen jetzt aus der Schwärze neben ihrem Bett. Das Ding hatte sie erreicht.

Plötzlich fanden ihre tastenden Finger den metallenen Lampenschirm und dann den Schalter. Ein Lichtkegel fiel über das Bett und auf den Fußboden.

In der Nähe war nichts zu sehen, vor dem sie sich hätte fürchten müssen.

Davey lag in seinem Bett auf der anderen Seite des Zimmers, er schlief in einem Durcheinander von Decken, unter großen Postern von Chewbacca, dem Wookie, aus dem ›Krieg der Sterne‹ und E.T.

Penny hörte das seltsame Geräusch nicht mehr. Sie wußte, daß sie es sich nicht eingebildet hatte, und sie war auch kein Mädchen, das einfach das Licht ausschalten, sich die Decken über den Kopf ziehen und die ganze Sache vergessen konnte.

Daddy behauptete, sie sei neugieriger als tausend Katzen. Sie warf die Decke zurück, stieg aus dem Bett, stand im Schlafanzug mit bloßen Füßen reglos da und lauschte.

Kein Laut.

Schließlich ging sie zu Davey hinüber und sah ihn sich genauer an. Das Licht ihrer Lampe reichte nicht so weit; er lag größtenteils im Schatten, schien aber fest zu schlafen. Sie beugte sich dicht über ihn, beobachtete seine Augenlider und entschied schließlich, daß er nicht simulierte.

Das Geräusch begann wieder. Hinter ihr.

Sie wirbelte herum.

Jetzt war es unter dem Bett. Ein zischendes, kratzendes, leise rasselndes Geräusch, nicht besonders laut, aber auch nicht mehr verstohlen.

Das Ding unter dem Bett wußte, daß sie es hörte. Es machte absichtlich Lärm, wollte sie reizen, versuchte, sie zu ängstigen.

Nein! dachte sie. Das ist ja albern.

Das war nur ein... eine Maus. Ja! Das war es. Nur eine Maus, die wahrscheinlich viel mehr Angst hatte als sie.

Sie fühlte sich ein wenig erleichtert. Sie mochte zwar keine Mäuse und wollte sie ganz bestimmt nicht unter ihrem Bett haben, aber wenigstens war eine einfache kleine Maus nicht allzu beängstigend.

Sie stand da, die kleinen Hände an den Seiten zu Fäusten geballt, und versuchte zu entscheiden, was sie als nächstes tun sollte.

Da wäre noch Daddy.

Penny wollte ihren Vater erst aufwecken, wenn sie absolut und hundertprozentig sicher war, daß da tatsächlich eine Maus war. Wenn Daddy kam, um nach einer Maus zu suchen, das Zimmer auf den Kopf stellte und dann keine fand, würde er sie behandeln, als wäre sie ein *Kind*, du meine Güte. Bis zu ihrem zwölften Geburtstag waren es nur noch zwei Monate, und sie haßte nichts mehr, als wie ein Kind behandelt zu werden.

Sie konnte nicht unter das Bett sehen, weil es darunter sehr dunkel war und die Decken seitlich heruntergerutscht waren; sie hingen fast bis auf den Boden und versperrten die Sicht.

Das Ding unter dem Bett – die *Maus* unter dem Bett! zischte und machte ein gurgelnd-kratzendes Geräusch. Es klang fast wie eine Stimme. Eine kratzige, kalte, böse kleine Stimme, die in einer fremden Sprache etwas zu ihr sagte.

Konnte eine Maus so ein Geräusch machen?

Sie warf einen Blick auf Davey. Er schlief immer noch.

An der Wand, neben dem Bett ihres Bruders, lehnte ein Baseballschläger aus Plastik. Sie packte ihn am Griff.

Sie machte ein paar Schritte auf ihr Bett zu und ließ sich auf Händen und Knien auf den Fußboden nieder. Sie nahm den Plastikschläger in die rechte Hand, streckte sie aus, schob das andere Ende unter die herabhängenden Decken, hob sie hoch und stieß sie auf das Bett zurück, wo sie hingehörten.

Sie konnte da unten immer noch nichts sehen. Der niedrige Raum war schwarz wie eine Höhle.

Die Geräusche hatten aufgehört.

Penny hatte das unheimliche Gefühl, daß aus diesen ölig-schwarzen Schatten etwas zu ihr herausspähte ... etwas, das mehr war als nur eine Maus ... schlimmer als nur eine Maus... etwas, das wußte, daß sie nur ein schwaches, kleines Mädchen war... etwas mit Köpfchen, nicht nur ein dummes Tier, etwas, das mindestens so schlau war wie sie, etwas, das wußte, daß es herausstürmen und sie bei lebendigem Leibe verschlingen konnte, wenn es das wirklich wollte.

Himmel. Nein. Kinderkram. Blödsinn.

Sie biß sich auf die Unterlippe, nahm sich vor, sich nicht wie ein hilfloses Kind zu benehmen, und stieß mit dem dicken Ende des Baseballschlägers unter das Bett. Sie fuhr damit hin und her, um die Maus entweder zum Quieken zu bringen oder herauszutreiben.

Plötzlich wurde das andere Ende des Plastikschlägers gepackt und festgehalten. Penny wollte ihn wegziehen. Es ging nicht. Sie ruckte und drehte daran – vergeblich.

Dann wurde er ihr aus der Hand gerissen. Er verschwand mit einem dumpfen Rasseln unter dem Bett.

Penny fuhr wie der Blitz zurück und rutschte über den Fußboden – bis sie gegen Daveys Bett prallte. Sie wußte nicht einmal mehr, daß sie sich bewegt hatte. Vor einer Sekunde hatte sie noch auf Händen und Knien neben ihrem eigenen Bett gelegen; in der nächsten stieß sie mit dem Kopf gegen Daveys Matratze.

Ihr kleiner Bruder ächzte, schnaubte, prustete und schlief dann einfach weiter.

Unter Pennys Bett bewegte sich nichts.

Jetzt hätte sie gerne nach ihrem Vater geschrien, wäre mit Freuden das Risiko eingegangen, für ein Kind gehalten zu werden, wirklich mit Freuden, und sie schrie tatsächlich, aber die Worte hallten nur in ihrem Kopf: ›Daddy, Daddy, Daddy!‹ Von ihren Lippen kam kein Laut. Sie hatte plötzlich die Sprache verloren.

Das Licht flackerte. Das Kabel führte nach unten zu einer Steckdose in der Wand hinter dem Bett. Das Ding unter dem Bett versuchte, den Stecker herauszuziehen.

»Daddy!«

Diesmal brachte sie zwar einen Laut zustande, aber viel war nicht zu hören; die Worte kamen nur als heiseres Flüstern heraus.

Und die Lampe erlosch.

Sie hörte eine Bewegung in dem lichtlosen Raum. Etwas kam unter dem Bett hervor und wollte über den Fußboden.

»Daddy!«

Es war immer noch nicht mehr als ein Flüstern. Sie schluckte, merkte, daß es ihr schwerfiel, schluckte noch einmal und versuchte, ihre halb gelähmte Kehle wieder unter Kontrolle zu bringen.

Etwas knarrte.

Penny spähte schaudernd ins Dunkel.

Dann merkte sie, daß das Knarren ihr vertraut war. Die Tür zum Schlafzimmer. Sie mußte unbedingt mal geölt werden.

In der Dunkelheit bemerkte sie, daß die Tür aufschwang; sie spürte es mehr, als daß sie es sah. Die Angeln hörten auf zu quietschen.

Das unheimliche Kratzen und Zischen entfernte sich immer weiter. Das Ding wollte sie doch nicht angreifen. Es ging fort.

Jetzt war es in der Türöffnung, an der Schwelle.

Jetzt war es im Korridor.

Jetzt mindestens zehn Fuß von der Tür weg.

Und jetzt... fort.

Was war das gewesen?

Keine Maus. Kein Traum.

Was dann?

Irgendwann stand Penny auf. Ihre Beine waren wie aus Gummi.

Sie tastete um sich und fand die Lampe an Daveys Kopfende. Der Schalter klickte, Licht ergoß sich über den schlafenden Jungen. Schnell drehte sie den kegelförmigen Schirm von ihm weg.

Sie ging zur Tür, blieb auf der Schwelle stehen und horchte in die Wohnung hinein. Stille. Immer noch zitternd schloß sie die Tür. Das Schloß schnappte leise ein.

Ihre Hände waren feucht. Sie wischte sie am Schlafanzug ab.

Nun fiel genügend Licht auf ihr Bett, und sie ging zurück und schaute darunter. Da unten hockte nichts Bedrohliches.

Sie holte den Baseballschläger hervor, der hohl und sehr leicht war. Das dicke Ende, das sie unter das Bett geschoben hatte, war an drei Stellen eingedellt. In zwei der Dellen waren kleine Löcher. Das Plastik war durchbohrt worden. Aber... wovon? Von Klauen?

Was war das gewesen?

Je länger sie darüber nachdachte, desto unwirklicher kam ihr das Ganze vor. Vielleicht hatte sich der Baseballschläger nur irgendwie im Bettrahmen verfangen; vielleicht waren die Löcher durch Schrauben oder Nägel entstanden, die aus dem Rahmen hervorragten. Vielleicht war die Tür zum Korridor von nichts Unheimlicherem als einem Luftzug geöffnet worden.

Vielleicht...

Endlich stand sie, ganz kribbelig vor Neugier, auf, ging in die Diele, knipste das Licht an, sah, daß sie alleine war, und schloß sorgfältig die Schlafzimmertür hinter sich.

Stille.

Die Tür zum Zimmer ihres Vaters war wie üblich angelehnt. Sie stellte sich daneben, legte das Ohr an den Spalt und lauschte. Er schnarchte. Davon abgesehen konnte sie nichts, keine fremden, raschelnden Geräusche hören.

Wieder überlegte sie, ob sie Daddy wecken sollte. Er war Kriminalbeamter, Lieutenant Jack Dawson. Er hatte eine Pistole. Wenn wirklich etwas in der Wohnung war, konnte er es in tausend Stücke schießen. Andererseits, wenn sie ihn aufweckte und sie fanden nichts, würde er sie necken und mit ihr sprechen wie mit einem Kind, Gott, noch schlimmer, wie mit einem *Säugling*. Sie zögerte, dann seufzte sie. Nein. Es lohnte sich einfach nicht, eine solche Demütigung zu riskieren.

Mit pochendem Herzen schlich sie durch die Diele zur Eingangstür und probierte sie. Sie war immer noch fest verschlossen.

An der Wand neben der Tür war ein Garderobenständer befestigt. Sie nahm einen zusammengerollten Schirm von einem der Haken. Die Metallzwinge war spitz genug, um als einigermaßen gute Waffe zu dienen.

Sie hielt den Schirm vor sich und schlich ins Wohnzimmer, schaltete alle Lichter an und sah überall nach. Sie durchsuchte die Eßnische und auch die kleine, L-förmige Küche.

Nichts.

Bis auf das Fenster.

Das Küchenfenster über der Spüle war offen. Kalte Dezemberluft strömte durch den zehn Zoll breiten Spalt.

Penny war sicher, daß es noch nicht offen gewesen war, als sie zu Bett ging. Und wenn Daddy es aufgemacht hatte, um frische Luft hereinzulassen, hätte er es später wieder geschlossen; er war in solchen Dingen sehr gewissenhaft.

Sie trug den Küchenhocker zur Spüle, stieg hinauf und schob das Fenster weiter hoch, so weit, daß sie sich hinausbeugen und einen Blick nach unten werfen konnte. Vier Stockwerke tiefer war der Durchgang an den dunkelsten Stellen schwärzer als schwarz, an den hellsten aschgrau. Nur das Rauschen des Windes in der Betonschlucht war zu hören. Sonst regte sich nichts.

Ein Stück weiter, in der Nähe des Schlafzimmerfensters, führte eine Feuertreppe zum Durchgang hinunter. Aber hier, am Küchenfenster, gab es keine Feuertreppe, kein Sims, keine Möglichkeit für jemanden, der einbrechen wollte, das Fenster zu erreichen, keine Stelle, wo er stehen oder sich hätte festhalten können, um sich Zugang zu verschaffen.

Ein Einbrecher war es jedenfalls nicht gewesen. Einbrecher waren nicht klein genug, um sich unter dem Bett einer jungen Dame zu verstecken.

Sie schloß das Fenster und stellte den Hocker an seinen Platz zurück. Den Schirm hängte sie wieder an den Garderobenständer im Gang, obwohl es ihr ein wenig widerstrebte, sich von der Waffe zu trennen. Unterwegs schaltete sie die Lichter aus, schaute aber nicht zurück in die Dunkelheit und kehrte in ihr Zimmer zurück, ging wieder ins Bett und zog sich die Decke bis zum Kinn.

Davey schlief immer noch fest.

Der Nachtwind drückte gegen das Fenster.

Weit weg, auf der anderen Seite der Stadt, sang eine Sanitäts- oder Polizeisirene ihr trauriges Lied.

Penny blieb eine Weile im Bett sitzen, gegen die Kissen gelehnt; die Leselampe warf einen schützenden Lichtkreis um sie. Sie war müde und wollte schlafen, aber sie fürchtete sich davor, das Licht auszuschalten. Sie ärgerte sich über ihre Angst. War sie nicht fast zwölf Jahre alt? Und war sie mit zwölf nicht zu groß, um sich vor der Dunkelheit zu fürchten? War sie jetzt nicht die Hausherrin, war sie nicht schon seit mehr als anderthalb Jahren die Hausherrin, seit ihre Mutter gestorben war? Nach etwa zehn Minuten hatte sie sich wieder soweit unter Kontrolle, daß sie die Lampe ausschaltete und sich hinlegte.

Ihre Gedanken konnte sie nicht so einfach ausschalten.

Was war es gewesen?

Nichts. Ein Überbleibsel aus einem Traum. Oder ein Luftzug. Nur das, weiter nichts.

Dunkelheit.

Sie horchte.

Nichts.

Sie schlief ein.

2

Mittwoch, 1.34 Uhr

Vince Vastagliano war auf halbem Wege die Treppe hinunter, als er erst einen Schrei und dann ein heiseres Kreischen hörte. Es war nicht schrill. Es war nicht durchdringend. Es war ein erschrockener, gutturaler Schrei, den er vielleicht gar nicht gehört hätte, wenn er oben gewesen wäre; trotzdem drückte er nacktes Entsetzen aus. Vince blieb stehen, eine Hand am Treppengeländer, ganz still, den Kopf zur Seite geneigt, und horchte angespannt; sein Herz hämmerte plötzlich, und er war vorübergehend in Unschlüssigkeit erstarrt.

Noch ein Schrei.

Ross Morrant, Vinces Leibwächter, war in der Küche und richtete für sie beide einen späten Imbiß her, und es war Morrant, der geschrien hatte. Die Stimme war unverkennbar.

Vince hörte auch Geräusche eines Kampfes. Ein Krachen und Klirren, als etwas umgeworfen wurde. Einen harten Schlag. Das scharfe, dissonante Klirren zerbrechenden Glases.

Ross Morrants verzweifelte, von Angst verzerrte Stimme hallte im unteren Korridor von der Küche her wider, zwischen Stöhnen, Keuchen und entnervenden Schmerzenslauten waren Worte zu hören: »Nein... nein... bitte... Jesus, nein... Hilfe.... zu Hilfe... O mein Gott, mein Gott, bitte... nein!«

Vince trat der Schweiß auf die Stirn.

Morrant war ein großer, starker, gemeiner Scheißkerl. Seit vierzehn Monaten arbeitete er für Vince als Einpeitscher, Geldeintreiber und Leibwächter; in dieser Zeit hatte Vince nie erlebt, daß er Angst hatte. Er konnte sich nicht vorstellen, daß Morrant sich vor irgend jemand oder irgend etwas fürchtete. Und daß Morrant um Gnade bettelte... nein, das war einfach undenkbar; selbst jetzt, als Vince den Leibwächter wimmern und flehen hörte, konnte er es nicht fassen; es schien einfach nicht wirklich zu sein.

Etwas kreischte schrill. Das war nicht Morrant. Es war ein gräßlicher, unmenschlicher Laut. Ein schneidender, durchdringender Ausbruch von Wut, Haß und einem fremden Wollen, der in einen Science-fiction-Film gehörte, der entsetzliche Schrei eines Wesens aus einer anderen Welt.

Vince stieg schnell zwei weitere Stufen hinunter und schaute den Korridor entlang zur Eingangstür. Der Weg war frei. Er konnte wahrscheinlich die letzten Stufen hinunterspringen, durch den Gang rennen, die Eingangstür aufschließen und das Haus verlassen, ehe die Eindringlinge aus der Küche kamen und ihn sahen. Aber ein kleiner Rest von Zweifel blieb, und wegen dieser Unschlüssigkeit zögerte er ein paar Sekunden zu lange.

In der Küche kreischte Morrant noch entsetzlicher, ein letzter Aufschrei trostloser Verzweiflung und Todesqual, der abrupt abriß.

Vince wußte, was Morrants plötzliches Schweigen zu bedeuten hatte. Der Leibwächter war tot.

Dann gingen überall im Haus die Lichter aus. Offenbar hatte jemand im Sicherungskasten unten im Keller die Hauptsicherung ausgeschaltet.

Vince wagte nicht, noch länger zu zögern, und wollte im Dunkeln die Treppe hinunter, aber er hörte, wie sich im unbeleuchteten Korridor hinten bei der Küche etwas bewegte und in seine Richtung kam, und blieb wieder stehen. Es war nichts so Normales wie sich nähernde Schritte, was er da hörte, es war vielmehr ein fremdartiges, unheimliches Zischen-Rascheln-Klirren-Brummen, das ihn frösteln ließ und ihm eine Gänsehaut über den Rücken jagte. Er spürte, daß etwas Gräßliches, etwas mit bleichen, toten Augen und kalten, klammen Händen auf ihn zukam. Eine solch phantastische Vorstellung war für Vince Vastagliano, der die Phantasie eines Baumstumpfs hatte, völlig untypisch, aber er konnte die abergläubische Furcht, die ihn überfallen hatte, nicht abschütteln.

Er drehte sich um und kletterte die Treppe hinauf. Einmal stolperte er im Dunkeln, wäre fast gestürzt, fand aber das Gleichgewicht wieder. Als er das große Schlafzimmer erreichte, klangen die Geräusche hinter ihm wilder, näher, lauter – und hungriger.

Zerfließende schwache Lichtfinger krochen durch die Schlafzimmerfenster, verirrte Strahlen von den Straßenlaternen draußen, die einen leichten Schimmer auf das italienische Baldachinbett aus dem achtzehnten Jahrhundert und die anderen Antiquitäten warfen und auf den schräggeschliffenen Kanten der Kristallbriefbeschwerer glitzerten, die auf dem Schreibtisch zwischen den beiden Fenstern aufgereiht waren. Wenn Vince sich umgedreht und nach hinten geschaut hätte, hätte er wenigstens einen Umriß seines Verfolgers erkennen können. Aber er sah nicht hin. Er hatte Angst davor.

Ein übler Geruch stieg ihm in die Nase. Schwefel? Nicht ganz. Aber etwas Ähnliches.

Er eilte durch die Schatten in das große Bad, das sich an das Schlafzimmer anschloß. In der klebrigen Dunkelheit prallte er unsanft gegen die halbgeschlossene Badezimmertür. Mit einem Krachen flog sie ganz auf. Etwas betäubt von dem Stoß taumelte er in den großen Raum, tastete nach der Tür, warf sie zu und verschloß sie hinter sich.

In jenem letzten, ungeschützten Augenblick, als die Tür zuschwang, hatte er alptraumhafte, silbrige Augen in der Dunkelheit glühen sehen. Nicht nur zwei Augen. Ein ganzes Dutzend. Vielleicht auch mehr.

Jetzt schlug etwas gegen die andere Seite der Tür. Wieder und wieder. Das waren mehrere da draußen.

nicht nur einer. Die Tür bebte, und das Schloß klirrte, aber es hielt.

Die Wesen im Schlafzimmer kreischten und zischten jetzt beträchtlich lauter. Obwohl ihre eisigen Schreie völlig fremdartig klangen, anders als alles, was Vince je gehört hatte, war klar, was sie bedeuteten; es war offensichtlich ein Jaulen des Zorns und der Enttäuschung. Die Wesen, die ihn verfolgten, waren sicher gewesen, ihn in der Falle zu haben, und sie waren nicht bereit, es wie sportliche Verlierer hinzunehmen, daß er ihnen entkommen war.

Die Geschöpfe scharrten an der anderen Seite der Tür, bohrten und kratzten am Holz und rissen Splitter heraus. Dem Geräusch nach zu urteilen hatten sie scharfe Klauen. Verdammt scharf.

Was zum Teufel waren das für Wesen?

Vince war immer auf Gewalttätigkeit gefaßt, denn Gewalttätigkeit war ein wesentlicher Bestandteil der Welt, in der er sich bewegte. Man konnte nicht erwarten, als Drogenhändler das beschauliche Leben eines Oberschullehrers zu führen. Aber mit einem solchen Angriff hatte er nie gerechnet. Ein Mann mit einer Pistole – das ja. Ein Mann mit einem Messer – auch damit konnte er fertig werden. Eine an die Zündung seines Wagens angeschlossene Bombe – das lag sicherlich im Bereich des Möglichen. Aber das hier war schierer Wahnsinn.

Während die Wesen draußen versuchten, sich mit Zähnen, Klauen und Schlägen durch die Tür zu arbeiten, suchte Vince in der Dunkelheit herum, bis er die Toilette fand. Er klappte den Deckel herunter, setzte sich und griff nach dem Telefon.

Als er zwölf Jahre alt gewesen war, hatte er zum erstenmal das Telefon im Bad seines Onkels Gennaro Carramazza gesehen, und von diesem Augenblick an war ein Telefon auf dem Klo für ihn *das* Symbol für die Bedeutung eines Menschen, der Beweis, daß er unentbehrlich und reich war. Sobald Vince alt genug gewesen war, um sich eine eigene Wohnung zuzulegen, hatte er in jedem Raum einschließlich des Lokus ein Telefon anschließen lassen. Jetzt war er froh, daß er den Apparat griffbereit hatte, um Hilfe herbeizurufen.

Aber es kam kein Freizeichen.

Er rüttelte im Dunkeln an der Gabel, wollte dem Apparat befehlen zu funktionieren.

Die Leitung war tot.

Die unbekannten Wesen im Schlafzimmer kratzten, drückten und hämmerten weiter gegen die Tür.

Vince sah zu dem einzigen Fenster hinauf. Es war viel zu klein, um als Fluchtweg zu dienen. Das Glas war undurchsichtig und ließ fast kein Licht ein.

Sie werden nicht durch die Tür kommen, redete er sich verzweifelt ein. Irgendwann werden sie es satt haben, sie werden aufgeben, und dann werden sie weggehen. Bestimmt werden sie das. Natürlich.

Ein metallisches Quietschen und Klirren ließ ihn aufschrecken. Das kam von innerhalb des Badezimmers. Von diesseits der Tür.

Er stand auf, die Hände zu Fäusten geballt, verkrampft, und spähte nach rechts und nach links in die Dunkelheit.

Irgendein Metallgegenstand krachte auf den Fliesenboden, und Vince fuhr zusammen und schrie überrascht auf.

Der Türknopf. O Gott. Irgendwie hatten sie den Knauf und das Schloß abmontiert!

Er warf sich gegen die Tür, fest entschlossen, sie zuzuhalten, stellte aber fest, daß sie immer noch standhielt; der Knopf war noch dran; das Schloß war eingerastet. Mit zitternden Händen tastete er hektisch im Dunkeln umher und suchte nach den Türangeln; auch sie waren noch da und unbeschädigt.

Aber was war dann auf den Boden geklirrt?

Keuchend drehte er sich um, stemmte sich mit dem

Rücken gegen die Tür, blinzelte in den pechschwarzen Raum und versuchte, das, was er gehört hatte, zu deuten.

Er spürte, daß er im Bad nicht länger alleine und in Sicherheit war. Angst kroch ihm wie ein Tausendfüßler den Rücken hinauf.

Das Gitter vor dem Auslaß des Heizungsrohrs – *das* war es, was heruntergefallen war.

Er drehte sich um und schaute hinauf zu der Wand oberhalb der Tür. Zwei strahlende Silberaugen funkelten ihn aus der Schachtöffnung an. Mehr konnte er von dem Geschöpf nicht sehen. Augen ohne Unterscheidung zwischen Weiß, Iris und Pupille. Augen, die schimmerten und flackerten, als bestünden sie aus Feuer. Augen ohne eine Spur von Erbarmen.

Eine Ratte?

Nein. Eine Ratte hätte das Gitter nicht entfernen können. Außerdem hatten Ratten doch rote Augen – oder nicht?

Es zischte ihn an.

»Nein«, sagte Vince leise.

Er konnte nirgendwohin.

Das Ding stieß sich von der Wand ab und segelte auf ihn herunter. Es traf sein Gesicht. Klauen durchbohrten seine Backen, drangen in seinen Mund, kratzten an seinen Zähnen und gruben sich in seinen Gaumen. Der Schmerz überfiel ihn plötzlich und heftig.

Zähne rissen an seiner Kopfhaut.

Sein Schrei wurde von dem namenlosen Wesen erstickt, das sich an seinen Kopf krallte, und er bekam keine Luft mehr. Er griff nach der Bestie. Sie war kalt und schmierig wie ein Meerestier, das aus den Tiefen des Wassers emporgestiegen war. Er riß es sich vom Gesicht und hielt sie auf Armeslänge von sich weg. Das Ding kreischte, zischte und schnatterte unartikuliert, es wand und drehte sich, zappelte und zuckte und biß ihn in die Hand, aber er ließ nicht los, weil er fürchtete, es würde ihn sofort wieder anspringen und diesmal auf seine Kehle oder auf seine Augen losgehen.

Was *war* das? Wo kam es her?

Etwas biß ihn in den linken Knöchel.

Etwas anderes begann an seinem rechten Bein hinaufzuklettern und riß ihm dabei die Hose auf.

Noch mehr solche Kreaturen waren aus dem Rohr in der Wand gekommen. Als ihm das Blut aus den Schädelwunden die Stirn herunterlief und ihm den Blick trübte, begriff er, daß viele Silberaugen im Raum waren. Dutzende.

Die Eindringlinge krochen voller Gier seine Brust, seinen Rücken hinauf auf seine Schultern, alle waren so groß wie Ratten, aber es waren keine Ratten, und alle kratzten und bissen. Sie waren überall, zogen ihn zu Boden. Er fiel auf die Knie. Er ließ die Bestie los, die er in den Händen hielt, und schlug mit den Fäusten auf die anderen ein.

Er hörte sich selbst genauso erbärmlich flehen wie vorher Ross Morrant, dann wurde die Dunkelheit noch dichter, und ewiges Schweigen senkte sich über ihn.

TEIL EINS

Mittwoch, 7.35 Uhr bis 15.30 Uhr

Heilige Männer sagen, ein Geheimnis sei das Leben.
Und sie wollen sich diesem Gedanken gerne ergeben.
Doch manches Geheimnis bellt und beißt,
Es kommt aus dem Dunkel und fasset dich dreist.

THE BOOK OF COUNTED SORROWS

Ein Regen von Schatten, ein Sturm, ein Orkan!
Des Tages Licht weicht; die Nacht jagt heran.
Strahlt hell alles Gute, scheut das Böse das Licht,
Nehmen Mauern des Bösen der Welt alle Sicht.
Nun nahet das Ende, die Öde, Finsternis.

THE BOOK OF COUNTED SORROWS

Kapitel eins

1

Als erstes sagte Rebecca am nächsten Morgen zu Jack Dawson: »Zwei Leichen.«

»Hm?«

»Der Anruf kam grade rein.«

»Hast du zwei Leichen bestellt?«

»Sei doch mal ernst.«

»*Ich* habe keine zwei Leichen bestellt.«

»Die Uniformierten sind schon am Tatort«, sagte sie.

»Unsere Schicht fängt erst in sieben Minuten an.«

»Soll ich wirklich sagen, wir fahren nicht raus, weil die zwei so rücksichtslos waren, so früh am Morgen zu sterben?«

»Haben wir denn nicht mal mehr Zeit für den Austausch von Höflichkeiten?« fragte er zurück.

»Nein.«

»Paß auf, es sollte eigentlich so sein... du müßtest sagen: ›Guten Morgen, Lieutenant Dawson.‹ Und dann sage ich: ›Guten Morgen, Lieutenant Chandler.‹ Dann sagst du: ›Wie geht es Ihnen heute morgen?‹ Und ich zwinkere und sage...«

Sie runzelte die Stirn. »Es ist genauso wie bei den beiden anderen, Jack. Blutig und – sonderbar. Genau wie der Fall am Sonntag und der gestern. Aber diesmal sind es *zwei* Männer. Beide mit Beziehungen zu kriminellen Familienclans, wie es scheint.«

Jack Dawson stand in dem schmuddeligen Bereitschaftsraum des Polizeidezernats; er hatte seinen schweren grauen Mantel halb ausgezogen und ein schiefes Lächeln aufgesetzt und starrte sie nun ungläubig an. Es überraschte ihn nicht, daß es wieder ein oder zwei Morde gegeben hatte. Er war Beamter beim Morddezernat; es gab *immer* noch einen Mord. Oder zwei. Es überraschte ihn nicht einmal, daß es sich wieder um einen *sonderbaren* Mord handelte; schließlich waren sie in New York City. Was er nicht glauben konnte, war ihre Haltung, die Art, wie sie ihn behandelte – ausgerechnet an diesem Morgen.

»Zieh deinen Mantel lieber wieder an«, sagte sie.

»Rebecca...«

»Sie erwarten uns.«

»Rebecca, gestern nacht...«

»Noch so ein Verrückter«, sagte sie und schnappte sich ihre Handtasche von einem etwas ramponierten Schreibtisch.

»Haben wir nicht...«

»Diesmal haben wir es wirklich mit einem Kranken zu tun«, sagte sie und ging zur Tür. »Wirklich krank.«

»Rebecca...«

Sie blieb in der Tür stehen und schüttelte den Kopf. »Weißt du, was ich mir manchmal wünsche?«

Er starrte sie an.

Sie sagte: »Manchmal wünsche ich mir, ich hätte Tiny Taylor geheiratet. Dann säße ich jetzt da oben in Connecticut gemütlich in meiner voll automatisierten Küche, hätte Kaffee und Hörnchen zum Frühstück, die Kinder wären in der Schule, die Zugehfrau würde sich um den Haushalt kümmern, und ich könnte mich auf das Mittagessen im Country Club mit den anderen Mädels freuen...«

Warum tut sie mir das an? fragte er sich.

Sie bemerkte, daß er seinen Mantel immer noch halb ausgezogen hatte und sagte: »Hast du nicht gehört, Jack? Wir haben einen Anruf bekommen.«

»Ja. Ich...«

»Wieder zwei Leichen.«

Sie verließ den Bereitschaftsraum, der danach noch kälter und schäbiger wirkte.

Er seufzte.
Er schlüpfte wieder in seinen Mantel.
Er folgte ihr.

2

Jack fühlte sich grau und ausgelaugt, teilweise, weil Rebecca sich so seltsam benahm, aber auch, weil der Tag selbst grau war und er immer sehr empfindlich auf das Wetter reagierte.

Er stieg einen halben Block vor der Park Avenue aus dem Zivilwagen, und ein kalter Windstoß fuhr ihm ins Gesicht. Die Dezemberluft roch schwach nach Friedhof. Er steckte die Hände in die tiefen Taschen seines Mantels.

Rebecca Chandler stieg auf der Fahrerseite aus und schlug die Tür zu. Ihr langes blondes Haar flatterte im Wind. Sie hatte ihren Mantel nicht zugeknöpft; er schlug ihr um die Beine. Die Kälte und das allgegenwärtige Grau, das sich wie Asche über die ganze Stadt gesenkt hatte, schienen sie nicht zu stören.

Eine Wikingerfrau, dachte Jack. Stoisch. Resolut. Man sehe sich nur dieses Profil an!

Widerwillig wandte er den Blick von Rebecca und schaute zu den drei Streifenwagen hinüber, die schräg am Randstein parkten. Auf einem blinkten die roten Warnlichter, der einzige Farbfleck an diesem öden Tag.

Harry Ulbeck, ein Polizist in Uniform, den Jack kannte, stand auf der Treppe vor dem hübschen Ziegelhaus im georgianischen Stil, in dem die Morde passiert waren. Er trug einen dunkelblauen Dienstmantel, einen Wollschal und Handschuhe, aber trotzdem zitterte er.

Dem Ausdruck auf seinem Gesicht konnte Jack entnehmen, daß das nicht von der Kälte kam. Harry Ulbeck fröstelte wegen der Dinge, die er im Haus gesehen hatte.

»Schlimm?« fragte Rebecca.

Harry nickte. »Ganz schlimm, Lieutenant.«

Er war erst dreiundzwanzig oder vierundzwanzig, aber im Augenblick schien er Jahre älter; sein Gesicht wirkte abgespannt und verfroren.

»Wer sind die Verstorbenen?« fragte Jack.

»Ein Kerl namens Vincent Vastagliano und sein Leibwächter Ross Morrant.«

Jack zog die Schultern hoch und neigte den Kopf nach vorne, als ein heftiger Windstoß durch die Straßen fegte. »Wohlhabende Gegend«, meinte er.

»Warten Sie mal ab, bis Sie es von innen sehen«, sagte Harry. »Da drin sieht es aus wie in einem Antiquitätenladen an der Fifth Avenue.«

»Wer hat die Leichen gefunden?« erkundigte sich Rebecca.

»Eine Frau namens Shelly Parker. Sieht klasse aus. Vastaglianos Freundin, glaube ich.«

»Ist sie jetzt hier?«

»Drin. Aber ich bezweifle, daß sie Ihnen eine große Hilfe sein wird. Wahrscheinlich kriegen Sie aus Nevetski und Blaine mehr raus.«

Rebecca stand mit immer noch offenem Mantel in dem ständig umspringenden Wind und fragte: »Nevetski und Blaine? Wer ist das?«

»Drogendezernat«, erklärte Harry. »Sie haben diesen Vastagliano überwacht.«

»Und dann wurde er vor ihrer Nase umgebracht?« fragte Rebecca.

»Das sollten Sie lieber nicht so ausdrücken, wenn Sie mit ihnen reden«, warnte Harry. »Da sind sie furchtbar empfindlich. Ich meine, sie waren nicht nur zu zweit. Sie leiteten ein Sechs-Mann-Team, das alle Eingänge des Hauses beobachtete. Hatten alles abgeriegelt. Aber jemand ist trotzdem irgendwie reingekommen, hat Vastagliano *und* seinen Leibwächter getötet und ist wieder rausgekommen, ohne gesehen zu werden. Nevetski und Blaine, die Ärmsten, stehen jetzt da, als hätten sie geschlafen.«

Jack taten sie leid.

Rebecca nicht. Sie sagte: »Tja, von mir haben sie, verdammt noch mal, kein Mitgefühl zu erwarten. Hört sich so an, als hätten sie tatsächlich gepennt.«

»Glaub' ich nicht«, sagte Harry Ulbeck. »Sie waren wirklich schockiert. Sie schwören, daß sie das Haus nicht aus den Augen gelassen haben.«

»Was sollten sie denn sonst sagen?« fragte Rebecca mürrisch.

»Man sollte im Zweifelsfall immer zu einem Kollegen halten«, mahnte Jack.

»Ach ja?« gab sie zurück. »Den Teufel werd' ich tun. Ich halte nichts von blinder Loyalität. Ich erwarte sie nicht, und ich gebe sie nicht. Ich habe gute Polizisten kennengelernt, und wenn ich *weiß,* daß sie gut sind, dann tue ich alles, um ihnen zu helfen. Aber ich habe auch ein paar richtige Blödmänner erlebt, bei denen man sich nicht mal drauf verlassen konnte, daß sie ihre Hosen richtig rum anziehen.«

Jack seufzte.

Harry starrte Rebecca entgeistert an.

Ein dunkler Zivilkombi fuhr am Randstein vor. Drei Männer stiegen aus, einer trug eine Kameratasche, die beiden anderen kleine Koffer.

»Die Laborleute sind da«, sagte Harry.

Jack Dawson schauderte.

Der Wind pfiff wieder durch den Tag. Am Straßenrand schlugen die nackten Äste der entlaubten Bäume gegeneinander. Bei dem Geräusch kam einem ein gespenstisches Bild lebender Skelette in den Sinn, die einen Totentanz aufführen.

3

Der Leichenbeschauer und zwei weitere Männer aus der Pathologie waren in der Küche, wo Ross Morrant, der Leibwächter, in einem Durcheinander aus Blut, Mayonnaise, Senf und Salami lag. Er hatte offensichtlich gerade einen Mitternachtsimbiß hergerichtet, als man ihn angegriffen und getötet hatte.

Im zweiten Stock, im großen Badezimmer, war auch noch der letzte Winkel mit Blut verziert: Spritzer, Flecken und Tropfen; blutige Handabdrücke an den Wänden und auf dem Rand der Wanne.

Jack und Rebecca standen in der Tür und spähten hinein, ohne etwas anzufassen. Nichts durfte verändert werden, bis die Spurensicherung fertig war.

Vincent Vastagliano lag, vollständig bekleidet, zwischen Badewanne und Waschbecken eingeklemmt, sein Kopf lehnte am Fuß der Toilette. Er war groß und etwas aufgedunsen gewesen, mit dunklem Haar und buschigen Augenbrauen. Seine Hosen und sein Hemd waren blutdurchtränkt. Ein Auge war aus der Höhle gerissen. Das andere war weit geöffnet und starrte blicklos ins Leere. Eine Hand war geballt. Die andere war offen und entspannt. Gesicht, Hals und Hände waren von Dutzenden von kleinen Wunden übersät. Seine Kleider waren an mindestens fünfzig oder sechzig Stellen zerrissen, und durch die schmalen Schlitze im Gewebe konnte man weitere dunkle, blutige Verletzungen erkennen.

»Schlimmer als die drei anderen«, sagte Rebecca.

»Viel schlimmer.«

Das war die vierte, gräßlich zerfleischte Leiche, die sie in den vergangenen vier Tagen gesehen hatte. Rebecca hatte wahrscheinlich recht: Da wütete ein Psychopath.

Aber hier war nicht bloß ein wahnsinniger Killer am Werk, der in einem Tobsuchtsanfall oder in geistiger Umnachtung Menschen abschlachtete. Dieser Irre war noch schrecklicher, er schien nämlich ein Psychopath zu sein, der ein Ziel hatte, vielleicht sogar einen heiligen Kreuzzug führte: Alle vier Opfer hatten auf die eine oder andere Weise mit illegalem Rauschgifthandel zu tun gehabt.

Es gingen Gerüchte um, daß sich ein Bandenkrieg anbahnte, ein Streit um Einflußbereiche, aber Jack hielt nicht viel von dieser Erklärung. Zum einen waren die Gerüchte... sonderbar. Außerdem sahen diese Fälle nicht wie Bandenmorde aus. Das Werk eines professionellen Killers waren sie sicher nicht; nichts an ihnen war sauber, effizient oder professionell. Es war ein wüstes Abschlachten, das Produkt einer bösen, abgründigen, verkorksten Persönlichkeit.

»Die Anzahl der Wunden paßt in das Schema«, stellte Jack fest.

»Aber es sind nicht die gleichen Verletzungen, wie wir sie vorher gesehen haben. Damals waren es Stichwunden. Das hier sind eindeutig keine Stichverletzungen. Dafür sind die Wundränder zu zerfetzt. Vielleicht ist der Mord doch nicht von derselben Hand ausgeführt worden.«

»Doch«, sagte er.

»Das kann man noch nicht sagen.«

»Es ist derselbe Fall«, beharrte er.

»Das klingt so sicher.«

»Ich *spüre* es.«

»Komm mir nicht mit der mystischen Tour, so wie gestern.«

»Gestern haben wir brauchbare Anhaltspunkte verfolgt.«

»In einem Voodoo-Laden, in dem man Ziegenblut und magische Amulette kaufen kann.«

»Na und? Trotzdem war es ein brauchbarer Anhaltspunkt«, sagte er.

Sie musterten schweigend die Leiche.

Dann meinte Rebecca: »Sieht fast so aus, als hätte ihn irgend etwas an die hundertmal gebissen. Er sieht so ... *zerfressen* aus.«

»Ja. Etwas Kleines«, stimmte er zu.

»Ratten?«

»Das hier ist wirklich eine gute Gegend.«

»Ja, sicher, aber sie gehört auch zu der einen, großen, glücklichen Stadt, Jack. Die guten und die schlechten Gegenden teilen sich die gleichen Straßen, die gleichen Abwasserkanäle und die gleichen Ratten. Das ist praktizierte Demokratie.«

»Wenn das Rattenbisse sind, dann sind die verdammten Biester dahergekommen und haben ihn angeknabbert, nachdem er schon tot war; der Blutgeruch muß sie angelockt haben. Ratten sind im Grunde Aasfresser. Sie sind alles andere als mutig. Sie sind nicht aggressiv. Die Leute werden nicht im eigenen Heim von Rattenhorden angefallen. Hast du so was schon mal gehört?«

»Nein«, gab sie zu. »Die Ratten kamen also, nachdem er schon tot war, und sie haben ihn angenagt. Aber es waren nur Ratten. Versuch nicht, etwas Mystisches draus zu machen.«

»Habe ich irgendwas *gesagt?*«

»Du hast mich gestern wirklich beunruhigt.«

»Wir haben doch nur brauchbare Anhaltspunkte verfolgt.«

»Und uns zu diesem Zweck mit einem Hexenmeister unterhalten«, sagte sie verächtlich.

»Der Mann war kein Hexenmeister. Er war ...«

»Verrückt. Genau das war er. Verrückt. Und du bist dagestanden und hast ihm mehr als eine halbe Stunde lang zugehört.«

Jack seufzte.

»Das sind Rattenbisse«, sagte sie. »Und sie haben die eigentlichen Verletzungen kaschiert. Wir müssen die Autopsie abwarten, um die wirkliche Todesursache zu erfahren.«

»Ich bin jetzt schon sicher, daß es die gleiche sein wird wie bei den anderen. Eine Menge kleiner Stichwunden unter diesen Bissen.«

»Wahrscheinlich hast du recht«, sagte sie.

Jack verspürte eine leichte Übelkeit und wandte sich von dem Toten ab.

Rebecca sah sich weiter um.

Der Rahmen der Badezimmertür war zersplittert, und das Türschloß war aufgebrochen.

Während Jack den Schaden untersuchte, sprach er einen bulligen, rotgesichtigen Streifenbeamten an, der in der Nähe stand. »Sie haben die Tür so vorgefunden?«

»Nein, nein, Lieutenant. Sie war fest verschlossen, als wir herkamen.«

Rebecca drehte sich um und sah den Streifenbeamten an. »Verschlossen?«

Der Beamte sagte: »Sehen Sie, diese Mieze, die Parker... hm, ich meine, diese Miß Parker... sie hatte einen Schlüssel. Sie hat aufgesperrt, ist ins Haus gegangen und hat nach Vastagliano gerufen, dann dachte sie, er schläft noch und ist heraufgekommen, um ihn zu wecken. Sie fand die Badezimmertür verschlossen, bekam keine Antwort und kriegte Angst, daß er vielleicht einen Herzanfall gehabt haben könnte. Sie schaute unter der Tür durch, sah seine Hand, irgendwie ausgestreckt, und das ganze Blut. Sie hat sofort 911 angerufen und es gemeldet. Ich und Tony – mein Partner – waren als erste hier, und wir haben die Tür aufgebrochen, für den Fall, daß der Bursche noch lebte; aber wir haben auf einen Blick gesehen, daß das nicht der Fall war. Dann fanden wir den anderen in der Küche.«

»Die Badezimmertür war von innen verschlossen?« fragte Jack.

Der Streifenpolizist kratzte sich sein breites, gespaltenes Kinn. »Tja, sicher, sie war von innen verschlossen. Sonst hätten wir sie doch nicht aufzubrechen brauchen, oder? Und sehen Sie sich das mal an. Dieses Schloß *kann* gar nicht von außen zugesperrt werden.«

Rebecca blickte ihn finster an. »Der Mörder kann also unmöglich zugesperrt haben, nachdem er Vastagliano erledigt hatte?«

»Nein«, sagte Jack und untersuchte das zertrümmerte Schloß genauer. »Sieht so aus, als hätte sich das Opfer selbst eingeschlossen, um dem, der hinter ihm her war, zu entkommen.«

»Aber es hat ihn doch erwischt«, sagte Rebecca.

»Ja.«

»In einem verschlossenen Raum?«

»Ja.«

»Wo das größte Fenster nicht mehr ist als ein schmaler Schlitz.«

»Ja.«

»Zu schmal, als daß der Mörder auf diesem Weg hätte flüchten können.«

»Viel zu schmal.«

»Wie ist es dann passiert?«

»Keine verdammte Ahnung«, sagte Jack.

Sie warf ihm einen finsteren Blick zu.

»Es gibt eine Erklärung.«

»Sicher gibt es die.«

»Eine *logische* Erklärung.«

»Natürlich.«

4

Als Penny Dawson an diesem Morgen zur Schule kam, passierte etwas Schlimmes.

Die Wellton-Privatschule befand sich in einem großen dreistöckigen Sandsteingebäude an einer gepflegten, von Bäumen gesäumten Straße in einer recht achtbaren Gegend. Das Erdgeschoß war zu einem Musiksaal mit perfekter Akustik und einer kleinen Turnhalle umgestaltet worden. Der erste Stock beherbergte die Klassenräume für die Klassen eins bis drei, während die vierten bis sechsten Klassen im zweiten Stock unterrichtet wurden. Im dritten Stock befanden sich die Büros und das Archiv.

Penny besuchte als Sechstkläßlerin den Unterricht im zweiten Stock. Hier, im Trubel der etwas überheizten Garderobe, passierte es.

Um diese Zeit, kurz vor Unterrichtsbeginn, war die Garderobe voller schwatzender Kinder, die sich aus dicken Mänteln, Stiefeln und Überschuhen schälten. An diesem Morgen war zwar kein Schnee gefallen, aber der Wetterbericht sagte für den Nachmittag Niederschläge voraus, und alle waren entsprechend angezogen.

Schnee, der erste Schnee in diesem Jahr! Auch wenn die Stadtkinder keine Felder, Hügel und Wälder hatten, wo sie Ski oder Schlitten fahren konnten, war der erste Schnee des Jahres doch ein magisches Ereignis. Und die Aussicht auf einen Schneesturm steigerte die übliche morgendliche Aufregung noch.

Peggy stand mit dem Rücken zu dem aufgeregten Treiben, zog sich gerade die Handschuhe aus und nahm dann den langen Wollschal ab, als sie bemerkte, daß die Tür ihres hohen, schmalen Metallspinds unten eingedellt und an einem Rand leicht nach außen gebogen war, als hätte jemand versucht, sie aufzustemmen. Bei näherem Hinsehen stellte sie fest, daß auch das Kombinationsschloß kaputt war.

Stirnrunzelnd öffnete sie die Tür – und wich überrascht zurück, als ihr eine Papierlawine vor die Füße fiel. Sie hatte ihren Spind sauber und ordentlich zurückgelassen. Jetzt war alles wie Kraut und Rüben durcheinandergeworfen. Schlimmer noch, jedes einzelne ihrer Bücher war auseinandergerissen und die Seiten herausgetrennt worden; einige Seiten waren auch zerfetzt und einige zerknüllt. Ihr gelber, linierter Block war zu einem Haufen Konfetti zerschnipselt. Ihre Bleistifte waren in kleine Stücke zerbrochen.

Ihr Taschenrechner war zertrümmert.

Mehrere Kinder standen nahe genug, um zu sehen, was da aus ihrem Spind gefallen war. Der Anblick dieser Zerstörung erschreckte sie und ließ sie verstummen.

Wie betäubt kauerte Penny sich nieder, griff in den unteren Teil des Spinds und holte einiges Gerümpel heraus, bis sie schließlich auf ihr Klarinettenetui stieß. Sie hatte das Instrument am Abend zuvor nicht mit nach Hause genommen, weil sie einen langen Aufsatz schreiben mußte und keine Zeit zum Üben gehabt hatte. Die Schnappschlösser an dem schwarzen Kasten waren aufgebrochen.

Sie wagte nicht, hineinzuschauen.

Sally Wrather, Pennys beste Freundin, beugte sich zu ihr nieder. »Was ist passiert?«

»Ich weiß es nicht.«

»Du warst es nicht?«

»Natürlich nicht. Ich ... ich fürchte, meine Klarinette ist kaputt.«

»Wer würde denn so was machen? Das ist doch richtig gemein.«

Zögernd öffnete Penny den beschädigten Klarinettenkasten. Die Silberklappen waren abgerissen. Außerdem war das Instrument in zwei Teile zerbrochen.

Sally legte eine Hand auf Pennys Schulter.

Penny starrte die Klarinette an, sie hätte am liebsten geweint, nicht, weil sie zerbrochen war (obwohl das schlimm genug war), sondern weil sie sich fragte, ob jemand sie kaputtgemacht hatte, um ihr damit zu sagen, daß sie hier nicht erwünscht war.

In der Wellton-Schule waren sie und Davey die einzigen, die sich eines Vaters rühmen konnten, der Polizist war. Die anderen Kinder waren Sprößlinge von Anwälten, Ärzten, Geschäftsleuten, Zahnärzten, Börsenmaklern und Werbemanagern. Einige der Schüler hatten die snobistische Einstellung ihrer Eltern übernommen und fanden, daß die Kinder eines Bullen in einer teuren Privatschule wie Wellton eigentlich nichts zu suchen hatten. Glücklicherweise gab es von dieser Sorte nicht viele. Den meisten Kindern war es egal, womit sich Jack Dawson sein Brot verdiente, und es gab sogar ein paar, die es toll, aufregend und besser fanden, das Kind eines Polizisten zu sein, als einen Bankier oder einen Buchhalter zum Vater zu haben.

Inzwischen hatten alle in der Garderobe mitbekommen, daß da etwas Schlimmes passiert war, und alle waren verstummt.

Penny stand auf, drehte sich um und musterte sie der Reihe nach.

Hatte einer von den Snobs ihren Spind demoliert?

Sie entdeckte zwei der schlimmsten – zwei Mädchen aus der sechsten Klasse, Sissy Johansen und Cara Wallace –, und plötzlich hätte sie sie am liebsten gepackt, sie geschüttelt und ihnen ins Gesicht geschrien, was in ihr vorging, damit sie endlich begriffen.

›Ich habe nicht darum gebeten, in eure verdammte Schule kommen zu dürfen. Mein Dad kann sich das auch nur leisten, weil das Versicherungsgeld meiner Mutter und die Abfindung von dem Krankenhaus da war, wo sie sie getötet haben. Glaubt ihr, ich wollte, daß meine Mutter stirbt, nur damit ich nach Wellton kann? Mein Gott! Heiliger Gott! Glaubt ihr denn, ich würde Wellton nicht sofort aufgeben, wenn ich dafür meine Mutter wiederkriegen könnte? Ihr schleimigen, rotzfressenden Erzreaktionäre! Glaubt ihr denn, um Himmels willen, daß ich froh bin, daß meine Mutter tot ist? Ihr blöden Kriecher! Was ist bloß los mit euch?‹

Aber sie schrie nicht.

Sie weinte auch nicht.

Ein paar Sekunden später war sie froh, daß sie die Mädchen nicht angefaucht hatte, denn sie begriff allmählich, daß nicht einmal Sissy und Cara, so boshaft sie manchmal sein konnten, zu einer solchen Dreistigkeit und Gemeinheit wie der Verwüstung ihres Spinds und der Zerstörung ihrer Klarinette fähig waren. Nein. Das war weder Sissy noch Cara, noch einer von den anderen Snobs gewesen.

Aber wenn nicht sie... wer dann?

Ein Junge hatte sich vor Pennys Spind gehockt und kramte in dem Verhau herum. Jetzt stand er auf und hielt einen Packen übel zugerichteter Seiten aus ihren Schulbüchern in der Hand. »He, seht euch das an. Das Zeug ist nicht nur zerrissen. Sieht ganz so aus, als ob es jemand *angefressen* hätte.«

»Angefressen?« fragte Sally Wrather.

»Seht ihr diese Spuren von kleinen Zähnen?«

Penny sah sie.

»Wer sollte denn wohl Bücher anfressen?« fragte Sally.

Spuren von Zähnen, dachte Penny.

»Ratten«, sagte der Junge.

Wie die Löcher in Daveys Plastikbaseballschläger.

»Ratten?« sagte Sally und schnitt eine Grimasse. »Oh, pfui Teufel.«

Letzte Nacht. Das Ding unter dem Bett.

»Ratten...«

Das Wort flog durch den Raum.

Ein paar Mädchen kreischten hysterisch.

Mehrere Kinder schlüpften aus der Garderobe, um den Lehrern zu erzählen, was geschehen war.

Ratten.

Aber Penny wußte, daß es keine Ratte gewesen war, die ihr den Badeballschläger aus der Hand gerissen hatte. Es war... etwas anderes gewesen.

Ebensowenig hatte eine Ratte ihre Klarinette zerbrochen. Etwas anderes.

Aber was?

5

Jack und Rebecca fanden Nevetski und Blaine unten in Vincent Vastaglianos Arbeitszimmer. Sie durchsuchten gerade die Schubladen und Fächer eines Sheraton-Schreibtischs und eine Wand voll kunstvoll geschnitzter Eichenvitrinen.

Roy Nevetski sah aus wie ein Englischlehrer an der High School circa 1955. Weißes Hemd. Ansteckfliege. Grauer Pullover mit V-Ausschnitt.

Im Gegensatz dazu wirkte Nevetskis Partner Carl Blaine wie ein Schläger. Nevetski war eher schmal, aber Blaine war untersetzt, mit breitem Brustkorb, mächtigen Schultern und einem Stiernacken. Roy Nevetskis Gesicht schien Intelligenz und Empfindsamkeit auszustrahlen, Blaine hingegen wirkte ungefähr so empfindsam wie ein Gorilla.

»Bleibt uns bloß aus dem Weg«, schnaubte Nevetski gereizt. »Wir werden jeden Spalt und jede Ritze in dieser verdammten Hütte durchwühlen. Wir gehen erst weg, wenn wir gefunden haben, was wir suchen.« Er hatte eine überraschend harte Stimme, ganz tief, mit metallisch kratzenden Tönen, wie eine kaputte Maschine. »Also, haltet euch zurück.«

»Eigentlich«, sagte Rebecca, »seid ihr, nachdem Vastagliano jetzt tot ist, doch wohl ziemlich aus der Sache raus.«

Jack zuckte bei dieser Unverblümtheit und der nur allzu vertrauten Kaltschnäuzigkeit zusammen.

»Langsam, langsam, langsam«, sagte er schnell und beschwichtigend. »Wir haben hier alle Platz. Selbstverständlich.«

Rebecca warf ihm einen giftigen Blick zu.

Er tat, als sähe er ihn nicht. Er konnte sehr gut so tun, als sähe er die Blicke nicht, die sie ihm zuwarf. Er hatte genügend Übung darin.

Zu Nevetski sagte Rebecca: »Es besteht kein Grund, das Haus in einen Schweinestall zu verwandeln.«

»Vastagliano ist so tot, daß ihm das egal ist«, entgegnete Nevetski.

»Ihr macht es Jack und mir nur schwerer, wenn wir das ganze Zeug selbst durchsuchen müssen.«

»Hören Sie«, sagte Nevetski, »ich hab's eilig. Außerdem gibt es, wenn ich so 'ne Suchaktion mache, keinen Scheißgrund, daß jemand noch mal hinter mir hersucht. Ich übersehe nie was.«

»Sie müssen Roy entschuldigen«, sagte Carl Blaine, in Tonfall und Gestik ebenso beschwichtigend wie Jack. »Er meint es nicht so.«

»So wie er sich aufführt«, sagte Rebecca, »könnte man fast meinen, er hätte seine Tage.«

Nevetski funkelte sie wütend an.

›Es gibt nichts Schöneres als den Kameradschaftsgeist bei der Polizei‹, dachte Jack.

Blaine sagte: »Es ist ja nur, weil wir Vastagliano streng überwachten, als er getötet wurde.«

»Wohl doch nicht streng genug«, meinte Rebecca.

»So was kommt in den besten Familien vor«, sagte Jack und wünschte gleichzeitig, er hätte den Mund gehalten.

»Irgendwie«, erklärte Blaine, »ist der Mörder an uns vorbei sowohl rein- wie rausgekommen. Wir haben nichts von ihm gesehen.«

»Gibt verdammt noch mal keinen Sinn«, sagte Nevetski und knallte wütend eine Schreibtischlade zu.

»Die Parker sahen wir gegen zwanzig nach sieben hier reingehen«, sagte Blaine, »'ne Viertelstunde später fuhr der erste Schwarzweiße vor. Da erfuhren wir erst, daß jemand Vastagliano das Licht ausgeblasen hat. Ganz schön peinlich. Der Captain wird uns was erzählen.«

»Verdammt, der Alte schneidet uns die Eier ab und macht Christbaumkugeln draus.«

Blaine nickte zustimmend. »Wäre schon gut, wenn wir

Vastaglianos Geschäftsunterlagen finden und die Namen seiner Partner und Kunden auftreiben könnten, vielleicht sogar genügend Indizien sammeln, um einen von den Drahtziehern zu verhaften.«

»Dann könnten wir sogar noch als Helden aus der Sache rauskommen«, sagte Nevetski, »aber im Moment wäre ich schon zufrieden, wenn ich meinen Kopf aus der Scheiße rauskriegte, ehe ich drin ersticke.«

Rebeccas Gesicht drückte tiefe Mißbilligung über Nevetskis obszöne Redeweise aus.

Jack betete zu Gott, daß sie Nevetski nicht wegen seiner dreckigen Sprache rüffeln würde.

Sie fragte: »Dieser Vincent Vastagliano war also im Drogenhandel?«

»Verkauft MacDonalds Hamburger?« fragte Nevetski zurück.

»Er gehörte zur Carramazza-Familie«, erklärte Blaine.

Von den fünf Mafia-Familien, die das Glücksspiel, die Prostitution und andere illegale Geschäftszweige in New York kontrollierten, waren die Carramazzas die mächtigsten.

»Ja«, sagte Blaine, »Vastagliano war der Neffe von Gennaro Carramazza persönlich. Sein Onkel Gennaro hatte ihm die Gucci-Clique zugeteilt.«

»Die was?« fragte Jack.

»Die feinste Kundschaft im Drogengeschäft«, erklärte Blaine.« »Die Leute, die zwanzig Paar Gucci-Schuhe im Schrank stehen haben.«

Nevetski sagte: »Vastagliano hat keinen Shit an Schulkinder verkauft. Sein Onkel hätte nicht zugelassen, daß er so was Mieses macht. Vince gab sich nur mit dem Showgeschäft und mit Leuten aus der besten Gesellschaft ab. Hochgestochene Snobiety.«

»Nicht etwa, daß Vince Vastagliano dazugehört hätte«, fügte Blaine schnell hinzu. »Er war nichts weiter als ein billiger Ganove, der sich nur deshalb in den richtigen Kreisen bewegte, weil er den Zucker besorgen konnte, hinter dem einige von diesen Limousinentypen her waren.«

»Er war ein Dreckskerl«, sagte Nevetski. »Dieses Haus, die ganzen Antiquitäten, das war nicht *er*. Das war nur so eine Fassade, die er einfach für notwendig hielt, wenn er der Bonbonverkäufer für den Jet-set sein wollte.«

»Wir sind schon lange hinter Vastagliano her«, fuhr er fort. »Wir hatten ihn auf dem Kieker. Er schien ein schwaches Glied zu sein. Der Rest der Carramazza-Familie ist so diszipliniert wie das Scheiß-Marine-Corps. Aber Vince trank zuviel, hurte zuviel rum, rauchte zuviel Pot und nahm gelegentlich sogar Kokain.«

Blaine sagte: »Wir dachten, wenn wir ihm was anhängen, genügend Material sammeln könnten, um ihm 'ne Gefängnisstrafe zu garantieren, würde er klein beigeben und uns helfen, anstatt den harten Burschen zu markieren. Wir glaubten, wir könnten über ihn endlich ein paar von den Klugscheißern vom harten Kern der Carramazza-Organisation in die Finger kriegen.«

»Das Ding ist geplatzt«, sagte Rebecca. »Das ist aus und vorbei. Warum kümmert sich also nicht jeder um seinen Kram, und ihr überlaßt die Sache uns?«

Nevetski warf ihr seinen patentierten Zornesblick zu.

Selbst Blaine sah so aus, als würde jetzt auch er auf sie losgehen.

Jack sagte: »Laßt euch Zeit. Sucht, was ihr braucht. Ihr stört uns nicht. Wir haben hier auch so noch 'ne Menge zu tun. Komm, Rebecca. Mal sehen, was uns die Leute von der Leichenbeschau zu erzählen haben.«

Widerstrebend ging Rebecca in die Halle hinaus.

Ehe Jack ihr folgte, blieb er an der Tür stehen und schaute zu Nevetski und Blaine zurück. »Ist euch an der Sache irgendwas Ungewöhnliches aufgefallen?«

»Zum Beispiel?« fragte Nevetski.

»Irgendwas«, sagte Jack. »Irgendwas, das aus dem

Rahmen fällt, irgendwas Sonderbares, Unheimliches, Unerklärliches.«

»Ich kann nicht erklären, wie zum Teufel der Killer hier reinkam«, sagte Nevetski gereizt. »Das ist verdammt sonderbar.«

»Sonst noch was?« fragte Jack weiter. »Irgendwas, was euch auf die Idee bringt, daß das hier mehr als nur ein gewöhnlicher Mord im Drogenmilieu ist?«

Sie sahen ihn verständnislos an.

Er sagte: »Gut, was ist mit dieser Frau, Vastaglianos Freundin oder was immer sie ist...«

»Shelly Parker«, sagte Blaine. »Sie wartet im Wohnzimmer, wenn Sie mit ihr sprechen wollen.«

»Haben Sie schon mit ihr gesprochen?« fragte Jack.

»Ein wenig«, antwortete Blaine. »Sehr gesprächig ist sie nicht.«

»Eine richtige Schlampe, mehr nicht«, sagte Nevetski.

»Nicht sonderlich gesprächig«, sagte Blaine.

»Eine wenig kooperative Schlampe. Aber ein tolles Weib.«

Jack fragte: »Hat sie mal einen Haitianer erwähnt?«

»Einen was?«

»Meinen Sie... jemanden aus Haiti? Von der Insel?«

»Von der Insel«, bestätigte Jack.

»Nein«, antwortete Blaine. »Von einem Haitianer hat sie nichts gesagt.«

»Ein Bursche namens Lavelle«, erklärte Jack. »Baba Lavelle.«

»Baba?« fragte Blaine.

»Hört sich an wie ein Clown«, sagte Nevetski.

»Hat Shelly Parker ihn erwähnt?«

»Nein.«

»Wie paßt dieser Lavelle da rein?«

Darauf antwortete Jack nicht. Statt dessen erklärte er: »Hört mal, hat Miß Parker euch was erzählt über... na ja, hat sie was erzählt, das euch irgendwie *sonderbar* vorkam?«

Nevetski und Blaine sahen ihn stirnrunzelnd an.
»Wie meinen Sie das?« fragte Blaine.

Gestern hatten sie das zweite Opfer gefunden: einen Schwarzen namens Freeman Coleson, einen Drogenhändler mittlerer Größenordnung, der siebzig oder achtzig Straßendealer in einem Bezirk in Manhattan belieferte, den ihm die Carramazza-Familie übertragen hatte, welche als Arbeitgeber allen die gleichen Chancen bot, um böses Blut und Rassenkämpfe in der New Yorker Unterwelt zu vermeiden. Coleson war tot aufgefunden worden, aus mehr als hundert kleinen Stichwunden blutend, genau wie das erste Opfer am Sonntagabend. Sein Bruder Darl Coleson hatte völlig durchgedreht und war so nervös gewesen, daß ihm der Schweiß in Strömen herunterlief. Er hatte Jack und Rebecca eine Geschichte über einen Haitianer erzählt, der versuchte, den Kokain- und Heroinhandel unter seine Kontrolle zu bringen. Es war die wildeste Geschichte, die Jack je gehört hatte, aber Darl Coleson hatte ganz offensichtlich jedes Wort davon geglaubt.

Wenn Shelly Parker Nevetski und Blaine etwas Ähnliches erzählt hätte, hätten sie das nicht vergessen. Sie hätten nicht zu fragen brauchen, was er mit ›sonderbar‹ eigentlich meinte.

Jack zögerte. Dann schüttelte er den Kopf. »Schon gut. Ist auch gar nicht so wichtig.«

6

Letzte Woche, am Donnerstagabend, bei der zweimal im Monat stattfindenden Pokerpartie, an der Jack seit mehr als acht Jahren teilnahm, war er in die Situation gekommen, Rebecca verteidigen zu müssen. Während einer Spielpause hatten die anderen Spieler – Al Dufresne,

Witt Yardman und Phil Abrahams – sich den Mund über sie zerrissen.

»Ich verstehe nicht, wie du es mit ihr aushältst, Jack«, sagte Witt.

»Sie ist richtig kalt«, sagte Al.

»Direkt eine Eisjungfrau«, sagte Phil.

Während Al geschäftig die Karten schnalzen ließ, ergingen sich die Männer in weiteren Beschimpfungen.

Schließlich sagte Jack: »Ach, so schlimm ist sie gar nicht, wenn man sie genauer kennt.«

»Die entmannt jeden«, meinte Al.

»Hört mal«, sagte Jack. »Wenn sie ein Mann wäre, würdet ihr sagen, sie ist einfach ein abgebrühter Bulle, und ihr würdet sie deshalb irgendwie sogar bewundern. Aber weil sie ein abgebrühter *weiblicher* Bulle ist, sagt ihr, sie ist ein eiskaltes Biest.«

»Die schneidet jedem die Eier ab, das sieht man auf hundert Meter gegen den Wind«, sagte Al.

»Sie hat durchaus ihre guten Seiten«, widersprach Jack.

»Ja?« zweifelte Phil Abrahams. »Welche denn?«

»Sie beobachtet scharf.«

»Das tut ein Geier auch.«

»Sie hat Grips. Sie ist tüchtig«, sagte Jack.

»Das war Mussolini auch. Er hat dafür gesorgt, daß die Züge pünktlich fuhren.«

Jack sagte: »Und sie würde ihren Partner nie im Stich lassen, wenn es draußen auf der Straße mal brenzlig wird.«

»Verdammt, *kein* Bulle würde seinen Partner im Stich lassen«, sagte Al.

»Einige schon«, meinte Jack.

»Verdammt wenige. Und wenn, dann bleiben sie nicht lange Bullen.«

»Sie arbeitet hart«, sagte Jack. »Und sie hat's nicht gerade leicht.«

»Okay, okay«, sagte Witt. »Ihre Arbeit macht sie vielleicht ganz gut. Aber warum kann sie dabei nicht auch ein Mensch sein?«

»Ich glaube, ich habe sie noch nie lachen hören«, meinte Phil.

»Wo ist ihr Herz?« fragte Al. »Hat sie denn kein Herz?«

»Doch, sicher«, sagte Witt. »Ein kleines Steinherz.«

»Na schön«, sagte Jack. »Ich glaube, Rebecca ist mir als Partner lieber als einer von euch geschniegelten Lackaffen.«

»Tatsächlich?«

»Ja. Sie ist empfindsamer, als ihr ihr zutraut.«

»Oho! *Empfindsam!*«

»Jetzt kommt's raus!«

»Er spielt nicht nur den Kavalier!«

»Er ist *vergafft* in sie.«

»Die schneidet dir die Eier ab und trägt sie als Halskette, Kumpel.«

»So, wie er aussieht, hat sie das wohl schon gemacht.«

Jack wehrte sich: »Hört mal, Jungs, zwischen Rebecca und mir ist nichts, außer...«

Er wußte, daß es keinen Sinn hatte zu widersprechen. Seine Beteuerungen würden sie nur amüsieren und erst recht reizen. Er lächelte und ließ die Welle gutmütiger Schmähungen über sich hinwegrollen, bis sie das Spiel schließlich leid waren.

Irgendwann sagte er: »Na schön, ihr habt euren Spaß gehabt. Aber ich will nicht, daß daraus irgendwelche dummen Gerüchte entstehen. Ich möchte klarstellen, daß zwischen Rebecca und mir nichts ist. Ich glaube, daß sie unter ihrer dicken Haut ein wirklich empfindsamer Mensch ist. Hinter dieser Pose der kalten Unnahbarkeit, um die sie sich so bemüht, verstecken sich Wärme und Zärtlichkeit. Das glaube ich, aber ich weiß es nicht aus persönlicher Erfahrung. Verstanden?«

»Vielleicht ist wirklich nichts zwischen euch beiden«, sagte Phil, »aber so, wie dir die Zunge raushängt, wenn du von ihr redest, wünschst du dir ganz offensichtlich, daß es anders wäre.«

»Ja«, sagte Al, »du sabberst ja richtig, wenn du von ihr redest.«

Die Neckerei begann wieder von vorne, aber diesmal kamen sie der Wahrheit viel näher als vorher. Jack wußte nicht aus eigener Erfahrung, daß Rebecca ein empfindsamer, besonderer Mensch war, aber er spürte es, und er wollte ihr näherkommen. Er hätte fast alles darum gegeben, mit ihr zusammenzusein, nicht nur in ihrer Nähe – in ihrer Nähe war er seit fast zehn Monaten fünf oder sechs Tage in der Woche –, sondern wirklich *mit* ihr *zusammen*, und ihre innersten Gedanken zu teilen, die sie immer eifersüchtig hütete.

Hin und wieder, selten, nicht mehr als einmal in der Woche, gab es einen unbewachten Augenblick, ein paar Sekunden, da öffnete sich ihre harte Schale ein wenig und ließ ihn hinter dem bekannten, kalten Äußeren ganz kurz eine zweite, ganz andere Rebecca sehen, jemanden, der verletzlich und einmalig war, den kennenzulernen sich lohnte und den man vielleicht festhalten sollte. *Das* faszinierte Jack Dawson: dieser kurze Augenblick der Wärme und Zärtlichkeit, dieses helle Leuchten, das sie immer sofort abschaltete, wenn sie bemerkte, daß sie es durch ihre strenge Maske hatte schlüpfen lassen.

Jetzt, weniger als eine Woche später, wußte Jack, was unter der Maske lag. Er wußte es aus persönlicher Erfahrung. Aus *sehr* persönlicher Erfahrung. Und was er gefunden hatte, war noch aufregender, anziehender, einzigartiger als das, was er zu finden gehofft hatte. Sie war wundervoll.

Aber an diesem Morgen war nicht die geringste Spur der anderen Rebecca zu sehen, es gab nicht die leiseste Andeutung, daß sie mehr war als die kalte, abweisende Amazone, die sie mit solchem Eifer darstellte.

Es war, als hätte es die vergangene Nacht nie gegeben.

In der Halle vor dem Arbeitszimmer, wo Nevetski und Blaine immer noch nach Beweisen suchten, sagte sie: »Ich habe gehört, was du sie gefragt hast – nach dem Haitianer.«

»Und?«

»Oh, um Himmels willen, Jack!«

»Tja, Baba Lavelle ist doch bisher unser einziger Verdächtiger.«

»Es stört mich nicht, daß du nach ihm gefragt hast«, sagte sie. »Nur die Art, *wie* du gefragt hast.«

»Ich habe englisch gesprochen, oder nicht?«

»Jack...«

»War ich nicht höflich genug?«

»Jack...«

»Ich verstehe eben einfach nicht, was du meinst.«

»Doch, du verstehst.« Sie äffte ihn nach, tat so, als spräche sie mit Nevetski und Blaine: »Ist euch an der Sache etwas *Ungewöhnliches* aufgefallen? Irgendwas, was aus dem Rahmen fällt? Etwas *Sonderbares?* Etwas *Unheimliches?*«

»Ich habe nur einen Anhaltspunkt verfolgt«, verteidigte er sich.

»So wie gestern, als du den halben Nachmittag in der Bücherei vertrödelt und dich über Voodoo informiert hast.«

»Wir waren nicht mal eine Stunde in der Bibliothek.«

»Und dann sind wir nach Harlem rausgefahren, damit du dich mit diesem Hexenmeister unterhalten konntest.«

»Er ist kein Hexenmeister.«

»Dieser *Irre.*«

»Carver Hampton ist kein Irrer«, sagte Jack.

»Ein richtiger Irrer«, beharrte sie.

»In dem Buch stand ein Artikel über ihn.«

»Auch wenn über ihn in einem Buch geschrieben wird, macht ihn das nicht automatisch respektabel.«

»Er ist ein Priester.«

»Das ist er nicht. Er ist ein Betrüger.«

»Er ist ein Voodoo-Priester, der nur weiße Magie, gute Magie praktiziert. Ein *Houngon.* So nennt er sich jedenfalls.«

»Ich kann behaupten, daß ich ein Obstbaum bin, aber deshalb brauchst du nicht zu erwarten, daß mir Äpfel an den Ohren wachsen«, sagte sie. »Hampton ist ein Scharlatan. Nimmt Leichtgläubige aus.«

»Seine Religion mag vielleicht exotisch erscheinen...«

»Sie ist albern. Der Laden, den er da führt! Jesus. Er verkauft Kräuter und Flaschen mit Ziegenblut, Amulette und Zaubersprüche und lauter solchen Unsinn...«

»Für ihn ist es kein Unsinn. Er glaubt daran.«

»Weil er verrückt ist.«

»Du mußt dich entscheiden, Rebecca. Entweder ist Carver Hampton verrückt oder ein Betrüger. Ich glaube nicht, daß du beides haben kannst.«

»Na schön. Vielleicht hat dieser Baba Lavelle tatsächlich alle vier Opfer getötet.«

»Er ist bisher unser einziger Verdächtiger.«

»Aber er hat es nicht mit Voodoo gemacht. So etwas wie schwarze Magie gibt es nicht. Er hat sie erstochen, Jack. Er hat Blut an den Händen, genau wie jeder andere Mörder.

»Der Leichenbeschauer sagt, die Waffe, die bei diesen beiden ersten Morden verwendet wurde, kann nicht größer als ein Taschenmesser gewesen sein.«

»Na schön. Dann war es eben ein Taschenmesser.«

»Rebecca, das ergibt doch keinen Sinn.«

»Mord ergibt nie einen Sinn.«

»Welcher Mörder geht denn, um Himmels willen, mit einem Taschenmesser auf seine Opfer los?«

»Ein Irrer.«

»Geistesgestörte Mörder bevorzugen gewöhnlich dramatische Waffen – Schlachtermesser, Beile, Schrotflinten...«

»Im Kino vielleicht.«

»In der Wirklichkeit auch. Und wie überwältigt er sie? Wenn er nur ein Taschenmesser hat, warum können seine Opfer sich dann nicht gegen ihn wehren oder flüchten?«

»Es gibt eine Erklärung«, sagte sie stur. »Und wir werden sie finden.«

Im Haus war es warm, und es wurde immer wärmer. Jack zog seinen Mantel aus.

Rebecca ließ den ihren an. Die Hitze schien ihr nicht mehr auszumachen als die Kälte.

»Und in allen Fällen«, sagte Jack, »hat das Opfer versucht, sich gegen seinen Angreifer zu wehren. Es gab immer Anzeichen für einen heftigen Kampf. Und doch scheint es keinem der Opfer gelungen zu sein, seinen Angreifer zu verletzen; es war nie Blut zu sehen – außer dem des Opfers. Das ist verdammt sonderbar. Und was ist mit Vastagliano – der in einem verschlossenen Badezimmer ermordet wurde?«

Sie starrte ihn plötzlich an, antwortete aber nicht.

»Paß auf, Rebecca, ich will nicht sagen, daß es Voodoo oder sonst etwas auch nur im mindesten Übernatürliches ist. Ich bin nicht besonders abergläubisch. Ich will nur sagen, daß diese Morde das Werk von jemandem sein könnten, der an Voodoo glaubt, daß sie etwas Ritualistisches an sich haben könnten. Der Zustand der Leichen weist bestimmt in diese Richtung. Ich habe nicht behauptet, daß Voodoo funktioniert, ich will damit nur andeuten, daß der Killer vielleicht *glaubt*, daß es funktioniert, und sein Glaube an Voodoo könnte uns zu ihm führen und uns Material verschaffen, das wir brauchen, um ihn zu überführen.«

Sie schüttelte den Kopf. »Jack, ich weiß, daß du so einen bestimmten Zug an dir hast.«

»Und was für ein Zug soll das sein?«

»Nennen wir es mal – ›übermäßige Aufgeschlossenheit‹.«

»Wie kann man ›übermäßig aufgeschlossen‹ sein? Das ist, als wäre man *zu* aufrichtig.«

»Als Darl Coleson sagte, daß dieser Baba Lavelle den Drogenhandel unter seine Kontrolle bringen wolle, indem er Voodooverwünschungen anwendet, um seine Konkurrenten zu töten, da hast du zugehört... nun... du hast zugehört wie ein Kind, du warst ganz gebannt.«

»Das stimmt nicht.«

»Doch. Und ehe ich mich's versehe, sind wir unterwegs nach Harlem zu einem Voodoo-Laden!«

»Wenn dieser Baba Lavelle sich wirklich für Voodoo interessiert, dann ist es durchaus sinnvoll, davon auszugehen, daß jemand wie Carver Hampton ihn kennen oder in der Lage sein könnte, für uns etwas über ihn herauszufinden.«

»Ein Verrückter wie Hampton kann uns überhaupt nicht helfen. Glaubst du an Geister, Jack?«

»Du meinst, ob ich an ein Leben nach dem Tode glaube?«

»An Geister.«

»Ich weiß es nicht. Vielleicht. Vielleicht auch nicht. Wer kann das sagen?«

»*Ich* kann es sagen. Ich glaube nicht an Geister. Aber deine Ausflüchte beweisen mir, daß ich recht habe.«

»Rebecca, es gibt Millionen von völlig normalen, achtbaren, intelligenten Menschen mit klarem Verstand, die an ein Leben nach dem Tode glauben.«

»Ein Detektiv hat vieles mit einem Wissenschaftler gemeinsam«, sagte sie. »Er muß logisch denken.«

»Aber er braucht doch in Gottes Namen kein *Atheist* zu sein!«

Ohne seinen Einwurf zu beachten sagte sie: »Logik ist das beste Werkzeug, das wir haben.«

»Ich sage doch nur, daß wir etwas Sonderbarem auf der Spur sind. Und da der Bruder eines der Opfer glaubt, daß Voodoo mit hineinspielt –«

»Ein guter Kriminalbeamter muß vernünftig und syste matisch vorgehen.«

»... sollten wir die Sache verfolgen, auch wenn es lächerlich scheint.«

»Ein guter Detektiv muß unsentimental und realistisch sein.«

»Ein guter Detektiv muß auch phantasievoll und flexibel sein«, konterte er. Dann fragte er, unvermittelt das Thema wechselnd: »Rebecca, was ist mit gestern nacht?«

Sie bekam einen roten Kopf. Dann wich sie aus: »Wir sollten uns mit der Parker unterhalten«, und wollte sich von ihm abwenden.

Er packte sie am Arm und hielt sie zurück. »Ich dachte, daß letzte Nacht etwas ganz Besonderes geschehen ist.«

Sie antwortete nicht.

»Habe ich es mir nur eingebildet?« fragte er.

»Wir wollen jetzt nicht darüber sprechen.«

»War es wirklich so furchtbar für dich?«

»Später«, sagte sie.

»Warum behandelst du mich so?«

Sie wollte ihm nicht in die Augen schauen; das war ungewöhnlich für sie. »Es ist ein wenig kompliziert, Jack.«

»Ich meine, wir sollten darüber reden.«

»Später«, sagte sie. »Bitte.«

»Wann?«

»Wenn wir Zeit dazu haben.«

»Wann wird das sein?« beharrte er.

»Wenn wir Zeit zum Mittagessen haben, dann könnten wir darüber reden.«

»Wir werden uns die Zeit nehmen.«

»Komm, wir haben zu tun«, sagte sie und entzog sich ihm. Diesmal ließ er sie gehen.

Sie ging eilig auf das Wohnzimmer zu, wo Shelly Parker wartete.

Er folgte ihr und überlegte dabei, worauf er sich da eigentlich eingelassen hatte, als er mit dieser anstrengenden Frau eine intime Beziehung anfing. Vielleicht war sie selbst verrückt. Vielleicht war sie all den Ärger, den sie ihm machte, gar nicht wert. Vielleicht würde sie ihm nur weh tun, und vielleicht würde er irgendwann den Tag verwünschen, an dem er sie kennengelernt hatte.

Aber, wie Nevetski sagen würde: ›Zum Teufel damit.‹

Er würde nicht einen anderen Partner anfordern.

So leicht gab er nicht auf.

Außerdem hatte er das Gefühl, irgendwie verliebt zu sein.

Kapitel zwei

1

Sie verhörten Vince Vastaglianos Freundin seit fünfzehn Minuten. Nevetski hatte recht. Sie war ein wenig kooperatives Biest.

Jack hockte auf dem Rand eines Queen-Anne-Stuhls, beugte sich vor und sprach endlich den Namen aus, den Darl Coleson ihm gestern genannt hatte. »Kennen Sie einen Mann namens Baba Lavelle?«

Shelly Parker blickte ihn an, dann schaute sie schnell auf ihre Hände hinunter, die ein Glas Scotch umklammerten, aber in diesem unbewachten Moment sah er die Antwort in ihren Augen.

»Ich kenne niemanden, der Lavelle heißt«, log sie.

Rebecca saß in einem zweiten Queen-Anne-Stuhl, die Beine übereinandergeschlagen, die Arme auf den Lehnen, sie wirkte entspannt, selbstbewußt und unendlich viel beherrschter als Shelly Parker. Sie sagte: »Vielleicht *kennen* Sie Lavelle nicht, aber gehört haben Sie vielleicht von ihm. Ist das möglich?«

»Nein«, sagte Shelly.

Jack sagte: »Passen Sie auf, Ms. Parker, wir wissen, daß Vince mit Dope handelte, und vielleicht könnten wir Ihnen im Zusammenhang damit etwas anhängen...«

»Damit hatte ich nichts zu tun!«

»...aber wir haben gar nicht vor, Ihnen irgend etwas anzuhängen...«

»Das können Sie auch nicht!«

»...wenn Sie mit uns zusammenarbeiten.«

»Sie haben nichts gegen mich in der Hand«, sagte sie.

»Wir können Ihnen das Leben sehr schwer machen.«

»Das können die Carramazzas auch. Über die sage ich kein einziges Wort.«

»Wir verlangen ja auch gar nicht, daß Sie über sie reden«, sagte Rebecca. »Sie sollen uns nur von diesem Lavelle erzählen.«

Shelly schwieg. Sie kaute nachdenklich an ihrer Unterlippe.

»Er ist Haitianer«, sagte Jack, um sie zu ermutigen.

Shelly hörte auf, an ihrer Lippe zu nagen, und lehnte sich auf dem weißen Sofa zurück. Sie versuchte, lässig zu wirken, aber es gelang ihr nicht. »Was für ein -aner ist er?«

Jack blinzelte sie an. »Wie?«

»Was für ein -aner ist dieser Lavelle?« wiederholte sie. »Japaner, Burmaner, Pakistaner... Sie sagten doch, er sei Asiat.«

»*Haitianer.* Er ist aus Haiti.«

»Ach so. Dann ist er ja gar kein -aner.«

»Überhaupt kein -aner«, stimmte Rebecca zu.

Shelly hörte offenbar die Verachtung in ihrer Stimme heraus, denn sie rutschte nervös herum, obwohl sie anscheinend nicht ganz begriff, womit sie diese Verachtung herausgefordert hatte. »Ist er ein schwarzer Kerl?«

»Ja«, sagte Jack, »und das wissen Sie ganz genau.«

»Ich treibe mich nicht mit schwarzen Kerlen rum«, sagte Shelly, hob den Kopf, straffte die Schultern und setzte eine gekränkte Miene auf.

Rebecca sagte: »Wir haben gehört, daß Lavelle den Drogenhandel unter seine Kontrolle bringen will.«

»Davon weiß ich nichts.«

Jack fragte: »Glauben Sie an Voodoo, Ms. Parker?« Rebecca seufzte gelangweilt.

Jack sah sie an und bat: »Hab Nachsicht mit mir.«

»Das ist doch sinnlos.«

»Ich verspreche dir, nicht übermäßig aufgeschlossen zu sein«, sagte Jack lächelnd. Zu Shelly Parker gewandt fragte er: »Glauben Sie an die Macht des Voodoo?«

»Natürlich nicht.«

»Ich dachte, daß Sie vielleicht deshalb nicht über Lavelle sprechen wollten – weil Sie Angst haben, er könnte Sie mit dem bösen Blick oder sonst etwas verfolgen.«

»Das ist doch alles bloß Quatsch.«

»Wirklich?«

»Das ganze Voodoo-Zeug – Quatsch.«

»Aber von Baba Lavelle haben Sie schon gehört?« fragte Jack.

»Nein, ich habe doch eben gesagt...«

»Wenn Sie nichts über Lavelle wüßten«, erklärte Jack, »wären Sie überrascht gewesen, als ich etwas so Ausgefallenes wie Voodoo erwähnte. Sie hätten mich gefragt, was zum Teufel Voodoo denn mit der ganzen Sache zu tun hätte. Aber Sie waren nicht überrascht, und das bedeutet, daß Sie etwas über Lavelle wissen.«

Shelly hob eine Hand an den Mund, steckte einen Fingernagel zwischen die Zähne und begann fast, daran zu kauen, dann zögerte sie und entschied, daß die Erleichterung, die ihr das Hineinbeißen bringen würde, es nicht lohnte, die Maniküre für vierzig Dollar zu ruinieren.

Sie sagte: »Na schön. Ich weiß von Lavelle.«

Jack blinzelte Rebecca zu. »Siehst du?«

»Nicht schlecht«, gab sie zu.

»Raffinierte Verhörtechnik«, sagte Jack. »*Fantasie*.«

Shelly fragte: »Kann ich noch 'nen Scotch haben?«

»Warten Sie, bis wir mit dem Verhör fertig sind«, sagte Rebecca.

Shelly stand vom Sofa auf, ging zur Bar, nahm eine Waterford-Karaffe und goß sich noch einen Scotch ein.

Diesmal war eigentlich nicht Rebecca schuld an der Feindseligkeit, die in der Luft lag. Sie war mit Shelly nicht so kalt und scharf umgegangen, wie es in ihrer Macht stand. Sie war sogar fast freundlich gewesen, bis Shelly mit dem Gerede über die ›-aner‹ anfing. Offenbar hatte Shelly sich jedoch mit Rebecca verglichen und war zu der

Ansicht gelangt, daß sie nur als Zweitbeste abschnitt. Und *das* hatte die Feindseligkeit erzeugt.

Jack glaubte zu wissen, warum sie sofort eine Antipathie gegen Rebecca entwickelt hatte. Shelly war die Art Frau, die viele Männer begehrten, von der sie träumten. Rebecca war andererseits die Frau, die die Männer begehrten, von der sie träumten, *und die sie heirateten.*

Er konnte sich vorstellen, mit Shelly Parker eine heiße Woche auf den Bahamas zu verbringen, o ja. Aber nicht mehr als eine Woche. Am Ende dieser Woche würde sie ihn, trotz ihrer sexuellen Energie und ihrer zweifelsohne glänzenden Leistungen auf sexuellem Gebiet höchstwahrscheinlich langweilen. Am Ende dieser Woche wäre ein Gespräch mit Shelly wahrscheinlich weniger lohnend als ein Gespräch mit einer Steinmauer. Rebecca hingegen würde nie langweilig werden; sie war eine Frau mit unendlich vielen Facetten, bei der man endlos neue Entdekkungen machen konnte. Auch nach zwanzig Jahren Ehe würde er Rebecca sicher immer noch faszinierend finden.

Ehe? Zwanzig Jahre?

Mein Gott, hör mich nur an! dachte er erstaunt. Hat's mich erwischt, oder bin ich reingefallen?

Zu Shelly sagte er: »Und was wissen Sie denn nun über Baba Lavelle?«

Sie seufzte. »Aber ich sage nichts über die Carramazzas.«

»Nach denen fragen wir auch nicht. Nur nach Lavelle.«

»Und dann vergessen Sie mich. Ich gehe hier weg. Keine faulen Tricks, kein Festhalten als wichtige Zeugin.«

»Sie waren ja nicht dabei, als die Morde passierten. Sagen Sie uns nur, was Sie über Lavelle wissen, dann können Sie gehen.«

»Na schön. Er ist vor ein paar Monaten aus dem Nichts aufgetaucht und hat angefangen, mit Koks und Schnee zu handeln. Und nicht in kleinen Mengen. Innerhalb eines Monats hatte er ungefähr zwanzig Straßendealer organisiert, belieferte sie und machte deutlich, daß er eine Ausweitung des Geschäfts beabsichtige. Wenigstens hat Vince mir das erzählt. Aus erster Hand weiß ich es nicht, weil ich nie mit Drogen zu tun hatte.«

»Natürlich nicht.«

»Nun, in dieser Stadt dealt niemand, aber auch wirklich niemand, ohne Absprache mit Vinces Onkel. Das habe ich jedenfalls gehört.«

»Ich habe das auch gehört«, sagte Jack trocken.

»Deshalb ließen ein paar von Carramazzas Leuten Lavelle wissen, er solle mit dem Dealen aufhören, bis er sich mit der Familie geeinigt hätte. Ein freundschaftlicher Rat.«

»Wie von der Briefkastentante«, sagte Jack.

»Ja«, sagte Shelly. Sie lächelte nicht einmal. »Aber er hörte nicht auf, als man es ihm sagte. Statt dessen schickte der verrückte Neger Carramazza eine Nachricht und bot ihm an, das New Yorker Geschäft aufzuteilen, jeder sollte die Hälfte bekommen, obwohl Carramazza doch schon *alles* hat.«

»Ziemlich unverfroren von Mr. Lavelle«, sagte Rebecca.

»Es war Klugscheißerei, weiter nichts«, sagte Shelly. »Ich meine, Lavelle ist doch ein Niemand. Wer hatte denn zuvor schon irgendwas von ihm gehört? Nach dem, was Vince sagte, glaubte der alte Carramazza, Lavelle hätte die erste Botschaft einfach nicht verstanden, deshalb schickte er ein paar Burschen rüber, um sie ihm genauer zu erklären.«

»Sie wollten Lavelle die Beine brechen?« fragte Jack.

»Oder schlimmer.«

»Schlimmer wird es immer.«

»Aber mit den Boten ist etwas passiert«, sagte Shelly.

»Tot?«

»Ich bin nicht sicher. Vince glaubte wohl, sie seien einfach nicht mehr wiedergekommen.«

»Das heißt tot«, sagte Jack.

»Wahrscheinlich. Jedenfalls hat Lavelle Carramazza gewarnt, er sei so was wie ein Voodoo-Zauberdoktor, und nicht einmal die Familie könne ihm etwas anhaben. Natürlich lachten alle darüber. Und Carramazza schickte fünf von seinen besten Leuten hin, große, gemeine Schweinehunde, die wissen, wie man beobachtet, abwartet und den richtigen Moment abpaßt.«

»Und auch mit denen ist etwas passiert?« fragte Rebecca.

»Ja. Vier davon kamen nie zurück.«

»Was ist mit dem fünften?« wollte Jack wissen.

»Den hat man auf dem Gehsteig vor Gennaro Carramazzas Haus in Brooklyn Heights abgeladen. Lebend. Schlimm zerschlagen, zerkratzt, zerschnitten – aber lebend. Das Problem war nur, er hätte genausogut tot sein können.«

»Wieso?«

»Er war hinüber.«

»Was?«

»Verrückt. Tobsüchtig, völlig irre«, sagte Shelly und drehte das Scotch-Glas nervös in ihren langfingrigen Händen herum. »Nach dem, was Vince hörte, muß der Bursche mit angesehen haben, was mit den vier anderen passiert ist, und was immer es war, es hat ihn eindeutig um den Verstand gebracht, er war restlos hinüber.«

»Wie hieß er?«

»Das hat Vince nicht gesagt.«

»Wo ist er jetzt?«

»Ich nehme an, Don Carramazza hat ihn irgendwo hingebracht.«

»Und er ist immer noch... verrückt?«

»Das nehme ich an.«

»Hat Carramazza noch ein drittes Killerkommando geschickt?«

»Soviel ich weiß, nicht. Dieser Lavelle hat dem alten Carramazza daraufhin wohl eine Botschaft geschickt:

›Wenn Sie Krieg wollen, dann können Sie ihn haben.‹ Und er hat die Familie davor gewarnt, die Macht des Voodoo zu unterschätzen.«

»Und diesmal hat keiner mehr gelacht«, sagte Jack.

»Keiner«, bestätigte Shelly.

Sie schwiegen einen Augenblick.

Jack sah sich Shelly Parkers Augen an. Sie waren nicht rot. Die Haut ringsherum war nicht verquollen. Es gab keine Anzeichen dafür, daß sie um Vince Vastagliano, ihren Liebhaber, geweint hatte.

Er fragte: »Ms. Parker, glauben Sie, daß das alles tatsächlich durch... Voodoo-Verwünschungen oder so etwas gemacht wurde?«

»Nein. Vielleicht. Verdammt, ich weiß es nicht. Nach allem, was in den letzten Tagen passiert ist, wer kann das sagen? An eines glaube ich sicher: Ich glaube, daß dieser Baba Lavelle ein raffinierter, heimtückischer und ganz übler Typ ist.«

Jetzt schaltete sich Rebecca ein: »Wir haben gestern ein wenig von seiner Geschichte gehört, vom Bruder eines weiteren Opfers. Nicht so ausführlich, wie Sie sie uns erzählt haben. Er schien nicht zu wissen, wo wir Lavelle finden können. Wissen Sie's?«

»Er hatte früher eine Wohnung im Village«, erklärte Shelly. »Aber da ist er nicht mehr. Seit das alles angefangen hat, kann ihn keiner mehr finden. Seine Straßendealer arbeiten noch für ihn und werden auch noch beliefert, das hat jedenfalls Vince gesagt, aber niemand weiß, wo Lavelle sich verkrochen hat.«

»Die Wohnung im Village, wo er mal war«, sagte Jack. »Wissen Sie zufällig die Adresse?«

»Nein. Ich habe Ihnen doch gesagt, ich habe mit diesem Drogengeschäft eigentlich nichts zu tun. Ehrlich. Ich weiß es nicht. Ich weiß nur, was Vince mir erzählt hat.«

Jack warf Rebecca einen Blick zu. »Noch was?«

»Nein.«

Zu Shelly sagte er: »Sie können gehen.«

Sie trank endlich einen Schluck Scotch, stellte das Glas ab, stand auf und zog ihren Pullover zurecht. Dann verließ sie den Raum, und sie hörten ihre Schritte im Korridor.

2

Der Leichenbeschauer, der den Fall übernommen hatte, hieß Ira Goldbloom und sah eher wie ein Schwede als wie ein Jude aus. Er war groß, mit heller Haut und so blondem Haar, daß es fast weiß wirkte; seine Augen waren blau mit vielen grauen Einsprengseln.

Jack und Rebecca fanden ihn oben im großen Schlafzimmer. Er hatte die Untersuchung der Leiche des Leibwächters in der Küche abgeschlossen, einen Blick auf Vince Vastagliano geworfen und holte gerade einige Instrumente aus seinem schwarzen Lederkoffer.

»Für einen Mann mit schwachem Magen«, sagte er, »habe ich mir den falschen Beruf ausgesucht.«

Jack sah, daß Goldbloom noch bleicher wirkte als gewöhnlich.

Rebecca sagte: »Wir glauben, daß diese beiden, der Charlie-Novello-Mord am Sonntag und der Coleson-Mord gestern etwas miteinander zu tun haben. Können Sie da eine Verbindung herstellen?«

»Vielleicht.«

»Nur vielleicht?«

»Ja, nun, es gibt da tatsächlich eine Möglichkeit, eine Beziehung herzustellen«, sagte Goldbloom. »Die Anzahl der Verletzungen ... die Verstümmelung ... es sind einige Ähnlichkeiten vorhanden. Aber wir müssen den Obduktionsbericht abwarten.«

Jack war überrascht. »Aber was ist mit den Wunden selbst? Stellen die kein Verbindungsglied dar?«

»Von der Anzahl her ja. Aber nicht vom Typ. Haben Sie sich die Verletzungen angesehen?«

»Auf den ersten Blick«, sagte Jack, »scheinen es irgendwelche Bisse zu sein. Rattenbisse, dachten wir.«

»Aber wir glauben, daß sie die *wirklichen* Verletzungen nur verdecken«, sagte Rebecca.

»Die Ratten kamen offensichtlich erst, nachdem die Männer schon tot waren. Richtig?« fragte Jack.

»Falsch«, widersprach Goldbloom. »Soweit ich nach einer Voruntersuchung feststellen kann, hat keines der beiden Opfer Stichverletzungen. Vielleicht ergeben sich bei Gewebeschnitten derartige Verletzungen unter einigen der Bisse, aber ich bezweifle es. Vastagliano und sein Leibwächter wurden heftig gebissen. Sie verbluteten an diesen Bissen. Dem Leibwächter wurden mindestens drei Arterien zerrissen, große Gefäße: die äußere Halsschlagader, die linke Armschlagader und die Femoralarterie am linken Oberschenkel. Vastagliano sieht noch schlimmer aus.«

Jack sagte: »Aber Ratten sind doch nicht so aggressiv, verdammt. Man wird einfach nicht in seinem eigenen Haus von Ratten überfallen.«

»Ich glaube auch nicht, daß es Ratten waren«, sagte Goldbloom. »Ich meine, ich habe schon Rattenbisse gesehen. Hin und wieder betrinkt sich ein Saufbruder in irgendeinem Durchgang und bekommt einen Herzanfall oder einen Schlaganfall direkt hinter der Mülltonne, wo ihn vielleicht zwei Tage lang niemand findet. Inzwischen gehen die Ratten dran. Daher weiß ich, wie Rattenbisse aussehen, und das hier scheint in mehreren Punkten einfach nicht dazuzupassen.«

»Könnten es... Hunde gewesen sein?« fragte Rebecca.

»Nein. Schon allein, weil die Bisse zu klein sind. Ich glaube, wir können auch Katzen ausschließen.«

»Irgendeine andere Idee?« fragte Jack.

»Nein. Es ist komisch. Vielleicht findet man bei der Obduktion etwas heraus.«

Rebecca sagte: »Wußten Sie, daß die Badezimmertür versperrt war, als die Polizisten eintrafen? Sie mußten sie aufbrechen.«

»Das habe ich gehört. Das Geheimnis des verschlossenen Zimmers«, sagte Goldbloom.

»Vielleicht ist es gar nicht so geheimnisvoll«, meinte Rebecca nachdenklich. »Wenn Vastagliano von irgendeinem Tier getötet wurde, dann war es vielleicht klein genug, um unter der Tür durchzukommen.«

Goldbloom schüttelte den Kopf. »Dazu hätte es *wirklich* klein sein müssen. Nein. Es war größer. Viel größer als der Spalt unter der Tür.«

»Wie groß, würden Sie ungefähr meinen?«

»Wie eine große Ratte.«

Rebecca überlegte einen Augenblick. Dann: »Da drin ist ein Ventil von einem Heizungsrohr. Vielleicht kam das Wesen durch das Rohr.«

»Aber über der Öffnung ist ein Gitter«, wandte Jack ein. »Und die Schlitze im Gitter sind noch schmäler als der Spalt unter der Tür.«

Rebecca machte zwei Schritte zum Bad hin, beugte sich durch die Tür und verdrehte sich den Hals, um hineinschauen zu können. Dann kam sie zurück und sagte: »Du hast recht. Und das Gitter sitzt fest an seinem Platz.«

»Und das kleine Fenster ist geschlossen.«

»Und verriegelt«, fügte Goldbloom hinzu.

Rebecca strich sich eine schimmernde Haarsträhne aus der Stirn. »Was ist mit den Abflußrohren? Könnte eine Ratte durch den Badewannenabfluß heraufkommen?«

»Nein«, sagte Goldbloom. »Nicht bei modernen Installationen.«

»Die Toilette?«

»Unwahrscheinlich.«

»Aber möglich?«

»Vorstellbar, nehme ich an. Aber wissen Sie, ich bin sicher, daß es nicht nur ein Tier war.«

»Wie viele?« wollte Rebecca wissen.

»Ich kann Ihnen unmöglich eine genaue Zahl nennen. Aber... ich würde meinen, was immer es war, es müssen mindestens... ein Dutzend gewesen sein.«

»Gütiger Himmel«, sagte Jack.

»Vielleicht zwei Dutzend. Vielleicht auch noch mehr.«

»Wieso glauben Sie das?«

»Nun ja«, meinte Goldbloom. »Vastagliano war ein großer Mann, ein kräftiger Mann. Mit ein, zwei oder auch drei Tieren von der Größe einer Ratte wäre er fertig geworden, ganz gleich, was für Wesen das waren. Ja, höchstwahrscheinlich hätte er auch ein halbes Dutzend geschafft. Sicher, er wäre ein paarmal gebissen worden, aber er hätte sich wehren können. Vielleicht hätte er nicht alle töten können, aber ein paar hätte er erledigt und die übrigen in Schach gehalten. Deshalb sieht es für mich so aus, als müßten es so viele von den Wesen gewesen sein, eine solche Horde, daß sie ihn einfach überwältigten.«

»Und Ross, der Leibwächter«, fragte Rebecca. »Glauben Sie, daß er auch von vielen angegriffen wurde?«

»Ja«, sagte Goldbloom. »Hier gilt genau das gleiche.«

Rebecca stieß als Ausdruck ihrer Frustration ihren Atem durch die zusammengebissenen Zähne. »Damit ist das verschlossene Badezimmer noch schwieriger zu erklären. Nach allem, was ich gesehen habe, sind Vastagliano und sein Leibwächter offenbar beide in der Küche gewesen, um sich einen Mitternachtsimbiß herzurichten. Anscheinend begann der Angriff dort. Ross wurde schnell überwältigt, Vastagliano rannte davon. Er wurde gejagt, konnte die Eingangstür nicht erreichen, weil sie ihm den Weg abschnitten, und so lief er nach oben und schloß sich im Badezimmer ein. Nun, die Ratten – oder was immer – waren nicht da drin, als er die Tür zusperrte. Wie kamen sie also hinein?«

»Und wieder hinaus?« erinnerte Goldbloom.

»Es müssen die Abflußrohre sein, die Toilette.«

»Diese Möglichkeit habe ich wegen der Anzahl der Beteiligten ausgeschlossen«, sagte Goldbloom. »Selbst wenn es keine Siphons gäbe, die so gebaut sind, daß sie eine Ratte aufhalten können, und selbst wenn sie den Atem angehalten hätte und durch alle vorhandenen Wassersperren geschwommen wäre, kaufe ich Ihnen diese Erklärung einfach nicht ab. Denn wir reden hier von einem ganzen Rudel von Lebewesen, die auf diese Weise hereingerutscht sind, eins hinter dem anderen, wie ein Kommandotrupp meinetwegen. Ratten sind einfach nicht so schlau oder so... entschlossen. *Kein* Tier ist das. Es ergibt keinen Sinn.«

Endlich sagte Jack: »Noch etwas. Selbst wenn Vastagliano und sein Leibwächter von Massen dieser... dieser Dinger überwältigt worden wären, hätten sie doch ein paar getötet, oder nicht? Aber wir haben keine einzige tote Ratte und auch sonst nichts Totes gefunden – außer toten Menschen natürlich.«

»Und auch keinen Kot«, sagte Goldbloom.

»Keinen was?«

»Kot. Ausscheidungen. Wenn Dutzende von Tieren beteiligt gewesen wären, würde man Kot finden, wenigstens ein paar Häufchen, wahrscheinlich ganze Berge von Kot.«

»Wenn Sie Tierhaare finden...«

»Wir werden bestimmt danach suchen«, versicherte Goldbloom. »Wir saugen natürlich den Boden um jede Leiche herum ab und analysieren den Kehricht. Wenn wir ein paar Haare finden könnten, würde uns das sicher weiterhelfen.« Der Leichenbeschauer fuhr sich mit einer Hand über das Gesicht, als könne er damit seine Anspannung und seinen Ekel wegwischen und fortwerfen. Er rieb so fest, daß tatsächlich rote Flecken auf seinen Wangen entstanden, aber der gequälte Ausdruck wich nicht aus seinen Augen. »Da ist noch etwas, was mich beunruhigt. Die Opfer wurden nicht... gefressen. Gebissen, zerfleischt, aufgerissen... all das... aber soweit ich sehen kann, wurde kein Gramm Fleisch verzehrt. Ratten hätten die weichen Teile gefressen: Augen, Nase, Ohrläppchen, Hoden... Sie hätten die Körper aufgerissen, um an die Organe zu kommen. Das hätte auch jedes andere Raubtier und jeder Aasfresser gemacht. Aber in diesem Fall gab es nichts dergleichen. Diese Wesen töteten zielbewußt, rationell, systematisch... und verschwanden dann einfach wieder, ohne einen Fetzen ihrer Beute zu verschlingen. Das ist unnatürlich. Unheimlich. Welches Motiv, welche Kraft trieb sie? Und *warum?*«

3

Mrs. Quillen, Pennys Lehrerin in der Wellton-Schule, konnte nicht begreifen, warum ein Zerstörungswütiger nur einen Spind verwüstet haben sollte.

»Vielleicht wollte er sie alle kaputtmachen, bekam aber dann Bedenken. Oder vielleicht hat er mit deinem Spind angefangen, Penny, dann ein Geräusch gehört, hat gedacht, es käme jemand, hat Angst bekommen und ist davongelaufen. Aber die Schule ist nachts doch bombensicher verschlossen, und dann ist da außerdem noch die Alarmanlage. Wie ist er nur rein- und wieder rausgekommen?«

Penny wußte, daß es kein Zerstörungswütiger gewesen war. Sie wußte, daß es etwas viel Schlimmeres war. Sie wußte, daß die Verwüstung ihres Spinds irgendwie mit dem unheimlichen Erlebnis letzte Nacht in ihrem Zimmer zusammenhing. Aber sie wußte nicht, wie sie dieses Wissen artikulieren sollte, ohne daß sie sich anhörte wie ein Kind, das sich vor Gespenstern fürchtet, deshalb versuchte sie gar nicht erst, Mrs. Quillen die Dinge zu erklären, die sie, wenn sie ehrlich war, nicht einmal sich selbst erklären konnte.

Nach einigen Diskussionen, vielen Bekundungen von Mitgefühl und noch mehr Unverständnis schickte Mrs. Quillen Penny ins Untergeschoß, wo auf wohlgeordneten Lagerregalen die Lehrmittel und die Ersatzbücher aufbewahrt wurden.

»Hol dir alles, was kaputtgemacht wurde, Penny. Alle Bücher, neue Bleistifte, ein Ringbuch und Blätter dazu und einen neuen Block. Und trödle bitte nicht, in ein paar Minuten fängt die Mathematikstunde an, und du weißt, daß du in diesem Fach am meisten arbeiten mußt.«

Penny ging die Vordertreppe hinunter ins Erdgeschoß und blieb am Haupttor stehen, um durch die Facettenglastüren in die wirbelnden Schneeflocken hinauszuschauen, dann eilte sie durch den Gang zur Rückseite des Gebäudes, an der verlassenen Turnhalle und am Musiksaal vorbei, wo gerade eine Stunde anfing.

Die Kellertür befand sich ganz am Ende des Korridors. Sie öffnete sie und schaltete das Licht ein. Eine lange, schmale Treppe führte nach unten.

Sie erreichte den Fuß der Treppe. Ihre Schritte klangen hart und klar auf dem Betonboden und hallten hohl in einer entfernten Ecke wider.

Das Kellergeschoß zog sich unter dem ganzen Gebäude hin und war in zwei Räume unterteilt. Von der Treppe aus gesehen lag am anderen Ende der Heizungsraum, hinter einer schweren Feuertür aus Metall, die immer geschlossen war. Der größere der beiden Räume befand sich diesseits der Tür. In der Mitte stand ein Arbeitstisch, an den Wänden zogen sich freistehende Lagerregale aus Metall entlang, alle randvoll mit Büchern und Schreibmaterial.

Penny nahm sich einen Faltkorb von einem Ständer, klappte ihn auf und suchte sich die Sachen zusammen, die sie brauchte. Sie hatte gerade das letzte Schulbuch gefunden, als sie hinter sich ein seltsames Geräusch hörte. *Jenes* Geräusch. Das Zischen-Scharren-Brummeln, das sie letzte Nacht in ihrem Schlafzimmer gehört hatte.

Sie wirbelte herum.

Soweit sie sehen konnte, war sie allein.

Das Problem war, daß sie nicht überallhin sehen konnte. Unter der Treppe ballten sich dichte Schatten. In einer Ecke des Raumes, drüben bei der Feuertür, war eine Deckenlampe ausgebrannt. In diesem Bereich hatten sich Schatten breitgemacht. Außerdem stand jedes Metallregal auf sechs Zoll hohen Füßen, und der Raum zwischen dem untersten Regalbrett und dem Fußboden wurde vom Licht nicht erfaßt. Es gab eine Menge Stellen, wo etwas Kleines, Flinkes sich verstecken konnte.

Sie wartete wie erstarrt, horchte; zehn lange Sekunden vergingen, dann fünfzehn, zwanzig, das Geräusch kam nicht wieder, und sie fragte sich schon, ob sie es wirklich gehört oder es sich nur eingebildet hatte; wieder vertickten ein paar Sekunden so langsam wie Minuten, aber dann hörte sie über sich, oben an der Treppe, einen dumpfen Knall: die Kellertür.

Sie hatte die Tür offengelassen.

Jemand oder etwas hatte sie soeben zugeworfen.

Den Korb mit Büchern und Schreibmaterial in einer Hand, ging Penny auf die Treppe zu, blieb aber unvermittelt stehen, als sie oben auf dem Treppenabsatz erneut Geräusche hörte. Zischen. Knurren. Murmeln. Klickende und kratzende Bewegungen.

Letzte Nacht hatte sie sich einreden wollen, daß das Wesen in ihrem Zimmer nicht wirklich dagewesen war, daß es nur die Nachwirkung eines Traumes gewesen war. Jetzt wußte sie, daß es mehr war als das. Aber was war es denn? Ein Geist? Aber ein Geist folgte einem doch nicht von einem Ort zum anderen. Nein, es war umgekehrt. Nicht *Menschen* wurden vom Spuk heimgesucht. In *Häusern* spukte es, und die Geister, die spukten, waren an einen Ort gebunden, bis ihre Seelen endlich Ruhe fanden; sie konnten diesen besonderen Ort, an dem sie spukten, nicht verlassen, konnten nicht einfach überall in der Stadt umherstreifen und ein bestimmtes junges Mädchen verfolgen.

Und doch war die Kellertür zugezogen worden.

Vielleicht war sie einfach von selbst zugefallen.

Vielleicht. Aber oben auf dem Treppenabsatz, wo sie nicht hinsehen konnte, bewegte sich etwas. Kein Luftzug. Etwas Seltsames.

Einbildung.

Ach ja?

Sie blieb an der Treppe stehen, schaute hinauf, versuchte zu erkennen, was es war, versuchte, sich zu beruhigen, indem sie eindringlich mit sich selbst sprach:

– ›Nun, wenn es kein Geist ist, was ist es dann?‹

– ›Etwas Schlimmes.‹

– ›Nicht unbedingt.‹

– ›Etwas sehr, sehr Schlimmes.‹

– ›Hör auf damit! Hör auf, dir selbst Angst zu machen. Es hat letzte Nacht nicht versucht, dir etwas zu tun, oder?‹

– ›Nein.‹

– ›Na also. Dann bist du doch nicht in Gefahr.‹

– ›Aber jetzt ist es zurückgekommen.‹

Poch!

Die Lichter gingen aus.

Penny keuchte.

Das Pochen hörte auf.

In der plötzlichen Dunkelheit setzten die unheimlichen, so beunruhigend erwartungsvollen Geräusche auf allen Seiten ein, nicht nur auf dem Treppenabsatz über ihr, und sie entdeckte, daß sich in der beängstigenden Schwärze etwas bewegte. Da war nicht nur ein unbekanntes, unsichtbares Wesen mit ihr im Keller; es waren viele.

Aber was waren es für Wesen?

Etwas streifte ihren Fuß und flitzte dann in die unterirdische Dunkelheit davon.

Sie schrie. Es war laut, aber nicht laut genug. Ihre Stimme war nicht über den Keller hinausgedrungen.

Im selben Augenblick begann Mrs. March, die Musiklehrerin, im direkt darüberliegenden Musiksaal auf das Klavier einzuhämmern. Da oben fingen Kinder zu singen an. ›Frosty the Snowman‹. Sie probten für eine Weihnachtsfeier, die die Schule unmittelbar vor den Weihnachtsferien für die Eltern veranstalten wollte.

Nun würde ohnehin niemand Penny hören, auch wenn sie einen lauteren Schrei herausbrachte.

Wegen der Musik und des Singens konnte sie andererseits auch die Wesen nicht mehr hören, die sich im Dunkeln um sie herumbewegten. Aber sie waren noch da. Daran zweifelte sie nicht.

Sie atmete tief ein. Sie nahm sich fest vor, nicht den Kopf zu verlieren. Sie war doch kein *Kind* mehr.

Sie werden mir nichts tun, dachte sie.

Aber sie war nicht so recht überzeugt davon.

Vorsichtig schlich sie an den Fuß der Treppe, in einer Hand den Korb, die andere vor sich ausgestreckt, tastete sie sich voran, als ob sie blind wäre, was sie ebensogut hätte sein können.

Sie erreichte die Treppe und schaute hinauf. Tiefe, tiefe Schwärze.

Mrs. March hämmerte immer noch auf dem Klavier herum, und die Kinder sangen immer noch von dem Schneemann, der lebendig geworden war.

Penny hob einen Fuß, fand die erste Stufe.

Über ihr, oben an der Treppe, erschienen nur wenige Zentimeter über dem Boden des Treppenabsatzes zwei Augen, wie körperlos, als schwebten sie in der Luft, obwohl sie zu einem Tier gehören mußten, das ungefähr so groß war wie eine Katze. Natürlich war es keine Katze. Sie wünschte, es wäre eine. Die Augen waren auch so groß wie die einer Katze, und sehr hell, nicht nur reflektierend, wie bei einer Katze, sondern so unnatürlich hell, daß sie wie zwei winzige Laternen glühten. Auch die Farbe war seltsam: weiß, mondbleich, mit einer ganz schwachen Spur Silberblau. Diese kalten Augen funkelten auf sie herab.

Sie nahm den Fuß von der ersten Stufe.

Das Geschöpf über ihr rutschte vom Treppenabsatz auf die oberste Stufe, näherte sich vorsichtig.

Penny wich zurück.

Das Ding stieg wieder zwei Stufen herab, nur an seinen starren Augen war zu erkennen, daß es sich bewegte. Die Dunkelheit verbarg seine Gestalt.

Schwer atmend, mit so laut klopfendem Herzen, daß es die Musik von oben übertönte, wich sie zurück, bis sie gegen ein Metallregal stieß. Nirgendwo konnte sie sich hinwenden, nirgendwo sich verstecken.

Das Ding war jetzt die Treppe zu einem Drittel heruntergekommen und kam immer näher. Penny spürte, daß sie pinkeln mußte. Sie lehnte sich mit dem Rücken gegen das Regal und preßte die Schenkel zusammen.

Das Ding war auf der Treppenmitte. Und wurde schneller.

Aus den Augenwinkeln bemerkte Penny, daß weiter rechts im Keller noch etwas war: ein weiches Blinken, ein Aufblitzen, ein Leuchten, Bewegung. Sie wagte es, den Blick von dem Geschöpf zu wenden, das vor ihr die Treppe herunterkam und schaute in den lichtlosen Raum – sofort wünschte sie, sie hätte es nicht getan.

Augen.

Silberweiße Augen.

Die Dunkelheit war voll davon. Zwei Augen glühten vom Boden zu ihr auf, kaum mehr als einen Meter entfernt, beobachteten sie mit kalter Gier. Wenig mehr als einen Fuß hinter dem ersten Paar waren noch zwei Augen.

Vier weitere leuchteten eisig von einem Punkt, mindestens drei Fuß über dem Boden mitten im Raum, und einen Augenblick lang dachte sie, sie hätte die Größe der Geschöpfe falsch eingeschätzt, aber dann begriff sie, daß zwei davon auf den Arbeitstisch geklettert waren. Zwei, vier, sechs Augen*paare* spähten bösartig von verschiedenen Regalen an der gegenüberliegenden Wand zu ihr herüber. Drei weitere Paare befanden sich auf Fußbodenhöhe nahe an der Tür, die zum Heizraum führte. Einige waren völlig reglos; andere bewegten sich unruhig hin und her; wieder andere krochen langsam auf sie zu. Keines blinzelte. Aus dem Raum unter der Treppe kamen noch mehr. Ungefähr zwanzig von den Wesen waren da: vierzig hell leuchtende, bösartige, unirdische Augen.

Zitternd und wimmernd riß Penny den Blick von der dämonischen Horde im Keller los und schaute wieder zur Treppe.

Das einzelne Tier hatte vor nicht mehr als einer Minute begonnen, vom Treppenabsatz nach unten zu schleichen, und jetzt war es unten angekommen. Es stand auf der letzten Stufe.

4

Östlich und westlich von Vincent Vastaglianos Haus wohnten die Nachbarn in ebenso großen, behaglichen, elegant möblierten Häusern. In diese stattlichen Gebäude drang die Stadt nicht ein, und keiner der Bewohner hatte in der blutigen Mordnacht etwas Ungewöhnliches gehört.

Nach weniger als einer halben Stunde hatten Jack und Rebecca ihre Ermittlungen beendet und standen wieder auf dem Gehsteig. Sie zogen die Köpfe ein, um dem Wind, der stetig stärker geworden war, möglichst wenig Angriffsfläche zu bieten.

Die Schneeflocken fielen jetzt dichter. Die Straße war noch immer kahler, schwarzer Asphalt, aber bald würde sie mit einer frischen, weißen Haut prunken.

Jack und Rebecca gingen zurück zu Vastaglianos Haus und hatten es fast erreicht, als jemand sie anrief. Jack drehte sich um und sah Harry Ulbeck, den jungen Beamten, der vorher auf Vastaglianos Eingangsstufen Wache gehalten hatte; Harry beugte sich aus einem der drei Schwarzweißen, die am Randstein parkten. Er sagte etwas, aber der Wind zerriß seine Worte zu bedeutungslosen Lauten. Jack ging zum Wagen, beugte sich zum offenen Fenster hinunter und sagte: »Entschuldigen Sie, Harry, ich habe Sie nicht verstanden.« Dabei dampfte ihm der Atem in kalten, weißen Schwaden aus dem Mund.

»Kam gerade über Funk«, sagte Harry. »Sie sollen sofort kommen. Sie und Lieutenant Chandler.«

»Weshalb sollen wir kommen?«

»Sieht so aus, als hätte es mit dem Fall zu tun, an dem Sie arbeiten. Es hat noch mehr Morde gegeben. Ähnlich wie diese hier. Vielleicht noch schlimmer... noch blutiger.«

5

Die Augen waren ganz anders, als Augen sein sollten. Sie sahen eher aus wie Schlitze in einem Ofengitter, die einen kurzen Blick auf das Feuer dahinter freigaben. Ein silberweißes Feuer. Diese Augen hatten keine Iris, keine Pupillen wie menschliche und tierische Augen. Da war nur dieses wilde Leuchten, das weiße Licht aus dem Inneren heraus, pulsierend und flackernd.

Das Geschöpf auf der Treppe kroch von der letzten Stufe herunter auf den Kellerboden. Es schob sich auf Penny zu, blieb dann stehen und starrte zu ihr hinauf.

Sie konnte jetzt keinen einzigen Zoll mehr zurückweichen. Schon jetzt drückte eine der Metallverstrebungen schmerzhaft gegen ihre Schulterblätter.

Plötzlich merkte sie, daß die Musik aufgehört hatte. Im Keller war es still. Es war schon seit einiger Zeit still. Vielleicht eine halbe Minute. Starr vor Entsetzen hatte sie nicht sofort reagiert, als ›Frosty the Snowman‹ zu Ende war.

Verspätet öffnete sie den Mund und wollte um Hilfe schreien, aber da setzte das Klavier wieder ein. Diesmal war es ›Rudolph the Red-Nosed Reindeer‹, und das war noch lauter als das erste Lied.

Das Wesen am Fuß der Treppe fuhr fort, sie anzustarren, und obwohl seine Augen ganz anders waren als die eines Tigers, wurde sie dennoch an das Bild eines Tigers erinnert, das sie in einer Illustrierten gesehen hatte. Die Augen auf diesem Foto und die seltsamen Augen hier sahen sich absolut nicht ähnlich, und doch hatten sie etwas gemeinsam: es waren Raubtieraugen.

Rechts von ihr begannen sich die anderen Geschöpfe im Keller zu regen, fast gleichzeitig, und alle hatten sie dasselbe Ziel.

Sie fuhr zu ihnen herum, ihr Herz raste, der Atem stockte ihr in der Kehle.

Am Leuchten der Silberaugen konnte sie erkennen, daß sie von den Regalen herunterkamen, auf denen sie gehockt hatten.

Jetzt holen sie mich.

Die beiden auf dem Arbeitstisch sprangen auf den Boden.

Penny schrie, so laut sie konnte.

Die Musik hörte nicht auf. Kam nicht einmal aus dem Takt.

Niemand hatte sie gehört.

Bis auf das eine Geschöpf am Fuß der Treppe hatten sich alle zusammengerottet. Ihre lodernden Augen sahen aus wie funkelnde Diamanten auf schwarzem Samt.

Keines kam näher. Sie warteten.

Sie wandte sich wieder der Treppe zu.

Jetzt bewegte sich auch die Bestie am Fuß der Treppe. Aber sie kam nicht auf sie zu. Sie flitzte in den Keller und schloß sich ihren Artgenossen an.

Die Treppe war frei, wenn auch dunkel.

Das ist nur ein Trick.

Soweit sie sehen konnte, würde sie nichts daran hindern, die Treppe hinaufzusteigen, so schnell sie konnte.

Es ist eine Falle.

Die flackernden, eisweißen Augen beobachteten sie.

Mrs. March hämmerte auf das Klavier ein.

Die Kinder sangen.

Penny sprang mit einem Satz von den Regalen weg, stürzte zur Treppe und rannte hinauf.

Auf jeder Stufe rechnete sie damit, daß die Dinger sie in die Fersen beißen, sich an ihr festkrallen und sie hinunterziehen würden. Einmal stolperte sie, wäre beinahe gefallen, erwischte dann aber mit ihrer freien Hand das Geländer und lief weiter. Die oberste Stufe. Der Treppenabsatz. Im Dunkeln nach dem Türknopf tasten. Der Korridor. Licht. Sicherheit. Sie warf die Tür hinter sich zu. Lehnte sich dagegen. Keuchte.

Im Musiksaal sangen sie immer noch ›Rudolph the Red-Nosed Reindeer‹.

Der Korridor war menschenleer.

Schwindlig, mit wackeligen Beinen rutschte Penny auf den Boden und setzte sich, den Rücken gegen die Tür gelehnt. Sie ließ den Korb los. Sie hatte ihn so fest umklammert, daß der Griff einen Abdruck auf ihrer Handfläche hinterlassen hatte. Ihre Hand schmerzte.

Das Lied war zu Ende.

Ein neues Lied. ›Silver Bells‹.

Allmählich kam Penny wieder zu sich, beruhigte sich und konnte klar denken. Was waren das für abscheuliche kleine Wesen? Wo kamen sie her? Was wollten sie von ihr?

Das klare Denken half gar nichts. Ihr fiel keine einzige annehmbare Antwort ein.

Eine Menge wirklich blöder Antworten kam ihr jedoch ständig in den Sinn: Kobolde, Wichte, Unholde... Himmel. Es konnte nichts dergleichen sein. Das war doch das wirkliche Leben und kein Märchen.

Wie konnte sie jemandem von ihrem Erlebnis im Keller erzählen, ohne einen kindischen oder, noch schlimmer, sogar leicht verrückten Eindruck zu machen? Natürlich vermieden die Erwachsenen den Ausdruck ›verrückt‹ Kindern gegenüber. Man konnte so verrückt sein, daß man in die Klapsmühle gehörte, schnattern wie ein Blödmann, in Möbel beißen, Katzen anzünden und mit Ziegelmauern reden; solange man noch ein Kind war, würden sie – zumindest in der Öffentlichkeit – schlimmstenfalls sagen, man sei ›emotionell gestört‹, obwohl sie damit nichts anderes meinten als ›verrückt‹. Wenn sie Mrs. Quillen oder ihrem Vater oder sonst einem Erwachsenen von den Wesen erzählte, die sie im Schulkeller gesehen hatte, würden alle meinen, sie wolle nur Aufmerksamkeit und Mitleid erregen; sie würden glauben, sie habe den Tod ihrer Mutter immer noch nicht verwunden. Ein paar Monate, nachdem ihre Mutter gestorben war, war Penny tatsächlich in schlechter Verfassung gewesen, verwirrt, zornig, verängstigt, ein Problem für ihren Vater und sich selbst. Sie hatte eine Zeitlang Hilfe gebraucht. Wenn sie jetzt von den Wesen im Keller erzählte, würden alle glauben, daß sie wieder Hilfe brauchte. Man würde sie zu einem ›Berater‹ schicken, der in Wirklichkeit ein Psychologe oder irgendeine andere Art von Irrenarzt war, und alle würden für sie tun, was sie konnten, sie würden ihr soviel Aufmerksamkeit und Mitgefühl wie möglich entgegenbringen und alle möglichen Behandlungsmethoden anwenden, aber sie würden ihr einfach nicht *glauben* – bis sie mit eigenen Augen die Wesen sahen, die sie gesehen hatte.

Oder bis es zu spät war.

Ja, *dann* würden sie ihr alle glauben – wenn sie tot war.

Sie hatte nicht den geringsten Zweifel, daß die Wesen mit den feurigen Augen früher oder später versuchen würden, sie zu töten. Sie wußte nicht, *warum* sie sie töten wollten, aber sie spürte ihre böse Absicht, ihren Haß. Bisher hatten sie ihr zwar nichts getan, aber sie wurden immer dreister. Das eine Wesen, letzte Nacht in ihrem Schlafzimmer, hatte außer dem Plastikbaseballschläger, mit dem sie nach ihm gestochert hatte, nichts beschädigt, aber heute morgen waren sie schon so dreist geworden, daß sie den Inhalt ihres Spinds zerstört hatten. Und jetzt hatten sie sich, noch dreister, gezeigt und sie bedroht.

Sie schauderte.

Was soll ich nur tun? überlegte sie verzweifelt. *Was soll ich tun?*

6

Das Hotel, eines der besten in der Stadt, lag am Central Park. Es war dasselbe Hotel, in dem Jack und Linda vor dreizehn Jahren ihre Flitterwochen verbracht hatten. Die Bahamas, Florida oder auch nur die Catskills hatten sie sich nicht leisten können. In den achtzehn Monaten seit Lindas Beerdigung hatte Jack oft an die Bahamas gedacht, die ihm nun für immer vergällt waren, und auch an dieses Hotel.

Die Morde waren im sechzehnten Stock begangen worden; zwei Streifenpolizisten – Yeager und Tufton – waren jetzt dort am Lift postiert. Sie ließen niemanden durch, außer man hatte einen Polizeiausweis oder konnte beweisen, daß man eingeschriebener Gast war und auf dieser Etage sein Zimmer hatte.

»Wer waren die Opfer?« fragte Rebecca Yeager. »Gewöhnliche Bürger?«

»Nein«, antwortete Yeager. Er war schlaksig und hatte riesige gelbe Zähne. Jedesmal, wenn er eine Pause machte, fuhr er mit der Zunge über seine Zähne und leckte daran herum. »Zwei davon waren offensichtlich professionelle Muskelprotze.«

»Sie kennen den Typ«, sagte Tufton, als Yeager verstummte, um wieder in seinen Zähnen zu stochern. »Groß, große Hände, große Arme; man könnte auf ihrem Nacken einen Axtstiel zerbrechen, und die würden es nur für einen plötzlichen Windstoß halten.«

»Der dritte«, sagte Yeager, »war einer von den Carramazzas.« Er unterbrach sich; seine Zunge schnellte heraus und fuhr über die oberen Zähne. »Noch dazu aus der engsten Verwandtschaft.« Er scheuerte mit der Zunge über die unteren Zähne. »Genauer gesagt...« stocher, stocher, »...es ist Dominick Carramazza.«

»Oh, Scheiße!« entfuhr es Jack. »Gennaros *Bruder?*«

»Ja, der kleine Bruder des Paten, sein Lieblingsbruder, seine rechte Hand«, erklärte Tufton schnell, ehe Yeager zu einer Antwort ansetzen konnte. Tufton war mit dem Reden schnell bei der Hand, er hatte ein scharfgeschnittenes Gesicht, einen eckigen Körper und bewegte sich schnell, mit energischen, rationellen Gesten. Yeagers Langsamkeit muß ein ständiges Ärgernis für ihn sein, dachte Jack. »Und sie haben ihn nicht nur getötet. Sie haben ihn ziemlich schlimm zugerichtet. Kein Bestattungsunternehmer auf der Welt kann Dominick so zusammenflicken, daß er aufgebahrt werden kann, und Sie wissen doch, wie wichtig Beerdigungen für diese Sizilianer sind.«

»Jetzt wird auf den Straßen Blut fließen«, sagte Jack müde.

»Ein Bandenkrieg, wie wir ihn seit Jahren nicht erlebt haben«, stimmte Tufton zu.

Rebecca fragte: »Dominick...? Ist das nicht der, der den ganzen Sommer über in den Schlagzeilen war?«

»Ja«, sagte Yeager. »Der Staatsanwalt dachte, er könnte ihn festnageln, wegen...«

Als Yeager sich unterbrach, um seine gelben Zähne mit seiner großen rosa Zunge abzuwischen, sagte Tufton schnell: »Handel mit Rauschgift. Er ist für die gesamte Rauschgiftorganisation der Carramazzas zuständig. Sie versuchen seit zwanzig Jahren, vielleicht auch schon länger, ihn hinter Schloß und Riegel zu bringen, aber er ist ein Fuchs. Er geht immer als freier Mann aus dem Gerichtssaal.«

»Was hatte er wohl hier im Hotel zu suchen?« überlegte Jack.

»Ich glaube, er war untergetaucht«, sagte Tufton.

»Hat sich unter falschem Namen eingetragen«, fügte Yeager hinzu.

Tufton sagte: »Hat sich mit diesen beiden Gorillas als Schutztruppe hier verkrochen. Sie müssen gewußt haben, daß man es auf ihn abgesehen hatte, aber es hat ihn trotzdem getroffen.«

»Getroffen?« fragte Yeager verächtlich. Er hielt inne, um seine Zähne zu bearbeiten und ließ dabei ein unangenehm saugendes Geräusch hören. Dann: »Verdammt, das war mehr als nur ein Treffer. Das war völlige Vernichtung. Es war verrückt, völlig ausgeflippt; genau *das* war es. Gott, wenn ich es nicht besser wüßte, würde ich sagen, die drei hier sind *zerbissen* worden, einfach in Stücke gebissen.«

Der Schauplatz des Verbrechens war eine Zwei-Zimmer-Suite. Die Tür war von den Polizisten eingeschlagen worden, die als erste den Tatort erreicht hatten. Ein Polizeiarzt, ein Polizeifotograf und zwei Labortechniker waren in den beiden Räumen an der Arbeit.

Der Salon, ganz in Beige und Königsblau gehalten, war elegant eingerichtet – eine geschmackvolle Zusammenstellung von Stücken im französischen Landhausstil und schlichten, modernen Möbeln. Der Raum hätte warm und einladend gewirkt, wäre er nicht über und über mit Blut bespritzt gewesen.

Die erste Leiche lag ausgestreckt am Boden des Salons, neben einem umgestürzten, ovalen Kaffeetisch. Ein Mann in den Dreißigern. Groß, stämmig. Seine dunkle Hose war zerrissen. Auch sein weißes Hemd war zerrissen und hatte an vielen Stellen rote Flecken. Der Mann befand sich im gleichen Zustand wie Vastagliano und Ross: zerbissen, zerfleischt.

Jack war schlecht.

»Das ist ein verdammtes Schlachthaus«, sagte Rebecca.

Der Tote hatte eine Pistole getragen. Das Schulterhalfter war leer. Eine .38 mit Schalldämpfer lag neben ihm.

Jack sprach einen der Labortechniker an, der langsam im Salon herumging und von verschiedenen Flecken Blutproben nahm. »Sie haben die Pistole nicht angerührt?«

»Natürlich nicht«, sagte der Techniker. »Wir bringen sie in einer Plastiktüte ins Labor und sehen, ob wir irgendwelche Fingerabdrücke feststellen können.«

»Ich habe nur überlegt, ob sie abgefeuert worden ist«, sagte Jack.

»Tja, das ist fast sicher. Wir haben vier leere Patronenhülsen gefunden.«

»Vom gleichen Kaliber wie die Waffe?«

»Ja.«

»Haben Sie auch Kugeln gefunden?« fragte Rebecca.

»Alle vier«, sagte der Techniker. Er streckte den Finger aus: »Zwei in dieser Wand, eine im Türrahmen da drüben, und eine steckte mitten im Polsterknopf am Rücken dieses Sessels.«

Jack fragte: »Wie konnte er auf so kurze Distanz viermal danebenschießen?«

»Ich will verdammt sein, wenn ich das weiß«, sagte der Techniker. Er zuckte die Achseln und ging wieder an seine Arbeit.

Das Schlafzimmer war noch schlimmer mit Blut besudelt als der Salon. Hier lagen zwei tote Männer.

Auch zwei lebendige Männer waren da. Ein Polizeifotograf knipste die Leichen aus jedem Blickwinkel. Ein Leichenbeschauer namens Brendan Mulgrew, ein großer, hagerer Mann mit vorspringendem Adamsapfel, studierte die Lage der beiden Leichen.

Eines der Opfer lag auf dem großen Bett, mit dem Kopf am Fußende, die bloßen Füße zum Kopfende zeigend, eine Hand an der zerrissenen Kehle, die andere an der Seite, die Handfläche offen und nach oben gerichtet. Der Mann war mit einem Bademantel und mit Blut bekleidet.

»Dominick Carramazza«, sagte Jack.

Mit einem Blick auf das zerstörte Gesicht fragte Rebecca: »Woran erkennst du das?«

»Ich ahne es eher.«

Der zweite Tote lag auf dem Fußboden, flach auf dem Bauch, den Kopf auf eine Seite gewendet, das Gesicht war in Fetzen gerissen. Er war genauso gekleidet wie der im Salon: weißes Hemd mit offenem Kragen, dunkle Hose, Schulterhalfter.

Die Opfer im Schlafzimmer waren beide bewaffnet gewesen. Beiden hatten die Waffen ebensowenig genützt wie dem Mann im Salon.

Jack sagte zu Mulgrew: »Sieht es so aus, als seien beide Waffen abgefeuert worden?«

Der Leichenbeschauer nickte. »Ja, den ausgeworfenen Patronenhülsen nach zu urteilen wurde das Magazin der Pistole völlig geleert. Zehn Schuß. Der Bursche mit der .357 Magnum hat fünf Schüsse rausgekriegt.«

»Und seinen Angreifer nicht getroffen«, stellte Rebecca fest.

Sie mußten beiseite treten, um dem Fotografen Platz zu machen.

Jack bemerkte zwei eindrucksvolle Löcher in der Wand links vom Bett. »Sind die von der .357?«

»Ja«, sagte Mulgrew. Er schluckte krampfhaft; sein Adamsapfel hüpfte auf und ab. »Beide Geschosse gingen durch die Wand ins nächste Zimmer.«

»Himmel. Ist da drüben jemand verletzt?«

»Nein. Aber es war knapp. Der Kerl im Nebenzimmer tobt vor Wut.«

»Das kann ich ihm nicht verdenken«, sagte Jack.

»Hat schon jemand seine Geschichte aufgenommen?« erkundigte sich Rebecca.

»Er hat möglicherweise mit den Uniformierten gesprochen«, sagte Mulgrew. »Aber ich glaube, von einem Kriminalbeamten wurde er noch nicht offiziell befragt.«

Rebecca sah Jack an. »Dann holen wir ihn uns, solange er noch frisch ist.«

»Gut. Augenblick noch.« Jack fragte Mulgrew: »Diese drei Opfer... wurden sie zu Tode gebissen?«

»Sieht so aus.«

»Rattenbisse?«

»Ich würde lieber auf den Laborbericht warten, die Obduktion...«

»Ich möchte nur eine *inoffizielle* Meinung«, sagte Jack.

»Tja... inoffiziell... keine Ratten.«

»Hunde? Katzen?«

»Höchst unwahrscheinlich.«

»Haben Sie Kothäufchen gefunden?«

Mulgrew war überrascht. »Ich habe daran gedacht, aber es ist komisch, daß Sie darauf kommen. Ich habe überall gesucht. Kein einziges Stückchen Kot.«

»Sonst etwas Ungewöhnliches?«

»Sie haben die Tür bemerkt, nicht wahr?«

»Davon abgesehen.«

»Reicht das nicht?« fragte Mulgrew erstaunt. »Hören Sie, die ersten zwei Leute am Tatort mußten die Tür einschlagen, um reinzukommen. Die Suite war fest verschlossen – von innen. Die Fenster sind ebenfalls von innen verschlossen, und zusätzlich sind sie, glaube ich, mit

Farbe verklebt. Also... ganz gleich, ob es nun Menschen oder Tiere waren, wie sind die Mörder rausgekommen? Sie haben es mit dem Geheimnis des verschlossenen Zimmers zu tun. Ich halte das für ziemlich ungewöhnlich. Sie nicht?«

Jack seufzte. »Eigentlich wird es allmählich das Übliche.«

7

Der nächste Raum auf dem Korridor, an dem die Suite des verstorbenen Dominick Carramazza lag, war geräumig und freundlich, mit einem großen Bett, einem Schreibtisch, einem Toilettenschrank, einer Kommode und zwei Stühlen. Er war in Korallenrot mit türkisfarbenen Einsprengseln gehalten.

Burt Wicke, der Bewohner, war Ende Vierzig. Er war etwa sechs Fuß groß und hatte früher einmal einen kompakten, kräftigen Körper besessen, aber jetzt war alles feste Fleisch in Fett eingebettet. Seine Schultern waren breit, aber gerundet, und er hatte einen mächtigen Brustkorb; der Bauch hing ihm über den Gürtel, und als er auf der Bettkante saß, spannten sich die Hosen straff um seine massigen Schenkel.

Seine Stimme überraschte Jack, sie war höher, als er erwartet hatte.

»Ich habe hier im Zimmer gefrühstückt. Ich stand gerade im Bad und kämmte mich, als ich jemanden rufen hörte. Dann schreien. Ich trat aus dem Bad und lauschte, und ich war ziemlich sicher, daß das alles von nebenan kam. Es war mehr als eine Stimme.«

»Was riefen sie?« fragte Rebecca.

»Hörte sich überrascht an, erschrocken. Verängstigt. Ja, richtiggehend verängstigt.«

»Nein, ich meine – können Sie sich an irgendwelche Worte erinnern?«

»Keine Worte.«

»Oder vielleicht Namen?«

»Sie riefen keine Worte und keine Namen; nichts dergleichen.«

»Was riefen sie denn?«

»Tja, vielleicht waren es sogar Worte oder Namen oder beides, aber so deutlich konnte man das durch die Wand nicht hören. Es war – einfach Lärm.«

»Und was dann?« fragte Rebecca.

»Tja, das Rufen dauerte nicht lange. Dann ging fast sofort die Schießerei los.«

»Diese beiden Geschosse kamen durch die Wand?« fragte Jack und deutete auf die Löcher.

»Nicht gleich. Vielleicht eine Minute später. Und woraus ist diese Hütte zum Teufel eigentlich gebaut, wenn die Wände nicht mal 'ne Kugel abhalten können?«

»Es war eine .357 Magnum«, erklärte Jack. »Die hält nichts auf.«

»Wände wie Toilettenpapier«, sagte Wicke, der nichts hören wollte, was vielleicht zur Entlastung des Hotels beitragen konnte. Er ging zum Telefon, das auf einem Nachttisch neben dem Bett stand, und legte die Hand auf den Hörer. »Sobald die Schießerei anfing, rannte ich hier herüber, wählte die Nummer der Hotelvermittlung und sagte der Frau, sie solle die Polizei holen. Es dauerte *sehr* lange, bis sie kam. Dauert es in dieser Stadt immer so lange, bis Sie kommen, wenn jemand Hilfe braucht?«

»Wir tun, was wir können«, sagte Jack.

»Ich legte also den Hörer auf und zögerte; ich wußte nicht, was ich tun sollte, und so blieb ich einfach stehen und hörte zu, wie sie da drüben schrien und schossen, und dann fiel mir ein, daß ich vielleicht in der Schußlinie war, deshalb wollte ich ins Bad zurück, ich dachte, ich verkrieche mich dort, bis alles vorbei ist, und dann, ganz plötzlich, Jesus, da stand ich wirklich in der Schußlinie. Der erste Schuß kam durch die Wand und verfehlte mein Gesicht um vielleicht sechs Zoll. Der zweite war noch näher. Ich ließ mich auf den Boden fallen und preßte mich gegen den Teppich, aber das waren die beiden letzten Schüsse, und ein paar Sekunden später waren auch keine Schreie mehr zu hören.«

»Und was dann?« fragte Jack.

»Dann wartete ich auf die Polizei.«

»Sie sind nicht auf den Korridor hinausgegangen?«

»Warum sollte ich?«

»Um nachzusehen, was passiert ist.«

»Sind Sie verrückt? Wie sollte ich wissen, wer da draußen im Korridor war? Vielleicht war einer von denen noch draußen und hatte seine Pistole dabei.«

»Sie haben also niemand gesehen? Oder etwas Wichtiges gehört, einen Namen vielleicht?«

»Das habe ich Ihnen doch schon gesagt – nein.«

Sie standen auf, und Burt Wicke – immer noch nervös – sagte: »Das war von Anfang an eine scheußliche Reise, absolut scheußlich. Erst mußte ich während des ganzen Fluges von Chicago neben einer kleinen alten Dame aus Peoria sitzen, die den Mund nicht halten konnte. Langweilige alte Hexe. Dann geriet das Flugzeug in Turbulenzen, wie Sie es nicht für möglich halten würden. Dann gehen mir gestern zwei Geschäfte durch die Lappen, und ich muß feststellen, daß es in meinem Hotel Ratten gibt, in einem so *teuren* Hotel wie diesem...«

»Ratten?« fragte Jack.

»Hm?«

»Sie sagten, in dem Hotel gibt es Ratten.«

»Tja, das stimmt auch.«

»Haben Sie sie gesehen?« fragte Rebecca.

»Es ist eine Schande«, sagte Wicke. »Ein Haus wie dieses, mit so einem mordsmäßigen Ruf, und dann wimmelt es von Ratten.«

»Haben Sie sie gesehen?« wiederholte Rebecca.

Wicke legte den Kopf schief und runzelte die Stirn. »Warum interessieren Sie sich so für Ratten? Das hat doch nichts mit den Morden zu tun.«

»Haben Sie sie nun gesehen?« wiederholte Rebecca etwas schärfer.

»Nicht direkt. Aber ich habe sie gehört. In den Wänden.«

»Sie haben Ratten in den Wänden gehört?«

»Tja, eigentlich im Heizungssystem. Es hörte sich an, als seien sie ganz nahe, als wären sie direkt hier in diesen Wänden, aber Sie wissen ja, wie diese hohlen Heizungsrohre aus Metall den Schall übertragen können. Die Ratten könnten auch auf einer anderen Etage gewesen sein, sogar in einem anderen Flügel, aber sie hörten sich wirklich ganz nahe an. Ich stieg auf den Schreibtisch hier und legte das Ohr an das Gebläse, und ich schwöre, die können nicht mehr als ein paar Zoll entfernt gewesen sein. Sie quiekten. Ein komisches Quieken. Schnatternde, zwitschernde Geräusche. Vielleicht ein halbes Dutzend, so wie es sich anhörte. Ich konnte hören, wie ihre Krallen auf Metall kratzten – ein Schaben und Rasseln, bei dem ich eine Gänsehaut bekam. Ich habe mich beschwert, aber die Direktion hier kümmert sich ja nicht um Beschwerden.«

Rebecca fragte: »Wann haben Sie die Ratten gehört?«

»Heute morgen. Gleich nachdem ich mit dem Frühstück fertig war, telefonierte ich mit dem Empfang, um denen zu sagen, wie gräßlich das Essen war, das sie einem aufs Zimmer servieren. Nach einem höchst unbefriedigenden Gespräch mit dem diensthabenden Angestellten legte ich auf – und genau in diesem Augenblick hörte ich die Ratten. Nachdem ich ihnen eine Weile zugehört hatte und völlig sicher war, daß es sich wirklich um Ratten handelte, rief ich den Manager persönlich an, um mich *darüber* zu beschweren, wieder mit unbefriedigendem Ergebnis. Daraufhin faßte ich den Entschluß, mich zu duschen, mich anzuziehen, meine Koffer zu packen und mir noch vor meinem ersten Termin heute ein anderes Hotel zu suchen.«

»Wissen Sie noch, wann genau Sie die Ratten gehört haben?«

»Nicht auf die Minute. Aber es muß so gegen acht Uhr dreißig gewesen sein.«

Jack warf Rebecca einen Blick zu. »Etwa eine Stunde, ehe nebenan die Morde begangen wurden.«

Sie wirkte verstört. Sie sagte: »Das wird ja immer verrückter.«

8

In der Todessuite lagen die drei verstümmelten Leichen immer noch so, wie sie hingefallen waren.

Die Laborleute waren mit ihrer Arbeit fertig. Im Salon saugte einer von ihnen den Teppich um die Leiche herum ab. Den Staub würde man später analysieren.

Jack und Rebecca gingen zum nächsten Heizungsschlitz, einer ein Fuß mal acht Zoll großen, rechteckigen, ein paar Zoll unterhalb der Decke an die Wand montierten Platte. Jack stellte einen Stuhl darunter, stieg hinauf und untersuchte das Gitter.

Er sagte: »Am Ende des Rohrs führt ein nach innen gebogener Flansch ganz herum. Die Schrauben gehen durch den Rand des Gitters und durch den Flansch.«

»Von hier aus«, sagte Rebecca, »sehe ich zwei Schraubenköpfe.«

»Mehr sind auch nicht da. Aber wenn etwas aus dem Rohr heraus will, müßte es zumindest eine dieser Schrauben entfernen, um das Gitter zu lockern.«

»Und so schlau ist keine Ratte«, sagte sie.

»Selbst wenn es eine schlaue Ratte wäre, so schlau wie

keine andere Ratte, die Gott jemals auf diese Erde setzte, ein regelrechter Albert Einstein des Rattenreiches, könnte sie diese Aufgabe trotzdem nicht lösen. Auf der Innenseite des Rohrs hätte sie es mit dem spitzen Ende der Schraube zu tun, die außerdem ein Gewinde hat. Mit den Pfoten allein könnte sie das verdammte Ding nicht fassen und drehen.«

»Und mit den Zähnen auch nicht.«

»Nein. Dazu braucht man Finger.«

Das Rohr war natürlich viel zu eng, als daß ein Mann – oder auch nur ein Kind – hätte durchkriechen können.

Rebecca sagte: »Nehmen wir mal an, daß viele Ratten, ein paar Dutzend, sich hintereinander in das Rohr zwängen und sich alle Mühe geben, durch ein Lüftungsgitter hinauszukommen. Wenn eine ganze Horde von der anderen Seite des Gitters genügend Druck ausübte, könnten sie dann vielleicht die Schrauben durch den Flansch schieben und das Gitter in den Raum stoßen, um sich den Weg freizumachen?«

»Vielleicht«, sagte Jack ziemlich skeptisch. »Sogar das klingt mir für Ratten zu raffiniert. Ich nehme aber an, wenn die Löcher im Flansch viel größer wären als die durchgeschobenen Schrauben, würde sich das Gewinde nicht verhaken, und das Gitter könnte weggestoßen werden.«

Er rüttelte an der Lüftungsplatte, die er gerade untersucht hatte. Sie ließ sich ein wenig hin- und her- und auf- und abschieben, aber nicht viel.

Er sagte: »Die hier ist fest eingepaßt.«

»Vielleicht ist eine von den anderen lockerer.«

Jack stieg vom Stuhl herunter und stellte ihn an seinen Platz zurück.

Sie durchsuchten die Suite, bis sie alle Heizungsschlitze überprüft hatten: zwei im Salon, einen im Schlafzimmer und einen im Bad. An jedem Auslaß saß das Gitter fest in der Öffnung.

»Durch die Heizungsrohre ist nichts in die Suite gelangt«, sagte Jack. »Ich kann mir vielleicht noch einreden, daß Ratten sich gegen die Rückseite des Gitters stemmen und es wegdrücken könnten, aber ich werde auch in einer Million Jahre nicht glauben, daß sie durch denselben Schacht wieder verschwunden sind und es irgendwie geschafft haben, das Gitter hinter sich wieder einzusetzen. Keine Ratte – kein Tier, das du mir nennen kannst – könnte so gut abgerichtet, so geschickt sein.«

»Nein. Natürlich nicht. Das ist lächerlich.«

»Also«, sagte er.

»Also«, sagte sie. Sie seufzte. »Dann hältst du es also für einen merkwürdigen Zufall, daß die Männer hier offenbar zu Tode gebissen wurden, kurz nachdem Wicke Ratten in den Wänden hörte?«

»Ich mag Zufälle nicht«, sagte er.

»Ich auch nicht.«

»Gewöhnlich stellt sich heraus, daß es gar keine Zufälle sind.«

»Genau.«

»Aber trotzdem ist es die einzige Möglichkeit. Zufall, meine ich. Es sei denn...«

»Es sei denn was?«

»Es sei denn, du willst Voodoo, schwarze Magie und so weiter in Betracht ziehen...«

»Nein, danke.«

»...Dämonen, die durch die Wände kriechen...«

»Jack, in Gottes Namen!«

»...herauskommen, um zu morden, wieder mit der Wand verschmelzen und einfach verschwinden.«

»Ich höre mir das nicht länger an.«

Er lächelte. »Ich mache doch nur Spaß, Rebecca.«

»Den Teufel tust du. Du meinst vielleicht, daß du diesem Hokuspokus keinen Glauben schenkst, aber tief im Inneren gibt es einen Teil von dir, der...«

»Übermäßig aufgeschlossen ist«, vollendete er.

»Wenn du unbedingt Witze darüber machen willst...«

»Das will ich. Unbedingt.«

»Aber es ist trotzdem wahr.«

»Ich bin vielleicht übermäßig aufgeschlossen, wenn das überhaupt möglich ist...«

»Das ist es.«

»...aber wenigstens bin ich nicht unflexibel.«

»Ich auch nicht.«

»Oder habe Angst.«

»Was willst du damit sagen?«

»Denk selber darüber nach.«

»Willst du damit etwa sagen, daß ich Angst habe?«

»Hast du denn keine, Rebecca?«

»Wovor?«

»Zum Beispiel vor gestern nacht.«

»Red keinen Unsinn.«

»Dann laß uns darüber sprechen.«

»Nicht jetzt.«

Er sah auf seine Uhr. »Zwanzig nach elf. Um zwölf machen wir Mittagspause. Du hast mir versprochen, beim Mittagessen darüber zu reden.«

»Ich sagte, *wenn* wir Zeit zum Mittagessen haben.«

»Wir werden Zeit haben.«

»Du bist unmöglich, Jack.«

»Fest entschlossen.«

»Verdammt.«

»Und außerdem reizend«, behauptete er.

Sie war offensichtlich nicht seiner Ansicht. Sie entfernte sich. Anscheinend sah sie sich lieber eine von den verstümmelten Leichen an.

Hinter dem Fenster fiel der Schnee jetzt sehr dicht. Der Himmel war grau. Obwohl es noch nicht einmal Mittag war, sah es draußen aus, als dämmere es schon.

9

Lavelle trat aus der Hintertür des Hauses. Er ging zum Ende der Veranda und stieg drei Stufen hinunter. Er blieb am Rand des verdorrten braunen Rasens stehen und blickte hinauf in das wirbelnde Chaos der Schneeflocken.

Er hatte noch nie Schnee gesehen. Auf Bildern natürlich schon. Aber nicht in Wirklichkeit. Bis zum letzten Frühjahr hatte er sein ganzes Leben – dreißig Jahre – auf Haiti, in der Dominikanischen Republik, auf Jamaica und auf mehreren anderen Karibischen Inseln verbracht.

Er hatte erwartet, daß der Winter in New York für jemanden, der nicht daran gewöhnt war, unangenehm, sogar beschwerlich sein würde. Sehr zu seiner Überraschung hatte er ihn jedoch bisher als erregend und positiv empfunden.

Außerdem hatte er in dieser großen Stadt ein gewaltiges Reservoir der Macht entdeckt, auf die er für seine Arbeit angewiesen war: die unendlich nützliche Macht des Bösen. Natürlich blühte das Böse überall, auch auf dem Lande und in den Vororten, nicht nur innerhalb der Stadtgrenzen von New York. Es herrschte auch in der Karibik, wo er seit seinem zweiundzwanzigsten Lebensjahr als *Bocor* – als ein in der Ausübung der schwarzen Magie erfahrener Voodoo-Priester – tätig war, kein Mangel daran. Aber hier, wo so viele Menschen sich auf einem so relativ kleinen Stück Erde zusammendrängten, hier, wo jede Woche zwanzig bis vierzig Morde verübt wurden, hier, wo tätliche Angriffe, Vergewaltigungen, Raubüberfälle und Einbrüche jedes Jahr in die Zehntausende gingen – sogar in die Hunderttausende – hier, wo eine Armee von Straßenmädchen nach Freiern Ausschau hielt, wo Legionen von Betrügern nach Opfern suchten, wo es alle möglichen verdrehten Irren, Perversen, Punks, Vergewaltiger und Schläger ohne Zahl gab – *hier* war die Luft geschwängert mit unvermischten Strömungen des Bösen, die man sehen, riechen und spüren konnte – wenn man, wie Lavelle, dafür empfänglich war. Mit jeder bösen Tat stiegen Ausdünstungen des Bösen aus der verderbten Seele auf und reicherten die knisternden Ströme in der Luft an, machte sie stärker, zerstörerischer.

Die Stadt war auch von anderen, davon völlig verschiedenen Strömen des Guten durchzogen; Effluvien, die von guten, rühmenswerte Taten vollbringenden Seelen aufstiegen. Es gab Ströme der Hoffnung und der Liebe, des Mutes und der Barmherzigkeit, der Unschuld und Güte, der Freundschaft, der Aufrichtigkeit und der Würde. Auch diese Energie war sehr mächtig, aber für sie hatte Lavelle absolut keine Verwendung. Ein *Houngon*, ein in der weißen Magie geschulter Priester, konnte diese Energie des Guten anzapfen, um zu heilen, um mit Beschwörungen zu helfen und Wunder zu wirken. Aber Lavelle war ein *Bocor*, kein *Houngon*. Er hatte sich den schwarzen Künsten verschrieben, den Riten des *Congo* und des *Pétro*, nicht den verschiedenen Riten des *Rada*, der weißen Magie. Und sich dieser dunklen Sphäre der Zauberkunst zu weihen bedeutete auch, darauf beschränkt zu sein.

Sein langjähriger Umgang mit dem Bösen hatte ihn jedoch nicht freudlos, traurig oder auch nur mürrisch gemacht; er war ein fröhlicher Mann. Er lächelte breit, wie er da hinter dem Hause stand, am Rand des toten braunen Grases, und in das Schneegestöber hinaufschaute. Er fühlte sich stark, entspannt, zufrieden, fast überwältigend zufrieden mit sich selbst.

Er war groß, sechs Fuß drei Zoll. In seinen engen schwarzen Hosen und dem langen, knappsitzenden grauen Kaschmirmantel wirkte er noch größer. Er war ungewöhnlich hager, wirkte aber kräftig, obwohl er wenig Fleisch auf den Knochen hatte. Nicht einmal der unaufmerksamste Beobachter konnte ihn für einen Schwächling halten, denn er strahlte richtiggehend Selbstvertrauen aus, und wenn man seine Augen sah, wollte man ihm am liebsten schleunigst aus dem Weg gehen. Seine Hände waren groß, die Gelenke breit und knochig. Er hatte ein edles Gesicht, dem des Filmschauspielers Sidney Poitier nicht unähnlich. Seine Haut war außergewöhnlich dunkel, sehr schwarz, mit einem fast violetten Unterton, ein wenig wie die Schale einer reifen Aubergine. Schneeflokken schmolzen auf seinem Gesicht, blieben in seinen Augenbrauen hängen und überzuckerten sein drahtiges schwarzes Haar.

Das Haus, aus dem er gekommen war, war ein zweistöckiges Ziegelgebäude, pseudo-viktorianisch, mit einem falschen Turm, einem Schieferdach und vielen Zukkerbäckerverzierungen, aber stark mitgenommen, verwittert und schmutzig. Es war in den Anfängen des Jahrhunderts erbaut worden, in einer damals wirklich guten Wohngegend. Die meisten Häuser waren inzwischen zu Apartmentgebäuden umgebaut worden. Dieses hier nicht, aber es befand sich in dem gleichen baufälligen Zustand wie die anderen. Es war nicht das Haus, das Lavelle sich ausgesucht hätte; er *mußte* hier wohnen, bis er seinen kleinen Privatkrieg zu seiner Zufriedenheit beendet hatte; es war sein Versteck.

In einer Ecke von Lavelles Grundstück stand an der Garagenwand ein Schuppen aus Wellblech mit weißem Lackanstrich und zwei grünen Metalltüren. Er hatte ihn bei Sears gekauft; die Arbeiter hatten ihn vor einem Monat aufgestellt. Als er nun lange genug in den fallenden Schnee hinaufgeschaut hatte, ging er zu diesem Schuppen, öffnete eine der Türen und trat ein.

Hitze schlug ihm entgegen. Obwohl der Schuppen keine Heizung hatte und die Wände nicht einmal isoliert waren, herrschte in dem kleinen Gebäude – zwölf mal zehn Fuß – doch eine überaus hohe Temperatur. Lavelle war kaum eingetreten und hatte die Tür hinter sich zugezogen, da mußte er auch schon seinen Neunhundert-Dollar-Mantel ausziehen, um frei atmen zu können.

Ein sonderbarer, leicht schwefelähnlicher Geruch hing in der Luft. Die meisten Menschen hätten ihn als unangenehm empfunden. Aber Lavelle schnupperte, atmete dann tief ein und lächelte. Er mochte den Gestank. Für ihn war es ein süßer Duft, denn es war der Geruch der Rache.

Der Schweiß war ihm ausgebrochen.

Er zog sein Hemd aus.

Er stimmte einen monotonen Singsang in einer fremdartigen Sprache an.

Er zog seine Schuhe aus, dann seine Hose und seine Unterwäsche.

Nackt kniete er auf dem Erdboden nieder.

Er begann, leise zu singen. Die Melodie war rein, bezwingend, und seine Stimme trug gut. Er sang gedämpft, so daß ihn außerhalb seines Grundstücks niemand hätte hören können.

Der Schweiß lief in Strömen an ihm herab. Sein schwarzer Körper glänzte.

Er wiegte sich beim Singen sanft vor und zurück. Nach einer kleinen Weile geriet er fast in Trance.

Der Text, den er sang, setzte sich aus beschwingten, rhythmischen Wortketten in einer ungrammatikalischen, verschlungenen, aber wohltönenden Mischung aus Französisch, Englisch, Kisuaheli und Bantu zusammen. Es war teils haitianisches Patois, teils jamaicanisches Patois, teils ein afrikanischer Juju-Gesang: die so reiche ›Sprache‹ des Voodoo.

Er sang von Rache. Von Tod. Vom Blut seiner Feinde. Er verlangte die Vernichtung der Familie Carramazza, eines Mitglieds nach dem anderen, wie sie auf der Liste standen, die er angefertigt hatte.

Schließlich sang er von dem Gemetzel an den beiden Kindern jenes Polizeibeamten, das jeden Augenblick notwendig werden konnte.

Die Vorstellung, Kinder zu töten, beunruhigte ihn nicht. Im Gegenteil, diese Aussicht war erregend.

Seine Augen leuchteten.

Seine langfingrigen Hände bewegten sich sinnlich streichelnd langsam an seinem hageren Körper auf und ab.

Sein Atem ging mühsam, als er die schwere, warme Luft einsog und einen noch schwereren, noch wärmeren Dunst ausstieß.

In den Schweißperlen auf seiner ebenholzschwarzen Haut spiegelte sich schimmernd orangefarbenes Licht.

Obwohl er die Deckenbeleuchtung nicht eingeschaltet hatte, als er den Schuppen betreten hatte, war es im Inneren nicht ganz dunkel. Die Wände des kleinen, fensterlosen Raumes waren in Schatten gehüllt, aber aus dem Fußboden in der Mitte stieg ein schwaches, orangefarbenes Glühen auf. Es kam aus einem etwa fünf Fuß großen Loch. Als Lavelle es ausgehoben hatte, hatte er ein kompliziertes, sechs Stunden dauerndes Ritual vollzogen und dabei zu vielen Göttern des Bösen gesprochen – Congo Savanna, Congo Maussai, Congo Moudongue – und zu den bösen Engeln wie dem Zandor, dem Ibos ›je rouge‹, dem Petro Maman Pemba und zu Ti Jean Pie Fin.

Die Aushöhlung hatte die Form eines Meteorkraters, die Wände neigten sich nach innen und bildeten eine Art Becken. Das Zentrum des Beckens war nur drei Fuß tief. Wenn man jedoch lange genug hineinstarrte, schien es allmählich viel, viel tiefer zu werden. Auf geheimnisvolle Weise veränderte sich, wenn man ein paar Minuten lang in das flackernde Licht starrte und sich sehr bemühte, seinen Ursprung zu erkennen, unvermittelt und drastisch die Perspektive, und man sah, daß der Boden des Loches Hunderte, wenn nicht Tausende von Fuß tiefer lag. Es war nicht nur ein Loch im Erdboden des Schuppens – nicht mehr; plötzlich wurde es ein magisches Tor ins Herz der Erde. Aber dann, mit einem Lidschlag, schien es wieder nur ein flaches Becken zu sein.

Jetzt beugte sich Lavelle, immer noch singend, nach vorne.

Er blickte in das seltsame, pulsierende, orangefarbene Licht.

Er schaute in das Loch.

Schaute hinunter.

Hinunter...

Hinunter in...

Hinunter in den Abgrund.

In den Höllenschlund.

Kapitel drei

1

Captain Walter Gresham von der Mordkommission hatte ein Gesicht wie eine Schaufel. Nicht, daß er häßlich gewesen wäre; eigentlich sah er auf eine etwas grobschlächtige Weise sogar ganz gut aus. Aber sein ganzes Gesicht neigte sich nach vorne, seine kräftigen Züge liefen nach unten und nach vorne auf die Kinnspitze zu, so daß man unwillkürlich an eine Gartenschaufel denken mußte.

Er kam ein paar Minuten vor Mittag im Hotel an und traf am Ende der Liftnische im sechzehnten Stockwerk neben einem Fenster, das auf die Fifth Avenue hinausging, mit Jack und Rebecca zusammen.

»Was sich hier zusammenbraut, ist ein ausgewachsener Bandenkrieg«, meinte Gresham. »So etwas haben wir zu meinen Lebzeiten noch nicht gehabt. Das ist ja wie in den wilden Zwanzigern, verdammt noch mal! Auch wenn sich da nur ein Haufen Gangster und Dreckskerle gegenseitig umbringen, ich mag das nicht. Werde das in meinem Zuständigkeitsbereich auf keinen Fall dulden. Ich habe mit dem Commissioner gesprochen, ehe ich hierherkam, und er ist da ganz meiner Ansicht: Wir können das nicht weiter so behandeln, als wäre es nur eine gewöhnliche Morduntersuchung; wir müssen Druck dahinterbringen. Wir bilden eine Sonderkommission. Wir richten in zwei Verhörräumen das Hauptquartier der Kommission ein, legen eigene Telefonleitungen und so weiter.«

»Soll das heißen, daß Jack und ich von dem Fall abgezogen werden?«

»Nein, nein«, sagte Gresham. »Ich übertrage euch die Leitung der Sonderkommission. Ich möchte, daß ihr jetzt ins Büro zurückfahrt, einen Angriffsplan, eine Strategie ausarbeitet und euch überlegt, was ihr alles braucht. Wie viele Leute – Uniformierte und Kriminalbeamte? Wieviel Büropersonal? Wie viele Fahrzeuge? Stellt besondere Verbindungen zu den Rauschgiftdezernaten der Stadt, des Staates und des Bundes her, damit wir nicht jedesmal die ganze Bürokratie durchlaufen müssen, wenn wir eine Information brauchen. Dann kommt ihr um fünf in mein Büro.«

»Wir haben hier noch einiges zu tun«, sagte Jack.

»Das kann auch jemand anderer machen«, verfügte Gresham. »Und übrigens haben wir ein paar Reaktionen auf eure Anfragen bezüglich Lavelle bekommen.«

»Die Telefongesellschaft?« fragte Jack.

»Das ist eine davon. Sie haben keine registrierte und keine Geheimnummer für jemanden namens Baba Lavelle.

»Was ist mit dem Elektrizitätswerk?« fragte Jack.

»Das gleiche«, antwortete Gresham. »Kein Baba Lavelle.«

»Vielleicht hat er für die Anschlüsse den Namen eines Freundes benützt.«

Gresham schüttelte den Kopf. »Wir haben auch Antwort von der Einwanderungsbehörde bekommen. Niemand namens Lavelle – Baba oder anders – hat im letzten Jahr eine Aufenthaltsgenehmigung beantragt, weder kurzfristig noch langfristig.«

Jack runzelte die Stirn. »Also hält er sich illegal im Lande auf.«

»Oder er ist überhaupt nicht hier«, sagte Rebecca.

Sie schauten sie verblüfft an.

Sie führte aus: »Ich bin durchaus nicht überzeugt davon, daß es wirklich einen Baba Lavelle gibt.«

»Lavelle existiert«, sagte Jack.

»Sie sind sich da sehr sicher«, stellte Gresham fest. »Warum?«

»Ich weiß es nicht genau.« Jack sah aus dem Fenster zu

den vom Schnee umwirbelten Türmen von Manhattan hinüber. »Ich will nicht so tun, als hätte ich Gründe dafür. Es ist nur... Instinkt. Ich spüre es in allen Knochen. Lavelle existiert. Er ist irgendwo da draußen... und ich glaube, er ist der bösartigste, gefährlichste Schweinehund, mit dem unsereiner es jemals zu tun bekommen wird.«

2

Als die Klassen im zweiten Stock der Wellton-Schule Mittagspause hatten, war Penny Dawson nicht hungrig. Sie machte sich nicht einmal die Mühe, zu dem ihr neu zugewiesenen Spind zu gehen und ihre Essensdose zu holen. Sie blieb an ihrem Platz, legte den Kopf auf die Arme und schloß die Augen, als wolle sie ein Nickerchen machen. Ein saurer, eiskalter Klumpen lag ihr bleischwer im Magen. Ihr war übel – aber nicht, weil sie etwa krank war, sondern vor Angst.

Sie hatte niemandem von den Kobolden mit den Silberaugen im Keller erzählt. Niemand würde ihr glauben, daß sie sie wirklich gesehen hatte. Und sicher würde auch niemand glauben, daß die Kobolde irgendwann versuchen würden, sie zu töten.

Aber sie wußte, was kommen würde. Sie wußte nicht, warum es ausgerechnet ihr passieren sollte. Sie wußte nicht genau, wie oder wann es passieren würde. Sie wußte nicht, woher die Kobolde kamen. Sie wußte nicht, ob sie eine Chance hatte, ihnen zu entkommen; vielleicht gab es keinen Ausweg. Aber sie *wußte,* was sie ihr antun wollten. O ja.

Sie machte sich nicht nur wegen ihres eigenen Schicksals Gedanken. Sie hatte auch Angst um Davey. Wenn die Kobolde es auf sie abgesehen hatten, dann vielleicht auch auf ihn.

Sie fühlte sich für Davey verantwortlich, besonders, seit ihre Mutter gestorben war. Sie war schließlich seine große Schwester. Eine große Schwester war verpflichtet, über ihren kleinen Bruder zu wachen und ihn zu beschützen, auch wenn er manchmal wirklich lästig sein konnte.

Im Augenblick befand sich Davey mit seinen Klassenkameraden und seinen Lehrern unten im ersten Stock. Jedenfalls für eine Weile war er in Sicherheit. Die Kobolde würden sich bestimmt nicht zeigen, wenn viele Leute dabei waren; sie schienen sehr darauf bedacht, im verborgenen zu bleiben.

Aber was war später? Was würde geschehen, wenn die Schule aus war und es Zeit wurde, nach Hause zu gehen?

Sie wußte nicht, wie sie sich oder Davey schützen konnte.

3

In der Hotelhalle blieben Jack und Rebecca bei den Telefonzellen stehen. Jack versuchte, seine Zugehfrau anzurufen. Wegen der Berufung in die Sonderkommission würde er die Kinder nicht wie geplant von der Schule abholen können, und er hoffte, sie würde Zeit haben, sie mitzunehmen und sie eine Weile bei sich zu behalten. Sie meldete sich nicht, und er dachte, sie sei vielleicht noch in seiner Wohnung beim Saubermachen, deshalb versuchte er es auch unter seiner eigenen Nummer, aber ohne Erfolg.

Nur ungern rief er Faye Jamison an, seine Schwägerin, Lindas einzige Schwester. Faye hatte Linda fast genausosehr geliebt, wie Jack sie geliebt hatte. Aus diesem Grunde brachte er Faye große Zuneigung entgegen – obwohl es nicht immer einfach war, sie gern zu haben. Sie war überzeugt, daß niemand ohne ihre Ratschläge ein ordentliches

Leben führen konnte. Sie meinte es gut. Aber trotz aller guten Absichten war sie aufreibend, und es gab Zeiten, da fand Jack ihre sanfte Stimme so durchdringend wie eine Polizeisirene.

Zum Beispiel jetzt, am Telefon, nachdem er gefragt hatte, ob sie die Kinder am Nachmittag von der Schule abholen würde, und sie sagte: »Natürlich, Jack, gerne, aber wenn sie dich erwarten und du dann nicht auftauchst, werden sie enttäuscht sein, und wenn so etwas zu oft passiert, werden sie mehr als nur enttäuscht sein; dann werden sie sich verlassen vorkommen.«

»Faye...«

»Die Psychologen sagen, wenn Kinder schon ein Elternteil verloren haben, dann brauchen sie...«

»Faye, entschuldige, aber ich habe im Moment wirklich keine Zeit, um mir anzuhören, was die Psychologen sagen. Ich...«

»Aber gerade für so etwas solltest du dir Zeit nehmen, mein Lieber.«

Er seufzte. »Vielleicht hast du recht.«

»Alle modernen Eltern sollten sich mit Kinderpsychologie auseinandersetzen.«

Jack warf einen Blick auf Rebecca, die ungeduldig neben dem Telefon wartete. Er zog die Augenbrauen hoch und zuckte die Achseln, als Faye weiterschwafelte.

»Du bist ein altmodischer, instinktgeleiteter Vater, mein Lieber. Du glaubst, mit Liebe und Bonbons ist alles getan. Liebe und Bonbons gehören natürlich dazu, aber das ist doch bei weitem nicht alles...«

»Faye, jetzt hör mir mal zu, wenn ich den Kindern zehnmal sage, daß ich komme, dann bin ich neunmal davon auch wirklich da. Aber manchmal geht es eben nicht. In meinem Beruf hat man nicht immer geregelte Arbeitszeiten. Als Kriminalbeamter bei der Mordkommission kann man nicht einfach mittendrin weglaufen, wenn man eine heiße Spur verfolgt, nur weil man Dienstschluß hat. Außerdem haben wir hier eine Krise. Eine große. Also, holst du nun die Kinder ab?«

»Natürlich, mein Lieber«, sagte sie, und es hörte sich leicht gekränkt an.

»Ich bin dir sehr dankbar, Faye.«

»Nicht der Rede wert.«

»Tut mir leid, wenn ich... kurz angebunden war.«

»Das warst du nicht. Mach dir deshalb keine Gedanken. Sollen Davey und Penny zum Dinner bleiben?«

»Wenn es dir nichts ausmacht?«

»Natürlich nicht. Wir haben sie gerne hier, Jack.«

»Also dann, vielen Dank, Faye. Ich weiß nicht, was ich tun würde, wenn Keith und du mir nicht hin und wieder aushelfen würdet; wirklich. Aber ich muß jetzt los. Bis später.«

Ehe Faye ihm noch weitere Ratschläge mit auf den Weg geben konnte, legte Jack auf, er fühlte sich erleichtert und zugleich schuldbewußt.

Im Westen hatte sich ein scharfer, heftiger Wind angestaut. Er fegte in einem erbarmungslosen Schwall durch die kalte graue Stadt und trieb den Schnee vor sich her.

Vor dem Hotel schlugen Rebecca und Jack die Mantelkrägen hoch, zogen das Kinn ein und gingen vorsichtig über das glatte, schneebedeckte Pflaster.

Gerade als sie ihren Wagen erreichten, sprach sie ein Fremder an. Er war groß, dunkelhäutig und gut gekleidet. »Lieutenant Chandler? Lieutenant Dawson? Mein Boß möchte mit Ihnen sprechen.«

»Wer ist Ihr Boß?« fragte Rebecca.

Statt einer Antwort deutete der Mann auf eine schwarze Mercedes-Limousine, die weiter vorne an der Hotelauffahrt parkte. Er ging darauf zu, sichtlich überzeugt, daß sie ihm ohne weitere Fragen folgen würden.

Nach kurzem Zögern taten sie das wirklich, und als sie die Limousine erreichten, glitt das dunkel getönte Rückfenster herunter. Jack erkannte den Insassen sofort, und er sah, daß auch Rebecca wußte, wer der Mann war: Don Gennaro Carramazza, das Oberhaupt der mächtigsten Mafia-Familie in New York.

Der große Mann stieg vorne ein und setzte sich neben den Chauffeur, und Carramazza, der alleine im Fond saß, öffnete seine Tür und winkte Jack und Rebecca, zu ihm zu kommen.

»Was wollen Sie?« fragte Rebecca, machte aber keine Anstalten, in den Wagen zu steigen.

»Mich ein wenig unterhalten«, sagte Carramazza nur mit einem Hauch eines sizilianischen Akzents. Er hatte eine überraschend kultivierte Stimme.

»Dann reden Sie«, sagte sie.

»Nicht so. Dazu ist es zu kalt«, widersprach Carramazza. Schnee wehte an ihm vorbei in den Wagen. »Machen wir es uns doch bequem.«

»Ich habe es bequem«, sagte sie.

»Nun, ich nicht«, entgegnete Carramazza. Er runzelte die Stirn. »Hören Sie, ich habe äußerst wichtige Informationen für Sie. Ich wollte sie Ihnen persönlich aushändigen. Zeigt Ihnen das nicht, wie wichtig es ist? Aber ich werde bei Gott nicht auf der Straße, in aller Öffentlichkeit mit Ihnen sprechen.«

Jack sagte: »Steig ein, Rebecca.«

Sie gehorchte mit einem Ausdruck des Widerwillens auf dem Gesicht.

Jack stieg hinter ihr in den Wagen. Sie setzten sich auf die Plätze zu beiden Seiten der eingebauten Bar und des Fernsehgeräts, dem Heck der Limousine zugewandt, während Carramazza nach vorne schaute.

Im vorderen Teil des Wagens berührte Rudy einen Schalter, und eine dicke Trennwand aus Plexiglas schob sich zwischen diesem Teil des Wagens und dem Fahrgastraum hoch.

Carramazza nahm einen Diplomatenkoffer und legte

ihn auf seinen Schoß, öffnete ihn aber nicht. Er betrachtete Jack und Rebecca mit nachdenklicher Miene.

Der Alte sah aus wie eine Eidechse. Seine Augen waren von schweren, faltigen Lidern verdeckt. Sein Schädel war fast völlig kahl. Sein Gesicht war voller Runzeln und ledrig, mit scharfen Zügen und einem breiten, schmallippigen Mund.

Es hätte Jack nicht überrascht, wenn zwischen Carramazzas trockenen Lippen eine lange, gespaltene Zunge herausgeschnellt wäre.

Carramazza schwenkte seinen Kopf zu Rebecca hin. »Sie haben wirklich keinen Grund, sich vor mir zu fürchten.«

Sie sah ihn überrascht an. »Fürchten? Aber das tue ich nicht.«

»Ich dachte nur, weil Sie zögerten, in den Wagen zu steigen...«

»Oh, das war keine Furcht«, entgegnete sie eisig. »Ich machte mir nur Sorgen, ob es die Reinigung denn schaffen würde, den Gestank wieder aus meinen Kleidern zu kriegen.«

Carramazzas harte, kleine Augen wurden schmal.

Jack stöhnte innerlich auf.

Der alte Mann sagte: »Ich sehe keinen Grund, warum wir nicht höflich miteinander umgehen sollten, besonders wenn es im beiderseitigen Interesse liegt, daß wir zusammenarbeiten.«

Er hörte sich nicht wie ein Ganove an. Er hörte sich an wie ein Bankier.

»Wirklich?« fragte Rebecca. »Sie sehen wirklich keinen Grund? Dann gestatten Sie mir bitte, es Ihnen zu erklären.«

Jack sagte: »Äh, Rebecca...«

Sie war nicht zu bremsen: »Sie sind ein Gangster, ein Dieb und ein Mörder, ein Drogenhändler und ein Zuhälter. Ist das Erklärung genug?«

»Rebecca...«

»Keine Angst, Jack. Ich habe ihn nicht beleidigt. Man kann ein Schwein nicht dadurch beleidigen, daß man es ein Schwein nennt.«

»Vergiß nicht«, mahnte Jack, »daß er heute seinen Neffen und seinen Bruder verloren hat.«

»Die beide Drogenhändler, Gangster und Mörder waren«, gab sie zurück.

Ihre Heftigkeit hatte Carramazza die Sprache verschlagen.

Rebecca warf ihm einen wütenden Blick zu und sagte: »Sie scheinen über den Verlust ihres Bruders nicht gerade untröstlich zu sein. Findest du, daß er untröstlich aussieht, Jack?«

Ohne eine Spur von Zorn oder auch nur Erregung in der Stimme sagte Carramazza: »Sizilianische Männer in der *fratellanza* weinen nicht.«

Aus dem Mund eines verhutzelten Greises klang diese Macho-Erklärung maßlos albern.

Immer noch ohne erkennbare Feindseligkeit und weiterhin mit der beschwichtigenden Stimme eines Bankiers erklärte Carramazza: »Aber wir haben Gefühle. Und wir nehmen Rache.«

Rebecca musterte ihn mit unverhohlenem Abscheu.

Die reptilienartigen Hände des alten Mannes lagen völlig reglos auf dem Diplomatenkoffer. Er richtete seine Kobraaugen auf Jack.

»Lieutenant Dawson, vielleicht sollte ich mich in dieser Sache an Sie wenden. Sie scheinen die... Vorurteile von Lieutenant Chandler nicht zu teilen.«

Jack schüttelte den Kopf. »Da befinden Sie sich im Irrtum. Ich stimme allem zu, was sie gesagt hat. Ich hätte es nur nicht ausgesprochen.«

Er sah Rebecca an.

Sie lächelte ihm zu, zufrieden, weil er sie unterstützte.

Jack sah sie an, wandte sich aber an Carramazza, als er

sagte: »Manchmal sind der Eifer und die Aggressivität meiner Partnerin etwas übertrieben und destruktiv, eine Lektion, die sie anscheinend nicht lernen kann oder will.«

Ihr Lächeln verschwand sehr schnell.

Mit deutlichem Sarkasmus sagte Carramazza: »Was haben wir denn hier – zwei selbstgerechte, scheinheilige Typen? Sie haben wohl noch nie Bestechungsgeld angenommen, nicht einmal früher, als Sie noch Streifenpolizist waren und kaum genug verdienten, um die Miete zu bezahlen?«

Jack sah dem Alten in die harten, wachsamen Augen und sagte: »Ja. Das stimmt. Das habe ich nie getan.«

Carramazza betrachtete sie einen Augenblick lang schweigend, während eine Schneewolke um den Wagen wirbelte und die Stadt verhüllte. Endlich sagte er: »Dann habe ich es also mit zwei Monstren zu tun.« Er stieß das Wort ›Monstren‹ mit solcher Verachtung heraus, daß man deutlich sah, wie sehr ihm allein der Gedanke an einen ehrlichen Beamten zuwider war.

»Nein, Sie irren sich«, sagte Jack. »Wir sind nichts Besonderes. Wir sind keine Monstren. Nicht alle Polizisten sind bestechlich. Nicht einmal die meisten davon.«

»Die meisten werden auf die eine oder andere Weise geschmiert«, behauptete Carramazza.

»Das ist einfach nicht wahr.«

Rebecca sagte: »Es hat keinen Sinn zu diskutieren, Jack. Er *muß* glauben, daß alle anderen korrupt sind. Nur so kann er rechtfertigen, was er tut.«

Der alte Mann seufzte. Er öffnete den Diplomatenkoffer auf seinem Schoß, zog einen Manila-Umschlag heraus und reichte ihn Jack. »Das könnte nützlich für Sie sein.«

Jack nahm ihn mit nicht geringen Befürchtungen. »Was ist das?«

»Keine Aufregung«, sagte Carramazza. »Es ist kein Bestechungsgeld. Es sind Informationen. Alles, was wir über den Mann in Erfahrung bringen konnten, der sich

Baba Lavelle nennt. Seine letzte bekannte Adresse. Die Restaurants, die er besuchte, ehe er diesen Krieg anfing und untertauchte. Die Namen und Adressen aller Pusher, die seine Ware während der letzten drei Monate verteilt haben – obwohl Sie einige von ihnen wahrscheinlich nicht mehr verhören können.«

»Weil Sie sie haben töten lassen?« fragte Rebecca.

»Nun, vielleicht sind sie einfach fortgegangen.«

»Sicher.«

»Jedenfalls steht alles hier drin«, sagte Carramazza. »Vielleicht haben Sie diese Informationen alle schon; vielleicht auch nicht. Ich glaube nicht.«

»Warum geben Sie sie uns?« fragte Jack.

»Ist das nicht offensichtlich?« fragte der alte Mann und öffnete seine verdeckten Augen ein wenig weiter. »Ich möchte, daß Lavelle gefunden wird. Ich möchte, daß er gestoppt wird.«

Jack hielt den großformatigen Umschlag in der Hand, klopfte sich damit aufs Knie und sagte: »Ich hätte geglaubt, Sie haben viel bessere Chancen, ihn zu finden als wir. Schließlich ist er Drogenhändler. Er gehört zu Ihrer Welt. Sie haben alle Quellen, alle Kontakte...«

»Die üblichen Quellen und Kontakte sind in diesem Fall wenig oder gar nichts wert«, sagte der alte Mann. »Dieser Lavelle... er ist ein Einzelgänger. Noch schlimmer. Es ist... als könne er sich... in Luft auflösen.«

»Sind Sie sicher, daß er tatsächlich existiert?« fragte Rebecca. »Vielleicht ist er nur ein Strohmann. Vielleicht haben ihn Ihre *wirklichen* Feinde nur aufgebaut, um sich hinter ihm zu verstecken.«

»Er ist sehr real«, sagte Carramazza mit Nachdruck. »Er ist im letzten Frühjahr illegal ins Land gekommen. Er kam über Puerto Rico von Jamaica hierher. In dem Umschlag hier ist eine Fotografie von ihm.« Jack öffnete hastig den Umschlag, kramte den Inhalt durch und zog ein acht mal zehn Zoll großes Hochglanzfoto heraus.

Carramazza sagte: »Das ist die Vergrößerung eines Schnappschusses; er wurde, kurz nachdem Lavelle anfing, in dem Gebiet zu operieren, das traditionell uns gehört, in einem Restaurant aufgenommen.«

Das Foto war ein wenig unscharf, aber Lavelles Gesicht war deutlich genug, so daß Jack ihn in Zukunft erkennen konnte, sollte er ihm jemals auf der Straße begegnen.

Er gab das Bild Rebecca.

Carramazza sagte: »Lavelle will mir mein Geschäft wegnehmen, meinen Ruf innerhalb der *fratellanza* ruinieren und mich als schwach und hilflos hinstellen. *Mich*. Mich, den Mann, der die Organisation seit achtundzwanzig Jahren mit eiserner Hand führt! *Mich!*«

Endlich schwang eine Andeutung von Gefühl in seiner Stimme mit: kalter, harter Zorn. Als er weitersprach, spuckte er die Worte aus, als hätten sie einen fauligen Geschmack.

»Aber das ist noch nicht das Schlimmste. Nein. Sehen Sie, das Geschäft interessiert ihn eigentlich gar nicht. Sobald er es hat, wird er es wegwerfen, wird zulassen, daß die anderen Familien nachrücken und es unter sich aufteilen. Er will nur nicht, daß ich oder irgend jemand anderer mit dem Namen Carramazza es hat. Das ist nicht nur ein Kampf um ein Gebiet, nicht nur ein Machtkampf. Für Lavelle ist es ganz eindeutig ein Rachefeldzug. Er will mich auf jede nur denkbare Weise leiden sehen. Er hat vor, mich zu isolieren, und hofft, mich zu vernichten, indem er mir mein Imperium raubt und meine Neffen und meine Söhne tötet. Ja, alle – einen nach dem anderen. Er droht, auch meine besten Freunde zu ermorden, jeden, der mir jemals etwas bedeutet hat. Er schwört, er werde meine fünf geliebten Enkelkinder töten. Können Sie sich so etwas vorstellen? Er bedroht kleine Kinder! Keine Rache, ganz gleich, wie gerechtfertigt sie sein mag, sollte jemals unschuldige Kinder treffen.«

»Hat er Ihnen tatsächlich gesagt, daß er all das tun

wird?« fragte Rebecca. »Wann? Wann hat er es Ihnen gesagt?«

»Mehrmals.«

»Sie sind persönlich mit ihm zusammengetroffen?«

»Nein. Ein persönliches Treffen würde er nicht überleben.«

Das Image des Bankiers hatte sich in nichts aufgelöst. Die vornehme Fassade war zerbröckelt. Der Alte wirkte mehr denn je wie ein Reptil. Wie eine Schlange in einem Tausend-Dollar-Anzug. Eine sehr giftige Schlange.

Er fuhr fort: »Dieser Dreckskerl von Lavelle hat mir das alles am Telefon gesagt. Er hat mich unter meiner geheimen Privatnummer angerufen. Ich lasse die Nummer ständig ändern, aber der Schleicher bekommt die neue jedesmal in die Finger, praktisch sofort, wenn sie angeschlossen ist. Er erzählt mir... er sagt... wenn er meine Freunde, meine Neffen, Söhne und Enkel getötet hat, dann... er sagt, er wird... er sagt, er wird...«

Einen Augenblick lang war Carramazza angesichts der Erinnerung an Lavelles arrogante Drohungen unfähig weiterzusprechen. Zorn blockierte seine Kiefer; seine Zähne preßten sich aufeinander, die Muskeln an Hals und Wangen traten hervor. Seine dunklen Augen, die einem Angst einjagten, funkelten jetzt in so intensiver, unmenschlicher Wut, daß sie sich Jack mitteilte und ihm einen Schauder über den Rücken jagte.

Schließlich bekam sich Carramazza wieder unter Kontrolle. Aber als er sprach, war seine Stimme nur mehr ein stoßweises, kaltes Flüstern: »Dieser Abschaum, dieser Niggerbastard, dieses Stück *Scheiße* – er sagt, er will meine Frau abschlachten, meine Nina. *Abschlachten*, das war das Wort, das er verwendete. Und wenn er sie geschlachtet hat, sagt er, dann wird er mir auch meine Tochter wegnehmen.« Die Stimme des alten Mannes wurde weich, als er von seiner Tochter sprach. »Meine Rosie. Meine wunderschöne Rosie, die Freude meines Lebens. Siebenundzwanzig ist sie, aber sie sieht aus wie siebzehn. Und klug ist sie. Studiert Medizin. Wird Ärztin. Fängt dieses Jahr mit ihrem Praktikum an. Eine Haut wie Porzellan. Die schönsten Augen, die Sie je gesehen haben.« Er schwieg einen Augenblick, als er Rosie im Geiste vor sich sah, dann wurde sein Flüstern wieder scharf. »Lavelle sagt, er will meine Tochter vergewaltigen und sie dann in Stücke schneiden, zerteilen... vor meinen Augen. Er hat die Dreistigkeit, solche Sachen zu mir zu sagen.« Der alte Mann schwieg ein paar Sekunden; er atmete in tiefen, zittrigen Stößen. Seine Klauenfinger ballten sich zu Fäusten, öffneten, schlossen, öffneten, schlossen sich. Dann: »Ich will, daß jemand diesen Bastard unschädlich macht.«

»Sie haben alle Ihre Leute auf ihn angesetzt?« fragte Jack. »Alle Quellen angezapft?«

»Ja.«

»Aber Sie können ihn trotzdem nicht finden.«

»Neiiiin«, gestand Carramazza ein, und als er dieses eine Wort so in die Länge zog, ließ das eine Frustration erkennen, die fast ebensogroß war wie sein Zorn. »Er hat seine Wohnung im Village verlassen und ist in den Untergrund gegangen, versteckt sich. Deshalb erzähle ich Ihnen all das.«

Jack fragte: »Sie haben uns erzählt, daß Lavelles Motiv Rache ist. Aber wofür? Was haben Sie ihm angetan, daß er Ihre ganze Familie, sogar Ihre Enkel auslöschen will?«

»Das werde ich Ihnen nicht sagen. Ich *kann* es Ihnen nicht sagen, denn wenn ich es täte, würde mich das möglicherweise kompromittieren.«

»Wohl eher *belasten*«, sagte Rebecca.

Jack schob das Foto von Lavelle in den Umschlag zurück. »Ich habe mir schon wegen Ihres Bruders Dominick Gedanken gemacht.«

Bei der Erwähnung seines toten Bruders schien Gennaro Carramazza zusammenzuschrumpfen und schlagartig zu altern.

Jack fuhr fort: »Ich meine, er wollte sich doch in diesem Hotel hier offenbar verstecken, als Lavelle ihn erwischte. Aber wenn er wußte, daß er auf der Abschußliste stand, warum hat er sich nicht in seinem eigenen Haus verkrochen oder ist zu Ihnen gekommen, um Sie um Schutz zu bitten? Unter solchen Umständen gäbe es doch in der ganzen Stadt keinen sichereren Ort als Ihr Haus. Angesichts dessen, was sich hier abspielt, haben Sie sich doch da draußen in Brooklyn Heights sicher wie in einer Festung verschanzt.«

»Das stimmt«, sagte der Alte. »Mein Haus ist eine Festung.« Seine Augen blinzelten einmal, zweimal, so langsam wie Eidechsenaugen. »Eine Festung – aber doch nicht sicher. Lavelle hat schon zweimal in meinem eigenen Haus zugeschlagen, trotz der strengen Sicherheitsvorkehrungen.«

»Sie meinen, er hat in Ihrem Haus getötet...«

»Ja.«

»Wen?«

»Ginger und Pepper.«

»Wer ist das?«

»Meine Hündchen. Ein Zwergspanielpärchen.«

»Aha.«

»Kleine Hunde, wissen Sie.«

»Und sie wurden in Ihrem Haus getötet?«

Carramazza blickte auf. »Gestern nacht. In Stücke gerissen. Irgendwie – wir wissen immer noch nicht, wie – ist Lavelle oder einer seiner Leute ins Haus gelangt, hat meine süßen kleinen Hündchen getötet und es wieder verlassen, ohne entdeckt zu werden.« Er schlug mit seiner knochigen Hand auf den Diplomatenkoffer. »Verdammt! Dabei ist das ganz unmöglich! Das Haus ist vollkommen dicht! Von einer kleinen Armee bewacht! Ginger und Pepper waren so zutraulich. Sie hätten nie jemand gebissen. Nie. Sie bellten auch fast nie. Sie haben es nicht verdient, so brutal behandelt zu werden. Zwei unschuldige kleine Wesen.«

Jack war einigermaßen erstaunt. Dieser Mörder, dieser greisenhafte Rauschgifthändler, dieser alte Halsabschneider, diese gefährliche, giftige Eidechse von einem Menschen, der um seinen toten Bruder nicht weinen konnte oder wollte, schien jetzt gleich in Tränen ausbrechen zu wollen, weil jemand seine Hündchen umgebracht hatte.

Jack warf einen Blick auf Rebecca. Sie starrte Carramazza an, halb mit großäugigem Erstaunen, halb wie jemand, der beobachtet, wie eine besonders abscheuliche Kreatur unter einem Stein hervorkriecht.

Jack war sich nicht ganz sicher, wie er einen weinerlichen Mafia-Chef behandeln sollte, und er versuchte, Carramazza von seinen Hunden abzulenken, ehe der Alte endgültig in jenen kläglichen und peinlichen Zustand abglitt, dem er jetzt gefährlich nahe war. Er sagte: »Es wird gemunkelt, daß Lavelle behauptet, er ginge mit Voodoo gegen Sie vor.«

Carramazza nickte. »Das sagt er.«

»Und Sie glauben es?«

»Er scheint es ernst zu meinen.«

»Und glauben Sie, daß an dieser Voodoo-Sache etwas dran ist?«

Carramazza antwortete nicht. Er blickte durch das Seitenfenster hinaus in das Schneegestöber, das der Wind an der Limousine vorbeipeitschte.

Obwohl Jack merkte, daß Rebecca ihn mißbilligend ansah, hakte er nach: »Glauben Sie, da ist etwas dran?«

Carramazza wandte sein Gesicht vom Fenster ab. »Sie meinen, ob ich glaube, daß es funktioniert? Vor einem Monat hätte ich noch gelacht, wenn mich das jemand gefragt hätte, aber jetzt...«

Jack sagte: »Jetzt fragen Sie sich, ob nicht vielleicht...«

»Ja. Ob nicht vielleicht...«

Jack sah, daß sich die Augen des alten Mannes verändert hatten. Sie waren immer noch hart, immer noch kalt, immer noch wachsam, aber jetzt lag etwas Neues darin.

Angst. Es war ein Gefühl, dem der gehässige alte Bastard eigentlich schon lange entwöhnt sein mußte.

»Finden Sie ihn«, sagte Carramazza.

»Wir werden es versuchen«, versprach Jack.

»Halten Sie ihn auf», verlangte Carramazza, und seine Stimme hörte sich an, als wäre er so nahe daran wie nie davor, zu einem Vertreter des Gesetzes ›bitte‹ zu sagen.

Die Mercedes-Limousine fuhr vom Rinnstein weg und die Hotelauffahrt hinunter und hinterließ tiefe Spuren in dem Viertelzoll Schnee, der jetzt das Pflaster bedeckte.

Jack und Rebecca blieben einen Augenblick auf dem Gehsteig stehen und sahen dem Wagen nach.

Rebecca sagte: »Wir müssen ins Hauptquartier zurück.«

Jack nahm das Foto von Lavelle aus dem Umschlag, den Carramazza ihm gegeben hatte, und steckte es in die Innentasche seines Mantels.

»Was hast du vor?« fragte Rebecca.

Er reichte ihr den Umschlag. »Ich bin in einer Stunde im Hauptquartier.«

»Du willst nach Harlem hinaus, stimmt's?«

»Hör zu, Rebecca...«

»Zu diesem verdammten Voodoo-Laden.«

Er sagte nichts.

Sie sagte: »Ich wußte es. Du rennst da hinaus, um noch einmal mit Carver Hampton zu sprechen. Mit diesem Scharlatan. Diesem Betrüger.«

»Er ist kein Betrüger. Er glaubt an das, was er tut. Ich sagte, ich würde heute noch einmal zu ihm kommen.«

»Das ist blödsinnig.«

»Wirklich? Lavelle existiert. Wir haben jetzt ein Foto von ihm.«

»Dann existiert er also? Das bedeutet noch nicht, daß Voodoo funktioniert!«

»Das weiß ich selbst.«

»Wie soll ich ins Büro kommen, wenn du da rausfährst?«

»Du kannst den Wagen nehmen. Ich lasse mich von einem Streifenpolizisten hinbringen.«

»Jack, verdammt noch mal.«

»Ich habe so ein Gefühl, Rebecca.«

»Zum Teufel damit.«

»Ich habe das Gefühl, daß... irgendwie... die Voodoo-Subkultur – vielleicht nichts wirklich Übernatürliches – aber wenigstens die Subkultur selbst untrennbar mit dieser Sache zusammenhängt. Ich habe wirklich das Gefühl, daß man den Fall von dieser Seite angehen muß.«

4

Der Neuschnee ließ die Straße heller und freundlicher erscheinen. Die Gegend war immer noch schäbig, schmutzig, von Abfall übersät und völlig heruntergekommen, aber sie sah nicht halb so schlimm aus wie gestern, ohne Schnee.

Carver Hamptons Laden war gleich um die Ecke. Auf dem Schild über der Tür stand nur ein einziges Wort: *Rada*. Gestern hatte Jack Hampton gefragt, was dieser Name bedeute, und er hatte erfahren, daß es drei große Liturgien oder geistliche Richtungen gab, die das Voodoo beherrschten. Zu zweien gehörten die bösen Gottheiten; sie hießen *Congo* und *Pétro*. Das Pantheon der guten Götter hieß Rada. Da Hampton nur mit Substanzen, Gerätschaften und zeremoniellen Gewändern handelte, die zur Ausübung der weißen (guten) Magie benötigt wurden, brauchte er nicht mehr als dieses eine Wort über der Tür, um genau die Kundschaft anzulocken, nach der er suchte – jene Leute aus der Karibik und ihre Nachkommen, die, als sie nach New York City verschlagen worden waren, ihre Religion mitgebracht hatten.

Jack öffnete die Tür; eine Glocke verkündete sein Eintreten, und er ging hinein und ließ den eisigen Dezemberwind draußen.

Auf das Klingeln hin kam Carver Hampton durch einen grünen Perlenvorhang aus dem Hinterzimmer an der Rückseite des Ladens. Er schien überrascht. »Lieutenant Dawson! Wie nett, Sie wiederzusehen. Aber ich hatte nicht erwartet, daß Sie noch einmal hierherkommen würden, noch dazu bei diesem abscheulichen Wetter. Ich dachte, Sie würden nur anrufen und fragen, ob ich etwas für Sie herausgefunden habe.«

Jack ging durch den Laden, und sie schüttelten sich über die Verkaufstheke hinweg die Hände.

Carver Hampton war großgewachsen, mit breiten Schultern und einem riesigen Brustkorb, er hatte etwa vierzig Pfund Übergewicht, wirkte aber sehr beeindrukkend. Auch wenn er nicht besonders gut aussah, wirkte er doch sehr freundlich, wie ein sanfter Riese, das Urbild eines schwarzen Santa Claus.

Er sagte: »Es tut mir so leid, daß Sie den ganzen Weg umsonst gemacht haben.«

»Dann haben Sie also seit gestern nichts herausgefunden?« fragte Jack.

»Nicht viel. Ich habe so herumgehorcht. Ich frage immer noch hier und da und stochere herum. Bisher habe ich nur erfahren, daß es tatsächlich jemanden gibt, der sich Baba Lavelle nennt und behauptet, er sei ein *Bocor*.«

»*Bocor?* Das ist ein Priester, der Hexerei betreibt – richtig?«

»Richtig. Schwarze Magie. Das ist alles, was ich weiß: daß es ihn wirklich gibt, worüber Sie sich gestern nicht so sicher waren; ich nehme also an, daß das wenigstens einen gewissen Wert für Sie hat. Aber wenn Sie angerufen hätten...«

»Tja, eigentlich bin ich gekommen, um Ihnen etwas zu zeigen, das nützlich sein könnte. Ein Foto von Baba Lavelle persönlich.«

»Wahrhaftig?«

»Ja.«

»Dann wissen Sie also schon, daß es ihn wirklich gibt. Lassen Sie es mich aber doch sehen. Es könnte von Nutzen sein, wenn ich den Mann beschreiben kann, nach dem ich frage.«

Jack zog das Hochglanzfoto aus der Innentasche seines Mantels und reichte es hinüber.

Hamptons Gesicht veränderte sich augenblicklich, als er Lavelle sah. Wenn ein Schwarzer überhaupt blaß werden kann, dann wurde er das. Nicht so sehr der Farbton seiner Haut veränderte sich, aber sie wurde stumpf und verlor alle Lebendigkeit.

Er sagte: »Dieser Mann!«

»Was?« fragte Jack.

Das Foto zitterte, als Hampton es schnell zurückgab. Er stieß es Jack hin, als wolle er es schnellstens loswerden, als könne er sich irgendwie mit einer schlimmen Krankheit infizieren, wenn er das fotografische Abbild von Lavelle auch nur berührte. Seine großen Hände bebten.

Jack fragte: »Was ist? Was ist denn los?«

»Ich kenne ihn«, sagte Hampton. »Ich... ich habe ihn schon gesehen. Ich wußte nur seinen Namen nicht.«

»Wo haben Sie ihn gesehen?«

»Hier.«

»Hier im Laden?«

»Ja.«

»Wann?«

»Letzten September.«

»Seitdem nicht mehr?«

»Nein.«

»Was wollte er hier?«

»Er wollte Kräuter und pulverisierte Blumen kaufen.«

»Aber ich dachte, Sie handeln nur mit guter Magie? *Rada!*«

»Viele Substanzen kann sowohl ein *Bocor* wie auch ein

Houngon zu sehr verschiedenen Zwecken verwenden, für böse oder gute Magie. Es ging um Kräuter und pulverisierte Blumen, die äußerst selten sind und die er nirgendwo sonst in New York hatte auftreiben können.«

»Gibt es noch *mehr* solche Läden wie den Ihren?«

»Einen, der so ähnlich ist, aber nicht so groß. Und dann gibt es zwei praktizierende *Houngons* – die beiden sind keine großen Magier, kaum mehr als Amateure, sie haben beide nicht genug Macht oder Wissen, um sehr erfolgreich zu sein – sie verkaufen die magischen Sachen in ihrer Wohnung. Aber die kennen alle drei keine Skrupel. Sie verkaufen an *Bocors* und an *Houngons.*«

»Lavelle kam also hierher, als er bei denen nicht alles bekommen konnte, was er brauchte.«

»Ja. Er erzählte mir, er hätte das meiste gefunden, aber er sagte, mein Laden sei der einzige, der ein vollständiges Sortiment auch der ganz selten benützten Ingredienzien für Zaubersprüche und Beschwörungen führt. Was natürlich stimmt. Ich bin stolz auf meine Auswahl und auf die Qualität meiner Ware. Aber im Gegensatz zu den anderen verkaufe ich nicht an einen *Bocor* – wenn ich weiß, daß er einer ist. Jedenfalls, dieser Mann, der auf dem Foto...«

»Lavelle«, sagte Jack.

»Damals kannte ich seinen Namen nicht. Als ich die paar Sachen einpackte, die er sich ausgesucht hatte, entdeckte ich, daß er ein *Bocor* war, und ich weigerte mich, das Geschäft abzuschließen. Er dachte, ich sei wie all die anderen Händler, ich würde einfach an jeden verkaufen, und er war wütend, als ich ihm nicht geben wollte, was er verlangte. Ich wies ihm die Tür und dachte, damit sei die Sache erledigt.«

»Das war sie aber nicht?« fragte Jack.

»Nein.«

»Er kam zurück?«

»Nein.«

»Was geschah dann?«

Hampton kam hinter der Verkaufstheke hervor. Er ging zu den Regalen, auf denen Hunderte und Aberhunderte von Flaschen standen; Jack folgte ihm.

Hamptons Stimme war gedämpft und hatte einen ängstlichen Unterton. »Zwei Tage, nachdem Lavelle hier war, war ich alleine im Laden, saß da hinten an der Theke und las – da fielen plötzlich alle Flaschen von den Regalen auf den Boden. Alle im gleichen Augenblick. Das war vielleicht ein Krach! Die Hälfte davon zerbrach, der Inhalt floß ineinander, alles war ruiniert. Ich rannte hin, um zu sehen, was geschehen war, wodurch das Ganze ausgelöst worden war, und als ich näherkam, begannen einige der verschütteten Kräuter, Pulver und zerstoßenen Wurzeln... nun, sich zu *bewegen*... eine Gestalt zu bilden... lebendig zu werden. Aus den Trümmern wand sich zusammengesetzt aus mehreren Substanzen... eine schwarze Schlange, ungefähr achtzehn Zoll lang, empor. Mit gelben Augen. Giftzähnen. Einer hin- und herschnellenden Zunge. So wirklich wie eine aus dem Ei geschlüpfte Schlange.«

Jack starrte den großen Mann an, er wußte nicht, was er von ihm oder von seiner Geschichte halten sollte. Bis zu diesem Augenblick hatte er gedacht, Carver Hampton glaube aufrichtig an seine religiösen Vorstellungen und sei ein völlig vernünftiger Mensch, nicht weniger rational, nur weil seine Religion nicht der Katholizismus oder das Judentum war, sondern Voodoo. Jetzt starrte er ihn mit äußerst gemischten Gefühlen an, skeptisch und vorsichtig akzeptierend zugleich.

Rebecca würde jetzt sagen, er sei wieder einmal übermäßig aufgeschlossen.

Hampton starrte die Flaschen an, die auf den Regalen standen, und sagte: »Die Schlange glitt auf mich zu. Ich wich durch den ganzen Raum zurück. Ich konnte nirgendwohin fliehen. Ich fiel auf die Knie. Sprach Gebete. Es waren die richtigen Gebete für diese Situation, und sie taten ihre Wirkung. Entweder war es das... oder Lavelle wollte gar nicht, daß die Schlange mir Schaden zufügt. Vielleicht wollte er mich damit nur warnen, mich nicht in seine Angelegenheiten einzumischen, wollte mir sozusagen eine Ohrfeige geben, weil ich ihn so kurzerhand rausgeworfen hatte. Jedenfalls löste sich die Schlange schließlich wieder in die Kräuter, Pulver und zerstoßenen Wurzeln auf, aus denen sie entstanden war.«

»Woher wissen Sie, daß Lavelle es war, der das getan hat?« fragte Jack.

»Einen Moment, nachdem die Schlange... sich aufgelöst hatte... klingelte das Telefon. Es war dieser Mann, der, den ich nicht hatte bedienen wollen. Er sagte mir, es sei mein gutes Recht zu entscheiden, ob ich ihn bedienen wolle oder nicht, und er nehme mir das nicht übel. Aber er sagte, er gestatte niemandem, Hand an ihn zu legen, wie ich es getan hätte. Um mir das zu vergelten, habe er meine Sammlung von Kräutern zerstört und die Schlange heraufbeschworen. Das sagte er. Das war *alles,* was er sagte. Dann legte er auf.«

»Sie hatten mir nicht erzählt, daß Sie ihn tatsächlich mit Gewalt aus dem Laden *geworfen* hatten«, sagte Jack.

»Das habe ich auch nicht getan. Ich habe ihm nur die Hand auf den Arm gelegt und ihn... wie soll ich sagen?... hinausge*führt.* Entschieden, ja, aber ohne wirklich Gewalt anzuwenden, ohne ihm weh zu tun. Trotzdem reichte das, um ihn so wütend zu machen, daß er sich rächen wollte.«

»Und das war alles im September?«

»Ja.«

»Und er ist nie mehr wiedergekommen?«

»Nein.«

»Hat auch nicht angerufen?«

»Nein. Und ich brauchte fast drei Monate, bis ich mein Sortiment an seltenen Kräutern und Pulvern wieder beieinander hatte. Viele von diesen Artikeln sind so furchtbar schwer zu bekommen. Sie können sich das nicht vorstellen. Erst vor kurzem wurde ich damit fertig, diese Regale aufzufüllen.«

»Sie haben also durchaus Gründe zu wünschen, daß diesem Lavelle das Handwerk gelegt wird«, meinte Jack.

Hampton schüttelte den Kopf. »Im Gegenteil.«

»Wie?«

»Ich will mit der Sache nichts mehr zu tun haben.«

»Aber...«

»Ich kann Ihnen nicht mehr helfen, Lieutenant.«

»Das verstehe ich nicht.«

»Es müßte doch klar sein. Wenn ich Ihnen helfe, schickt Lavelle mir etwas auf den Hals. Etwas Schlimmeres als die Schlange. Und diesmal wird es nicht nur eine Warnung sein. Nein, diesmal geht es mir mit Sicherheit ans Leben.«

Jack sah, daß Hampton es ernst meinte, daß er wirklich verängstigt war. Der Mann glaubte an die Macht des Voodoo. Er zitterte. Selbst Rebecca würde, wenn sie ihn jetzt sähe, nicht mehr behaupten können, er sei ein Scharlatan. Er *glaubte* wirklich.

Jack sagte: »Aber Sie müßten doch genauso wie ich wünschen, daß er hinter Gitter kommt. Sie müßten doch, nach allem, was er Ihnen angetan hat, wollen, daß ihm sein schmutziges Handwerk gelegt wird.«

»Sie werden ihn nie ins Gefängnis bringen.«

»O doch.«

»Ganz gleich, was er tut, Sie werden ihm nie etwas anhaben können.«

»Wir werden ihn schon kriegen.«

»Er ist ein sehr mächtiger *Bocor*, Lieutenant. Kein Amateur. Kein Durchschnittszauberer. Ihm steht die Macht der Dunkelheit, der letzten Dunkelheit des Todes, der Dunkelheit der Hölle, der Dunkelheit der Anderen Seite zur Verfügung. Es ist eine kosmische Macht, die jegliches menschliche Begriffsvermögen übersteigt. Er ist nicht nur mit Satan im Bunde, mit eurem christlichen und jüdischen

König der Dämonen. Das wäre schlimm genug. Aber, sehen Sie, er dient auch *allen* bösen Göttern der afrikanischen Religionen, die bis in die Antike zurückreichen; er hat dieses große, bösartige Pantheon hinter sich. Einige dieser Gottheiten sind weit mächtiger und unermeßlich viel brutaler, als man Satan jemals dargestellt hat. Eine gewaltige Heerschar böser Wesen steht Lavelle zu Diensten, sie lassen sich bereitwillig von ihm benützen, weil sie ihrerseits ihn als Pforte in diese Welt benützen. Sie sind bestrebt herüberzukommen, um Blut, Schmerz, Entsetzen und Elend über die Lebenden zu bringen, denn zu dieser unserer Welt wird ihnen der Zutritt gewöhnlich durch die Macht der guten Götter verwehrt, die über uns wachen.«

Hampton hielt inne. Es kostete ihn Mühe zu atmen. Auf seiner Stirn glänzten Schweißperlen. Er wischte sich mit seinen großen Händen über das Gesicht und atmete mehrmals langsam und tief durch. Dann sprach er weiter, bemühte sich, seine Stimme ruhig und vernünftig klingen zu lassen, aber das gelang ihm nur halb.

»Lavelle ist ein gefährlicher Mann, Lieutenant, unendlich viel gefährlicher, als Sie es auch nur ahnen können. Ich halte es auch für sehr wahrscheinlich, daß er verrückt ist, wahnsinnig; er hatte eindeutig etwas Irres an sich. Das ist eine äußerst furchterregende Kombination. Das über alle Maßen Böse in Verbindung mit dem Wahnsinn und der Macht eines meisterlich geschulten *Bocor.*«

»Aber Sie sagen, Sie sind ein *Houngon,* ein Priester der weißen Magie. Können Sie mit Ihrer Macht nicht gegen ihn vorgehen?«

»Ich bin ein fähiger *Houngon,* besser als viele andere. Aber das Format dieses Mannes habe ich nicht. Ich könnte zum Beispiel, mit großer Anstrengung, vielleicht seinen eigenen Vorrat an Kräutern und Pulvern mit einem Fluch belegen. Ich könnte vielleicht ausgreifen und bewirken, daß ein paar Flaschen von den Regalen in seinem Arbeitszimmer, oder wo immer er sie aufbewahrt, herunterfallen

– natürlich erst, nachdem ich den Raum gesehen hätte. Ich könnte jedoch nicht soviel zerstören wie er. Und ich könnte keine Schlange heraufbeschwören, wie er es getan hat. Über soviel Macht, soviel Geschicklichkeit verfüge ich nicht.«

»Sie könnten es aber doch versuchen?«

»Nein. Ganz bestimmt nicht. Bei einer Machtprobe würde er mich zerquetschen. Wie ein Insekt.«

Hampton ging zur Tür und öffnete sie.

»Hören Sie«, sagte Jack. »Lavelle braucht nie zu erfahren, daß Sie sich nach ihm erkundigen. Er...«

»Er würde es herausfinden«, fiel ihm Hampton zornig ins Wort, seine Augen waren so weit aufgerissen wie die Tür, die er festhielt. »Er weiß alles – oder kann es herausfinden. Alles.«

»Aber...«

»Bitte, gehen Sie«, sagte Hampton.

»Hören Sie mich doch an. Ich...«

»Gehen Sie.«

»Aber...«

»Los, gehen Sie, verschwinden Sie, sofort, verdammt!« sagte Hampton mit einer Stimme, in der sich Ärger, Entsetzen und Panik zu gleichen Teilen mischten.

Die fast hysterische Angst dieses Hünen vor Lavelle übertrug sich allmählich auf Jack. Ein Frösteln durchlief ihn, und er stellte fest, daß seine Hände plötzlich feucht waren.

Er nickte seufzend. »Schon gut, schon gut, Mr. Hampton. Aber ich wünschte wirklich...«

»Jetzt, verdammt, *sofort!*« schrie Hampton.

Jack verließ den Laden.

5

Die Tür zum *Rada* schlug hinter ihm zu.

In der schneestillen Straße klang es, als würde ein Gewehr abgefeuert.

Jack drehte sich um, blickte zurück und sah, wie Carver Hampton die Jalousie herunterzog, die die Glasscheibe in der Mitte der Tür verdeckte. In dicken weißen Lettern war auf dem dunklen Segeltuch ein Wort gedruckt: GESCHLOSSEN.

Einen Augenblick später gingen in dem Laden die Lichter aus.

Vorsichtig ging Jack über das rutschige Pflaster auf den Streifenwagen zu, der, weiße Auspuffwolken ausstoßend, am Rinnstein auf ihn wartete. Er hatte erst drei Schritte gemacht, als er stehenblieb, weil er ein Geräusch hörte, das nicht hierher, auf die winterliche Straße, zu gehören schien: das Klingeln eines Telefons. Er schaute nach rechts und nach links und sah nahe an der Ecke, zwanzig Fuß hinter dem wartenden Schwarzweißen, ein Münztelefon. In der gar nicht zu einer Großstadt passenden Stille, die der Schnee über die Straßen legte, schrillte das Klingeln so laut, daß es direkt vor ihm aus dem Nichts zu kommen schien.

Er starrte das Telefon an. Es war nicht in einer Zelle. In der heutigen Zeit gab es nicht mehr viele von den Zellen mit einer Falttür, die wie ein kleiner Schrank aussahen, und in denen man ungestört sprechen konnte; zu teuer, sagte Ma Bell. Dieses Telefon war auf einer Stange angebracht und hatte einen Schallschutz in Form einer Schöpfkelle, die an drei Seiten nach innen gebogen war. Im Lauf der Jahre war er ein paarmal an öffentlichen Telefonen vorbeigekommen, die klingelten, obwohl niemand in der Nähe war, der auf einen Anruf wartete. Bei diesen Gelegenheiten hatte er nie einen zweiten Blick darauf verschwendet, hatte nie auch nur den geringsten Drang verspürt, den Hörer abzunehmen und herauszufinden, wer dran war; es war ihn nichts angegangen. Genausowenig, wie es ihn diesmal etwas anging. Und doch ... dieses Mal war es irgendwie ... anders. Das Klingeln schlängelte sich heraus wie ein Geräuschlasso, fing ihn ein, umschlang ihn, hielt ihn fest.

Die Harlem-Umgebung veränderte sich auf eine sonderbare, verwirrende Weise. Nur drei Dinge blieben fest und real: das Telefon, ein schmaler Streifen schneebedecktes Pflaster, der zu dem Telefon hinführte, und Jack selbst. Der Rest der Welt schien in einen Nebel zurückzuweichen, der aus dem Nichts aufstieg. Die Gebäude schienen zu verblassen, sich aufzulösen, wie in einem Film, wenn eine Szene ausgeblendet wurde, um von einer anderen ersetzt zu werden.

Es klingelte ...

Etwas zog ihn an.

Es klingelte ...

Zog ihn zum Telefon.

Er versuchte, sich dagegen zu wehren.

Es klingelte ...

Plötzlich merkte er, daß er einen Schritt gemacht hatte. Auf das Telefon zu.

Und noch einen.

Einen dritten.

Ihm war, als schwebe er.

Es klingelte ...

Er bewegte sich wie im Traum oder im Fieber.

Er machte noch einen Schritt.

Er wollte stehenbleiben. Und konnte nicht.

Sein Herz hämmerte.

Ihm war schwindlig, wirr im Kopf.

Trotz der eiskalten Luft war sein Nacken schweißnaß.

Das Klingeln des Telefons war wie die rhythmischen, glitzernden Pendelbewegungen der Taschenuhr eines Hypnotiseurs. Das Geräusch zog ihn unerbittlich vorwärts, so sicher, wie in alten Zeiten die Gesänge der Sirenen unvorsichtige Seeleute auf die Riffs und in den Tod gezogen hatten.

Er wußte, daß der Anruf für ihn war. Wußte es, ohne zu begreifen, *wieso* er das wußte.

Er nahm den Hörer ab: »Hallo?«

»Lieutenant Dawson! Ich bin entzückt, daß ich endlich Gelegenheit habe, mit Ihnen zu sprechen. Mein Bester, wir hätten schon längst einmal miteinander plaudern sollen.«

Es war eine tiefe Stimme, aber kein Baß, und sie klang weich und elegant; auffällig war der gebildete britische Tonfall, der durch die schwungvollen Rhythmen der für tropische Zonen typischen Sprachmuster drang. Eindeutig ein karibischer Akzent.

Jack fragte: »Lavelle?«

»Aber natürlich. Wer sonst?«

»Aber woher wußten Sie...«

»Daß Sie dort sind? Mein lieber Junge, ich behalte Sie doch im Auge, wenn auch mit einer gewissen Lässigkeit.«

»Sie sind hier, nicht wahr? Irgendwo in dieser Straße, in einem der Apartmenthäuser?«

»Weit entfernt. Harlem ist nicht nach meinem Geschmack.«

»Ich möchte mit Ihnen reden«, sagte Jack.

»Das tun wir doch gerade.«

»Ich meine: persönlich.«

»Oh, ich glaube kaum, daß das notwendig ist.«

»Ich würde Sie nicht verhaften.«

»Das könnten Sie auch nicht. Keine Beweise.«

»Nun, dann...«

»Aber Sie würden mich unter irgendeinem Vorwand ein oder zwei Tage lang festhalten.«

»Ich gebe Ihnen mein Wort, daß wir Sie nur ein paar Stunden festhalten würden, nur um Ihnen einige Fragen zu stellen.«

»Tatsächlich?«

»Sie können mir vertrauen, wenn ich Ihnen mein Wort gebe. Ich tue das nicht leichtfertig.«

»Sonderbarerweise bin ich ziemlich sicher, daß das stimmt.«

»Warum kommen Sie also nicht her und beantworten uns einige Fragen, um gewisse Dinge klarzustellen und den Verdacht von sich abzuwälzen?«

»Tja, ich kann den Verdacht natürlich nicht von mir abwälzen, weil ich tatsächlich schuldig bin«, sagte Lavelle. Er lachte.

»Sie wollen sagen, daß Sie hinter den Morden stecken?«

»Sicher. Hat Ihnen das nicht jeder gesagt?«

»Sie haben mich also angerufen, um zu gestehen?«

Lavelle lachte wieder. Dann: »Ich habe Sie angerufen, um Ihnen einen Rat zu geben.«

»Ja?«

»Verfahren Sie so, wie es die Polizei in meinem Heimatland Haiti tun würde.«

»Und wie wäre das?«

»Man würde einem *Bocor*, der soviel Macht besitzt wie ich, nicht in die Quere kommen.«

»Stimmt das?«

»Man würde es nicht wagen.«

»Wir sind hier in New York, nicht auf Haiti. Abergläubische Ängste werden einem auf der Polizeiakademie nicht beigebracht.«

Jack sprach mit ruhiger und gelassener Stimme, aber sein Herz hämmerte wie wild gegen seine Rippen.

Lavelle sagte: »Außerdem würde sich die Polizei auf Haiti gar nicht einmischen *wollen*, wenn die Opfer des *Bocors* so wertloser Dreck wären wie die Familie Carramazza. Sehen Sie mich nicht als Mörder, Lieutenant. Sehen Sie mich als Kammerjäger, der der Gesellschaft einen wertvollen Dienst erweist. So würde man es in Haiti betrachten.«

»Wir haben hier eine andere Philosophie.«

»Tut mir leid, das zu hören.«

»Wir halten Mord für Unrecht, ganz gleich, wer das Opfer ist.«

»Wie albern. Was verliert die Welt, wenn die Carramazzas sterben? Diebe, Mörder und Zuhälter. Andere Diebe, Mörder und Zuhälter werden nachrücken und ihren Platz einnehmen. Nicht ich, verstehen Sie? Sie glauben vielleicht, daß ich genauso bin wie sie, nichts als ein Mörder, aber ich bin nicht von dieser Sorte. Ich bin Priester. Ich will den Drogenhandel in New York nicht beherrschen. Ich will ihn nur Gennaro Carramazza wegnehmen, als Teil seiner Strafe. Ich möchte ihn finanziell ruinieren, ihn so zurücklassen, daß er unter seinesgleichen keinen Respekt mehr genießt, und ich will ihm seine Freunde und seine Familie wegnehmen, sie abschlachten, ihm beibringen, was Leid ist. Wenn das geschehen ist, wenn er isoliert, einsam und voller Angst ist, wenn er eine Weile gelitten hat, wenn er von schwärzester Verzweiflung erfüllt ist, dann werde ich mich endlich auch seiner entledigen, und zwar auf langsame und sehr qualvolle Weise. Dann werde ich fortgehen, zurück auf die Inseln, und Sie werden nie wieder von mir belästigt werden. Ich bin nur ein Werkzeug der Gerechtigkeit, Lieutenant Dawson.«

»Verlangt die Gerechtigkeit wirklich, Carramazzas Enkelkinder zu ermorden?«

»Ja.«

»Unschuldige kleine Kinder?«

»Sie sind nicht unschuldig. Sie haben sein Blut, seine Gene. Das macht sie ebenso schuldig wie ihn.«

Carver Hampton hatte recht: Lavelle war wahnsinnig.

»Nun«, fuhr Lavelle fort, »ich sehe ein, daß Sie Schwierigkeiten mit Ihren Vorgesetzten bekommen, wenn Sie nicht wenigstens für ein paar von diesen Morden jemanden vor Gericht bringen. Die gesamte Mordkommission wird zum Prügelknaben für die Presse werden, wenn nichts geschieht. Das verstehe ich sehr gut. Wenn Sie wollen, werde ich es also so einrichten, daß durch viele verschiedene Anhaltspunkte Mitglieder einer der anderen Mafia-Familien der Stadt belastet werden. Es wäre mir ein Vergnügen, Ihnen auf diese Weise aus der Klemme zu helfen.«

Es waren nicht nur die Umstände, unter denen dieses Gespräch stattfand – die traumartige Beschaffenheit der Straße rings um das Münztelefon, das Gefühl zu schweben, der Fieberschleier –, die alles so unwirklich erscheinen ließen; das Gespräch selbst war so bizarr, daß es niemand hätte glauben können, ganz gleich, unter welchen Umständen es geführt wurde.

Jack sagte: »Glauben Sie wirklich, daß ich so ein Angebot ernst nehmen könnte?«

»Die Beweise, die ich fingiere, werden hieb- und stichfest sein. Sie werden jeder gerichtlichen Überprüfung standhalten. Sie brauchen nicht zu befürchten, den Fall zu verlieren.«

»Das meine ich nicht«, sagte Jack. »Glauben Sie wirklich, daß ich mit Ihnen zusammenarbeiten würde, um unschuldigen Menschen etwas anzuhängen?«

»Sie wären nicht unschuldig. Kaum. Ich rede davon, anderen Mördern, Dieben und Zuhältern etwas anzuhängen.«

»Aber *diese* Verbrechen hätten sie nicht begangen.«

»Reine Formsache.«

»Nicht für mich.«

Lavelle schwieg einen Augenblick. Dann: »Sie sind ein interessanter Mann, Lieutenant. Naiv. Dumm. Aber trotzdem interessant.«

»Gennaro Carramazza erzählte uns, Ihr Motiv sei Rache.«

»Ja.«

»Wofür?«

»Hat er Ihnen das nicht erzählt?«

»Nein. Was ist das für eine Geschichte?«

Schweigen.

Jack wartete, hätte die Frage fast noch einmal gestellt.

Dann sprach Lavelle endlich, und in seiner Stimme war eine neue Schärfe, sie klang jetzt hart und grausam. »Ich hatte einen jüngeren Bruder. Er hieß Gregory. Eigentlich war er mein Halbbruder. Sein Familienname war Pontrain. Er hing nicht den alten Hexen- und Zauberkünsten an. Er mied sie. Er wollte nichts mit den alten Religionen Afrikas zu tun haben. Er hatte eine sehr moderne Einstellung, die Vernünftigkeit des Maschinenzeitalters. Mich hielt er für einen harmlosen Exzentriker. Aber obwohl er mich nicht verstand, liebte ich ihn, und er liebte mich. Wir waren Brüder. *Brüder*. Ich hätte alles für ihn getan.«

»Gregory Pontrain...«, sagte Jack nachdenklich. »Der Name kommt mir irgendwie bekannt vor.«

»Gregory kam vor Jahren als legaler Einwanderer hierher. Er strengte sich sehr an, arbeitete sich durchs College, bekam ein Stipendium. Er hatte immer schriftstellerisches Talent gehabt, schon als Junge, und er glaubte zu wissen, was er damit anfangen sollte. Er machte hier, an der Columbia University, sein journalistisches Diplom. Er war Klassenbester. Arbeitete für die *New York Times*. Ungefähr ein Jahr lang schrieb er nicht einmal selbst, sondern prüfte nur die Recherchen in den Berichten anderer Reporter nach. Allmählich bekam er auch selber ein paar Aufträge. Kleine Sachen. Unbedeutend. Was man ›aus dem Leben gegriffen‹ nennen würde. Und dann...«

»Gregory Pontrain«, sagte Jack. »Natürlich. Der Polizeireporter.«

»Mit der Zeit wurden meinem Bruder ein paar Kriminalberichte übertragen. Raubüberfälle. Rauschgiftrazzien. Seine Reportagen waren gut. Ja, er fing an, Geschichten nachzugehen, mit denen man ihn gar nicht beauftragt hatte, größere Sachen, die er ganz allein ausgegraben hatte. Und schließlich wurde er der Experte der *Times* für den Rauschgifthandel in der Stadt. Niemand wußte mehr über das Thema, wie die Carramazzas darin verwickelt waren, wie die Carramazza-Organisation soundso viele Beamte der Sittenpolizei und städtische Politiker bestochen hatte; niemand wußte mehr als Gregory; niemand. Er veröffentlichte diese Artikel...«

»Ich habe sie gelesen. Gute Arbeit. Vier Stück, glaube ich.«

»Ja, er hatte vor, noch mehr zu machen, mindestens noch ein halbes Dutzend weiterer Artikel. Es war schon von einem Pulitzer-Preis die Rede, nur aufgrund dessen, was er bis dahin geschrieben hatte. Schon hatte er genügend Beweise ausgegraben, um die Polizei zu interessieren und drei Anklageerhebungen vor dem Großen Geschworenengericht zu erreichen. Er hatte so seine Verbindungsleute, wissen Sie: Insider bei der Polizei und in der Carramazza-Familie, Insider, die ihm vertrauten. Er war überzeugt, Dominick Carramazza selbst zur Strecke bringen zu können, ehe alles vorüber war. Er glaubte, er könne etwas ändern, ganz allein. Er verstand nicht, daß es nur eine Möglichkeit gibt, mit den Mächten der Dunkelheit umzugehen, nämlich Frieden mit ihnen zu schließen, sich ihnen anzupassen, wie ich es getan habe. Eines Abends im letzten März waren er und seine Frau Ona auf dem Weg zum Dinner...«

»Die Autobombe«, sagte Jack.

»Sie wurden beide in Stücke gerissen. Ona war schwanger. Es wäre ihr erstes Kind gewesen. Gennaro Carramazza schuldet mir also drei Leben – Gregory, Ona und das Baby.«

»Der Fall wurde nie aufgeklärt«, erinnerte ihn Jack. »Es gab keinen Beweis dafür, daß Carramazza dahintersteckte.«

»Es war aber so.«

»Das können Sie nicht sicher wissen.«

»Doch. Ich habe auch meine Quellen. Sogar noch bessere als Gregory. Ich lasse die Augen und Ohren der Unterwelt für mich arbeiten.« Er lachte. Er hatte ein melodisches, fast sympathisches Lachen, das Jack aus der Fassung brachte. »Die Unterwelt, Lieutenant. Aber damit meine ich nicht die kriminelle Unterwelt, diese elende *cosa nostra* mit ihrem sizilianischen Stolz und ihrem hohlen Ehrenkodex. Die Unterwelt, von der ich spreche, liegt viel tiefer als die, in der die Mafia haust, tiefer ist sie und dunkler. Ich habe die Augen und Ohren der Uralten, die Berichte von Dämonen und dunklen Engeln, das Zeugnis der Wesen, die alles sehen und alles wissen.«

Wahnsinn, dachte Jack. Der Mann gehört in eine geschlossene Anstalt.

Aber außer dem Wahnsinn war da noch etwas in Lavelles Stimme, das den Polizisteninstinkt in Jack reizte und lockte. Wenn Lavelle vom Übernatürlichen sprach, dann tat er das mit echter Ehrfurcht und Überzeugung; wenn er jedoch von seinem Bruder sprach, wurde seine Stimme ganz ölig, weil die Gefühle unecht und die Trauer nicht überzeugend waren. Jack spürte, daß Rache nicht Lavelles Hauptmotivation war, und daß er in Wirklichkeit seinen ehrbaren Bruder sogar gehaßt hatte, daß er über seinen Tod vielleicht sogar froh (oder zumindest erleichtert) war.

»Ihr Bruder wäre mit der Rache, die Sie da nehmen, nicht einverstanden«, sagte Jack.

»Vielleicht doch. Sie haben ihn nicht gekannt.«

»Aber ich weiß genug von ihm, um mit einiger Sicherheit sagen zu können, daß er überhaupt nicht wie Sie war. Er war ein anständiger Mensch. Er würde dieses ganze Gemetzel nicht wollen. Es würde ihn abstoßen.«

Lavelle sagte nichts, aber in seinem Schweigen lag eine Art Schmollen, ein schwelender Zorn.

Jack sagte: »Er wäre bestimmt nicht mit dem Mord an irgend jemandes Enkelkindern einverstanden, mit Rache bis in die dritte Generation. Er war nicht krank wie Sie. Er war nicht verrückt.«

»Es ist ohne Bedeutung, ob er einverstanden wäre«, sagte Lavelle ungeduldig.

»Vermutlich, weil Sie nicht wirklich von Rachsucht getrieben werden. Nicht in Ihrem tiefsten Inneren.«

»Ich rotte dieses Ungeziefer nicht im Namen meines Bruders aus«, sagte Lavelle scharf und wütend. »Ich tue es in meinem eigenen Namen. In meinem und keinem anderen. Davon müssen Sie ausgehen. Ich habe niemals etwas anderes behauptet. Diese Toten gehen auf mein Konto. Nicht auf das meines Bruders.«

»Konto? Seit wann kann man Mord gutschreiben, seit wann ist er eine Empfehlung, etwas, worauf man stolz sein kann? Das ist Wahnsinn.«

»Es ist kein Wahnsinn«, widersprach Lavelle hitzig. Der Irrsinn stieg in ihm auf. »Die Argumentation der Uralten, der Götter des *Pétro* und des *Congo* lautet so. Niemand kann ungestraft dem Bruder eines *Bocor* das Leben nehmen. Der Mord an meinem Bruder ist eine Beleidigung für mich. Das kann ich nicht dulden. Ich will es auch nicht! Meine Macht als *Bocor* wäre für immer geschwächt, wenn ich auf Rache verzichtete.« Jetzt redete er irre, verlor seine Gelassenheit. »Blut muß fließen. Die Schleusen des Todes müssen sich öffnen. Meere von Schmerz müssen sie hinwegfegen, alle, die mich verhöhnten, indem sie Hand an meinen Bruder legten. Selbst wenn ich Gregory verachtet habe, er gehörte zu meiner Familie. Wenn ich nicht angemessen Rache nehme, werden mir die Uralten nie wieder gestatten, sie anzurufen; sie werden meinen Flüchen und Zaubersprüchen keine Kraft mehr verleihen. Ich muß den Mord an meinem Bruder mit mindestens zwanzig Morden vergelten, wenn ich den Respekt und die Unterstützung der Götter des *Pétro* und des *Congo* behalten will.«

Jack war bis an die Wurzeln der wahren Motive des Mannes vorgedrungen, aber das hatte ihm nichts gebracht. Die wahren Beweggründe ergaben für ihn keinen

Sinn. Sie schienen ihm nur ein weiterer Beweis für Lavelles Wahnsinn zu sein.

»Sie glauben wirklich daran, nicht wahr?« fragte Jack.

»Es ist die Wahrheit.«

»Es ist Wahnsinn.«

»Irgendwann werden Sie Ihre Meinung ändern.«

»Wahnsinn«, wiederholte Jack.

»Noch einen guten Rat«, sagte Lavelle.

»Ich habe bisher noch keinen Verdächtigen kennengelernt, der so voller guter Ratschläge steckte wie Sie. Sie sind eine richtige Briefkastentante.«

Ohne darauf einzugehen, sagte Lavelle: »Geben Sie diesen Fall ab.«

»Das kann nicht Ihr Ernst sein.«

»Sie werden es tun, wenn Sie wissen, was gut für Sie ist.«

»Sie sind ein arroganter Bastard.«

»Ich weiß.«

»Ich bin Polizist, in Gottes Namen! Sie können mich nicht mit Drohungen einschüchtern. Drohungen steigern nur mein Interesse, Sie zu finden. Die Polizisten in Haiti sind sicher genauso. So groß kann der Unterschied nicht sein. Außerdem, was hätten Sie davon, wenn ich mich ablösen ließe? Dann würde jemand anderer an meine Stelle treten. Man würde trotzdem weiter nach Ihnen suchen.«

»Ja, aber wer immer Sie ersetzen würde, er wäre nicht so unvoreingenommen, daß er die Möglichkeit der Wirksamkeit von Voodoo in Betracht ziehen würde. Er würde sich an die üblichen Polizeimethoden halten, und vor denen habe ich keine Angst.«

Jack war überrascht. »Sie meinen, meine Aufgeschlossenheit allein ist eine Bedrohung für Sie?«

Lavelle beantwortete diese Frage nicht. Er sagte: »Na schön. Wenn Sie schon nicht von der Bildfläche verschwinden wollen, dann hören Sie wenigstens auf, Untersuchungen über Voodoo anzustellen. Gehen Sie so vor, wie Rebecca Chandler vorgehen will – wie bei einer ganz gewöhnlichen Morduntersuchung.«

»Ihre *Frechheit* ist unglaublich«, sagte Jack.

»Sie sind, wenn auch nur ein ganz klein wenig, für die Möglichkeit einer übernatürlichen Erklärung offen. Verfolgen Sie diese Spur nicht weiter. Mehr verlange ich nicht.«

»Ach, tatsächlich nicht?«

»Geben Sie sich mit Fingerabdrücken, Labortechnikern, Ihren üblichen Experten und den Standardmethoden zufrieden. Befragen Sie so viele Zeugen, wie Sie nur wollen...«

»Vielen Dank für die gütige Erlaubnis.«

»...all das kümmert mich nicht«, fuhr Lavelle fort, als hätte Jack ihn nicht unterbrochen. »Auf diese Weise finden Sie mich nie. Ehe Sie auch nur eine einzige Spur haben, bin ich mit Carramazza fertig und auf dem Weg zurück zu den Inseln. Vergessen Sie nur den Voodoo-Aspekt.«

Erstaunt über die Dreistigkeit des Mannes fragte Jack: »Und wenn ich das nicht tue?«

Die offene Telefonleitung zischte, und Jack fiel die schwarze Schlange ein, von der Carver Hampton gesprochen hatte, und er fragte sich, ob Lavelle wohl irgendwie eine Schlange durch die Leitung schicken konnte.

Lavelle sagte: »Wenn Sie darauf bestehen, mehr über Voodoo zu erfahren, wenn Sie weiterhin Ermittlungen in dieser Richtung anstellen... dann lasse ich Ihren Sohn und Ihre Tochter in Stücke reißen.«

Endlich ging eine von Lavelles Drohungen Jack unter die Haut. Sein Magen krampfte sich zusammen.

Lavelle sagte: »Wissen Sie noch, wie Dominick Carramazza und seine Leibwächter aussahen...«

Und dann redeten sie beide gleichzeitig. Jack schrie, Lavelle behielt seinen kühlen und gemessenen Tonfall bei.

»Hören Sie, Sie schleimiger Hundesohn...«

»...da im Hotel, der alte Dominick, ganz zerfleischt...«

»...lassen Sie die Finger von...«

»...die Augen ausgequetscht, voller Blut?«

»...meinen Kindern, sonst werde ich...«

»Wenn ich mit Davey und Penny fertig bin...«

»...Ihnen den Schädel wegpusten!«

»...sind sie nur noch totes Fleisch...«

»Ich warne Sie...«

»...und vielleicht vergewaltige ich das Mädchen auch noch...«

»...Sie stinkender Abschaum!«

»...weil sie wirklich ein zartes, saftiges, kleines Ding ist. Manchmal mag ich sie zart, ganz jung und zart und unschuldig. Das Aufregende ist, wenn man sie in den Dreck ziehen kann, wissen Sie.«

»Nachdem Sie meine Kinder bedroht haben, Sie Arschloch, haben Sie jetzt jede Chance vertan, die Sie hatten. Was glauben Sie eigentlich, wer Sie sind?«

»Ich lasse Ihnen den Rest dieses Tages Zeit, um darüber nachzudenken. Wenn Sie dann nicht den Schwanz einziehen, hole ich mir Davey und Penny. Und ich werde es sehr schmerzhaft für sie machen.«

Lavelle legte auf.

»Warten Sie!« schrie Jack.

Er rüttelte an der Gabel, versuchte, die Verbindung wiederherzustellen, versuchte, Lavelle zurückzuholen. Natürlich funktionierte es nicht.

Er keuchte wie ein Stier, der lange genug mit einem roten Tuch gereizt worden war. Er spürte, wie das Blut in seinen Schläfen pochte und fühlte die Hitze in seinem geröteten Gesicht. Sein Magen hatte sich zu einem so festen Knoten zusammengezogen, daß es schmerzte.

Einen Augenblick später wandte er sich vom Telefon ab. Er bebte vor Zorn. Er blieb im Schneegestöber stehen und bemühte sich, sich allmählich wieder in den Griff zu bekommen.

Die Welt, die so seltsam zurückgewichen war, als das

Telefon zu klingeln angefangen hatte, kam jetzt wieder auf ihn zugestürzt. Als erstes nahm Jack Geräusche wahr: eine blökende Autohupe, Gelächter weiter unten auf der Straße, das Klappern von Schneeketten auf dem verschneiten Pflaster, das Heulen des Windes. Die Gebäude drängten sich von allen Seiten heran. Ein Fußgänger hastete vorbei, im Wind vorgebeugt; und dann kamen drei schwarze Teenager, die einander im Laufen lachend mit Schneebällen bewarfen. Der Nebel war verschwunden, und er fühlte sich nicht länger schwindlig und wirr im Kopf. Er fragte sich, ob überhaupt Nebel dagewesen war und entschied, der unheimliche Dunst habe nur in seinem Geist existiert, ein Gebilde seiner Fantasie. In Wirklichkeit war wohl... hatte er wohl irgendeinen Anfall gehabt; ja, sicher, das war alles.

Aber was für einen Anfall? Und warum hatte er ihn erlitten? Wodurch war er ausgelöst worden? Er war in seinem ganzen Leben noch nie ohnmächtig geworden; nichts, was dem im entferntesten glich. Er war völlig gesund. *Warum* also?

Und woher hatte er gewußt, daß der Anruf ihm galt?

Er blieb eine Weile stehen und dachte darüber nach, während Tausende von Schneeflocken wie Motten um ihn herum tanzten.

Endlich begriff er, daß er Faye anrufen und ihr die Situation erklären mußte, daß er ihr sagen mußte, sie solle sich davon überzeugen, daß sie nicht verfolgt wurde, wenn sie die Kinder von der Wellton-Schule abholte. Er wandte sich dem Münztelefon zu, zögerte. Nein. Von hier aus wollte er nicht anrufen. Nicht ausgerechnet von dem Apparat, den Lavelle sich ausgesucht hatte. Es schien zwar ein lächerlicher Gedanke, daß der Mann in der Lage sein sollte, ein öffentliches Telefon abzuhören – aber es schien auch töricht, es darauf ankommen zu lassen.

Etwas ruhiger – immer noch wütend, aber weniger

verängstigt als zuvor –, ging er auf den Streifenwagen zu, der auf ihn wartete.

Dreiviertel Zoll tief lag der Schnee auf dem Boden. Der Sturm wuchs sich zu einem richtigen Blizzard aus.

Der Wind hatte eisige Zähne. Er biß.

6

Lavelle kehrte in den Wellblechschuppen im hinteren Teil seines Grundstückes zurück. Draußen tobte der Winter; drinnen schossen in der wilden, trockenen Hitze Schweißtropfen aus Lavelles Ebenholzhaut und liefen ihm über das Gesicht; leuchtend orangefarbenes Licht warf sonderbare, hüpfende Schatten auf die gerippten Wände. Aus der Grube in der Mitte des Fußbodens stiegen Geräusche auf, ein unangenehmes Wispern wie von Tausenden von fernen Stimmen, ein zorniges Flüstern.

Er hatte zwei Fotografien mitgebracht: eine von Davey Dawson, die andere von Penny Dawson. Er hatte beide Aufnahmen selbst gemacht, gestern nachmittag, auf der Straße vor der Wellton-Schule. Er hatte seinen Kombi fast einen Block entfernt geparkt und eine 35-mm-Pentax mit Teleobjektiv verwendet. Den Film hatte er in seiner eigenen, schrankgroßen Dunkelkammer entwickelt.

Wenn ein *Bocor* jemanden mit einem Fluch belegen und absolut sicher sein wollte, daß der auch die erwünschte schädliche Wirkung zeigte, brauchte er ein Abbild des in Aussicht genommenen Opfers. Traditionellerweise stellte der Priester eine Puppe her, er nähte sie aus Baumwollfetzen zusammen, füllte sie mit Sägemehl oder Sand und verlieh dann, so gut er konnte, dem Gesicht dieser Puppe Ähnlichkeit mit dem Gesicht des Opfers; wenn das geschehen war, diente die Puppe bei der Ausführung des Rituals als Ersatz für die wirkliche Person.

Aber das war mühsames Unterfangen, das noch dadurch erschwert wurde, daß es einem durchschnittlichen *Bocor* – da er ja nicht das Talent und die Geschicklichkeit eines Künstlers hatte – praktisch unmöglich war, dem Baumwollgesicht genügend Ähnlichkeit mit irgendeinem wirklichen Antlitz zu verleihen. Deshalb war es notwendig, die Puppe mit einer Haarlocke, einem Nagelschnipsel oder einem Blutstropfen des Opfers auszustatten. Es war nicht leicht, an eines dieser Dinge heranzukommen. Man konnte sich nicht einfach Woche für Woche im Friseur- oder Kosmetiksalon des Opfers herumtreiben und darauf warten, daß er oder sie kam und sich die Haare schneiden ließ. Man konnte das Opfer auch nicht gut bitten, einem ein paar Schnipsel aufzuheben, wenn es sich das nächste Mal die Nägel schnitt. Und so ziemlich die einzige Möglichkeit, eine Probe vom Blut des künftigen Opfers zu bekommen, war, es zu überfallen; dabei riskierte man aber, von der Polizei geschnappt zu werden, und genau das wollte man doch vermeiden, indem man es mit Magie anstatt mit Fäusten, einem Messer oder einer Schußwaffe angriff.

Alle diese Schwierigkeiten konnte man umgehen, wenn man anstelle einer Puppe eine gute Fotografie verwendete.

Lavelle kniete sich jetzt auf den Erdboden des Schuppens neben die Grube und bohrte mit einer Kugelschreibermine Löcher in den oberen Rand der beiden Hochglanzaufnahmen. Dann zog er durch beide Fotos eine dünne Schnur. Auf beiden Seiten der Grube waren, einander gegenüber, nahe am Rand zwei Holzpflöcke in die Erde getrieben. Lavelle band ein Ende der Schnur an einen der Pflöcke, spannte die Schnur über die Grube und befestigte das andere Ende am zweiten Pflock. Die Bilder der Dawson-Kinder hingen über dem Zentrum des Lochs und wurden in das unirdische, orangefarbene

Leuchten getaucht, das aus dem geheimnisvollen, ständig sich verändernden Grund aufstieg.

Bald würde er die Kinder töten müssen. Er ließ Jack Dawson noch ein paar Stunden Zeit, eine letzte Gelegenheit nachzugeben, aber er war ziemlich sicher, daß Dawson festbleiben würde.

Es machte ihm nichts aus, Kinder zu töten. Er freute sich darauf. Der Mord an den ganz Jungen bereitete ihm besonderen Genuß.

Er leckte sich die Lippen.

Das Geräusch, das aus der Grube aufstieg – das ferne Wispern, das aus Zehntausenden von zischenden, flüsternden Stimmen zu bestehen schien –, wurde etwas lauter, als die Fotos da hingen, wo Lavelle sie haben wollte. Und in dem Flüstern war auch ein neuer, beunruhigender Ton zu hören: nicht nur Zorn; nicht nur eine vage Drohung; es war etwas schwer Faßbares, das irgendwie von ungeheuerlichen Gelüsten kündete, von einer gräßlichen Gefräßigkeit, von Blut und Perversion, der Klang eines dunklen, unersättlichen *Hungers*.

Lavelle legte seine Kleider ab.

Er streichelte seine Genitalien und sprach dabei ein kurzes Gebet.

Er war bereit.

Links von der Schuppentür standen fünf große Kupferschalen. Jede enthielt eine andere Substanz: weißes Mehl, Maismehl, rotes Ziegelpulver, pulverisierte Holzkohle und pulverisierte Sumachwurzel. Lavelle nahm eine Handvoll des roten Ziegelpulvers und begann, indem er es in abgemessenem Strom aus seiner hohlen Hand rieseln ließ, auf den Fußboden am nörlichen Rand der Grube ein kompliziertes Muster zu zeichnen.

Dieses Muster hieß *Vèvè*, und es verkörperte die Gestalt und die Macht einer astralen Kraft. Es gab Hunderte von *Vèvès*, die ein *Houngon* oder ein *Bocor* kennen mußte. Durch das Zeichnen mehrerer passender *Vèvès* vor dem

Beginn eines Rituals lenkte der Priester die Aufmerksamkeit der Götter auf den *Oumphor*, den Tempel, in dem die Zeremonien abgehalten werden sollten. Das *Vèvè* mußte freihändig gezeichnet werden, ohne Zuhilfenahme einer Schablone und ohne sich an einer vorher in die Erde gekratzten Skizze zu orientieren; trotzdem mußte es, wenn auch aus freier Hand gezeichnet, symmetrisch und richtig proportioniert sein, wenn es irgendeine Wirkung haben sollte. Die Schaffung der *Vèvès* erforderte viel Übung, eine feinfühlige und gelenkige Hand und ein scharfes Auge.

Lavelle nahm eine zweite Handvoll roten Ziegelstaubs und setzte sein Werk fort. Innerhalb von wenigen Minuten hatte er das *Vèvè* gezeichnet, das Simbi Y-An-Kitha repräsentierte, einen der dunklen Götter des *Pétro:*

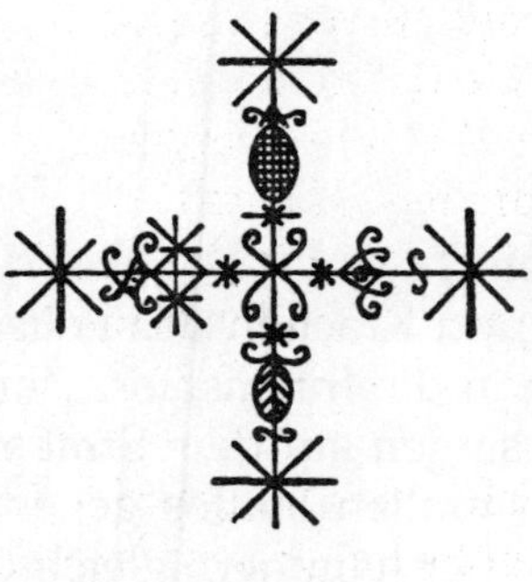

Dann nahm er eine Handvoll Mehl und begann, am südlichen Rand der Grube ein zweites *Vèvè* zu zeichnen. Dieses Muster unterschied sich beträchtlich von dem ersten.

Insgesamt zeichnete er vier komplizierte Muster, auf jeder Seite der Grube eines. Das dritte wurde mit Holzkohlenstaub ausgeführt. Das vierte bestand aus zerstoßener Sumachwurzel.

Dann kauerte er sich, vorsichtig, um die *Vèvès* nicht zu zerstören, nackt an den Rand der Grube.

Er starrte hinunter.

Hinunter...

Der Boden der Grube veränderte sich, brodelte, wirbelte, quoll heraus, zog sich zusammen, pulsierte und wich wieder zurück. Lavelle hatte in dem Loch kein Feuer oder Licht angezündet, aber trotzdem glühte und flakkerte es. Zuerst war der Boden der Grube nur drei Fuß entfernt, so, wie er ihn ausgehoben hatte. Aber je länger er hineinstarrte, desto tiefer schien er zu werden.

Als der Boden der Grube unendlich weit zurückgewichen war, stand Lavelle auf. Er stimmte ein Lied mit fünf Tönen an, einen sich ständig wiederholenden Singsang von Vernichtung und Tod, und dann leitete er das Ritual ein, indem er auf die Fotografien urinierte, die er an der Schnur befestigt hatte.

7

Im Streifenwagen.

Das Knistern und Krachen des Polizeifunks.

Auf dem Weg in die Innenstadt. Zum Büro.

Schneeketten singen auf dem Straßenbelag.

Schneeflocken prallen lautlos gegen die Windschutzscheibe. Die Wischer hämmern gleichförmig wie ein Metronom.

Nick Iervolino, der Streifenpolizist hinter dem Steuer, riß Jack aus seiner Beinahe-Trance. »Wegen meiner Fahrweise brauchen Sie keine Angst zu haben, Lieutenant.«

»Hab' ich auch nicht«, versicherte Jack.

»Ich fahre seit zwölf Jahren Streife und hatte noch nie einen Unfall.«

»Tatsächlich?«

»Ich habe noch nie einen Wagen auch nur angekratzt.«

»Gratuliere.«

»Ich habe großes Talent fürs Autofahren. Also keine Bange.«

»Ich habe keine Angst«, wiederholte Jack.

»Es schien aber so.«

»Inwiefern?«

»Sie haben mit den Zähnen geknirscht wie ein Teufel.«

»Das habe ich gar nicht gemerkt. Aber, glauben Sie mir, wegen Ihrer Fahrweise mache ich mir keine Sorgen.«

Sie näherten sich einer Kreuzung, wo ein halbes Dutzend Wagen kreuz und quer dastanden und mit im Schnee durchdrehenden Reifen versuchten, weiterzufahren oder wenigstens den Weg freizumachen. Nick Iervolino bremste langsam und vorsichtig, bis sie nur noch im Schneckentempo dahinrollten, dann fuhr er in Schlangenlinien an den liegengebliebenen Autos vorbei.

Als sie die Kreuzung hinter sich hatten, sagte er: »Wenn Sie sich also keine Sorgen wegen meiner Fahrweise machen, was drückt Sie dann?«

Jack zögerte, dann erzählte er ihm von Lavelles Anruf.

Nick hörte zu, ohne jedoch seine Aufmerksamkeit von der gefährlich glatten Straße zu wenden. Als Jack geendet hatte, sagte Nick: »Allmächtiger Gott im Himmel.«

»Genau das empfinde ich auch«, antwortete Jack.

»Glauben Sie, er kann das? Ihre Kinder mit einem Fluch belegen, der tatsächlich wirkt?«

Jack gab die Frage zurück: »Was meinen Sie denn?«

Nick überlegte einen Augenblick. Dann: »Ich weiß nicht. Wir leben in einer seltsamen Welt, wissen Sie. Fliegende Untertassen, das Bermuda-Dreieck, der Schneemensch – es gibt alle möglichen unheimlichen Dinge. Ich lese gerne über solche Sachen. Sie faszinieren mich. Es gibt Millionen von Menschen, die behaupten, sie hätten 'ne Menge wirklich seltsamer Dinge erlebt. Das kann doch nicht alles Einbildung sein – oder? Manches vielleicht. Vielleicht das meiste. Aber nicht alles. Richtig?«

»Alles wahrscheinlich nicht«, stimmte Jack zu.

»Also könnte Voodoo vielleicht funktionieren.«
Jack nickte.

Nach einer Weile sagte Nick: »Eines stört mich an diesem Lavelle, an dem, was er Ihnen erzählt hat.«

»Und was wäre das?«

»Nun, nehmen wir einfach mal an, Voodoo funktioniert tatsächlich.«

»Okay.«

»Nun, wenn Voodoo funktioniert, und wenn er will, daß Sie aus dem Fall aussteigen, warum will er dann seine magische Kraft dazu verwenden, Ihre Kinder zu töten? Warum setzt er sie nicht einfach dazu ein, Sie zu töten. Das wäre doch viel direkter.«

Jack runzelte die Stirn. »Da haben Sie recht.«

»Wenn er Sie töten würde, würde man den Fall einem anderen Beamten übertragen, und es ist nicht sehr wahrscheinlich, daß der neue Mann in bezug auf Voodoo so aufgeschlossen wäre wie Sie. Das einfachste für Lavelle wäre also, Sie mit einer seiner Verwünschungen auszuschalten, um zu erreichen, was er will. Und warum tut er das nicht – vorausgesetzt, die Magie funktioniert, meine ich?«

»Ich weiß es nicht.«

»Ich auch nicht«, sagte Nick. »Ich komme nicht dahinter. Aber ich glaube, es könnte vielleicht wichtig sein, Lieutenant. Sie nicht?«

»Inwiefern?«

»Sehen Sie, selbst wenn der Bursche ein Irrer ist, selbst wenn sein Voodoo nicht funktioniert und Sie es nur mit einem Verrückten zu tun haben, so hat doch zumindest der Rest seiner Geschichte – all das wilde Zeug, das er Ihnen erzählt hat – irgendwie eine eigene, wahnsinnige Logik. Es gibt keine Widersprüche. Verstehen Sie, was ich meine?«

»Ja.«

»Alles paßt zusammen, auch wenn es Blödsinn ist. Es

ist sonderbar logisch. Bis auf die Drohung gegen Ihre Kinder. Die paßt nicht hinein. Unlogisch.«

»Vielleicht hat er nur begriffen, daß er mich nicht einschüchtern kann, indem er mein eigenes Leben bedroht. Vielleicht weiß er, daß es nur eine Möglichkeit gibt, mich einzuschüchtern, nämlich über meine Kinder.«

»Aber wenn er Sie einfach vernichten würde, wenn er Sie zerfleischen ließe wie all die anderen, dann *bräuchte* er Sie doch gar nicht einzuschüchtern. Einschüchterung ist irgendwie plump. Mord ist sauberer. Verstehen Sie, was ich meine?«

Jack beobachtete, wie der Schnee auf die Windschutzscheibe fiel, und dachte über das nach, was Nick gesagt hatte. Er hatte das Gefühl, daß es tatsächlich wichtig war.

8

Im Lagerschuppen beendete Lavelle das Ritual. Er stand im orangefarbenen Licht, schwer atmend, triefend vor Schweiß. Die Schweißtropfen spiegelten das Licht und sahen aus wie orangerote Farbspritzer. Das Weiße in seinen Augen war von demselben übernatürlichen Licht gefleckt, und auch seine polierten Fingernägel schimmerten orange.

Nur noch eines war zu tun, um den Tod der Dawson-Kinder zu garantieren. Wenn die Zeit kam, wenn das Ultimatum für Jack Dawson abgelaufen war und er nicht nachgab, wie Lavelle es verlangte, dann mußte Lavelle nur zwei besondere Scheren nehmen und die beiden Enden der dünnen Schnur durchschneiden, an der die Fotos hingen. Die Bilder würden in die Grube fallen und in dem Glühen verschwinden, und dann würden die dämonischen Kräfte freigesetzt; der Fluch würde sich erfüllen. Dann hatten Penny und Davey Dawson keine Chance mehr.

Lavelle schloß die Augen und stellte sich vor, er stehe vor ihren leblosen Körpern. Diese Aussicht erregte ihn.

Mord an Kindern war ein gefährliches Unterfangen, das äußerste Mittel, zu dem ein *Bocor* nur dann griff, wenn er keine andere Wahl hatte. Wenn er ein Kind mit einem tödlichen Fluch belegen wollte, war es ratsam, vorher zu wissen, wie man sich vor dem Zorn der *Rada*-Götter, der Götter der weißen Magie abschirmen konnte, denn sie waren erzürnt, wenn Kinder die Opfer waren. Wenn ein *Bocor* ein unschuldiges Kind tötete, ohne die Zaubersprüche und Bannworte zu kennen, die ihn vor der Macht des *Rada* schützen konnten, mußte er viele Tage und Nächte lang entsetzliche Schmerzen erleiden. Und wenn das *Rada* ihn schließlich auslöschte, würde ihm das Sterben nichts mehr ausmachen; ja, er würde dankbar sein, daß seinem Leiden damit ein Ende gesetzt wurde.

Lavelle wußte, wie er sich gegen das *Rada* zu schützen hatte. Er hatte schon früher Kinder getötet und war jedesmal ungeschoren davongekommen. Trotzdem war er jetzt verkrampft und unruhig. Es bestand immer die Möglichkeit eines Fehlers. Trotz seines Wissens und seiner Macht war dieses Unterfangen sehr gefährlich.

Wenn andererseits ein *Bocor* seine Macht über die übernatürliche Maschinerie dazu benützte, ein Kind zu töten, und wenn er damit durchkam, waren die Götter des *Pétro* und des *Congo* so zufrieden mit ihm, daß sie ihm noch größere Macht verliehen. Wenn Lavelle Penny und Davey Dawson töten und den Zorn des *Rada* von sich ablenken konnte, würde seine Meisterschaft in der dunklen Magie ehrfurchtgebietender sein als je zuvor.

Hinter den geschlossenen Lidern sah er Bilder der toten, zerrissenen, verstümmelten Leichen der Dawson-Kinder.

Er lachte leise.

9

In der Wellton-Schule waren die letzten Unterrichtsstunden um drei Uhr zu Ende. Um drei Uhr zehn strömte eine Flut von lachenden, schwatzenden Kindern durch die Eingangstüren, die Stufen hinunter, auf den Gehsteig und in das Schneetreiben hinaus, das die graue Stadtlandschaft New Yorks in ein strahlendes Fantasieland verwandelte.

Mrs. Shepherd, eine der Lehrerinnen, hatte in dieser Woche die Aufsicht bei Schulschluß. Sie ging auf dem Gehsteig auf und ab, behielt alle im Auge, achtete darauf, daß keines der kleineren Kinder versuchte, alleine nach Hause zu gehen, und sorgte dafür, daß keines von ihnen zu einem Fremden in den Wagen stieg. Heute hatte sie noch die zusätzliche Aufgabe, wilde Schneeballschlachten zu verhindern.

Man hatte Penny und Davey gesagt, daß ihre Tante Faye sie statt ihres Vaters abholen würde, aber sie sahen sie nirgends, als sie die Stufen herunterkamen, also gingen sie zur Seite, um nicht im Weg zu sein. Sie stellten sich an das grüne Holztor vor dem Durchgang zwischen der Wellton-Schule und dem Stadthaus nebenan. Das Tor schloß nicht bündig mit den Vordermauern der beiden Häuser ab, sondern war acht oder zehn Zoll nach hinten versetzt. Um dem scharfen, kalten Wind zu entgehen, der sie grausam in die Wangen biß und sogar durch ihre dikken Mäntel drang, drückten sie sich mit dem Rücken gegen das Tor und kauerten sich in die flache Nische davor.

Davey fragte: »Warum kommt Dad nicht?«

»Er mußte wohl arbeiten.«

»Warum?«

»Wahrscheinlich ein wichtiger Fall.«

»Was für ein Fall?«

»Das weiß ich nicht.«

»Gefährlich ist es aber nicht, oder?«

»Wahrscheinlich nicht.«

»Woher weißt du das so sicher?«

»Ich weiß es eben«, sagte sie, obwohl sie sich absolut nicht sicher war.

»Andauernd werden Polizisten erschossen.«

»So oft auch wieder nicht.«

»Was wird aus uns, wenn Dad erschossen wird?«

Unmittelbar nach dem Tod ihrer Mutter war Davey mit diesem Schicksalsschlag recht gut fertig geworden. Besser, als alle erwartet hatten. Sogar besser als Penny. *Er* hatte keinen Psychiater gebraucht. Sicher, er hatte geweint; er hatte ein paar Tage lang sehr viel geweint, aber dann hatte er sich wieder gefangen. In letzter Zeit jedoch, eineinhalb Jahre nach der Beerdigung, entwickelte er eine unnatürliche Angst davor, auch seinen Vater zu verlieren. Soweit Penny wußte, war sie die einzige, die bemerkte, wie besessen er von dem Gedanken an die – realen oder eingebildeten – Gefahren des Berufs seines Vaters war. Sie hatte den Zustand ihres Bruders übrigens weder ihrem Vater noch sonst jemand gegenüber erwähnt, weil sie glaubte, sie könnte ihn alleine wieder hinkriegen. Schließlich war sie seine große Schwester; sie war verantwortlich für ihn; sie hatte gewisse Verpflichtungen ihm gegenüber. In den Monaten unmittelbar nach dem Tod ihrer Mutter hatte Penny Davey im Stich gelassen; sie empfand es wenigstens so. Damals war sie zusammengebrochen. Sie war nicht dagewesen, als er sie am dringendsten gebraucht hatte. Jetzt wollte sie das wiedergutmachen.

»Was machen wir, wenn Dad erschossen wird?« fragte er wieder.

»Er wird nicht erschossen.«

»Aber wenn er nun doch erschossen wird. Was machen wir dann?«

»Wir kommen schon klar.«

»Müssen wir dann in ein Waisenhaus?«

»Nein, du Dummerchen.«

»Wo gehen wir dann hin? Hm? Penny, wo würden wir hingehen?«

»Wahrscheinlich würden wir zu Tante Faye und Onkel Keith ziehen.«

»Au weia.«

»Die sind ganz in Ordnung.«

»Ich würde lieber in den Kanälen leben.«

»Das ist doch kindisch.«

»Es wäre prima, in den Kanälen zu leben.

»Das wäre es ganz bestimmt nicht.«

»Tante Faye macht mich jedenfalls verrückt.«

»Sie meint es doch gut, Davey.«

»Sie... schnattert.«

»Vögel schnattern, aber Menschen doch nicht.«

»Sie schnattert wie ein Vogel.«

Er hatte ja recht. Aber im reifen Alter von fast zwölf Jahren spürte Penny seit kurzem die ersten Regungen einer gewissen Verbundenheit mit den Erwachsenen. Sie fühlte sich bei weitem nicht mehr so wohl dabei, wenn sie sich über sie lustig machte, wie noch vor ein paar Monaten.

Davey fuhr fort: »Und ständig nörgelt sie an Dad herum, ob wir auch anständig ernährt werden.«

»Sie macht sich eben Sorgen um uns.«

»Glaubt sie, Dad würde uns verhungern lassen?«

»Natürlich nicht.«

»Warum hackt sie dann immer wieder darauf herum?«

»Sie ist einfach... Tante Faye.«

»Junge, *das* kannst du noch mal sagen!«

Eine besonders heftige Bö fegte durch die Straße und fand auch den Weg in die Nische vor dem grünen Tor. Penny und Davey schauderten.

Er fragte: »Dad hat doch eine gute Pistole, oder? Die geben den Polizisten wirklich gute Pistolen, oder nicht? Die würden doch einen Polizisten nicht mit einer mistigen Pistole auf die Straße schicken, was?«

»Du sollst nicht ›mistig‹ sagen.«
»Würden sie das tun?«
»Nein. Die Polizisten kriegen die besten Pistolen, die es gibt.«
»Und Dad ist ein guter Schütze, oder?«
»Ja.«
»Er ist der beste, nicht wahr?«
»Sicher«, sagte Penny. »Niemand kann besser mit einer Waffe umgehen als Daddy.«
»Dann kann es ihn also nur erwischen, wenn sich jemand an ihn ranschleicht und ihn in den Rücken schießt.«
»Das wird nicht passieren«, sagte sie fest.
»Könnte aber doch sein.«
»Du siehst zuviel fern.«
Sie schwiegen einen Augenblick.
Dann sagte er: »Wenn jemand Dad umbringt, möchte ich Krebs kriegen und auch sterben.«
»Hör auf damit, Davey.«
»Krebs oder einen Herzschlag oder so was.«
»Das meinst du doch nicht ernst!«
Er nickte nachdrücklich, energisch: ja, ja, ja; er meinte es ernst; absolut und eindeutig. »Ich habe zum lieben Gott gebetet, daß es so passiert, wenn es wirklich passieren muß.«
»Wie meinst du das?« fragte sie und sah ihn stirnrunzelnd an.
»Jeden Abend. Wenn ich mein Nachtgebet spreche. Ich bitte Gott immer, daß er Dad nichts zustoßen läßt. Und dann sage ich: Na ja, lieber Gott, wenn du aus irgendeinem blöden Grund einfach nicht anders kannst, als zuzulassen, daß er erschossen wird, dann laß mich bitte Krebs kriegen und auch sterben. Oder laß mich von einem Laster überfahren. Irgendwas.«
»Das ist ja krankhaft.«
Er sagte nichts mehr.
Sie faßte ihn am Kinn und drehte sein Gesicht zu sich.

In seinen Augen glänzten Tränen. Er gab sich alle Mühe, sie zurückzuhalten und blinzelte und zwinkerte.

Er war so klein. Gerade erst sieben Jahre alt und nicht sehr groß für sein Alter. Er wirkte zerbrechlich und hilflos, und Penny hätte ihn am liebsten umarmt und an sich gedrückt, aber sie wußte, daß er das nicht mochte, weil einige andere Jungs aus seiner Klasse sie sehen könnten.

Plötzlich fühlte sie sich selbst klein und hilflos. Aber das war nicht gut. Gar nicht gut. Sie mußte stark sein, um Daveys willen.

Sie ließ sein Kinn los und sagte: »Hör zu, Davey, wir müssen uns mal zusammensetzen und miteinander reden. Über Mama. Darüber, daß Leute sterben, und warum das passiert, du weißt schon – was es bedeutet und so, und daß es nicht das Ende für sie ist, sondern vielleicht nur der Anfang da oben im Himmel, und daß wir einfach weitermachen müssen, ganz gleich, was kommt. Denn es ist so. Wir müssen weitermachen. Mama wäre sehr enttäuscht von uns, wenn wir nicht weitermachen. Und wenn Dad etwas passieren sollte – es wird ihm nichts passieren – aber wenn es durch einen verrückten Zufall doch so kommen sollte, dann würde er auch wollen, daß wir weitermachen, genauso wie Mama es wollen würde. Er wäre sehr unglücklich, wenn wir...«

»Penny! Davey! Hierher!«

Ein gelbes Taxi stand am Rinnstein. Das rückwärtige Fenster war heruntergekurbelt, und Tante Faye beugte sich heraus und winkte ihnen zu.

Davey stürmte über den Gehsteig, er hatte es plötzlich so eilig, dieses Gespräch über den Tod abzubrechen, daß er sogar froh war, seine schnatternde alte Tante Faye zu sehen.

Verdammt! Ich hab's verpatzt, dachte Penny. Ich hab' es zu ungeschickt angefangen.

Genau in diesem Augenblick, ehe sie Davey zum Taxi

folgte, ehe sie auch nur einen Schritt machen konnte, schoß ein scharfer Schmerz durch ihren linken Knöchel. Sie zuckte zusammen, japste, schaute hinunter – und erstarrte vor Entsetzen.

Zwischen dem unteren Rand des grünen Tors und dem Pflaster war ein vier Zoll breiter Spalt. Durch diesen Spalt war eine Hand gekommen, aus der Dunkelheit in dem überdachten Durchgang dahinter, und hatte ihren Knöchel gepackt.

Sie konnte nicht schreien. Ihre Stimme war weg.

Es war auch keine menschliche Hand. Sie war vielleicht doppelt so groß wie eine Katzenpfote. Aber es war keine Pfote. Es war eine vollständig, wenn auch sehr plumpe Hand mit Fingern und einem Daumen.

Sie konnte nicht einmal flüstern. Ihre Kehle war wie zugeschnürt.

Die Hand war nicht hautfarben. Sie war häßlich grau-grün-gelb gefleckt, wie eiterndes Fleisch. Und sie sah irgendwie klumpig und ein wenig fransig aus.

Das Atmen fiel ebenso schwer wie Schreien.

Die kleinen grau-grün-gelben Finger liefen spitz zu und endeten in scharfen Klauen. Zwei dieser Klauen hatten ihren Gummistiefel durchbohrt.

Sie dachte an den Plastikbaseballschläger.

Letzte Nacht. In ihrem Zimmer. Das Ding unter dem Bett.

Sie dachte an die glühenden Augen im Keller der Schule.

Und jetzt *das*.

Zwei der kleinen Finger hatten sich in ihren Stiefel gebohrt und kratzten, wühlten, rissen und quetschten jetzt an ihrem Bein.

Unvermittelt konnte sie wieder atmen. Sie keuchte, saugte sich die Lungen voll eiskalter Luft und wurde dadurch aus der entsetzlichen Starre gerissen, die sie bis jetzt am Tor festgehalten hatte. Sie riß ihren Fuß von der

Hand weg, machte sich los und stellte überrascht fest, daß sie dazu tatsächlich in der Lage war. Sie drehte sich um und rannte zum Taxi, stürzte hinein und schlug hastig die Tür zu.

Das Taxi entfernte sich von der Wellton-Schule.

Tante Faye und Davey unterhielten sich aufgeregt über den Schneesturm, der, wie Faye sagte, vermutlich noch zehn bis zwölf Zoll Schnee bringen würde, ehe er vorüber war. Keiner die beiden schien zu bemerken, daß Penny vor Angst halb tot war.

Während sie schwatzten, griff Penny hinunter und betastete ihren Stiefel. Am Knöchel war der Gummi aufgerissen. Ein Stück hing lose herab.

Sie öffnete den Reißverschluß, fuhr mit der Hand unter die Socke und betastete die Wunde an ihrem Knöchel.

Sie brannte ein wenig. Als sie die Hand aus dem Stiefel zog, glänzte ein wenig Blut auf ihren Fingerspitzen.

Tante Faye sah es. »Was ist passiert, Liebes?«

»Nur ein Kratzer.«

Tante Faye bestand darauf, mit Davey den Platz zu tauschen, damit sie neben Penny sitzen und sich die Verletzung genauer ansehen konnte. Sie ließ Penny den Stiefel ausziehen, rollte die Socke herunter und legte eine Stichwunde und mehrere Kratzer am Knöchel frei. Es blutete, aber nicht sehr stark; in ein paar Minuten würde es von selbst aufhören.

»Wie ist das passiert?« wollte Tante Faye wissen.

Penny zögerte. Nur zu gerne hätte sie Faye alles über die Geschöpfe mit den glühenden Augen erzählt. Sie wollte Hilfe, Schutz. Aber sie wußte, daß sie kein Wort sagen durfte. Man würde ihr nicht glauben. Schließlich war sie ›Das Mädchen, das einen Psychiater gebraucht hat‹.

»Na komm schon«, drängte Faye. »Raus damit. Was hast du angestellt?«

»Hm?«

»Deshalb zögerst du doch. Was hast du getan, obwohl du wußtest, daß du es nicht tun solltest?«

»Nichts«, sagte Penny.

»Wie bist du dann zu der Verletzung gekommen?«

»Ich... ich bin mit dem Stiefel an einem Nagel hängengeblieben.«

»An einem Nagel? Wo?«

»Vorhin, bei der Schule, an dem Tor, wo wir auf dich gewartet haben. Da stand ein Nagel heraus, und ich bin daran hängengeblieben.«

»War er rostig?« wollte Faye wissen.

»Was?« fragte Penny.

»Der Nagel natürlich. War er rostig?«

»Ich weiß es nicht.«

»Nun, du hast ihn doch gesehen, oder nicht? Wie könntest du sonst wissen, daß es ein Nagel war?«

Penny nickte. »Ja. Ich glaube, er war rostig.«

»Bist du gegen Tetanus geimpft?«

»Ja.«

Tante Faye musterte sie mit unverhohlenem Argwohn. »Weißt du überhaupt, was eine Tetanusimpfung ist?«

»Sicher.«

»Und wann hast du sie bekommen?«

»In der ersten Oktoberwoche.«

»Ich hätte nicht geglaubt, daß euer Vater an so etwas wie eine Tetanusimpfung denkt.«

»Sie haben uns in der Schule geimpft«, sagte Penny.

»Tatsächlich?« fragte Faye immer noch zweifelnd.

Jetzt meldete sich Davey zu Worte: »Die geben uns in der Schule alle möglichen Spritzen. Die haben da eine Schwester, und wir kriegen jede Woche Spritzen. Furchtbar. Man kommt sich schon vor wie ein Nadelkissen. Spritzen gegen Mumps und Masern. Eine Grippespritze. Anderes Zeug. Ich *hasse* das.«

Faye schien zufriedengestellt. »Na schön. Trotzdem,

wenn wir nach Hause kommen, waschen wir die Wunde gründlich aus, baden sie in Alkohol, tun Jod drauf und verbinden sie richtig.«

»Es ist doch nur ein Kratzer«, widersprach Penny.

»Wir wollen kein Risiko eingehen. Und jetzt zieh deinen Stiefel wieder an, Liebes.«

Gerade als Penny ihren Fuß in den Stiefel steckte und den Reißverschluß hochzog, fuhr das Taxi in ein Schlagloch.

»Junger Mann«, sagte Faye zum Fahrer, obwohl er mindestens vierzig war, also in ihrem Alter. »Wo in aller Welt haben Sie Autofahren gelernt?«

Er blickte in den Rückspiegel. »Tut mir leid, Gnädigste.«

»Wissen Sie nicht, daß die Straßen in unserer Stadt eine Katastrophe sind?« fragte Faye. »Sie müssen die Augen offenhalten.«

»Ich werde mir Mühe geben«, versprach er.

Während Faye den Fahrer darüber belehrte, wie er mit seinem Taxi umzugehen hatte, lehnte sich Penny zurück, schloß die Augen und dachte über die häßliche kleine Hand nach, die ihr den Stiefel und den Knöchel aufgerissen hatte. Sie versuchte sich einzureden, daß es die Hand irgendeines ganz gewöhnlichen Tieres gewesen war; nichts Außergewöhnliches; nichts aus dem ›Reich der Schatten‹. Aber die meisten Tiere hatten Pfoten, keine Hände. Es war etwas gewesen, was sie noch nie gesehen und wovon sie noch nie gelesen hatte.

Hatte es sie hinunterziehen und töten wollen? Auf offener Straße?

Nein. Um sie zu töten, hätte das Geschöpf – und diese anderen Kreaturen mit den glühenden Silberaugen – hinter dem Tor hervorkommen müssen, ins Freie, wo Mrs. Shepherd und die anderen sie hätten sehen können. Und Penny war ziemlich sicher, daß die Kobolde von niemandem außer ihr gesehen werden wollten. Sie blieben gern im Verborgenen. Nein, sie hatten bestimmt nicht die Absicht gehabt, sie dort, bei der Schule zu töten; sie hatten ihr nur einen Schrecken einjagen wollen, hatten ihr zeigen wollen, daß sie sich immer noch herumtrieben, auf die richtige Gelegenheit warteten…

Aber *warum?*

Warum wollten sie sie und vermutlich auch Davey – und andere Kinder nicht?

Wodurch wurden Kobolde wütend? Was mußte man tun, damit sie einen auf diese Weise verfolgten?

Ihr fiel nichts ein, was sie getan haben sollte, um jemanden so schrecklich wütend zu machen, und schon gar nicht Kobolde.

Verwirrt, unglücklich und verängstigt öffnete sie die Augen und schaute aus dem Fenster. Überall türmte sich Schnee auf. In ihrem Herzen war es genauso kalt wie auf der eisigen, vom Wind durchfegten Straße vor dem Fenster.

TEIL ZWEI

Mittwoch,
17.30 Uhr bis 23 Uhr

Die Dunkelheit verschlingt den lichten Tag.
Die Dunkelheit fordert, bekommt stets, was sie mag.
Die Dunkelheit lauscht, sie wartet und wacht,
Triumphiert, weil den Tag sie an sich gebracht.
Manchmal, da schleicht sie ganz heimlich heran.
Manchmal auch kündigen Trommeln sie an.

THE BOOK OF COUNTED SORROWS

Wer ist närrischer –
das Kind, das die Dunkelheit fürchtet,
oder der Mann, der das Licht scheut?

MAURICE FREEHILL

Kapitel vier

1

Um fünf Uhr dreißig gingen Jack und Rebecca in das Büro von Captain Walter Gresham, um ihm vorzutragen, was sie an Personal und Ausrüstung für die Sonderkommission benötigten, und um mit ihm zu besprechen, wie die Untersuchung durchgeführt werden sollte.

Im Laufe des Nachmittags waren zwei weitere Mitglieder der Familie Carramazza zusammen mit ihren Leibwächtern ermordet worden. Schon sprach die Presse vom blutigsten Bandenkrieg seit der Prohibition. Was die Presse immer noch nicht wußte, war, daß die Opfer (außer den beiden ersten) weder erstochen noch erschossen, weder erwürgt noch im traditionellen Stil der *cosa nostra* an Fleischerhaken aufgehängt worden waren. Die Polizei wollte vorerst noch nicht preisgeben, daß alle Opfer – bis auf die beiden ersten – durch brutale Bisse ums Leben gekommen waren. Wenn die Reporter diese rätselhafte, groteske Tatsache entdeckten, würden sie begreifen, daß das eine der größten Stories des Jahrzehnts war.

»Und dann geht es erst so richtig los«, sagte Gresham. »Dann fallen sie über uns her wie Flöhe über einen Hund.«

Die Heizung war eingeschaltet, und es wurde immer noch wärmer; Gresham zappelte herum wie eine Kröte in der Bratpfanne. Jack und Rebecca saßen vor dem Schreibtisch des Captains, aber Gresham konnte nicht ruhig sitzen bleiben. Während sie die Angelegenheit besprachen, ging der Captain im Zimmer auf und ab, trat wiederholt ans Fenster, zündete sich eine Zigarette an, rauchte sie zu weniger als einem Drittel, drückte sie aus, merkte, was er gemacht hatte, und zündete sich eine neue an.

Endlich war es soweit, daß Jack Gresham von seinem jüngsten Besuch in Carver Hamptons Laden und von Baba Lavelles Telefonanruf erzählen mußte. Er hatte sich in seinem ganzen Leben noch nicht so unbehaglich gefühlt wie jetzt, als er unter Greshams skeptischem Blick von diesen Ereignissen berichtete.

Nachdem Jack mit seinem Bericht fertig war, wandte sich der Captain an Rebecca und fragte: »Was halten Sie davon?«

Sie sagte: »Ich glaube, wir können jetzt mit Sicherheit davon ausgehen, daß Lavelle ein tobender Irrer ist, nicht nur ein einfacher Ganove, der im Rauschgifthandel eine Stange Geld machen will. Das ist nicht nur ein Kampf um Einflußsphären innerhalb der Unterwelt, und wir würden einen großen Fehler machen, wenn wir genauso vorgehen wollten, wie wir es bei einem ehrlichen Bandenkrieg tun würden.«

»Was dann?« wollte Gresham wissen.

»Tja«, sagte sie, »ich glaube, wir sollten uns mal um das Umfeld dieses Carver Hampton kümmern und sehen, was wir über ihn ausgraben können. Vielleicht steckt er mit Lavelle unter einer Decke.«

»Nein«, sagte Jack. »Hampton hat nicht simuliert, als er sagte, er hätte entsetzliche Angst vor Lavelle.«

»Woher wußte Lavelle so genau, in welchem Augenblick er dieses Münztelefon anrufen mußte?« fragte Rebecca. »Woher wußte er *genau*, wann du daran vorbeikommen würdest? Eine Antwort könnte lauten, daß er sich die ganze Zeit in Hamptons Laden aufhielt, während du auch da warst, im Hinterzimmer, und daß er daher wußte, wann du weggegangen bist.«

»Das kann nicht sein«, widersprach Jack. »Hampton ist kein besonders guter Schauspieler.«

»Er ist ein raffinierter Betrüger«, widersprach sie. »Aber selbst, wenn er nicht mit Lavelle im Bunde steht – ich meine, wir sollten noch heute Leute nach Harlem schikken und den Block mit dem Münztelefon durchkämmen lassen... und den Block auf der anderen Seite der Kreuzung auch. Wenn Lavelle nicht in Hamptons Laden war, muß er ihn von einem der anderen Gebäude an dieser Straße aus beobachtet haben. Eine andere Erklärung gibt es nicht.«

Es sei denn, sein Voodoo funktioniert wirklich, dachte Jack.

Rebecca fuhr fort: »Wir lassen die Wohnungen in diesen beiden Blocks von Beamten durchsuchen, um festzustellen, ob Lavelle sich dort irgendwo eingenistet hat. Wir verteilen Kopien von Lavelles Foto. Vielleicht hat ihn da draußen jemand gesehen.«

»Hört sich gut an«, sagte Gresham. »Das machen wir.«

»Und ich glaube, wir sollten die Drohungg gegen Jacks Kinder ernst nehmen. Sie überwachen lassen, wenn Jack nicht bei ihnen sein kann.«

»Einverstanden«, sagte Gresham. »Wir stellen sofort einen Mann ab.«

»Danke, Captain«, sagte Jack. »Aber ich glaube, das hat Zeit bis morgen. Die Kinder sind jetzt bei meiner Schwägerin, und ich glaube nicht, daß Lavelle sie finden kann. Ich habe ihr gesagt, sie soll sich vergewissern, daß sie nicht verfolgt wird, wenn sie sie von der Schule abholt. Außerdem hat Lavelle erklärt, er würde mir den Rest des Tages Zeit geben, mich zu entscheiden, ob ich die Voodoo-Spur fallenlassen will, und ich nehme an, daß er damit auch noch den Abend gemeint hat.«

Gresham setzte sich auf den Rand seines Schreibtischs. »Wenn Sie wollen, kann ich Sie von dem Fall abziehen. Kein Problem.«

»Kommt nicht in Frage«, sagte Jack.

»Sie nehmen die Drohung ernst?«

»Ja. Aber ich nehme auch meine Arbeit ernst. Ich bleibe bis zum bitteren Ende dabei.«

Gresham zündete sich eine neue Zigarette an und nahm

einen tiefen Zug. »Jack, glauben Sie wirklich, daß an der Voodoo-Geschichte etwas dran sein könnte?«

Jack spürte, wie ihn Rebecca durchdringend anstarrte, als er sagte: »Ziemlich weit hergeholt, wenn man glaubt, daß da was dran sein könnte. Aber ich kann es nicht einfach ausschließen.«

»Ich schon«, sagte Rebecca. »Lavelle glaubt vielleicht daran, aber dadurch wird es noch nicht Wirklichkeit.«

»Was ist mit dem Zustand der Leichen?« fragte Jack.

»Offensichtlich«, sagte sie, »setzt Lavelle dressierte Tiere ein.«

»Das ist fast genauso weit hergeholt wie Voodoo«, gab Gresham zu bedenken.

»Jedenfalls«, sagte Jack, »sind wir das heute alles schon durchgegangen. So ungefähr das einzige kleine, bösartige, dressierbare Tier, das wir uns vorstellen konnten, war ein Frettchen. Und wir haben alle den Bericht von der Pathologie gelesen, den, der um halb fünf reinkam. Die Zahnspuren sind nicht von Frettchen. Dem Bericht zufolge passen sie auch zu keinem anderen Tier, das Noah mit an Bord der Arche nahm.«

Rebecca sagte: »Lavelle stammt aus der Karibik. Ist es nicht wahrscheinlich, daß er mit einem Tier arbeitet, das in diesem Teil der Welt heimisch ist, mit einem Tier, das unsere Gerichtsmediziner nicht einmal in Betracht ziehen würden, irgendeine exotische Eidechse oder so was?«

»Jetzt suchst du nach Strohhalmen«, sagte Jack.

»Zugegeben«, sagte Gresham. »Aber es lohnt sich trotzdem, es nachzuprüfen. Okay. Noch was?«

»Ja«, sagte Jack. »Können Sie mir erklären, woher ich wußte, daß der Anruf von Lavelle für mich war? Warum ich von dem Telefon wie magisch angezogen wurde?«

Wind strich über die Fenster.

Die Wanduhr hinter Greshams Schreibtisch schien plötzlich viel lauter zu ticken als vorher.

Der Captain zuckte die Achseln. »Darauf kann Ihnen wohl keiner von uns eine Antwort geben, Jack.«

»Machen Sie sich nichts draus. Ich weiß auch keine Antwort für mich.«

Gresham stand vom Schreibtisch auf. »Schön, wenn das alles war, sollten Sie, glaube ich, jetzt beide Schluß machen, nach Hause fahren und sich ein wenig ausruhen.«

2

Der einzige Platz, den Penny in der Wohnung der Jamisons mochte, war die Küche, die nach den Maßstäben von New Yorker Stadtwohnungen groß war, fast doppelt so groß wie die Küche, an die Penny gewöhnt war, und richtig gemütlich. Ein grüner Fliesenboden. Weiße Schränke mit bleiverglasten Türen und Messingbeschlägen. Grüngeflieste Arbeitsplatten. Über der Doppelspüle befand sich ein schönes nach außen vorstehendes Blumenfenster mit einem vier Fuß langen und zwei Fuß breiten Beet, in dem das ganze Jahr über, sogar im Winter, die verschiedensten Kräuter gezogen wurden. (Tante Faye verwendete beim Kochen frische Kräuter, wann immer es möglich war.) In einer Ecke stand an der Wand ein kleiner Tisch in Form eines Fleischblocks, weniger ein Eßplatz als ein Platz, an dem man Speisepläne aufstellte und Einkaufslisten schrieb; neben dem Tisch war Platz für zwei Stühle. Dies war der einzige Raum in der Wohnung der Jamisons, in dem Penny sich wohl fühlte.

Um zwanzig nach sechs saß sie an diesem Blocktisch und tat so, als lese sie in einer von Fayes Illustrierten; die Worte verschwammen vor ihren ins Leere starrenden Augen. In Wirklichkeit dachte sie an alle möglichen

Sachen, über die sie gar nicht nachdenken wollte: Kobolde, Tod, und ob sie jemals wieder würde schlafen können.

Onkel Keith war vor fast einer Stunde von der Arbeit nach Hause gekommen. Er war Teilhaber einer gutgehenden Börsenmaklerfirma. Onkel Keith war groß und hager, sein Kopf war so haarlos wie ein Ei, er hatte einen graumelierten Schnurrbart und einen Spitzbart und schien immer zerstreut zu sein. Man hatte den Eindruck, daß er einem nie mehr als zwei Drittel seiner Aufmerksamkeit schenkte, wenn er mit einem sprach. Seit er heute nach Hause gekommen war, hatte er im Wohnzimmer gesessen, bedächtig an einem Martini genippt, eine Zigarette nach der anderen gequalmt und gleichzeitig die Fernsehnachrichten angeschaut und das *Wall Street Journal* gelesen.

Tante Faye befand sich, von dem Tisch aus gesehen, an dem Penny saß, am anderen Ende der Küche. Sie bereitete das Dinner, das für halb acht angesetzt war: Zitronenhühnchen, Reis und gedünstetes Gemüse. Die Küche war der einzige Ort, an dem Tante Faye nicht allzusehr Tante Faye war. Sie kochte gerne und sehr gut und schien ein ganz anderer Mensch zu sein, wenn sie in der Küche war; entspannter und freundlicher als gewöhnlich.

Davey half ihr bei der Vorbereitung des Essens. Dabei plauderten sie, über nichts Wichtiges, nur dies und das.

»Mensch, ich bin so hungrig, daß ich ein Pferd aufessen könnte!« sagte Davey.

»Himmel, junger Mann, du hast doch Kekse und Milch bekommen, als wir am Nachmittag nach Hause gekommen sind.«

»Nur zwei Kekse.«

»Und da bist du schon wieder ausgehungert? Du hast keinen Magen; was du hast, ist ein bodenloser Abgrund!«

»Tja, ich hatte kaum etwas zum Lunch«, verteidigte sich Davey. »Mrs. Shepherd – das ist meine Lehrerin – hat mir etwas von ihrem Essen abgegeben, aber das war wirklich ganz scheußliches Zeug. Ich hab' ein bißchen dran geknabbert, damit sie nicht beleidigt ist, und als sie nicht hinsah, hab' ich das meiste weggeworfen.«

»Aber macht euer Vater euch denn kein Lunchpaket zurecht?« fragte Faye, und ihre Stimme klang plötzlich schärfer als zuvor.

»Oh, sicher. Und wenn er keine Zeit hat, macht Penny das. Aber...«

Faye wandte sich an Penny. »Hat er heute etwas in die Schule mitbekommen? Er braucht doch sicherlich nicht um sein Essen zu betteln.«

Penny schaute von ihrer Illustrierten auf. »Ich habe es ihm heute morgen selbst zurechtgemacht. Er hatte einen Apfel, ein Schinkensandwich und zwei große Haferkekse dabei.«

»Ich finde, das ist ein guter Lunch«, sagte Faye. »Warum hast du den nicht gegessen, Davey?«

»Tja, wegen der Ratten natürlich«, sagte er.

Penny zuckte überrascht zusammen, richtete sich in ihrem Stuhl auf und starrte Davey gespannt an.

Faye fragte: »Ratten? Was für Ratten?«

»Heiliger Rauch, das habe ich ja ganz vergessen!« sagte Davey. »Während des Vormittagsunterrichts müssen Ratten an meine Essensdose gekommen sein. Das ganze Essen war versaut, in Stücke gerissen und angeknabbert. Eeeeeklig!« sagte er, wobei er das Wort genüßlich in die Länge zog, er war offensichtlich nicht entsetzt darüber, daß die Ratten an seinem Essen gewesen waren, sondern erregt und fasziniert, wie es nur ein kleiner Junge sein konnte. In seinem Alter war so ein Vorfall ein richtiges Abenteuer.

Pennys Mund war trocken geworden. »Davey? Hm... hast du die Ratten gesehen?«

»Neee«, antwortete er, sichtlich enttäuscht. »Sie waren schon weg, als ich die Essensdose holen wollte.«

»Wo hattest du die Dose denn?« fragte Penny.
»In meinem Spind.«
»Haben die Ratten sonst noch etwas in deinem Spind angeknabbert?«
»Was zum Beispiel?«
»Bücher oder so.«
»Warum sollten sie Bücher anknabbern?«
»Dann war es nur das Essen?«
»Sicher. Was sonst?«
»Hattest du die Spindtür zugemacht?«
»Ich glaube schon.«
»Auch abgesperrt?«
»Ich glaube schon.«
»Und war die Dose fest verschlossen?«
»Müßte sie eigentlich gewesen sein«, sagte er, kratzte sich den Kopf und versuchte, sich zu erinnern.
Faye schaltete sich ein: »Na, offensichtlich war sie das nicht. Ratten können nicht ein Schloß aufmachen, eine Tür öffnen und den Deckel von einer Essensdose abheben. Du mußt sehr schlampig gewesen sein, Davey. Das überrascht mich wirklich. Ich möchte wetten, du hast, gleich als du in die Schule kamst, einen von diesen Keksen gegessen, hast einfach nicht warten können, und dann hast du vergessen, den Deckel wieder auf die Dose zu tun.«
»Aber so war es nicht«, protestierte Davey.
»Euer Vater bringt euch nicht bei, auf eure Sachen zu achten«, erklärte Faye unbeirrt. »Das sind so Dinge, die eine Mutter tut, und euer Vater vernachlässigt das eben.«
Ehe Penny etwas sagen konnte, fuhr Faye mit einem Ton höchster moralischer Entrüstung fort: »Aber was *ich* wissen möchte, ist, in was für eine Schule euer Vater euch da geschickt hat. Was ist das für ein dreckiges Loch, dieses Wellton?«
»Es ist eine gute Schule«, erklärte Penny abwehrend.
»Mit *Ratten?*« fragte Faye. »In einer guten Schule gibt es

keine Ratten. Und was wäre, wenn sie noch in dem Spind gewesen wären, als Davey seinen Lunch holen wollte? Sie hätten ihn beißen können. Ratten sind schmutzig. Sie übertragen alle möglichen Krankheiten. Ich kann mir einfach nicht vorstellen, daß eine Schule für Kinder nicht geschlossen werden muß, wenn es dort Ratten gibt. Die Gesundheitsbehörde muß das gleich morgen erfahren. Euer Vater muß sofort etwas dagegen unternehmen. Gott, eure arme Mutter wäre entsetzt über eine solche Schule, eine Schule, in der es Ratten gibt. Ratten! Mein Gott, Ratten übertragen alles, von der Tollwut bis zur Pest!«

In diesem Ton ging es weiter.

Penny schaltete einfach ab.

Es hatte keinen Sinn, von ihrem eigenen Spind und den silberäugigen Wesen im Keller der Schule zu erzählen. Faye würde sich nicht davon abbringen lassen, daß das ebenfalls Ratten gewesen waren.

Selbst wenn ich ihr von der Hand erzähle, dachte Penny, von der kleinen Hand, die unter dem grünen Tor vorkam, wird sie nicht davon abzubringen sein, daß es Ratten sind. Sie wird sagen, daß ich Angst hatte und mir etwas eingebildet habe. Sie wird alles so hindrehen, daß es zu der Geschichte paßt, die sie glauben will, und es wird ihr nur noch mehr Munition liefern, die sie gegen Daddy verwenden kann. Verdammt, Tante Faye, warum bist du nur so stur?

Penny fragte sich, wann ihr Vater sie wohl abholen würde, und sie betete, es möge nicht zu spät werden. Hoffentlich kam er noch vor dem Schlafengehen. Sie wollte nicht alleine, nur mit Davey, in einem dunklen Zimmer sein, auch wenn es Tante Fayes Gästezimmer und weit von ihrer eigenen Wohnung entfernt war. Sie war ziemlich sicher, daß die Kobolde sie finden würden, auch hier. Sie hatte beschlossen, ihrem Vater alles zu erzählen. Zuerst würde er nicht an Kobolde glauben wollen. Aber jetzt war schließlich das mit Daveys Lunchdose passiert. Und wenn sie mit ihrem Vater in ihre Wohnung zurückging und ihm die Löcher in Daveys Plastikbaseballschläger zeigte, konnte sie ihn vielleicht überzeugen. Daddy war zwar ein Erwachsener, wie Tante Faye, aber er war nicht stur, und er hörte zu, wenn Kinder etwas sagten, wie es nur wenige Erwachsene taten.

Penny biß sich auf die Lippen.

Sie starrte auf die Illustrierte hinunter. Die Bilder und die Worte verschwammen und wurden wieder scharf.

Das schlimmste war, daß sie jetzt hundertprozentig sicher wußte, daß die Kobolde nicht nur hinter ihr her waren. Sie hatten es auch auf Davey abgesehen.

3

Rebecca hatte nicht auf Jack gewartet, obwohl er sie darum gebeten hatte. Während er noch bei Captain Gresham geblieben war, um die Einzelheiten für die Bewachung von Penny und Davey auszuarbeiten, hatte Rebecca offenbar ihren Mantel angezogen und war nach Hause gegangen.

Als Jack merkte, daß sie fort war, seufzte er und sagte leise: »Einfach machst du es einem wirklich nicht, Baby.«

Auf seinem Schreibtisch lagen zwei Bücher über Voodoo, die er sich gestern aus der Bibliothek geholt hatte. Er starrte sie lange an und entschied dann, daß er noch vor morgen früh näheres über *Bocors* und *Houngons* erfahren mußte. Er zog Mantel und Handschuhe an, klemmte sich die Bücher unter den Arm und ging hinunter in die Tiefgarage unter dem Gebäude.

Da er und Rebecca mit der Leitung der Sonderkommission beauftragt worden waren, kamen sie jetzt in den Genuß von Vergünstigungen, die für einen normalen Beamten der Mordkommission unerreichbar waren, und dazu gehörte auch, daß sie beide rund um die Uhr, nicht nur während der Dienststunden, über einen zivilen Polizeiwagen verfügen konnten. Jack wurde ein ein Jahr alter, scheußlich grüner Chevrolet zugeteilt, der einige Beulen und noch mehr Kratzer aufwies. Die Mechaniker der Fahrbereitschaft hatten sogar Schneeketten aufgezogen. Die Kiste war startbereit.

Jack rangierte rückwärts aus der Parkbucht und fuhr die Rampe hinauf zur Straßenausfahrt. Dort blieb er stehen und wartete, während ein mit einem großen Schneepflug, einem Salzstreuer und vielen blitzenden Lichtern ausgestattetes städtisches Räumfahrzeug in der sturmdurchtosten Dunkelheit vorbeifuhr.

Außer dem Räumfahrzeug waren nur noch zwei Autos auf der Straße. Der Sturm hatte die Nacht praktisch für sich allein. Aber als das Fahrzeug vorbei und der Weg frei war, zögerte Jack immer noch.

Er schaltete die Scheibenwischer ein.

Wenn er zu Rebeccas Wohnung wollte, mußte er nach links abbiegen.

Zum Haus der Jamisons ging es nach rechts.

Er sehnte sich nach Penny und Davey, sehnte sich danach, sie zu umarmen, sie warm, lebendig und lächelnd vor sich zu sehen.

Natürlich waren sie im Augenblick nicht wirklich in Gefahr. Selbst wenn Lavelle seine Drohung ernst meinte, würde er nicht so bald losschlagen, und er konnte auch nicht wissen, wo sie zu finden waren, selbst wenn er jetzt schon handeln wollte.

Links, rechts, links.

Sie waren bei Faye und Keith völlig sicher. Außerdem hatte Jack Faye gesagt, daß er wahrscheinlich nicht rechtzeitig zum Abendessen dasein würde.

Endlich nahm er den Fuß von der Bremse, fuhr auf die Straße hinaus und bog nach links ab.

Er mußte mit Rebecca über das sprechen, was letzte

Nacht zwischen ihnen geschehen war. Sie war diesem Thema den ganzen Tag über ausgewichen. Er konnte nicht zulassen, daß sie sich weiterhin davor drückte. Sie mußte sich den Veränderungen stellen, die die letzte Nacht in ihrer beider Leben gebracht hatte, tiefgreifende Veränderungen, die er aus ganzem Herzen begrüßte, über die sie aber bestenfalls zwiespältig zu denken schien.

Das Ding kauerte in den tiefen Schatten neben dem Garagenausgang und beobachtete, wie Jack Dawson in der Zivillimousine wegfuhr.

Seine leuchtenden Silberaugen blinzelten kein einziges Mal.

Dann kroch es, immer in den Schatten bleibend, in die verlassene, stille Garage zurück.

Wo immer es hinwollte, fand es den Schutz von Schatten und Dunkelheit – selbst da, wo noch einen Augenblick zuvor keine Schatten gewesen waren. Es schlich sich von einem Wagen zum anderen, kroch unten durch und außen herum, bis es zu einer Abflußöffnung im Garagenboden kam. Es stieg in die darunterliegenden, mitternächtlichen Regionen hinab.

4

Lavelle war nervös.

Ohne das Licht anzuschalten, wanderte er rastlos durch das Haus, treppauf und treppab, hin und her; er suchte nach nichts Bestimmtem, konnte nur einfach nicht stillhalten, und er bewegte sich ständig in tiefster Dunkelheit, stieß aber nie gegen Möbel oder Türen. Er war wirklich in den Schatten zu Hause. Schließlich war die Dunkelheit ein Teil von ihm.

Seine Nervosität bereitete ihm Unbehagen. Aus dem

Unbehagen erwuchs Furcht. Furcht war etwas Ungewohntes für ihn. Er wußte nicht so recht, wie er damit umgehen sollte. Und so machte die Furcht ihn noch nervöser.

Er machte sich Sorgen wegen Jack Dawson. Vielleicht war es ein schwerer Fehler gewesen, daß er Dawson Zeit gelassen hatte, über seine Möglichkeiten nachzudenken. Ein Mann wie dieser Polizeibeamte würde diese Zeit vielleicht gut zu nützen wissen.

Wenn er spürt, daß ich ihn auch nur ein wenig fürchte, dachte Lavelle, und wenn er mehr über Voodoo herausfindet, dann könnte er vielleicht irgendwann verstehen, warum ich guten Grund habe, ihn zu fürchten.

Wenn Dawson herausfand, über welch besondere Macht er verfügte, und wenn er lernte, diese Macht einzusetzen, würde er Lavelle finden und ihn aufhalten. Dawson war einer jener seltenen Menschen, dieser eine unter zehntausend, die auch gegen den größten *Bocor* kämpfen und sich eines Sieges einigermaßen sicher sein konnten. Wenn der Detektiv das Geheimnis seines Wesens entdeckte, dann würde er zu Lavelle kommen, wohlgerüstet und gefährlich.

Lavelle streifte durch das dunkle Haus.

Vielleicht sollte er jetzt schon zuschlagen. Sollte die Dawson-Kinder noch an diesem Abend vernichten. Es hinter sich bringen. Vielleicht würde ihr Tod Dawson in völlige Verzweiflung stürzen. Er liebte seine Kinder sehr, und er war schon Witwer, litt schon unter einem schweren Kummer; vielleicht würde ihn der blutige Mord an Penny und Davey zerbrechen. Wenn der Verlust seiner Kinder ihn nicht völlig um den Verstand brachte, dann würde er ihn höchstwahrscheinlich in eine schreckliche Depression stürzen, die sein Denken vernebeln und viele Wochen lang seine Arbeit beeinträchtigen würde. Das allermindeste war, daß Dawson ein paar Tage der Untersuchung fernbleiben mußte, um die Beerdigung zu arrangieren, und diese paar Tage würden Lavelle eine kleine Atempause verschaffen.

Aber was war andererseits, wenn Dawson ein Mensch war, der aus dem Leid Kraft schöpfte, anstatt unter dieser Last zusammenzubrechen? Was war, wenn die Ermordung und Verstümmelung seiner Kinder seinen Entschluß, Lavelle zu finden und zu vernichten, nur noch stärkte?

Für Lavelle war diese Möglichkeit enervierend.

Unentschlossen streifte der *Bocor* durch die lichtlosen Räume, wie ein Geist, der das Haus heimsuchte.

Endlich wußte er, daß er die uralten Götter befragen und sie demütig bitten mußte, ihn an ihrer Weisheit teilhaben zu lassen.

Er ging in die Küche und schaltete die Deckenlampe an.

Aus einem Schrank nahm er einen mit Mehl gefüllten Behälter.

Auf der Arbeitsplatte stand ein Radio. Er rückte es in die Mitte des Küchentischs.

Mit dem Mehl zeichnete er auf den Tisch, rund um das Radio, ein kunstvolles *Vèvè*.

Er schaltete den Apparat ein.

Er wechselte durch ein Dutzend Sender, die alle Arten von Musik spielten, von Pop über Rock und Country bis zu Klassik und Jazz. Dann stellte er den Tuner auf eine freie Frequenz ein, die auf keiner Seite von anderen Sendern gestört wurde.

Er nahm noch eine zweite Handvoll Mehl und zeichnete sorgfältig ein kleines, einfaches *Vèvè* oben auf das Radio selbst.

Dann wusch er sich am Spülbecken die Hände, ging zum Kühlschrank und holte eine kleine, mit Blut gefüllte Flasche heraus.

Es war Katzenblut, das bei den verschiedensten Ritualen Verwendung fand. Einmal in der Woche kaufte oder ›adoptierte‹ er, immer in einem anderen Zoogeschäft oder

Tierasyl, eine Katze, nahm sie mit nach Hause, tötete sie und ließ sie ausbluten, um immer einen frischen Vorrat an Blut zu haben.

Jetzt kehrte er an den Tisch zurück und setzte sich vor das Radio. Er tauchte seine Finger in das Katzenblut, zeichnete bestimmte Runen auf den Tisch und, ganz zum Schluß, auf die Plastikscheibe über der Radioskala.

Er sang eine Weile, wartete, lauschte, sang weiter, bis er hörte, daß sich das Geräusch der nicht belegten Frequenz auf unverkennbare, aber nicht zu beschreibende Weise veränderte. Nur einen Augenblick zuvor war es ein toter Laut gewesen. Jetzt lebte er. Etwas machte von der offenen Frequenz Gebrauch, griff aus dem Jenseits herüber.

Lavelle starrte das Radio an, ohne es wirklich zu sehen und fragte: »Ist da jemand?«

Keine Antwort.

»Ist da jemand?«

Die Stimme klang nach Staub und mumifizierten Überresten. »Ich warte«. Es hörte sich an wie trockenes Papier, wie Sand und Splitter, eine unendlich alte Stimme, so bitterkalt wie die Nacht zwischen den Sternen, kratzig, flüsternd und böse.

Es konnte jeder von hunderttausend Dämonen sein, oder auch ein ausgewachsener Gott einer der uralten, afrikanischen Religionen, oder der Geist eines Toten, der vor langer Zeit in die Hölle verbannt worden war. Es war nicht mit Sicherheit festzustellen, wer es war, und Lavelle hatte nicht die Macht, ihn zur Preisgabe seines Namens zu zwingen. Wer immer es sein mochte, er würde ihm seine Fragen beantworten können.

»Ich warte.«

»Du weißt, womit ich mich hier beschäftige?«

»Ich weisss esssss.«

»Die Angelegenheit, die die Carramazza-Familie betrifft.«

»Ich weisss essss.«

Wenn Gott den Schlangen die Gabe der Sprache verliehen hätte, dann hätte es so geklungen.

»Du kennst den Kriminalbeamten, diesen Dawson?«

»Ja.«

»Wird er seine Vorgesetzten bitten, ihn von dem Fall abzulösen?«

»Niemalsss!«

»Wird er weiter Nachforschungen über Voodoo anstellen?«

»Dasss wird er.«

»Ich habe ihn gewarnt.«

»Er wird nicht aufhören.«

In der Küche war es bitterkalt geworden, obwohl die Zentralheizung noch lief und heiße Luft aus den Heizkörpern spuckte. Die Luft schien dick und ölig zu sein.

»Was kann ich tun, um Dawson in Schach zu halten?«

»Du weissst esss!«

»Sag es mir.«

»Du weissst esss.«

Lavelle leckte sich die Lippen, räusperte sich.

»Du weissst esss.«

Lavelle sagte: »Soll ich seine Kinder jetzt ermorden lassen, heute abend, ohne weiteren Aufschub?«

5

Rebecca öffnete die Tür. Sie sagte: »Ich dachte mir irgendwie, daß du es bist.«

Er stand fröstelnd auf dem Treppenabsatz. »Da draußen tobt ein richtiger Blizzard.«

Sie trug einen weichen blauen Morgenrock und Hausschuhe.

Ihr Haar war honiggelb. Sie sah großartig aus.

Sie sagte kein Wort. Sie sah ihn nur an.

Schließlich meinte er: »Wirklich, der Sturm des Jahrhunderts. Vielleicht sogar der Anfang einer neuen Eiszeit. Das Ende der Welt. Ich habe mir überlegt, mit wem ich am liebsten zusammensein würde, wenn das wirklich das Ende der Welt wäre...«

Fast hätte sie ihn angelächelt.

Er fragte: »Kann ich reinkommen? Ich habe meine Stiefel schon ausgezogen, siehst du? Ich werde keine Spuren auf deinem Teppich hinterlassen. Und ich habe sehr gute Manieren. Ich rülpse nie in der Öffentlichkeit und kratze mich auch nicht am Hintern – jedenfalls nicht mit Absicht.«

Sie gab den Weg frei.

Er trat ein.

Sie schloß die Tür und sagte: »Ich wollte gerade etwas zu essen machen. Hast du Hunger?«

»Was gibt es denn?«

»Hereingeschneite Gäste dürfen nicht wählerisch sein.«

Sie gingen in die Küche, und er hängte seinen Mantel über eine Stuhllehne.

Sie sagte: »Roastbeef-Sandwiches und Suppe.«

»Gute Idee.«

»Du schneidest das Roastbeef auf.«

»Sicher.«

»Es liegt im Kühlschrank, in Plastikfolie. Im zweiten Fach, glaube ich. Paß auf!«

»Warum? Ist es lebendig?«

»Der Kühlschrank ist ziemlich vollgepackt. Wenn du die Sachen nicht vorsichtig rausnimmst, fällt dir wahrscheinlich alles entgegen.

Er öffnete den Kühlschrank. Da drinnen herrschte tatsächlich ein Chaos, während ihre Wohnung bis in den letzten Winkel sauber, ordentlich und von fast spartanischer Schlichtheit war.

Er fand das Roastbeef hinter einem Glas mit eingelegten Eiern, auf einem Apfelkuchen in der Backform, unter einem Paket Schweizer Käse, eingekeilt zwischen zwei Pfannen mit Resten auf der einen Seite und einem Krug mit Mixed Pickles und einer übriggebliebenen Hühnerbrust auf der anderen, vor drei Gläsern Marmelade.

Eine Zeitlang arbeiteten sie schweigend.

Er hatte geglaubt, wenn er sie einmal zu fassen bekam, würde es nicht schwer sein, über das zu reden, was letzte Nacht zwischen ihnen geschehen war. Aber jetzt war er verlegen. Er wußte nicht, wie er anfangen, was er als erstes sagen wollte. Alles, was ihm einfiel, fand er entweder abgedroschen, oder es war zu abrupt oder einfach blöd.

Das Schweigen dehnte sich.

Sie legte Sets, Geschirr und Besteck auf den Tisch.

Er schnitt erst das Rindfleisch und dann eine große Tomate in Scheiben.

Sie öffnete zwei Dosen Suppe.

Er wandte sich zu Rebecca, um sie zu fragen, wie sie ihr Sandwich haben wollte.

Sie stand mit dem Rücken zu ihm am Herd und rührte die Suppe im Topf um. Ihr Haar schimmerte golden auf dem dunkelblauen Morgenrock.

Jack überlief ein Schauer des Begehrens. Er konstatierte voll Staunen, wieviel anders sie jetzt war, im Vergleich zu vor nur einer Stunde im Büro, als er sie zuletzt gesehen hatte. Nicht mehr die Eisjungfrau. Nicht mehr die Wikingerin.

Ehe er sich selbst bewußt wurde, was er tat, trat er von hinten an sie heran und legte ihr die Hände auf die Schultern.

Sie war nicht überrascht. Sie hatte sein Kommen gespürt. Vielleicht hatte sie ihn sogar mit ihrem Willen herangezogen.

Zuerst waren ihre Schultern unter seinen Händen steif und ihr ganzer Körper angespannt.

Er strich ihr Haar beiseite und küßte sie auf den Nacken.

Sie entspannte sich, wurde weich, lehnte sich an ihn.

Er strich mit den Händen an ihren Seiten hinunter bis zur Wölbung ihrer Hüften.

Sie seufzte, sagte aber nichts.

Er küßte sie aufs Ohr.

Er ließ eine Hand nach oben gleiten, umfaßte ihre Brust.

Sie drehte den Gasbrenner ab, auf dem der Topf mit der Minestrone stand.

Jetzt hatte er die Arme um sie geschlungen, beide Hände lagen auf ihrem flachen Bauch.

Sein Glied wurde so hart, daß es weh tat.

Sie murmelte unartikuliert, ein Laut wie von einer Katze.

Seine Hände hielten nicht still, sondern strichen sanft und träge forschend über sie hin.

Sie wandte sich ihm zu.

Sie küßten sich.

Ihre Zunge war schnell und heiß, aber der Kuß war ausgedehnt und langsam.

Als sie sich voneinander lösten, nur ein paar Zoll auseinanderwichen, um einen dringend benötigten Atemzug zu machen, begegneten sich ihre Blicke, und ihre Augen leuchteten in so wildem, strahlendem Grün, daß sie gar nicht wirklich zu sein schienen. Aber er sah ein sehr wirkliches Verlangen darin.

Noch ein Kuß. Diesmal heftiger als der erste, hungriger.

Dann entzog sie sich ihm. Nahm seine Hand.

Sie gingen aus der Küche. Ins Wohnzimmer.

Ins Schlafzimmer.

Sie schaltete eine kleine Lampe mit einem Schirm aus bernsteinfarbenem Glas ein. Sie gab kein helles Licht. Die Schatten wichen ein wenig zurück, verschwanden aber nicht ganz.

Sie zog ihren Morgenrock aus. Mehr hatte sie nicht an.

Sie entkleidete ihn.

Viel später, auf dem Bett, als er schließlich in sie eindrang, stieß er leise, von Staunen erfüllt, ihren Namen hervor, und sie sprach den seinen aus. Dies waren die ersten Worte, die gefallen waren, seit er ihr draußen in der Küche die Hände auf die Schultern gelegt hatte.

Sie fanden in einen sanften, seidigen, befriedigenden Rhythmus hinein und spendeten sich auf den kühlen, knisternden Laken Freude.

6

Lavelle saß am Küchentisch und starrte das Radio an.

Der Wind rüttelte an dem alten Haus.

Zu dem unsichtbaren Wesen, das durch das Radio mit dieser Welt in Verbindung trat, sagte Lavelle: »Soll ich seine Kinder jetzt gleich ermorden lassen, heute abend noch, ohne weiteren Aufschub?«

»Ja.«

»Aber wenn ich seine Kinder töte, besteht dann nicht die Gefahr, daß Dawson mehr denn je entschlossen ist, mich zu finden?«

»Töte sssie!«

»Meinst du, Dawson könnte zusammenbrechen, wenn ich sie töte?«

»Ja.«

»Es könnte zu seinem emotionalen oder geistigen Verfall beitragen?«

»Ja.«

»Steht das außer Zweifel?«

»Er liebt sssie sssehr!«

»Ich will ganz sicher sein.«

»Töte sssie. Brutal. Esss musss besssondersss brutal sssein.«

»Ich werde alles tun, um ihn aus dem Weg zu räumen, aber ich möchte absolut sicher sein, daß es so funktioniert, wie ich es haben will.«

»Töte sssie. Zerschmettere sssie. Brich ihnen die Knochen und reissse ihnen die Augen herausss. Reissse ihnen die Zunge herausss. Weide sie ausss wie zwei Schlachtschweine.«

7

Rebeccas Schlafzimmer.

Schneekristalle pochten leise ans Fenster.

Sie lagen nebeneinander im bernsteinfarbenen Licht auf dem Bett und hielten sich an den Händen.

Rebecca sagte: »Ich dachte nicht, daß es noch einmal passieren würde.«

»Was?«

»Das.«

»Ach so.«

»Ich war sicher, daß wir uns niemals wieder lieben würden.«

»Aber wir haben es getan.«

Sie schwieg.

Er fragte: »Tut es dir leid?«

»Nein.«

»Du glaubst doch nicht, daß *dies* das letzte Mal war, oder?«

»Nein.«

Pause.

Dann sagte sie: »Was ist mit uns passiert?«

»Ist das nicht klar?«

»Nicht ganz.«

»Wir haben uns verliebt.«

»Aber wie konnte das so schnell gehen?«

»Es war nicht schnell.«

»Die ganze Zeit nur Polizisten, nur Partner...«

»Mehr als Partner.«

»... und dann ganz plötzlich... wumm!«
»Es war nicht plötzlich. Bei mir geht das schon lange so.«
»Wirklich?«
»Mindestens seit zwei Monaten.«
»Warum habe ich das nicht gemerkt?«
»Du hast es gemerkt. Im Unterbewußtsein.«
»Vielleicht.«
»Ich frage mich nur, warum du dich so hartnäckig dagegen gewehrt hast.«
Sie antwortete nicht.

Nach einer Weile sagte er: »Ich liebe dich.«
»Sag das nicht.«
»Ich sage es nicht nur. Ich meine es auch.«
Sie sah ihn nicht an.
Er sagte: »Ich bin sicher, Rebecca. Ich liebe dich.«
»Ich habe dich gebeten, das nicht zu sagen.«
»Ich verlange ja nicht, es von dir zu hören.«
Sie biß sich auf die Unterlippe.
»Sag nur, daß du mich ein wenig magst.«
»Ich mag dich.«
»Schön. Damit kann ich im Moment leben.«
»Gut.«
»Aber mittlerweile liebe ich dich.«
»Verdammt, Jack!«
Sie rückte von ihm weg.
Sie zog das Laken hoch bis ans Kinn.
»Jetzt sei nicht so kalt zu mir, Rebecca.«
»Ich bin nicht kalt.«
Sie kaute am Daumen wie ein kleines Mädchen.
»Rebecca?«
»Ich weiß nicht, wie ich es sagen soll. Ich kann es nicht erklären. Ich mußte es noch nie in Worten ausdrücken.«
»Ich kann gut zuhören.«
»Ich brauche ein bißchen Zeit zum Nachdenken.«

»Dann laß dir Zeit.«

Sie starrte an die Decke und überlegte.

Er schlüpfte zu ihr unter das Laken und zog die Decke über sie beide.

Eine Weile lagen sie da und schwiegen.

Draußen sang der Wind eine Serenade mit zwei Tönen.

Sie sagte: »Mein Vater starb, als ich sechs war.«

»Das tut mir leid. Wie schrecklich. Dann hattest du nie die Chance, ihn richtig kennenzulernen.«

»Das stimmt. Und trotzdem, so sonderbar das auch klingt, manchmal vermisse ich ihn immer noch sehr, auch nach so vielen Jahren noch – einen Vater, den ich nie richtig kannte und an den ich mich kaum erinnere. Ich vermisse ihn trotzdem.«

Jack dachte an seinen eigenen, kleinen Davey, der noch nicht einmal sechs gewesen war, als seine Mutter starb.

Er drückte Rebecca sanft die Hand.

Sie sagte: »Aber daß mein Vater starb, als ich sechs war – das ist irgendwie nicht das Schlimmste. Das Schlimmste ist, daß ich sah, wie er starb. Ich war dabei, als es passierte.«

»Mein Gott. Wie... wie ist es passiert?«

»Tja... er und Mama hatten eine Imbißbude. Nicht groß. Nur vier kleine Tische. Hauptsächlich Straßenverkauf. Sandwiches, Kartoffelsalat, Nudelsalat und ein paar Schleckereien. Es ist schwer, in diesem Geschäft Erfolg zu haben, außer man hat gleich zu Beginn zwei Dinge: genügend Startkapital, um am Anfang ein paar magere Jahre durchstehen zu können, und eine gute Lage mit viel Laufkundschaft oder Büroangestellten, die in der Nähe arbeiten. Aber meine Eltern waren arm. Sie hatten nur sehr wenig Kapital. Sie konnten die hohe Miete in einer guten Gegend nicht bezahlen, deshalb fingen sie in einer schlechten an und zogen immer wieder um, wenn sie es sich leisten konnten, dreimal in drei Jahren, jedesmal in eine etwas bessere Gegend. Sie arbeiteten schwer, so schwer...

Mein Vater hatte noch einen anderen Job, als Hausmeister, am späten Abend, nachdem der Laden zumachte, bis kurz vor Morgengrauen. Dann kam er nach Hause, schlief vier oder fünf Stunden und machte dann zum Lunch auf. Mama kochte den Großteil der Gerichte, die verkauft wurden, selbst, und sie stand auch hinter der Theke, und sie ging außerdem für andere Leute putzen, um ein paar Dollar dazuzuverdienen. Endlich begann der Laden sich zu rentieren. Mein Vater konnte den Hausmeisterjob an den Nagel hängen, und Mama hörte mit dem Putzen auf. Ja, irgendwann ging das Geschäft so gut, daß sie sich nach dem ersten Angestellten umsahen; sie konnten die Arbeit nicht mehr alleine schaffen. Die Zukunft sah rosig aus. Und dann... eines Nachmittags... während der Flaute zwischen dem Mittags- und dem Abendbetrieb, Mama war fortgegangen, um etwas zu besorgen, und ich war mit meinem Vater allein im Laden... da kam der Kerl herein... mit einer Pistole...«

»Oh, Scheiße«, sagte Jack. Den Rest kannte er. Er hatte das alles schon erlebt, schon oft. Tote Ladenbesitzer, die in ihrem eigenen Blut lagen, neben ihren leeren Registrierkassen.

Er sagte: »Du brauchst nicht weiterzusprechen.«

»Doch. Ich muß es dir erzählen. Damit du verstehst, warum... warum ich in bestimmten Dingen so bin.«

»Okay, wenn du das wirklich willst...«

»Ich will.«

»Dann... hat sich dein Vater geweigert, diesem Dreckskerl das Geld zu geben – oder was?«

»Nein. Dad gab ihm das Geld. Alles.«

»Er hat sich überhaupt nicht gesträubt?«

»Nein.«

»Aber seine Bereitwilligkeit hat ihn nicht gerettet.«

»Nein. Der Kerl war ein Fixer und litt unter schlimmen Entzugserscheinungen, er brauchte wirklich dringend was. Die Gier kroch wie ein gräßliches Wesen in seinem Kopf herum, stelle ich mir vor, und er war reizbar, gemein, voll irrem Haß auf die ganze Welt. Du weißt, wie sie werden können. Deshalb glaube ich, daß es ihm vielleicht mehr darum ging, jemanden umzubringen, als das Geld zu bekommen, und deshalb... hat er einfach... abgedrückt.«

Jack legte einen Arm um sie und zog sie an sich.

Sie sagte: »Zwei Schüsse. Dann rannte der Bastard davon. Nur eine von den Kugeln traf meinen Vater. Aber sie... traf ihn... ins Gesicht.«

»Jesus!« sagte Jack leise, er dachte an die sechsjährige Rebecca, wie sie in der Küche des Imbißladens stand, durch den Vorhangspalt lugte und sah, wie das Gesicht ihres Vaters zerplatzte.

»Es war eine .45«, fügte sie hinzu.

Jack zuckte zusammen, als er an die Durchschlagskraft der Waffe dachte.

»Hohlmantelgeschosse«, sagte sie.

»O Gott.«

»Aus dieser geringen Entfernung hatte Dad keine Chance.«

»Quäle dich nicht mit...«

»Sie hat ihm den Kopf abgerissen.«

»Denk nicht mehr daran«, sagte Jack.

»Das Gehirn...«

»Still jetzt. Still.«

»Ich muß dir noch mehr erzählen.«

»Du mußt dir nicht alles auf einmal von der Seele reden.«

»Ich möchte, daß du mich verstehst.«

»Laß dir Zeit. Ich bin da. Ich warte. Laß dir Zeit.«

8

Im Wellblechschuppen beugte sich Lavelle über die Grube und durchschnitt mit zwei Ritualscheren mit Malachitgriffen gleichzeitig beide Enden der Schnur.

Die Fotografien von Penny und Davey Dawson fielen in das Loch und verschwanden im flackernden, orangefarbenen Licht.

Ein schriller, unmenschlicher Schrei drang aus der Tiefe.

»Tötet sie«, sagte Lavelle.

9

Immer noch in Rebeccas Bett.

Immer noch eng umschlungen.

Sie sagte: »Die Polizei konnte nur nach meiner Beschreibung vorgehen.«

»Ein sechsjähriges Kind ist nicht gerade der beste Zeuge.«

»Sie gaben sich alle Mühe, versuchten, diesem Typen auf die Spur zu kommen, der Daddy erschossen hatte. Sie gaben sich wirklich Mühe.«

»Haben sie ihn je erwischt?«

»Ja. Aber zu spät. Viel zu spät.«

»Wie meinst du das?«

»Paß auf, er bekam zweihundert Dollar, als er den Laden ausraubte.«

»Und?«

»Das ist mehr als zweiundzwanzig Jahre her.«

»Ja?«

»Damals waren zweihundert Dollar viel Geld. Kein Vermögen. Aber viel mehr als heute.«

»Ich weiß immer noch nicht, worauf du hinauswillst.«

»Für ihn war es leicht verdientes Geld.«

»So verdammt leicht auch wieder nicht. Er hat einen Mann getötet.«

»Aber das wäre nicht nötig gewesen. Er *wollte* an diesem Abend jemand töten.«

»Okay. Schön. Er glaubte also, verdreht wie er war, daß das ganz einfach ist.«

»Sechs Monate vergingen...«

»Und die Polizei hat ihn nicht erwischt?«

»Nein. Also sieht es für diesen fiesen Kerl immer einfacher aus.«

Jack wurde übel vor Angst. Sein Magen drehte sich um.

Er sagte: »Willst du damit sagen...?«

»Ja.«

»Er kam zurück.«

»Mit einer Pistole. Mit derselben Pistole.«

»Aber er muß wahnsinnig gewesen sein!«

»Alle Fixer sind wahnsinnig.«

Jack wartete. Er wollte nichts mehr hören, aber er wußte, daß sie es ihm erzählen würde; erzählen mußte; *gezwungen* war, es ihm zu erzählen.

Sie sagte: »Meine Mutter stand an der Kasse.«

»Nein«, sagte er leise, als könne er die tragische Geschichte ihrer Familie noch irgendwie ändern, indem er protestierte.

»Er pustete sie weg.«

»Rebecca...«

»Jagte fünf Schüsse in sie hinein.«

»Du hast es... diesmal nicht gesehen?«

»Nein. Ich war an diesem Tag nicht im Laden.«

»Gott sei Dank.«

»Diesmal erwischten sie ihn.«

»Zu spät für dich.«

»Viel zu spät. Aber ich wußte jetzt, was ich werden wollte, wenn ich erwachsen war. Ich wollte zur Polizei, damit ich Leuten wie diesem Fixer das Handwerk legen, sie daran hindern konnte, die Mütter und Väter anderer kleiner Jungen und Mädchen zu töten. Damals gab es noch keine weiblichen Polizisten, weißt du, keine richtigen Polizisten, nur Büroangestellte auf dem Polizeirevier, in der Vermittlung und so weiter. Ich hatte keine Rollenvorbilder. Aber ich wußte, daß ich es eines Tages schaffen würde. Ich war fest entschlossen. Ich wollte keinen Augenblick etwas anderes werden als Polizistin. Ich verschwendete keinen Gedanken darauf zu heiraten, Ehefrau zu werden, Kinder zu haben, Mutter zu sein, denn ich wußte, dann würde jemand daherkommen, um meinen Mann zu erschießen oder mir meine Kinder wegzunehmen oder mich meinen Kindern. Was hatte es alsc für einen Sinn? Ich wollte Polizistin sein. Nichts anderers.«

Endlich begann Jack, Rebecca Chandler zu verstehen – warum sie so war, wie sie war. Das Verständnis steigerte seinen Respekt und die tiefe Zuneigung, die er schon für sie empfand. Sie war eine ganz besondere Frau.

Er ahnte, daß dieser Abend einer der wichtigsten in seinem Leben war. Die lange Einsamkeit nach Lindas Tod ging endlich zu Ende. Nun, mit Rebecca, würde er einen neuen Anfang machen.

Jetzt konnte nichts mehr schiefgehen.

10

»Tötet sie, tötet sie«, sagte Lavelle.

Seine Stimme hallte in die Grube hinunter, wurde wieder und wieder zurückgeworfen wie aus einem tiefen Schacht.

Der undeutlich pulsierende, sich verändernde, amorphe Boden der Grube wurde plötzlich lebendig. Er warf Blasen, wallte auf, wirbelte. Aus der lavaartigen

Schmelzmasse – die eine Armeslänge oder auch Meilen entfernt in der Tiefe hätte sein können – formte sich eine Gestalt.

Eine monströse Gestalt.

11

»Als deine Mutter getötet wurde, warst du erst...«

»Sieben Jahre alt. Ich war einen Monat vor ihrem Tod sieben geworden.«

»Wer zog dich danach auf?«

»Ich kam zu meinen Großeltern, der Familie meiner Mutter.«

»Ging das gut?«

»Sie mochten mich sehr gern. Deshalb ging es eine Weile gut.«

»Nur eine Weile?«

»Dann starb mein Großvater.«

»Noch ein Todesfall?«

»Immer noch einer.«

»Wie?«

»Krebs. Den plötzlichen Tod hatte ich schon erlebt. Jetzt war es Zeit, daß ich das langsame Sterben kennenlernte.«

»Wie langsam?«

»Zwei Jahre vom Zeitpunkt der Krebsdiagnose bis zu dem Tag, an dem er endlich erlöst wurde. Er schwand dahin, verlor sechzig Pfund, ehe er starb, und durch die Radiumbestrahlungen fielen ihm alle Haare aus. In diesen letzten paar Wochen wurde er dem Aussehen und dem Verhalten nach ein völlig anderer Mensch.«

»Wie alt warst du, als du ihn verloren hast?«

»Elfeinhalb.«

»Dann war nur noch deine Großmutter da.«

»Ein paar Jahre lang. Als ich dann fünfzehn war, starb

auch sie. Das Herz. Nicht wirklich plötzlich, aber auch nicht wirklich langsam. Danach wurde ich unter amtliche Vormundschaft gestellt. Die nächsten drei Jahre, bis zum achtzehnten Lebensjahr, verbrachte ich bei einer Reihe von Pflegefamilien. Vier insgesamt. Keinem meiner Pflegeeltern kam ich jemals nahe; ich gestattete mir nie, ihnen nahezukommen. Ich ließ mich immer wieder einer anderen Familie zuteilen, verstehst du. Denn inzwischen hatte ich, so jung ich noch war, begriffen, daß es einfach zu gefährlich ist, Menschen zu lieben, sich auf sie zu verlassen, sie zu *brauchen*. Wir sind alle so kurzlebig. So zerbrechlich. Und das Leben ist so unberechenbar.«

»Aber das ist doch kein Grund, unbedingt alleine bleiben zu wollen«, sagte Jack. »Siehst du nicht, daß eigentlich – daß das der Grund ist, warum wir Menschen finden *müssen*, die wir lieben können, Menschen, mit denen wir unser Leben teilen, denen wir unsere Herzen und Gedanken öffnen, auf die wir uns verlassen, die wir schätzen, die sich auf uns verlassen, wenn *sie* die Gewißheit brauchen, daß sie nicht alleine sind. Seine Freunde und seine Familie gernzuhaben, zu wissen, daß sie einen gernhaben – das lenkt uns von der Leere ab, die auf uns alle wartet. Indem wir lieben und zulassen, daß man uns liebt, geben wir unserem Leben Sinn und Bedeutung. Wenigstens für kurze Zeit können wir durch die Liebe die gottverdammte Dunkelheit vergessen, die am Ende von allem steht.«

Als er geendet hatte, war er ganz außer Atem – und staunte über das, was er gesagt hatte, seine intuitive Einsicht erschreckte ihn.

Sie schob einen Arm über seine Brust. Sie hielt ihn fest.

Sie sagte: »Du hast recht. Ein Teil von mir weiß, daß das wahr ist, was du gesagt hast.«

»Gut.«

»Aber es gibt noch einen anderen Teil, der hat Angst davor, jemals wieder zu lieben oder geliebt zu werden. Dieser Teil kann es nicht ertragen, alles wieder zu verlieren.

Dieser Teil glaubt, Einsamkeit sei besser als solch ein Verlust und ein solcher Schmerz.«

»Aber schau, genau das ist es doch. Liebe, die man geschenkt oder empfangen hat, geht *nie* verloren«, sagte er und hielt sie fest. »Wenn du einmal jemanden geliebt hast, ist die Liebe immer da, auch dann, wenn der andere fort ist. Liebe ist das einzige, das Bestand hat.«

Minutenlang lagen sie schweigend da und berührten sich.

Jack hatte den verzweifelten Wunsch, Rebecca möge für den Rest seines Lebens mit ihm zusammenbleiben. Er fürchtete sich davor, sie zu verlieren.

Aber er sagte nichts mehr. Die Entscheidung lag bei ihr.

Nach einer Weile sagte sie: »Zum erstenmal seit einer Ewigkeit habe ich weniger Angst davor, zu lieben und zu verlieren; ich fürchte mich viel mehr davor, überhaupt nicht zu lieben.«

Jack fiel ein Stein vom Herzen.

Er sagte: »Du darfst mich nie wieder wegstoßen.«

»Ich werde erst lernen müssen, mich zu öffnen, und das wird mir nicht leichtfallen.«

»Du kannst es.«

»Gelegentlich werde ich sicher wieder rückfällig und ziehe mich ab und zu in mein Schneckenhaus zurück. Du wirst Geduld mit mir haben müssen.«

»Ich kann geduldig sein.«

»Gott, als ob ich das nicht wüßte. Du bist der aufreizendst geduldige Mensch, den ich kenne.«

»Aufreizend?«

»Bei der Arbeit gab es Zeiten, da war ich so unglaublich biestig, und ich wußte es, ich wollte nicht so sein, konnte aber anscheinend nicht aus meiner Haut heraus. Manchmal habe ich mir gewünscht, du würdest zurückfauchen, explodieren. Aber wenn du dann endlich reagiert hast, warst du immer so vernünftig, so ruhig, so verdammt geduldig.«

»Du tust, als wäre ich ein Heiliger.«

»Nun, du bist ein guter Mann, Jack Dawson. Ein netter Mann. Ein verdammt netter Mann.«

»Och, ich weiß, daß du mich für vollkommen hältst«, sagte er selbstironisch. »Aber ob du es glaubst oder nicht, selbst ich, das Musterexemplar, selbst ich habe ein paar Fehler.«

»Nein!« sagte sie scheinheilig erstaunt.

»Doch, es ist wahr. Aber ich habe eine große Tugend, die alle diese schrecklichen Schwächen mehr als aufwiegt«, sagte er.

Sie grinste. »Und die wäre?«

»Ich liebe dich.«

Diesmal verbot sie ihm nicht, so etwas zu sagen.

Sie küßte ihn.

Ihre Hände streichelten ihn.

Sie sagte: »Liebe mich noch einmal.«

12

Normalerweise wurde Penny, ganz gleich, wie lange Davey aufbleiben durfte, eine Stunde mehr zugestanden. Als letzte schlafenzugehen, war aufgrund ihres Altersvorsprungs von vier Jahren ihr gutes Recht. Sie setzte sich jedesmal wacker und hartnäckig zur Wehr, wenn jemand auch nur ansatzweise den Versuch machte, ihr dieses kostbare, unveräußerliche Recht zu verweigern. Als jedoch an diesem Abend um neun Uhr Tante Faye vorschlug, Davey solle sich die Zähne putzen und sich ins Bett verziehen, tat Penny so, als sei sie müde, und sagte, sie habe auch nichts dagegen schlafenzugehen.

Sie durfte Davey nicht alleine in einem dunklen Schlafzimmer lassen, wo die Kobolde sich vielleicht an ihn heranschleichen konnten. Sie mußte wach bleiben und auf ihn aufpassen, bis ihr Vater kam. Dann würde sie Daddy alles über die Kobolde erzählen, und sie hoffte, daß er sie zumindest zu Ende anhören würde, ehe er nach den Männern mit den Zwangsjacken schickte.

Sie und Davey waren ohne Nachtzeug zu den Jamisons gekommen, aber das war weiter kein Problem. Da sie des öfteren bei Faye und Keith übernachteten, wenn ihr Vater lange arbeiten mußte, hatten sie dort Ersatzzahnbürsten und Schlafanzüge deponiert. Und im Schrank des Gästezimmers lag frische Kleidung zum Wechseln, so daß sie morgen nicht das gleiche anziehen mußten. Innerhalb von zehn Minuten lagen sie in ihren Betten und kuschelten sich behaglich in die Decken.

Tante Faye wünschte ihnen angenehme Träume, schaltete das Licht aus und schloß die Tür.

Die Dunkelheit war dick, erstickend.

Penny kämpfte gegen einen Anfall von Platzangst.

Davey schwieg eine Weile. Dann: »Penny?«

»Hm?«

»Bist du da?«

»Was glaubst du, wer gerade ›hm‹ gesagt hat?«

»Wo ist Dad?«

»Macht Überstunden.«

»Ich meine, wirklich?«

»Er macht wirklich Überstunden.«

»Und wenn ihm etwas passiert ist?«

»Ihm ist nichts passiert.«

»Und wenn er angeschossen worden ist?«

»Ist er nicht. Das hätten sie uns gesagt, wenn er angeschossen worden wäre. Sie würden uns wahrscheinlich sogar ins Krankenhaus fahren, damit wir ihn besuchen können.«

»Nein, das würden sie nicht tun. Die wollen doch Kinder vor so schlechten Nachrichten bewahren.«

»Willst du, in Gottes Namen, aufhören, dir Sorgen zu machen? Mit Dad ist alles in Ordnung. Wenn er angeschossen worden wäre oder so was, würden Tante Faye und Onkel Keith das doch wissen.«

»Vielleicht wissen sie es ja?«

»Wenn sie es wüßten, würden wir es auch wissen.«

»Wieso?«

»Das würde man merken, selbst wenn sie sich Mühe gäben, es zu verbergen.«

»Wie würde man es merken?«

»Dann hätten sie uns anders behandelt. Sie hätten sich komisch benommen.«

»Sie benehmen sich immer komisch.«

»Ich meine, auf andere Weise komisch. Sie wären besonders nett zu uns gewesen. Sie hätten uns verhätschelt, weil wir ihnen leid getan hätten. Und glaubst du, Tante Faye hätte Daddy den ganzen Abend lang so kritisiert, wenn sie gewußt hätte, daß er angeschossen ist und irgendwo in einem Krankenhaus liegt?«

»Tja... nein. Da hast du wohl recht. Das würde nicht einmal Tante Faye tun.«

Sie schwiegen.

Penny stützte den Kopf auf das Kissen und lauschte.

Nichts war zu hören. Nur der Wind draußen. Und weit weg das Brummen eines Schneepflugs.

Sie blickte zum Fenster, ein unbestimmt schneehelles Rechteck.

Würden die Kobolde durch das Fenster kommen?

Durch die Tür?

Vielleicht würden sie aus einem Spalt in der Fußleiste kommen, als Rauch, und sich dann verfestigen, wenn sie ganz in den Raum eingedrungen waren. Vampire machten so etwas. Sie hatte es in einem alten Dracula-Film gesehen.

Vielleicht kamen sie auch aus dem Schrank.

Sie spähte in die dunkelste Ecke des Raums, wo der Schrank stand. Sie konnte ihn nicht sehen; nur Schwärze.

Vielleicht gab es an der Rückseite des Schranks einen

unsichtbaren Zaubergang, einen Tunnel, den nur Kobolde sehen und benützen konnten.

Das war lächerlich. Oder doch nicht? Allein die Vorstellung von Kobolden war schon lächerlich; und doch waren sie da draußen. Sie hatte sie gesehen.

Davey begann, tief, langsam und gleichmäßig zu atmen. Er schlief.

Penny beneidete ihn. Sie wußte, daß sie niemals wieder schlafen würde.

Die Zeit verging. Langsam.

Ihr Blick bewegte sich ständig durch den dunklen Raum. Das Fenster. Die Tür. Der Schrank. Das Fenster.

Sie wußte nicht, wo die Kobolde herkommen würden, aber sie wußte, daß sie kommen würden.

13

Lavelle saß in seinem dunklen Schlafzimmer.

Die Mörder waren aus der Grube aufgestiegen und hatten sich davongeschlichen, in die Nacht, in die sturmgepeitschte Stadt. Bald würden die beiden Dawson-Kinder abgeschlachtet werden und nur noch blutige, tote Fleischklumpen sein.

Der Gedanke gefiel Lavelle und erregte ihn. Er bekam sogar eine Erektion.

Nur noch zu einem Zweck mußte er in dieser Nacht seine magischen Kräfte einsetzen, und er freute sich schon darauf. Er wollte Jack Dawson demütigen. Er würde Dawson endlich begreiflich machen, wie ehrfurchtgebietend die Macht eines Meister-*Bocors* war. Dann, wenn Dawsons Kinder vernichtet waren, würde der Beamte einsehen, wie töricht er gehandelt hatte, als er sie einem solchen Risiko aussetzte, als er einem *Bocor* trotzte. Er würde begreifen, wie leicht er sie hätte retten können – indem er einfach seinen Stolz hinunterschluckte und aus den Ermittlungen ausstieg. Dann würde ihm klarwerden, daß er, der Kriminalbeamte persönlich, das Todesurteil seiner eigenen Kinder unterzeichnet hatte, und *diese* schreckliche Erkenntnis würde ihn zerschmettern.

14

Penny saß aufrecht im Bett und hätte beinahe nach Tante Faye geschrien.

Sie hatte etwas gehört. Einen sonderbaren, spitzen Schrei. Er war nicht menschlich. Schwach. Weit entfernt. Vielleicht aus einer anderen Wohnung, mehrere Etagen tiefer. Der Schrei schien durch die Heizungsrohre zu ihr gedrungen zu sein.

Sie wartete gespannt. Eine Minute. Zwei Minuten. Drei.

Der Schrei wiederholte sich nicht. Auch sonst war nichts Unnatürliches zu hören.

Aber sie wußte, was sie gehört hatte und was es bedeutete. Sie kamen, um sie und Davey zu holen. Sie waren unterwegs. Bald würden sie hier sein.

15

Diesmal war der Liebesakt langsam, fast träge, von schmerzhafter Zärtlichkeit, erfüllt von Liebkosungen, wortlosem Murmeln und sanftem Streicheln. Träumerische Empfindungen: ein Gefühl des Schwebens, ein Gefühl, als bestehe man nur aus Sonnenlicht und anderer Energie, ein berauschend schwereloses Fallen. Diesmal war es weniger ein Geschlechtsakt als ein gefühlsmäßiges Versprechen, ein spirituelles Gelübde, vom Fleisch abgelegt. Und als Jack sich schließlich tief in ihr samtenes Inneres ergoß, war ihm, als verschmelze er mit ihr, gehe in ihr auf, würde eins mit ihr, und er spürte, daß sie ebenso empfand.

»Ich liebe dich«, sagte er.

»Ich bin froh«, sagte sie.

Das war schon ein Fortschritt.

Sie brachte es noch immer nicht über sich zu sagen, daß auch sie ihn liebte. Aber das störte ihn nicht weiter. Er wußte ja, daß sie es tat.

Er saß auf dem Bettrand und kleidete sich an.

Sie stand auf der anderen Seite des Betts und schlüpfte in ihren blauen Morgenrock.

Beide wurden durch eine plötzliche, heftige Bewegung aufgeschreckt. Ein gerahmtes Plakat von einer Jasper-Johns-Kunstausstellung wurde aus seiner Verankerung gerissen und flog von der Wand. Es war ein großes Plakat, dreieinhalb auf zweieinhalb Fuß, gerahmt und hinter Glas. Einen Augenblick lang hing es vibrierend in der Luft, dann schlug es mit einem gewaltigen Krach am Fußende des Betts auf dem Boden auf.

»Was, zum Teufel...?« entfuhr es Jack.

»Wie konnte das passieren?« fragte Rebecca.

Die Schiebetür des Schranks flog krachend auf, schlug zu, flog wieder auf.

Die Kommode mit den sechs Schubladen kippte von der Wand weg auf Jack zu, er sprang aus dem Weg, und das große Möbelstück stürzte mit einem Getöse um, als sei eine Bombe explodiert.

Rebecca wich an die Wand zurück und blieb dort stehen, erstarrt, mit weit aufgerissenen Augen, die Hände zu Fäusten geballt.

Es war kalt. Wind jagte durch den Raum. Nicht nur ein Luftzug, ein richtiger Wind, fast so stark wie der Sturm, der draußen durch die Straßen der Stadt peitschte. Aber es gab keine Stelle, wo ein kalter Wind hätte eindringen können; Türen und Fenster waren fest geschlossen.

Und jetzt schien es, als packten unsichtbare Hände die Gardinen am Fenster und rissen sie von ihrer Stange. Die Vorhänge sanken zu Boden, dann wurde auch die Stange aus der Wand gerissen und beiseite geworfen.

Schubladen glitten aus den Nachttischen, fielen auf den Boden, gossen ihren Inhalt aus. Mehrere Tapetenbahnen begannen sich von den Wänden zu schälen, es fing oben an und ging bis nach unten weiter.

Jack wandte sich hierhin und dorthin, er war entsetzt, verwirrt und wußte nicht, was er tun sollte.

Der Toilettenspiegel barst in spinnwebförmigen Sprüngen.

Das Unsichtbare riß die Decke vom Bett und schleuderte sie auf die umgestürzte Kommode.

»Aufhören!« schrie Rebecca ins Leere. *»Aufhören!«*

Der unsichtbare Eindringling gehorchte nicht.

Das obere Laken wurde vom Bett gezogen. Es wirbelte in der Luft, als habe ihm jemand Leben und die Fähigkeit zu fliegen verliehen; dann schwebte es in eine Ecke des Raumes, wo es wieder leblos in sich zusammenfiel.

Das eingesteckte untere Laken sprang an zwei Ecken heraus.

Jack packte es.

Die beiden anderen Ecken lösten sich ebenfalls.

Jack versuchte, das Laken festzuhalten. Es war ein schwacher, sinnloser Versuch, der Macht, die den Raum verwüstete, Widerstand leisten zu wollen, aber etwas anderes fiel ihm nicht ein, und er mußte einfach irgend etwas tun. Das Laken wurde ihm plötzlich mit solcher Kraft aus der Hand gerissen, daß er das Gleichgewicht verlor. Er stolperte und fiel auf die Knie.

Auf dem fahrbaren Fernsehtisch in der Ecke schaltete sich das tragbare Fernsehgerät von selbst ein und dröhnte mit voller Lautstärke los.

Jack rappelte sich auf.

Der Matratzenüberzug wurde vom Bett geschält, in die Luft gehoben, zu einer Kugel zusammengerollt und nach Rebecca geworfen.

Die Matratze war jetzt kahl. Die wattierte, obere Schicht beulte sich ein. Ein Riß erschien darin. Das Gewebe riß in der Mitte von oben nach unten durch, Füllmaterial quoll heraus, zusammen mit ein paar emporschnellenden Federn, die wie von einer unhörbaren Musik beschworene Kobras herauskamen.

Noch mehr Tapetenbahnen lösten sich.

Die Schranktür knallte so fest zu, daß sie teilweise aus den Angeln sprang und hin- und herklapperte.

Der Bildschirm implodierte. Gleichzeitig mit dem Geräusch brechenden Glases blitzte kurz ein Lichtstrahl im Inneren des Geräts auf, dann kam ein wenig Rauch.

Stille.

Jack blickte Rebecca an. Sie wirkte verwirrt. Entsetzt.

Das Telefon klingelte.

Im selben Augenblick, als Jack es hörte, wußte er, wer anrief. Er riß den Hörer hoch, hielt ihn sich ans Ohr, und sagte nichts.

»Sie hecheln ja wie ein Hund, Lieutenant Dawson«, sagte Lavelle. »Aufgeregt? Meine kleine Demonstration hat Sie offenbar fasziniert.«

Jack zitterte so heftig und unkontrolliert, daß er seiner Stimme nicht traute. Er antwortete nicht, weil er nicht wollte, daß Lavelle hörte, wie verschreckt er war.

Außerdem schien es Lavelle nicht zu interessieren, was Jack vielleicht zu sagen hatte; er wartete nicht lange genug auf eine Antwort, selbst wenn er eine bekommen hätte. Der *Bocor* fuhr fort: »Wenn Sie Ihre Kinder sehen – tot, verstümmelt, die Augen herausgerissen, die Lippen abgefressen, die Finger bis auf die Knochen abgenagt – dann denken Sie daran, daß Sie sie hätten retten können. Vergessen Sie nicht, daß Sie selbst es sind, der ihr Todesurteil unterzeichnet hat. Sie tragen die Verantwortung für ihren Tod, so sicher, als hätten Sie zugesehen, wie sie vor einen Zug liefen, und sich nicht einmal die Mühe gemacht, ihnen eine Warnung zuzurufen. Sie haben ihr Leben weggeworfen, als ob es für Sie nichts als Abfall wäre.«

Ein Sturzbach von Worten sprudelte aus Jack heraus, ehe er überhaupt merkte, daß er sprechen wollte. »Sie beschissener, schäbiger Dreckskerl, wagen Sie es lieber nicht, ihnen auch nur ein Haar zu krümmen! Wagen Sie es nicht...«

Lavelle hatte aufgelegt.

Rebecca fragte: »Wer?«

»Lavelle.«

»Du meinst... das alles?«

»Glaubst du jetzt an schwarze Magie? An Zauberei? An Voodoo?«

»Oh, mein Gott.«

»*Ich* glaube jetzt verdammt sicher daran!«

Sie sah sich in dem verwüsteten Raum um, schüttelte den Kopf und versuchte erfolglos zu leugnen, was sie doch mit eigenen Augen sah.

Jack erinnerte sich an seine eigene Skepsis, als Carver Hampton ihm von den herunterfallenden Flaschen und der schwarzen Schlange erzählt hatte. Jetzt war er nicht mehr skeptisch. Nur noch entsetzt.

Er dachte an die Leichen, die er an diesem Morgen und an diesem Nachmittag gesehen hatte, diese gräßlich zugerichteten Körper.

Sein Herz schlug wie ein Preßlufthammer. Er rang nach Atem. Ihm war, als müsse er sich gleich übergeben.

Er hatte das Telefon noch immer in der Hand. Er tippte eine Nummer ein.

Rebecca fragte: »Wen rufst du an?«

»Faye. Sie muß die Kinder wegbringen. Schnell!«

»Aber Lavelle kann nicht wissen, wo sie sind.«

»Er konnte auch nicht wissen, wo ich bin. Ich habe niemandem erzählt, daß ich zu dir wollte. Niemand hat mich hierher verfolgt, da bin ich ganz sicher. Er kann nicht gewußt haben, wo ich zu finden war – und doch wußte er es. Also weiß er wahrscheinlich auch, wo die Kinder sind. Verdammt, warum klingelt es nicht?«

Er schlug auf die Telefontasten, bekam wieder ein Freizeichen, versuchte es noch einmal mit Fayes Nummer. Diesmal hörte er eine Mitteilung, die ihm sagte, der Anschluß bestehe nicht mehr. Das stimmte natürlich nicht.

»Lavelle hat irgendwie an Fayes Leitung rumgepfuscht«, sagte er und ließ den Hörer fallen. »Wir müssen sofort rüberfahren. Jesus, wir müssen die Kinder rausholen!«

Rebecca hatte ihren Morgenrock abgelegt und ein Paar Jeans und einen Pullover aus dem Schrank gerissen. Sie war schon halb angezogen.

»Keine Angst«, sagte sie. »Alles wird gut. Wir erreichen sie noch vor Lavelle.«

Aber Jack hatte das entsetzliche Gefühl, daß sie schon zu spät kamen.

Kapitel fünf

1

Wieder saß Lavelle alleine in seinem dunklen Schlafzimmer, nur der phosphoreszierende Schein des Schneesturms drang durch die Fenster, und er griff mit seinem Geist aus und zapfte die psychischen Energieströme des Bösen an, die über der Stadt durch die dunkle Nacht flossen.

Seine Zauberkraft war nicht nur verbraucht, sondern völlig erschöpft. Einen Poltergeist herbeizuzitieren und ihn unter Kontrolle zu halten – wie er es vor ein paar Minuten getan hatte, um die Demonstration für Jack Dawson zu veranstalten, – war eines der anstrengendsten Rituale der schwarzen Magie.

Leider war es nicht möglich, seine Feinde durch einen Poltergeist vernichten zu lassen. Poltergeister waren lediglich boshafte – schlimmstenfalls gehässige – Geister; böse waren sie nicht. Wenn ein *Bocor*, nachdem er ein solches Wesen heraufbeschworen hatte, es dazu einsetzen wollte, jemanden zu ermorden, konnte es aus dem Kontrollbann ausbrechen und seine Energien gegen ihn selbst wenden.

Wenn man den Poltergeist jedoch nur als Werkzeug benützte, um die Kräfte eines *Bocors* zu demonstrieren, dann zeigte das eindrucksvolle Ergebnisse. Skeptiker verwandelten sich in Gläubige. Die Mutigen wurden lammfromm.

Lavelles Schaukelstuhl knarrte in dem stillen Raum.

Er saß im Dunkeln und hörte nicht auf zu lächeln.

Aus dem Nachthimmel strömte die Energie des Bösen hernieder.

Bald floß Lavelle, das Gefäß, vor Kraft über.

Er seufzte, denn er fühlte sich erneuert.
Bald würde der Spaß beginnen.
Das große Schlachten.

2

Penny saß auf dem Bettrand und lauschte.

Die Geräusche kamen wieder. Kratzen. Zischen. Ein leises Tappen, ein schwaches Klirren und wieder ein Tappen. Weit entferntes Klappern und Schlurfen.

Weit entfernt – aber es kam näher.

Sie knipste die Nachttischlampe an. Der kleine Lichtkreis war warm und tröstlich.

Davey schlief, ohne sich von den sonderbaren Geräuschen stören zu lassen. Sie beschloß, ihn erst einmal weiterschlafen zu lassen. Wenn es sein mußte, konnte sie ihn schnell wecken, und sie konnte mit einem Schrei Tante Faye und Onkel Keith herbeirufen.

Der heisere Schrei war wiedergekommen, schwach, aber vielleicht nicht ganz so schwach wie zuvor.

Penny stand auf und ging zur Frisierkommode, die im Dunkeln stand, außerhalb des Lichtfächers der Nachttischlampe. In der Wand über der Kommode, etwa einen Fuß unterhalb der Decke, befand sich ein Auslaß für die Heizungs- und Klimaanlage. Sie legte den Kopf schief, versuchte, die fernen, verdächtigen Geräusche zu hören und war dann überzeugt, daß sie durch die Rohre in den Wänden übertragen wurden.

Sie stieg auf die Kommode, streckte sich, stellte sich auf die Zehenspitzen und konnte dann das Ohr gegen die Platte vor das Gebläse des Ventilationssystems legen.

Sie hatte gedacht, die Kobolde seien in anderen Wohnungen oder auf den Fluren weiter unten im Gebäude; sie hatte gedacht, die Rohre übertrügen nur ihre Geräusche.

Jetzt begriff sie schlagartig, daß die Rohre nicht nur das Geräusch der Kobolde übertrugen, sondern daß die Wesen selbst darin waren. Auf diese Weise beabsichtigten sie also, ins Schlafzimmer einzudringen, nicht durch die Tür oder das Fenster, nicht durch einen Fantasietunnel in der Rückwand des Schranks. Sie befanden sich im Ventilationsnetz und bewegten sich durch das Gebäude herauf, sie drehten und wendeten sich, glitten und krochen, eilten die horizontalen Rohre entlang und kletterten mühsam die vertikalen Sektionen des Systems hinauf, aber sie kamen näher und näher, so sicher wie die warme Luft, die aus dem riesigen Ofen von unten heraufstieg.

Zitternd, mit klappernden Zähnen, von einer Angst erfaßt, der sie sich nicht ergeben wollte, legte Penny das Gesicht an die Platte und spähte durch die Schlitze, in das Rohr. Die Dunkelheit war so tief und so schwarz und so undurchdringlich wie die Dunkelheit in einer Gruft.

3

Jack saß geduckt am Lenkrad und blinzelte nach vorne auf die winterliche Straße. Die Windschutzscheibe fror zu. Eine dünne, milchige Eisschicht hatte sich am Rand der Scheibe gebildet und kroch langsam nach innen. Die Wischer waren mit Schnee verkrustet, der sich immer mehr zu Eisklumpen verfestigte.

»Ist diese verdammte Scheibenheizung auf höchster Stufe?« fragte er, obwohl er spürte, wie die Hitzewellen über sein Gesicht strichen.

Rebecca beugte sich vor und sah nach den Heizungsschiebern. »Höchste Stufe«, bestätigte sie.

»Die Temperatur ist wirklich stark abgesunken, seit es dunkel geworden ist.«

»Da draußen müssen minus zehn Grad sein. Noch weniger, wenn du den Windfaktor mit einbeziehst.«

Jack hatte erwartet, schnell zum Apartmenthaus der Jamisons durchfahren zu können. Auf den Straßen war wenig oder gar kein Verkehr, der ihn behindern konnte. Außerdem hatte sein Wagen, obwohl er nicht als Polizeifahrzeug gekennzeichnet war, eine Sirene, und er hatte das abnehmbare, rote Blinklicht auf die Metallnocke am Dachrand aufgesetzt und sich damit die Vorfahrt vor allen anderen etwaigen Verkehrsteilnehmern gesichert. Er hatte erwartet, Penny und Davey innerhalb von zehn Minuten in die Arme schließen zu können. Jetzt war klar, daß die Fahrt doppelt so lange dauern würde.

Jedesmal wenn er ein wenig schneller fahren wollte, kam der Wagen trotz der Schneeketten ins Rutschen.

»Da kämen wir ja zu Fuß schneller voran!« stieß Jack grimmig hervor.

»Wir kommen rechtzeitig hin«, beruhigte ihn Rebecca.

»Und wenn Lavelle schon da ist?«

»Das ist er nicht. Bestimmt nicht.«

Dann erschütterte ihn ein entsetzlicher Gedanke, er wollte ihn nicht in Worte fassen, konnte sich aber nicht beherrschen: »Was ist, wenn er von den Jamisons aus *angerufen* hat?«

»Das hat er nicht«, sagte sie.

Aber Jack war von dieser gräßlichen Möglichkeit plötzlich wie besessen und konnte den morbiden Zwang, sie laut auszusprechen, nicht beherrschen, obwohl die Worte ihm entsetzliche Bilder vor Augen führten.

»Was ist, wenn er sie alle getötet hat...«

(Verstümmelte Körper.)

»...Penny und Davey getötet hat...«

(Die Augen aus den Höhlen gerissen.)

»...wenn er Faye und Keith getötet...«

(Die Kehle aufgebissen.)

»... und dann gleich von dort angerufen hat...«

(Die Fingerspitzen abgenagt.)

»... wenn er mich von dort, von der Wohnung aus angerufen hat, um Gottes willen...«

(Die Lippen zerfetzt, die Ohren herabhängend.)

»... und dabei vor ihren Leichen stand!«

Sie hatte immer wieder versucht, ihn zu unterbrechen. Jetzt schrie sie ihn an: »Hör auf, dich zu quälen, Jack! Wir schaffen es noch rechtzeitig.«

»Verdammt, woher weißt du denn, daß wir es rechtzeitig schaffen?« fragte er wütend, er wußte nicht genau, warum er auf sie wütend war, er ging nur auf sie los, weil sie gerade da war, weil er nicht auf Lavelle oder auf das Wetter einschlagen konnte, das ihn behinderte, und weil er auf jemanden einschlagen *mußte,* auf irgend etwas, sonst würde ihn die Spannung, die sich in ihm aufstaute wie in einer ohnehin schon überladenen Batterie der überschüssige Strom, noch völlig verrückt machen. »Du kannst es nicht *wissen!*«

»Ich weiß es«, beharrte sie ruhig. »Fahr du nur.«

»Verdammt noch mal, hör doch auf, mich zu bemuttern.«

»Jack...«

»Er hat meine Kinder!«

Er trat zu heftig aufs Gas, und sofort begann der Wagen, auf den rechten Rinnstein zuzuschlittern.

Er wollte den Kurs korrigieren, indem er das Steuer herumriß, anstatt mit der Schleuderbewegung mitzugehen und es in diese Richtung zu drehen, und als er seinen Fehler bemerkte, begann der Wagen sich zu drehen, und einen Augenblick lang rutschten sie seitwärts – Jacks Magen verkrampfte sich bei dem Gefühl, daß sie mit hoher Geschwindigkeit gegen den Rinnstein prallen, umkippen und sich überschlagen würden – aber sie drehten sich immer weiter, wie ein Karussell, bis der Wagen endlich, nachdem er fast eine ganze Drehung gemacht hatte, stehenblieb.

Mit einem Schaudern, das noch verstärkt wurde durch die Vorstellung, was ihnen hätte passieren können, aber in dem Bewußtsein, daß er es nicht riskieren konnte, damit Zeit zu verschwenden, über ihr knappes Entkommen noch länger nachzugrübeln, fuhr Jack wieder an. Er führte das Steuer jetzt mit noch größerer Vorsicht und drückte mit dem Fuß langsam und leicht auf das Gaspedal.

Weder er noch Rebecca hatten während der wilden Schleuderpartie etwas gesagt, nicht einmal vor Überraschung oder Angst aufgeschrien, und auch den ganzen nächsten Block entlang sprach keiner von ihnen ein Wort.

Dann sagte er: »Es tut mir leid.«

»Ist ja gut.«

»Ich hätte dich nicht so anfauchen dürfen.«

»Ich verstehe das. Du warst außer dir vor Sorge.«

»Das bin ich immer noch. Keine Entschuldigung. Das war dumm von mir. Ich kann den Kindern nicht helfen, wenn ich uns umbringe, ehe wir Fayes Wohnung überhaupt erreichen.«

»Ich verstehe, was in dir vorgeht«, sagte sie wieder, noch weicher als zuvor. »Es ist schon gut. Und alles andere wird auch gut werden.«

Er wußte, daß sie die komplexen Gedanken und Gefühle, die in ihm brodelten und ihn beinahe zerrissen, tatsächlich verstand. Es tat gut, nicht mehr alleine zu sein.

»Wir sind fast da, oder?« fragte sie.

»Noch zwei oder drei Minuten«, sagte er, beugte sich über das Steuer und spähte nervös nach vorne, auf die glatte, verschneite Straße.

Die dick mit Eis verkrusteten Scheibenwischer kratzten geräuschvoll hin und her und säuberten bei jedem Schwung ein Stückchen Glas weniger.

4

Lavelle stand aus seinem Schaukelstuhl auf.

Es war an der Zeit, in psychische Verbindung mit den kleinen Mördern zu treten, die aus der Grube gekommen waren und sich jetzt an die Dawson-Kinder heranpirschten.

Ohne Licht anzuschalten, ging Lavelle zur Frisierkommode, öffnete eine der oberen Schubladen und zog eine Handvoll seidener Bänder heraus. Er ging zum Bett, legte die Bänder hin und schlüpfte aus seinen Kleidern. Nackt setzte er sich auf den Bettrand und band sich ein violettes Band an den rechten, ein weißes an den linken Knöchel. Obwohl es dunkel war, konnte er ohne Mühe eine Farbe von der anderen unterscheiden. Ein langes scharlachrotes Band wand er sich um die Brust, direkt über dem Herzen. Gelb um die Stirn. Grün um das rechte Handgelenk; schwarz um das linke. Die Bänder waren symbolische Verbindungen, die ihm helfen würden, in engen Kontakt mit den Mördern aus der Grube zu treten, sobald er das jetzt begonnene Ritual abgeschlossen hatte.

Dieses Ritual mit den Bändern sollte es Lavelle lediglich ermöglichen, unmittelbar an dem Nervenkitzel des Abschlachtens teilzuhaben. Psychisch mit den Mördern verbunden, würde er durch ihre Augen sehen, mit ihren Ohren hören und mit ihren Golem-Körpern fühlen. Wenn ihre rasiermesserscharfen Klauen sich in Davey Dawson schlugen, würde Lavelle unter seinen eigenen Händen spüren, wie das Fleisch des Jungen aufplatzte. Wenn ihre Zähne Pennys Halsschlagader aufbissen, würde Lavelle die warme Kehle an seinen eigenen Lippen spüren und die kupfrige Süße ihres Blutes schmecken.

Schon beim Gedanken daran zitterte er vor Erregung.

Und wenn Lavelle den Zeitpunkt richtig gewählt hatte, würde Jack Dawson in der Wohnung der Jamisons sein, wenn seine Kinder in Stücke gerissen wurden. Der Detektiv müßte gerade rechtzeitig eintreffen, um zu sehen, wie die Horde über Penny und Davey herfiel. Er würde zwar versuchen, sie zu retten, aber er würde feststellen, daß man die kleinen Mörder nicht zurücktreiben und töten konnte. Er würde vollkommen machtlos danebenstehen müssen, während das kostbare Blut seiner Kinder über ihn spritzte.

Das war das beste daran.

Lavelle seufzte.

Die kleine Flasche mit Katzenblut stand auf dem Nachttisch. Er benetzte zwei Fingerspitzen damit, machte sich auf jede Wange einen karminroten Fleck, benetzte die Finger wieder und salbte sich die Lippen, dann zeichnete er, immer noch mit Blut, ein einfaches *Vèvè* auf seine nackte Brust.

Er legte sich auf das Bett und streckte sich aus.

Dann starrte er an die Decke und stimmte einen leisen Singsang an.

Bald waren sein Geist und seine Seele entrückt. Die Kinder waren nahe.

Das Mädchen war näher als der Junge.

Wie die kleinen Mörder konnte Lavelle ihre Anwesenheit spüren. Nahe. Sehr nahe. Nur noch eine Biegung im Rohr, dann ein gerades Stück, dann eine letzte Biegung.

Nahe.

Die Zeit war gekommen.

5

Penny stand auf der Kommode und spähte in das Rohr, als sie eine Stimme aus dem Inneren der Wand rufen hörte, aus einem anderen Teil des Ventilationssystems, aber jetzt nicht mehr weit entfernt. Es war eine spröde, tuschelnde, kalte, heisere Stimme, die ihr das Blut in den

Adern zu Eis gefrieren ließ. Die Stimme sagte: »Penny? Penny?«

Sie hatte es so eilig, von der Kommode herunterzukommen, daß sie beinahe gestürzt wäre.

Sie rannte zu Davey und packte und schüttelte ihn: «Wach auf! Davey, wach auf!«

Er hatte noch nicht lange geschlafen, nicht länger als eine Viertelstunde, aber er war trotzdem ganz verwirrt. »Hm? Was?«

»Sie kommen«, sagte sie. »Sie kommen. Wir müssen uns anziehen und hier verschwinden. Schnell. *Sie kommen!*«

Sie schrie nach Tante Faye.

6

Die Wohnung der Jamisons befand sich in einem zwölfstöckigen Gebäude an einer Querstraße, die noch nicht geräumt worden war. Die Straße war sechs Zoll hoch mit Schnee bedeckt. Jack fuhr langsam hinein und hatte ungefähr zwanzig Meter weit keine Schwierigkeiten, aber dann versanken die Räder in einer verborgenen Schneewehe, die eine Senke im Straßenbelag völlig ausgefüllt hatte. Einen Augenblick lang dachte er, sie steckten fest, aber dann legte er den Rückwärtsgang ein, den Vorwärtsgang, noch einmal den Rückwärts- und wieder den Vorwärtsgang und schaukelte, bis der Wagen freikam. Nach zwei Dritteln der Straße trat er auf die Bremse, und der Wagen kam vor dem richtigen Gebäude rutschend zum Stehen.

Er riß die Tür auf und stieg aus. Ein wahrhaft arktischer Wind traf ihn mit der Wucht eines Vorschlaghammers. Er senkte den Kopf und stolperte um die Vorderseite des Wagens herum auf den Gehsteig; er konnte kaum etwas sehen, weil der Wind Schneekristalle vom Boden aufwirbelte und sie ihm ins Gesicht schleuderte.

Als Jack die Stufen hinaufstieg und die Glastüren zur Vorhalle aufstieß, war Rebecca schon da. Sie hielt dem erschrockenen Portier ihr Abzeichen und ihren Ausweis hin und sagte: »Polizei.«

»Was ist?« fragte der Portier. »Was ist passiert?«

Jack drückte auf den Liftknopf und sagte: »Wir wollen zu den Jamisons hinauf. Elfte Etage.«

Die Türen einer Liftkabine öffneten sich.

Jack und Rebecca stiegen ein.

Jack rief dem Portier zu: »Bringen Sie einen Hauptschlüssel rauf. Ich hoffe zu Gott, daß wir ihn nicht brauchen.«

Die Lifttüren schlossen sich. Der Aufzug fuhr an.

Jack griff in seinen Mantel und zog seinen Revolver.

Auch Rebecca zog ihre Waffe.

Die Tafel mit den Leuchtziffern über der Tür zeigte an, daß sie die dritte Etage erreicht hatten.

»Dominick Carramazza haben seine Waffen nichts genützt«, sagte Jack mit unsicherer Stimme und starrte die Smith & Wesson in seiner Hand an.

Vierte Etage.

»Wir werden die Waffen ohnehin nicht brauchen«, sagte Rebecca. »Wir sind Lavelle zuvorgekommen. Ich weiß es.«

Aber ihre Stimme klang nicht mehr so überzeugt.

Jack wußte, warum. Die Fahrt von ihrer Wohnung hierher hatte ewig gedauert. Es schien immer weniger wahrscheinlich, daß sie noch rechtzeitig kamen.

Sechste Etage.

Achte.

Neunte.

»Beweg dich, verdammt!« befahl er dem Liftmotor, als glaubte er, daß der tatsächlich schneller würde, wenn er es ihm befahl.

Elfte Etage.

Endlich glitten die Türen auf, und Jack trat heraus.

Rebecca folgte dich hinter ihm.

Die elfte Etage war so ruhig und wirkte so normal, daß Jack fast wieder Hoffnung schöpfte.

Bitte, lieber Gott, bitte.

Auf der Etage waren sieben Wohnungen. Die Jamisons bewohnten eine der beiden vorderen.

Jack ging zu ihrer Tür und blieb seitlich davon stehen.

Den rechten Arm hatte er angewinkelt und eng an den Körper gepreßt; in der Hand hielt er den Revolver, dicht an seinem Gesicht; der Lauf zeigte im Moment gerade nach oben, an die Decke, aber er konnte innerhalb eines Augenblicks eingesetzt werden.

Rebecca stand an der anderen Seite, direkt ihm gegenüber, in ähnlicher Haltung.

Laß sie noch am Leben sein. Bitte. Bitte.

Sein Blick begegnete dem ihren. Sie nickte. Fertig.

Jack hämmerte gegen die Tür.

7

Faye öffnete die Tür, sah Jacks Revolver, blickte ihn erschrocken an und sagte: »Mein Gott, was soll das denn? Was machst du da? Du weißt doch, wie ich Waffen hasse. Nimm das Ding weg!«

Als Faye zurücktrat, um sie einzulassen, erkannte Jack aus ihrem Verhalten, daß die Kinder wohlbehalten waren, und die Erleichterung löste seine Anspannung ein wenig. Aber er fragte: »Wo ist Penny? Wo ist Davey? Sind sie in Ordnung?«

Faye warf einen Blick auf Rebecca und setzte zu einem Lächeln an, dann erst begriff sie, was Jack sagte, runzelte die Stirn und fragte zurück: »In Ordnung? Nun, natürlich sind sie in Ordnung. Es geht ihnen bestens. Ich habe vielleicht selbst keine Kinder, aber ich weiß durchaus, wie man auf sie aufpaßt. Glaubst du, ich würde zulassen, daß den beiden kleinen Äffchen etwas passiert? Um Himmels willen, Jack...«

Sie waren unterdessen aus dem Vorraum ins Wohnzimmer getreten. Jack blickte sich um, sah die Kinder nicht.

Er fragte: »Faye, wo, zum Teufel, sind sie?«

»Du meine Güte, Jack, sprich nicht in diesem Ton mit mir. Was soll das...«

»Faye, verdammt!«

Sie zuckte zurück. »Sie sind im Gästezimmer. Keith ist bei ihnen«, sagte sie schnell und gereizt. »Ich habe sie etwa um Viertel nach neun ins Bett gebracht, wie es sich gehört, und wir dachten, sie seien gerade fest eingeschlafen, als Penny ganz plötzlich zu schreien anfing...«

»Zu schreien?«

»...und sagte, in ihrem Zimmer seien Ratten. Aber wir haben hier natürlich keine...«

Ratten!

Jack raste durch das Wohnzimmer, eilte den kurzen Gang entlang und stürzte in das Gästezimmer.

Alle Lichter brannten, die Nachttischlampen, die Stehlampe in der Ecke und die Deckenlampe.

Penny und Davey standen, noch im Schlafanzug, am Fuß eines der Betten. Als sie Jack sahen, riefen sie erleichtert: »Daddy! Daddy!«, rannten zu ihm hin und umarmten ihn.

Jack war so überwältigt, weil er sie lebendig und unverletzt vor sich sah, so dankbar, daß er einen Augenblick lang nicht sprechen konnte. Er packte sie nur und drückte sie ganz fest an sich.

Trotz all der Lichter im Raum hatte Keith Jamison eine Taschenlampe in der Hand. Er stand drüben bei der Frisierkommode, hielt die Lampe über den Kopf und lenkte den Strahl in die Dunkelheit hinter der Platte, die den

Auslaß des Heizungsrohrs bedeckte. Er wandte sich stirnrunzelnd an Jack und sagte: »Da drin ist etwas nicht in Ordnung. Ich...«

»Kobolde«, sagte Penny und klammerte sich an Jack. »Sie kommen, Daddy, sie wollen mich und Davey holen, laß sie nicht, laß nicht zu, daß sie uns kriegen, oh, bitte, ich warte schon die ganze Zeit auf sie, ich warte und warte und fürchte mich, und jetzt sind sie fast da!« Die Worte sprudelten aus ihr heraus, sie verhaspelte sich, und dann schluchzte sie.

»Hoppla«, sagte Jack, drückte sie an sich, streichelte sie und glättete ihr Haar. »Ruhig jetzt. Ganz ruhig.«

Faye und Rebecca waren ihm vom Wohnzimmer nachgekommen.

Rebecca wirkte kühl und tüchtig wie immer. Sie stand vor dem Schlafzimmerschrank und nahm die Kleider der Kinder von den Bügeln.

Faye berichtete: »Zuerst schrie Penny, in ihrem Zimmer seien Ratten, und dann fing sie an, von Kobolden zu schwatzen, fast hysterisch. Ich versuchte, ihr zu erklären, daß es nur ein Alptraum war...«

»Es *war* kein Alptraum!« rief Penny.

»Aber natürlich«, widersprach Faye.

»Sie beobachten mich schon den ganzen Tag über«, sagte Penny. »Und gestern nacht war einer von ihnen in unserm Zimmer, Daddy. Und heute im Schulkeller – eine ganze Horde. Sie haben Daveys Lunch zerbissen. Und meine Bücher auch. Ich weiß nicht, was sie wollen, aber sie sind hinter uns her, und es sind Kobolde, richtige Kobolde, das schwöre ich.«

»Okay«, sagte Jack. »Ich will das alles hören, in allen Einzelheiten. Aber später. Jetzt müssen wir hier weg.«

Rebecca reichte ihnen die Kleider.

Jack sagte: »Zieht euch an. Ihr braucht die Schlafanzüge nicht erst auszuziehen. Zieht die Kleider einfach darüber.«

Faye sagte: »Was in aller Welt...«

»Wir müssen die Kinder hier wegbringen«, unterbrach Jack. »Schnell.«

»Du tust ja so, als würdest du an dieses Koboldsgeschwätz tatsächlich glauben«, sagte Faye erstaunt.

Jetzt mischte Keith sich ein: »Ich glaube bestimmt nicht an Kobolde, aber daß hier Ratten sind, davon bin ich überzeugt.«

»Nein, nein, nein«, sagte Faye schockiert. »Das kann nicht sein. Nicht hier bei uns.«

»Im Ventilationssystem«, erklärte Keith. »Ich habe sie selbst gehört. Ich wollte gerade mit der Taschenlampe nachschauen, als du reingestürzt kamst, Jack.«

»Scht!« sagte Rebecca. »Horcht mal.«

Die Kinder zogen sich weiter an, aber niemand sagte etwas.

Zuerst hörte Jack nichts. Dann... ein sonderbares Zischen-Brummeln-Knurren.

Das ist keine verdammte Ratte, dachte er.

Im Inneren der Wand rasselte etwas. Dann ein Kratzen, ein wütendes Scharren. Emsige Geräusche: Klirren, Klopfen, Schaben, Pochen.

Faye stöhnte auf: »Mein Gott.«

Jack nahm Keith die Taschenlampe ab, ging zur Kommode und richtete das Licht auf das Rohr. Der Strahl war hell und stark gebündelt, aber er konnte gegen die Schwärze, die sich hinter den Schlitzen in der Platte zusammenballte, nur wenig ausrichten.

Wieder pochte es in der Wand.

Wieder zischte und knurrte es gedämpft.

Jack spürte ein Prickeln im Nacken.

Dann kam, unglaublich, eine Stimme aus dem Rohr. Es war eine heisere, brüchige, völlig unmenschliche, von Drohung erfüllte Stimme: »Penny? Davey? Penny?«

Faye schrie auf und taumelte zwei Schritte zurück.

Selbst Keith, der ein großer und ziemlich respekteinflößender Mann war, wurde bleich und trat von der Öffnung weg. »Was zum Teufel war *das* denn?«

Zu Faye sagte Jack: »Wo haben die Kinder ihre Mäntel und Stiefel? Und ihre Handschuhe?«

»Äh... in... in der Küche. Z-z-zum T-trocknen.«

»Hol sie.«

Faye nickte, regte sich aber nicht.

Jack legte ihr die Hand auf die Schulter. »Hol die Mäntel, Stiefel und Handschuhe und warte dann an der Eingangstür auf uns.«

Sie konnte den Blick nicht von der Öffnung lösen.

Er schüttelte sie. »Faye! Beeile dich!«

Sie fuhr zusammen, als hätte er sie geohrfeigt, drehte sich um und rannte aus dem Schlafzimmer.

Penny war fast fertig angezogen und hielt sich bemerkenswert gut. Sie war zwar verängstigt, beherrschte sich aber. Davey saß auf dem Bettrand, er bemühte sich, nicht zu weinen, weinte aber trotzdem, wischte sich die Tränen ab, blickte Penny entschuldigend an, biß sich auf die Unterlippe und strengte sich sehr an, ihrem Beispiel zu folgen; seine Beine baumelten herunter, und Rebecca band ihm hastig die Schuhe zu.

Aus der Öffnung ertönte es: »Davey? Penny?«

»Was, um Himmels willen, geht hier vor?« fragte Keith.

Jack gab ihm keine Antwort, da er im Moment weder Zeit noch Geduld für Antworten aufbrachte, sondern richtete die Taschenlampe wieder auf die Öffnung und bemerkte eine Bewegung im Rohr. Etwas Silbriges befand sich da drin; es leuchtete und flackerte wie weißglühendes Feuer – dann blinkte es auf und war verschwunden. Statt dessen erschien etwas Schwarzes, bewegte sich, drückte einen Augenblick lang gegen die Öffnungsplatte, als wolle es sie herausstoßen, und zog sich dann zurück, als die Platte standhielt. Jack konnte das Geschöpf nicht deutlich genug sehen, um eine klare Vorstellung von seinem Aussehen zu bekommen.

Keith sagte: »Jack. Die Schraube.«

Jack hatte es schon gesehen. Die Schraube drehte sich und schob sich langsam aus dem Rand der Platte heraus. Das Geschöpf im Rohr drehte die Schraube, löste sie von der anderen Seite des Flansches her, an dem die Platte befestigt war. Dabei brummelte, zischte und murmelte es leise vor sich hin.

»Gehen wir«, sagte Jack und zwang sich, seine Stimme ruhig klingen zu lassen. »Kommt, kommt. Wir müssen sofort hier weg.«

Die Schraube sprang heraus. Die Platte schwang von der Belüftungsöffnung herab und blieb an der einen Schraube hängen, die noch übrig war.

Rebecca drängte die Kinder zur Tür.

Ein Alptraumwesen kroch aus dem Schacht. Es hing unter völliger Mißachtung jeglicher Schwerkraft an der Wand, als habe es Saugnäpfe an den Füßen, obwohl es mit nichts dergleichen ausgestattet schien.

»Jesus«, sagte Keith ganz benommen.

Jack schauderte bei dem Gedanken, daß diese widerliche, kleine Bestie Davey oder Penny berühren könnte.

Das Geschöpf war so groß wie eine Ratte. Wenigstens der Form nach war auch sein Körper dem einer Ratte ziemlich ähnlich: niedrig, mit langen Flanken und für ein Tier dieser Größe breiten und muskulösen Schultern und Keulen.

Aber damit war die Ähnlichkeit mit einer Ratte zu Ende, und der Alptraum fing an. Das Wesen war unbehaart. Seine glitschige Haut hatte dunkle, grau-grün-gelbe Flekken und ähnelte eher einem schleimigen Pilz als Fleisch. Der Schwanz hatte keinerlei Ähnlichkeit mit dem einer Ratte. Er war acht oder zehn Zoll lang, an der Wurzel einen Zoll breit und in Abschnitte unterteilt wie der Schwanz eines Skorpions; er lief spitz zu und ragte eingerollt nach oben über das Hinterteil des Tiers wie der eines Skorpions, hatte aber keinen Stachel. Die Füße waren ganz anders als die einer Ratte: im Verhältnis zu dem Tier selbst waren sie übergroß; die langen Zehen hatten drei Gelenke und wirkten knorrig; die gebogenen Klauen waren viel zu groß für die Füße, aus denen sie herauswuchsen; ein rasiermesserscharfer, gekrümmter Sporn mit vielen Widerhaken ragte aus jeder Ferse. Der Kopf war dem Bau und dem Aussehen nach noch tödlicher als die Füße; der Schädel war ziemlich flach und hatte unnatürlich scharfe Winkel und unnötige Ausbuchtungen und Eindellungen, als wäre er von einem ungeübten Bildhauer modelliert worden. Die Schnauze war lang und spitz, eine bizarre Kreuzung zwischen einem Wolfs- und einem Krokodilsmaul. Das kleine Ungeheuer öffnete das Maul und zischte, dabei zeigte es ungeheuer viele spitze Zähne, die in verschiedenen Richtungen in seinem Kiefer steckten. Eine überraschend lange, schwarze Zunge glitt aus dem Maul, glänzend wie ein Streifen roher Leber; das Ende war gespalten und zuckte ständig hin und her.

Aber am meisten erschreckten Jack die Augen des Wesens. Es schienen überhaupt keine Augen zu sein; sie hatten keine Pupillen und keine Iris, kein festes Gewebe, soweit er erkennen konnte. Es waren nur leere Höhlen im mißgebildeten Schädel dieser Kreatur, tiefe Höhlen, von denen ein kaltes, blendendes Licht ausging. Das intensive Leuchten schien von einem Feuer im Inneren des Mutantenschädels der Bestie zu kommen. Aber das Wesen war auch nicht blind, wie es eigentlich hätte sein müssen; es gab keinen Zweifel, daß es sehen konnte, denn es richtete diese feuergefüllten ›Augen‹ auf Jack, und er konnte ihren dämonischen Blick genauso spüren, wie er ein Messer gespürt hätte, das ihm in den Bauch gestoßen wurde. Das war das zweite, was ihn erschütterte, das allerschlimmste an diesen wahnsinnigen Augen: das todeskalte, haßheiße, die Seele ausdörrende Gefühl, das sie einem vermittelten, wenn man wagte, ihnen standzuhalten. Als Jack dem Wesen in die Augen sah, fühlte er sich körperlich und seelisch krank.

Die Schwerkraft mißachtend wie ein Insekt kam das Tier langsam, kopfunter, vom Rohr weg die Wand heruntergekrochen.

Ein zweites Wesen erschien an der Öffnung im Ventilationssystem. Dieses hatte keinerlei Ähnlichkeit mit dem ersten. Es hatte die Gestalt eines kleinen Mannes, vielleicht zehn Zoll groß, der da oben in der Schachtöffnung kauerte. Obwohl es ungefähr menschliche Gestalt besaß, war es in keinem anderen Punkt einem Menschen ähnlich. Seine Hände und Füße ähnelten denen der ersten Bestie, sie hatten gefährliche Klauen und mit Widerhaken versehene Sporne. Das Fleisch war pilzähnlich und sah glitschig aus, war aber weniger grün, sondern mehr grau und gelb. Um die Augen lagen schwarze Ringe, und um die Nasenlöcher breiteten sich verfault aussehende, schwarze Flecken aus. Der Kopf war mißgestaltet, mit einem zahnbewehrten Maul, das von einem Ohr zum anderen reichte. Und das Wesen hatte die gleichen höllischen Augen, sie waren jedoch kleiner als die Augen des Rattenwesens.

Jack sah, daß die Bestie mit der menschlichen Gestalt eine Waffe in der Hand hielt. Es sah aus wie ein Miniaturspeer. Die Spitze war scharf geschliffen, sie fing das Licht ein, und ihre Schneide blitzte.

Jack erinnerte sich an die ersten zwei Opfer von Lavelles Kreuzzug gegen die Familie Carramazza. Beide waren Hunderte von Malen mit einer Waffe gestochen worden, die nicht größer war als ein Taschenmesser – die aber doch kein Taschenmesser war. Der Leichenbeschauer hatte nicht gewußt, was er davon halten sollte; die Labortechniker standen vor einem Rätsel. Aber sie wären natürlich auch nicht auf die Idee gekommen, die Möglichkeit in Betracht zu ziehen, daß diese Morde das Werk von zehn Zoll großen Voodoo-Teufeln und daß die Mordwaffen Miniaturspeere waren.

Das Wesen in Menschengestalt kroch nicht hinter der ersten Bestie die Wand herunter. Statt dessen sprang es aus dem Rohr heraus auf die Kommode und landete, schnell und gewandt, auf den Füßen.

Es schaute an Jack und Keith vorbei und zischte: »Penny? Davey?«

Jack schob Keith über die Schwelle in den Gang, dann folgte er ihm und zog die Tür hinter sich zu.

Einen Augenblick später warf sich eines der Geschöpfe, wahrscheinlich die menschliche Bestie, gegen die andere Seite der Tür und begann, hektisch daran zu kratzen.

Die Kinder hatten den Gang schon verlassen und waren im Wohnzimmer.

Jack und Keith eilten hinter ihnen her.

Faye schrie: »Jack! Schnell! Sie kommen auch hier aus dem Ventilator!«

»Wollen uns den Weg abschneiden«, vermutete Jack.

Kurz vor dem Vorraum, im Wohnzimmer, halfen Faye und Rebecca den Kindern, Mäntel und Stiefel anzuziehen.

Von der Platte in der Wand oberhalb des langen Sofas hörte man Fauchen, Zischen und eifriges, unartikuliertes Schnattern. Hinter den Schlitzen in diesem Gitter loderten Silberaugen in der Dunkelheit. Eine der Schrauben wurde von innen gelöst.

Davey hatte erst einen Stiefel an, aber sie hatten keine Zeit mehr.

Jack nahm den Jungen auf den Arm und sagte: »Faye, nimm den zweiten Stiefel mit, wir müssen weg.«

Keith war schon im Vorraum. Er war an den Schrank gegangen und hatte für sich und Faye Mäntel herausgeholt. Ohne sich die Zeit zum Anziehen zu nehmen, packte er Faye am Arm und drängte sie aus der Wohnung.

Penny schrie.

Jack wandte sich zum Wohnzimmer um, er ging unwillkürlich leicht in die Knie und preßte Davey noch fester an sich.

Die Platte vor dem Gebläse über dem Sofa hing lose herunter. Dort schickte sich gerade etwas an, aus der Dunkelheit aufzutauchen. Aber Penny hatte nicht deshalb geschrien. Ein weiterer, abscheulicher Eindringling war aus der Küche gekommen, und auf diesen war sie aufmerksam geworden. Er hatte das Eßzimmer zu zwei Dritteln durchquert und hastete auf den Durchgang zum Wohnzimmer und geradewegs auf sie zu. Seine Färbung war ganz anders als die der anderen Bestien, aber nicht weniger abscheulich: es war ekelhaft gelblich-weiß, übersät mit krebsartigen, grünschwarzen Pockennarben, und es schien genauso glitschig und schleimig zu sein wie die anderen Bestien, die Lavelle geschickt hatte. Es war viel größer als die anderen, fast dreimal so groß wie das Rattenwesen im Schlafzimmer. Ein wenig einem Leguan ähnlich, aber mit einem schlankeren Körper, war diese Alptraumbrut drei bis vier Fuß lang, hatte einen Echsenschwanz, den Kopf und auch das Gesicht einer Eidechse. Anders als ein Leguan hatte das kleine Ungeheuer jedoch Feueraugen, sechs Beine und einen so geschmeidigen Körper, daß man es für fähig halten konnte, ihn zu einem Knoten zu schlingen; genau diese Gelenkigkeit und Biegsamkeit machten es einem Geschöpf seiner Größe überhaupt möglich, durch die Lüftungsrohre zu gleiten. Außerdem hatte es zwei fledermausähnliche Flügel, die verkümmert und sicherlich nutzlos waren, die es aber entfaltete, und mit denen es furchteinflößend schlug und flatterte.

Das Wesen stürmte mit hin- und herpeitschendem Schwanz ins Wohnzimmer. Sein Maul stand weit offen, und es stieß ein kaltes, triumphierendes Kreischen aus, als es auf sie losging.

Rebecca ließ sich auf ein Knie fallen und feuerte ihren Revolver ab. Sie schoß aus nächster Nähe; sie konnte ihr

Ziel nicht verfehlen, und sie verfehlte es auch nicht. Die Kugel raste direkt in die abscheuliche Kreatur hinein. Der Schuß hob die Bestie vom Boden und schleuderte sie nach hinten wie ein Bündel Lumpen. Sie landete hart am Durchgang zum Eßzimmer.

Der Schuß hätte sie in Stücke reißen müssen. Aber es war nicht so.

Fußboden und Wände hätten mit Blut – oder was sonst durch die Adern dieser Geschöpfe gepumpt wurde – bespritzt sein müssen. Aber davon war nichts zu sehen.

Das Ding zappelte und wand sich ein paar Sekunden lang auf dem Rücken, dann wälzte es sich herum, stellte sich auf die Füße und taumelte nach der Seite. Es war verwirrt und bewegte sich schwerfällig, aber verletzt war es nicht. Es krabbelte im Kreis herum und jagte hinter seinem eigenen Schwanz her.

»Mit Waffen kann man den verdammten Dingern überhaupt nichts anhaben«, sagte Jack.

Die Verwirrung des Scheusals in Leguangestalt ließ allmählich nach. Gleich würde es wieder zu sich kommen und sie erneut angreifen.

Ein Kreischen lenkte Jacks Aufmerksamkeit auf das andere Ende des Wohnzimmers, wo der Gang nach hinten zu den Schlafräumen und Bädern abging. Dort stand das menschenförmige Wesen, es quiekte und hatte den Speer hoch über dem Kopf erhoben. Es rannte mit erschreckender Geschwindigkeit über den Teppich auf sie zu.

Hinter ihm kam eine Horde von kleinen, aber tödlichen Geschöpfen, reptil-schlangen-hunde-katzen-insekten-ratten- und spinnenartige, groteske Gestalten. In diesem Augenblick begriff Jack, daß dies in der Tat Ausgeburten der Hölle waren; Dämonenwesen, die Lavelles Zauberkünste aus den Tiefen der Hölle gerufen hatten. Das mußte die Antwort sein, so verrückt sie auch schien, denn es gab sonst keinen Ort, von dem so gräßliche Horrorwesen hätten kommen können. Zischend, schnatternd und fauchend purzelten und rollten sie, voller Gier, Penny und Davey zu erreichen, übereinander. Alle waren sie völlig verschieden voneinander, obwohl sie wenigstens zwei Züge gemeinsam hatten: die silberweißen Feueraugen, wie die Fensterklappen in einem Hochofen, und mörderisch scharfe kleine Zähne. Es war, als seien die Pforten der Hölle aufgerissen worden.

Jack schob Penny in den Vorraum. Mit Davey auf dem Arm folgte er seiner Tochter durch die Eingangstür hinaus in den Korridor der elften Etage und eilte auf Keith und Faye zu, die mit dem weißhaarigen Portier bei einem der Aufzüge standen und die Türen offenhielten.

Hinter Jack feuerte Rebecca drei Schüsse ab.

Jack blieb stehen und drehte sich um. Er wollte zurückgehen und sie holen, war aber nicht sicher, ob er Davey noch schützen konnte, wenn er das tat.

»Daddy! Beeile dich!« rief Penny, die mit einem Fuß schon im Aufzug stand.

»Daddy! Los! Weg hier!« sagte Davey und klammerte sich an ihn.

Sehr zu Jacks Erleichterung kam Rebecca unversehrt aus der Wohnung. Sie gab noch einen Schuß in den Vorraum der Jamisons ab, dann zog sie die Tür zu.

Als Jack die Aufzüge erreichte, war Rebecca dicht hinter ihm. Nach Atem ringend, stellte er Davey nieder, und sie drängten sich, zusammen mit dem Portier, zu siebt in die Kabine. Keith drückte auf den Knopf mit der Aufschrift EINGANGSHALLE.

Endlich glitten die Türen zu.

Aber Jack fühlte sich deshalb nicht sicherer.

Der Aufzug fuhr an.

Penny hatte Faye Daveys Stiefel abgenommen. Sie half ihrem kleinen Bruder, den Fuß hineinzustecken.

Achte Etage.

Mit nervöser Stimme, die mehr als einmal versagte, aber immer noch in dem vertrauten, herrischen Tonfall, sagte Faye: »Was war das, Jack? Was waren das für Wesen in den Lüftungsöffnungen?«

»Voodoo«, sagte Jack, ohne die Leuchtanzeige über den Türen aus den Augen zu lassen.

Siebte Etage.

»Voodoo-Teufel, glaube ich«, erklärte Jack weiter. »Aber verlange bitte nicht, daß ich dir sage, wie sie dahin kamen oder sonst etwas.«

»So etwas wie Voodoo-Teufel gibt es nicht«, erklärte Faye. »Es gibt keine.«

»Halt den Mund«, befahl Keith. »Du hast sie nicht gesehen. Du hast das Gästezimmer verlassen, ehe sie aus der Öffnung kamen.«

Fünfte Etage.

Penny sagte: »Und du warst schon aus der Wohnung draußen, ehe die ersten durch den Auslaß im Wohnzimmer kamen, Tante Faye. Du hast sie einfach nicht gesehen – sonst würdest du es glauben.«

Der Portier fragte: »Mrs. Jamison, wie gut kennen Sie diese Leute? Sind das...«

Ohne ihn zu beachten, fiel ihm Rebecca ins Wort und sagte zu Faye und Keith: »Jack und ich sind da an einem unheimlichen Fall. Psychopathischer Mörder. Behauptet, er bringe seine Opfer mit Voodoo-Verwünschungen zur Strecke.«

Dritte Etage.

Jack bekam einen furchtbaren Schreck, als ihm einfiel, daß es in der Eingangshalle jetzt vielleicht schon von kleinen, bösartigen Geschöpfen wimmelte. Vielleicht kam die alptraumhafte Horde schon kratzend und beißend hereingestürmt, wenn sich die Lifttüren öffneten.

Eingangshalle. *Bitte nicht.*

Die Türen gingen auf. Die Eingangshalle lag verlassen vor ihnen.

Sie rannten aus dem Aufzug, und Faye fragte: »Wohin gehen wir?«

Jack sagte: »Rebecca und ich haben einen Wagen ...«

»Bei diesem Wetter...«

»Schneeketten«, fiel Jack ihr unvermittelt ins Wort. »Wir nehmen den Wagen und bringen die Kinder hier raus. Wir bleiben in Bewegung, bis ich mir im klaren bin, was wir tun sollen.«

»Wir kommen mit euch«, sagte Keith.

»Nein«, wehrte Jack ab und drängte die Kinder auf die Eingangstüren zu. »Bei uns wird es wahrscheinlich gefährlich.«

»Wir können nicht wieder hinauf«, sagte Keith. »Nicht zu diesen... diesen Dämonen oder Teufeln oder was immer sie sein mögen.«

»Ratten«, sagte Faye, die offenbar zu der Ansicht gelangt war, daß sie mit dem Unappetitlichen besser fertig werden konnte als mit dem Unnatürlichen. »Nur ein paar Ratten. Natürlich gehen wir zurück. Früher oder später müssen wir zurück, wir müssen Fallen aufstellen und sie ausrotten. Und je eher, desto besser.«

Ohne auf Faye einzugehen, sagte Jack über ihren Kopf hinweg zu Keith: »Ich glaube nicht, daß die verdammten Dinger dir und Faye etwas antun werden. Nicht, solange ihr nicht zwischen ihnen und den Kindern steht. Trotzdem würde ich heute nacht nicht zurückgehen. Vielleicht lauern da noch ein paar.«

»Du könntest mich heute nacht um nichts in der Welt dahin schleppen«, versicherte ihm Keith.

»Unsinn«, widersprach Faye. »Wegen ein paar Ratten...«

»Verdammt, Weib«, sagte Keith, »was da aus dem Rohr nach Penny und Davey gerufen hat, das war keine Ratte.«

Faye war schon blaß. Als Keith sie an die Stimme im Ventilationssystem erinnerte, wurde sie kreideweiß.

Sie blieben alle an den Türen stehen, und Rebecca sagte: »Keith, gibt es jemanden, bei dem Sie übernachten könnten?«

»Sicher«, sagte Keith. »Einer von meinen Geschäftspartnern, Anson Dorset. Er wohnt ganz in der Nähe. Auf der anderen Seite der Straße. Oben, nahe der Avenue. Dort können wir unterkommen.«

Jack stieß die Tür auf. Der Wind versuchte, sie wieder zuzuschlagen; es wäre ihm auch fast gelungen, und eine Schneewolke wurde in die Eingangshalle geblasen. Gegen den Wind ankämpfend, das Gesicht von den stechenden Kristallen abgewandt, hielt Jack den anderen die Tür auf und winkte ihnen, sie sollten vorausgehen. Rebecca machte den Anfang, dann kamen Penny und Davey und schließlich Faye und Keith.

Der Portier blieb als einziger zurück. Er kratzte sich seinen weißen Kopf und sah Jack stirnrunzelnd an. »He, warten Sie! Was ist mit mir?«

»Was soll mit Ihnen sein? Sie sind nicht in Gefahr«, sagte Jack und ging hinter den anderen durch die Tür.

Der Portier blieb in der Eingangshalle stehen, das Gesicht an die Glastür gepreßt und schaute ihnen nach wie ein dicker, unbeliebter Schuljunge, der bei einem Spiel nicht mitmachen darf.

8

Der Wind war ein Hammer.

Die Schneekristalle waren Nägel.

Der Sturm war eifrig mit seiner Schreinerarbeit beschäftigt und baute Schneewehen auf der Straße.

Als Jack am Fuß der Treppe vor dem Apartmenthaus angelangt war, gingen Keith und Faye schon schräg über die Straße in Richtung auf die Avenue und auf das Gebäude zu, wo ihre Freunde wohnten.

Rebecca und die Kinder standen am Wagen.

Jack erhob seine Stimme, um das Prusten und Heulen

des Windes zu übertönen und schrie: »Los, los. Einsteigen. Wir müssen weg von hier!«

Dann merkte er, daß etwas nicht in Ordnung war.

Rebecca hatte eine Hand am Türgriff, aber sie öffnete die Tür nicht. Sie starrte wie gebannt in den Wagen.

Jack trat neben sie, schaute durch das Fenster und sah, was sie sah. Zwei von den Geschöpfen. Beide auf dem Rücksitz. Sie waren in Schatten gehüllt, und man konnte unmöglich genau erkennen, wie sie aussahen, aber ihre glühenden Silberaugen ließen keinen Zweifel daran, daß sie Verwandte der mörderischen Wesen waren, die aus den Heizungsrohren gekommen waren. Wenn Rebecca die Tür geöffnet hätte, ohne hineinzuschauen, wenn sie nicht bemerkt hätte, daß die Bestien da drinnen warteten, hätten sie sie vielleicht angegriffen und überwältigt. Sie hätten ihr die Kehle zerfetzt, die Augen ausgequetscht und ihr das Leben genommen, ehe sich Jack der Gefahr auch nur bewußt war, ehe er eine Chance hatte, ihr zu Hilfe zu kommen.

»Zurück!« befahl er.

Alle vier entfernten sich von dem Wagen und drängten sich auf dem Gehsteig aneinander, voller Mißtrauen vor der Nacht, die sie umgab.

Es ist sonderbar, dachte Jack, daß man sich im Herzen von Manhattan so isoliert und so allein fühlen kann.

»Was jetzt?« drängte Rebecca, die Augen auf den Wagen geheftet, mit einer Hand hielt sie Davey fest, die andere hatte sie in ihren Mantel gesteckt und hielt damit wahrscheinlich ihren Revolver umklammert.

»Wir müssen in Bewegung bleiben«, sagte Jack; er war nicht zufrieden mit dieser Antwort, aber zu überrascht und zu verängstigt, als daß ihm etwas besseres eingefallen wäre.

Keine Panik.

»Wohin?« fragte Rebecca.

»Zur Avenue«, sagte er.

Ruhig. Langsam. Wenn wir in Panik geraten, sind wir erledigt.

»Die Richtung, in die Keith gegangen ist?« fragte Rebecca.

»Nein. Zur anderen Avenue. Zur Third Avenue. Die ist näher.«

»Hoffentlich sind dort Leute«, sagte sie.

»Vielleicht sogar Streifenwagen.«

Und Penny fügte hinzu: »Ich glaube, unter Menschen und im Freien sind wir sehr viel sicherer.«

»Das glaube ich auch, Schätzchen«, sagte Jack. »Also, gehen wir. Und bleibt dicht beieinander.«

Penny faßte Daveys Hand.

Der Angriff kam plötzlich. Das Ding stürzte unter ihrem Wagen hervor. Quiekend. Zischend. Die Augen verstrahlten silbriges Licht. Es zeichnete sich dunkel vor dem Schnee ab. Flink und geschmeidig. Verdammt flink. Wie eine Eidechse. Soviel sah Jack im sturmverzerrten Schein der Straßenlaterne, und er griff nach seinem Revolver, dann fiel ihm wieder ein, daß Kugeln diese Wesen nicht töten konnten; er erkannte auch, daß sie so dicht beieinanderstanden, daß er gar keinen Schuß riskieren konnte, und auf einmal war das Ding zwischen ihnen, fauchend und spuckend – all das in einer einzigen Sekunde, vielleicht sogar noch weniger. Davey schrie. Und versuchte, dem Ding aus dem Weg zu gehen. Er konnte ihm nicht ausweichen. Die Bestie sprang mit einem Satz auf den Stiefel des Jungen. Davey trat nach ihr. Sie klammerte sich an ihm fest. Jack hob Penny hoch und stieß sie weg. Schubste sie gegen die Wand des Apartmenthauses. Sie blieb geduckt stehen. Keuchend. Inzwischen hatte die Eidechse angefangen, an Daveys Beinen hinaufzuklettern. Der Junge drosch auf sie ein. Stolperte. Taumelte rückwärts. Kreischte um Hilfe. Rutschte aus. Stürzte. All das in nicht mehr als einer weiteren Sekunde, vielleicht zweien – ›tick, tick‹ – und Jack kam sich vor wie in einem

Fiebertraum, in dem die Zeit so verzerrt war, wie sie es nur in einem Traum sein konnte. Er lief hinter dem Jungen her, aber die Luft, durch die er sich bewegte, schien so zäh wie Sirup. Die Eidechse saß jetzt auf Daveys Brust, ihr Schwanz peitschte hin und her, ihre Klauenfüße zerrten an dem dicken Mantel, versuchten, ihn zu zerfetzen, um dann den Bauch des Jungen aufreißen zu können. Ihr Maul war weit geöffnet, die Schnauze fast im Gesicht des Jungen – ›nein!‹ – und Rebecca erreichte ihn vor Jack. ›Tick.‹ Sie riß das widerliche Ding von Daveys Brust. Es jaulte. Es biß sie in die Hand. Sie schrie vor Schmerz auf. Schleuderte die Echse zu Boden. Penny schrie: »Davey! Davey!« ›Tick.‹ Davey war wieder auf den Beinen. Die Eidechse ging von neuem auf ihn los. Diesmal bekam Jack das Ding zu fassen. Mit bloßen Händen. Er schauderte, als er es berührte, riß es von dem Jungen herunter. Hörte, wie der Mantel in den Klauen zerriß. Hielt es auf Armeslänge von sich ab. ›Tick.‹ Es versuchte, sich aus seinem Griff zu befreien, und es war stark, aber er war stärker. ›Tick.‹ Es trat mit seinen gefährlichen Klauenfüßen in die Luft. ›Tick. Tick. Tick, tick, tick...‹

Rebecca fragte: »Warum versucht es nicht, dich zu beißen?«

»Ich weiß nicht«, erwiderte er atemlos.

Aber er erinnerte sich an das Gespräch, das er vor ein paar Stunden mit Nick Iervolino im Streifenwagen geführt hatte, auf dem Weg von Carver Hamptons Laden in Harlem in die Stadt. Und er fragte sich...

Das Eidechsenwesen hatte ein zweites Maul, das sich in seinem Magen befand und mit scharfen, kleinen Zähnen versehen war. Die Öffnung glotzte Jack an, öffnete und schloß sich, aber dieses zweite Maul wollte ihn ebensowenig beißen wie das im Kopf der Echse.

»Davey, bist du in Ordnung?« fragte Jack.

»Mach es tot, Daddy«, bat der Junge. Es klang verschreckt, aber nicht, als ob er verletzt wäre. »Bitte, mach es tot. Bitte.«

»Ich wünschte nur, ich könnte es«, sagte Jack.

Das kleine Ungeheuer wand sich, zappelte, krümmte sich und tat, was es konnte, um Jack aus den Händen zu rutschen. Es widerte ihn an, es zu berühren, aber er packte noch fester zu, noch härter, grub seine Finger in das kalte, schmierige Fleisch.

»Rebecca, was ist mit deiner Hand?«

»Nur ein Kratzer«, antwortete sie.

»Penny?«

»Ich... ich bin okay.«

»Dann fort mit euch. Geht zur Avenue.«

»Und du?« fragte Rebecca.

»Ich halte das Ding fest, damit ihr einen Vorsprung bekommt.« Die Eidechse schlug um sich. »Dann werfe ich es weg, so weit ich kann, und komme euch nach.«

»Wir können dich doch nicht alleine lassen«, widersprach Penny verzweifelt.

»Nur ein oder zwei Minuten«, beruhigte sie Jack. »Ich hole euch schon ein. Ich kann schneller laufen als ihr drei. Jetzt geht. Verschwindet, ehe noch eines von den verdammten Dingern von irgendwoher angreift. Los!«

Sie rannten los, erst die Kinder, dann Rebecca, und wirbelten Schneewolken auf.

Das Eidechsenwesen zischte Jack an.

Er starrte in die Feueraugen.

Jack fragte sich, was wohl passieren würde, wenn er einen Finger in eine dieser leeren Höhlen, in das Feuer dahinter stecken würde. Würde er tatsächlich Feuer finden? Oder war es nur eine Illusion? Wenn in dem Schädel wirklich Feuer war, würde er sich dann verbrennen? Oder würde er entdecken, daß die Flammen wirklich so wenig Hitze hatten, wie es schien?

Weiße Flammen. Sie flackerten.

Kalte Flammen. Sie zischten.

Die beiden Mäuler der Echse schnappten nach der Nachtluft.

Jack wollte tiefer in dieses seltsame Feuer sehen.

Er hielt das Geschöpf dichter an sein Gesicht.

Er konnte spüren, wie das Licht dieser Augen ihn überspülte.

Es war eine bitterkalte Nacht.

Weißglühend.

Faszinierend.

Er spähte angestrengt in das Feuer des Schädels.

Die Flammen teilten sich fast, ließen ihn beinahe sehen, was hinter ihnen lag.

Er blinzelte, strengte seine Augen noch mehr an.

Er wollte das große Geheimnis begreifen.

Das Geheimnis hinter dem feurigen Schleier.

Wollte, *mußte* es begreifen.

Weiße Flammen.

Flammen aus Schnee, aus Eis.

Flammen, die ein grauenhaftes Geheimnis bargen.

Flammen, die winkten...

Winkten...

Er nahm kaum wahr, wie sich hinter ihm die Wagentür öffnete. Die ›Augen‹ des Eidechsenwesens hatten ihn gepackt und halb hypnotisiert. Er nahm die schneedurchwehte Straße ringsum nur noch undeutlich, schemenhaft wahr. Noch ein paar Sekunden, und er wäre verloren gewesen. Aber sie verschätzten sich; sie öffneten die Wagentür einen Augenblick zu früh, und er hörte es. Er drehte sich um und schleuderte das Eidechsenwesen so weit in die stürmische Dunkelheit hinein, wie er nur konnte.

Er wartete nicht ab, wo es hinfiel, schaute nicht, was aus der Limousine herauskam.

Er rannte nur.

Vor ihm hatten Rebecca und die Kinder die Avenue erreicht. Sie bogen links um die Ecke und verschwanden.

9

Ein wenig rutschend, dann durch eine Schneewehe stapfend, daß ihm der Schnee oben in die Stiefel fiel, bog Jack um die Ecke und in die Avenue ein. Er schaute nicht zurück, weil er fürchtete zu entdecken, daß ihm die Kobolde – wie Penny sie nannte – dicht auf den Fersen waren.

Rebecca und die Kinder waren nur hundert Fuß vor ihm. Er eilte ihnen nach.

Zu seinem Entsetzen stellte er fest, daß sie die einzigen Menschen auf der breiten Avenue waren. Nur ein paar Wagen standen da, alle leer und verlassen, nachdem sie im Schnee steckengeblieben waren. Zu Fuß war niemand unterwegs. Und wer würde auch, wenn er auch nur halbwegs bei Verstand war, in einem orkanartigen Sturm zu Fuß unterwegs sein, mitten in einem Schneetreiben, das einem jede Sicht nahm?

Er holte Rebecca und die Kinder ein. Das war nicht weiter schwierig; sie kamen nicht mehr sehr schnell voran. Penny und Davey wurden schon müde. Im tiefen Schnee zu laufen war genauso, als hätte man Bleigewichte an den Füßen; der ständige Widerstand erschöpfte sie schnell.

Jack blickte den Weg zurück, den sie gekommen waren. Keine Spur von den Kobolden. Aber die Geschöpfe mit den Laternenaugen würden wieder auftauchen, und zwar schon bald. Er konnte nicht glauben, daß sie so leicht aufgaben.

Wenn sie wirklich kamen, würden sie leichte Beute vorfinden. In einer Minute würden sich die Kinder nur noch müde schlurfend im Schrittempo fortbewegen.

Jack fühlte sich auch nicht besonders munter. Sein Herz hämmerte so stark und schnell, als wolle es sich aus seiner Verankerung reißen. Sein Gesicht schmerzte von dem kalten, beißenden Wind, der ihm auch in die Augen stach, bis sie tränten. Seine Hände schmerzten ebenfalls und waren ein wenig taub, weil er keine Zeit gehabt hatte, seine

Handschuhe wieder anzuziehen. Er atmete schwer, und von der arktischen Luft wurde seine Kehle rauh, und seine Brust schmerzte. Er hatte eiskalte Füße, weil ihm soviel Schnee in die Stiefel gefallen war. In seinem jetzigen Zustand konnte er den Kindern nicht viel Schutz bieten, und diese Erkenntnis machte ihn wütend und ängstlich, denn er und Rebecca waren die einzigen Menschen, die zwischen den Kindern und dem Tod standen.

Jack sah sich nach einem Platz um, wo sie sich verstekken konnten. Gleich vor ihnen standen fünf Apartmenthäuser aus Sandstein, jedes vier Stockwerke hoch, zwischen etwas höheren und moderneren (aber nicht gerade einladend wirkenden) Gebäuden eingezwängt.

Er sagte zu Rebecca: »Wir müssen verschwinden«, und drängte sie alle vom Gehsteig herunter, die schneebedeckten Stufen hinauf, durch die Eingangstüren mit den Glaseinsätzen in die Halle des ersten Sandsteinhauses.

Der Vorraum war nicht besonders gut geheizt, aber verglichen mit der Nacht draußen erschien es ihnen regelrecht tropisch. Es war auch sauber und ziemlich elegant, mit Messingbriefkästen und einer gewölbten Holzdecke, aber einen Portier gab es nicht. Der kunstvolle Mosaikfußboden war auf Hochglanz poliert, und kein einziges Steinchen fehlte.

Aber so hübsch es auch war, hier konnten sie nicht bleiben. Der Vorraum war hell erleuchtet. Man konnte sie von der Straße aus leicht entdecken.

Die innere Tür hatte ebenfalls Glasscheiben. Dahinter lagen der Korridor des Erdgeschosses, der Aufzug und die Treppe. Aber die Tür war verschlossen und konnte nur mit einem Schlüssel oder mit einem elektrischen Türöffner in einer der Wohnungen geöffnet werden.

Es gab insgesamt sechzehn Wohnungen, auf jedem Stockwerk vier. Jack trat an die Messingbriefkästen und drückte auf den Klingelknopf von Mr. und Mrs. Evans auf der vierten Etage.

Eine Frauenstimme kam blechern aus dem Lautsprecher am oberen Rand des Briefkastens. »Wer ist da?«

»Ist das die Grofeld-Wohnung?« fragte Jack, obwohl er sehr wohl wußte, daß sie es nicht war.

»Nein«, sagte die unsichtbare Frau. »Sie haben den falschen Knopf gedrückt. Die Klingel der Grofelds ist neben der unseren.«

»Entschuldigung«, sagte er, als Mrs. Evans die Verbindung unterbrach.

Er schaute zur Vordertür auf die dahinterliegende Straße.

Schnee. Nackte, geschwärzte, im Wind zitternde Bäume.

Der geisterhafte Schein sturmgepeitschter Straßenlampen.

Aber nichts Schlimmeres. Nichts mit silbrigen Augen. Nichts mit vielen spitzen, kleinen Zähnen.

Noch nicht.

Er läutete bei den Grofelds und fragte, ob das die Santini-Wohnung sei, und man erklärte ihm kurz angebunden, die Santini-Klingel sei die nebenan.

Er klingelte bei den Santinis und war darauf vorbereitet, zu fragen, ob das die Porterfield-Wohnung sei, aber die Santinis erwarteten offenbar jemanden und waren weniger vorsichtig als ihre Nachbarn, denn sie öffneten ihm die Tür, ohne zu fragen, wer er war.

Rebecca schob die Kinder hinein, und Jack folgte ihnen schnell und schloß die Tür hinter sich.

Rebecca schärfte den Kindern ein, besonders still zu sein, als sie sie in eine dunkle Nische unter den Treppen, rechts vom Haupteingang führte.

Jack drängte sich mit ihnen in den Winkel, um von der Tür wegzukommen. Von der Straße oder von der Treppe aus waren sie nicht zu sehen, nicht einmal, wenn sich jemand über das Geländer beugte und herunterschaute.

Nach weniger als einer Minute öffnete sich ein paar Etagen weiter oben eine Tür. Schritte. Dann sagte jemand, offenbar Mr. Santini: »Alex? Bist du das?«

Sie warteten.

Mr. Santini wartete.

Draußen heulte der Wind.

Mr. Santini kam ein paar Stufen herunter. »Ist da jemand?«

Geh weg, dachte Jack. Du hast ja keine Ahnung, in was du vielleicht hineinläufst. *Geh weg.*

Als wäre der Mann ein Telepath und hätte Jacks Warnung empfangen, kehrte er in seine Wohnung zurück und schloß die Tür.

Jack seufzte.

Endlich fragte Penny mit zittriger Flüsterstimme: »Woher wissen wir, wann wir gefahrlos wieder rausgehen können?«

»Wir lassen jetzt einfach ein wenig Zeit vergehen, und wenn ich dann glaube, daß es geht... dann schlüpfe ich raus und sehe mal nach«, erklärte Jack leise.

Davey zitterte, als wäre es hier drin kälter als draußen. Er wischte sich seine tropfende Nase mit dem Mantelärmel ab und fragte: »Wie lange warten wir?«

»Fünf Minuten«, erklärte ihm Rebecca ebenfalls flüsternd. »Höchstens zehn. Bis dahin sind sie fort.«

»Wirklich?«

»Sicher«, sagte Rebecca. »Es kann gut sein, daß sie uns gar nicht gefolgt sind. Aber selbst wenn sie uns nachgegangen sind, werden sie nicht die ganze Nacht hier rumhängen. Weißt du, sogar Kobolden wird es einmal langweilig.«

»Sind sie das?« fragte Davey. »Kobolde? Wirklich?«

»Tja, man kann nicht so genau sagen, wie man sie nennen soll«, sagte Rebecca.

»Kobolde war das einzige Wort, das mir einfiel, als ich sie sah«, sagte Penny. »Es ist mir einfach so durch den Kopf geschossen.«

»Und es ist wirklich ein verflixt gutes Wort«, versicherte ihr Rebecca. »Soweit ich sehe, hättest du dir kein besseres ausdenken können. Und weißt du, wenn du an all die Märchen zurückdenkst, die du je gehört hast, dann waren Kobolde immer Wesen, die eher gebellt als gebissen haben. Sie haben praktisch nie mehr getan, als Leute zu erschrecken. Wenn wir also geduldig und vorsichtig sind, wirklich vorsichtig, dann wird alles gut.«

Jack bewunderte die Art, wie Rebecca mit den Kindern umging und ihre Angst besänftigte. Ihre Stimme klang beruhigend. Sie berührte sie ständig, während sie mit ihnen sprach, sie drückte und streichelte und tätschelte sie sanft.

Jack zog den Ärmel hoch und schaute auf seine Uhr.

Zehn Uhr vierzehn.

Sie drückten sich in den Schatten unter der Treppe aneinander und warteten. Warteten.

Kapitel sechs

1

Lavelle lag eine Weile betäubt auf dem Fußboden des dunklen Schlafzimmers; er konnte nur mit Mühe atmen und war ganz starr vor Schmerz. Als Rebecca Chandler auf einige jener kleinen Mörder in der Wohnung der Jamisons geschossen hatte, war Lavelle in psychischer Verbindung mit ihnen gewesen und hatte den Aufschlag der Kugeln auf ihren Golem-Körpern gespürt. Er war nicht verletzt worden, ebensowenig wie die dämonischen Wesen selbst. Seine Haut war unversehrt. Er blutete nicht. Am Morgen würde er keine blauen Flecken, keinen einzigen Kratzer haben. Aber der Aufprall dieser Kugeln war schmerzhaft real gewesen, und er hatte kurz das Bewußtsein verloren.

Jetzt war er nicht mehr bewußtlos. Nur verwirrt. Als der Schmerz ein wenig nachließ, kroch er auf dem Bauch im Zimmer herum, er wußte nicht genau, wonach er suchte, wußte nicht einmal genau, wo er sich befand. Allmählich kam er wieder ganz zu sich. Er kroch zum Bett zurück, stemmte sich auf die Matratze hinauf und warf sich stöhnend auf den Rücken.

Die Dunkelheit berührte ihn.

Die Dunkelheit heilte ihn.

Der Schnee pochte an die Fenster.

Irgendwann war der Schmerz verschwunden.

Trotz des unsicheren und schmerzhaften Erlebnisses konnte er es kaum erwarten, die psychische Verbindung mit den Geschöpfen, die die Dawsons verfolgten, wiederherzustellen. Die Bänder waren noch an seinen Knöcheln, seinen Handgelenken, seiner Brust und seinem Kopf befestigt. Die Katzenblutflecken waren noch auf seinen

Wangen. Seine Lippen waren immer noch mit Blut gesalbt. Und das Blut-*Vévé* war noch auf seiner Brust. Er brauchte nur die erforderlichen Gesänge zu wiederholen; das tat er auch und starrte dabei an die finstere Decke.

Langsam verschwand das Schlafzimmer um ihn, und er war wieder bei der silberäugigen Horde und pirschte sich unerbittlich an die Dawson-Kinder heran.

2

Zehn Uhr fünfzehn.

Zehn Uhr sechzehn.

Während sie unter der Treppe kauerten, sah sich Jack die Rißwunde an Rebeccas linker Hand an. Drei punktförmige Male verteilten sich über eine Fläche von der Größe eines Fünfcentstücks, auf dem fleischigsten Teil ihrer Handfläche, und in der Haut war auch ein kleiner Riß, aber das Echsenwesen hatte nicht tief gebissen. Das Fleisch war nur leicht angeschwollen. Die Wunde näßte nicht mehr; es war nur getrocknetes Blut zu sehen.

Zehn Uhr siebzehn.

Jack untersuchte Daveys Mantel, an dem sich die Eidechse in mörderischer Wut festgekrallt hatte. Das Kleidungsstück war dick und gut verarbeitet; das Gewebe war robust. Trotzdem waren die Klauen an mindestens drei Stellen ganz durchgedrungen – auch noch durch das wattierte Futter.

Es war ein Wunder, daß Davey unverletzt war. Obwohl die Klauen den Mantel durchbohrt hatten wie leichte Baumwolle, hatten sie den Pulli des Jungen und sein Hemd nicht zerrissen; und seine Haut hatte nicht einmal die Spur eines Kratzers abbekommen.

Jack dachte daran, wie knapp er davorgestanden hatte, sowohl Penny wie auch Davey zu verlieren, und es kam ihm schmerzlich zu Bewußtsein, daß er sie immer noch verlieren konnte, ehe dieser Fall abgeschlossen war. Er legte eine Hand an das zarte Gesicht seines Sohnes. Er kämpfte gegen die Tränen an. Er durfte jetzt nicht weinen. Die Kinder würden den letzten Halt verlieren, wenn er weinte. Außerdem, wenn er sich jetzt der Verzweiflung überließ, dann kapitulierte er – in einem kleinen, aber bedeutsamen Punkt – vor Lavelle. Lavelle war böse, nicht einfach ein Krimineller wie jeder andere, nicht bloß verkommen, sondern *böse*, im Innersten böse, eine Verkörperung des Bösen, und das wurde durch Verzweiflung erst zur vollen Entfaltung gebracht. Die besten Waffen gegen das Böse waren Hoffnung, Optimismus, Entschlossenheit und Glauben. Ihre Überlebenschancen hingen von ihrer Fähigkeit ab, weiter zu hoffen, zu glauben, daß das Leben (nicht der Tod) ihre Bestimmung war, zu glauben, daß das Gute über das Böse triumphieren konnte – einfach zu *glauben*. Er würde seine Kinder nicht verlieren. Er würde nicht zulassen, daß Lavelle sie bekam.

»Tja«, sagte er zu Davey, »für einen Wintermantel hat er zu viele Luftlöcher, aber ich glaube, dagegen können wir etwas unternehmen.« Er nahm seinen langen Schal ab, wickelte ihn über dem beschädigten Mantel des Jungen zweimal um dessen schmale Brust und knotete ihn über der Taille fest zusammen. »So. Damit müßten die Lücken geschlossen sein. Alles okay, Skipper?«

Davey nickte und gab sich alle Mühe, ein tapferes Gesicht zu machen. Er sagte: »Dad, meinst du nicht, du brauchst vielleicht ein Zauberschwert?«

»Ein Zauberschwert?« fragte Jack.

»Nun, braucht man so was nicht, wenn man eine Horde Kobolde töten will?« fragte der Junge ganz ernsthaft. »In den Geschichten haben sie meistens ein Zauberschwert oder einen Zauberstab, verstehst du, oder vielleicht ein bißchen Zauberpulver, damit wird dann immer dem Kobold, den Hexen, den Menschenfressern, oder was es eben ist, der Garaus gemacht. Ach ja, und was haben sie manchmal noch ... einen Zauberstein, glaube ich, oder einen Zauberring. Du und Rebecca, ihr seid ja Kriminalbeamte, da ist es diesmal vielleicht eine Koboldpistole. Weißt du, ob das Polizeidezernat so was hat? Eine Koboldpistole?«

»Ich weiß es nicht genau«, sagte Jack, ohne eine Miene zu verziehen, er hätte den Jungen am liebsten umarmt und fest an sich gedrückt. »Aber das ist ein verflixt guter Vorschlag, mein Sohn. Ich werde das mal nachprüfen. Ich bin wirklich froh, daß du dir Gedanken darüber machst, wie man mit diesen Wesen fertig werden könnte. Es freut mich, daß du nicht aufgibst. Das ist das Wichtigste – nicht aufzugeben.«

»Sicher«, sagte Davey und reckte sein Kinn vor. »Das weiß ich.«

Penny beobachtete ihren Vater über Daveys Schulter hinweg. Sie zwinkerte ihm lächelnd zu. Jack zwinkerte zurück.

Zehn Uhr zwanzig.

Mit jeder Minute, die ereignislos verstrich, fühlte sich Jack sicherer.

Penny gab ihm einen sehr knappen Bericht über ihre Begegnung mit den Kobolden.

Als das Mädchen fertig war, schaute Rebecca Jack an und sagte: »Er hat sie ständig überwacht. Damit er immer genau wußte, wo er sie finden konnte, wenn es soweit war.«

Zu Penny sagte Jack: »Mein Gott, Baby, warum hast du mich letzte Nacht nicht geweckt, als das Ding in deinem Zimmer war?«

»Ich habe es ja nicht wirklich gesehen ...«

»Aber du hast es gehört.«

»Das war alles.«

»Und der Baseballschläger –«

»Na ja«, sagte Penny, auf einmal sonderbar verlegen

und ohne ihm in die Augen sehen zu können, »ich hatte Angst, du würdest glauben, daß ich wieder... verrückt... geworden bin.«

»Was? Wieder...?« Jack blinzelte sie an. »Was in aller Welt meinst du mit... ›wieder‹?«

»Tja... du weißt doch... wie damals, als Mama starb, wie ich damals war... als ich meine... Schwierigkeiten hatte.«

»Aber du warst doch nicht verrückt«, sagte Jack. »Du hast nur ein wenig Beratung gebraucht; das ist alles, Schätzchen.«

»So habt ihr ihn genannt«, sagte das Mädchen, kaum hörbar. »Berater.«

»Das war er ja auch. Er sollte dir helfen, dir zeigen, wie du mit deinem Kummer über den Tod deiner Mama umgehen kannst.«

Das Mädchen schüttelte den Kopf. »Nein. Eines Tages war ich in seinem Büro und wartete auf ihn... und er kam nicht gleich rein, um mit der Sitzung anzufangen... da habe ich die College-Diplome an der Wand gelesen.«

»Und?«

Sichtlich verlegen sagte Penny: »Ich habe herausgefunden, daß er Psychiater war. Psychiater behandeln verrückte Leute. Und da wußte ich, daß ich ein wenig... verrückt war.«

Überrascht und bestürzt, daß eine solche falsche Auffassung so lange unkorrigiert geblieben war, sagte Jack: »Nein, nein, nein. Mein Liebes, das hast du ganz falsch verstanden.«

Rebecca griff ein: »Penny, Psychiater behandeln größtenteils ganz gewöhnliche Menschen mit ganz gewöhnlichen Problemen. Mit Problemen, die wir alle irgendwann einmal in unserem Leben haben. Meistens emotionelle Probleme. Und die hattest du auch. *Emotionelle* Probleme.«

Penny schaute sie schüchtern an. Sie runzelte die

Stirn. Es war deutlich zu erkennen, daß sie ihr glauben wollte.

»Natürlich behandeln sie auch Geistesgestörte«, fuhr Rebecca fort. »Aber in der Praxis, bei den gewöhnlichen Patienten, bekommen sie kaum jemals einen zu sehen, der wirklich richtig geisteskrank ist. Wirklich verrückte Leute werden in Krankenhäusern oder in Anstalten untergebracht.«

»Sicher«, sagte Jack. Er griff nach Pennys Händen und hielt sie fest.

Das Mädchen blickte von Jack zu Rebecca und wieder zu Jack. »Meint ihr das wirklich ernst? Meint ihr wirklich, daß viele gewöhnliche, alltägliche Leute zum Psychiater gehen?«

»Unbedingt«, sagte er. »Liebling, das Leben hat dir ziemlich übel mitgespielt, als es deine Mama so früh sterben ließ, und ich war selbst so mitgenommen, daß ich dir nicht sehr gut helfen konnte, damit fertig zu werden. Ich hätte mich wohl... ganz besonders anstrengen müssen. Aber ich fühlte mich selbst so elend, so verloren und hilflos, tat mir selbst so verflixt leid, daß ich einfach nicht fähig war, uns beide zu heilen, dich und mich. Deshalb habe ich dich zu Dr. Hannaby geschickt, als du angefangen hast, Schwierigkeiten zu bekommen. Nicht weil du verrückt warst. Weil du jemanden gebraucht hast, mit dem du reden konntest, ohne daß er jedesmal weinte, wenn du anfingst, wegen deiner Mama zu weinen. Verstehst du das?«

»Ja«, sagte Penny leise, Tränen standen ihr in den Augen, sie glänzten hell, aber sie blieben ungeweint.

»Sicher?«

»Ja, wirklich, Daddy. Jetzt verstehe ich es.«

Jack umarmte seine Tochter ganz fest. Er küßte ihr Gesicht, ihre Haare. Er sagte: »Ich liebe dich, Schäfchen.«

Dann umarmte er auch Davey und sagte ihm, daß er ihn liebe.

Und dann schaute er zögernd auf seine Armbanduhr.

Zehn Uhr vierundzwanzig.

Zehn Minuten waren vergangen, seit sie in das Gebäude gekommen waren und in der Nische unter dem großen Treppenhaus Zuflucht gesucht hatten.

»Sieht so aus, als seien sie uns nicht gefolgt«, meinte Rebecca.

»Wir wollen nichts überstürzen«, warnte er. »Geben wir noch zwei Minuten zu.«

Zehn Uhr fünfundzwanzig.

Zehn Uhr sechsundzwanzig.

Es behagte ihm gar nicht, hinausgehen und sich umsehen zu müssen. Er wartete noch eine Minute.

Zehn Uhr siebenundzwanzig.

Schließlich konnte er es nicht mehr länger hinauszögern. Er schob sich unter der Treppe hervor. Er machte zwei Schritte, legte eine Hand auf den Messingknopf der Vorraumtür – und erstarrte.

Sie waren da. Die Kobolde.

Einer von ihnen hing an der Glasscheibe im Zentrum der Tür. Es war ein zwei Fuß langes, wurmähnliches Wesen mit segmentiertem Körper und vielleicht zwei Dutzend Beinen. Die feurigen Augen hefteten sich auf Jack.

Hinter dem Wurmwesen wimmelte es in dem Vorraum von ganz unterschiedlichen Teufeln; alle waren sie klein, aber alle wirkten so unglaublich bösartig und grotesk, daß Jack zu zittern begann und spürte, wie sich seine Gedärme verkrampften. Es waren mindestens dreißig. Sie bewegten sich rutschend und zappelnd über den Mosaikboden und krochen die Wände hinaus, ihre ekelhaften Zungen schossen ständig zuckend heraus, sie knirschten laut mit den Zähnen, ihre Augen glühten.

Erschrocken und angewidert zog Jack die Hand von dem Messingknopf zurück. Er drehte sich zu Rebecca und den Kindern um. »Sie haben uns gefunden. Sie sind hier. Los. Wir müssen weg. Schnell. Sonst ist es zu spät.«

Sie entfernten sich von der Treppe. Sie sahen das Wurmwesen an der Tür und die Horde im Vorraum dahinter. Rebecca und Penny starrten die Höllenbrut sprachlos an. Davey war der einzige, der aufschrie. Er umklammerte Jacks Arm.

»Wie kommen wir raus?« fragte Penny.

Einen Augenblick lang sagte niemand etwas.

Im Vorraum hatten sich weitere Geschöpfe zu dem Wurmwesen am Glas der Innentür gesellt.

»Gibt es einen Hintereingang?« überlegte Rebecca.

»Wahrscheinlich«, sagte Jack. »Aber wenn es einen gibt, dann warten diese Dinger auch dort.«

»Dann sitzen wir in der Falle«, meinte Penny.

»Daddy, laß nicht zu, daß sie mich kriegen, bitte, laß es nicht zu«, jammerte Davey.

Jack warf einen Blick zum Aufzug, der gegenüber der Treppe lag. Er fragte sich, ob die Teufel wohl schon im Aufzugsschacht waren. Würden sich die Lifttüren plötzlich öffnen und eine Welle zischender, fauchender, zuschnappender Todeswesen ausspucken?

Denk nach!

Er packte Daveys Hand und ging auf die Treppe zu.

Rebecca folgte ihm mit Penny und fragte: »Wo willst du hin?«

»Da hinauf.

Sie stiegen zur zweiten Etage hoch.

Penny sagte: »Aber wenn sie in den Wänden sind, dann sind sie im ganzen Haus.«

»Beeilt euch«, war Jacks einzige Antwort. Er führte sie, so schnell es ging, die Treppe hinauf.

3

In Carver Hamptons Wohnung über seinem Laden in Harlem brannten alle Lichter. Deckenlampen, Leseleuchten, Tischlampen und Stehlampen, kein Raum lag im Dunkeln. In den wenigen Ecken, die der Schein der Lampen nicht erreichte, waren Kerzen angezündet; bündelweise standen sie in Schüsseln, Kuchenformen und Gebäckdosen.

Carver saß an dem kleinen Küchentisch neben dem Fenster, seine kräftigen braunen Hände umklammerten ein Glas Chivas Regal. Er starrte hinaus in das Schneegestöber und nippte hin und wieder an dem Scotch.

An der Küchendecke glühten Neonleuchten. Die Herdbeleuchtung war angeschaltet. Und das Licht über dem Spülbecken ebenfalls. Auf dem Tisch lagen, in Reichweite, Streichholzschachteln, drei Kartons mit Kerzen und zwei Taschenlampen – nur für den Fall, daß durch den Sturm der Strom ausfiel.

Dies war keine Nacht für Dunkelheit.

Gräßliche Wesen wüteten in der Stadt.

Sie *nährten* sich von Dunkelheit.

Obwohl die nächtlichen Jäger es nicht auf Carver abgesehen hatten, spürte er sie da draußen auf den stürmischen Straßen, wie sie hungrig herumstrichen; sie verströmten eine greifbare Atmosphäre des Bösen – das absolute, endgültige Böse der Uralten. Er nahm an, daß es Lavelles höllische Abgesandte waren, die sich die brutale Vernichtung der Carramazza-Familie zum Ziel gesetzt hatten, denn soviel er wußte, gab es in New York keinen zweiten *Bocor*, der solche Geschöpfe aus der Unterwelt hätte herbeizitieren können.

Die Pforten waren geöffnet. Die Pforten der Hölle. Nur einen Spalt. Und unter Aufbietung all seiner gewaltigen Kräfte als *Bocor* hielt Lavelle die Pforten gegen den Ansturm der Dämonenwesen, die von der anderen Seite hereindrängen wollten.

Die Pforten zu öffnen war ein tollkühner, gefährlicher Schritt gewesen. Wenige *Bocors* waren dazu überhaupt in der Lage. Und von diesen wenigen hätten noch weniger derlei gewagt. Da Lavelle offenbar einer der mächtigsten *Bocors* war, die je ein *Vévé* gezeichnet hatten, konnte man ihm durchaus zutrauen, daß er in der Lage sein würde, die Pforten unter Kontrolle zu behalten, und daß er, wenn die Carramazzas erledigt waren, fähig sein würde, die Geschöpfe, die er aus der Hölle herausgelassen hatte, rechtzeitig zurückzuschleudern. Aber wenn er auch nur einen Augenblick lang die Kontrolle verlor...

Dann stehe Gott uns bei, dachte Carver.

Ein Windstoß von Hurrikanstärke krachte gegen das Gebäude und pfiff winselnd um die Dachvorsprünge.

Das Fenster vor Carver klapperte, als sei da draußen noch etwas anderes, das hereinwollte, herein zu ihm.

Carver senkte den Blick.

Nach einiger Zeit ließ der Wind ein wenig nach.

Er nippte an seinem Scotch. Der Whisky wärmte ihn nicht. In dieser Nacht konnte ihn nichts wärmen.

Schuldbewußtsein war ein Grund, warum er wünschte, sich betrinken zu können. Die Schuldgefühle nagten an ihm, weil er sich geweigert hatte, Lieutenant Dawson zu helfen. Das war falsch gewesen. Die Situation war zu gräßlich, als daß er nur an sich denken durfte. Schließlich waren die Pforten offen. In einem solchen Augenblick hatte ein *Houngon* eine gewisse Verantwortung.

Deshalb trank er jetzt, weil er hoffte, es würde ihm Mut einflößen. Whisky hatte die besondere Eigenschaft, daß er, in Maßen genossen, manchmal genau die Menschen zu Helden machen konnte, die er bei anderer Gelegenheit zu Narren gemacht hatte.

Er mußte den Mut finden, Lieutenant Dawson anzurufen und zu sagen: ›Ich möchte helfen.‹

Es war durchaus wahrscheinlich, daß Lavelle ihn vernichten würde, wenn er sich einmischte. Und welchen Tod Lavelle ihm auch zudachte, leicht würde er nicht sein.

Er nippte an seinem Scotch.

Er schaute zum Wandtelefon hinüber.

Ruf Dawson an, befahl er sich.

Er bewegte sich nicht.

Er schaute hinaus in die vom Blizzard durchtoste Nacht.

Er schauderte.

4

Jack, Rebecca und die Kinder erreichten atemlos den Treppenabsatz der vierten Etage des Sandsteinhauses.

Jack schaute die Treppe hinunter, die sie soeben heraufgestiegen waren. Bisher kam nichts hinter ihnen her.

Vier Wohnungen lagen auf dieser Etage. Jack ging an allen vieren vorbei, ohne zu klopfen, ohne auf Klingelknöpfe zu drücken.

Hier konnten sie keine Hilfe finden. Diese Menschen konnten nichts für sie tun. Sie waren ganz auf sich gestellt.

Am Ende des Ganges befand sich eine Tür ohne Aufschrift. Jack versuchte, den Knopf zu drehen. Von dieser Seite war die Tür nicht versperrt. Er öffnete sie zögernd, fürchtete, daß auf der anderen Seite die Kobolde warten könnten. Nichts stürzte auf ihn los. Er tastete nach einem Lichtschalter, rechnete halb damit, etwas Gräßliches zu berühren. Aber es geschah nicht. Keine Kobolde. Nur der Schalter. Klick. Ja, es war, wie er sich erhofft hatte: eine letzte Treppe, beträchtlich steiler und schmäler als die acht, die sie schon hinter sich hatten, und sie führte zu einer verriegelten Tür.

»Kommt«, sagte er.

Die Tür am oberen Ende der Treppe war mit zwei Riegelschlössern versehen und mit einer Eisenstange verstrebt. Kein Einbrecher sollte über das Dach in das Haus eindringen können. Jack klappte beide Schlösser auf, hob die Stange aus den Halterungen und stellte sie beiseite.

Der Wind drückte gegen die Tür, Jack stemmte sie mit der Schulter auf. Er trat über die Schwelle, auf das Flachdach hinaus.

Hier oben war der Sturm wie ein lebendes Wesen. Mit der Wildheit eines Löwen sprang er aus der Nacht heraus über die Brüstung, er brüllte, schnüffelte und schnaubte. Er riß an Jacks Mantel. Er stellte ihm die Haare auf, drückte sie ihm flach an den Kopf und stellte sie wieder auf. Er blies ihm seinen eisigen Atem ins Gesicht und fuhr mit kalten Fingern unter seinen Mantelkragen.

Jack ging an den Rand des Dachs, an das sich das nächste Sandsteinhaus anschloß. Die krenelierte Brüstung reichte ihm bis zur Taille. Er beugte sich darüber und blickte hinunter. Wie er erwartet hatte, war die Lücke zwischen den Gebäuden nur etwa vier Fuß breit.

Rebecca und die Kinder traten zu ihm, und Jack sagte: »Wir gehen da hinüber.«

»Wie sollen wir den Abstand überbrücken?« fragte Rebecca.

»Hier liegt sicher etwas herum, das sich dazu eignet.«

Er drehte sich um und suchte das Dach ab, das nicht völlig im Dunkeln lag; ja, es herrschte sogar eine mondähnliche Helligkeit, dank der funkelnden Schneedecke, die darauflag. Soweit er sehen konnte, gab es weder lose Holzstücke noch sonst etwas, womit man eine Brücke zwischen den beiden Häusern bauen konnte. Er rannte zum Liftgehäuse auf der anderen Seite und sah auch beim Ausgangskasten mit der Tür oben an der Treppe nach, aber er fand nichts. Vielleicht lag unter dem Schnee etwas Brauchbares, aber das konnte man nicht feststellen, ohne vorher das ganze Dach freizuschaufeln.

Er kehrte zu Rebecca und den Kindern zurück. Penny

und Davey blieben an der Brüstung hocken, suchten dahinter Schutz vor dem beißenden Wind, aber Rebecca stand auf und ging ihm entgegen.

Er sagte: »Wir müssen springen.«

»Was?«

»Da hinüber. Wir müssen hinüberspringen.«

»Das schaffen wir nicht«, sagte sie.

»Es sind keine vier Fuß.«

»Aber wir können keinen Anlauf nehmen.«

»Das brauchen wir auch nicht. Es ist nur ein schmaler Spalt.«

»Wir müssen uns hier auf die Wand stellen«, sagte sie und zeigte auf die Brüstung, »und von da aus springen.«

»Ja.«

»Bei diesem Wind wird wenigstens einer von uns todsicher das Gleichgewicht verlieren, noch ehe er abspringt – wenn ihn eine starke Bö erwischt, stürzt er einfach von der Mauer.«

»Wir werden es schaffen«, sagte Jack und versuchte, sich selbst in Begeisterung für das Wagnis hineinzusteigern.

Sie schüttelte den Kopf. Das Haar wehte ihr ins Gesicht. Sie strich es sich aus den Augen. Dann sagte sie: »Vielleicht könnten du und ich es schaffen, wenn wir Glück haben, vielleicht. Aber die Kinder nicht.«

»Na schön. Dann springt einer von uns auf das andere Dach, der andere bleibt hier, und wir reichen uns die Kinder zu.«

»Wir sollen sie über den Spalt heben?«

»Ja.«

»In einer Höhe von fünfzig Fuß?«

»Es ist eigentlich gar nicht so gefährlich«, behauptete er und wünschte, er könne das auch glauben. »Wenn jeder die Arme ausstreckt, können wir uns an den Händen fassen.«

»Penny wird allmählich ziemlich schwer.«

»So schwer auch wieder nicht. Wir schaffen es schon.«

»Aber...«

»Rebecca, diese Wesen sind hier im Gebäude, direkt unter unseren Füßen, und sie suchen genau in diesem Augenblick nach uns.«

Sie nickte. »Wer springt zuerst?«

»Du.«

»Oh, vielen Dank.«

Der Wind pfiff wie ein Güterzug über das Dach.

5

Der obere Rand der Brüstung war zehn Zoll breit. Rebecca erschien er nicht breiter als ein Seil.

Wenigstens war er nicht vereist. Der Wind scheuerte den Schnee von der schmalen Fläche und hielt sie sauber und trocken.

Mit Jacks Hilfe balancierte Rebecca halb geduckt auf der Mauer. Der Wind zerrte an ihr, und sie war überzeugt, daß er sie umgerissen hätte, wenn Jack nicht dagewesen wäre.

Sie versuchte, nicht auf den Wind und den stechenden Schnee zu achten, der auf ihr ungeschütztes Gesicht einprasselte, ignorierte den Abgrund vor sich und richtete ihre Augen und ihre Gedanken auf das Dach des nächsten Gebäudes. Sie mußte so weit springen, daß sie dort über die Brüstung kam und auf dem Dach landete; wenn sie ein wenig zu früh aufkam, oben auf dieser taillenhohen Mauer, auf dem schmalen Steinstreifen, würde sie einen Augenblick lang aus dem Gleichgewicht geraten, selbst wenn sie auf beide Füße fiel. In diesem Augenblick höchster Unsicherheit würde der Wind sie erfassen, und sie konnte entweder nach vorne auf das Dach stürzen oder nach hinten ins Leere zwischen den Gebäuden. Sie gestattete sich nicht, an diese Möglichkeit zu denken, und sie schaute nicht in den Abgrund.

Sie spannte die Muskeln an, legte die Arme seitlich an den Körper und sagte: »Jetzt«, und Jack ließ sie los, sie sprang in die Nacht, in den Wind und in das Schneetreiben hinein.

Sobald sie in der Luft war, wußte sie plötzlich, daß sie nicht kräftig genug abgesprungen war, wußte, daß sie das andere Dach nicht erreichen, daß sie in die Brüstung krachen, nach hinten stürzen, sterben würde.

Aber was sie *wußte,* trat nicht ein. Sie übersprang die Brüstung und landete auf dem Dach, die Füße rutschten ihr weg und sie fiel auf ihr Hinterteil, so fest, daß es weh tat, aber nicht fest genug, um sich etwas zu brechen.

Als sie auf die Beine kam, sah sie den verfallenen Taubenschlag. Taubenhaltung war in dieser Stadt weder ein gewöhnliches noch ein ungewöhnliches Hobby; ja, dieser Schlag war kleiner als so manche andere, nur sechs Fuß lang. Mit einem Blick stellte sie fest, daß er seit Jahren nicht mehr benützt wurde. Er war so verwittert und verwahrlost, daß er bald kein Taubenschlag mehr, sondern nur noch ein Schrotthaufen sein würde.

Sie schrie Jack, der vom anderen Gebäude herüberschaute, zu: »Ich glaube, ich habe unsere Brücke gefunden!«

Sie war sich bewußt, wie schnell die Zeit ablief, wischte ein wenig Schnee vom Dach des Taubenschlags und sah, daß es offenbar aus einer einzigen, sechs Fuß langen Platte aus zolldickem Sperrholz bestand. Das war noch besser, als sie gehofft hatte; jetzt brauchten sie sich nicht mit zwei oder drei einzelnen Planken abzuplagen. Das Sperrholz schien stabil genug, um die Kinder und sogar Jack auszuhalten. Es war an einer Seite locker, und das machte es ihr sehr viel leichter. Sobald sie den restlichen Schnee vom Dach gewischt hatte, packte sie es am losen Ende, hob es an und zog es nach hinten. Ein paar Nägel sprangen heraus, und einige brachen ab, weil sie völlig durchgerostet waren. Innerhalb von Sekunden hatte sie die Platte losgerissen.

Sie schleppte sie zur Brüstung. Sie mußte auf einen windstillen Augenblick warten. Der kam ziemlich bald, und sie hievte das Brett schnell hoch, balancierte es auf der Brüstung und schob es hinaus, auf Jacks ausgestreckte Hände. Einen Augenblick später, als der Wind wieder lospeitschte, hatten sie die Brücke an Ort und Stelle. Nun konnten sie das Brett, wenn sie es beide festhielten, nach unten drücken, selbst wenn ein starker Windstoß darunterfuhr.

Penny legte die kurze Strecke als erste zurück, um Davey zu zeigen, wie einfach es war. Sie legte sich bäuchlings hinauf, packte die Ränder des Bretts mit den Händen und zog sich vorwärts. Überzeugt, daß es zu schaffen war, folgte ihr Davey ohne jede Unsicherheit.

Jack kam als letzter. Danach half er Rebecca, die Sperrholzplatte auf das Dach zurückzuziehen.

»Was jetzt?« fragte sie.

»Ein Gebäude ist nicht genug«, sagte er. »Wir müssen den Abstand zwischen ihnen und uns noch vergrößern.«

Mit Hilfe des Bretts überquerten sie den Abgrund zwischen dem zweiten und dritten Wohnhaus, wechselten vom dritten zum vierten und dann vom vierten zum fünften Gebäude. Das nächste war zehn oder zwölf Stockwerke höher. Damit war das Dachspringen zu Ende, und das war ihnen auch ganz recht, denn allmählich taten ihnen vom Schleppen und Heben der schweren Sperrholzplatte die Arme weh.

An der Rückseite des vierten Sandsteinhauses beugte sich Rebecca über die Brüstung und schaute in den Durchgang vier Stockwerke unter ihr. Etwas Licht gab es da unten: eine Straßenlaterne an jedem Ende der Straße, eine weitere in der Mitte, und dazu noch der Lichtschein aus den Fenstern im Erdgeschoß. Vielleicht kauerten irgendwo in den Schatten Kobolde, aber sie glaubte es eigentlich nicht, weil sie keine glühenden Augen sehen konnte.

Eine schwarze Feuertreppe aus Eisen führte im Zickzack an der Rückseite des Gebäudes zum Durchgang hinunter. Jack ging voran, er blieb an jedem Absatz stehen, um auf Penny und Davey zu warten, bereit, sie aufzufangen, wenn sie auf den kalten, schneebedeckten und gelegentlich vereisten Stufen ausrutschen sollten.

Rebecca verließ das Dach als letzte. Auf jedem Absatz der Feuertreppe blieb sie stehen und schaute in den Durchgang hinunter, und jedesmal erwartete sie, fremdartige, bedrohliche Geschöpfe durch den Schnee auf den Fuß der Eisentreppe zuspringen zu sehen. Aber da war nichts.

Als sie alle im Durchgang standen, bogen sie nach rechts ab und rannten, so schnell sie konnten, von den Sandsteinhäusern weg auf die Querstraße zu. Als sie sie erreichten, schon nicht mehr laufend, sondern nur noch schnell gehend, wandten sie sich von der Third Avenue ab und steuerten auf das Stadtzentrum zu.

Niemand folgte ihnen.

Niemand kam aus den dunklen Einfahrten heraus, an denen sie vorbeigingen.

Sie schienen momentan in Sicherheit zu sein. Aber mehr noch ... sie schienen die ganze Metropole für sich allein zu haben, als wären sie die einzigen vier Überlebenden des Jüngsten Gerichts.

Rebecca hatte noch nie so starke Schneefälle erlebt. Es war ein tobender, peitschender, hämmernder Sturm, der eher in die wilden Eisfelder der Polargegenden gepaßt hätte als nach New York. Ihr Gesicht war ganz taub, ihre Augen tränten, und alle Muskeln und Gelenke taten ihr weh von dem ständigen Kampf gegen den erbarmungslosen Wind.

Sie hatten zwei Drittel des Wegs zur Lexington Avenue

zurückgelegt, als Davey stolperte, hinfiel und einfach nicht mehr die Energie aufbrachte, alleine weiterzugehen. Jack nahm ihn auf den Arm.

So wie Penny aussah, würden auch ihre letzten Kraftreserven bald aufgebraucht sein. Dann würde Rebecca Davey übernehmen müssen, damit Jack Penny tragen konnte.

Und wie weit konnten sie es unter solchen Umständen wohl schaffen, und wie schnell? Nicht weit. Und auch nicht schnell. Sie mußten innerhalb der nächsten paar Minuten eine Fahrgelegenheit finden.

Sie erreichten die Avenue, und Jack führte sie zu einem großen Stahlgitter, das in das Pflaster eingelassen war und aus dem Dampfwolken aufstiegen. Es war ein Belüftungsschacht von irgendeinem unterirdischen Tunnel, wahrscheinlich aus dem U-Bahn-System. Jack setzte Davey ab, und der Junge konnte auf seinen eigenen Füßen stehen. Aber es war offensichtlich, daß er wieder getragen werden mußte, wenn sie weitergingen. Er sah schrecklich aus; sein kleines Gesicht war verzerrt, verkniffen und sehr bleich, bis auf die riesigen, dunklen Ringe um die Augen. Rebecca empfand tiefes Mitleid mit ihm, und sie wünschte, sie könnte etwas tun, um ihn aufzuheitern, aber ihr war ja auch nicht gerade großartig zumute.

Die Nacht war zu kalt, die erhitzte Luft, die von der Straße aufstieg, reichte nicht aus, um Rebecca zu erwärmen, als sie am Rand des Gitters stand und sich vom Wind den übelriechenden Dampf ins Gesicht blasen ließ; aber man hatte wenigstens eine Illusion von Wärme, und im Augenblick war schon die bloße Illusion aufmunternd genug, um jegliches Jammern im Ansatz zu unterdrücken.

Rebecca fragte Penny: »Wie geht es dir, Kleines?«

»Ich bin okay«, sagte das Mädchen, obwohl es ganz verloren wirkte. »Ich mache mir nur Sorgen um Davey.«

Rebecca war erstaunt, wieviel Widerstandskraft und Courage in dem Mädchen steckten.

Jack sagte: »Wir brauchen unbedingt einen Wagen. Ich fühle mich erst sicher, wenn wir in einem Wagen sitzen und fahren, uns ständig bewegen; solange wir in Bewegung bleiben, können sie uns nichts anhaben.«

»Und in einem W-w-w-wagen ist es w-w-w-warm«, sagte Davey.

Aber die einzigen Autos auf der Straße parkten am Randstein, unerreichbar hinter der Schneemauer, die die Pflüge aufgeworfen und noch nicht weggeräumt hatten. Wenn irgendwelche Autos mitten auf der Avenue stehengelassen worden waren, hatten die Leute vom Katastrophendienst sie schon abgeschleppt.

Von diesen Arbeitern war jetzt keiner zu sehen. Auch kein Schneepflug.

»Selbst wenn wir einen Wagen fänden, der nicht verschüttet ist«, sagte Rebecca, »ist es unwahrscheinlich, daß die Schlüssel stecken – oder daß er Schneeketten auf den Reifen hat.«

»Ich dachte nicht an diese Wagen«, sagte Jack. »Aber wenn wir ein Münztelefon finden und im Hauptquartier anrufen, könnten die uns einen Dienstwagen schicken.«

»Ist da drüben nicht ein Telefon?« fragte Penny und deutete auf die andere Seite der breiten Avenue.

»Der Schnee ist so dicht, daß ich es nicht sicher sagen kann«, antwortete Jack und blinzelte den Gegenstand an, der Pennys Aufmerksamkeit erregt hatte. »Es *könnte* ein Telefon sein.«

»Dann laß uns nachsehen«, entschied Rebecca.

Noch während sie sprach, kam eine kleine, mit scharfen Klauen bewaffnete Hand zwischen zwei Gitterstäben hervor.

Davey sah sie als erster, er schrie auf und taumelte zurück, weg von dem aufsteigenden Dampf.

Eine Koboldshand.

Und noch eine, die nach Rebeccas Stiefelspitze grapschte. Sie stampfte mit dem Fuß darauf, sah in der

Dunkelheit unter dem Gitter glühende, silberweiße Augen und sprang zurück.

Eine dritte Hand erschien, dann eine vierte. Penny und Jack traten beiseite, und plötzlich wurde an dem ganzen Stahlgitter in seiner kreisförmigen Einbuchtung gerüttelt, es wurde an einer Seite hochgehoben, fiel krachend zurück, wurde aber sofort wieder angehoben, diesmal etwas mehr als einen Zoll, aber wieder fiel es zurück, klappernd und scheppernd. Die Horde darunter versuchte, sich aus dem Tunnel zu winden.

Jack schnappte Davey und rannte davon. Rebecca packte Pennys Hand, und sie folgten Jack, flüchteten die vom Blizzard durchtobte Avenue hinunter, nicht so schnell, wie es nötig gewesen wäre, ja, eigentlich überhaupt nicht schnell. Keiner von ihnen wagte zurückzuschauen.

Vor ihnen, auf der anderen Seite der zweigeteilten Fahrbahn, bog ein Jeepkombi mit sich mühelos durch den Schnee wühlenden Reifen um die Ecke. Er trug das Abzeichen des Städtischen Straßendienstes.

Jack, Rebecca und die Kinder waren auf dem Weg stadteinwärts, aber der Jeep fuhr stadtauswärts. Jack lief schräg über die Avenue, auf den Mittelstreifen und die Fahrspuren dahinter zu, er wollte vor den Jeep kommen und ihn abfangen, ehe er an ihnen vorüber war.

Rebecca und Penny folgten ihm.

Wenn der Fahrer des Jeeps sie sah, so ließ er es sich nicht anmerken. Er wurde nicht langsamer.

Rebecca schwenkte wild die Arme, während sie lief, und Penny schrie, Rebecca fing ebenfalls an zu schreien, und Jack auch, alle schrien sich wie verrückt die Kehle aus dem Leib, denn der Jeep war ihre einzige Hoffnung.

6

Am Tisch in der hell erleuchteten Küche über dem *Rada* spielte Carver Hampton ein paar Partien ›Solitaire‹. Er hoffte, das Spiel würde seine Gedanken von dem Bösen ablenken, das die Winternacht unsicher machte, und er hoffte, es würde ihm helfen, seine Schuldgefühle und seine Beschämung zu überwinden, die ihn quälten, weil er nichts getan hatte, um zu verhindern, daß dieses Böse in der Welt seinen Willen durchsetzte. Aber die Karten lenkten ihn nicht ab. Er sah ständig aus dem Fenster neben dem Tisch und spürte, daß da draußen im Dunkeln etwas Unaussprechliches war. Seine Schuldgefühle wurden stärker anstatt schwächer, sie nagten an seinem Gewissen.

Er war ein *Houngon.*

Er hatte gewisse Verpflichtungen.

So etwas ungeheuerlich Böses durfte er nicht stillschweigend dulden.

Verdammt.

Er versuchte es mit Fernsehen. ›Quincy‹. Jack Klugman schrie seine dummen Vorgesetzten an, führte einen Kreuzzug für die Gerechtigkeit, bewies mehr soziales Mitgefühl als Mutter Teresa und benahm sich ansonsten eher wie Superman als wie ein richtiger Leichenbeschauer. Carver schaltete den Apparat aus.

Er war ein *Houngon.*

Er hatte gewisse Verpflichtungen.

Er holte sich ein Buch aus dem Regal im Wohnzimmer, den neuen Roman von Elmore Leonard, und obwohl er ein begeisterter Anhänger von Leonard war, und obwohl Leonard spannender schrieb als jeder andere, konnte er sich nicht auf die Geschichte konzentrieren. Er las zwei Seiten, wußte nicht mehr, was er gelesen hatte und stellte das Buch wieder ins Regal.

Er war ein *Houngon.*

Er kehrte in die Küche zurück, ging ans Telefon. Er zögerte, die Hand auf dem Hörer.

Er blickte zum Fenster. Er erschauerte, weil die gewalge Nacht selbst von dämonischem Leben erfüllt schien.

Er nahm den Hörer auf. Er hörte eine Weile dem Freizeichen zu.

Die Büro- und Privatnummer von Lieutenant Dawson standen auf einem Zettel neben dem Telefon. Er starrte die Privatnummer eine Weile an. Endlich wählte er sie.

Es klingelte mehrmals, und er wollte gerade aufgeben, als auf der anderen Seite abgehoben wurde. Aber niemand meldete sich.

Er wartete zwei Sekunden, dann sagte er: »Hallo?«

Keine Antwort.

»Ist da jemand?«

Keine Reaktion.

Zuerst glaubte er, er habe gar keine Verbindung mit Dawsons Anschluß, die Leitung sei tot. Aber gerade als er auflegen wollte, überfiel ihn ein neuer, ungeheuerlicher Gedanke. Er spürte etwas Böses am anderen Ende, ein äußerst feindseliges Wesen, dessen zerstörerische Energie durch die Telefonleitung zu ihm strömte.

Der Schweiß brach ihm aus. Er fühlte sich besudelt. Sein Herz jagte. Sein Magen rebellierte. Ihm wurde übel.

Er warf den Hörer auf die Gabel. Er wischte sich die feuchten Hände an der Hose ab. Sie fühlten sich immer noch beschmutzt an, nur davon, daß sie das Telefon berührt hatten, das ihn kurze Zeit mit der Bestie in der Dawson-Wohnung verbunden hatte. Er ging an die Spüle und wusch sich gründlich die Hände.

Das Wesen in der Wohnung der Dawsons war sicherlich eines von denen, die Lavelle gerufen hatte, damit sie die Dreckarbeit für ihn erledigten. Aber was wollte es dort? Was hatte das zu bedeuten? War Lavelle so verrückt, daß er die Mächte der Dunkelheit nicht nur auf die Carramazzas hetzte, sondern auch auf die Polizisten, die diese Morde untersuchten?

Wenn Dawson etwas zustößt, dachte Hampton, bin ich daran schuld, weil ich mich geweigert habe, ihm zu helfen.

Mit einem Papiertuch tupfte er sich den kalten Schweiß von Gesicht und Hals, dachte über die Möglichkeiten nach, die er hatte und versuchte sich klarzuwerden, was er als nächstes tun sollte.

7

Im Jeep des Straßendienstes saßen nur zwei Männer, und so war genügend Platz für Penny, Davey, Rebecca und Jack.

Der Fahrer war ein vergnügt aussehender Mann mit rotem Gesicht, flachgedrückter Nase und großen Ohren; er sagte, sein Name sei Burt. Er sah sich Jacks Polizeiausweis genau an und war, nachdem er sich von dessen Echtheit überzeugt hatte, gerne bereit, ihnen zu helfen, den Jeep zu wenden und sie zum Hauptquartier zu fahren, wo sie sich einen anderen Wagen besorgen konnten.

Im Inneren des Jeeps war es wundervoll warm und trocken.

Jack war erleichtert, als alle Türen fest geschlossen waren und der Jeep anfuhr.

Aber gerade, als sie mitten auf der verlassenen Avenue umkehren wollten, sah Burts Partner, ein sommersprossiger junger Mann namens Leo von der anderen Straßenseite her etwas durch den Schnee auf sie zulaufen und sagte: »He, Burt, wart mal 'n Moment. Ist das nicht 'ne Katze da draußen?«

»Und wenn schon?« fragte Burt.

»Die sollte bei so 'nem Wetter nicht draußen sein.«

»Katzen gehen, wohin sie wollen«, sagte Burt. »Du bist doch so ein Katzenfreund; du müßtest wissen, wie eigenwillig sie sind.«

»Aber sie wird da draußen erfrieren«, wandte Leo ein.

Als der Jeep seine Kehrtwendung vollendete und Burt etwas langsamer fuhr, um über Leos Worte nachzudenken, warf Jack durch das Seitenfenster einen kurzen Blick auf die dunkle Gestalt, die durch den Schnee sprang; sie bewegte sich mit katzenhafter Anmut. Weiter entfernt, hinter mehreren Schneeschleiern, mochten noch weitere Wesen in diese Richtung unterwegs sein; vielleicht rückte sogar das gesamte Alptraumpack heran, um seine Beute zu erledigen; aber das konnte man nicht mit Sicherheit sagen. Der erste der Kobolde jedoch, das katzenartige Wesen, das Leo aufgefallen war, war unbestreitbar dort draußen, nur dreißig oder vierzig Fuß entfernt, und es kam schnell näher.

»Halt nur 'nen Moment an«, sagte Leo. »Laß mich aussteigen und den armen kleinen Kerl reinholen.«

»Nein!« rief Jack. »Machen Sie zum Teufel, daß Sie hier wegkommen. Das ist keine verdammte Katze da draußen!«

Burt schaute Jack überrascht über die Schulter hinweg an.

Penny begann, immer und immer wieder das gleiche zu rufen, und Davey stimmte ein: »Lassen Sie sie nicht rein, lassen Sie sie nicht hier rein, lassen Sie sie nicht rein!«

Das Gesicht an ein Seitenfenster gepreßt sagte Leo: »Jesus, Sie haben recht. Das ist keine Katze.«

»Fahren Sie!« schrie Jack.

Das Wesen machte einen Satz und prallte vor Leos Gesicht gegen das Fenster. Das Glas bekam einen Sprung, aber es hielt stand.

Leo japste, fuhr hoch, stieß sich quer über den Vordersitz zurück und drängte Burt zur Seite.

Burt stieg auf das Gaspedal, und einen Moment lang drehten die Reifen durch.

Das gräßliche Katzenwesen blieb an der gesprungenen Scheibe hängen.

Penny und Davey schrien. Rebecca versuchte, sie vom Anblick des Kobolds abzuschirmen.

Er blickte sie mit feurigen Augen durchbohrend an.

Jack spürte fast die Hitze dieses unmenschlichen Blicks. Es drängte ihn, mit seinem Revolver auf das Ding zu schießen, bis er leer war, ein halbes Dutzend Kugeln hineinzujagen, aber er wußte, daß er es nicht töten konnte.

Die Räder faßten wieder, und der Jeep fuhr mit einem Ruck an.

Burt hielt mit einer Hand das Steuerrad und versuchte mit der anderen, Leo wegzuschieben, aber Leo wollte nicht einen einzigen Zoll näher an das gesprungene Fenster heran, an das sich das Katzenwesen geheftet hatte.

Der Kobold leckte mit seiner schwarzen Zunge am Glas.

Der Jeep neigte sich zur Seite, in Richtung auf den Mittelstreifen der Avenue, und kam ins Rutschen.

Jack sagte: »Verdammt, verlieren Sie nicht die Kontrolle.«

»Ich kann nicht steuern, wenn er mir auf dem Schoß sitzt«, verteidigte sich Burt.

Er rammte Leo einen Ellbogen so fest in die Seite, daß er erreichte, was ihm mit Schieben und Stoßen und Schreien nicht gelungen war: Leo bewegte sich – wenn auch nicht viel.

Burt brachte den rutschenden Jeep zum Stehen, kurz bevor er gegen den Mittelstreifen prallte. Jetzt hatte er ihn wieder unter Kontrolle und beschleunigte.

Der Motor röhrte auf.

Eine Schneewolke wirbelte auf.

Leo gab seltsame, schnatternde Geräusche von sich,

die Kinder weinten, und Burt begann aus irgendeinem Grund auf die Hupe zu drücken, als ob er glaubte, das Geräusch würde das Wesen so erschrecken, daß es losließ.

Jacks Blick begegnete dem von Rebecca. Er fragte sich, ob seine Augen wohl genauso verzweifelt waren wie die ihren.

Schließlich konnte sich der Kobold nicht mehr halten, er fiel herunter und taumelte auf der verschneiten Straße davon.

Jack drehte sich um und sah aus dem Rückfenster. Andere dunkle Bestien kamen aus dem weißen Sturm heraus. Sie sprangen hinter dem Jeep her, konnten aber nicht Schritt halten. Schnell wurden sie kleiner.

Verschwanden.

Aber sie waren immer noch da draußen. Irgendwo.

Überall.

TEIL DREI

Mittwoch, 23.30 Uhr
bis Donnerstag, 2.30 Uhr

Wissen Sie, Tolstoi fiel,
genausowenig wie ich, auf Aberglauben –
wie Wissenschaft und Medizin – herein.

GEORGE BERNHARD SHAW

In der Angst vor Aberglauben
liegt Abergläubigkeit.

FRANCIS BACON

Kapitel sieben

1

Die Tiefgarage im Hauptquartier war zwar erleuchtet, aber nicht sehr hell. In den Ecken kauerten Schatten; sie breiteten sich wie dunkler Schimmel über die Wände aus; sie lauerten zwischen den Reihen von Autos und anderen Fahrzeugen; sie hingen an den Betondecken und beobachteten alles, was unter ihnen vorging.

In dieser Nacht fürchtete sich Jack vor der Garage. In dieser Nacht schienen die allgegenwärtigen Schatten selbst lebendig zu sein, und, noch schlimmer, sie schienen sich mit großer Schläue heimlich anzuschleichen.

Rebecca und die Kinder empfanden offenbar genauso. Sie blieben dicht beieinander, und sie blickten sich, Gesichter und Körper angespannt, besorgt um.

Es ist alles in Ordnung, beruhigte sich Jack. Die Kobolde können nicht gewußt haben, wo wir hinwollten. Jetzt haben sie erst einmal unsere Spur verloren. Wenigstens im Augenblick sind wir sicher.

Aber er *fühlte* sich nicht sicher.

Der Mann, der in der Garage Nachtdienst hatte, hieß Ernie Tewkes. Sein dichtes schwarzes Haar war straff aus der Stirn nach hinten gekämmt, und er hatte einen bleistiftdünnen Schnurrbart, der sich auf seiner fleischigen Oberlippe etwas seltsam ausnahm.

»Sie haben doch beide schon einen Wagen bekommen«, sagte Ernie und klopfte auf die Anforderungsliste auf seinem Klemmbrett.

»Wir brauchen aber noch zwei«, sagte Jack.

»Das ist gegen die Vorschriften, und ich...«

»Zum Teufel mit den Vorschriften«, sagte Rebecca. »Geben Sie uns die Autos. Sofort.«

»Wo sind die beiden, die Sie bekommen haben?« fragte Ernie. »Sie haben sie doch nicht etwa zu Schrott gefahren?«

»Natürlich nicht«, sagte Jack. »Sie sind liegengeblieben.«

»Technische Probleme?«

»Nein. Stecken in Schneeverwehungen«, log Jack.

Es kam nicht in Frage, daß sie zurückfuhren, um den Wagen vor Rebeccas Wohnung zu holen, und sie hatten auch entschieden, daß sie es nicht wagen konnten, zu Fayes und Keiths Haus zurückzukehren. Sie waren sicher, daß die Teufelswesen an beiden Stellen auf sie warten würden.

»Verwehungen?« fragte Ernie. »Weiter nichts? Dann schicken wir einen Abschleppwagen hin und ziehen euch raus und stellen euch wieder auf die Straße.«

»Dafür haben wir keine Zeit«, schnaubte Jack ungeduldig und ließ dabei seinen Blick über die dunkleren Bereiche der höhlenähnlichen Garage schweifen. »Wir brauchen sofort zwei Autos.«

»Aber laut Vorschrift...«

»Hören Sie«, sagte Rebecca, »der Carramazza-Sonderkommission wurden doch eine Reihe von Wagen zugewiesen?«

»Sicher«, sagte Ernie. »Aber...«

»Und einige von diesen Wagen stehen doch im Augenblick unbenützt hier in der Garage?«

»Tja, im Augenblick benützt sie niemand«, räumte Ernie ein. »Aber vielleicht...«

»Und wer leitet die Sonderkommission?« wollte Rebecca wissen.

»Tja... Sie. Sie beide.«

»Das ist ein Notfall, der mit der Carramazza-Geschichte zu tun hat, und wir brauchen die Autos.«

»Aber man hat Ihnen schon Fahrzeuge gegeben, und in den Vorschriften steht, daß Sie einen Pannen- oder Verlustbericht ausfüllen müssen, ehe Sie...«

»Vergessen Sie die Scheißbürokratie!« fauchte Rebecca ihn wütend an. »Geben Sie uns jetzt auf der Stelle zwei Wagen, oder, bei Gott, ich reiße Ihnen Ihren komischen kleinen Schnurrbart aus dem Gesicht, nehme die Schlüssel von Ihrem Brett hier und hole mir die Autos selbst.«

Ernie starrte sie mit großen Augen an, offenbar völlig sprachlos angesichts dieser Drohung und angesichts der Heftigkeit, mit der sie ausgestoßen wurde.

In diesem besonderen Fall war Jack sehr erfreut darüber, daß Rebecca sich wieder in die eigensinnige Amazone verwandelt hatte, mit der nicht zu spaßen war.

»Jetzt aber los!« sagte sie und machte einen Schritt auf Ernie zu.

Ernie bewegte sich. Schnell.

Während sie an der Abfertigungskabine darauf warteten, daß der erste Wagen gebracht wurde, schaute Penny ständig von einer dunklen Zone zur anderen. Immer wieder glaubte sie, in der Dunkelheit Wesen zu sehen, die sich bewegten: Dunkelheit, die durch Dunkelheit glitt; ein Kräuseln im Schatten zwischen zwei Streifenwagen; ein Pulsieren in dem schwarzen Teich hinter einem Bereitschaftswagen.

Hör auf damit!

Einbildung, sagte sie sich. Wenn hier Kobolde wären, dann hätten sie uns doch schon längst angegriffen.

Der Mann von der Fahrbereitschaft kehrte mit einem etwas ramponierten blauen Chevrolet zurück, der keine Polizeiabzeichen auf den Türen hatte, aber eine große Antenne für den Polizeifunk. Dann eilte er davon, um den zweiten Wagen zu holen.

Jack und Rebecca sahen unter den Sitzen des ersten nach, um sich zu vergewissern, daß sich da keine Kobolde versteckt hielten.

Penny wollte sich nicht von ihrem Vater trennen, obwohl sie wußte, daß diese Trennung ein Teil des Plans war, obwohl sie all die Gründe gehört hatte, warum es notwendig war, daß sie sich aufteilten, und obwohl jetzt die Zeit zum Abschiednehmen gekommen war. Sie und Davey sollten mit Rebecca während der nächsten paar Stunden langsam die Hauptstraßen auf- und abfahren, dort, wo die meisten Schneepflüge im Einsatz waren und die geringste Gefahr bestand steckenzubleiben. Unterdessen würde ihr Vater nach Harlem fahren und einen Mann namens Carver Hampton aufsuchen, der ihm wahrscheinlich helfen konnte, Lavelle zu finden. Dann würde er den Zauberdoktor verfolgen. Er war sicher, daß es nicht so schrecklich gefährlich sein würde. Er sagte, aus einem Grund, den er wirklich nicht verstünde, wirke Lavelles Magie auf ihn nicht. Er sagte, es sei nicht gefährlicher oder schwieriger, Lavelle Handschellen anzulegen, als bei irgendeinem anderen Verbrecher. Er meinte das auch ernst. Und Penny wollte gerne glauben, daß er absolut recht hatte. Aber tief in ihrem Herzen war sie sicher, daß sie ihn nie wiedersehen würde.

Trotzdem weinte sie nicht allzusehr und klammerte sich auch nicht allzusehr an ihn, sondern stieg mit Davey und Rebecca in den Wagen.

Als die die Rampe aus der Garage fuhren, blickte sie zurück. Daddy winkte ihnen zu.

Dann erreichten sie die Straße, bogen nach rechts ab, und er war nicht mehr zu sehen.

Von diesem Augenblick an hatte Penny das Gefühl, als sei er schon so gut wie tot.

2

Ein paar Minuten nach Mitternacht parkte Jack in Harlem vor dem *Rada.* Er wußte, daß Hampton über dem Laden wohnte, und er dachte sich, daß es einen Privateingang zur Wohnung geben müsse, deshalb ging er um das Gebäude herum und fand an der Seite eine Tür mit einer Hausnummer.

Im oberen Stock brannte Licht. Jedes Fenster war hell erleuchtet.

Den Rücken den heftigen Windstößen zugewandt, drückte Jack auf den Knopf neben der Tür, gab sich aber nicht mit einem kurzen Klingeln zufrieden; er ließ den Daumen drauf und drückte so fest, daß es fast schmerzte. Wenn Hampton durch den Türspion sah, wer da wartete, und beschloß, nicht aufzumachen, dann wäre es ratsam für ihn, ein paar gute Ohrstöpsel parat zu haben. In fünf Minuten würde er von dem Geklingel Kopfschmerzen bekommen.

Zu Jacks Überraschung wurde die Tür nach weniger als einer halben Minute geöffnet, und da stand Carver Hampton und sah noch größer und eindrucksvoller aus, als Jack ihn in Erinnerung hatte; und er machte kein finsteres Gesicht, wie erwartet, sondern lächelte, war nicht wütend, sondern schien hocherfreut.

Ehe Jack den Mund aufmachen konnte, sagte Hampton: »Sie sind in Ordnung! Gott sei Dank. Kommen Sie herein. Sie wissen ja nicht, wie froh ich bin, Sie zu sehen. Kommen Sie, kommen Sie.« Hinter der Tür lag ein kleiner Vorraum, dann eine Treppe, Jack trat ein, und Hampton schloß die Tür, hörte aber nicht auf zu reden. »Mein Gott, Mann, ich habe mich fast zu Tode geängstigt. Sind Sie in Ordnung? Sie sehen so aus. Würden Sie mir, um Gottes willen, bitte sagen, daß Sie in Ordnung sind.?«

»Ich bin okay«, sagte Jack. »Aber es war knapp. Ich habe Sie soviel zu fragen, soviel zu...«

»Kommen Sie rauf«, sagte Hampton und ging voran. »Sie müssen mir alles erzählen, was geschehen ist, ganz genau, in allen Einzelheiten. Das ist eine ereignisreiche und bedeutungsvolle Nacht; ich weiß es; ich spüre es.«

Jack zog seine schneeverkrusteten Stiefel aus, folgte Hampton die schmale Treppe hinauf und sagte dabei: »Ich muß Sie warnen – ich bin gekommen, um Ihre Hilfe zu verlangen, und, bei Gott, Sie werden sie mir geben, so oder so.«

»Gerne«, sagte Hampton und überraschte ihn damit noch mehr. »Ich werde tun, was immer ich kann; alles.«

Als sie in das behaglich aussehende, gut möblierte und hell erleuchtete Wohnzimmer traten, sagte der große Mann: »Heute nacht gibt es in dieser Stadt zwei Arten von Dunkelheit, Lieutenant. Erstens die Dunkelheit, die nichts anderes ist als die Abwesenheit von Licht. Und dann die Dunkelheit, die die physische Gegenwart – ja, die Manifestation – des äußersten, satanischen Bösen darstellt. Diese zweite, bösartige Form von Dunkelheit nährt sich von der ersten, gewöhnlicheren Art und umgibt sich mit ihr, vermummt sich geschickt damit. *Aber sie ist da draußen!* Deshalb will ich nicht, daß in dieser Nacht Schatten an mich herankommen, wenn ich es vermeiden kann, denn niemand weiß, wann ein unschuldiger Schattenfleck mehr sein könnte, als es den Anschein hat.«

Vor diesen Ermittlungen hätte Jack, so ›übermäßig aufgeschlossen‹ er auch immer gewesen war, Carver Hamptons Warnung nicht ernst genommen. Bestenfalls hätte er den Mann für exzentrisch gehalten, schlimmstenfalls für ein wenig verrückt. Jetzt bezweifelte er die Aufrichtigkeit oder Wahrheit seiner Feststellungen keinen Augenblick lang. Anders als Hampton befürchtete er nicht, daß die Schatten selbst ihn plötzlich anspringen und ihn mit körperlosen, aber doch irgendwie tödlichen Händen der Dunkelheit umklammern würden; aber nach allem, was er in dieser Nacht erlebt hatte, konnte er nicht einmal diese bizarre Möglichkeit ausschließen. Auf jeden Fall war auch ihm, wegen der Dinge, die sich in den Schatten verbergen konnten, helles Licht lieber.

»Sie sehen ganz durchgefroren aus«, sagte Hampton. »Geben Sie mir Ihren Mantel. Ich hänge ihn über die Heizung zum Trocknen. Ihre Handschuhe auch. Dann setzen Sie sich, und ich bringe Ihnen einen Brandy.«

»Für Brandy habe ich keine Zeit«, sagte Jack, ließ seinen Mantel zugeknöpft und seine Handschuhe an. »Ich muß Lavelle finden. Ich...«

»Um Lavelle zu finden und aufzuhalten«, sagte Hampton, »müssen Sie angemessen vorbereitet werden. Das wird einige Zeit dauern. Nur ein Narr würde mit nicht mehr als einer halb ausgegorenen Vorstellung, was zu tun ist und wohin man gehen muß, wieder in dieses Unwetter hinausstürzen. Und Sie sind kein Narr, Lieutenant. Also geben Sie mir Ihren Mantel. Ich kann Ihnen helfen, aber es wird etwas länger dauern als zwei Minuten.«

Jack seufzte, befreite sich aus seinem schweren Mantel und reichte ihn dem ›Houngon‹.

Minuten später hatte es Jack sich in einem der Sessel bequem gemacht und hielt ein Glas Remy Martin in den Händen. Er hatte Schuhe und Socken ausgezogen und auch sie an die Heizung gestellt, denn sie waren gründlich durchnäßt. Zum erstenmal in dieser Nacht wurden seine Füße allmählich warm.

Hampton setzte sich in den zweiten Sessel und sah Jack über einen Kaffeetisch hinweg an. »Wenn ich wissen soll, wie ich vorzugehen habe, müssen Sie mir alles erzählen, was...«

»Zuerst habe ich ein paar Fragen«, sagte Jack.

»In Ordnung.«

»Warum wollten Sie mir nicht helfen, als ich heute bei Ihnen war?«

»Ich habe es Ihnen doch gesagt. Ich hatte Angst.«

»Haben Sie jetzt keine Angst?«
»Mehr denn je.«
»Warum sind Sie dann jetzt bereit, mir zu helfen?«
»Schuldgefühle. Ich schäme mich.«
»Es ist mehr als das.«
»Nun ja. Wissen Sie, als ›Houngon‹ bitte ich regelmäßig die Götter des *Rada,* für mich Wunder zu wirken und Segnungen in Erfüllung gehen zu lassen, die ich über meine Kunden und andere ausspreche, denen ich helfen will. Und natürlich ist es das Werk der Götter, wenn meine Zaubertränke so wirken wie beabsichtigt. Als Gegenleistung obliegt es mir, mich gegen das Böse zu stellen und die Handlanger des *Congo* und *Pétro* zu bekämpfen, wo immer ich ihnen begegne. Statt dessen habe ich eine Zeitlang versucht, mich vor meinen Verpflichtungen zu drükken.«
»Wenn Sie sich jetzt wieder geweigert hätten, mir zu helfen... würden dann diese gütigen Götter des *Rada* weiterhin Wunder für Sie wirken und die Segnungen in Erfüllung gehen lassen, die Sie spenden? Oder würden sie Sie im Stich lassen und Ihnen die Macht entziehen?«
»Es ist höchst unwahrscheinlich, daß sie mich im Stich lassen würden.«
»Aber möglich?«
»Vielleicht, ja.«
»So sind Sie, wenigstens in gewissem Maße, durch Eigeninteresse motiviert. Gut. Das gefällt mir. Dabei fühle ich mich wohl.«
Hampton senkte den Blick, starrte einen Augenblick in seinen Brandy, sah dann Jack wieder an und sagte: »Es gibt noch einen Grund, warum ich helfen muß. Der Einsatz ist höher, als ich dachte, als ich Sie heute nachmittag aus dem Laden wies. Um die Carramazzas zu vernichten, hat Lavelle nämlich die Pforten der Hölle geöffnet und eine Horde dämonischer Wesen herausgelassen, damit sie für ihn morden. Es war eine wahnsinnige, törichte,

schrecklich hochmütige und dumme Handlung, die er da begangen hat, auch wenn er vielleicht der größte *Bocor* der Welt ist. Er hätte die geistige Substanz eines Dämons heraufbeschwören und *den* auf die Carramazzas loslassen können; dann hätte keine Notwendigkeit bestanden, die Pforten überhaupt zu öffnen, keine Notwendigkeit, diese abscheulichen Geschöpfe in *körperlicher* Gestalt auf diese Existenzebene zu holen. Es ist Wahnsinn! Jetzt sind die Pforten nur einen Spaltbreit geöffnet, und Lavelle hat sie unter Kontrolle. Soviel spüre ich bei einem vorsichtigen Einsatz meiner eigenen Macht. Aber Lavelle ist ein Irrer und könnte sich in einem Anfall von Wahnwitz entschließen, die Pforten, nur so zum Spaß, weit aufzureißen. Oder vielleicht wird er müde und schwach; und wenn er schwach genug wird, sprengen die Kräfte auf der anderen Seite die Pforten gegen seinen Willen. In jedem Fall kommen gewaltige Massen monströser Geschöpfe hervor, um die Unschuldigen, die Sanftmütigen, die Guten und die Gerechten hinzuschlachten. Nur die Bösen werden überleben, aber sie werden feststellen, daß sie sich in einer Hölle auf Erden befinden.«

3

Rebecca fuhr die ›Avenue of the Americas‹ bis fast zum Central Park hinauf, kehrte dann verbotenerweise mitten auf der leeren Kreuzung um und fuhr wieder in Richtung Zentrum, ohne sich wegen anderer Autofahrer Gedanken machen zu müssen.

Daveys Erschöpfung hatte sich schließlich als stärker erwiesen als seine Furcht. Er war auf dem Rücksitz fest eingeschlafen.

Penny war noch wach, aber ihre Augen waren blutunterlaufen. Sie wehrte sich energisch gegen den Schlaf, denn sie schien ein zwanghaftes Bedürfnis zu verspüren zu reden, als könne sie durch ständiges Gespräch die Kobolde irgendwie fernhalten. Sie blieb auch deshalb wach, weil sie, auf Umwegen, auf eine wichtige Frage zuzusteuern schien.

Rebecca war nicht sicher, was das Mädchen auf dem Herzen hatte, und als Penny endlich darauf zu sprechen kam, war sie überrascht über den Scharfblick des Kindes.

»Magst du meinen Vater?«

»Natürlich«, sagte Rebecca. »Wir sind Partner.«

»Ich meine, magst du ihn mehr, nicht nur als Partner?«

»Wir sind auch Freunde. Ich mag ihn sehr.«

»Mehr als nur Freunde?«

Rebecca blickte von der schneebedeckten Straße weg, und das Mädchen begegnete ihrem Blick. »Warum fragst du?«

»Ich dachte nur so«, sagte Penny.

Rebecca wußte nicht recht, was sie sagen sollte, und wandte ihre Aufmerksamkeit wieder der Straße zu.

Penny bohrte weiter: »Nun? Wie ist es? Mehr als nur Freunde?«

»Wärest du entsetzt, wenn es so wäre?«

»Gott, nein!«

»Wirklich nicht?«

»Du meinst, ich könnte vielleicht entsetzt sein, weil ich glaube, du wolltest die Stelle meiner Mutter einnehmen?«

»Tja, das ist manchmal ein Problem.«

»Bei mir nicht, wirklich. Ich habe meine Mama geliebt und werde sie nie vergessen, aber ich weiß, sie würde wollen, daß ich und Davey glücklich sind, und eines würde uns wirklich glücklich machen, wenn wir nämlich... eine neue Mama haben könnten, ehe wir zu alt sind, um es zu genießen.«

Rebecca hätte vor Freude über die unschuldige und doch seltsam gewählte Ausdrucksweise des Mädchens beinahe gelacht. Aber sie biß sich auf die Lippen und verzog keine Miene, weil sie fürchtete, Penny könnte ihr Lachen mißverstehen. Das Mädchen meinte es so *ernst*.

Penny sagte: »Ich finde, das wäre toll – du und Daddy. Er braucht jemanden. Du weißt schon... jemanden... den er lieben kann.«

»Er liebt dich und Davey sehr. Ich habe noch nie einen Vater kennengelernt, der seine Kinder so liebte – der sie so innig liebte – wie Jack euch beide.«

»Oh, das weiß ich. Aber er braucht mehr als uns.« Das Mädchen schwieg einen Augenblick lang, offensichtlich tief in Gedanken versunken. Dann: »Weißt du, im Grunde gibt es drei Typen von Menschen. Da sind erstens die Geber, Menschen, die nur immer geben und nie erwarten, etwas dafür zu bekommen. Von denen gibt es nicht viele. Ich glaube, das sind die Menschen, die man irgendwann, hundert Jahre nach ihrem Tod oder so, manchmal zu Heiligen macht. Dann gibt es die Geber und Nehmer, und das sind die meisten; ich bin wohl auch so. Und ganz unten, am untersten Ende, da sind die Nehmer, die miesen Typen, die immer nur nehmen und überhaupt nie jemandem etwas geben. Ich will damit nicht sagen, daß Daddy ein vollkommener Geber ist. Ich weiß, daß er kein Heiliger ist. Aber ein Geber-und-Nehmer ist er auch nicht direkt. Er steht irgendwo dazwischen. Er gibt sehr viel mehr, als er nimmt. Verstehst du? Er hat mehr Freude am Geben als am Nehmen. Er braucht mehr als nur Davey und mich zum Liebhaben... weil er noch viel mehr Liebe in sich hat.« Sie seufzte und schüttelte offenbar frustriert den Kopf. »Klingt das, was ich sage, überhaupt vernünftig?«

»Sehr vernünftig«, antwortete Rebecca. »Ich weiß genau, was du meinst, aber es erstaunt mich, daß ich es von einem elfjährigen Mädchen höre.«

»Fast zwölf.«

»Du bist sehr erwachsen für dein Alter.«

»Danke«, erwiderte Penny ernst.

»Ich liebe deinen Vater«, gestand Rebecca, und ihr fiel

ein, daß sie das Jack noch nicht gesagt hatte. Eigentlich war es das erstemal seit zwanzig Jahren, seit dem Tod ihres Großvaters, daß sie eingestanden hatte, jemanden zu lieben. Diese Worte auszusprechen war einfacher gewesen, als sie gedacht hatte. »Ich liebe ihn, und er liebt mich.«

»Das ist sagenhaft«, sagte Penny grinsend.

Rebecca lächelte. »Es ist wirklich sagenhaft, was?«

»Werdet ihr heiraten?«

»Ich glaube schon.«

»Doppelt sagenhaft.«

»Dreifach.«

»Nach der Hochzeit werde ich Mama zu dir sagen, nicht mehr Rebecca, wenn dir das recht ist.«

Die Tränen, die ihr plötzlich in die Augen stiegen, überraschten Rebecca, und sie schluckte den Klumpen in ihrer Kehle hinunter und sagte: »Das würde mich sehr freuen.«

Penny sank mit einem Seufzer in ihren Sitz zurück: »Ich habe mir Sorgen um Daddy gemacht. Ich hatte Angst, dieser Zauberdoktor würde ihn töten. Aber jetzt, wo ich das von dir und ihm weiß ... na ja, jetzt hat er noch etwas, wofür er leben kann. Ich habe immer noch Angst um ihn, aber nicht mehr soviel wie vorher.«

»Es wird ihm nichts geschehen«, sagte Rebecca. »Du wirst schon sehen. Es wird gut werden. Wir werden alle heil aus dieser Sache herauskommen.«

Als sie einen Augenblick später zu Penny hinüberschaute, sah sie, daß das Mädchen bereits eingeschlafen war.

4

Jack erzählte Carver Hampton alles, angefangen von Lavelles Anruf am Münztelefon vor dem *Rada* bis zu ihrer Rettung durch Burt und Leo in ihrem Jeep, der Fahrt zur Garage, um sich neue Autos zu beschaffen, und der Entscheidung, sich zu trennen und die Kinder in Bewegung und damit in Sicherheit zu halten.

Hampton war sichtlich schockiert und erschüttert. Er saß während der ganzen Geschichte steif und reglos da und bewegte sich nicht einmal, um an seinem Brandy zu nippen. Dann, als Jack fertig war, blinzelte er, schauerte zusammen und stürzte das ganze Glas Remy Martin in einem langen Zug hinunter.

»Sie sehen also«, sagte Jack, »als Sie sagten, diese Wesen kämen aus der Hölle, hätten einige Leute Sie vielleicht ausgelacht, aber ich nicht. Es bereitet mir keinerlei Schwierigkeiten, Ihnen zu glauben, auch wenn ich mir nicht ganz erklären kann, wie sie hierherkamen.«

Nachdem Hampton minutenlang wie erstarrt dagesessen hatte, konnte er nun plötzlich nicht mehr stillhalten. Er erhob sich und ging auf und ab. »Ich verstehe etwas von dem Ritual, das er zelebriert haben muß. Es funktioniert nur bei einem Meister, bei einem *Bocor* ersten Ranges. Auf einen weniger mächtigen Zauberer hätten die uralten Götter nicht reagiert. Um dieses Ritual zu vollziehen, muß der *Bocor* zuerst ein Loch in die Erde graben. Es hat ungefähr die Form eines Meteorkraters und geht bis in eine Tiefe von zwei oder drei Fuß. Der *Bocor* rezitiert bestimmte Gesänge... verwendet bestimmte Kräuter... Und er gießt drei Sorten von Blut in das Loch – Katzen-, Ratten- und Menschenblut. Dann singt er eine letzte, sehr lange Beschwörung, und dabei verändert sich der Boden der Grube auf seltsame Weise. In gewissem Sinn... auf eine Weise, die man unmöglich erklären oder verstehen kann, wird die Grube viel tiefer als zwei bis drei Fuß, sie koppelt sich an die Pforten der Hölle an und wird zu einer Art Straße zwischen dieser Welt und der Unterwelt. Aus der Grube steigt Hitze auf und der Gestank der Hölle, und der Boden sieht so aus, als wäre er geschmolzen. Wenn der *Bocor* schließlich die Wesen herbeiruft, passieren sie die Pforten und steigen dann durch den Boden der Grube herauf. Unterwegs nehmen diese Geistwesen körperliche Gestalt an, einen Golem-Körper, der aus der Erde besteht, durch die sie hindurchgehen, einen Lehmkörper, der trotzdem beweglich, beseelt und lebendig ist. Nach Ihrer Beschreibung der Geschöpfe, die Sie heute nacht gesehen haben, würde ich sagen, es waren Inkarnationen geringerer Dämonen und böser Menschen, früherer Sterblicher, die zur Hölle verdammt wurden und ihre niedrigsten Bewohner sind. Größere Dämonen und die uralten, bösen Götter selbst wären beträchtlich größer, bösartiger, mächtiger, und sie sähen unendlich viel abscheulicher aus.«

»Oh, diese verdammten Dinger waren abscheulich genug«, versicherte ihm Jack.

»Aber es gibt angeblich viele Uralte, deren körperliche Erscheinung so abstoßend ist, daß allein der Anblick für den, der sie sieht, sofort zum Tode führt«, erklärte Hampton und marschierte weiter auf und ab.

Jack nippte an seinem Brandy. Er brauchte ihn.

»Außerdem«, fuhr Hampton fort, »stützt die geringe Größe dieser Bestien wohl auch meine Theorie, daß die Pforten im Augenblick nicht mehr als einen Spaltbreit geöffnet sind. Die Lücke ist zu schmal, als daß die größeren Dämonen und die dunklen Götter hindurchschlüpfen könnten.«

»Gott sei Dank dafür.«

»Ja«, stimmte Carver Hampton zu. »*Allen* gütigen Göttern sei dafür Dank.«

5

Die gläsernen Lampenschirme verbreiteten einen weichen Schein, die Kerzen flackerten, und die ganz besondere Dunkelheit dieser Nacht drückte gegen die Fenster.

»Warum wollten diese Geschöpfe *mich* nicht beißen? Warum können mir Lavelles Zauberkräfte nichts anhaben?«

»Es kann nur eine Antwort geben«, sagte Hampton. »Ein *Bocor* hat keinerlei Macht über einen rechtschaffenen Menschen. Die Rechtschaffenen sind gut gepanzert.«

»Was soll das heißen?«

»Was ich eben sagte. Sie sind rechtschaffen, tugendhaft. Sie sind ein Mensch, dessen Seele nur von den läßlichsten Sünden befleckt ist.«

»Das soll wohl ein Witz sein.«

»Nein. Durch die Art, wie Sie leben, haben Sie sich Immunität gegenüber den dunklen Mächten erworben, Immunität gegenüber den Flüchen, Verwünschungen und Zaubersprüchen von Hexenmeistern wie Lavelle. Die können nicht an Sie heran.«

»Das ist doch einfach lächerlich«, sagte Jack, der sich in der Rolle des rechtschaffenen Menschen unbehaglich fühlte.

»Andernfalls hätte Lavelle Sie inzwischen schon ermorden lassen.«

»Ich bin kein Engel.«

»Das habe ich auch nicht gesagt. Auch kein Heiliger. Nur ein rechtschaffener Mensch. Das reicht aus.«

»Unsinn. Ich bin weder rechtschaffen noch...«

»Wenn Sie sich selbst für rechtschaffen hielten, wäre das eine Sünde – die Sünde der ›Selbst‹-Gerechtigkeit. Selbstgefälligkeit, ein unerschütterliches Überzeugtsein von Ihrer moralischen Überlegenheit, eine selbstzufriedene Blindheit gegenüber Ihren eigenen Fehlern – keine dieser Eigenschaften paßt auf Sie.«

»Allmählich machen Sie mich verlegen«, sagte Jack.

»Sehen Sie. Sie sind nicht einmal der Sünde übermäßigen Stolzes schuldig.«

Jack hob sein Brandyglas. »Was ist damit? Ich trinke.«

»Im Übermaß?«

»Nein. Aber ich fluche auch. Da erlege ich mir keine Zurückhaltung auf. Ich lästere Gott.«

»Eine sehr kleine Sünde.«

»Ich gehe nicht zur Kirche.«

»Der Kirchenbesuch hat nichts mit Rechtschaffenheit zu tun. Das einzige, was wirklich zählt, ist, wie Sie Ihre Mitmenschen behandeln. Hören Sie, wir müssen das festhalten; wir müssen ganz sichergehen, daß dies der Grund ist, warum Lavelle Ihnen nichts anhaben kann. Haben Sie jemals gestohlen?«

»Nein.«

»Haben Sie jemals bei einer finanziellen Transaktion jemanden betrogen?«

»Ich war immer auf meine eigenen Interessen bedacht, in dieser Hinsicht war ich sogar regelrecht aggressiv, aber ich glaube nicht, daß ich jemals jemanden betrogen habe.«

»Haben Sie in Ihrem Beruf jemals Bestechungsgeld angenommen?«

»Nein. Man kann kein guter Polizist sein, wenn man die Hand aufhält.«

»Klatschen Sie, verleumden Sie andere?«

»Nein. Aber lassen wir die Kleinigkeiten.« Er beugte sich in seinem Sessel vor und bohrte seine Augen in die von Hampton, dann sagte er: »Was ist mit Mord? Ich habe zwei Menschen getötet. Kann ich zwei Menschen töten und trotzdem rechtschaffen sein? Ich glaube nicht. Damit wird Ihre These mehr als überstrapaziert.«

Hampton schien betroffen, aber nur einen Augenblick lang. Dann blinzelte er und sagte: »Ach so. Ich verstehe. Sie wollen sagen, Sie haben sie bei der Ausübung Ihrer Pflicht getötet.«

»Pflicht ist eine billige Entschuldigung, nicht wahr? Mord ist Mord. Richtig?«

»Welcher Verbrechen waren diese Menschen schuldig.«

»Der erste war selbst ein Mörder. Er hat eine Reihe von Spirituosenläden ausgeraubt und die Angestellten erschossen. Der zweite war ein Frauenschänder. Zweiundzwanzig Vergewaltigungen in sechs Monaten.«

»Als Sie diese Männer töteten, war es notwendig? Hätten Sie sie fassen können, ohne gleich zur Waffe zu greifen?«

»In beiden Fällen haben sie als erste geschossen.«

Hampton lächelte, und die harten Linien seines Gesichts wurden weicher. »Notwehr ist keine Sünde, Lieutenant.«

»Nein? Und warum bin ich mir dann so schmutzig vorgekommen, als ich den Abzug durchgezogen hatte? Beide Male. Ich fühlte mich besudelt. Mir war übel. Hin und wieder träume ich noch von diesen Männern, von Körpern, die von Kugeln aus meinem Revolver zerrissen werden...«

»Nur ein rechtschaffener, ein sehr tugendhafter Mensch, würde Reue empfinden, wenn er zwei bösartige Tiere wie die Männer getötet hat, die Sie niedergeschossen haben.«

»Ich bin kein heiligmäßiger Mensch«, widersprach Jack hartnäckig.

»Wie ich Ihnen schon sagte, um Lavelle zu finden und aufzuhalten, brauchen Sie nicht daran zu *glauben* – es genügt, daß Sie es *sind*.«

6

Rebecca horchte mit wachsender Furcht auf den Wagen. Immer mehr Geräusche kamen vom Fahrgestell her, nicht nur ein gelegentliches Pochen, sondern auch ein Klappern, Rattern und Knirschen. Nicht laut. Aber besorgniserregend.

Wir sind nur solange in Sicherheit, wie wir in Bewegung bleiben.

Sie hielt den Atem an und wartete jeden Augenblick darauf, daß der Motor aussetzte.

Statt dessen hörten die Geräusche auf. Sie fuhr vier Straßen weit, ohne außer dem normalen Fahrgeräusch und dem Stöhnen und Fauchen des Sturmwindes etwas zu hören.

Aber sie entspannte sich nicht. Sie wußte, daß etwas nicht in Ordnung war, und sie war sicher, daß die Geräusche wiederkommen würden. Ja, die Stille, das Warten darauf, das war fast schlimmer als die sonderbaren Laute selbst.

7

Jack trank seinen Kognac aus, stellte das Glas auf den Tisch und sagte: »In Ihrer Erklärung ist eine große Lücke.«

»Und das wäre?« fragte Hampton.

»Wenn Lavelle mir nichts anhaben kann, weil ich ein rechtschaffener Mensch bin, warum kann er dann meinen Kindern schaden? Sie sind doch nicht böse, in Gottes Namen. Es sind keine sündigen kleinen Scheusale. Es sind verdammt brave Kinder.«

»Aus der Sicht der Götter kann man Kinder nicht als rechtschaffen ansehen; sie sind einfach unschuldig. Rechtschaffenheit ist nicht etwas, womit wir geboren werden; es ist ein Zustand der Gnade, den wir nur durch Jahre tugendhaften Lebens erreichen: Wir werden rechtschaffene Menschen, indem wir bewußt in Tausenden von Situationen in unserem Alltagsleben das Gute statt des Bösen wählen.«

»Wollen Sie behaupten, daß Gott – oder alle guten Götter, wenn Sie es lieber so ausdrücken wollen – die Rechtschaffenen beschützt, aber die Unschuldigen nicht?«

»Ja.«

»Dieses Monster Lavelle kann also unschuldige kleine Kinder verletzen, aber mich nicht? Das ist empörend, unfair, schlicht und einfach nicht recht.«

»Sie haben ein übermäßig starkes Gefühl für Ungerechtigkeit, ob sie nun in Wirklichkeit oder nur in Ihrer Vorstellung existiert. Das kommt daher, daß Sie ein rechtschaffener Mensch sind.«

Jetzt war es Jack, der nicht länger stillsitzen konnte. Während sich Hampton zufrieden in einen Sessel zurücklehnte, ging Jack barfuß auf und ab. »Mit Ihnen zu streiten ist verdammt frustrierend!«

»Das ist mein Spezialgebiet, nicht das Ihre. Ich bin Theologe; ich habe zwar kein Diplom von irgendeiner Universität, aber ich bin auch nicht bloß Amateur. Meine Mutter und mein Vater waren fromme Katholiken. Um selbst meinen Glauben zu finden, studierte ich alle Religionen, die großen und die kleineren, bis ich mich irgendwann von der Wahrheit und Wirksamkeit des Voodoo überzeugen ließ. Es ist das einzige Bekenntnis, das sich immer an andere Glaubensrichtungen angepaßt hat; ja, Voodoo absorbiert und verwendet Elemente aus allen Religionen, mit denen es in Kontakt kommt. Es ist eine Synthese aus vielen Lehren, die sich gewöhnlich bekämpfen – vom Christentum und Judentum bis zur Sonnenanbetung und zum Pantheismus. Ich bin ein Mann der Religion, Lieutenant, daher steht zu erwarten, daß ich Sie bei diesem Thema in Grund und Boden rede.«

»Aber was ist mit Rebecca, meiner Partnerin? Sie wurde von einem dieser Geschöpfe gebissen, aber sie ist bei Gott kein böser oder verdorbener Mensch.«

»Es gibt verschiedene Stufen des Gutseins, der Reinheit. Man kann ein guter Mensch sein und doch nicht wirklich rechtschaffen, genau wie man rechtschaffen sein kann und doch kein Heiliger. Ich habe Miß Chandler nur einmal getroffen, gestern. Aber nach dem, wie ich sie kennengelernt habe, vermute ich, daß sie Abstand von anderen Menschen hält, daß sie sich in gewissem Maße vom Leben zurückgezogen hat.«

»Sie hatte eine traumatische Kindheit. Sie hatte lange Zeit Angst, sich von jemandem lieben zu lassen oder irgendwelche Bindungen einzugehen.«

»Da haben Sie es«, sagte Hampton. »Man kann sich nicht die Gunst des *Rada* verdienen und Immunität gegenüber den Mächten der Dunkelheit erlangen, wenn man sich vom Leben zurückzieht und vielen der Situationen ausweicht, die eine Entscheidung zwischen Gut und Böse, Richtig und Falsch erfordern. Erst dadurch, daß man diese Entscheidungen trifft, kann man in den Stand der Gnade gelangen.«

Jack stand am Kamin und wärmte sich am Gasfeuer – bis die zuckenden Flammen ihn plötzlich an die Augenhöhlen der Kobolde erinnerten. Er wandte sich vom Feuer ab. »Nur einmal angenommen, ich wäre wirklich ein rechtschaffener Mensch, wie hilft mir das, Lavelle zu finden?«

»Wir müssen bestimmte Gebete sprechen«, sagte Hampton. »Und es gibt eine Reinigungszeremonie, der Sie sich unterziehen müssen. Wenn Sie das alles getan haben, werden Ihnen die Götter des *Rada* den Weg zu Lavelle zeigen.«

»Dann wollen wir keine Zeit mehr verlieren. Kommen Sie. Fangen wir an.«

Hampton erhob sich aus seinem Sessel, ein Berg von

einem Mann. »Seien Sie nicht zu eifrig oder zu furchtlos. Es ist besser, bedachtsam vorzugehen.«

Jack dachte an Rebecca und die Kinder im Wagen, die nicht anzuhalten wagten, um nicht in eine Falle der Kobolde zu geraten, und er sagte: »Macht es denn etwas aus, ob ich bedachtsam oder tollkühn bin? Ich meine, Lavelle kann mir doch nichts anhaben?«

»Es ist wahr, daß die Götter Ihnen Schutz vor der Magie gewährt haben, vor allen Mächten der Dunkelheit. Lavelles Fähigkeiten als *Bocor* werden ihm nichts nützen. Aber das heißt nicht, daß Sie unsterblich sind. Es heißt nicht, daß Sie gegenüber den Gefahren dieser Welt immun sind. Wenn Lavelle das Risiko eingehen will, für das Verbrechen verhaftet zu werden, wenn er riskieren will, vor Gericht gestellt zu werden, dann kann er immer noch eine Pistole nehmen und Ihnen eine Kugel durch den Kopf schießen.«

8

Rebecca war auf der Fifth Avenue, als das Pochen und Rattern im Fahrgestell wieder anfing. Diesmal war es lauter, laut genug, um die Kinder aufzuwecken. Und es war auch nicht mehr nur unter ihnen; nein, es war auch vorne zu hören, unter der Motorhaube.

Davey richtete sich auf und hielt sich am Vordersitz fest, und Penny blinzelte sich den Schlaf aus den Augen und fragte: »He, was ist das für ein Geräusch?«

»Vermutlich irgend etwas mit dem Motor«, beschwichtigte Rebecca sie, obwohl der Wagen ganz ruhig lief.

»Es sind die Kobolde«, sagte Davey, und seine Stimme war halb von Entsetzen und halb von Verzweiflung erfüllt.

»Sie können es nicht sein«, sagte Rebecca.

»Sie sind unter der Motorhaube«, sagte Penny.

»Nein«, widersprach Rebecca. »Wir sind ständig herumgefahren, seit wir die Garage verlassen haben. Sie hatten keine Möglichkeit, in den Wagen zu kommen, ausgeschlossen.«

»Dann waren sie schon in der Garage drin«, sagte Penny.

»Nein. Dann hätten sie uns doch gleich dort angegriffen.«

»Es sei denn«, meinte Penny, »sie hatten vielleicht Angst vor Daddy.«

Rebecca wußte, daß sie recht hatten. Sie wollte es sich nicht eingestehen, aber sie *wußte* es.

Das Rattern im Fahrgestell und das Pochen und Klappern unter der Haube wurden stärker, fast hektisch.

»Sie reißen etwas auseinander«, sagte Penny.

»Sie werden den Wagen anhalten«, sagte Davey.

»Sie werden reinkommen«, sagte Penny. »Sie kommen rein zu uns, und wir können sie nicht aufhalten.«

»Hört auf damit!« sagte Rebecca. »Wir kommen schon raus, keine Sorge. Sie kriegen uns nicht.«

Am Armaturenbrett leuchtete eine rote Warnlampe auf, in deren Mitte das Wort ›Öl‹ stand.

Der Wagen war keine sichere Zuflucht mehr.

Jetzt war er eine Falle.

Ihre Überlebenschancen waren plötzlich genauso trostlos wie die Winternacht, die sie umgab.

Vor ihnen, im dichten Schneetreiben, weniger als eine Straße weiter, ragte die St.-Patricks-Kathedrale aus dem tobenden Sturm, wie ein großes Schiff auf kalter, nächtlicher See. Es war ein massives Bauwerk, das einen ganzen Block einnahm.

Rebecca überlegte, ob Voodoo-Teufel es wohl wagen würden, in eine Kirche einzudringen. Oder waren sie wie die Vampire in den Romanen und Filmen? Scheuten sie voll Entsetzen und Schmerz vor dem bloßen Anblick eines Kruzifixes zurück?

Eine zweite rote Warnlampe leuchtete auf. Der Motor lief heiß.

Trotz der beiden Warnanzeigen auf dem Armaturenbrett trat sie aufs Gaspedal, und der Wagen schoß vorwärts. Sie fuhr schräg über die Fahrbahn auf die Front von St. Patrick zu.

Der Motor stotterte.

Die Kathedrale war nur eine kleine Hoffnung. Vielleicht eine falsche Hoffnung. Aber es war die einzige Hoffnung, die ihnen noch blieb.

9

Für die Reinigungszeremonie war ein völliges Untertauchen in einem von dem *Houngon* vorbereiteten Wasser erforderlich.

In Hamptons Badezimmer zog Jack sich aus. Er war nicht wenig überrascht von seinem neugefundenen Glauben an diese bizarren Voodoo-Praktiken. Er hatte erwartet, daß er sich lächerlich vorkommen würde, als das Ritual begann, aber er empfand nichts dergleichen, weil er diese Höllengeschöpfe *gesehen* hatte.

Die Badewanne war ungewöhnlich lang und tief. Sie nahm mehr als die Hälfte des Badezimmers ein. Hampton sagte, er habe sie eigens für rituelle Bäder einbauen lassen.

Hampton rezitierte in einem fremdartigen Singsang, mit einer Stimme, die für einen Mann seiner Größe zu zart erschien, Gebete und Anrufungen in einem Patois aus Französisch, Englisch und verschiedenen afrikanischen Stammessprachen und zeichnete mit einem Stück grüner Seife *Vévés* über die ganze Innenfläche der Wanne. Dann füllte er sie mit heißem Wasser, dem er eine Reihe von Substanzen und Gegenständen zufügte, die er aus seinem Laden heraufgeholt hatte.

Als Hampton ihm sagte, daß es soweit war, stieg Jack in das wohlriechende Bad. Das Wasser war fast zu heiß, aber er ertrug es. Dampf wallte auf, als er sich setzte, Münzen, Steine und andere harte Gegenstände beiseite schob und sich dann soweit hineingleiten ließ, daß nur noch sein Kopf über der Wasseroberfläche war.

Hampton sang noch ein paar Sekunden weiter, dann sagte er: »Tauchen Sie ganz unter und zählen Sie bis dreißig, ehe Sie heraufkommen, um Atem zu schöpfen.«

Jack schloß die Augen, holte tief Luft und legte sich flach auf den Rücken, so daß sein gesamter Körper untergetaucht war. Er hatte erst bis zehn gezählt, als er von Kopf bis Fuß ein seltsames Kribbeln spürte. Sekunde für Sekunde fühlte er sich irgendwie... reiner... nicht nur körperlich, sondern auch geistig und seelisch. Böse Gedanken, Angst, Anspannung, Zorn, Verzweiflung – alles zog dieses Wasser aus ihm heraus.

Er machte sich bereit, Lavelle entgegenzutreten.

10

Der Motor starb ab.

Eine Schneewehe ragte auf.

Rebecca trat mehrmals auf die Bremse. Sie sprach schlecht an, aber sie funktionierte noch. Der Wagen rutschte mit dem Kühler in den aufgehäuften Schnee und kam mit einem knirschenden Ruck zum Stehen, härter, als ihr lieb war, aber nicht so abrupt, daß jemand verletzt wurde.

Stille.

Sie waren vor dem Haupteingang von St. Patrick.

Davey sagte: »Da ist etwas im Sitz! Es kommt durch!«

»Was?« fragte Rebecca verdutzt, drehte sich um und sah ihn an. Er stand hinter Pennys Sitz, drängte sich dicht an die Lehne, wandte ihr aber den Rücken zu und starrte auf die Lehne des Rücksitzes, auf dem er vor kurzem noch gesessen hatte. Rebecca spähte an ihm vorbei und sah, daß sich unter der Polsterung etwas bewegte. Sie hörte auch ein zorniges, gedämpftes Fauchen.

Einer der Kobolde mußte in den Kofferraum eingedrungen sein. Er grub sich mit Zähnen und Klauen durch den Sitz und wühlte sich ins Wageninnere vor.

»Schnell«, drängte Rebecca. »Komm zu uns nach vorne, Davey. Wir steigen durch Pennys Tür aus, einer nach dem anderen, ganz schnell, und gehen dann direkt in die Kirche.«

Davey gab unartikulierte Laute der Verzweiflung von sich, als er zwischen Rebecca und Penny auf den Vordersitz kletterte.

Im gleichen Moment spürte Rebecca, wie unter ihren Füßen etwas gegen das Bodenblech drückte. Ein zweiter Kobold wollte aus dieser Richtung ins Wageninnere vordringen.

Auf ein Zeichen von Rebecca hin riß Penny die Tür auf und stieg aus, ging in den Sturm hinein.

Mit jagendem Herzen, vor Schreck keuchend, als der bitterkalte Wind sie traf, kletterte Penny aus dem Wagen, rutschte auf dem verschneiten Pflaster aus, wäre fast hingefallen, wedelte mit den Armen und hielt irgendwie das Gleichgewicht. Sie erwartete, daß ein Kobold unter dem Wagen hervorstürzen würde, erwartete zu spüren, wie sich Zähne durch einen ihrer Stiefel in ihren Knöchel gruben, aber nichts dergleichen geschah. Die Straßenlaternen, vom Sturm verschleiert und verdüstert, verbreiteten ein schauriges Licht, wie in einem Alptraum. Ihr verzerrter Schatten ging ihr voran, als Penny über den Schneewall kletterte, den die vorbeifahrenden Pflüge aufgeworfen hatten. Die Stufen der Kathedrale waren unter tiefem Schnee verborgen, aber Penny orientierte sich an dem

Messinggeländer, klammerte sich daran, stapfte die Stufen hinauf und fragte sich plötzlich, ob die Türen zu dieser späten Stunde wohl noch offen sein würden. War eine Kathedrale nicht immer offen? Wenn sie jetzt versperrt war, würde das ihren Tod bedeuten. Sie ging zum mittleren Portal, faßte den Griff, zog daran, dachte einen Augenblick, es sei tatsächlich verschlossen, merkte dann aber, daß es nur eine sehr schwere Tür war, packte den Griff mit beiden Händen, zog noch stärker als zuvor, öffnete die Türe weit, drehte sich um und schaute den Weg zurück, den sie gekommen war.

Davey hatte zwei Drittel der Treppe hinter sich gebracht, sein Atem quoll in weißen Wolken aus seinem Mund. Er sah so klein und zerbrechlich aus. Aber er würde es schaffen.

Rebecca kam von dem Schneewall am Straßenrand auf den Gehsteig herunter, stolperte und fiel auf die Knie.

Hinter ihr erreichten zwei Kobolde den oberen Rand des Schneehaufens.

Penny schrie auf: »Sie kommen! Schnell!«

Als Rebecca stürzte, hörte sie Penny schreien, sie stand sofort auf, machte aber nur einen Schritt, ehe die beiden Kobolde an ihr vorbeirannten, schnell wie der Wind, ein Eidechsenwesen und ein Katzenwesen, beide kreischten schrill. Sie griffen sie nicht an, schnappten und zischten nicht nach ihr, blieben nicht einmal stehen. Sie wollten nur die Kinder.

Die Kobolde erreichten die Treppe und stiegen, wie es schien im Bruchteil einer Sekunde, bis zur Mitte hinauf, aber dann wurden sie unvermittelt langsamer, als hätten sie gemerkt, daß sie auf einen heiligen Ort zueilten, aber diese Erkenntnis brachte sie nicht völlig zum Stillstand. Sie krochen langsam und vorsichtig, zur Hälfte im Schnee versinkend, von einer Stufe zur anderen.

Rebecca schrie Penny zu – »Geht in die Kirche und

schließt die Tür!« –, aber Penny zögerte. Die Kobolde, von Sekunde zu Sekunde langsamer geworden, waren jetzt nur noch eine Stufe vom oberen Rand entfernt, nur ein paar Fuß vor Penny und Davey... und dann waren sie oben, Rebecca schrie in panischer Angst, und endlich schob Penny ihren Bruder in die Kathedrale hinein und folgte ihm. Gerade, als die Kobolde die Schwelle erreichten, schloß sie, wenn auch zögernd, die Tür.

Das Eidechsenwesen warf sich dagegen, prallte zurück und rollte sich wieder auf die Füße.

Das Katzenwesen heulte zornig auf.

Beide Geschöpfe kratzten am Portal, aber sie wirkten nicht sehr entschlossen, so als wüßten sie, daß diese Aufgabe zu groß für sie war. Um die Tür einer Kathedrale – irgendeines heiligen Ortes – zu öffnen, war viel mehr Kraft erforderlich, als sie besaßen.

Enttäuscht wandten sie sich von der Tür ab. Starrten Rebecca an. Die feurigen Augen wirkten heller als die Augen der anderen Geschöpfe, die sie bei den Jamisons und im Vorraum jenes Sandsteinhauses gesehen hatte.

Sie wich eine Stufe zurück.

Die Kobolde kamen auf sie zu.

Sie stieg die Treppe ganz hinunter und blieb erst stehen, als sie den Gehsteig erreichte.

Das Eidechsenwesen und das Katzenwesen standen oben und funkelten sie zornig an.

Wind- und Schneeböen rasten die Fifth Avenue entlang, der Schnee fiel so dicht, daß es fast schien, als würde sie darin ertrinken, so sicher wie in einer sich heranwälzenden Flutwelle.

Die Kobolde kamen eine Stufe herunter.

Rebecca wich zurück, bis sie auf den Schneewall am Randstein traf.

Die Kobolde stiegen eine zweite Stufe herunter, eine dritte.

Kapitel acht

1

Das rituelle Bad dauerte nur zwei Minuten. Jack trocknete sich mit drei kleinen, weichen, sehr saugfähigen Handtüchern ab, in deren Ecken fremdartige Runen gestickt waren. Sie waren aus einem Material, wie er es noch nie gesehen hatte.

Als er wieder angezogen war, folgte er Carver Hampton ins Wohnzimmer und stellte sich auf Anweisung des *Houngon* in die Mitte des Raumes, wo das Licht am hellsten war.

Hampton stimmte einen langen Gesang an, hielt ein *Asson* über Jacks Kopf und bewegte es dann langsam vor ihm nach unten, dann nach hinten und an seinem Rückgrat entlang nach oben, bis es wieder über seinem Kopf war.

Hampton hatte ihm erklärt, daß das *Asson* – eine Kürbisrassel aus der Liane eines Kalebassenbaumes – das Amtssymbol eines *Houngon* war.

Jack nahm allmählich eine Vielfalt von angenehmen Gerüchen wahr. Hampton hatte keine Räucherstäbchen angezündet; er hatte auch keine Flaschen mit Parfüm oder Essenzen geöffnet. Die Düfte schienen von selbst zu entstehen, ohne Ursprung, ohne Grund.

Als Hampton seinen Gesang beendet und das *Asson* niedergelegt hatte, sagte Jack: »Diese fantastischen Düfte – woher kommen sie?«

»Das sind die olfaktorischen Äquivalente visueller Erscheinungen«, erklärte Hampton.

Jack blinzelte ihn an, nicht sicher, ob er richtig verstanden hatte. »Erscheinungen? Sie meinen... *Geister?*«

»Ja, Geister. Gute Geister.«

»Aber ich sehe sie nicht.«

»Sie sollen sie ja auch nicht sehen. Wie ich Ihnen schon sagte, materialisieren sie sich nicht visuell. Sie manifestieren sich als Düfte – ein durchaus bekanntes Phänomen.«

»Gute Geister«, wiederholte Hampton lächelnd. »Der ganze Raum ist voll von ihnen, und das ist ein sehr gutes Zeichen. Es sind Boten des *Rada*. Ihr Auftreten hier, zu diesem Zeitpunkt, deutet darauf hin, daß die Götter des Guten Sie in Ihrem Kampf gegen Lavelle unterstützen.«

»Dann werde ich Lavelle finden und aufhalten?« fragte Jack. »Bedeutet es, daß – daß wir am Ende siegen werden? Ist das alles vorherbestimmt?«

»Nein, nein«, sagte Hampton. »Keineswegs. Es bedeutet nur, daß Sie die Unterstützung des *Rada* haben. Aber Lavelle hat die Unterstützung der dunklen Götter. Sie beide sind Werkzeuge höherer Mächte. Einer wird siegen und einer wird verlieren; das ist alles, was vorherbestimmt ist.«

In den Ecken des Raumes schrumpften die Kerzenflammen zusammen, bis sie nur noch winzige Funken an den Dochtspitzen waren. Schatten zuckten auf und wanden sich, als wären sie lebendig.

Die Fenster bebten, und das Gebäude erzitterte im Griff eines plötzlichen, gewaltigen Windes. Etwa zwanzig Bücher fielen von den Regalen und krachten auf den Boden.

»Wir haben auch böse Geister unter uns«, sagte Hampton.

Zusätzlich zu den angenehmen Düften, die den Raum erfüllten, drang ein neuer Geruch auf Jack ein. Es war der Gestank der Verwesung, der Fäulnis, des Verfalls und des Todes.

2

Die Kobolde waren bis auf die vorletzte Stufe heruntergekommen. Sie waren nur noch zwölf Fuß von Rebecca entfernt.

Sie rannte, die Kathedrale zu ihrer Rechten, den Gehsteig entlang, auf die Ecke zu, als wolle sie zum nächsten Block flüchten, aber das war nur eine List. Nach zehn Metern machte sie eine scharfe Wendung nach rechts, auf die Kathedrale zu, und stieg so hastig die Stufen hinauf, daß der Schnee wild aufstob.

Die Kobolde quiekten.

Sie war mitten auf der Treppe, als das Eidechsenwesen ihr linkes Bein erwischte und seine Klauen durch die Jeans in ihre rechte Wade schlug. Der Schmerz war entsetzlich.

Sie stolperte und fiel schreiend auf die Stufen. Aber sie schob sich auf dem Bauch weiter hinauf, mit der Eidechse an ihrem Bein.

Das Katzenwesen sprang ihr auf den Rücken. Kratzte an ihrem dicken Mantel. Bewegte sich schnell auf ihren Hals zu. Schnappte nach ihrer Kehle, erwischte aber nur ein Stück Mantelkragen und Wollschal.

Sie war oben.

Wimmernd packte sie das Katzenwesen und riß es weg.

Es biß sie in die Hand.

Sie schleuderte es fort.

Die Eidechse hing immer noch an ihrem Bein. Sie biß sie ein Stück über dem Knie in den Oberschenkel.

Rebecca griff hinunter, packte sie, und die abscheuliche Kreatur biß sie in die Hand. Aber sie konnte die Eidechse losreißen und warf sie die Stufen hinunter.

Sie erreichte die Tür und lehnte sich mit dem Rücken dagegen. Sie stieß die Tür auf, schlüpfte in die Kathedrale hinein und warf die Tür hinter sich zu.

Die Kobolde hämmerten einmal gegen die andere Seite, dann war es ruhig.

Sie war in Sicherheit. Wunderbarerweise, dankenswerterweise in Sicherheit.

Penny und Davey standen im Hauptschiff, im Mittelgang, und redeten erregt auf einen völlig verwirrten jungen Priester ein. Penny sah Rebecca zuerst, schrie auf und rannte auf sie zu. Davey folgte ihr, bei ihrem Anblick vor Erleichterung und Freude weinend, und der Priester in seiner Soutane kam hinterher.

Sie waren nur zu viert in dem gewaltigen Raum, aber das machte nichts. Sie brauchten keine Armee. Die Kathedrale war eine uneinnehmbare Festung. Hier konnte ihnen nichts geschehen. Nichts. Die Kathedrale war sicher. Sie *mußte* sicher sein, denn sie war ihre letzte Zuflucht.

3

Jack saß im Wagen vor Carver Hamptons Laden, trat das Gaspedal durch und jagte den Motor hoch, damit er warm wurde.

Er warf einen Seitenblick auf Hampton und sagte: »Sind Sie sicher, daß Sie wirklich mitkommen wollen?«

»Es ist das letzte, was ich möchte«, sagte der Hüne. »Ich bin nicht gegen Lavelles Kräfte immun wie Sie. Ich würde viel lieber oben in meiner Wohnung bleiben, wo alle Lichter eingeschaltet sind und die Kerzen brennen.«

»Dann bleiben Sie. Ich glaube nicht, daß Sie mir irgend etwas verschwiegen haben. Ich glaube wirklich, daß Sie getan haben, was Sie können. Mehr sind Sie mir nicht schuldig.«

»*Mir* bin ich es schuldig. Mit Ihnen zu gehen, Ihnen zu helfen, wenn ich kann – das ist die richtige Handlungsweise. Ich bin es mir selbst schuldig, nicht noch eine falsche Entscheidung zu treffen.«

»Na gut.« Jack legte den Gang ein, ließ aber den Fuß

noch auf der Bremse. »Ich weiß immer noch nicht, wie ich Lavelle finden soll.«

»Sie werden einfach wissen, welchen Straßen Sie folgen und wo Sie abbiegen müssen«, sagte Hampton. »Aufgrund des Reinigungsbades und der anderen Rituale, die wir vollzogen haben, werden Sie nun von einer höheren Macht geführt.«

»Hört sich besser an als ein Stadtplan. Nur... ich spüre überhaupt nicht, daß ich geführt werde.«

»Das kommt schon noch, Lieutenant. Aber zuerst müssen wir bei einer katholischen Kirche halten und diese Gefäße« – er hielt zwei kleine, leere Krüge hoch, von denen jeder etwa acht Unzen faßte – »mit Weihwasser füllen. Gleich geradeaus, ungefähr fünf Straßen weiter, ist eine Kirche.«

»Schön«, sagte Jack. »Aber noch etwas.«

»Nämlich?«

»Würdest du bitte die Formalitäten lassen und aufhören, mich Lieutenant zu nennen? Ich heiße Jack.«

»Du kannst mich Carver nennen, wenn du magst.«

»Ich mag.«

Sie lächelten einander zu, Jack nahm seinen Fuß von der Bremse, stellte die Scheibenwischer an und fuhr auf die Straße hinaus.

Sie betraten die Kirche gemeinsam.

Carver machte eine Kniebeuge und bekreuzigte sich. Obwohl Jack kein praktizierender Katholik war, fühlte er plötzlich einen starken Drang, dem Beispiel des schwarzen Mannes zu folgen, und er begriff, daß es ihm, als Vertreter des *Rada* in dieser besonderen Nacht, oblag, allen Göttern des Guten und des Lichts Ehrerbietung zu bezeugen, ob es nun der jüdische Gott des Alten Testaments war, Christus, Buddha, Mohammed oder sonst eine Gottheit. Vielleicht war dies das erste Zeichen der ›Führung‹, von der Carver gesprochen hatte.

Das Marmorbecken gleich hinter der Vorhalle enthielt nur eine kleine Pfütze Weihwasser, nicht genug für ihr Vorhaben.

»Damit können wir nicht einmal einen Krug füllen«, sagte Jack.

»Sei dir da nicht so sicher«, widersprach Carver und schraubte den Deckel von einem der Behälter ab. Er reichte Jack den offenen Krug. »Versuch es.«

Jack tauchte den Krug in das Becken, fuhr über den Marmor, schöpfte ein wenig Wasser, glaubte, nicht mehr als zwei Löffel voll erwischt zu haben und blinzelte überrascht, als er den Krug hochhielt und sah, daß er voll war. Noch mehr überraschte es ihn, als er feststellte, daß im Becken noch genausoviel Wasser war wie zuvor, ehe er den Krug gefüllt hattte.

Er sah Carver an.

Der Schwarze lächelte und zwinkerte ihm zu, verschloß den Krug und steckte ihn in seine Manteltasche. Dann öffnete er den zweiten Krug und reichte ihn Jack.

Wieder konnte der den Behälter füllen, und wieder schien die kleine Wasserpfütze im Becken unverändert.

4

Lavelle stand am Fenster und starrte in den Sturm hinaus.

Er befand sich nicht mehr in psychischem Kontakt mit den kleinen Mördern. Wenn sie mehr Zeit bekamen, Zeit, um ihre Truppen zusammenzuführen, würden sie es vielleicht noch schaffen, die Dawson-Kinder zu töten, und wenn es dazu kam, würde es ihm leid tun, daß er es versäumt hatte. Aber die Zeit lief ab.

Jack Dawson war auf dem Weg zu ihm, und keine Magie, ganz gleich wie mächtig, konnte ihn aufhalten.

Lavelle wußte nicht, wieso alles so schnell, so vollständig schiefgelaufen war. Vielleicht war es ein Fehler gewesen, die Kinder aufs Korn zu nehmen. Die Götter des *Rada* waren immer erzürnt, wenn ein *Bocor* seine Macht gegen Kinder einsetzte, und sie versuchten immer, ihn zu vernichten, wenn sie konnten. Aber, verdammt, er war doch vorsichtig gewesen. Ihm fiel kein einziger Fehler ein, den er gemacht haben könnte. Er war gut gepanzert; er wurde von der Macht der dunklen Götter geschützt.

Und doch war Dawson unterwegs.

Lavelle wandte sich vom Fenster ab.

Er ging durch den dunklen Raum zur Frisierkommode.

Er nahm eine .32 Automatik aus der obersten Schublade.

Dawson war unterwegs. Schön. Sollte er doch kommen.

5

Rebecca setzte sich in den Mittelgang der Kathedrale und zog das linke Bein ihrer Jeans bis zum Knie hinauf. Die Kratz- und Bißwunden bluteten stark, aber es bestand keine Gefahr, daß sie verblutete. Die Jeans hatten einiges abgehalten. Die Bisse waren tief, aber nicht lebensgefährlich. Sie hatten keine größeren Venen oder Arterien durchtrennt.

Der junge Priester kauerte sich neben sie und betrachtete erschrocken die Verletzungen. »Wie ist das passiert? Wer hat Ihnen das angetan?«

Penny und Davey sagten gleichzeitig: »Die Kobolde«, als wären sie es allmählich leid, zu versuchen, ihm das begreiflich zu machen.

Der Priester fragte: »Was ist das für Blut an Ihrem Hals?« Er berührte ihr Gesicht und schob sanft ihre Hand zur Seite, um die Kratzer unter ihrem Kinn betrachten zu können.

»Das ist nicht so schlimm«, erklärte sie. »Es brennt, aber es ist nichts Ernstes.«

»Ich glaube, wir sollten Sie lieber ärztlich versorgen lassen«, sagte er. »Kommen Sie.«

Sie zog das Hosenbein herunter.

Er half ihr auf die Beine. »Ich glaube, ich bringe Sie am besten ins Pfarrhaus.«

»Nein«, sagte sie.

»Es ist nicht weit.«

»Wir bleiben hier«, beharrte sie.

»Aber das sieht aus wie Tierbisse. Sie müssen sie versorgen lassen. Infektion, Tollwut... Hören Sie, es ist wirklich nicht weit zum Pfarrhaus. Wir brauchen auch nicht in den Sturm hinaus. Es gibt einen unterirdischen Gang zwischen der Kathedrale und...«

»Nein«, sagte Rebecca entschieden. »Wir bleiben hier in der Kathedrale, wo wir geschützt sind.«

Sie winkte Penny und Davey nahe zu sich heran, und sie stellten sich neben sie.

Der Priester sah sie alle an, studierte ihre Gesichter, blickte ihnen in die Augen und seine Miene verdüsterte sich. »Wovor haben Sie denn Angst?«

»Haben Ihnen die Kinder nicht schon einiges erzählt?« fragte Rebecca.

»Sie plapperten etwas von Kobolden, aber...«

»Das war nicht nur Geplapper«, fiel ihm Rebecca ins Wort, und es kam ihr sonderbar vor, daß ausgerechnet sie bekennen und verteidigen sollte, daß sie an das Übernatürliche glaubte, sie, die in dieser Hinsicht immer alles andere als ›übermäßig aufgeschlossen‹ gewesen war. Sie zögerte. Dann erzählte sie ihm so knapp wie möglich von Lavelle, von den Morden an den Carramazzas und von den Voodoo-Teufeln, die jetzt hinter Jack Dawsons Kindern her waren.

Als sie fertig war, schwieg der Priester, und er konnte ihr nicht in die Augen sehen. Er starrte lange zu Boden.

Sie sagte: »Sie glauben mir natürlich nicht.«

Er blickte auf, die Sache schien ihm peinlich zu sein. »Oh, ich glaube nicht, daß Sie mich anlügen – nicht direkt. Ich bin sicher, daß *Sie* alles glauben, was Sie mir erzählt haben. Aber für mich ist Voodoo Lug und Trug, primitive, abergläubische Vorstellungen. Ich bin Priester der heiligen römisch-katholischen Kirche, und ich glaube nur an eine Wahrheit, die Wahrheit, die unser Heiland...«

»Sie glauben an den Himmel, nicht wahr? Und an die Hölle?«

»Natürlich. Das ist Teil des katholischen...«

»Diese Wesen kommen direkt aus der Hölle, Hochwürden. Wenn ich Ihnen erzählt hätte, daß ein Satansjünger diese Dämonen gerufen hätte, wenn ich das Wort Voodoo gar nicht erwähnt hätte, dann hätten Sie mir vielleicht auch nicht geglaubt, aber Sie hätten die Möglichkeit auch nicht so schnell ausgeschlossen, weil Ihre Religion den Satan und seine Anhänger mit einschließt.«

»Ich glaube, Sie sollten...«

Davey schrie auf.

Penny sagte: »Da sind sie!«

Rebecca drehte sich um, der Atem stockte ihr, das Herz blieb ihr mitten im Schlag stehen.

Hinter dem Torbogen, durch den der Mittelgang des Hauptschiffs in den Vorraum führte, waren Schatten, und in diesen Schatten glühten silberweiße Augen.

Feueraugen.

Viele.

6

Jack fuhr durch die schneebedeckten Straßen, und jedesmal wenn er sich einer Kreuzung näherte, spürte er irgendwie, wann er rechts abbiegen mußte, wann er sich lieber links halten sollte und wann er einfach geradeaus durchpreschen konnte. Er wußte nicht, wie er das spürte; jedesmal überkam ihn ein Gefühl, das er nicht in Worte fassen konnte, und er überließ sich ihm, folgte dieser Führung.

Es war sicher ein ungewöhnliches Vorgehen für einen Polizisten, der es gewöhnt war, sich auf der Suche nach einem Verdächtigen weniger exotischer Methoden zu bedienen. Es war auch irgendwie unheimlich, und das gefiel ihm nicht. Aber er beklagte sich auch nicht, denn er hatte den verzweifelten Wunsch, Lavelle zu finden.

Fünfunddreißig Minuten, nachdem sie die beiden kleinen Krüge mit Weihwasser gefüllt hatten, bog Jack nach links in eine Straße mit pseudo-viktorianischen Häusern ein. Vor dem fünften hielt er an. Es war ein zweistöckiges Ziegelgebäude mit vielen Verzierungen im Zuckerbäckerstil. Es wies Schäden auf und brauchte dringend einen neuen Anstrich, wie alle Häuser in dieser Straße, eine Tatsache, die nicht einmal Schnee und Dunkelheit verbergen konnten.

In dem Haus brannte kein Licht, kein einziges. Die Fenster waren völlig schwarz.

»Wir sind da«, erklärte Jack.

Er stellte den Motor ab und schaltete die Scheinwerfer aus.

7

Vier Kobolde kamen aus dem Vorraum in den Mittelgang geschlichen, in das Licht, bei dem man, auch wenn es nicht hell war, ihre grotesken, widerlichen Gestalten doch genauer erkennen konnte, als Rebecca lieb war.

An der Spitze der Horde war ein fußgroßes Geschöpf von menschlicher Gestalt mit vier feuergefüllten Augen, zwei davon auf der Stirn. Der Kopf war so groß wie ein Apfel, und trotz der vier Augen nahm der von einer Fülle von Zähnen strotzende Mund den größten Teil des mißgebildeten Kopfes ein. Das Wesen hatte auch vier Arme und trug in einer Hand mit dornenförmigen Fingern einen primitiven Speer.

Es hielt den Speer in einer herausfordernd trotzigen Geste über dem Kopf.

Der Kobold in Menschengestalt, die drei noch gräßlicheren Geschöpfe dahinter und die anderen Bestien, die sich durch den dunklen Vorraum bewegten und im Augenblick nur als leuchtende Augenpaare zu erkennen waren, sie alle bewegten sich schwerfällig, als sei allein die Luft in diesem Haus des Gebets für sie eine unermeßlich schwere Last, die jeden Schritt schmerzhaft und mühsam machte.

Der Priester, der beim Anblick der Kobolde für kurze Zeit wie erstarrt war, brach das Schweigen als erster. Er kramte in einer Tasche seiner schwarzen Soutane, zog einen Rosenkranz hervor und begann zu beten.

Der Teufel in Menschengestalt und die drei Wesen unmittelbar hinter ihm kamen durch den Mittelgang unaufhaltsam näher, andere monströse Geschöpfe krochen mit gleitenden Bewegungen aus dem dunklen Vorraum, während dort im Dunkeln neue glühende Augenpaare auftauchten. Sie bewegten sich immer noch zu langsam, um gefährlich werden zu können.

Aber wie lange wird das anhalten? fragte sich Rebecca.

Vielleicht gewöhnen sie sich irgendwie an die Atmosphäre in der Kathedrale. Vielleicht werden sie allmählich kühner und nähern sich schneller. Was dann?

Die Kinder mit sich ziehend, begann Rebecca, durch den Mittelgang zum Altar zurückzuweichen. Der Priester kam mit ihnen, die Rosenkranzperlen klapperten in seiner Hand.

8

Sie kämpften sich durch den Schnee bis zu der Treppe, die zu Lavelles Haustür hinaufführte.

Jack hatte seinen Revolver schon in der Hand. Zu Carver Hampton sagte er: »Ich wünschte, du würdest im Wagen warten.«

»Nein.«

»Das ist Sache der Polizei.«

»Es ist mehr als das. Du weißt, daß es mehr ist.«

Jack nickte seufzend.

Sie gingen die Treppe hinauf.

Carver probierte den Türknopf, drehte ihn mehrmals hin und her: »Zugesperrt.«

Jack sah, daß die Tür zugesperrt war, aber etwas riet ihm, er solle es selbst versuchen. Unter seiner Hand drehte sich der Knopf, der Riegel knackte leise, und die Tür öffnete sich einen Spalt.

»Versperrt für mich«, sagte Carver, »aber nicht für dich.«

Sie traten zur Seite, um aus der Schußlinie zu kommen.

Jack stieß die Tür kraftvoll auf und riß dann die Hand zurück.

Aber Lavelle schoß nicht.

Das Haus war ungewöhnlich dunkel. Die Dunkelheit

war ein Vorteil für Lavelle, denn er kannte sich hier aus, während es für Jack völlig fremdes Gebiet war.

Er tastete nach dem Lichtschalter und fand ihn.

Er war in einer großen Eingangshalle. Links befand sich eine eingelegte Eichentreppe mit reich verziertem Geländer. Geradeaus, hinter der Treppe, wurde die Halle schmäler; sie führte bis an die Rückseite des Hauses. Ein paar Fuß weiter rechts war ein Torbogen, hinter dem ein dunkler Raum lag, ein Wohnzimmer, wie Jack vermutete.

Carver trat neben Jack und flüsterte: »Bist du sicher, daß wir hier richtig sind?«

Gerade als Jack den Mund aufmachte, um zu antworten, spürte er, wie etwas an seinem Gesicht vorbeisauste, und einen Sekundenbruchteil später hörte er zwei laute, von hinten abgefeuerte Schüsse. Er warf sich zu Boden und rollte sich aus der Halle in den Wohnraum.

Auch Carver warf sich zu Boden und rollte sich weg. Aber er war getroffen worden. Sein Gesicht war schmerzverzerrt. Er umklammerte seinen linken Oberschenkel, auf seiner Hose breitete sich ein Blutfleck aus.

»Er ist auf der Treppe«, stieß Carver hervor. »Ich habe ihn kurz gesehen.«

»Er muß im oberen Stockwerk gewesen sein und ist dann wohl hinter uns heruntergekommen.«

Jack beugte sich um den Torbogen herum und drückte sofort ab, in Richtung auf das Treppenhaus, ohne sich die Mühe zu machen, vorher nachzusehen oder zu zielen.

Lavelle war da. Er kauerte in der Mitte der Treppe hinter dem Geländer.

Jack beugte sich wieder aus dem Torbogen heraus und ließ schnell hintereinander drei Schüsse los; er zielte auf die Stelle, wo Lavelle vorher gewesen war, aber der war schon auf dem Weg nach oben, keiner der drei Schüsse traf ihn, und dann war er außer Sicht.

Jack blieb stehen, um seinen Revolver mit den Patronen nachzuladen, die er in der Manteltasche hatte, warf einen

Blick auf Carver und fragte: »Kannst du allein zum Wagen rausgehen?«

»Nein. Mit diesem Bein kann ich nicht gehen. Aber ich bin hier gut aufgehoben. Er hat mich nur gestreift. Schnapp du ihn dir nur.«

»Wir sollten einen Sanitätswagen für dich rufen.«

»Schnapp ihn dir!« sagte Carver.

Jack nickte, trat durch den Torbogen und ging vorsichtig zum Fuß der Treppe.

9

Penny, Rebecca und der Priester suchten Zuflucht im Altarraum hinter der Kommunionbank. Sie stiegen sogar auf die Altarplattform hinauf und stellten sich unter das Kruzifix.

»Sie k-k-kommen n-n-nicht hierher, od-d-d-er?« fragte Penny. »Nicht so n-n-nah ans Kruzifix. Oder?«

Rebecca umarmte das Mädchen und Davey und drückte sie ganz fest an sich. Sie sagte: »Ihr seht doch, daß sie stehengeblieben sind. Es ist schon gut. Jetzt ist alles gut. Sie fürchten sich vor dem Altar. Sie sind stehengeblieben.«

Aber wie lange? fragte sie sich.

10

Jack stieg die Treppe hinauf, mit dem Rücken zur Wand; er ging seitwärts, um völlige Lautlosigkeit bemüht, was ihm fast gelang. Den Revolver in der linken Hand, zielte er auf das obere Ende der Treppe. Er wich keinen Augenblick vom Ziel ab, um sofort abdrücken zu können, wenn Lavelle sich zeigte. Er erreichte den Treppenabsatz, ohne daß auf ihn geschossen wurde, stieg drei Stufen der zweiten Treppe hinauf, und dann beugte sich Lavelle weiter oben um die Ecke, und beide schossen – Lavelle zweimal, Jack einmal.

Die Kugel fuhr Lavelle in dem Augenblick in den Arm, als er den Abzug seiner eigenen Waffe losließ. Er schrie auf, die Pistole flog ihm aus der Hand, und er taumelte in den oberen Korridor zurück, wo er sich versteckt hatte.

Jack eilte, immer zwei Stufen auf einmal nehmend, die Treppe hinauf und sprang über Lavelles Pistole, als sie heruntergepoltert kam. Er erreichte den Gang im zweiten Stock gerade rechtzeitig, um zu sehen, wie Lavelle einen Raum betrat und die Tür hinter sich zuschlug.

Carver lag unten auf dem staubigen Boden, mit geschlossenen Augen. Er war zu müde, um sie offenzuhalten. Und er wurde von Sekunde zu Sekunde müder.

Er nahm an, daß er verblutete. Die Wunde schien gar nicht so schlimm zu sein, aber vielleicht war sie schlimmer, als er dachte. Vielleicht lag es auch am Schock, daß er sich so fühlte. Ja, das mußte es sein. Schock, nichts als Schock, er verblutete doch nicht, er litt nur unter dem Schock, aber natürlich konnte auch der Schock tödlich sein.

Woran es auch lag, er schwamm, war sich seiner Schmerzen gar nicht bewußt, wippte nur auf und ab, schwebte da auf dem harten Boden, der gar nicht hart war, trieb auf einer weit entfernten, tropischen Strömung... bis er von oben Schüsse hörte und einen schrillen Schrei, und da riß er die Augen auf. Vom Fußboden aus sah er verschwommen den leeren Raum vor sich. Er blinzelte angestrengt, bis sein Blick klarer wurde, und dann wünschte er, er wäre nicht klarer geworden, denn er sah jetzt, daß er nicht mehr alleine war.

Eines der Geschöpfe aus der Grube war bei ihm, und seine Augen glühten.

Oben rüttelte Jack an der Tür, die Lavelle zugeschlagen hatte. Sie war versperrt, aber das Schloß taugte vermutlich nicht viel.

»Lavelle?« schrie er.

Keine Antwort.

»Machen Sie auf. Es hat keinen Sinn, sich da drin zu verstecken.«

Aus dem Inneren des Raumes hörte er das Klirren eines splitternden Fensters.

»Scheiße!« sagte Jack.

Er wich zurück und trat gegen die Tür, aber das Schloß hielt mehr aus, als er erwartet hatte, und er mußte viermal mit aller Kraft dagegentreten, bis er die Tür endlich aufgebrochen hatte.

Er knipste das Licht an. Ein ganz gewöhnliches Schlafzimmer. Keine Spur von Lavelle.

Das Fenster in der gegenüberliegenden Wand war zerbrochen. Die Gardinen bauschten sich im Wind.

Jack trat an das Fenster. In dem Licht, das an ihm vorbei nach außen drang, sah er im Schnee auf dem Verandadach Fußspuren. Sie führten an den Rand hinaus. Lavelle war in den Hof hinuntergesprungen.

Jack zwängte sich durch das Fenster, sein Mantel verfing sich kurz an einem Glasscherben, dann trat er auf das Dach.

Als Lavelle vom Verandadach sprang, landete er nicht auf den Füßen. Er rutschte im Schnee aus und stürzte auf seinen verletzten Arm. Der Schmerz raubte ihm fast die Besinnung.

Er begriff nicht, warum alles so danebengegangen war. Er war verwirrt und zornig. Er kam sich nackt und ohnmächtig vor. Das war ein neues Gefühl für ihn, und es behagte ihm nicht.

Er kroch ein Stück durch den Schnee, bis er die Kraft zum Aufstehen fand, und als er auf den Beinen war, hörte er, wie Dawson vom Rand des Verandadaches nach ihm rief. Er blieb nicht stehen, wartete nicht untätig darauf, bis er gefaßt wurde, nicht Baba Lavelle, der große *Bocor*. Er strebte über den hinteren Rasen dem Lagerschuppen zu.

Die Quelle seiner Macht lag jenseits der Grube, bei den dunklen Göttern auf der anderen Seite. Er wollte von ihnen erfahren, warum sie ihn im Stich ließen. Er würde ihre Unterstützung fordern.

Dawson feuerte einen Schuß ab, aber er war wohl mehr als Warnung gedacht gewesen, denn er kam gar nicht in Lavelles Nähe.

Der Wind schüttelte ihn und warf ihm Schnee ins Gesicht; es fiel ihm nicht leicht, dem Sturm standzuhalten, aber er blieb auf den Beinen, erreichte den Schuppen, öffnete die Tür – und schrie erschrocken auf, als er sah, daß die Grube sich vergrößert hatte. Jetzt nahm sie das kleine Gebäude ganz ein, von einer Wellblechwand zur anderen, und das Licht, das aus ihr hervordrang, war nicht länger orangefarben, sondern blutrot und so hell, daß es ihm in den Augen weh tat.

Jetzt wußte er, warum seine bösartigen Wohltäter ihn in eine Niederlage stürzen ließen. Sie hatten sich von ihm benützen lassen, solange sie ihn ihrerseits benützen konnten. Er war ihr Verbindungsglied zu dieser Welt gewesen, etwas, womit sie nach den Lebenden greifen und sich an ihnen festkrallen konnten. Aber jetzt hatten sie etwas Besseres als ein Verbindungsglied; jetzt hatten sie einen Durchgang zu dieser Existenzebene, einen *richtigen* Durchgang, der es ihnen gestattete, die Unterwelt zu verlassen. Und ihm war es zu danken, daß sie den bekommen hatten. Er hatte die Pforten nur einen Spaltbreit geöffnet und war sicher gewesen, diesen schmalen, unbedeutenden Spalt unter seiner Gewalt zu haben, aber er hatte die Kontrolle verloren, ohne es zu merken, und jetzt klafften die Pforten weit auf. Die Uralten kamen. Sie waren auf dem Weg. Sie waren schon fast da. Wenn sie anlangten, würde die Hölle auf die Oberfläche der Erde umgesiedelt sein.

Vor seinen Füßen bröckelte der Rand der Grube weiter nach innen ab, schneller und immer schneller.

Lavelle starrte voll Entsetzen auf das pochende Herz aus haßerfülltem Licht innerhalb der Grube. Auf dem Grund dieser tiefroten Glut sah er etwas. Es bewegte sich. Und es stieg zu ihm herauf.

Jack sprang vom Dach, landete mit beiden Füßen im Schnee und machte sich daran, Lavelle zu verfolgen. Er hatte den Rasen zur Hälfte überquert, als Lavelle die Tür zum Wellblechschuppen öffnete. Das strahlend helle, unheimliche, rote Licht, das herausströmte, ließ Jack unvermittelt stehenbleiben.

Natürlich, das war die Grube, genau wie Carver sie beschrieben hatte. Aber sie war nicht so klein, wie sie sein sollte, und das Licht war nicht weich und orangefarben. Carvers schlimmste Befürchtung bewahrheitete sich; die Pforten der Hölle schwangen auf.

Während Jack dieser wahnwitzige Gedanke durch den Kopf schoß, wurde die Grube plötzlich größer als der Schuppen, der sie umschlossen hatte. Die Wellblechwände stürzten in den Abgrund. Jetzt war nur noch das Loch im Boden da. Wie riesige Suchscheinwerfer stachen die roten Strahlen aus der Grube, hinauf in den dunklen, sturmdurchwirbelten Himmel.

Lavelle taumelte ein paar Schritte zurück, aber das Entsetzen lähmte ihn offenbar zu sehr, als daß er sich hätte umdrehen und weglaufen können.

Die Erde bebte.

In der Grube brüllte etwas. Es war eine Stimme, die die Nacht erzittern ließ.

Die Luft stank nach Schwefel.

Etwas schlängelte sich aus der Tiefe herauf. Es war wie ein Fangarm, aber nicht direkt ein Fangarm, eher ein Insektenbein aus Chitin, mit scharf eingekerbten Gelenken an mehreren Stellen und doch so biegsam wie eine Schlange. Es schnellte bis zu einer Höhe von fünfzehn Fuß empor. Die Spitze des Dinges war mit langen, peitschenartigen Anhängseln versehen, die sich um ein zuckendes, geiferndes, zahnloses Maul wanden, das groß genug war, um einen Menschen verschlingen zu können. Schlimmer, an einigen Dingen war äußerst klar erkennbar, daß dies nur ein kleiner Teil der riesigen Bestie war, die da von den Pforten aufstieg; es war im Verhältnis so klein wie ein menschlicher Finger verglichen mit dem ganzen menschlichen Körper. Vielleicht war dies das einzige Glied, welches das aus der Hölle entkommene Wesen bisher zwischen die sich öffnenden Pforten hindurchstecken konnte – dieser eine Finger.

Das riesige, fangarmförmige Insektenglied bog sich auf Lavelle zu. Die peitschenartigen Anhängsel an der Spitze schlugen aus, fingen ihn ein und hoben ihn hoch, in das blutrote Licht hinein. Er schrie und schlug um sich, aber er konnte nichts tun, um zu verhindern, daß er in dieses widerliche, geifernde Maul gezogen wurde. Und dann war er verschwunden.

Das Wurmwesen erreichte Carver Hampton, der jetzt auf dem Fußboden saß, den Rücken an die Wand gepreßt. Es richtete sich auf, bis es seinen ekelerregenden Körper zur Hälfte vom Fußboden gehoben hatte. Carver starrte in die unergründlichen Feueraugen und wußte, daß er als *Houngon* zu schwach war, um sich schützen zu können.

Da ertönte draußen, hinter dem Haus ein Brüllen; es hörte sich gewaltig und sehr lebendig an.

Die Erde bebte, das Haus erzitterte, und der Wurmdämon schien das Interesse an Carver zu verlieren. Er wandte sich von ihm ab, bewegte seinen Kopf von einer Seite zur anderen und fing an, sich zu einer Musik zu wiegen, die Carver nicht hören konnte.

Mit sinkendem Mut begriff er, was das Wesen vorübergehend in Bann geschlagen hatte: das Geräusch anderer in der Hölle gefangener Seelen, die einer langersehnten Befreiung entgegenkreischten, das Triumphgeheul der Uralten, die endlich ihre Fesseln zerrissen.

Das Ende war gekommen.

Jack trat an den Rand der Grube. Die Kante bröckelte ab, und das Loch wurde jede Sekunde größer. Er achtete darauf, sich nicht an den äußersten Rand zu stellen.

In dem wilden roten Schein sahen die Schneeflocken wie wirbelnde Glutstückchen aus. Aber jetzt mischten sich Streifen strahlendweißen Lichts in das Rot, das gleiche Silberweiß wie in den Augen der Kobolde, und Jack war sicher, daß dies bedeutete, daß sich die Pforten nun gefährlich weit öffneten.

Das monströse Anhängsel, halb insektenhaft, halb wie ein Fangarm, schwankte bedrohlich über ihm, aber er wußte, daß es ihn nicht berühren konnte. Jedenfalls jetzt noch nicht. Nicht, solange die Pforten nicht ganz geöffnet waren. Im Augenblick besaßen die guten Götter des *Rada* noch einige Macht über die Erde, und er wurde von ihnen beschützt.

Er nahm den Krug mit Weihwasser aus seiner Manteltasche. Er wünschte, er hätte auch Carvers Krug, aber der hier mußte reichen. Er schraubte den Deckel ab und warf ihn beiseite.

Eine zweite, drohende Gestalt stieg aus den Tiefen auf.

Er sah sie, ein unbestimmtes, dunkles Etwas, das durch das blendend helle Licht heraufraste und wie tausend Hunde heulte.

Er hatte akzeptiert, daß Lavelles schwarze und Carvers weiße Magie wirklich waren, aber jetzt war er plötzlich zu mehr fähig, als die Magie nur zu akzeptieren; er war fähig, sie konkret zu begreifen, und er wußte, daß er sie jetzt besser verstand, als Lavelle oder Carver es je vermocht hatten oder vermögen würden. Er blickte in die Grube, und er *wußte*. Die Hölle war kein mythischer Ort, und an Dämonen und Göttern war nichts Übernatürliches, nichts Heiliges oder Unheiliges. Die Hölle – und folglich auch der Himmel – waren ebenso real wie die Erde; sie waren lediglich andere Dimensionen, andere Ebenen der physischen Existenz. Normalerweise war es einem lebenden Menschen, Mann oder Frau, unmöglich, von einer Ebene auf eine andere überzuwechseln. Aber die Religion, diese derbe, unbeholfene Wissenschaft, hatte theoretische Wege erschlossen, auf denen man die Ebenen, wenn auch nur vorübergehend, zusammenbringen konnte, und die Magie war das Werkzeug dieser Wissenschaft.

Nachdem er diese Erkenntnis in sich aufgenommen hatte, fand er es ebenso einfach, an Voodoo oder an das Christentum oder jede andere Religion zu glauben wie an die Existenz des Atoms.

Er warf den Krug mit dem Weihwasser in die Grube.

Die Kobolde strömten durch das Gitter der Kommunionsbank hindurch und kamen die Stufen zur Altarplattform hinauf.

Die Kinder schrien, und der Priester streckte seinen Rosenkranz aus, als sei er überzeugt, daß der ihn gegen den Angriff abschirmen würde. Rebecca zog ihren Revolver, obwohl sie wußte, daß es sinnlos war, zielte sorgfältig auf das erste Wesen der Horde...

Und alle hundert Kobolde verwandelten sich in Erdklumpen, die, ohne Schaden anzurichten, die Altarstufen hinunterpurzelten.

Das Wurmwesen schwenkte seinen gräßlichen Kopf wieder zu Carver zurück, zischte ihn an und fuhr auf ihn los.

Er schrie auf.

Und keuchte dann überrascht, als Schmutz auf ihn herabregnete.

Das Weihwasser verschwand in der Grube.

Die Jubelschreie, das Haßgebrüll, das Triumphgejohle, alles hörte so unvermittelt auf, als hätte jemand den Stekker einer Stereoanlage herausgezogen. Die Stille dauerte nur eine Sekunde, dann erfüllten Schreie der Wut, des Zorns, der Frustration und der Qual die Nacht.

Die Erde bebte heftiger als zuvor.

Jack wurde umgerissen, aber er fiel nach hinten, weg von der Grube.

Er sah, daß der Rand nicht mehr abbröckelte. Das Loch wurde nicht größer.

Das riesige Anhängsel, das über ihm aufragte wie eine gewaltige Schlange aus dem Märchen, fuhr nicht auf ihn los, wie er es befürchtet hatte. Statt dessen stürzte es, während sein ekelhaftes Maul unaufhörlich ins Leere schmatzte, in die Grube zurück.

Jack kam wieder auf die Beine. Schnee klebte an seinem Mantel.

Das Licht in der Grube begann zu verblassen, ging an den Rändern von Rot in Orange über.

Auch die höllischen Stimmen wurden schwächer.

Die Pforten schlossen sich.

Von Triumph erfüllt schob sich Jack näher an den Rand heran, blinzelte in das Loch und versuchte, mehr von den monströsen und fantastischen Gestalten zu sehen, die sich in dem grellen Schein zuckend wanden.

Plötzlich pulsierte das Licht, wurde heller, und er erschrak. Das Schreien und Heulen wurde lauter.

Er trat zurück.

Das Licht wurde erneut schwächer, dann wieder heller, schwächte sich ab, strahlte auf. Die unsterblichen Wesen hinter den Pforten stemmten sich dagegen, um sie offenzuhalten, sie aufzustoßen.

Der Rand der Grube begann wieder abzubröckeln. Erde krümelte in kleinen Klumpen weg. Hörte auf. Fing wieder an. Schubweise vergrößerte sich die Grube immer noch.

Vielleicht hatte Carver Hampton sich geirrt. Vielleicht hatten Weihwasser und die guten Absichten eines rechtschaffenen Menschen nicht genügt, um der Sache ein Ende zu machen. Vielleicht war sie schon zu weit fortgeschritten. Vielleicht konnte jetzt nichts mehr das Armageddon verhindern.

Zwei glänzende, schwarze, segmentierte, peitschenartige Anhängsel, jedes einen Zoll dick, fuhren aus der Grube heraus, zuckten vor Jack nieder und schlangen sich um ihn. Das eine wand sich um sein linkes Bein, vom Knöchel bis zur Leiste. Das andere legte sich um seine Brust, wanderte in Spiralen seinen linken Arm entlang, ringelte sich um sein Handgelenk und riß an seinen Fingern. Das Bein wurde ihm unter dem Körper weggezogen. Er stürzte, schlug um sich, wehrte sich verzweifelt gegen den Angreifer, aber ohne Erfolg; er war in einer eisernen Umschlingung gefangen, konnte sich nicht befreien, die Fessel nicht lösen. Die Bestie, die die Fangarme ausschickte, war tief unten in der Grube verborgen, und jetzt zog sie an ihm, zerrte ihn auf den Rand zu wie ein dämonischer Fischer, der seinen Fang einholt. An jedem Fangarm lief ein gezackter Grat entlang, und die Zacken waren scharf; sie schnitten nicht sofort durch seine Kleider, aber wo sie die nackte Haut an seinem Handgelenk und seiner Hand berührten, rissen sie das Fleisch aus und drangen tief ein.

Er hatte noch nie solche Schmerzen empfunden.

Plötzlich überfiel ihn die Angst, daß er Davey, Penny oder Rebecca niemals wiedersehen würde.

Er fing an zu schreien.

In der St.-Patricks-Kathedrale machte Rebecca zwei Schritte auf die jetzt ganz gewöhnlichen Erdhäufchen zu, die noch einen Augenblick zuvor lebendige Geschöpfe gewesen waren, aber sie hielt ruckartig inne, als den verstreuten Schmutz ein zitternder Strom unmöglichen, abartigen Lebens durchlief. Das Zeug war also doch nicht tot. Die Erdkörner, -brocken und -klumpen schienen Feuchtigkeit aus der Luft zu ziehen; das Zeug wurde feucht; die einzelnen Stücke in jedem Haufen begannen zu beben, spannten sich und schoben sich mühsam aufeinander zu. Die mit einem bösen Zauber belegte Erde wollte offenbar ihre frühere Gestalt wiedererlangen, sie kämpfte darum, die Kobolde erneut aufzubauen.

Ein kleiner, abseits von den anderen liegender Klumpen machte Anstalten, sich zu einem winzigen, mit Klauen versehenen Fuß zu formen.

»Stirb, verdammt«, sagte Rebecca. »Stirb!«

Jack lag am Rand der Grube, er war sicher, daß er gleich hineingezogen werden würde, seine Aufmerksamkeit konzentrierte sich zum Teil auf den Abgrund vor sich und zum Teil auf den tobenden Schmerz in seiner mißhandelten Hand, und er schrie...

...und in diesem Augenblick riß sich der Fangarm um seinen Arm und seinen Rumpf plötzlich von ihm los. Einen Augenblick später glitt das zweite, dämonische Anhängsel von seinem linken Bein.

Das höllische Licht wurde schwächer.

Jetzt winselte die Bestie da unten ihrerseits in Schmerz und Qualen. Ihre Fangarme peitschten ziellos über der Grube in die Nacht.

In diesem Augenblick des Chaos und der Krise mußten die Götter des *Rada* Jack eine Erleuchtung gesandt haben, denn er wußte – ohne zu begreifen, wie –, daß sein Blut die Bestie gezwungen hatte, von ihm abzulassen. Vielleicht war bei einer Konfrontation mit dem Bösen das Blut eines rechtschaffenen Menschen (ähnlich wie Weihwasser) eine Substanz mit starken magischen Eigenschaften. Und vielleicht konnte er mit seinem Blut erreichen, was das Weihwasser alleine nicht vermocht hatte.

Wieder begann der Rand der Grube abzubröckeln. Das

Loch wurde größer. Die Pforten schoben sich erneut auf. Das Licht, das aus der Erde aufstieg, wechselte noch einmal von Orange zu Rot.

Jack stemmte sich hoch und kniete sich an den Rand. Er konnte spüren, wie die Erde unter seinen Knien langsam – und dann nicht mehr so langsam – nachgab. Aus seiner aufgerissenen Hand strömte das Blut, es tropfte von allen fünf Fingerspitzen. Er beugte sich gefährlich weit über die Grube, schüttelte seine Hand, schleuderte scharlachrote Tröpfchen in das Zentrum des brodelnden Lichts.

Unten schwoll das Kreischen und Heulen zu einer noch ohrenzerreißenderen Lautstärke an als zuvor, als er das Weihwasser in den Spalt geworfen hatte. Das Licht aus dem Ofen des Teufels wurde blasser und flackerte, der Rand der Grube festigte sich.

Jack schleuderte noch mehr von seinem Blut in den Abgrund, und die gequälten Schreie der Verdammten wurden, wenn auch nur ein wenig, schwächer. Er blinzelte heftig in den pulsierenden, sich verändernden, geheimnisvoll unbestimmten Grund des Lochs, beugte sich noch weiter hinaus, um besser sehen zu können...

...und in einem Schwall glühendheißer Luft stieg ein riesiges Gesicht zu ihm herauf, wölbte sich aus dem schimmernden Licht, ein Gesicht, so groß wie ein Lastwagen, das die Grube fast ganz ausfüllte. Es war das höhnisch grinsende Gesicht alles Bösen. Es bestand aus Schleim und Schimmel und verwesenden Kadavern, ein körniges, rissiges, klumpiges, pockennarbiges Gesicht, dunkel und fleckig, von Pusteln übersät, von Maden wimmelnd, gräßlicher brauner Schaum triefte aus seinen zerrissenen, fauligen Nüstern. Würmer ringelten sich in seinen nachtschwarzen Augen, und doch konnte es sehen, denn Jack spürte das schreckliche Gewicht seines haßerfüllten Blicks. Sein Maul klaffte auf – ein grauenhafter, zerklüfteter Schlitz, groß genug, um einen Menschen zu verschlingen – und gallegrüner Geifer rann heraus. Die

Zunge war lang und schwarz, sie strotzte vor nadelspitzen Dornen, die die Lippen durchstachen und zerrissen, wenn sie darüberleckte.

Benommen, entmutigt und geschwächt von dem unerträglichen Todesgestank, der aus dem klaffenden Maul aufstieg, schüttelte Jack seine verletzte Hand über der Erscheinung, ein Blutregen fiel von seinen Wundmalen herab. »Geh weg«, befahl er dem Wesen, in der gräßlichen Grabesluft würgend. »Verschwinde. Geh. Sofort.«

Das Gesicht wich in die Ofenglut zurück, als sein Blut es berührte. Einen Augenblick später verschwand es im Boden der Grube.

Er vernahm ein mitleiderregendes Winseln und begriff, daß er selbst es war, den er da hörte.

Und es war noch nicht vorüber. Die vielen Stimmen unter ihm wurden wieder lauter, das Licht wurde heller, erneut löste sich Erde vom Rand des Loches.

Schwitzend, keuchend, seine Aftermuskeln zusammenpressend, damit sich seine Eingeweide nicht vor Entsetzen entleerten, hatte Jack nur den einen Wunsch, vor der Grube wegzulaufen. Er wollte in die Nacht flüchten, in den Sturm, in die schützende Stadt. Aber er wußte, daß dies keine Lösung war. Wenn er der Grube jetzt nicht Einhalt gebot, würde sie sich immer mehr ausweiten, bis sie so groß wurde, daß sie ihn verschlingen konnte, ganz gleich, wo er sich auch versteckte.

Mit seiner unverletzten Rechten zog, drückte und kratzte er an den Wunden seiner linken Hand, bis sie sich weiter öffneten, bis das Blut schneller floß. Die Angst hatte ihn betäubt, er spürte keinen Schmerz mehr. Wie ein katholischer Priester, der ein heiliges Gefäß schwingt, um bei einer Segenszeremonie Weihwasser oder Weihrauch zu verteilen, so spritzte er sein Blut in den gähnenden Schlund der Hölle.

Das Licht wurde etwas schwächer, aber es pulsierte und kämpfte um sein Bestehen. Jack betete, es möge verlöschen, denn wenn es ihm damit nicht gelang, blieb ihm nur noch ein Weg. Dann mußte er sich ganz und gar opfern; dann mußte er hinunter in die Grube. Und wenn er dort hinunterginge... dann würde er niemals mehr zurückkommen.

Der letzte Rest böser Energie schien aus den Erdklumpen auf den Altarstufen gewichen. Seit einer Minute oder länger hatte sich der Schmutz nicht mehr geregt. Mit jeder Sekunde, die verging, fiel es schwerer zu glauben, daß das Zeug einmal wirklich lebendig gewesen sein sollte.

Endlich hob der Priester einen Klumpen Erde auf und zerbröselte ihn zwischen seinen Fingern.

Penny und Davey sahen ihm fasziniert zu. Dann wandte sich das Mädchen an Rebecca und fragte: »Was ist geschehen?«

»Ich weiß es nicht genau«, sagte sie. »Aber ich glaube, euer Daddy hat erreicht, was er sich vorgenommen hat. Ich glaube, Lavelle ist tot.« Sie blickte durch die gewaltige Kathedrale, als könne Jack jeden Augenblick aus dem Vorraum treten, und sagte leise: »Ich liebe dich, Jack.«

Das Licht verblaßte von Orange zu Gelb und Blau.

Jack sah gespannt zu, wagte noch nicht ganz zu glauben, daß es endlich zu Ende war.

Ein Knirschen und Knarren kam aus der Erde, als schwängen gewaltige Pforten an rostigen Angeln zu. Die leisen Schreie aus der Grube, Ausdruck der Wut, des Hasses und des Triumphs, waren in ein erbärmliches, verzweifeltes Jammern übergegangen.

Dann erlosch das Licht ganz.

Das Knirschen und Knarren verstummte.

Die Luft stank nicht mehr nach Schwefel.

Nicht der geringste Laut kam mehr aus der Grube.

Sie war kein Durchgang mehr. Jetzt war sie nur noch ein Loch im Boden.

Die Nacht war immer noch bitterkalt, aber der Sturm schien abzuflauen.

Jack krümmte seine verletzte Hand und häufte Schnee darauf, um die Blutung zum Stillstand zu bringen, denn jetzt *brauchte* er kein Blut mehr. Sein Adrenalinspiegel war immer noch so hoch, daß er keinen Schmerz empfand.

Der Wind wehte jetzt kaum noch, aber zu seiner Überraschung trug er ihm eine Stimme zu. Rebeccas Stimme. Unverkennbar. Und die vier Worte, die er so sehnlich hören wollte. »Ich liebe dich, Jack.«

Er drehte sich verwirrt um.

Sie war nirgendwo zu sehen, aber er glaubte, ihre Stimme dicht an seinem Ohr gehört zu haben.

Er sagte: »Ich liebe dich auch«, und er wußte, daß sie ihn hörte, wo immer sie auch war, so deutlich, wie er sie gehört hatte.

Der Schneefall hatte nachgelassen. Die Flocken waren nicht mehr klein und hart, sondern groß und flaumig wie zu Beginn des Sturms. Jetzt fielen sie träge, in weiten, schwingenden Spiralen.

Jack wandte sich von der Grube ab und ging ins Haus zurück, um einen Krankenwagen für Carver Hampton zu rufen.

Wir können uns der Liebe öffnen, noch ist es Zeit.
Warum uns statt dessen der Haß entzweit?
Der Glaube hindert uns nicht, zu sehen,
Daß wir selbst die Hölle lassen entstehen.
Wir machen sie wirklich; wir schüren die Flammen,
Die dann uns zur Hoffnungslosigkeit verdammen.
Auch der Himmel kann unsere Schöpfung nur sein.
Ob gerettet wir werden, an uns liegt's allein.
Nur Fantasie ist vonnöten, um uns zu befrein.

THE BOOK OF COUNTED SORROWS

HEYNE BÜCHER

STEPHEN KINGS NEUER WELTERFOLG ERSTMALS IM TASCHENBUCH!

Die Bürger einer verschlafenen amerikanischen Kleinstadt werden plötzlich aus ihrem gewöhnlichen Alltag gerissen. Mit einer Entdeckung hält auch das Grauen Einzug . . .

Heyne-Taschenbuch
688 Seiten
Best.-Nr. 01/7995

WILHELM HEYNE VERLAG MÜNCHEN